明人詩話要籍彙編

詩評卷 肆

陳廣宏 侯榮川 編校

復旦大學出版社

本册總目

詩源辯體三十六卷（卷之十一至卷之三十六）
後集纂要二卷

許學夷◇撰
侯榮川◎點校

詩源辯體卷之十一 隋

江陰許學夷伯清著

盧思道、字子行。李德林、字公輔。薛道衡字玄卿。五言，聲盡入律，而盧則綺靡者尚多。薛轉韻諸篇，本於劉孝綽，至《出塞》二篇，則已近初唐矣。

樂府七言，思道《從軍行》、道衡《豫章行》，皆已近初唐。思道與德林、道衡齊名友善。《隋史》曰：「二三子有齊之季，皆以辭藻著聞，爰及周隋，咸見推重。李稱一代俊偉，薛則時之令望，静言揚搉，盧居二子之右。」愚按：徐、庾、王褒、張正見、盧、薛諸子五、七言，風格多有近初唐者。臧顧渚謂：「《易》窮則變，天實開之。」胡元瑞謂「陳隋無論其質，即文無足論者」，此概言諸家耳。蓋亦理勢之自然耳。

隋煬帝名廣。五言，聲盡入律，語多綺靡。樂府七言有《泛龍舟》、《江都夏》、《東宮歌》，調雖稍變梁陳，而體猶未純。

煬帝七言八句，有《江都宮樂歌》，於律漸近。上源於庾信七言八句，轉進至杜、沈、宋七言律。又煬帝幸江都，製《水調歌》，今《詩紀》所載數篇，調純語暢，爲七言絶正體，中復雜以唐人之詩，蓋後人所編，非煬帝舊曲也。

六朝樂府與詩，聲體無甚分別，詩言六朝，謂晉、宋、齊、梁、陳、隋也。白下言六朝，則有吴無隋。惟樂府短章如《子夜》、《莫愁》、《前溪》、《烏夜啼》等，語真情艷，能道人意中事，其聲體與詩乃大不同。唐人《竹枝詞》，語意實本於此。

五言律句雖起於齊梁，而綺靡衰颯，不足爲法，必至初唐沈、宋，乃可爲正宗耳，退之謂「齊梁及陳隋，衆作等蟬噪」是也。楊用修酷嗜六朝，擇六朝以還聲韻近律者，名爲《律祖》，其背戾滋甚。且如退之「文起八代之衰」，今擇六朝之文體製僅似者，爲韓柳文祖，可乎？以下五則總論齊、梁、陳、隋之詩。

詩文與風俗相爲盛衰。齊梁以後，風俗頹靡破敗，故其詩文亦爾。今後進談詩，往往宗尚齊梁，豈以齊梁風俗亦有可尚耶？

齊梁以後之詩，不但失之綺靡，而支離醜惡，十居四五，以《詩紀》觀之自見。胡元瑞云：「晉與宋，文盛而質衰；齊與梁，文勝而質滅。」陳隋無論其質，即文無足論者。

或問：「唐末之纖巧，與梁陳以後之綺靡，孰爲優劣？」曰：詩文俱以體製爲主，唐末語雖纖巧，而律體則未嘗亡；梁陳以後，古體既失，而律體未成，兩無所歸，斷乎不可爲法。與初唐總論第二則參看。

予論《三百篇》、漢魏、盛唐之詩，最爲詳悉，至論梁陳以後則甚寥寥者，蓋《三百篇》、漢魏、盛唐，各極其至，即窮予之力而闡揚之，有弗能盡。梁陳以後，體實相因，而格日益卑，予何所致其辯乎？譬之作譜諜者，於功德表著之人，自應稱述，至於閭里平人，存其世系而已。錢、劉以下諸子亦然。

詩源辯體卷之十二

初唐

江陰許學夷伯清著

武德、貞觀間，太宗諱世民。及虞世南、字伯施。魏徵字玄成。諸公五言，聲盡入律，語多綺靡，即梁陳舊習也。王元美云：「唐文皇太宗。手定中原，籠蓋一世，而詩語殊無丈夫氣，習使之也。」按《唐書》：「世南文章婉縟，慕徐陵。太宗嘗作宮體詩，使賡和。世南曰：『聖作誠工，然體非雅正。臣恐此詩一傳，天下風靡，不敢奉詔。』帝曰：『朕試卿耳。』後帝爲詩一篇，述古興亡，詩不傳。既而嘆曰：『鍾子期死，伯牙不復鼓琴，朕此詩何所示耶！』敕褚遂良即其靈座焚之。」今觀世南詩，猶不免綺靡之習，何也？蓋世南雖知宮體妖艷之語爲非正，而綺靡之弊則沿陳隋舊習而弗知耳。且世南所慕徐陵而謂之雅正，可乎？至如《出塞》、《從軍》、《飲馬》、《結客》及魏徵《出關》等篇，聲氣稍雄，與王褒、薛道衡諸作相上下，此唐音之始也。

五言自漢魏流至陳隋，日益趨下，至武德、貞觀，尚沿其流，永徽以後，王、名勃，字子安。楊、名炯。盧、名照鄰，字昇之。駱名賓王。則承其流而漸進矣。四子才力既大，至此始言才力，說見《凡例》。風氣復還，故雖律體未成，綺靡未革，而中多雄偉之語，唐人之氣象風格始見。至此始言氣象風格。此五言之六變也。轉進至沈、宋五言律。然析而論之，王與盧、駱綺靡者尚多，楊篇什雖寡，而綺靡者少，短篇則盡成律矣。炯嘗曰：「吾愧在盧前，恥居王後。」他日，崔融與張説評勃等曰：「勃文章宏放，非常人所及，炯、照鄰，可以企之。」説曰：「不然。盈川炯爲盈川令。文如懸河，酌之不竭，優於盧而不減王。恥居後，信然；愧在前，謙也。」已上張説語。意炯當時必多長篇大什，而零落至此，惜哉！

五言，王如「悲涼千里道，悽斷百年身」、「樓臺臨絶岸，洲渚亘長天」、「危閣循丹嶂，回梁屬翠屏」，楊如「明堂占氣色，華蓋辨星文」、「劍鋒生赤電，馬足起紅塵」、「牙璋辭鳳闕，鐵騎繞龍城」、「秋陰生蜀道，殺氣繞湟中」，盧如「骨肉胡秦外，風塵關塞中」、「隴雲朝結陣，江月夜臨空」、「將軍下天上，虜騎入雲中」、「龍旌昏朔霧，鳥陣捲胡風」，駱如「晚風連朔氣，新月照邊秋。竈火通軍壁，烽烟上戍樓」、「河流控積石，山路繞崆峒」、「夜關明隴月，秋塞急胡風」等句，語皆雄偉。唐人之氣象風格，至此而見矣。

王、盧、駱三子五言，雖餘綺靡之習，然王如「斷山疑畫障，懸溜瀉鳴琴」、「鳥飛村覺暗，魚戲水知春」、「魚床侵岸水，鳥路入山烟」、「蘭氣熏山酌，松聲韻野絃」、「花枝棲晚露，峰葉度晴雲」、「雨去花光濕，風歸葉影疏」等句，語雖近靡，而風格自勝，斷非六朝人語。盧如「風歸花歷亂，日度影參差」、「因風入舞袖，雜粉向妝臺」《梅花落》。「遊絲横惹樹，戲蝶亂依藂」、「冶服看疑畫，妝樓望似春」、「長裙隨鳳管，促柱送鸞杯」，駱如「柳寒凋密葉，棠晚落疏紅」、「疊花開宿浪，浮葉下涼飆。浦荷疏晚菂，津柳漬寒條」、「亂竹摇疏影，縈池織細流。飄香曳舞袖，帶粉泛妝樓」《秋風》。等句，則全是六朝語也。學者於此能别，方許具隻眼。

綺靡者，六朝本相；雄偉者，初唐本相也。故徐、庾以下諸子，語有雄偉者爲類初唐；王、盧、駱，語有綺靡者爲類六朝。元瑞謂照鄰「隴雲」等句、賓王「晚風」等句，有類六朝，乃反言之。

初唐五言平韻者，古、律混淆。惟盧照鄰《詠史》四首，聲韻於古爲純，但未盡工，故不録耳。

初唐五言，雖未成律，然盧照鄰「地道巴陵北」、駱賓王「二庭歸望斷」及陳子昂「日落蒼江晚」三篇，聲體盡純而氣象宏遠，乃排律中翹楚，盛唐諸公亦未有相匹者。

五言四句，其來既遠。至王、楊、盧、駱，律雖未純，而語多雅正，其聲律盡純者，則亦可爲絶句之正宗也。上承梁簡文、庾肩吾五言四句，轉進至太白、王、孟五言絶。

七言古自梁簡文、陳隋諸公始，進而爲王、盧、駱三子。三子偶儷極工，綺艷變爲富麗，然調猶未純，詳見李、杜論中。語猶未暢，其風格雖優，七言古至此始言風格。而氣象不足。此七言之六變也。轉進至沈、宋七言古。然析而論之，王長篇雖少，而稍見錯綜，與盧駱體製少異。

七言古，王如「畫棟朝飛南浦雲，珠簾暮捲西山雨」、「紫閣丹樓紛照耀，璧房錦殿相玲瓏」、「鴛鴦池上兩兩飛，鳳凰樓下雙雙度」，盧如「玉輦縱横過主第，金鞭絡繹向侯家。龍銜寶蓋承朝日，鳳吐流蘇帶晚霞」、「片片行雲著蟬鬢，纖纖初月上鴉黄」、「妖童寶馬鐵連錢，娼婦盤龍金屈膝」、「隱隱朱城臨御道，遥遥翠幰没金堤」、「俱邀俠客芙蓉劍，共宿娼家桃李蹊」、「北堂夜夜人如月，南陌朝朝騎似雲」、「珊瑚葉上鴛鴦鳥，鳳凰巢裏鵷鶵兒」，駱如「桂殿嶔岑對玉樓，椒房窈窕連金屋」、「複道斜通鳷鵲觀，交衢直指鳳凰臺」、「小堂綺帳三千户，大道青樓十二重。寶蓋雕鞍金絡馬，蘭窗繡柱玉盤龍」、「春朝桂尊尊百味，秋夜蘭燈燈九微」、「銅駝路上柳千條，金谷園中花幾色」、「峨眉山上月如眉，濯錦江中霞似錦」、「鸚鵡杯中浮竹葉，鳳凰琴裏落梅花」等句，偶儷極工，語皆富麗者也。

詩先體製而後工拙。王、盧、駱七言古，偶儷雖工，而調猶未純，語猶未暢，實不得爲正宗，此自然之理，不易之論。然不能釋衆人之惑者，蓋徒取其工麗而不識正變之體故也。故予論初唐七言古爲破第一關，學者過此無疑，其他不難辯矣。

王、盧、駱七言古，工巧處往往反傷拙俗。予家舊藏几榻數張，雕刻甚工而復加五彩，然不免近俗。予戲謂客：「此初唐七言古。」客大噱，賞爲知言。盧如「娼家日暮紫羅裙，清歌一囀口氤氳」，駱如「相憐相念倍相親，一生一代一雙人」，則尤爲拙俗者也。

漢魏五言終變而爲律、七言終變而爲古者，蓋五言仄韻與轉韻者少，而平韻者多，仄韻轉韻者雖爲古，而平韻者則皆入律矣。七言平韻者少而轉韻者多，平韻者雖入律，而轉韻者則猶古也。使初唐七言中無轉韻，則亦古、律混淆矣。

七言四句始於鮑明遠、劉孝威、梁簡文、庾信、江總，至王、盧、駱三子，律猶未純，語猶蒼莽，其雄偉處則初唐本相也。轉進至杜、沈、宋三子七言絶。

杜子美詩云：「王楊盧駱當時體，輕薄爲文哂未休。爾曹身與名俱滅，不廢江河萬古流。」此蓋推之至矣。使四子五言律體盡成，綺靡盡革，七言古調皆就純，語皆就暢，雖駕沈、宋而凌高、岑，不難也。乃爲時代所限，惜哉！杜「當時體」三字，最宜詳味。

詩源辯體卷之十三 初唐

江陰許學夷伯清著

五言自漢魏流至元嘉，而古體亡，自齊梁流至初唐而古、律混淆，詞語綺靡。陳子昂字伯玉。始復古體，效阮公《詠懷》爲《感遇》三十八首。王適見之，曰：「是必爲海内文宗。」然李于鱗云：「唐無五言古詩，而有其古詩。陳子昂以其古詩爲古詩，弗取也。」何耶？蓋子昂《感遇》雖僅復古，然終是唐人古詩，非漢魏古詩也。且其詩尚雜用律句，雜用律句者不録。平韻者猶忌上尾，説見沈約論中。至如《鴛鴦篇》、《修竹篇》等，亦皆古、律混淆，自是六朝餘弊，正猶叔孫通之興禮樂耳。故劉須溪謂：「子昂於音節猶不甚近，獨刊落凡疑作「繁」。語，存之隱約，在建安後自成一家。雖未極暢達，如金如玉，概有其質矣。」朱元晦《齋居感興》詩，聲體完純過之，而意見愈深。

子昂五言近體，子昂五言既有古詩，故其僅入律者稱近體。律雖未成，而語甚雄偉，武德以還，綺靡之習，一洗頓盡。「勿使燕然上，獨有漢臣功」，一作「惟留漢將功」，疑後人改以入律，選唐詩者姑從之。

初唐五言，雖自陳子昂始復古體，然輔之者尚少。沈佺期、字雲卿。宋之問字延清。古詩尚多雜用律體，平韻者猶忌上尾，即唐古而未純，未可采録也。

初唐七言古，自王、盧、駱再進而爲沈、宋二公。宋、沈調雖漸純，語雖漸暢，而舊習未除。此七言之七變也。轉進至高、岑、李頎七言古。然析而論之，沈氣爲促，宋實勝之。

七言古，沈如「水晶簾外金波下，雲母窗前銀漢迴」、「燕姬綵帳芙蓉色，秦子金爐蘭麝香」、「燈華灼爍九衢映，香氣氤氲百和然」、「朝霞散彩羞衣架，晚月分光讓鏡臺」、「瑇瑁筵中別作春，琅玕窗裏翻成晝」，宋如「鴛鴦機上疏螢度，烏鵲橋邊一雁飛」、「群公拂霧朝翔鳳，天子乘春幸鑿龍」、「塔影遥遥緑波上，星龕奕奕翠微邊」、「鳥旗翼翼留芳草，龍騎駸駸映晚花」、「晨趨北闕鳴珂至，夜出南宫把燭歸」等句，偶儷極工，語皆富麗，與王、盧、駱相類者也。

五言自王、楊、盧、駱，又進而爲沈、宋二公。沈、宋才力既大，造詣始純，至此始言造詣，説見《凡例》。故其體盡整栗，語多雄麗，而氣象風格大備，爲律詩正宗。至此始爲律詩正宗。此五言之七變也。轉進至高、岑、王、孟五言律。王元美以華藻整栗歸沈、宋，又云：「五言至沈宋，始可稱律。」是矣。

杜審言字必簡。五言，律體已成，所未成者，長短兩篇而已。今觀沈、宋集中，亦尚有四五篇未成者，然則五言律體實成於杜、沈、宋，而後人但言成於沈、宋，何也？審言較沈、宋復稱俊逸，而體自整栗，語自雄麗，其氣象風格自在，亦是律詩正宗。

高廷禮云：「五言之興，源於漢，注於魏，汪洋乎兩晉，混濁乎梁陳，大雅之音，幾於不振。」愚按：梁陳古、律混淆，迄於唐初亦然。至陳子昂而古體始復，至杜、沈、宋三公，而律體始成，亦猶天地再判，清濁始分，四子之功，於是爲大矣。

初唐五言律，有聲有色者人易識之，有氣有格者人未易識也。沈如「十年通大漠」、「解纜春風後」、「巫山高不極」、「洞壑仙人館」、「紫鳳真人劫」、「碧海開龍藏」，宋如「帳殿鬱崔嵬」、「複道開行殿」、「聖德超千古」、「芙蓉秦地沼」、「度嶺方辭國」、「影殿臨丹壑」等篇，氣格聲色兼備，人自易識；沈如「周王甲子旦」、「符傳有光輝」、「漢月生遼海」、「自昔聞銅柱」，宋如「行李戀庭闈」、「入衛期之子」、「三乘歸淨域」、「風馭忽泠然」等篇，氣格雖優而聲色稍減，學者未易識之。苟能於此熟讀涵泳，得其氣格，則於初、盛、中、晚唐，高下自別矣。

初唐五言律，杜如「共有樽中好」、「交趾殊風候」，沈如「隴山飛落葉」、「青玉紫騮鞍」，宋如「馬上逢寒食」、「歸來物外情」數篇，體就渾圓，語就活潑，乃漸入化境矣。

七言律始於梁簡文、庾信、隋煬帝，至唐初諸子，尚沿梁陳舊習，惟杜、沈、宋三公，體多整栗，語多雄偉，而氣象風格始備，爲七言律正宗。轉進至高、岑、王、李、崔顥七言律。然析而論之，杜獨挺蒼骨，見唐律之始；宋間出靡調，猶是六朝之餘。杜如「彈絃奏節梅風入，對局探鈎柏酒傳」、「梅花落處疑殘雪」，「柳葉開時任好風」，語雖近靡，而風格自勝，與王勃五言相若。

杜、沈、宋七言律雖爲正宗，然未能如五言之純美者，蓋五言律體雖成於杜、沈、宋，而律句則自齊梁始，其來既遠，故至此而純美。七言律雖權輿於梁簡文、庾信、隋煬帝，至唐初諸子，尚不多見。七言律之興，實自杜、沈、宋三公始，故未能純美耳。此理勢之自然，無足爲異。

五言律，陳如「雁山横代北，狐塞接雲中」、「海氣侵南部，邊風掃北平」、「巴國山川盡，荆門烟霧開」、「野樹蒼烟斷，津樓晚氣孤」、「星月開天陣，山川列地營」，杜如「楚山横地出，漢水接天回」、「日氣含殘雨，雲陰送晚雷」、「祖帳連河闕，軍麾動洛城」、「江聲連驟雨，日氣抱殘虹」、「飛霜遥度海，殘月迥臨邊」，沈如「寒日生戈劍，陰雲拂旆旌。飢鳥啼舊壘，疲馬戀空城」、「積氣衝長島，浮光溢大川」、「暗谷疑風雨，陰崖若鬼神」、「雲迎出塞馬，風捲渡河旗」、「冰壯飛狐冷，霜濃候雁哀」，宋如「曉雲連幕捲，夜火雜星回。谷暗千旗出，山鳴萬乘來」、「後騎迴天苑，前山入御營」、「天回萬象出，駕動六龍飛」、「電影江前落，雷聲峽外長」、「江静潮初落，林昏瘴不開」；七言律，杜如「宫闕星河低拂樹，殿庭燈燭上熏天」、「伐鼓撞鐘驚海上，新妝袨服照江東」，沈如「池開天漢分黄道，龍向天門入紫微」、「漢家城闕疑天上，秦地山川似鏡中」、「洛浦風光何所似，崇山瘴癘不堪聞」、「見闢乾坤新定位，看題日月更高懸」、「山出盡如鳴鳳嶺，池成不讓飲龍川」、「白狼河北音書斷，丹鳳城南秋夜長」，宋如「文移北斗成天象，酒近南山作壽杯」、「鳥向歌筵來度曲，雲依帳殿結爲樓」等句，體皆整栗，語皆偉麗，其氣象風格乃大備矣。至如杜五言「旌旆朝朔氣，笳吹夜邊聲」，語非純雅；沈七言「向浦迴舟萍已緑，分林蔽殿槿初紅」，更入纖靡，皆於全篇不稱，選唐詩者姑置之可也。

《品彙》所載宋之問五言絶五言四句至此始名絶句，説見《凡例》。有「卧病人事絶」一首，乃律詩前四句；有「緑樹秦京道」一首，乃排律後四句，皆後人摘出以爲絶句耳。又律詩「馬上逢寒食」前四句，亦有摘爲絶句者。與總論《萬首唐人絶句》一則參看。

七言絶七言四句至此始名絶句，説見《凡例》。自王、盧、駱再進而爲杜、沈、宋三公，律始就純，語皆雄麗，爲七言絶正宗。轉進至太白、少伯、高、岑、王七言絶。

古人爲詩不憚改削，故多可傳，杜子美有「新詩改罷自長吟」，韋端己有「卧對南山改舊詩」之句，是也。嘗觀唐人諸選，字有不同，句有增損，正由前後竄削不一故耳。如沈佺期「盧家少婦鬱金堂」，《搜玉集》較今本，但「少婦」作「小婦」、「音書」作「軍書」；《才調集》則「盧家少婦」作「織錦少婦」，「白狼」作「白駒」，「誰謂」作「誰知」，「更教」作「使妾」，不但工拙不侔，其乖調竟似梁陳。然《才調集》乃唐末人選，而猶未從改本者，蓋彼但見初本，尚未見改本故也。又見崔顥論中。又《國秀集》載王灣《次北固山下作》云：「客路青山外，行舟緑水前。潮平兩岸闊，風正一帆懸。海日生殘夜，江春入舊年。二句張説嘗書政事堂，爲後生楷法。鄉書何處達，歸雁落陽邊。」《河嶽英靈集》首二句作「南國多新意，東行伺早天」，第三句作「潮平兩岸失」，末二句作「從來觀氣象，惟向此中偏」，題曰《江南意》，其工拙更爲霄壤。若謂後人竄易，豈至并其題而易之耶？

詩源辯體卷之十四

初唐

江陰許學夷伯清著

唐人五言古，自有唐體。初唐古、律混淆，古詩每多雜用律體。惟薛稷字嗣通。《秋日還京陝西作》，聲既盡純，調復雄渾，可爲唐古之宗。杜子美詩云「少保有古風，得之陝郊篇」是也。

張説、字道濟。蘇頲，字廷碩。才藻遠讓沈、宋，五言古平韻者皆雜用律體，仄韻者多忌鶴膝。説見何遜論中。律詩，説五言稍勝，而頲七言稍勝，時稱「燕許大手筆」，張説封燕國公，蘇頲封許國公。蓋指文章言也。

張説五言律，才藻雖不及沈、宋，而聲氣猶有可取，至如「西楚茱萸節」一篇，則宛似少陵。排律尚多有失黏者。七言律氣格蒼莽，不足爲法。《偃松》篇本五韻，《品彙》删末二句，遂入律詩耳。

蘇頲七言律較雲卿雖甚流暢，而整栗雄偉弗如。至如「宫中下見南山盡，城上平臨北斗懸」、「山光積翠遥疑逼，水態含青近若空」，亦初唐佳句也。

李嶠字巨山。五言古，平韻者止《奉詔受邊服》一篇聲韻近古，餘皆雜用律體，仄韻者雖忌鶴膝而語自工。七言古調雖不純，而語亦工。五言律在沈、宋之下，燕、許之上，其《詠物》一百二十首中有極工者。七言律二篇稍近六朝，然頗稱完美。

張九齡字子壽。五言古，平韻者多雜用律體。《感遇》十三首，體雖近古而辭多不達，去子昂遠甚。五言律才藻遠讓沈、宋，故入録者僅爾平淡。胡元瑞謂「子壽首創清淡之派」，非也。

唐人五言排律，其法最嚴，聲調四句一轉，故有雙韻，無單韻。初唐沈、宋雖爲律祖，然尚不循此法，張説、蘇頲、李嶠、張九齡諸公皆然。此承六朝餘弊，不可爲法。

初唐五言古，自陳、張《感遇》，薛稷《陜郊》而外，尚多古、律混淆，既不可謂古，亦不可謂律也。楊伯謙編《唐音》，以初唐四子爲始音，而不名古、律，良是。或以初唐五言聲律稍不諧者列爲古詩，非也。高廷禮選唐詩，以陳子昂諸公雜體而列於古詩，楊用修譏之盲妁以新寡詐孱壻，可謂善喻。然其中亦間有聲調盡純者，抑亦可爲唐古之正宗也。論漢魏、李、杜、韋、柳，先總而後分，論初、盛、中唐，先分而後總者，説見《凡例》。以下五則總論初唐之詩。

初唐五言，古、律混淆，古詩既多雜用律體，而排律又多失黏，中或有散句不對者，此承六朝餘弊，蓋變而未定之體也。徐昌穀酷意倣之，而實無足取。竊嘗譬之雀變而爲蛤，雉變而爲蜃。其未變也，則爲雀、爲雉；其既變也，則爲蛤、爲蜃。若變而未成，則非雀、非蛤、非雉、非蜃，不成物類矣。嘗觀劉伯温《春秋明經》，雖近時義，而首尾不同，蓋亦變而未定之體也，今舉業家安得復倣之耶？故詩雖尚氣格而以體製爲先，此余與元美諸公論有不同也。

或問予：「子嘗言初唐五、七言律，氣象風格大備，至盛唐諸公，則融化無迹而入於聖。然今人學盛唐或相類，而學初唐反不相類者，何耶？」曰：融化無迹得於造詣，故學者猶可爲；氣象風格得於天授，故學者不易爲也。唐人詩貴造詣，故與論漢魏異耳。

予嘗謂：學者觀唐詩，如擇取舊衣。初唐五、七言律，氣格淳厚、華藻鮮明者，是經衣著有顏色之衣也；中亦有無華藻而氣格實勝者，是顏色雖故，實堪衣著耳。晚唐華藻鮮麗而氣格實衰，則顏色雖好，不堪衣著矣。

初、盛、中、晚唐之詩，雖各不同，然亦間有初而類盛、盛而類中、中而類晚者，亦間有晚而類中、中而類盛、盛而類初者，又間有中而類初、晚而類盛者，要當論其大概耳。

詩源辯體卷之十五 盛唐

江陰許學夷伯清著

太宗體襲陳、隋，玄宗格入開、寶。今録太宗而遺玄宗者，蓋太宗當武德、貞觀間，與虞、魏諸公實唐音之始〔一〕。玄宗當開元、天寶間，較高、岑諸公，則優劣懸絶。試觀《玄宗集》，入選者數篇誠佳，餘不足當高、岑下駟也。辯體與選詩不同，説見《凡例》。

初唐沈、宋二公古、律之詩，再進而爲開元、天寶間高、岑、王、孟諸公。高、名適，字達夫。岑名參。才力既大，而造詣實高，興趣實遠。故其五、七言古，歌行總名古詩。調多就純，語皆就暢，而氣象風格始備，七言古，初唐止言風格，至此而氣象兼備。爲唐人古詩正宗。唐人五、七言古，至此始爲正宗。七言，乃其八變也。轉進至李、杜五、七言古，下流至錢、劉五、七言古。五、七言律，體多渾圓，語多活潑，而氣象風格自在，多入於聖矣。律詩至此始爲入聖，下流至錢、劉諸子五、七言律。高五言以全集觀，未必工於沈、宋；以入選者觀之，則多有入聖者。

〔一〕「實」，崇禎本作「即」。

唐人五、七言古，高、岑爲正宗。然析而論之，高五言未得爲正宗，七言乃爲正宗耳。岑五言爲正宗，胡元瑞云：「五言古，李、杜外惟岑嘉州最合。」七言始能自騁矣。五言古，高、岑俱豪蕩，而高語多粗率，未盡調達；未調達者不録。岑語雖調達，而意多顯直。高平韻者多雜用律體，用律體者不録。仄韻者多忌鶴膝；岑平韻者於唐古爲純，仄韻者亦多忌鶴膝。胡元瑞云：「岑質力、造詣皆出高上。」是也。子美贈高詩云：「毫髮無遺恨，波瀾獨老成。」是不獨高加於岑，而太白亦出其下矣。是專尚氣格也。七言歌行，高調合準繩，岑體多軼蕩。王元美云：「岑磊落奇俊，高一起一伏，取是而已，猶爲正宗。」愚按：高《行路難》、《春酒歌》、《畫馬歌》、《還山吟》四篇，亦能自騁，而《還山》則結語爲累，以全集觀，當盡見矣。

漢魏五言，體多委婉，語多悠圓。唐人五言古變於六朝，則以調純氣暢爲主。若高、岑豪蕩感激，則又以氣象勝。或欲以含蓄醖藉而少之，非所以論唐古也，歌行不必言矣。

五言古，高如「青海陣雲匝，黑山兵氣衝。戰酣太白高，戰罷旄頭空」、「丈夫拔東蕃，聲冠霍嫖姚。兜鍪衝矢石，鐵甲生風飆」、「北上登薊門，茫茫見沙漠。倚劍對風塵，慨然思衛霍」，岑如「揚旗拂崑崙，伐鼓震蒲昌。太白引官軍，天威臨大荒」、「客鬢老胡塵，衣裘脆邊風。忽來輪臺下，相見披心胸」、「狄生新相知，才調凌雲霄。賦詩拆造化，入幕生風飆」，七言歌行，高如「千場縱博家仍富，幾處報讎身不死」、「未知肝膽向誰是，令人却憶平原君」、「丈夫不作兒女別，臨岐涕淚沾衣巾」、「城頭畫角三四聲，匣裏寶刀晝夜鳴」、「黄金如斗不敢惜，片言如山莫棄損」，《畫馬歌》云「縱令翦拂無所用，猶勝駑駘在眼前」，岑如「瀚海闌干百丈冰，愁雲慘淡萬里凝」、「四邊伐鼓雪海湧，三軍大呼陰山動」、「劍河風急雪片闊，沙口石凍馬蹄脱」、「無事垂鞭信馬頭，西來幾欲窮天盡」、「劍鋒可惜虚用盡，馬蹄無事今已穿」，《赤驃歌》云「待君東去掃胡塵，爲君一日行千里」等句，皆豪蕩感激，以氣象勝，嚴滄浪云「高、岑之詩悲壯，讀之令人感慨」是也。

五言律，高語多蒼莽，岑語多藻麗，然高入録者氣格似勝，岑則句意多同。七言律，岑實爲工。詳見李頎論中。

五言律，高如「行子對飛蓬」、「逢君説行邁」、「絶域眇難躋」，岑如「聞説輪臺路」、「西邊虜方盡」、「野店臨官路」等篇，皆一氣渾成，既未可以句摘，亦未可以字求也。五、七言律摘句見盛唐總論。

嘗欲以高達夫「行子對飛蓬」爲盛唐五言律第一，而「對飛蓬」三字殊氣餒不稱，欲改作「去從戎」，庶爲全作。岑「聞説輪臺路」在厥體中爲壓卷，《正聲》不録，不可曉。

盛唐五言律，惟岑嘉州用字間有涉新巧者，如「孤燈然客夢，寒杵搗鄉愁」、「澗水吞樵路，山花醉藥欄」、「塞花飄客淚，邊柳挂鄉愁」，大約不過數聯。然高、岑所貴，氣象不同。學者不得其氣象，而徒法其新巧，則終爲晚唐矣。

高、岑五言不拘律法者，猶子美七言以歌行入律，滄浪所謂「古律」是也。雖是變《風》，「變風」二字見子美論中元美語。然豪曠磊落，乃才大而失之於放，蓋過而非不及也。

高岑五言、子美七言不拘律法者，皆歌行體也。故意貴傾倒，不貴含蓄，未可以常格論也。

或問：「唐人五言古、律混淆者，子既弗取，今於五、七言不拘律法者，子又取之，何也？」曰：古、律混淆，本不及乎法。五、七言不拘律法者，則既入乎法而不拘耳。此過與不及之分，學者所當辨也。

盛唐七言絶，太白、少伯而下，二公詩，説見太白論中。高、岑、摩詰亦多入於聖矣。岑如「官軍西出」、「嗚笳疊鼓」、「日落轅門」三篇，整栗雄麗，實爲唐人正宗，而《正聲》不録，不可曉。

詩源辯體卷之十六 盛唐

江陰許學夷伯清著

王摩詰、名維。孟浩然才力不逮高、岑，而造詣實深，興趣實遠，故其古詩雖不足，律詩體多渾圓，語多活潑，而氣象風格自在，多入於聖矣。上承杜、沈、宋五、七言律〔一〕，下流至錢、劉諸子五、七言律。

摩詰五言古雖有佳句，然散緩而失體裁，平韻者間雜律體，仄韻者多忌鶴膝，短篇爲勝。楚辭深得《九歌》之趣，唐人所難。七言古語雖婉麗，而氣象不足，聲調間有不純者。何仲默云「右丞摩詰爲尚書右丞。他詩甚長，獨古作不逮」是也。

摩詰才力雖不逮高、岑，而五、七言律風體不一。五言律，有一種整栗雄麗者，有一種一氣渾成者，有一種澄淡精緻者，有一種閒遠自在者。如「天官動將星」、「單車曾出塞」、「橫吹雜繁笳」、「不識陽關路」等篇，皆整栗雄麗者也；如「風勁角弓鳴」、「絶域陽關道」、「建禮高

〔一〕「上承」以下至此，崇禎本無。

秋夜」、「憐君不得意」等篇，皆一氣渾成者也；如「獨坐悲雙鬢」、「寂寞掩柴扉」、「松菊荒三逕」、「言從石菌閣」、「巖壑轉微逕」等篇，皆澄淡精緻者也；如「清川帶長薄」、「寒山積蒼翠」、「晚年惟好静」、「主人能愛客」、「重門朝已啓」等篇，皆閒遠自在者也。至如「楚塞三湘接」，既甚雄渾，「新妝可憐色」，則又嬌嫩。若高、岑才力雖大，終不免一律耳。王、孟五、七言律摘句，見盛唐總論。

摩詰七言律亦有三種：有一種宏贍雄麗者，有一種華藻秀雅者，有一種淘洗澄浄者。如「欲笑周文」、「居延城外」、「絳幘雞人」等篇，皆宏贍雄麗者也；如「渭水自縈」、「漢主離宫」、「明到衡山」等篇，皆華藻秀雅者也；如「帝子遠辭」、「洞門高閣」、「積雨空林」等篇，皆淘洗澄浄者也。是亦高、岑之所不及也。

或問：「摩詰五、七言律，聲氣或有類大曆者，何耶？」曰：大曆諸子，時代漸移，而風氣始散。摩詰於禪學有悟，其英氣漸消，聲氣雖同，而風格自異耳。司空圖云「王右丞澄淡精緻，格在其中」是也。

摩詰集七言律凡二十首，《品彙》所選十三首。今《品彙》以「絳幘雞人」以下四首屬摩詰，以「别館春還」以下十首屬李憕。蓋「别館」一首本李憕詩，其下九首乃摩詰詩也，當是簡帙錯亂耳。或刻于鱗選詩因之，可笑。今刻本已改正。觀《正聲》以「洞門」、「積雨」、「明到」三首屬摩

詰，便自了然。《品彙》、《正聲》皆高廷禮選。又舊本卷首明注王維十三首，李憕一首。〔二〕

五言絶，太白、摩詰多入於聖矣。胡元瑞云「五言絶二途：摩詰之幽玄，太白之超絶」是也。上承王、楊、盧、駱五言四句，下流至錢、劉諸子五言絶。

摩詰五言絶，意趣幽玄，妙在文字之外。摩詰《與裴迪書》略云：「夜登華子岡，輞水淪漣，與月上下。寒山遠火，明滅林外；深巷寒犬，吠聲如豹。村墟夜舂，復與疏鐘相間。此時獨坐，僮僕静默，每思曩昔攜手賦詩，倘能從我遊乎？」摩詰胸中滓穢净盡，而境與趣合，故其詩妙至此耳。胡元瑞云：「右丞《輞川》諸作，自出機軸，名言兩忘，色相俱泯。」又云：「五言絶，右丞却入禪宗。如『人閒桂花落』、『木末芙蓉花』，讀之身世兩忘，萬念皆寂，不謂聲律之中有此妙詮。」

東坡云：「味摩詰之詩，詩中有畫。觀摩詰之畫，畫中有詩。」愚按：摩詰詩如「回風城西雨，返景原上村」、「殘雨斜日照，夕嵐飛鳥還」、「陰盡小苑城，微明渭川樹」、「行到水窮處，坐看雲起時」、「山中一夜雨，樹杪百重泉」、「啼鳥忽臨澗，歸雲時抱峰」、「返影入深林，復照青苔

〔二〕此下崇禎本小字注：「或疑此書乃書肆因《品彙》簡帙錯亂改刻，非于鱗之舊。不然，王維四首、李憕五首，于鱗序中安得無李憕？」

上」、「彩翠時分明，久嵐無處所」、「逶迤南川水，明滅青林端」、「溪上人家凡幾家，落花半落東流水」、「瀑布杉松常帶雨，夕陽彩翠忽成嵐」、「雲裏帝城雙鳳闕，雨中春樹萬人家」、「新豐樹裏行人度，小苑城邊獵騎迴」等句，皆詩中有畫者也。山谷云：「予頃年登山臨水，未嘗不讀摩詰詩，故知此老胸次定有泉石膏肓之疾。」已上四句皆山谷語。

孟浩然古、律之詩，五言爲勝，五言則短篇爲勝。古詩長篇，平韻者皆雜用律體，仄韻者亦多忌鶴膝。子美稱其「賦詩何必多，往往凌鮑謝」，正謂其古律短篇勝耳。元美亦謂：「浩然句不能出五字外，篇不能出四十字外，此其所短。」深得之矣。

浩然才力雖小，然爲短篇則有餘。李、杜、摩詰並相推重。李詩云「愧非流水韻，叨入伯牙絃」，杜云「賦詩何必多，往往凌鮑謝」，又云「復憶襄陽孟浩然，清詩句句盡堪傳」。摩詰愛其詩，嘗過郢州，畫其像于刺史亭，因曰浩然亭。今人心知其美而未敢顯言贊之者，蓋緣世多夸大之士，動以峥嶸浩瀚爲務，恐人以狹小視之耳，此不自信之過也。王敬美云：「詩有必不能廢者，雖衆體未備，而獨擅一家之長。如孟浩然佻佻易盡，止以五言雋永，千載並稱王、孟云。」

胡元瑞云：「孟詩淡而不幽，閒而匪遠，可取者一味自然。」愚按：唐人律詩以興象爲主，風神爲宗。浩然五言律興象玲瓏，風神超邁，即元瑞所謂「大本先立」，見謝靈運論中。乃盛唐最上乘，不得偏於閒淡幽遠求之也。中如「北闕休上書」、「迢遞三巴路」、「人事有代謝」、「木落雁南度」等篇，皆一氣渾成，與高適「行子對飛蓬」、岑參「聞説輪臺路」、摩詰「風勁角弓鳴」等篇相類，皆舉見前。既未可以句摘，亦未可以字求也。皮日休摘浩然佳句，以配六朝諸子，是豈足以知浩然哉！

古人爲詩，有語語琢磨者，有一氣渾成者，語語琢磨者稱工，一氣渾成者爲聖。語語琢磨者，一有相類，疑爲盜襲；一氣渾成者，興趣所到，忽然而來，渾然而就，不當以形似求之。試觀浩然五言律，入録者無一句人不能道，然未有一篇人易道也。後人才小者輒慕浩然，然但得其淺易耳。

李、杜二公詩甚多，而浩然詩甚少。蓋二公才力甚大，思無不獲；浩然造思極深，必待自得，故其五言律皆忽然而來，渾然而就，而圓轉超絶，多入於聖矣。須溪謂「浩然不刻畫，祇似乘興」，滄浪謂「浩然一味妙悟」，皆得之矣。

杜子美《題王宰山水歌》云：「十日畫一水，五日畫一石。能事不受相促迫，王宰始肯留真迹。」夫一水一石，寧必十日五日哉？直是興到方始下筆耳。浩然爲詩亦然。

五言律，摩詰風體不一，浩然機局善變，然摩詰可學，而浩然不易學也。浩然如「雲海訪甌閩」、「沿泝非便習」、「士有不得志」、「拂衣去何處」、「府寮能枉駕」、「敝廬在郭外」、「聞君息陰地」、「與君園廬並」、「去國已如昨」、「少小學書劍」、「挂席東南望」、「遑遑三十載」、「南國辛居士」、「舊國余歸楚」、「二月湖水清」等篇，格雖稍放而入小變，然皆神會興到，隨地化生，未可以智力求之。至如「欣逢柏臺舊」、「義公習禪寂」、「支遁初求道」、「龍象經行處」等篇，則皆幽遠清曠，以丘壑勝者也。元瑞謂：「孟詩淡而不幽，閒而匪遠。」予未敢信。

浩然五言律，如「少小學書劍」、「挂席東南望」等篇，徹首尾不對，然皆神會興到，一掃而成，非有意創別也。李太白亦然。

王士源云：「浩然文不按古，匠心獨妙。五言詩，天下稱其獨步。」愚按：浩然五言律、崔顥七言律，雖皆匠心，然體製聲調靡不合於天成，所謂「從心所欲不逾矩」是也。試觀樂天七言「昔年八月」、「非莊非宅」、「案頭曆日」等篇，說見樂天論中。是豈可謂不逾矩耶？

浩然「八月湖水平」一篇，前四句甚雄壯，後稍不稱，且「舟楫」、「聖明」以賦對比，亦不工。或以此爲孟詩壓卷，故表明之。

浩然《別張子容詩》「何時一杯酒，重與李膺傾」，諸本皆同。愚按：「李膺」當作「季鷹」，張季鷹云：「使我有身後千載名，不如即時一杯酒。」此正用姓張事以比子容也。

五言絶，太白、摩詰而外，浩然諸篇亦多入於聖矣。

浩然七言絶有《凉州詞》二首，類盛唐諸家語，決非浩然作。《品彙》不録，蓋當時未有也。

高、岑之詩，才力勝於造詣；王、孟之詩，造詣勝於才力。

高、岑之詩有慷慨俠烈之氣，王、孟之詩有一丘一壑之風。

五言排律，有雙韻，無單韻。盛唐惟李、杜、高、岑、孟浩然，極守此法，而浩然實不嚴整。摩詰而外，復多有單韻者矣，《正聲》於排律單韻者不録，得之。

詩源辯體卷之十七

江陰許學夷伯清著

李頎五言古，平韻者多雜用律體，仄韻者亦多忌鶴膝。七言古在達夫之亞，亦是唐人正宗，五、七言律多入於聖矣。

高、岑五言不拘律法者，每失之於放；李頎五言不拘律法者，則字字洗練，故更有深味。蓋李七言律聲調雖純，後人實能爲之；五言調雖稍偏，然自開、寶至今，絶無有相類者。予每讀之數過，不可了。

盛唐五言律，多融化無迹而入於聖；七言字數稍多，結撰稍艱，故於穩帖、匀和、瀏亮、暢達往往不能兼備。王元美云：「七言律，李有風調而不甚麗，岑才甚麗而情不足，王差備美。」愚按：岑「雞鳴紫陌」、「西掖重雲」、「長安雪後」、「回風度雨」，王「居延城外」、「渭水自縈」、「漢主離宫」、「洞門高閣」，李「流澌臘月」、「朝聞遊子」、「遠公遁迹」、「花宫仙梵」諸篇，亦可稱全作。但李較岑、王，語雖鎔液而氣若稍劣，後人每多推之者，蓋由盛唐體多失黏，諷之則難諧協，李篇什雖少，則篇篇合律矣。李「知君官屬」一篇，起結有類初唐，而中二聯爲工。

崔顥五言古，平韻者間雜律體，仄韻者亦多忌鶴膝。七言古語多靡麗而調有不純，當在摩詰之下。律詩五言如「征馬去翩翩」、「聞君爲漢將」，七言如「高山代郡」、「昔人已乘」，皆入於聖矣。

崔顥七言律有《黄鶴樓》，於唐人最爲超越。太白嘗作《鸚鵡洲》、《鳳凰臺》以擬之，終不能及，故滄浪謂：「唐人七言律，當以崔顥《黄鶴樓》爲第一。」而何仲默、薛君采取沈佺期「盧家少婦」，亦未甚離。王元美云：「二詩固甚勝，百尺無枝，亭亭獨上，在厥體中，要不得爲第一。沈末句是齊梁樂府語，崔起法是盛唐歌行語，如織宫錦，間一尺繡，錦則錦矣，如全幅何！」愚按：沈末句雖樂府語，用之於律無害，但其語則終未暢耳；謂崔首四句爲盛唐歌行語，亦未爲謬。胡元瑞謂：「《黄鶴樓》、『鬱金堂』即「盧家少婦」。興會誠超，而體裁未密；丰神固美，而結撰非艱。」其不識痛癢至此。元瑞論律詩，於盛唐化境，往往失之。

李賓之云：「律猶可間出古意，古不可涉律調。如崔顥『黄鶴一去不復返，白雲千載空悠悠』，乃律間出古，要自不厭。」顧華玉云：「此篇一氣渾成，太白所以見屈。想是一時登臨，高興流出，未必常有此作。」愚按：《黄鶴樓》，太白欽服於前，滄浪推尊於後，至國朝諸先輩，亦靡不稱服，即元美不無異同，而亦有「百尺無枝，亭亭獨上」之語。予每舉以示人，輒無領解，至有「不得與衆作並稱」，又或謂「前半篇可作一絶句」。古今人識趣懸絶，抑至於此！于鱗居恒每誦沈佺期《龍池篇》。《龍池篇》雖《黄鶴》所自出，而調沉語重，神韻未揚，于鱗蓋徒取其氣格耳。

太白《鸚鵡洲》擬《黄鶴樓》爲尤近，然《黄鶴》語無不鍊，《鸚鵡》則太輕淺矣；至「烟開蘭葉香風暖，岸夾桃花錦浪生」，下比李赤，不見有異耳。以三詩等之，《龍池》爲過，《鸚鵡》不及，《黄鶴》得中。此過、不及，專主氣格言，與高、岑、李、杜不拘律法者不同。《鳳凰臺》「吴宫」、「晉代」二句，亦非作手。

崔顥七言有《雁門胡人歌》，聲韻較《黄鶴》尤爲合律。胡元瑞、馮元成俱謂《雁門》是律，是也。《唐音》、《品彙》俱收入七言古者，蓋以題下有「歌」字故耳。然太白《秋浦歌》有五言律，《峨眉山月歌》乃七言絶也。崔詩《黄鶴》首四句誠爲歌行語，而《雁門胡人》實當爲唐人七言律第一。

盛唐七言律，多造於自然，而崔顥《黄鶴》、《雁門》又皆出於天成，蓋自然尚有功用可求，而天成則非人力可到也。予嘗謂：浩然五言、崔顥七言如走盤之珠，非若子美之律以言解爲妙耳。與論子美五、七言律第六則參看。

殷璠云：「顥年少爲詩，名陷輕薄，晚節忽變常調，風骨凛然。」愚按：崔《黄鶴》、《雁門》，讀之有金石宫商之聲，蓋晚年作也，故璠於《河嶽英靈》特録之。使體就渾圓而語無風骨，斯爲輕薄，不得入聖境矣。

滄浪《答吳景仙書》云：「論詩用『健』字不得。」予謂：此論唐律和平之調則可，若沈佺期「盧家少婦」，崔顥《黄鶴》、《雁門》，畢竟「圓健」二字足以當之。若高岑五言、子美七言以古爲律者，不待言矣。

祖詠詩甚少，五言古僅數篇，俱不爲工。五言律，聲調既高，語亦甚麗。七言「燕臺一去」一篇，實爲于鱗諸子鼻祖。

王昌齡字少伯。五言古，時入古體，而風格亦高，然未盡稱善。平韻者間雜律體，仄韻者亦多忌鶴膝。殷璠云：「元嘉以還，四百年内，曹、劉、陸、謝風骨頓盡。頃有太原王昌齡、魯國儲光羲，頗從厥迹。」蓋唐人久無此體，故創見而誇美之也。餘見總論殷璠選詩中。七言絶多入於聖，敬美、元瑞言之備矣。詳見太白七言絶論中。

儲光羲五言古最多，平韻者多雜用律體，亦忌上尾，仄韻者多忌鶴膝，而平韻亦有之，蓋唐人痼疾耳。其《樵父》、《漁父》等詞，格調雖奇，然既不合古，又不成家，正變兩失。餘見總論殷璠選詩中。若《田家》諸詩，則猶有可采者。律詩亦未爲工，五言絶始多入録。

儲光羲《樵父》、《漁父》等詞，諸家多采録之，殷璠謂其「格高調逸，趣遠情深」，至須溪亦甚稱焉。蓋得之於彷彿，而非所謂實證實悟者也。

常建五言古，風格既高，意趣亦遠，然未盡稱快，惟短篇堪入録耳。

盧象五言律，有「家居五原上」一首，乃盛唐化境，故特録之，與初唐薛稷同例。

盛唐律詩本未可以句摘，但初唐、中晚既有摘句，而盛唐無摘，不足以較盛衰，今姑摘數十聯以見大略。五言，高適如「功名萬里外，心事一杯中。虜障燕支北，秦城太白東」、「幕府爲才子，將軍作主人。近關多雨雪，出塞有風塵」、「風塵驚跋涉，摇落怨暌攜。地出流沙外，天長甲子西」，岑參如「春風不曾到，漢使亦應稀。白草通疏勒，青山過武威」、「幕下人無事，軍中政已成。坐參殊俗語，樂雜異方聲」、「山開灞水北，雨過杜陵西。歸夢愁能作，鄉書醉懶題」，王維如「草枯鷹眼疾，雪盡馬蹄輕。忽過新豐市，還歸細柳營」、「三春時有雁，萬里少行人。苜蓿隨天馬，蒲萄逐漢臣」、「九門寒漏徹，萬井曙鐘多。月迴藏珠斗，雲消出絳河」、「爲客黄金盡，還家白髮新。五湖三畝宅，萬里一歸人」，孟浩然如「不才明主棄，多病故人疏。白髮催年老，青陽逼歲除」、「亂山殘雪夜，孤燭異鄉人。漸與骨肉遠，轉於僮僕親」、「江山留勝迹，我輩復登臨。水落漁梁淺，天寒夢澤深」、「我家襄水曲，遥隔楚雲端。鄉淚客中盡，孤帆天際看」，崔顥如「單于莫近塞，都護欲臨邊。漢驛通烟火，胡沙乏井泉」、「出塞清沙漠，還家拜羽林。風霜臣節苦，歲月主恩深」，常建如「夜久潮侵岸，天寒月近城。平沙依雁宿，候館聽雞鳴」，盧象如「獨負山西勇，誰當塞下名。死生遼海戰，雨雪薊門行」。七言，高適如「巫峽啼猿數行淚，衡陽歸雁幾封書」、「黄河曲裏沙爲岸，白馬津邊柳向城」、「雲開汶水孤帆遠，路繞梁山匹馬遲」，岑參如「金闕曉鍾開萬户，玉階仙仗擁千官。花迎劍珮星初落，柳拂旌旗露未乾」、「千門柳色連青瑣，三殿花香入紫微」、「西山落月臨天仗，北闕晴雲捧禁闈」，王維如「鑾輿迴出千門柳，閣道迴看上苑花。雲裏帝城雙鳳闕，雨中春樹萬人家」、「青山盡是朱旗繞，碧澗翻從玉殿來。新豐樹裏行人度，小苑城邊獵騎迴」、「禁裏疏鐘官舍晚，省中啼鳥吏人稀。晨摇玉珮趨金殿，夕奉天書拜瑣闈」，李頎如「秦地立春傳太史，漢宮題柱憶仙郎。歸鴻欲度千門雪，侍女新添五夜香」、「鴻雁不堪愁裏聽，雲山況是客中過。關城曙色催寒近，御苑砧聲向晚多」，崔顥如「武帝祠前雲欲散，仙人掌上雨初晴。河山北枕秦關險，驛路西連漢畤平」、「解放胡鷹逐塞鳥，能騎代馬獵秋田」、「晴川歷歷漢陽樹，芳草萋萋鸚鵡洲」，祖詠如「萬里寒光生積雪，三邊曙色動危旌。沙場烽火侵胡月，海畔雲山擁薊城」等句，皆渾圓活潑，而氣象風格自在。蓋初唐氣格甚勝，而機未圓活；大曆過於流婉，而氣格頓衰；盛唐渾圓活潑，而氣象風格自在，此所以爲詣極也。

元結字次山。五言古，聲體盡純，在李、杜、岑參外另成一家。結《與劉侍御讌會詩序》云：「文章道喪久矣。時之作者，煩雜過多，歌兒舞女，且相喜愛，系之《風》、《雅》，誰道是耶？」故其詩不爲浮泛，關係實多。但其品高性潔，激揚太過，故往往傷於訐直。中如《賤士吟》、《貧婦詞》、《下客謡》等，質實無華，最爲淳古。其他意在匠心，故多遊戲自得而有奇趣。蓋上源淵明，下開白、蘇之門户矣。惜調多一律耳。

元結五言古，如：「往年在瀼濱，瀼人皆忘情。今來遊瀼鄉，瀼人見我驚。我心與瀼人，豈有辱與榮。瀼人異其心，應爲我冠纓。」「俯視松竹間，石水何幽清。涵映滿軒户，娟娟如鏡明。何人病惛濃，積歲且未醒。與我一登臨，爲君安性情。」「醉人疑舫影，呼指遞相驚。何故有雙魚，隨吾酒舫行。醉人能誕語，勸醉能忘情。坐無拘忌人，勿限醉與醒。」《夜宴石魚湖》。「湖上有水鳥，見人不飛鳴。谷口有山獸，往往隨人行。莫將車馬來，令我鳥獸驚」等句，皆遊戲自得而有奇趣者也。

元結《篋中集序》謂：「近世作者，更相沿襲，拘限聲病。」故其五言古極意洗削，聲體之純，遠勝光羲諸子。但矯枉太過〔一〕，往往有椎朴顓直之句，如「何時見府主，長跪向之啼」、「客言勝黄金，主人然不然」、「使臣將王命，豈不如賊焉」等句，皆椎朴顓直者，蓋過而非不及也。說見左太冲論注中。

山谷詩云：「建安才六七子，開元數兩三人。」才難，不其然乎？故盛唐李、杜而外，具體僅稱高、岑，而高則又亞於岑矣。王、孟律詩雖勝，而古則不逮，其他諸公，僅得一體兩體，而亦不

〔一〕「枉」，原本作「往」，據崇禎本改。

能盡工也。今初學不知，以爲盛唐諸公，諸體靡不皆攻，而諸體靡不盡善，是虚慕古人而不得其實者也。

五言古至於唐，古體盡亡，而唐體始興矣。然盛唐五言古，李、杜而下惟岑參、元結於唐體爲純，尚可學也。若高適、孟浩然、李頎、儲光羲諸公，多雜用律體，即唐體而未純，此必不可學者。王元美謂：「惟近體必不可入古。」李本寧謂「初盛諸子，啜六朝餘瀝爲古《選》，不足論。」皆得之矣。若今人作散文而雜用四六俳偶，亦是文體之不純也。以下三十則總論盛唐之詩。

唐人沿襲六朝，自幼便爲俳偶聲韻所拘，故盛唐五言古，自李、杜、岑參、元結而外，多雜用律體，與初唐相類。其仄韻猶可觀者，蓋仄韻多忌鶴膝，聲調四句一轉，故古聲雖没而音節猶可歌詠耳。平韻者雖杜子美「紈袴不餓死」、「往者十四五」，亦未免稍雜律體。太白仄韻諸篇大多忌鶴膝，他人不足言矣。

盛唐七言歌行，李、杜而下，惟高、岑、李頎得爲正宗，王維、崔顥抑又次之。然今人才力未必能勝高、岑，而馳騁每過之者，蓋歌行自李、杜縱横軼蕩，窮極筆力，後人往往慕李、杜而薄高、岑，故多不免於强致，非若高、岑諸公出於才力之自然也。試以全集觀之，高、岑諸公雖未極縱横，而衆作可觀；今人雖或縱横，而他不免於失故步矣。

或問：「才力本於天賦，可强致乎？」曰：可。譬之筋力一也，市井逐末之人，負擔不逾區釜，而田野之夫，負擔則一石也。蓋由童而習之，强致然耳。使田野之子而從市井之人，終身豈能負一石哉！

古、律之詩雖各有定體，然以古爲律者失之過，以律爲古者失之不及。唐人長於律而短於古，故既多以古爲律，而又多以律爲古也。

漢魏古詩由天成以至作用，故魏爲降於漢。初、盛唐律詩由升堂而入於室，故盛爲深於初。唐人律詩，沈、宋爲正宗，至盛唐諸公，則融化無迹而入於聖。沈、宋才力既大，造詣始純，故體盡整栗，語多雄麗。盛唐諸公，造詣實深，而興趣實遠，故體多渾圓，語多活潑耳。後之論律詩者，皆宗盛唐，而元美之意主於沈、宋，則於古人所稱「彈丸脱手」者無當也，安可與入化境乎？

盛唐諸公律詩，多融化無迹而入於聖，血氣方剛時未易窺其妙境。李本寧云：「弇州先生元美。嘗謂杜子美不啻有十王摩詰語，竊謂軒輊太過。後見先生晚年定論，殊服膺摩詰。」已上本寧語。即此而推，則元美之主於沈、宋者，亦血氣方剛時見也。

或問：「以入録觀沈、宋五言律，制作實工，而後人獨推盛唐，何耶？」曰：盛唐五言律入聖者，雖人止數篇，然化機流行，在在而是。沈、宋制作雖工，而化機尚淺，此升堂、入室之分也。

胡元瑞云：「律詩大要，體格、聲調、興象、風神而已。體格、聲調，有則可循；興象、風神，無方可執。故作者但求體正格高，聲雄調鬯，積習之久，矜持盡化，形迹俱融，興象風神自爾超邁。」予謂：此由初入盛之階也，所云「積習之久，矜持盡化，形迹俱融」，則造詣之功也。何仲默謂：「富於才積，領會神情，臨景構結，不傚形迹。」斯可與論盛唐之化矣。

盛唐諸公律詩，皆從悟入，而悟入乃自功夫中來。吕居仁云：「悟入之理，正在功夫勤惰間。張長史見公孫大娘舞劍，頓悟筆法。如張者，專意此事，未嘗少忘胸中，故能遇事有得，遂造神妙。使他人觀舞劍，有何干涉也？」已上十一句皆居仁語。

盛唐諸公律詩，不難於才力，而難於悟入，悟則造詣斯易耳。嚴滄浪云：「孟襄陽學力孟浩然，襄陽人。下韓退之遠甚，而其詩獨出退之之上者，一味妙悟而已。」已上滄浪語。今之學者多不欲爲盛唐，非其才力不逮，蓋悟有未至，以盛唐爲平易，不足造耳。

嚴滄浪云：「詩道惟在妙悟。然有透徹之悟，有一知半解之悟。盛唐諸公，透徹之悟也。」愚按：漢魏天成，本不假悟；六朝雕刻綺靡，又不可以言悟；初唐沈、宋律詩，造詣雖純，而化機尚淺，亦非透徹之悟。惟盛唐諸公，領會神情，不傚形迹，故忽然而來，渾然而就，如僚之於丸，秋之於奕，公孫之於劍舞，此方是透徹之悟也。

盛唐諸公律詩，造詣精熟，故爲極至，孟子云「五穀不熟，不如荑稗」是也。復齋述韓子蒼言：「作詩不可太熟，亦須令生。」觀其所引之句，蓋以庸套爲熟耳，非古人「彈丸脱手」之謂也。雖然，以庸套爲熟者，其惑易釋，以熟爲庸套者，其惑未易釋也。今之學者以盛唐爲不足造，蓋以熟爲庸套耳。

盛唐諸公律詩，形迹俱融，風神超邁，此雖造詣之功，亦是興趣所得耳。嚴滄浪云：「盛唐諸人惟在興趣，羚羊挂角，無迹可求。故其妙處，透徹玲瓏，不可湊泊，如空中之音，相中之色，水中之月，鏡中之象，言有盡而意無窮也。」李獻吉云：「詩妙在形容，所謂水月鏡花，言外之象。」謝茂秦亦云：「詩有不立意造句，以興爲主，漫然成篇。此詩之入化也。」

胡元瑞云：「律詩全在音節，格調風神盡具音節中。李、何相駁書所謂俊亮沈著、金石鞞鐸等喻，皆是物也。」愚按：趙凡夫嘗謂「《國風》音節可娱」，唐律乃《國風》正派也，後人稱唐詩爲唐音、唐響，正以此耳。初、盛、中、晚，音節雖有高下，而靡不可娱，至元和諸子以及杜牧、皮、陸，則全然用不著矣。

司空圖論詩云：「梅止於酸，鹽止於鹹，飲食不可無鹽梅，而其美常在鹹酸之外。」此言唐人律詩，有得於文字之表也。然圖知唐之爲唐，而不知唐律本於《國風》。楊用修云：「《二南》者，修身齊家其旨也。然其言『琴瑟』、『鐘鼓』、『荇菜』、『芣苡』、『夭桃』、『穠李』，何嘗有修身齊家字，皆意在言外，使人自悟。」已上用修語。以此求唐律，益易曉矣。

盛唐律詩，子美信大，而諸家入聖者，亦是詣極。嚴滄浪云：「詩之大概有二，曰：優游不迫，沉著痛快。」此正諸家與子美境界也。又云「盛唐諸人惟在興趣，羚羊挂角，無迹可求」云云，則諸家境界，寧復有未至耶？元美必欲以子美爲極至，諸家爲不及，其説本於元微之及宋朝諸公，開元、大曆不聞有是論也。故予論盛唐律詩爲破第三關。學者過此無疑，斯順流而下矣。元瑞實破三關。元瑞云：「五言盛於漢，暢於魏，衰於晉宋，亡於齊梁。」見靈運論中，爲破第一關。又云：「初唐四子，詞極藻艷，然未脱梁陳也。」見李杜論中，爲破第二關。又論子美五言律及子美七言律「風急天高」一則，爲破第三關。然是書苟行，十年之後必有挾天子以令諸侯者，顧學者造詣何如耳。造詣定，則識見自不惑也。

盛唐諸公律詩，得風人之致，故主興不主意，貴婉不貴深。謂用意深，非情深也。馮元成謂「得風人之旨而兼詞人之秀」是也。子美雖大而有法，要皆主意而尚嚴密，故於《雅》爲近，此與盛唐諸公，各自爲勝，未可以優劣論也。

嚴滄浪云：「詩有詞理意興。南朝人尚詞而病於理；謂語多淫艷，不循義理也。本朝人宋人。尚理而病於意興；唐人尚意興而理在其中。」數語言中窾。然前言「興趣」而此言「意興」，正兼諸家與子美論也；宋人尚意，而此言「病於意興」，蓋子美之意深而宋人之意淺也。

盛唐諸公律詩，興趣極遠，雖未嘗騁才華、炫葩藻，而冲融渾涵，得之有餘。晚唐許渾諸子，興趣既少，故雖作聰明，構新巧，而矜持局束，得之甚窘。許渾爲晚唐正變之首，故獨舉而言之，非謂渾獨卑於晚唐諸子也。趙凡夫謂：「詩有字字可賞而爲低品，有不可加點而爲高格。」信哉！與《凡例》第二十六條參看。

盛唐諸公律詩，偶對自然，而意自吻合，聲韻和平，而調自高雅。晚唐許渾諸子，偶對工巧，而意多牽合，聲韻急促，而調反卑下矣。

盛唐諸公律詩，皆似近非近、可及而未易及。晚唐許渾諸子，則刻意求工，愈難而愈下矣。大抵盛之與衰，只是寬裕、深刻二途。

盛唐諸公律詩，即景緣情，不必泥題牽帶。後人之詩，必句句切題，言言當旨，殆與舉業無異矣。胡元瑞云：「蘇長公二語絕得三昧，曰：『作詩必此詩，定非知詩人。』蓋詩惟詠物不可汗漫，至於登臨、燕集、寄憶、贈送，惟以神韻爲主，使句格可傳，乃爲上乘。今於登臨則必名其泉石，燕集則必紀其園林，寄贈則必傳其姓字，真所謂田莊牙人、點鬼簿、黏皮骨者，漢唐人何嘗如此？最詩家下乘小道。即一二大家有之，亦偶然耳，可爲法乎！」又云：「『清暉能娱人，遊子憺忘歸』，謝靈運詩。凡登覽皆可用；『微雲淡河漢，疏雨滴梧桐』，孟浩然聯句。凡燕集皆可書。『海日生殘夜，江春入舊年』，王灣詩。北固之名奚與？『天闕象緯逼，雲卧衣裳冷』，杜子美詩。奉先之義奚存？而皆妙絕千古，則詩之所尚可知。」愚按：浩然《洞庭》，實用雲夢、岳陽；崔顥《黄鶴》，亦用漢陽、鸚鵡。此大景概所不可無者，非若後人有意必爲之也。

盛唐諸公律詩，既未可以難求，亦未可以易得。予於本寧、敬美之説有取焉。李本寧云：「今之詩不患不學唐，而患學之太過。即事對物、情與景合而有言，幹之以風骨，文之以丹彩，唐詩如是止耳。事物情景，必求唐人所未道者而稱之，弔詭蒐隱，誇新示異，過也。山林宴遊則興寄清遠，朝饗侍從則制存莊麗，邊塞征伐則悽惋悲壯，睽離患難則沈痛感慨，緣機觸變，各適其宜，唐人之妙以此。今懼其格之卑也，而偏求之於悽惋、悲壯、沈痛、感慨，過也。」王敬美云：「初命一題，神情不屬，便有一種供給應付之語，畏難怯思，即以充役，故每不得佳。余戲謂：河下輿隸須驅遣，另換正身。能破此一關，沈思忽至，種種真相見矣。」參二子之説觀之，斯知所以學盛唐也。

胡元瑞云：「五言律，晚唐第三四句多作一串，雖流動，往往失之輕儇。惟沈、宋諸子〔二〕，格調莊嚴，氣象閎麗，最爲可法。」愚按：元瑞宏博，靡所不窺，惟此論似於初、盛諸家，未盡究心。盛唐諸公，第三四句一串者最多，故其體甚圓。初唐沈、宋諸公，一串者亦多，而機則不能甚活也。至於晚唐，或失之輕儇者有矣。元瑞於唐律不貴渾圓，而貴嚴整，故假晚唐以爲戒。然初、盛唐諸公全集具在，安能塗後人耳目耶？元瑞前言興象風神，未必實有所得也。説見總論嚴滄浪論詩中。

〔二〕「惟沈、宋諸子」，崇禎本作「惟沈、宋、李、王諸子」。

七言律較五言爲難。五言，盛唐概多入聖；七言，惟崔顥《雁門》、《黄鶴》爲詣極。高適、岑參、王維、李頎雖入聖而未優，李于鱗云「七言律體諸家所難」是也。七言律，近代論者多浮而不切，泛而寡要，予獨於元美、茂秦之説有取焉。元美云：「七言律，篇法之妙有不見句法者，句法之妙有不見字法者。」茂秦云：「近體，誦之行雲流水，聽之金聲玉振，觀之明霞散綺，講之獨繭抽絲。」知此，不惟中、晚無可稱述，即初、盛唐二三篇而外，亦不多得矣。

胡元瑞云：「七言律，五十六字之中，意若貫珠，言如合璧。其貫珠也，如夜光走盤，而不失迴旋曲折之妙；其合璧也，如玉匣有蓋，而絶無參差扭捏之痕。綦組錦繡相鮮以爲色，宫商角徵互合以成聲。思欲深厚有餘，而不可失之晦；情欲纏綿不迫，而不可失之流。肉不可使勝骨，而骨又不可太露；詞不可使勝氣，而氣又不可太揚。莊嚴則清廟明堂，沈著則萬鈞九鼎，高華則朗月繁星，雄大則泰山喬嶽，圓暢則流水行雲，變幻則淒風急雨。一篇之中，必數者兼備，乃稱全美。」愚按：元瑞此論，本欲兼衆善、集大成，而實不免於罔世。作者造詣既深，興趣既遠，則下筆悠圓而衆善兼備，乃不期然而然者。若必有意事事合法，則不惟初學無可措手，即深造之士亦難於結撰矣。故孔門「一貫」之説，惟曾子得之，而他不及也。後之君子，必有謂予知言者。

胡元瑞云：「謂七言律難於五言律，是也；謂五言絶難於七言絶，滄浪、元美之言。則亦未然。

五言絶調易古，七言絶調易卑。五言絶，即拙匠易於掩瑕；七言絶，雖高手難於中的。」楊用修云：「唐樂府本自古詩而意反近，七言絶本於近體而意反遠。蓋唐人偏長獨至，而後人力追莫嗣者也。」絶句之論，二子乃深得之。餘見太白絶句論中。

詩源辯體卷之十八

盛唐

江陰許學夷伯清著

開元、天寶間，高、岑二公五、七言古，再進而爲李、名白，字太白。杜名甫，字子美。二公。李、杜才力甚大，而造詣極高，意興極遠，李主興，杜主意。故其五、七言古兼歌行、雜言言之。體多變化，語多奇偉，而氣象風格大備，多入於神矣。唐人五、七言古，至此始爲入神。嚴滄浪云：「詩而入神，至矣，盡矣，蔑以加矣！惟李、杜得之，他人得之蓋寡也。」已上滄浪語。然詳而論之，二公五言古，實所向如意而優於聖，七言古則變化不測而入於神矣。此格有所限，非五言有未至也。以下十二則總論李、杜五、七言古[一]，以後專論太白，下卷專論子美。

或問：「李、杜二公詩，本乎性生，初不假悟入，豈復有造詣耶？」曰：太白《大鵬賦序》云「余昔著《大鵬遇希有鳥賦》，傳於世，往往人間見之。悔其少作，未窮宏達之旨，遂更記憶」云云。然則二公之詩雖曰性生，豈能即入神化耶？但不若他人尺寸而進，錙銖而成耳。

[一] 「論」，原本無，據崇禎本補。

漢魏五言及樂府雜言，猶秦漢之文也。李、杜五言古及七言歌行，猶韓、柳、歐、蘇之文也。秦漢，四子各極其至；漢魏，李、杜亦各極其至焉。何則？時代不同也。論詩者以漢魏爲至，而以李、杜爲未極，猶論文者以秦漢爲至，而以四子爲未極，皆慕好古之名而不識通變之道者也。夫秦漢、漢魏，猶可摹擬而得，四子、李杜，未可摹擬而得也。不能摹擬而諱言未極，此非欺人，適自欺耳。今人以時義爲今文，故以四子爲古文，其實四子爲今文，秦漢爲古文也。與三十五卷東坡論詩一則參看。

五言古、七言歌行，其源流不同，境界亦異。五言古源於《國風》，其體貴正；七言歌行本乎《離騷》，其體尚奇。李、杜五言古雖不能如漢魏之深婉，然不失爲唐體之正。過此則變幻百出，流爲元和、宋人，不得爲正體矣。

七言歌行，體雖縱横，然後進有才者，往往能窺其域。五言古，體雖平典，然自開元、天寶，九百年來求爲岑嘉州者已不多得，求爲李、杜者則益寡矣。蓋歌行大小短長、錯綜闔闢，其勢自然超逸；五言古，體有常法，苟非天縱，則長篇廣韻，未有所向而如意者。今人於五言古不能自運，輒自托於漢魏，蓋昧於「西京、建安多不足以盡變」之説也。詳見論學漢魏第三則。論唐古與漢魏不同，詳見高、岑論中。

李、杜五言古，正與歌行相匹。今人於歌行知宗李、杜，而於五言古必宗漢魏者，是於唐古實無所得也。故予不得不服膺國初諸子。高季迪、張來儀、楊東里諸子。

五言古，學漢魏則逆，學唐人則順，何則？風氣相近也。今人苟讀唐古，則出語自唐；學漢魏，非專習凝領，不能得耳。

五言古，靈運諸子於古體既亡，李、杜二公於唐體爲純。靈運諸子體亡而或以爲至，李、杜二公體純而或以爲不及，是虛慕古人而不得其實者也。王元美云：「《選》體，《選》體者，昭明選詩之體也。今人例謂唐人五言古爲《選》體，非矣。太白多露語、率語，子美多稚語、累語。置之陶、謝間，便覺傖父面目。」今無論其體製，即靈運拙句，摘見靈運論中。醜惡實具，元美豈皆視爲雅語耶？大抵國朝人之失，在宗六朝而後唐人耳。

五言古，自漢魏遞變以至六朝，古、律混淆，至李、杜、岑參始别爲唐古，而李、杜所向如意，又爲唐古之壼奥。故或以李、杜不及漢魏者，既失之過；又或以李、杜不及六朝者，則愈謬也。

胡元瑞云：「古詩窘於格調，近體束於聲律，惟歌行大小短長、錯綜闔闢，素無定體，故極能發人才思。李、杜之才不盡於古詩，而盡於歌行。孟襄陽輩才短，故歌行無復佳者。」已上元瑞語。故予謂其古詩爲聖，歌行爲神也。與第四則參看。

或問予：「子嘗言初唐七言古，偶儷極工，綺艷變爲富麗，然調猶未純，語猶未暢，其風格雖優，而氣象不足。必至高、岑乃爲正宗，逮乎李、杜，則變化不測而入於神。何仲默乃云：『七言詩歌，唐初四子雖工富麗，去古遠甚，至其音節，往往可歌。乃知子美詞固沈著，而調失流轉，雖成一家語，實則詩歌之變體也。』仲默後作《袁海叟集序》，歌行又欲取法李、杜。與子言不甚相戾耶？」曰：「七言古，正變與五言相類。張衡《四愁》、子桓《燕歌》，調出渾成，語皆淳古，其體爲正；梁陳而下，調皆不純，語多綺艷，其體爲變。蓋古詩調貴渾成，不貴諧切。但漢魏篇什不多，而體未宏大，學之者不足以盡變，故直以高、岑爲正宗，李、杜爲神品耳。自梁陳以至初唐，聲俱諧切，故其句多入律而可歌。然所謂不純者，蓋句既入律，則偶對宜諧，轉韻宜平仄相間，雖不合古聲，庶成俳調。今句則純乎律矣，而偶對復有不諧，轉韻又多平仄疊用，故其調爲不純耳。胡元瑞云：「七言歌行，四子詞極藻艷，然未脱梁陳也；沈、宋稍汰浮華，漸趨平實，唐體肇矣，然而未暢也；高、岑、王、李，音節鮮明，情致委折，暢矣，然而未大也。太白、少陵大而化矣，能事畢矣。」又云：「初唐以才藻勝，盛唐以風神勝，李、杜以氣概勝，而才藻風神稱之，加以變化靈異，遂爲大家。」此論甚當。若仲默之論，非但不知有神境在，且不識正變之體，故其律詩雖勝，而歌行遠遜國朝諸子耳。

五、七言律，沈、宋爲正宗，至盛唐諸公而入於聖；五、七言古，高、岑爲正宗，至李、杜而入於神。然沈、宋之於盛唐諸公，非才力不逮，蓋爲時代所限耳；若高、岑之於李、杜二公，非時代不同，實爲才力所限也。故古詩以才力爲主，律詩以造詣爲先。

韓退之詩云：「李杜文章在，光焰萬丈長。」然二公之詩又各不同。太白以天才勝，子美以人力勝；太白光焰在外，子美光焰在內。王元美云：「五言古及七言歌行，太白以氣爲主，以「興」字易「氣」字，更爲妥貼。且「高暢」二字，氣在其中矣。以自然爲宗，以俊逸高暢爲貴；子美以意爲主，以獨造爲宗，以奇拔沈雄爲貴。其歌行之妙，詠之使人飄揚欲仙者，太白也；使人慷慨激烈、歔欷欲絶者，子美也。」愚按：太白歌行，窈冥恍惚，漫衍縱橫，極才人之致；子美歌行，突兀崢嶸，俶儻瑰瑋，盡作者之能。此皆變化不測而入於神者也。元美之論雖善，不免於太白神奇處失之。然今人學子美或相類，而學太白多不相類者，蓋人力可强，而天才未易及也。以下十則論李、杜之不同。

五言古、七言歌行，太白以興爲主，子美以意爲主。然子美能以興御意，故見興不見意；元和諸公，則以巧飾意，故意愈切而理愈周。此正變之所由分也。

五言古、七言歌行，太白語雖自然而風格自高，子美語雖獨造而天機自融。學者苟得其自然而不得其風格，則失之輕而流；苟得其獨造而不得其天機，則失之重而板。

予嘗謂：古詩、歌行，必李、杜兼法，乃爲善學。或曰：「古詩、歌行，李、杜既極其至矣，後人顧反能兼之乎？」予曰：不然。太白以天才勝，而人無太白之才；子美以人力勝，而人無子美之力。故必李、杜兼法，乃能相濟，豈必盡兼二公所至，始爲盡善哉？胡元瑞云：「近時作者，間能具備兩公之體，至鎔液二子之長，則未睹也。」語甚有見。

五言古、七言歌行，太白語多豪放，子美語多沈著。太白五言古，如：「酒後競風采，三杯弄寶刀。殺人如剪草，劇孟同遊遨」、「叱咤萬戰場，匈奴盡奔逃。歸來使酒氣，未肯拜蕭曹」、已上《白馬篇》。「珠袍曳錦帶，匕首插吴鴻。由來萬夫勇，挾此生雄風」、《結客少年場行》。「鞍馬如飛龍，黄金絡馬頭。行人皆辟易，志氣横嵩丘」、「歸家酒債多，門客粲成行。高談滿四座，一日傾千觴」、「壯士伏草間，沈憂亂縱横。飄飄不得意，昨發南都城。紫燕櫪上嘶，青萍匣中鳴。投軀寄天下，長嘯尋豪英」、「有時忽惆悵，匡坐至夜分。平明空嘯吒，思欲解世紛。心隨長風去，吹散萬里雲」，歌行，如「馬上相逢揖馬鞭，客中相見客中憐。欲邀擊筑悲歌飲，正值傾家無酒錢」、「匣中盤劍裝鮨魚，閒在腰間未用渠。且將換酒與君醉，醉歸托宿吴專諸」、「千金駿馬換小妾〔二〕，笑坐雕鞍歌落梅。車傍側挂一壺酒，鳳笙龍管行相催」、「我且爲君搥碎黄鶴樓，君亦爲吾倒却鸚鵡洲。赤壁争雄如夢裏，且須醉舞寬離憂」、「興酣落筆摇五嶽，詩成嘯傲凌滄洲。功名富貴若長在，漢水亦應西北流」、「抽刀斷水水更流，舉杯消愁愁復愁。人生在世不稱意，明朝散髮弄扁舟」等句，語皆豪放。子美五言古，如「中天懸明月，令嚴夜寂寥。悲笳數聲動，壯士慘不驕」、「百川日東流，客去亦不息。我生苦飄蕩，何時有終極」、「安得萬丈梯，爲君上上

〔二〕「換」，原本作「唤」，據崇禎本改。

頭。恐有無母雛，飢寒日啾啾。我能剖心血，飲啄慰孤愁」、《鳳凰臺》。「秦山忽破碎，涇渭不可求。俯視但一氣，焉能辨皇州」、《登慈恩塔》。「白水暮東流，青山猶哭聲。莫自使眼枯，收汝淚縱横。眼枯却見骨，天地終無情」、「獻書謁皇帝，志已清風塵。流涕灑丹極，萬乘爲酸辛」、「積水駕三峽，浮龍倚長津。揚舲洪濤間，仗子濟物身」，歌行，如「去年江南討狂賊，臨江把臂難再得。别時孤雲今不飛，時獨看雲淚横臆」、「高帝子孫盡隆準，龍種自與常人殊。豺狼在邑龍在野，王孫善保千金軀」、《哀王孫》。「明眸皓齒今何在，血污遊魂歸不得。清渭東流劍閣深，去住彼此無消息」《哀江頭》、「年多物化空形影，嗚呼健步無由騁。如今豈無騕褭與驊騮，時無王良伯樂死即休」、《驃騎歌》。「自從獻寶朝河宗，無復射蛟江水中。君不見金粟堆南松柏裏，龍媒去盡鳥呼風」、《畫馬圖引》。「君不見青海頭，古來白骨無人收。新鬼煩冤舊鬼哭，天陰雨濕聲啾啾」等句，語皆沈著。至若二公所向如意、變化不測者，則又未可以句摘也。

或問予：「子嘗言元和諸公之詩，快心露骨，故爲大變。今觀李、杜五言古、七言歌行，實多快心。與元和諸公寧有異乎？」曰：太白快心，本乎豪放；子美快心，本乎沉著，自是詩歌極致。若元和諸公，則鑿空構撰，議論周悉，其快心處往往以文爲詩，方之李、杜，其正與變不待較而明矣。

太白古詩、歌行，庸鄙者不能知；子美古詩、歌行，浮淺者不能讀。

五言古，太白如天馬長驅，奮迅無前；子美如鑾輿出警，步驟安重。七言歌行，太白如峨眉劍閣，奇幻不窮；子美如大海重淵，涵蓄無量。世謂長短句爲歌行，七言爲古詩。愚按：太白長短句甚多，不必皆歌行也；子美歌行甚多，不必皆長短句也。然長短句實歌行體，歌行不必長短句耳。大抵古詩貴整秩，歌行貴軼蕩。漢魏之詩，語皆淳古。太白之詩，自有一種光焰。故凡太白五言擬古、感興、感遇等作，予皆不録，惟略借古格而自出機軸者，予始録之。今或以選漢魏詩選李詩者，謬甚耳。

太白五言古長篇，如「門有車馬賓」、「天津三月時」、「憶昔作少年」、「一身竟無托」、「昔聞顔光禄」、「鸞乃鳳之族」、「我昔釣白龍」、「雙鵝飛洛陽」、「吴地桑葉緑」、「淮南望江南」、「化城若化出」、「鍾山抱金陵」等篇，興趣所到，瞬息千里，沛然有餘。然與子美各自爲勝，未可以優劣論也。或以此傾倒爲嫌，而取其含蓄藴藉者，非所以論太白也。

太白五言古，軼蕩處多，似明遠而矯逸過之，子美稱其「俊逸鮑參軍」，是也。至如「浮陽滅霽景」、「朝發汝海東」、「飄飄江風起」、「餐霞卧舊壑」、「北風吹海雁」、「雲卧三十年」、「清晨登巴陵」、「倏然金園賞」等篇，偶儷雖出靈運，而流利自然，了不見斧鑿痕。

太白五言古多轉韻體，其聲調倣於劉孝綽、薛道衡諸子。蓋太白往往乘興，一掃而就，轉韻甚便耳。

屈原《離騷》本千古辭賦之宗，而後人摹倣盜襲，不勝饜飫。太白《鳴皋歌》雖本乎《騷》，而精彩絶出，自是太白手筆。至《遠别離》、《蜀道難》、《天姥吟》，則變幻恍惚，盡脱蹊徑，實與屈子互相照映。謝茂秦云：「太白詩歌若疾雷破山，顛風播海，非神於詩者不能。」胡元瑞亦云：「太白《遠别離》、《蜀道難》、《天姥吟》等，無首無尾，變幻錯綜，窈冥昏默，非其才力學之，立見顛踣也。」于鱗不識此境界。

初讀太白《遠别離》，高廷禮謂「傷時君子失位、小人用事而作」，殊不醒。然後讀《贈辛判官》詩云「函谷忽驚胡馬來，秦宫桃李向明開」，婭國泰云：「此指諸臣附合肅宗者而言，太白深有所刺也。」予意猶未會。既而讀《萬憤詞》云：「舜昔授禹，伯成耕犁。德自此衰，吾將安棲？」意便了然。乃知《遠别離》言堯、舜不當禪禹，又引《竹書》「堯幽囚」爲證，實與《萬憤詞》互相發明。太白於玄宗，實爲千古榮遇，而肅宗即位靈武，又有未當於人心者。既而玄宗以張后、李輔國憂死西内，太白熱腸，寧不感憤慟哭耶？此蓋以皇、英比己，舜比玄宗也。「亦禪禹」，「亦」字對今而言。前輩言上元間輔國、張后矯制，遷上皇於西内，太白有感而作，既非；而蕭士贇謂此詩作於天寶之末，則尤非也。

太白《蜀道難》、《天姥吟》，雖極漫衍縱横，然終不如《遠别離》之含蓄深永，且其詞斷而復續，亂而實整，尤合騷體。范氏云：「此篇最有楚人風。所貴乎楚言者，斷如復斷，亂如復亂，而詞意反覆屈折行乎其間者，實未嘗斷而亂也。使人一倡三嘆，而有遺音，至於收淚謳吟，又足以興夫三綱五典之重者，豈虚也哉？茲太白所以爲不可及也。」已上十一句皆范氏語。

太白歌行，如《鳴皋歌》、《遠別離》、《蜀道難》、《天姥吟》，皆出於《騷》。《公無渡河》、《北風行》、《飛龍引》、《登高丘》、《灞陵行》等，出自古樂府。《烏夜啼》、《烏棲曲》、《長相思》、《前有樽酒行》、《陽春歌》、《楊叛兒》等，出自齊梁，《擣衣篇》亦似初唐。至《憶舊遊》、《魯郡堯祠》之類，則太白已調耳。元瑞言之而有未盡，今更詳之。然《公無渡河》等，雖出自古樂府、齊梁，而高暢俊逸，觀者知爲太白，不知爲古樂府、齊梁也。

或問予：「朱子云：『太白詩如無法度，乃從容於法度之中。』今觀太白歌行，大小短長，錯綜無定，其法度安在？」曰：太白天縱絶世，其歌行雖漫衍縱横，錯綜無定，靡不合於天成，所謂「從心所欲，不逾矩」是也。若必求其法度所在而學之，則捕風捉影，反爲虚誕矣。試觀任華、盧仝、劉義雜言，説見三家論中。是豈可謂不逾矩耶？

太白歌行，雖大小短長，錯綜無定，然自是正中之奇。元和諸公，雖或通篇七言，而快心露骨，自是大變。學者於此能别，方是法眼。

太白五言古、七言歌行，多出於漢、魏、六朝，但化而無迹耳。若子美五言古，雖亦源於古《選》，而以獨造爲宗，歌行又與漢魏、六朝迥别。嚴滄浪云：「少陵憲章漢魏，而取材於六朝，至其自得之妙，則先輩所謂集大成者也。」愚謂：此論太白古詩、歌行尤切。

太白五言古、七言歌行，其藻秀天仙之語，在在而是，不能遍舉。其奇警者略摘以見。五言古如「北風揚胡沙，埋翳周與秦」、「浮雲蔽紫闥，白日難回光」、「驚沙亂海日，飛雪迷胡天」、「秋顔入曉鏡，壯髮彫危冠」、「良圖委蔓草，古貌成枯桑」、「鰲抃山海傾，四溟揚洪流」、「長嘯萬里風，掃清胸中憂」、「霜彫逐臣髮，日憶光明宫」、「樓臺照海色，衣馬摇川光」、「登嶽眺百川，杳然萬悵長」、「山蟬號枯桑，始復知天秋」、「黄河若不斷，白首長相思」，歌行如「謝公宿處今尚在，緑水蕩漾青猿啼」、「青冥浩蕩不見底，日月照耀金銀臺」、四句《夢遊天姥吟》。「吴歌楚舞歡未畢，青山欲銜半邊日」、《烏棲曲》。「胡驕馬驚沙塵起，胡雛飲馬天津水」、「荒城虚照碧山月，古木盡入蒼梧雲」、「舞影歌聲散緑池，空餘汴水東流海」、「嘯起白雲飛七澤，歌吟緑水動三湘」、「風吹柳花滿店香，吴姬壓酒唤客嘗」、「泰山嵯峨夏雲在，疑是白波漲東海。散爲飛雨川上來，遥帷却卷清浮埃」等句，皆爲奇警者也。然太白奇警處或不及子美，而累語亦不若子美之爲甚也。

東坡云：「太白豪俊，語不甚擇，集中往往有臨時卒然之句，故使妄庸輩敢爲僞撰者。如集中『悲來乎』、『笑矣乎』即《悲歌行》、《笑歌行》。及《贈懷素草書》數詩，決非太白作，蓋唐末五代間學齊己輩詩也。予嘗舟次姑孰堂下，讀《姑孰十詠》，怪其語淺近，不類李白。王平甫云：

『此李赤詩也。』赤自比太白，故名赤，其後爲厠鬼所惑而死。今觀其詩止此，而以太白自比，則其人心疾久矣，豈厠鬼之罪哉！」已上東坡語。愚按：太白集中僞撰者多，不能遍舉。古詩五言如《月下獨酌》，第二首本馬子才詩。七言如《悲歌行》、《笑歌行》、《上李邕》、《上哥舒大夫》等，其俗陋不難辨；五言如《贈新平少年》，七言如《草書歌》、《通塘曲》等，庸淺者多不能知；至五言《姑孰》諸作，初學之士乃反指爲佳什而誦習之，其惑甚矣。蓋太白雖短篇，氣象自是不同，興趣自是超遠。《姑孰》諸作，氣象興趣，略無足取，而惟以藻飾爲麗，音節爲工，故初學者易惑耳。黄山谷云：「太白豪放，人中鳳凰麒麟。譬如生富貴人，雖醉著，暝暗中作無義語，終不作寒乞聲。」滄浪亦云「觀太白詩，要識真太白處」是也。

讀太白詩，須是胸中滓穢净盡，乃能有得。今人讀《月下獨酌》及《悲歌行》、《笑歌行》、《上李邕》、《上哥舒大夫》等而不能辨，是胸中十分不净；讀《贈新平少年》、《草書歌》、《通塘曲》等而不能辨，是胸中七分不净；讀《姑孰》諸詩而不能辨，亦是胸中五分不净也；《姑孰》詩雖非俗陋，而意興凡近，讀者或不能知，亦是根塵不净耳。楊用修論詩，於太白集中僞撰者，多不能辨。

有客以唐伯虎《石湖圖》示王百穀，百穀展觀，見山脊寸許，即令卷去，云：「贋物也。」予心竊疑之，以爲不睹全幅，寧辨真僞？後讀太白贈《懷素草書歌》，無論通篇淺陋，即起語「少年上人」四字，決非太白作。乃知百穀鑒畫，定有真識也。中如「墨池飛出北溟魚，筆鋒殺盡中山兔」，語實淺稚，今人或以爲逼真太白。又「起來向壁不停手，一行數字大如斗。恍恍如聞神鬼驚，時時只見龍蛇走」，則愈見惡俗。至「張顛老死不足數，我師此義不師古。古來萬事貴天生，何必要公孫大娘渾脱舞」，其僞陋不足辯矣。

太白七言歌行，亦有佳篇而中雜淺稚之語，或後人竄入，亦不可知。今略摘以見。如「與君歌一曲，請君爲我側耳聽」、「天生我材必有用，千金散盡還復來」、「此江若變作春酒，壘麴便築糟丘臺」、「西施宜笑復宜顰，醜女效之徒累身」、「相如作賦得黄金，丈夫好新多異心。一朝將聘茂陵女，文君因贈白頭吟」等句，及「有耳莫洗潁川水，有口莫食首陽蕨」，通篇淺稚。至「脱吾帽，向君笑。飲君酒，爲君吟」，則又近於鄙矣。

或問：「太白五、七言律，較盛唐諸公何如？」曰：盛唐諸公本在興趣，故體多渾圓，語多活潑；太白才大興豪，於五、七言律太不經意，故每失之於放，蓋過而非不及也。高、岑五言，子美七言，以古爲律者固失之過，太白才大興豪，於五、七言律太不經意，亦過也。若雕刻之於冗濫，則雕刻爲過，冗濫爲不及矣。五言如「歲落衆芳歇」、「燕支黄葉落」、「胡人吹玉笛」，七言如「久辭榮禄遂初衣」等篇，斯得中耳。世謂太白短於律，故表明之。

太白五、七言律，以才力興趣求之，當知非諸家所及；若必於句格法律求之，殆不能與諸家争衡矣。胡元瑞云:「五言律,太白風華逸宕,特過諸人,後之學者,才匪天仙,多流率易。」此論最有斟酌。

太白五言律,如「歲落衆芳歇」、「燕支黄葉落」、「胡人吹玉笛」等篇,極爲馴雅,然後人功力深至,尚或可爲。至如「晉家南渡日」、「地擁金陵勢」、「六代帝王國」、「四明有狂客」、「龔子棲閒地」、「清景南樓夜」、「楚水清若空」、「聞説金華渡」、「秋浦猿夜愁」、「爾佐宣州郡」、「昨夜巫山下」、「牛渚西江夜」、「漢水波浪遠」等篇,格雖稍放而入小變,然皆興趣所到,一掃而成,後人必不能爲,所謂人力可强,而天才未易及也。

王元美云:「太白之七言律變體,不足多法。」愚按:太白七言律,集中僅得八篇,駘蕩自然,不假雕飾,雖入小變,要亦非淺才可到也。

太白五、七言絶,多融化無迹而入於聖。上承王、楊、盧、駱五言四句,杜、沈、宋七言絶,下流至錢、劉諸子五、七言絶。李于鱗云:「太白五、七言絶,實唐三百年一人,蓋以不用意得之,即太白亦不自知其所至,而工者顧失焉。」愚按:七言絶,太白、少伯意並閒雅,語更舂容,而太白中多古調,故又超絶。王敬美云:「七言絶句之源出於樂府,貴有風人之致,其聲可歌,其趣在有意無意之間,使人莫可捉著。盛唐惟青蓮、龍標王少伯爲龍標尉。二家詣極。李更自然,故居王上。」胡元瑞亦云:「唐絶句高者大類漢人古詩,調極和平,而格絶高遠。」深得之矣。

胡元瑞云：「七言絶，成都楊用修。以江寧少伯。爲擅場，太白爲偏美。歷下于鱗。謂太白『唐三百年一人』，瑯琊敬美。謂『李更自然，故居王上』，弇州元美。謂『俱是神品，争勝毫釐』，數語咸自有旨。太白有揮斥八極、淩厲九霄意，江寧優柔婉麗，意味無窮，風骨内含，精芒外隱，如清廟朱絃，一倡三嘆。」又云：「李作固極自然，王亦和婉中渾成，盡謝爐錘之迹；王作固極自在，李亦飄翔中閒雅，絶無叫噪之風，故難優劣。」愚按：王、李絶句以入録者論，元瑞似爲有見；以全集觀，少伯不能不遜太白也。國朝惟于鱗入録者可繼餘響，惜光焰太露。

太白七言絶多一氣貫成者，最得歌行之體。其他僅得王摩詰「新豐美酒」、「漢家君臣」、王少伯「閨中少婦」數篇而已。

太白五言絶有《静夜思》，前二句與太白絶不相類，未可采録。七言絶，洪魏公所編有「飯顆山頭」一篇，語更淺鄙，定是僞作，今本集亦無。元瑞俱不能辨。

王荆公次第四家詩，以子美爲第一，歐陽永叔次之，韓退之又次之，以太白爲下，曰：「白識見污下，十首九説婦人與酒。」愚按：以李、杜與韓、歐並言，固不識正變之體；謂李「識見污下，十首九説婦人與酒」，此尤俗儒之見耳。嚴滄浪云：「觀太白詩，要識其安身立命處可也。」又曰：「白詩近俗，人易悦。」此言益謬。馬郡督云：「諸人之文，猶山無烟霞，春無草木。太白之文，光明洞徹，句句動人。」故「俗」之一字，正不當指太白。太白人品與詩，惟東坡識之。

蘇子由云：「李白詩類其爲人，駿發豪放，華而不實，好事喜名，不知義理之所在也。語用兵，則先登陷陣，不以爲難；語游俠，則白晝殺人，不以爲非。此豈其誠能也哉？唐詩人李、杜首稱，甫有好義之心，白所不及也。」愚按：宋儒議論，往往皆然。田子藝云：「太白寧放棄而不作眷戀之態，寧狂蕩而不作規矩之語，子美不能不讓此兩著。」斯足以知太白矣。

太白之從永王璘，由於迫協，東坡嘗辯之矣。其《憶舊書懷》詩云「半夜水軍來，尋陽滿旌旃。空名適自誤，迫協上樓船。徒賜五百金，棄之若浮烟。辭官不受賞，翻謫夜郎天」是也。或以太白《永王東巡歌》爲累。《東巡歌》十一首，第九首昔人辯其爲僞，其他篇篇規諷，無一語許其僭竊，反以爲太白累耶？

詩源辯體卷之十九

盛唐

江陰許學夷伯清著

五、七言樂府，太白雖用古題，而自出機軸，故能超越諸子；至子美則自立新題，自創己格，自叙時事，視諸家紛紛範古者，不能無厭。胡元瑞云：「少陵不效四言，不倣《離騷》，不用樂府舊題，是此老胸中壁立處。然《風》、《騷》、樂府遺意，杜往往得之。」已上六句皆元瑞語。

子美五言古，短篇如「朝進東門營」、「男兒生世間」、「獻凱日繼踵」、「下馬古戰場」、「蓬生非無根」、「白馬東北來」、「峥嶸赤雲西」、「溪回松風長」、「賀公雅吴語」、「涪石衆山内」，字字精鍊，既極其至；長篇又窮極筆力，皆非他人所及也。《草堂》一篇，則全用樂府語。

子美五言古，如自秦州入蜀諸詩，寫景如畫；《石壕》、《新安》、《新婚》、《垂老》、《無家》等，叙情若訴，皆苦心精思，盡作者之能，非卒然信筆所能辦也。

子美《石壕吏》與《新安》、《新婚》、《垂老》、《無家》等作不同。《石壕》做古樂府而用古韻，又上、去二聲雜用，另爲一格，但聲調終與古樂府不類，自是子美之詩。

子美五言古，凡涉叙事，紆回轉折，生意不窮，雖間有詰屈之失，而無流易之病。

朱子云：「杜詩初年甚精細，晚年曠逸不可當。」愚按：子美五言古，如自秦州入蜀諸詩及《新安》、《新婚》、《垂老》、《無家》洎七言律聲調渾純者，爲甚精細；五言古如《柴門》、《杜鵑》、《義鶻》、《彭衙》及七言以歌行入律者，則甚曠逸。然未必精細者盡初年作，曠逸者盡晚年作也。

子美五言古，有《登慈恩寺塔》云：「回首叫虞舜，蒼梧雲正愁。惜哉瑶池飲，日晏崑崙丘。」注謂天寶十載在長安作，是也。時玄宗荒淫，初政盡改，故以周穆比玄宗，而有「回首叫虞舜」之詞；其言「黄鵠去不息，哀鳴何所投？君看隨陽雁，各有稻粱謀」，則賢人退而狥禄者進矣。趙注以爲慈恩寺乃高宗爲文德皇后立，謂子美托虞舜以思高宗，托西王母以思文德后，迂遠無當。「秦山」，樊察作「泰山」，亦非。此言塔高三百尺，遠見秦地衆山細小，而涇渭在衆山之外，又不可見，俯視下界，但蒼蒼一氣耳。其語甚明，無俟穿鑿。

子美七言歌行，如《曲江》第三章、《同谷縣七歌》、《君不見簡蘇徯》、《短歌贈王郎》、《醉歌贈顔少府》及《晚晴》等篇，突兀峥嶸，無首無尾，既不易學；如《哀王孫》、《哀江頭》等，雖稍入叙事，而氣象渾涵，更無有相類者；至若《畫馬引》、《丹青引》等，縱横軼蕩，而精嚴自如。邵冕廷曰：「不意此人有此夢囈語。」[一]千載而下，惟獻吉能之，他人不能得其彷彿也。

[一]「邵冕廷曰」以下至此，崇禎本無。

謝茂秦云：「長篇最忌鋪叙，意不可盡，力不可竭，貴有變化之妙。」蘇子由云：「老杜陷賊時有《哀江頭》詩，予愛其詞氣如百金戰馬，注坡驀澗，如履平地，得詩人之遺法。如白樂天詩，詞甚工，然拙於紀事，寸步不遺，猶恐失之，此所以望老杜之藩垣而不及也。」愚按：子由此論，妙絶千古。然子美歌行，此法甚多，不獨《哀江頭》也。

子美《飲中八仙歌》中多一韻二用，有至三用者，讀之了不自覺。少時熟記，亦不見其錯綜之妙。或謂「此歌無首無尾，當作八章」，然體雖八章，文氣只似一篇，此亦歌行之變，但語未入元和耳。至「焦遂」二句，如《同谷》第七歌，聲氣俱盡。「聲氣俱盡」，須溪《同谷》第七歌評語。

子美五言古、七言歌行，多奇警之句，今略摘以見。五言古如「落日照大旗，馬鳴風蕭蕭」、「魂來楓林青，魂返關塞黑」、「天長關塞寒，歲暮飢凍逼」、「日色隱孤戍，烏啼滿城頭」、「磊落星月高，蒼茫雲霧收」、「高壁抵嶔崟，洪濤越零亂」、「萬壑欹疏林，積陰帶奔濤。寒日外淡泊，長風中怒號」、「長風駕高浪，浩浩自太古」、「寒日出霧遲，清江轉山急」、「高標跨蒼穹，烈風無時休。自非曠士懷，登茲翻百憂」、「涕淚濺我裳，悲風排帝閽」，歌行如「七歌兮悄終曲，仰視皇天白日速」、「深山窮谷不可處，霹靂魍魎兼狂風」、「王郎酒酣拔劍斫地歌莫哀，我能拔爾抑塞磊落之奇才。豫樟翻風白日動，鯨魚跋浪滄溟開」、「蠻夷長老怨苦寒，崑崙天關凍應折。玄猿口噤不能嘯，白鵠垂翅眼流血。安得春泥補地裂」、「秋風淅淅吹我衣，東流之外西日微」、「松浮欲盡不盡雲，江動將崩未崩石」、「三更風起寒浪湧，取樂喧呼覺船重。滿空星河光破碎，四座賓客色不動」、「來如雷霆收震怒，罷如江海凝清光」、《觀舞劍》。「雲來氣接巫峽長，月出寒通雪山白」、《古柏》。「褒公鄂公毛髮動，英姿颯爽來酣戰」、「斯須九重真龍出，一洗萬古凡馬空」、四句《丹青引》。「魏侯骨聳精爽緊，華嶽峰尖見秋隼」等句，皆爲奇警者也。後山謂「子美遇物方奇，如三江五湖，平漫千里，因風景作而後出奇」是也。至五、七言古，入聲或多借韻，又與古韻不合，此前古所無。《哀江頭》本二韻，後人誤作一韻者，非。

子美歌行，起語工拙不同，如「曲江蕭條秋氣高，菱荷枯折隨風濤」、「四山多風溪水急，寒雨颯颯枯樹濕」、「秋風淅淅吹我衣，東流之外西日微」、「今日苦短昨日休，歲云慕矣增離憂」、「疾風吹塵暗河縣，行子隔年不相見」、「諸公衮衮登臺省，廣文先生官獨冷。甲第紛紛厭粱肉，廣文先生飯不足」、「十日畫一水，五日畫一石。能事不受相促迫，王宰始肯留真迹」等句，既爲超絶；至「男兒生不成名身已老，三年飢走荒山道」、「王郎酒酣拔劍斫地歌莫哀，我能拔爾抑塞磊落之奇才」、「高唐暮冬雪壯哉，舊瘴無復似塵埃」、「廊廟之具裴施州，宿昔一逢無此流」、「悲臺蕭瑟石巃嵸，哀壑杈枒浩呼洶」等句，則更奇特。如「陸機二十作文賦，汝更小年能綴文」、「昔有佳人公孫氏，一舞劍器動四方」、「今我不樂思岳陽，身欲奮飛病在床」等句，未可爲法；至「天下幾人畫古松，畢宏已老韋偃少」、「聞道南行市駿馬，不限疋數軍中須」、「麟角鳳嘴世莫識，煎膠續弦奇自見」，則斷乎爲累語矣。今人於工者既不能曉，於拙者又不敢言，烏在其能讀杜也？後梅聖俞、黄魯直太半學杜累句，可謂嗜痂之癖。

子美《麗人行》，歌行用樂府語，不稱，《品彙》不録，良是。《憶昔行》「更討衡陽董鍊師」，「討」當作「訪」，或以「討」字爲新，不復致疑，安可便謂知杜耶？又篇中如「先帝侍女八千人，公孫劍器初第一」、「惜哉李蔡不復得，吾甥李潮下筆親」、「或從十五北防河，便至四十西營田」等句，即予所録者，亦不免爲累語。至歌行或用俳調，又不可爲法。

或問：「子美五、七言律，較盛唐諸公何如？」曰：盛唐諸公，惟在興趣，故體多渾圓，語多活潑。若子美則以意爲主，以獨造爲宗，故體多嚴整，語多沉著耳。此各自爲勝，未可以優劣論也。

子美五、七言律，命意創句與諸家不同。後之學者欲學子美，必須先學諸家，既而於子美果有所得，然後變調以學之，庶幾不謬。不然，恐徒有重拙之纇，不能入其壼奥也。今之初學輒慕子美，及問子美佳處，直兒童之見耳。故予論之如此，此前人所未道也。

子美律詩，大都沉雄含蓄、渾厚悲壯，然有句法奇警而沉雄者，有意思悲感而沉雄者，有聲氣自然而沉雄者。五言如「風連西極動，月過北庭寒」、「江雲飄素練，石壁斷空青。滄海先迎日，銀河倒列星」、「吴楚東南坼，乾坤日夜浮」、「星垂平野闊，月湧大江流」、「萬象皆春氣，孤槎自客星」、「地平江動蜀，天闊樹浮秦」，七言如「錦江春色來天地，玉壘浮雲變古今」、「江間波浪兼天湧，塞上風雲接地陰」、「五更鼓角聲悲壯，三峽星河影動摇」、「山連越巂蟠三蜀，水散巴渝下五溪」、「峽坼雲霾龍虎睡，江清日抱黿鼉遊」等句，皆句法奇警而沉雄者。五言如「親朋無一字，老病有孤舟」、「勳業頻看鏡，行藏獨倚樓」、「獨坐親雄劍，哀歌嘆短衣」、「名豈文章著，官應老病休」、「聖朝無棄物，老病已成翁」、「近淚無乾土，低空有斷雲」、「風塵逢我地，江漢哭君時」，七言如「萬里悲秋長作客，百年多病獨登臺」、「哀年肺病惟高枕，絶塞愁時早閉門」、「海内風塵諸弟隔，天涯涕淚一身遥」、「時危兵甲黄塵裏，日短江湖白髮前」、「側身天地更懷古，回首風塵甘息機」等句，皆意思悲感而沉雄者。五言如「劍閣星橋北，松州雪嶺東」、「南紀連銅柱，西江接錦城」、「樓角凌風迥，城陰帶水昏」、「秦地應新月，龍池滿舊宫」、「日出寒山外，江流宿霧中」、「詔從三殿去，碑到百蠻開」、「北闕心常戀，西江首獨迴」，七言如「無邊落木蕭蕭下，不盡長江衮衮來」、「殊方日落玄猿哭，舊國霜前白雁來」、「返照入江翻石壁，歸雲擁樹失山村」、「雪嶺獨看西日落，劍門猶阻北人來」、「長路關心悲劍閣，片雲何意傍琴臺」等句，皆聲氣自然而沉雄者。然句法奇警、意思悲感者，人或識之；聲氣自然者，則無有識也。學杜者必先得其聲氣爲主，否則終非子美耳。學初唐亦然。

胡元瑞云：「盛唐句法渾涵，如兩漢之詩，不可以一字求。至老杜而後，句中有奇字爲眼，才有此句法，便不渾涵。」愚按：老杜五言律妙處，原不在眼，淺薄者但得其眼耳。

子美五言律，沉雄渾厚者是其本體，而高亮者次之，他如「胡馬大宛名」、「致此自僻遠」、「帶甲滿天地」、「歲暮遠爲客」、「何年顧虎頭」、「光細弦欲上」、「亦知戍不返」等篇，氣格遒緊而語復矯健，雖若小變，然自非大手不能。其他瑣細者非其本相，晦僻者抑又變中之大弊也。

古今説杜詩者不能悉舉大要，多穿鑿附會，淺妄支離。蓋其人興趣既少，而於唐人玲瓏透徹、渾圓活潑之妙既不能知，其質性庸下，於少陵沉雄含蓄、渾厚悲壯之處，又不能得，徒以耳食慕少陵，不得已而求之篇格之間、字句之末，故不免於支離穿鑿耳。王元美云：「王允寧王維禎，字允寧。生平所推伏者獨杜少陵，其所好談説以爲獨解者，七言律耳。大要貴有照應、有開闔、有關鍵、有頓挫，其意主興、主比，其法有正插、有倒插。要之，杜詩亦一二有之，不必盡然也。」山谷亦云：「彼喜穿鑿者，棄其大旨，取其發興於所遇林泉、人物、草木、魚蟲，以爲物物皆有所托，如世間商度隱語者，則子美之詩委地矣。」愚按：説詩至此，自是子美厄運；至國朝弘、正諸子學杜，則杜學始昌也。以下二則與總論詩法源流一則參看。

太白古詩、歌行與子美並駕千古，宋人多推子美而遺太白者，蓋宋人自歐、蘇二三名家而外，率皆淺鄙疏陋，於古詩、歌行略無所得，一時所崇尚者七言律耳。而子美七言律最多，説者又有篇格、句字、照應、關鍵等説，故淺鄙者好之，實於杜律一無所解也。

胡元瑞最愛老杜「風急天高」一篇，反覆讚嘆，凡數百言，要皆得於影響。惟云：「一篇之中，句句皆律；一句之中，字字皆律。錙銖鈞兩，毫髮不差。」又云：「微有説者，是杜詩，非唐詩耳。」此論可謂獨得。與盛唐總論「子美信大」一則參看。然此篇在老杜七言律誠爲第一，但第七句即杜體亦不免爲累句。

元美嘗欲於老杜「玉露彫傷」、「昆明池水」、「風急天高」、「老去悲秋」四篇定爲唐人七言律第一，中雖稍有相詆，又皆無當。愚按：杜律較唐人體各不同無論，若「藂菊兩開他日淚」，語非純雅；「織女機絲虚夜月，石鯨鱗甲動秋風」，細大不稱；「羞將短髮還吹帽，笑倩傍人爲正冠」，似巧實拙；故自「風急天高」而外，在杜體中亦不得爲第一，况唐人乎？「老去悲秋」宋人極稱之，自無足怪。

子美七言律，如「風急天高」、「重陽獨酌」、「楚王宮北」、「秋盡東行」、「花近高樓」、「玉露彫傷」、「野老籬前」、「群山萬壑」等篇，沉雄含蓄，是其正體，國朝諸公多能學之，而穩貼匀和，較勝。如「年年至日」、「近聞寬法」、「使君高義」、「曾爲掾吏」、「寺下春江」等篇，其格稍放，是爲小變，後來無人能學；至如「黄草峽西」、「苦憶荆州」、「白帝城中」、「西嶽崚嶒」、「城尖徑昃」、「二月饒睡」、「愛汝玉山」、「去年登高」等篇，以歌行入律，是爲大變，宋朝諸公及李獻吉輩雖多學之，實無有相類者。

或問：「子美『年年至日』一篇，一氣渾成，與崔顥《黄鶴》、《雁門》寧有異乎？」曰：律詩詣極者，以圓緊爲正，駘蕩爲變。《黄鶴》前四句雖歌行語，而後四句則甚圓緊，《雁門》則語語圓緊矣。「年年」一篇，雖通篇對偶，而淋漓駘蕩，遂入小變。機趣雖同，而體製則異也。然讀「年年」等作，便覺《秋興》諸篇語多窒礙。予嘗謂子美七言律，變勝於正，終不能祛後世之惑。

王元美云：「老杜以歌行入律，亦是變《風》，不宜多作，多作則傷境。」愚按：子美七言以歌行入律，雖是變《風》，然豪曠磊落，乃才大而失之於放，蓋過而非不及也。馮元成謂「如促柱急絃，雷轟石飛，落落感慨，令人興懷不淺」，得之。與高、岑論中「五言不拘律法」者三則參看。

唐人詩惟杜詩最難學，而亦最難選。子美律詩，五言多晦語、僻語，七言多稚語、累語，今例以子美之詩而不敢議，又或於晦、僻、稚、累者反多録之，則詩道之大厄也。晦、僻者不能盡摘，稚、累者略舉以見。如「西望瑶池降王母」、「柴門不正逐江開」、「三顧頻繁天下計」、「風飄律吕相和切」、「不分桃花紅勝錦，生憎柳絮白於綿」、「桃花細逐楊花落，黄鳥時兼白鳥飛」、「酒債尋常行處有，人生七十古來稀。穿花蛺蝶深深見，點水蜻蜓款款飛」等句，皆稚語也；如「艱難苦恨繁霜鬢」、「晝漏稀聞高閣報」、「恒飢稚子色淒涼」、「志決身殲軍務勞」、「寵光蕙葉與多碧」、「太向交遊萬事慵」、「總戎楚蜀應全未，方駕曹劉不啻過」、「不爲困窮寧有此，祇緣恐懼轉須親」等句，皆累語也。胡元瑞云：「子美利鈍雜陳，正變互出，後來沾溉者無窮，詿誤者亦不少。」按：宋梅、黄諸人，於其晦、僻、稚、累處悉力擬之，此是意見乖謬，非註誤也。

王元美云：「子美七言絶變體，間爲之可耳，不足多法也。」愚按：子美七言絶雖是變體，然其聲調實爲唐人《竹枝》先倡，須溪謂「放蕩自然，足洗凡陋」是也。惟五言絶失之太重，不足多法耳。

子美衆作雖與諸家不同，然未可稱變。至五言古，如《柴門》、《杜鵑》、《義鶻》、《彭衙》，用韻錯雜，出語豪縱；七言古，如《魏將軍歌》、《憶昔行》，用韻險絶，造語奇特，皆有類退之矣；《茅屋爲秋風所破》，亦爲宋人濫觴，皆變體也。又七言律，如「伯仲之間見伊吕，指揮若定失蕭曹」、「韓公本意築三城，擬絶天驕拔漢旌。豈謂盡煩回紇馬，翻然遠救朔方兵」，始漸涉議論；五言律，如「吾宗老孫子，江皐已仲春」，七言律，如「清江一曲」、「一片花飛」、「朝回日日」等篇，亦宛似宋人口語。予嘗與方翁恬論詩，予曰：「元和諸公始開宋人門户。」翁恬曰：「杜子美已開宋人之門户矣。」此語實不爲謬，但初學聞之，反以爲怪耳。後觀馮元成議論，亦同。

楊用修云：「宋人以子美能以韻語紀時事，謂之『詩史』，見《唐書》。鄙哉！夫六經各有體，若《詩》者，其體其旨與《易》、《書》、《春秋》判然矣。《三百篇》皆意在言外，使人自悟。杜詩含蓄藴藉者蓋亦多矣，宋人不能學之。至於直陳時事，類於訐訕，乃其下乘末脚，而宋人拾以爲己寶，又撰出『詩史』二字以誤後人。如詩可兼史，則《尚書》、《春秋》可以併省矣。」愚按：用修之論雖善，而未盡當。夫詩與史，其體其旨，固不待辯而明矣。即杜之《石壕吏》、《新安吏》、《新婚别》、《垂老别》、《無家别》、《哀王孫》、《哀江頭》等，雖若有意紀時事，而抑揚諷刺，悉合詩體，安得以史目之？至於含蓄藴藉，雖子美所長，而感傷亂離，耳目所及，以述情切事爲快，是亦變《雅》之類耳，不足爲子美累也。

或問予：「歐陽公不好杜詩，其意何居？」曰：至和、嘉祐間，俱仁宗年號。場屋舉子爲文尚奇澀，讀或不成句。歐公力欲革其弊，既知貢舉，凡文涉雕刻者皆黜之。時楊大年、錢希聖、晏同叔、劉子儀爲詩皆宗李義山，號「西崑體」，公又矯其弊，專以氣格爲主。子美之詩，間有詰屈晦僻者，不好杜詩，特借以矯時弊耳。或言「歐公欲倡古文以抑末學」，是又不然。果爾，則歐公但不爲詩足矣，何既爲之而又不好杜耶？

開元中，任華雜言有《寄李白》、《寄杜甫》及《懷素草書歌》三篇，極其變怪。下流至盧仝、劉叉雜言。然語實鄙拙，未足成家。蓋其人質性狂蕩，而識趣庸劣，心慕李、杜而不能，故其流至此耳。今以其詩附見李、杜詩後，以見極盛之時已有大變者在也。

任華如《寄李白》云：「登廬山，觀瀑布。海風吹不斷，江月照還空。」余愛此兩句。「登天台，望渤海。雲垂大鵬翼，山壓巨鰲背」，斯言亦好。至于他作，多不拘常律。「而我有時白日忽欲睡，睡覺忽然起攘臂，任生知有君，君也知有任生未？」《寄杜甫》云「杜拾遺，名甫第二才甚奇」、「昨日有人誦得數篇黄絹詞，吾怪異奇特借問，果然稱是杜二之所爲」、「古人制禮但爲防俗士，豈得爲君設之乎？」而我不飛不鳴亦何以，只待朝廷有知己。已曾讀却無限書，拙詩一句兩句在人耳」等句，最爲鄙拙，以此效李、杜，正猶東施捧心，見者驚走耳。近世好奇者往往墮此障中，故詳言之。若《寄李白》「目送飛鴻對豪貴」，可稱佳句。

任華《懷素草書歌》云「一顛一狂多意氣，大叫數聲起攘臂。揮毫倏忽千萬字，有時一字兩字長丈二。翕若長鯨潑刺動海島，欻若長蛇成律透深草」、「擲華山巨石以爲點，掣衡山陣雲以爲畫」、「千魑魅兮萬魍魎，欲出不出何閃閃。又如浩海日暮愁陰濃，忽然躍出千黑龍」等句，宛見酒肆俗書惡態。素書本自豪蕩，但以華識趣庸劣，反形容入俗耳。餘見盧仝論中。

詩源辯體卷之二十

中唐

江陰許學夷伯清著

開元、天寶間，高、岑、王、孟古律之詩，始流而爲大曆錢、名起，字仲文。劉名長卿，字文房。諸子。錢、劉才力既薄，風氣復散，故其五、七言古氣象風格頓衰，然自是正變。正變之説見晚唐總論。五、七言古正變止此。權德輿、李益，正而非變；元和、開成諸子，變而非正。五、七言律造詣興趣所到，化機自在，然體盡流暢，語半清空。而氣象風格亦衰矣，亦正變也。下流至柳子厚五、七言律。

錢、劉五言古，平韻者多忌上尾，仄韻者多忌鶴膝。劉句多偶儷，故平韻亦間雜律體，然才實勝錢。七言古，劉似冲淡而格實卑，調又不純；凡歌行如用古調，自不必拘；若用俳調，則轉韻宜平仄相間，庶爲可歌。今劉實用俳調，而轉韻平仄疊用，故爲不純。初唐亦然。錢格若稍勝而才不及，故短篇多鬱而不暢，蓋欲鋪叙而不能耳。

五言古，劉如「蕭蕭清秋暮，㠐㠐涼風發。湖色淡不流，沙鷗遠還滅」、「頃爲衡湘客，頗見湖山趣。湖氣和楚雲，夕陽映江樹」、「峰峰帶落日，步步入青靄。香氣空翠中，猿聲暮雲外」、「夕陽留古木，水鳥拂寒浪。月下扣船聲，烟中采菱唱」，錢如「新晴村落外，處處烟景異。片水明斷崖，餘霞入古寺」、「向山看霽色，步步豁幽性。返照亂流明，寒空千嶂净」、「殘雲虹未落，返景霞初吐。時鳥鳴村墟，新泉繞林圃」、「更憐垂綸叟，静若沙上鷺。一論白雲心，千里滄洲趣」，七言古，劉如「江潭歲盡愁不盡，鴻雁春歸身未歸」、「窮巷無人鳥雀閒，空庭新雨莓苔緑」、「關路迢迢匹馬歸，垂楊寂寂數鶯飛」、「故人不在明月在，誰見孤舟來去時」，錢如「灞上春風留別袂，關東新月宿誰家」、「十年失路誰知己，千里思親獨遠歸」、「關東新月對離罇，江上殘花待歸客」、「白玉窗中聞落葉，應憐寒女獨無衣」等句，較之高、岑，則氣象風格頓衰矣。錢七言格稍勝者不述，論其常也。

初唐七言古，句皆入律，此承六朝餘弊。錢、劉七言古亦多入律，此是風氣漸漓也，聲韻雖同而風格大異耳。

五、七言律絶，以全集觀，錢去劉益遠。然錢五言律，如「欲知儒道貴」、「邊事多勞役」、「絳節引雕戈」三篇，氣格在初、盛唐之間，「勝景不易遇」一篇，以古入律，氣格亦近高、岑，惜結語皆弱；劉止「番禺萬里路」一篇爲近初、盛耳。元瑞亦嘗言之。王元美云：「錢、劉並稱，錢似不及劉。」得之。又云：「錢意揚，劉意沉；錢調輕，劉調重。」則全不相類。

五言律，劉如「逢君穆陵路」、錢如「事邊仍戀主」二篇，較前四作雄麗稍遜，而完美勝之，足繼開、寶餘響。劉「荒村帶晚照」、「一路經行處」二篇雖工，實中唐也。

五言排律，有雙韻，無單韻。中唐劉長卿止有五韻一篇，而他皆嚴整。錢起而下，復多有單韻者矣。

七言律，劉如「建牙吹角」、「征西諸將」、「十年多難」、「若爲天畔」等篇，在中唐聲氣爲雄，其他氣雖有降，無不稱工。錢「未央月曉」、「紫微晴雪」、「二月黄鸝」三篇，氣亦不薄；其他自「日暖風恬」而外，完善者實少。劉「建牙吹角」爲中唐七言律第一，元美極稱之，而于鱗不録，實所未曉。錢「自笑鄙夫」一篇，則已近開成矣。

謝茂秦云：「七言律，初唐句法嚴整，或實字叠用，虚字單使，自無敷演之病，如沈雲卿『漢家城闕疑天上，秦地山川似鏡中』、宋之問『文移北斗成天象，酒近南山作壽杯』，自見中唐錢、劉，虚字半之，格調漸下。」予謂：初唐七言律，非無虚字，但用之皆得其力，中唐用之，不免敷演單弱耳。詳而論之，錢用虚字爲多，劉間有之，試觀錢「湖南遠去」一篇，則易曉也。

五、七言律，劉體盡流暢，語半清空，而句意多相類。錢去劉雖遠，而入録者覺别有風韻。劉五言，如「更落淮南葉，難爲江上心」、「孤雲飛不定，落葉去無蹤」、「遠磬秋山裏，清猿古木中」、「東西湖渺渺，離别雨瀟瀟」、「勸耕滄海畔，聽訟白雲中」、「禪客知何在，春山到處同」、「新年芳草遍，終日白雲深」、「乞食山家少，尋鐘野寺遥」，七言如「官舍已空秋草没，女墻猶在夜烏啼」、「孤城盡日空花落，三户無人自鳥啼」、「天香月色同僧室，葉落猿啼傍客舟」、「秋草獨尋人去後，寒林空見日斜時」、「深花寂寂宫城閉，細草青青御路閒」、「身隨敝履經殘雪，手綻寒衣入舊山」、「定攀巖下叢生桂，欲買雲中若個峰」等句，皆清空流暢者也。錢五言如「迴雲隨去雁，寒露滴鳴蛩」、「片月臨階早，晴河度雁高」、「陰階明片雪，寒竹響空廊」、「行道白雲近，然燈翠壁深」、「薄田供歲酒，喬木待新禽」、「雞聲共林巷，燭影隔茅茨」，七言如「雪霽山門迎瑞日，雲開水殿候飛龍」、「長信月留寧避曉，宜春花滿不飛香」、《晴雪早朝》。「長樂鐘聲花外盡，龍池柳色雨中深」、「幽溪鹿過苔還静，深樹雲來鳥不知」等句，皆别有風韻者也。

或問：「沈、宋五、七言律，化機尚淺，而以爲正宗；錢、劉諸子，化機自在，而以爲正變。何也？」曰：唐人之詩，以氣象風格爲本，根本不厚，則枝葉雖榮而弗王耳。斯足以知大曆矣。

盛唐高、岑五言，子美七言，以古入律，雖是變《風》，然氣象風格自勝；錢、劉諸子五、七言，調雖合律，而氣象風格實衰，此所以爲不及也。

中唐五、七言絶，錢、劉而下，皆與律詩相類，化機自在，而氣象風格亦衰矣，亦正變也。五言上承太白、摩詰諸子，下流至許渾、李商隱。七言上承太白、少伯諸子，下流至許渾、杜牧、李商隱、温庭筠。

錢五言絶「燕趙悲歌士」一篇，頗類盛唐人語。

詩源辯體卷之二十一　中唐

江陰許學夷伯清著

中唐錢起，較劉長卿已自逕庭。若郎士元、字君胄。皇甫冉、字茂政。皇甫曾字孝常。古詩益微，五、七言律絶，入録者益少。高仲武進錢、郎、皇甫而獨抑長卿，大是曲筆。

郎士元、皇甫曾五言律，較錢、劉入録者雖少，然士元如「雙旌漢飛將」、曾如「上將曾分閫」二篇，氣格神韻可繼開、寶。此外寥寥，亦不多得矣。

五言律，士元如「河源飛鳥外，雪嶺大荒西」，冉如「野風飄叠鼓，海雨濕危旌」，曾如「雨雪從邊起，旌旗上隴遥」數句，雄麗有類初唐。又冉五言絶《和王給事維禁掖梨花》宛似摩詰，七言絶《酬張繼》則入晚唐矣。

五言律，士元如「能將流水引，更入洞庭波」、「連雁沙邊至，孤城江上秋」、「水容清過客，楓葉落行舟」、「高松殘子落，深井凍痕生」，冉如「山明殘雪在，潮滿夕陽多」、「冰結泉聲絶，霜清野翠濃」、「白雲長滿目，芳草自知心」、「秋深臨水月，半夜隔山鐘」，曾如「野渡冰生岸，寒川燒隔林」、「掃雪開松徑，疏泉過竹林」、「隔城寒杵急，帶月早鴻還」、「幽期山寺遠，野飯石泉清」，七言律，士元如「亭皋寂寞傷孤客，雲雪蕭條滿衆山」、「尺素欲傳三署客，雪山愁送五溪僧」、「蒼苔古道行應遍，落木寒泉聽不窮」，冉如「積水長天隨遠客，荒城極浦足寒雲」、「丹陽古渡寒烟積，瓜步空洲遠樹稀」、「燕知社日辭巢去，菊爲重陽冒雨開」，曾如「鑪烟乍起開仙仗，玉佩成行引上公」、「風傳刻漏星河曙，月上梧桐雨露清」、「真僧出世心無事，静夜名香手自焚」等句，皆體盡流暢、語半清空者也。

中唐李嘉祐、字從一。司空曙、字文明。盧綸、字允言。韓翃字君平。五言律，入録者更少，七言律與絶句爲勝。盧、韓七言古尚有可采者。

五言古，如杜子美《石壕吏》等，正是古拙；若盧綸《與張櫂對酌》詩，讀之誠欲嘔吐，此本不足致辯，但初學者不能無惑耳。盧詩《品彙》入録，大是可笑。

七言古，盧氣勝於劉，才勝於錢，故稍爲軼蕩而有格，但未能完美耳。韓氣格不如，而工麗勝之。

韓七言古，艷冶婉媚，乃詩餘之漸。如「重門寂寞垂高柳」、「把君香袖長河曲」、「平蕪霽色寒城下，美酒百壺争勸把」、「朝辭芳草萬歲街，暮宿春山一泉塢」、「殘花片片細柳風，落日疏鐘小槐雨」、「池畔花深鬥鴨欄，橋邊雨洗藏鴉柳」等句，皆詩餘之漸也。下流至李賀、李商隱、温庭筠，則盡入詩餘矣。

中唐五言律，曙如「江天清更愁」、「黄葉前朝寺」，綸如「隔窗栖白鳥」；七言律，綸如「聞逐樵夫」、「野日初晴」，翃如「垂楊拂岸」；七言絶，曙如「萬事傷心」、「罷釣歸來」，綸如「出關愁暮」、「登登山路」等篇，句法音調已入晚唐。

五言律，嘉祐如「世事關心少，漁家寄宿多」，綸如「少孤爲客早，多難識君遲」，翃如「玉杯分湛露，金勒借追風」、「翠羽雙鬟妾，珠簾百尺樓」；七言律，嘉祐如「蘆花渚裏鴻相叫，苦竹叢邊猿暗啼」、「野寺山邊斜有徑，漁家竹裏半開門」等句，亦已入晚唐。

曙五言律，如「中散詩傳畫，將軍扇賣書」，七言律，如「雲生客到侵衣濕，花落僧禪覆地多」、「講席舊逢山鳥至，梵經初向竺僧求」，乃晚唐奇僻之漸，學者所當慎始。

綸五言排律有《從軍行》，在中唐頗爲矯俊。翃《送王相公》一篇，氣象尤勝，至「雙旌過易水，千騎入幽州」及《送李中丞》「閉營春雪下，吹角暮山空」二聯，雄麗亦類初唐。

綸五言絶「月黑雁飛高」一首，氣魄音調，中唐所無。《唐詩紀事》又作錢起詩。

翃七言絶，後二句多偶對者，藻麗精工，是其特創，晚唐人決不能有也。如「急管晝催平樂酒，春衣夜宿杜陵花」、「春樓不閉葳蕤鎖，緑水回通宛轉橋」、「門外碧潭春洗馬，樓前紅燭夜迎人」、「紅蹄亂踏春城雪，花頜驕嘶上苑風」、「玉勒乍迴初噴沫，金鞭欲下不成嘶」等句，皆精工特創者也。

中唐李端字正己。五言律，尚可繼皇甫諸君；耿湋、崔峒五言，入録者既少，而七言律、絶，亦不多得矣。

五言律，峒如「陶令之官去」；七言律，端如「青春都尉」，湋如「蕭關掃定」；七言絶，湋如「雖言千騎」等篇，句法音調，亦入晚唐。

五言律，端如「梟猿楓子落，過雨荔枝香」、「漱泉春谷冷，搗藥夜窗深」，湋如「艱難爲客慣，貧賤受恩多」等句，亦入晚唐。

《唐書·盧綸傳》：「綸與吉中孚、韓翃、錢起、司空曙、苗發、崔峒、耿湋、夏侯審、李端皆能詩，齊名，號大曆十才子。」愚按：夏侯審制作無聞，吉中孚、苗發所傳甚少，故未可概述。胡元瑞云：「嘗歷考古今一時並稱者，多以遊從習熟，倡和頻仍，好事者因之以成標目。或品格差肩，以踪迹離而不能合；或才情迥絶，以聲氣合而不得離，難概論也。」

盛唐諸公五、七言律，多融化無迹而入於聖。中唐諸子，造詣興趣所到，化機自在，然體盡流暢，語半清空，其氣象風格，至此而頓衰耳。故學者以初唐爲法，乃可進爲盛唐；以中唐爲法，則退屈益下矣。嚴滄浪云：「學者以盛唐爲師，不作開元、天寶以下人物。若自退屈，即有下劣。」此不易之論。以下六則總論大曆之詩。

胡元瑞云：「中唐以後，稍厭精華，漸趨淡浄，故五、七言律清空流暢，時有可觀。」愚按：

中唐諸子，才力既薄，風氣復散，其氣象風格宜衰，而意主於清空流暢，則氣格益不能振矣。

中唐五、七言律，氣格雖衰而神韻自勝，故諷詠之猶有餘味；晚唐諸子，氣格既亡而神韻都絶，故諷詠之輒復易厭。胡元瑞云「中唐格調流宛而意趣悠長」，深得之矣。

中唐五言律，以全集觀雖多靡弱，然亦間有類盛唐者；七言律入録雖多，實無有類盛唐者。胡元瑞云：「中唐淘洗清空，寫送「送」字誤。流亮，七言律至是，殆於無可指摘。而體格漸卑，氣韻日薄，衰態畢露矣。」

中唐諸子五、七言律，才力既薄，風氣復散，其聲調語氣多相類，故其詩多相混入，不能辯也。釋皎然云：「大曆中，詞人竊占青山白雲、春風芳草以爲己有，吾知詩道初喪，正在於此。」已上六句俱皎然語。

有選大曆律詩者，凡涉「青山」、「白雲」、「春風」、「芳草」等字，悉皆不録。予謂：苟不選大曆則已，苟選大曆，正不當以此論也。國朝嘉靖諸子，多用百年、萬里、風塵、氣色等字，正是其聲口相宜，若必捨此而求，則非諸子之本相矣。

詩源辯體卷之二十二 中唐

江陰許學夷伯清著

李益，字君虞。貞元時人，五言古多六朝體，傚永明者，酷得其風神。唐人六朝體例不録。七言古，氣格絶類盛唐，《塞下曲》本一首，今集中作四絶句者，非。《祝殤辭》語多奇警，與李華《弔古戰場文》並勝，惜非完璧。五言律，氣格亦勝，「白馬羽林兒」一篇可配開、寶，「霜風先獨樹，瘴雨失荒城」一聯，雄偉亦類初唐。七言絶，開、寶而下，足稱獨步。胡元瑞云：「七言絶，開元之下，便當以李益爲第一。如《夜上西城》、《從軍北征》、《受降城春夜聞笛》諸篇，皆可與太白、龍標競爽。」

權德輿，字載之。貞元時人。五言古雖不甚工，然雜用律體者少，中有四五篇氣格絶類盛唐。七言古語雖綺艷，而格亦不卑。律詩，五言聲氣實勝，而七言則未爲工。滄浪云：「大曆以後，吾所深取者權德輿、李益。」

李益、權德輿在大曆之後，而其詩氣格有類盛唐者，乃是其氣質不同，非有意復古也。

詩源辯體卷之二十三 中唐

江陰許學夷伯清著

唐人五言古氣象宏遠，惟韋應物、柳子厚，名宗元。其源出於淵明，以蕭散冲淡爲主。然要其歸，乃唐體之小偏，亦猶孔門視伯夷也。以下六則總論韋、柳之詩。

韋、柳五言古，蕭散冲淡，本未可以句摘，今於景中見趣者，姑摘數語，以見大略。韋如「水木澄清景，逍遥清賞餘」、「遠峰明夕川，夏雨生衆緑」、「日落群山陰，天秋百泉響」、「明滅泛孤景，杳靄含夕虚」、「隔林分落景，餘霞明遠川」、「高林曉露清，紅蘂無人摘」、「幽鳥林上啼，青苔人迹絶」、「空林無宿火，獨夜汲寒泉」，柳如「黄葉覆溪橋，荒村惟古木。寒花疏寂歷，幽泉微斷續」、「道人庭宇静，苔色連深竹。日出霧露餘，青松如膏沐」、「石泉遠逾響，山鳥時一喧」、「羈禽響幽谷，寒藻舞淪漪」、「園林幽鳥囀，渚澤新泉清」、「磴迴茂樹斷，景晏寒川明」等句，皆於景中見趣，試一諷詠之，則鄙吝盡除矣。

韋、柳五言古，猶摩詰五言絶，意趣幽玄，妙在文字之外。學者必欲於音聲色相求之，則見其短篇仄韻爲工，而於長篇平韻，如飲水嚼蠟矣。

律詩易曉，古詩難知；古詩峥嶸豪蕩者猶易知，蕭散冲淡者更不易知也。應物《傳》云：「應物爲吴門時，年已老矣，而詩益造微，世亦莫能知也。」《詩眼》云：「柳子詩尤深難識，前賢亦未推重。自老坡發明其妙，學者方漸知之。」愚按：唐以詩取士，家傳户習，人莫不知，而二公之詩當時猶莫能識。今欲以蕭散冲淡教後學，吾知其不相入也。

學韋、柳詩，須先養其性氣，倘峥嶸之氣未化，豪蕩之性未除，非但不能學，且不能讀。試觀于鱗、元美，於韋、柳多不相契。于鱗不喜應物，元美亦未推重。

韋、柳之詩，蕭散冲淡，後進不宜遽學。譬之黄老恬淡無爲，乃是超世之術，若少年便耽此道，則頽墮委靡，不能自振。東坡學淵明，乃晚年事耳。

韋、柳五言古，雖以蕭散冲淡爲主，然舊史稱子厚詩「精裁密緻」，宋景濂謂柳「斟酌於陶、謝之中」，斯並得其實，故其長篇古、律用韻險絶，用韻險絶者不録。七言古鍛鍊深刻。應物之詩較子厚雖精密弗如，然其句亦自有法，故其五言古短篇仄韻最工，七言古既多矯逸，而勁峭獨出。乃知二公是由工入微，非若淵明平淡出於自然也。此一則論韋、柳與陶不同。

東坡云：「柳子詩在淵明下、韋蘇州上。」應物爲蘇州刺史。朱子云：「韋蘇州高於王維、孟浩然諸人，以其無聲色臭味也。」愚按：韋、柳雖由工入微，然應物入微而不見其工；子厚雖入微，而經緯綿密，其功自見。故由唐人而論，是柳勝韋；由淵明而論，是韋勝柳。東坡遷海外，惟以陶、柳二集自隨，是豈真知陶者哉！朱子初年，五言古悉學蘇州。此一則論韋、柳之不同。

《傳》言：「應物當開元、天寶間，宿衛仗内，親近帷幄，行幸畢從，頗任俠負氣。洎漁陽兵亂後，流落失職，乃更折節讀書。」其集有《逢楊開府》詩，言之備矣。「少事武皇帝，無賴恃恩私。身作里中横，家藏亡命兒。朝持摴蒱局，暮竊東鄰姬。司隸不敢捕，立在白玉墀。驪山風雪夜，長楊羽獵時。一字都不識，飲酒肆頑癡。武皇升仙去，憔悴被人欺。讀書事已晚，把筆學題詩。兩府始收迹，南宫謬見推。非才果不容，出守撫㷀嫠。忽逢楊開府，論舊涕俱垂。坐客何由識，唯有故人知。」晚年鮮食寡欲，所居焚香掃地而坐。蓋其人既自豪放以歸恬淡，故其詩亦自縱逸以歸冲淡也。以下七則專論應物之詩。

應物五言古有《擬古》雜詩等作，他如「仙鳥何飄颻」、「離絃既罷彈」、「鬱鬱兩相遇」、「少年一相見」、「握手出都門」、「青青連枝樹」等篇，實用古體。如「霜露悴百草」、「攜酒花林下」、「田家已耕作」、「偶然棄官去」、「春雷起萌蟄」等篇，乃學淵明之真率自然。如「濟濟衆君子」、「宦遊三十載」、「弱志厭衆紛」、「簡略非世器」、「亭亭心中人」、「獻歲抱深惻」、「凌霧朝閶闔」、「兹晨乃休暇」、「登高創危構」、「臨流一舒嘯」、「靄靄高館暮」等篇，則學淵明之蕭散冲淡，而實則唐體也。至如「負喧衡門下」、「湛湛嘉樹陰」、「仲春時景好」、「貴賤雖異等」、「青苔幽巷遍」、「池上鳴佳禽」、「蕭條竹林院」、「朝出自不還」、「心絶去來緣」、「北望極長廊」、「見月出東山」等篇，則近於無聲色臭味矣。

六朝五言，謝靈運俳偶雕刻，正非流麗；玄暉雖稍見流麗，而聲漸入律，語漸綺靡，遂成雜體。若應物，蕭散冲淡，較六朝更自迥别。徐師川云：「韋蘇州有六朝風致，最爲流麗。」其背戾滋甚。要知應物之詩本出於陶，六朝支離瑣屑，正不當與之並言，不得以字句形似求之。胡元瑞亦謂「韋左司應物爲左司郎中。是六朝餘韻」，豈道聽而塗説耶？

應物五言古，短篇仄韻最工，然與本體稍異。他如「芳節欲云晏」、「高臺造雲端」二篇，則頗見經緯之功，然沉鬱實遜子厚，此韋不如柳也。「聖朝有遺逸」一篇，語涉峥嶸，益非本相矣。

應物七言古，體既矯逸，而語復勁峭，與五言古如出二手。以全集觀，聲調間有不純者。

應物五、七言律絶，蕭散冲淡，與五言古相類，然所稱則在古也。

李頎七言律「物在人亡」一篇，元美謂：「不作奇事麗語，以平調行之，却足一倡三嘆。」愚按：應物七言律此調實多，而氣似勝之。

子厚五言古，較應物有同有異。如「新沐换輕幘」、「悠悠雨初霽」、「杪秋霜露重」、「發地結菁茅」、「老僧道機熟」、「汲井漱寒齒」等篇，蕭散冲淡，與應物相類。如「秋氣集南磵」、「南楚春候早」、「志適不期貴」、「鶴鳴楚山静」、「竄身楚南極」等篇，語雖蕭散，而功用始周，與應物小異。至如「稍稍雨侵竹」、「界圍匯湘曲」、「九疑濬傾奔」、「隱憂倦永夜」、「瘴茅葺爲宇」、

「窮陋闕自養」、「守閑事服餌」、「幽沉謝世事」、「生死悠悠爾」、「束帶值明后」、「燕秦不兩立」等篇，則經緯綿密，氣韻沉鬱，與應物大異，自是子厚之詩。《詩眼》所謂「尤深難識」，學者非熟讀諷詠不能有得也。予讀柳詩二十年，始悟「沉鬱」二字。以下九則專論子厚之詩。

昔人言：「子厚雅好《國語》，其文長枝大節處，多得於《國語》。」予謂：子厚五言古，氣韻沉鬱，亦得於《國語》。

元和諸公，議論痛快，以文爲詩，故爲大變。子厚五言古，如《掩役夫骸》、《詠三良》、《詠荆軻》，亦漸涉議論矣。至如《荆軻》結語云「世傳故多謬，太史徵無且」，即《桐葉封弟辯》云「或曰封唐，史佚成之」之意，但語較元和終則温潤耳，故不入大變也。

嚴滄浪云：「唐人惟柳子厚深得《騷》學。」愚按：子厚騷辭，惟《懟螭》、《哀溺》、《弔萇弘》、《弔屈原》、《弔樂毅》、《招海賈》諸文爲勝，而《招海賈》則又《招魂》之變，較諸篇爲尤勝。然諸篇雖爲騷之正派，而無漢武、小山、摩詰、太白詩趣，故《品彙》不録。

楊廉夫云：「《琴操》爲退之獨步，子厚不敢作，遂作《鐃歌》。古之文人，相服而不相忌如此。」愚按：子厚《鐃歌》較繆襲、韋昭雖爲稍勝，而語終不純雅，故《品彙》亦不録也。

子厚七言古氣格雖勝，然鍛鍊深刻，已近於變。姑録其顯易者數篇。

大曆以後，五、七言律流於委靡，元和諸公群起而力振之，賈島、王建、樂天創作新奇，遂爲大變，而張籍亦入小偏。惟子厚上承大曆，下接開成，乃是正對階級。然子厚才力雖大，而造詣未深，興趣亦寡，止就律詩言。故其五言長律及七言律對多湊合，語多妝構，始漸見斧鑿痕，而化機遂亡矣，要亦正變也。五言如「挺生推豹蔚，遐步仰龍驤」、「雅歌張仲德，頌祝魯侯昌」、「司儀六禮洽，論將七兵揚。合樂來儀鳳，尊祠重餼羊」、「璧非真盜客，金有誤持郎」、「訓刑方命呂，理劇復推張」、「采綬還垂艾，華簪更截肪」、「淵龍過許劭，冰鯉弔王祥」、「不言縲紲枉，徒恨纆牽長」，七言如「一身去國六千里，萬死投荒十二年。桂嶺瘴來雲似墨，洞庭春盡水如天」、「林邑東迴山似戟，牂牁南下水如湯。蒹葭淅瀝含秋霧，橘柚玲瓏透夕陽」、「驚風亂颭芙蓉水，密雨斜侵薜荔墻。嶺樹重遮千里目，江流曲似九迴腸」、「印文生緑經旬合，硯匣留塵盡日封。梅嶺寒烟藏翡翠，桂江秋水露鰅鱅」、「山腹雨晴添象迹，潭心日暖長蛟涎」、「三畝空留懸罄室，九原猶寄若堂封」、「青箬裹鹽歸洞客，緑荷包飯趁虛人」等句，對皆湊合，語皆妝構，較之大曆，則自不同矣。

或問：「子厚上承大曆，何得爲正對階級？」曰：開、寶至大曆，則流暢清空，風格始降；元和至開成，則工巧襯貼，作用日深。前以風格言，後以作用言也。蓋風格既降，自應作用耳。

或問：「子厚七言律，較錢、劉諸子氣格似勝，何謂不如大曆？」曰：子厚詩，語多妝構，其聲調乃失之於重，非氣格有勝耳。再以許渾、韋莊相比，則知之矣。

或問：「律詩湊合妝構者，元和間僅得子厚一人，安足概一時乎？」按：《唐書·藝文志》唐詩凡五百家，宋室南渡，僅存其半，今雖有百數十家，亦非全集。意山林隱逸之士，當時且未必收，況今復有存乎？故知湊合妝構，必非子厚一人也。

詩源辯體卷之二十四

中唐

江陰許學夷伯清著

大曆以後，五、七言古、律之詩，流於委靡。元和間，韓愈、孟郊、賈島、李賀、盧仝、劉叉、張籍、王建、白居易、元稹諸公群起而力振之，惡同喜異，其派各出，而唐人古、律之詩至此爲大變矣。亦猶異端曲學，必起於衰世也。以下六則總論元和之詩。

元和諸公五、七言古，其資性庸下者既不能讀，資性高明者又未可遽讀。元和諸公如異端曲學，多縱恣變幻，資性高明者，未識正變而遽讀之，不免爲惑耳。李獻吉云：「夫詩，宣志而導和者也，故貴宛不貴嶮，貴質不貴靡，貴情不貴繁，貴融洽不貴工巧。」此論於元和諸公甚當。今或以元和諸公爲陋劣者，既甚失之；或以爲勝李、杜者，則愈謬也。

予嘗謂：三教之理，判若河漢，世之儒者，惑於二教，不敢遽毁先聖，乃欲合而通之，其罪甚於毁儒。當如三家比居，其垣墻門户，界限分明，庶無混媟之虞。袁中郎謂：「詩至李、杜始大。韓、柳、元、白、歐，詩之聖也；蘇，詩之神也。」此合而通之，且欲以變爲主矣。又或心知韓、白、歐、蘇之美，恐妨於李、杜而不敢言，此又不能分别門户也。苟能於諸家門户判然分别，則謂韓、白諸子爲聖可也，神亦可也。

學詩者，識貴高，見貴廣。不上探《三百篇》、楚《騷》、漢魏則識不高，不徧觀元和、晚唐、宋人則見不廣。識不高，不能究詩體之淵源；見不廣，不能窮詩體之汗漫。上不能追躡《風》、《騷》，下不能兼收容衆也。

元和、晚唐諸公，各立門户，實以才力相勝。其才力有大小，故其門户亦有大小耳。以韓、白二公與餘子相比，則知之矣。宋人才大者學韓、白，若歐、蘇二公是也；才小者學李賀、李商隱、温庭筠，若楊大年諸人是也。詳見子美論中。

元和諸公所長，正在於變。或欲於元和諸公録其正而遺其變，此在選詩則可，辯體，終不識諸家面目矣。故予此編，於元和諸公各存其本體，惟於本體有未工者，則不録也。與《凡例》論元和一條參看。

司空圖云：「韓吏部名愈，字退之。歌詩，驅駕氣勢，若掀雷抉電，撑決天地之垠。」愚按：唐人之詩，皆由於悟入，得於造詣。若退之五、七言古，雖奇險豪縱，快心露骨，實自才力强大得之，固不假悟入，亦不假造詣也。然詳而論之，五言最工，而七言稍遜。

東坡云：「書之美者莫如顔魯公，然書法之壞自顔始；詩之美者莫如韓文公，然詩格之變自韓始。」漢魏古詩至元嘉，格已盡變，此言唐人古詩耳。愚按：元和諸公之詩，其美處即其病處，樂天謂

「所長在此，所病亦在此」是也。然學者必先知其美，然後識其病。今淺妄者於退之五、七言古實無所解，遽謂其詩不足觀，聞者寧不絶倒！

退之五、七言古，於窄韻既極奇險，於寬韻又極豪縱。歐陽公嘗謂：「退之得寬韻，則故泛入旁韻；得窄韻，反不旁出。」已上四句歐陽公語。此正欲騁其奇險與豪縱耳。歐五、七言古，太半學韓。

退之五言古，如「清曉卷書坐，南山見高稜。其下澄秋水，有蛟寒可罾」、「白帝盛羽衛，鬖髿振裳衣。白霓先啓途，從以萬玉妃」、《雪》。「山樓黑無月，漁火燦星點。夜風一何喧，杉檜屢磨颭。猶疑在波濤，怵惕夢成魘」、「籍也處閭里，抱能未施邦。文章自娱戲，金石日擊撞。龍文百斛鼎，筆力可獨扛。談舌久不掉，非君亮誰雙」，七言古如「朝爲百賦猶鬱怒，暮作千詩轉遒緊。摇毫擲簡自不供，頃刻青紅浮海蜃。才豪氣猛易語言，往往蛟螭雜螻蚓」、「復聞王師西討蜀，霜風洌洌摧朝菌。走章馳檄在得賢，燕雀紛拏要鷹隼」、「鸞翔鳳翥衆仙下，珊瑚碧樹交枝柯。金繩鐵索鎖鈕壯，古鼎躍水龍騰梭」、《石鼓》。「張侯名聲座所屬，起舞先醉長松摧。宿酲未解舊痁作，深室静卧聞風雷」等句，皆奇險者。五言古如「顧辱太守薦，得充諫諍官。排雲叫閶闔，拉腹呈琅玕」、「阿買不識字，頗知書八分。詩成使之寫，亦足張吾軍」、「三十骨骼成，乃一龍一豬。飛黄騰踏去，不能顧蟾蜍。一爲馬前卒，鞭背生蟲蛆。一爲公與相，潭潭府中居」、

「洸洸司徒公，天子爪與肱。提師十萬餘，四海欽風稜。河北兵未進，蔡州帥新薨。曷不請掃除，活彼黎與烝」，七言古如「安得長翮大翼如雲生我身，乘風振奮出六合，絶浮塵」、「我心如冰劍如雪，不能刺讒夫，使我心腐劍鋒折」、「我願身爲雲，東野變爲龍，四方上下逐東野，雖有離別無由逢」、「洪濤舂天禹穴幽，越女一笑三年留。南逾横嶺入炎州，青鯨高磨波山浮。怪魅炫曜堆蛟虬，山獶讙譟猩猩愁，毒氣爍體黄膏流」等句，皆豪縱者。然豪縱者未嘗不奇險，而奇險者未嘗不豪縱也。

先儒云：「韓愈博涉群書，奇詞奥旨，如取諸室中物。」愚按：退之五、七言古，字句奇險，皆有所本，然引用妥帖，殊無扭捏牽率之態。其論孟郊詩云：「横空盤硬語，妥帖力排奡。」蓋自况也。後世貪多騁博者，往往用事填塞，不惟句法臃腫，文氣支離，而措置無方，如暴富兒誇靡門奢，適足露其寒儉相耳。

《後山詩話》云：「詩文各有體，韓以文爲詩，杜以詩爲文，故不工耳。」愚按：退之五言古如「屑屑水帝魂」、「猛虎雖云惡」、「駑駘誠齷齪」、「雙鳥海外來」、「失子將何尤」、「中虚得暴下」等篇，鑿空構撰，「木之就規矩」，議論周悉，「此日足可惜」，又似書牘，此皆以文爲詩，實開宋人門户耳。然可謂過巧，而不可謂不工也。「雙鳥海外來」，中有似玉川處。

退之五言古《南山詩》，首序南山大概，次序南山四時變態，次言方隅連亘之所，次言經歷所見，末用繁欽《定情詩》一法數轉，凡一百二韻，可謂長篇之式。但語太深刻，故不入録。

退之五言古《此日足可惜》一篇，措語與衆作不同。此篇故爲拙朴，字字有金石聲。學者必先讀子美《杜鵑》、《義鶻》、《彭衙》諸作，乃可讀此，否則不免驚異耳。張籍《祭退之》倣此，而庸鄙處實多。後惟歐陽公《送吴生》一篇，足以嗣響。

五言古，子厚雖冲淡，細翫是一段功夫；退之雖奇險，然才大不費力。故退之之詩，非才高者不能讀，子厚之詩，非深造者不能知。

退之五、七言古雖奇險豪縱，然五言如「幽懷不能寫」，稍類建安；「南溪亦清駛」，亦近淵明；琴操《拘幽》、《履霜》〔二〕，頗合於古；七言《嗟哉董生行》類古樂府，《雉帶箭》、《豐陵行》、《桃源圖》，體亦近正。今並録冠於前，先正後變也。

退之五、七言律，篇什甚少，入録者雖近中晚，而無怪僻之調；七言「三百六旬」一篇，則近宋人。排律詠物諸篇，偶對工巧，摹寫細碎，盡失本相，兹並不録。七言絶，以全集觀，覺太粗率，入録者亦近中晚；《遺興》、《賽神》二篇，亦似宋人。

退之五、七言古爲大變，而五、七言律則多出中晚者，蓋退之才大，以律詩不足取異，不必自

〔二〕「《拘幽》、《履霜》」，崇禎本作「《履霜》、《拘幽》」。

立門户耳。

謝靈運詩極雕刻，而獨以「池塘生春草」爲佳句；韓退之詩極奇險，而曰「至寶不雕琢，神功謝鋤耘」，其識見固自在也。

詩源辯體卷之二十五 中唐

江陰許學夷伯清著

《隱居詩話》云：「孟郊字東野。詩，蹇澀窮僻，琢削不暇，真苦吟而成。」嚴滄浪云：「孟郊之詩刻苦，讀之令人不歡。」愚按：郊五言古，以全集觀，誠蹇澀費力，不快人意。然其入録者，語雖琢削，而體甚簡當。故其最上者不能竄易其字，其次者亦不能增損其句也。本傳謂其詩有理致，信哉！

東野五言古，不事敷叙而兼用興比，故覺委婉有致。然皆刻苦琢削，以意見爲詩，故快心露骨而多奇巧耳，此所以爲變也。

東野五言古，如「君子芳桂性，春榮冬更繁。小人槿花心，朝在夕不存」、「利劍不可近，美人不可親。利劍近傷手，美人近傷身」、「樹有百年花，人無一定顔。花送人老盡，人悲花自閑」、「浪水不可照，狂夫不可從。浪水多散影，狂夫多異蹤」、「棄置今日悲，即是昨日歡。將新變故易，變故爲新難」、「君心匣中鏡，一破不復全。妾心藕中絲，雖斷猶牽連」、「君淚濡羅巾，妾淚滴路塵。羅巾長在手，今得隨妾身。路塵如得風，得上君車輪」、「離婁豈不明，子野豈不聰？至寶非眼别，至音非耳通」、「誰言形影親，燈滅影去身。誰言魚水歡，水竭魚枯鱗」、「苟含天地秀，皆是天地身。天地蹇既甚，魯山道莫伸。天地氣不足，魯山食更貧」《弔元魯山》。等句，皆刻苦琢削，以意見爲詩者也。李西涯云：「熊蹯雞肋，筋骨有餘而肉味絶少，好奇者不能捨之，而不足以饜飫天下。」予謂：以此論東野，尤切。

東野詩，諸體僅十之一，五言古居十之九，故知其專工在此。然其用力處皆可尋摘，大要如連環貫珠，斯其所長耳。其《感懷八首》中有類陳子昂者，决非東野作。

退之奇險豪縱恣於博，故長篇爲工；東野矯激琢削歸於約，故短篇爲勝。歐陽公詩云：「孟窮苦纍纍，韓富浩穰穰。窮者啄其精，富者爛文章。發生一爲宮，揫斂一爲商。二律雖不同，合奏乃鏘鏘。」數語得二子神髓。故孟之於韓庶幾相匹，或稱郊島，則非其倫矣。

古人自許不謬。東野詩云：「詩骨聳東野，詩濤湧退之。」以濤歸韓，以骨自許，不謬。但退之非不足於骨，而東野實不足於濤。如東野《峽哀十首》，語亦奇險，然無退之之才，故終不足於濤。

賈島字浪仙。與孟郊齊名，故稱「郊島」。郊稱五言古，島稱五言律。然島之較郊，才質品第不啻什伯，故退之多稱郊而少及島，歐陽公亦云「郊死不爲島」是也。島五言律氣味清苦，聲韻峭急，在唐體尚爲小偏，而句多奇僻，在元和則爲大變。東坡云「郊寒島瘦」，唐人詩論氣象，此正言氣象耳。

賈島五言律，如「鳥絶吏歸後，蛩鳴客卧時。鎖城凉雨細，開印曙鐘遲」、「廢館秋螢出，空城寒雨來。夕陽飄白露，樹影掃青苔」、「早講林霜在，孤禪隙月殘」、「積雨荒鄰圃，秋池照遠山」、「門掩園林僻，日高巾幘慵。孤鴻來半夜，積雪在諸峰」、「獨鶴聳寒骨，高杉韻細飈。寒蔬修净食，夜浪動禪床」、「柴門掩寒雨，蟲響出秋蔬」、「空巢霜葉落，疏牖水螢穿」等句，皆氣味清苦，聲韻峭急。其他句多奇僻，即變體，不可爲法。如「野水吟秋斷，空山影暮斜」、「磬通多葉罅，月離片雲稜」、「凌結浮萍水，雪和衰柳風」、「松生師坐石，潭滌祖傳盂」、「西殿宵燈磬，東林曙雨風」、「絶雀林藏鶻，無人境有猿」、「井鑿山含月，風吹磬出林」、「明曉日初一，今年月又三」、「芽新抽雪茗，枝重集猿楓」、「露寒鳩宿雨，鴻過月圓鐘」等句，最爲奇僻，皆前人所未有者。世傳李洞慕賈島詩名，則鑄爲像以師之。晚唐人卑陋，於島輩傾心向慕，於退之、東野，茫乎無得也。

賈島五言律雖多變體，然中如「飄蓬多塞下」、「歸騎雙旌遠」、「數里聞寒水」、「閩國揚帆去」四篇，尚有初盛唐氣格，惜非完璧；如「辭秦經越過」、「石頭城下泊」、「半夜長安雨」、「落日投村戍」四篇，便似中唐；如「未知遊子意」、「去有巡臺侣」、「衆岫聳寒色」、「頭髮梳千下」四篇，亦似晚唐。今並録冠於前，先正後變也。

賈島七言律，入録者雖少，至如「霜覆鶴身松子落，月分螢影石房開」、「山鐘夜度空江水，汀月寒生古石樓」、「却從城裏攜琴去，許到山中寄藥來。臨水古壇秋醮罷，宿杉幽鳥夜飛迴」等句，皆清新峭拔，另爲一種，與五言小異，亦爲小偏。

退之五、七言古，凡遇窄韻，更極奇險。如賈島五言《翫月》詩，最爲醜惡，其他鄙陋者雖多，而此爲尤甚。人知退之之爲美，則知賈島之爲惡矣，鄒彦吉謂「猶刻形樵牧而無所彷彿，將爲芻狗」是也。見三十四卷。

元和諸子之詩雖成變體，然其才識則固有過人者，惟賈島才力既薄而識見尤卑。其詩有「秋風吹渭水，落葉滿長安」，古今勝語，而不自知愛；如「獨行潭底影，數息樹邊身」，島先得上句，積思三年，乃得下句。有何佳境？乃云「二句三年得，一吟雙淚流」，其識見卑下可知。

劉公《佳話》云：「島初赴舉京師，一日於驢上得句云：『鳥宿池邊樹，僧敲月下門。』始欲著『推』字，又欲著『敲』字，引手作推敲勢，韓愈權京兆尹，不覺衝至第三節，左右擁至。島具對所得詩，韓曰：『敲字佳。』遂與並轡而歸，爲布衣交。」予謂「敲」字亦平常語，「推」字則不成語矣，島識見雖卑，不應至此。一説島於驢上見落葉滿地，遂得「落葉滿長安」之句，無以爲對，因唐突京尹劉栖楚，被繫一夕，庶幾爲是。

胡元瑞云：「晚唐二家：一家學賈島，一家學姚合。」方虚谷云：「合詩有左無右，有右無左。前聯佳矣，或後不稱，起句是矣，繳句或非，有小結裹，無大涵容，其才與學殊不及浪仙也。」予考《才調》、《三體》、《律髓》、《品彙》、《類苑》諸書，合諸體僅得四五十篇。五言律如「馬隨山鹿放，雞雜野禽棲」、「移花兼蝶至，買石得雲饒」、「移山入院宅，種竹上城墻」、「棋罷嫌無月，眠遲聽盡砧」、「馬爲賒來貴，僮因借得頑」、「裁衣延野客，剪翅養山雞」、「嚼花香滿口，書竹粉粘衣」、「無竹栽蘆看，思山叠石爲」等句，僅入晚唐纖巧，中亦間有近島者。但其人既在元和間，先已逗入晚唐纖巧，故晚唐諸家實多類之，非有意學之耳。《品彙》所録五、七言，氣格稍勝，今亦録冠於前，先正後變也。焦弱侯《書目》有《姚合集》十卷，待全集出，更爲定論。

周賀字南卿。與賈島同時，其五言律多學島，如「寒僧迴絶塞，夕雪下窮冬」、「却來峰頂宿，知廢井南禪」、「坐久鐘聲盡，談餘嶽影迴」、「泉流通井脉，蟲響出墻陰」、「草烟連野燒，溪霧隔霜鐘」、「歸人值落葉，遠路入寒山」、「風高寒葉落，雨絶夜堂清」、「凍髭亡夜剃，遺偈病時書」等句，皆學島者也。

詩源辯體卷之二十六 中唐

江陰許學夷伯清著

李賀字長吉。樂府五、七言，調婉而詞艷，然詭幻多昧於理。其造語用字，不必來歷，故可以意測而未可以言解，所謂理不必天地有而語不必千古道者。然析而論之，五言稍易，而七言尤難。按賀未嘗先立題而爲詩，每旦出，騎款段馬，從小奚奴，背古錦囊，遇有所得，書投囊中，及暮歸，足成之，蓋出於湊合而非出於自得也，故其詩雖有佳句而氣多不貫。其七言難者，讀之十不得四五；易者，十不得七八。予所録乃其稍易者。杜牧之極推賀，而亦曰：「理或不及，辭或過之。」然今人學李、杜或相遠而學賀反相近者，即元瑞所謂「猶畫家之於佛道鬼神」也。詳見漢魏擬古論中。

李賀樂府五、七言雖多詭幻，而中有佳句。五言如「露下旗濛濛」[一]、「木葉啼風雨」、「蜂語繞妝鏡」、「燈青蘭膏歇，落照飛蛾舞」、「野粉椒壁黄，濕螢滿梁殿」、「新桂如蛾眉，秋風吹小

[一]「露」，崇禎本作「霧」。

緑」,七言如「咸陽王氣清如水」、「西風羅幕生翠波」、「芙蓉泣露香蘭笑」、「呼龍耕烟種瑶草」、「海塵新生石山下」、「緑粉掃天愁露濕」、「青雲無光宫水咽」、「露華蘭葉參差光」、「凉風雁啼天在水」、「椒花墜紅濕雲間」、「漢城黄柳映新簾」、「隙月斜明刮露寒,練帶平鋪吹不起」《劍》。等句,皆佳句也。至五言,如「蕃甲鎖蛇鱗,馬嘶青塚白」、「胡角引北風,薊門白於水」。天含青海道,城頭月千里」,七言如「簾外嚴霜皆倒飛」、「酒酣喝月使倒行」、「天河夜轉漂回星,銀浦流雲學水聲」,「梁王臺沼空中立,天河之水夜飛入」、「黑雲壓城城欲摧,甲光向日金鱗開」等句,益又奇矣。後人學賀者但能得其詭幻,於佳句十不得一,奇句百不得一也。

李賀樂府七言,聲調婉媚,亦詩餘之漸。上源於韓翃七言古,下流至李商隱、温庭筠七言古。如「啼蛄弔月鈎闌下」、「天河落處長洲路」、「鵶啼金井下疏桐」、「落花起作迴風舞」、「露脚斜飛濕寒兔」、「蘭臉别春啼脉脉」、「况是青春日將暮,桃花亂落如紅雨」、「樓頭曲宴仙人語,帳底吹笙香霧濃」、「桐英永巷騎新馬,内屋深屏生色畫」、「春風爛熳惱嬌慵,十八鬟多無氣力」、「衰蘭送君咸陽道,天若有情天亦老」、「芳草落花如錦地,二十長遊醉鄉裹。紅纓不重白馬驕,垂柳金絲香拂水」等句,皆詩餘之漸也。

嚴滄浪云:「人言太白仙才,長吉鬼才。不然,太白天仙之詞,長吉鬼仙之詞耳。」愚按:賀樂府七言,如「茂陵劉郎秋風客,夜聞馬嘶曉無迹」、「大江翻瀾神曳烟,楚魂尋夢風颸然」、

「秋墳鬼唱鮑家詩，恨血千年土中碧」、「西山日没東山昏，旋風吹馬馬踏雲」、「百年老鴞成木魅，嘯聲碧火巢中起」、「石脉水流泉滴沙，鬼燈如漆照松花」、「呼星召鬼歆杯盤，山魅食時人森寒」、「蟲棲雁病蘆筍紅，迴風送客吹陰火」等句，皆鬼仙之詞也。又「啾啾赤帝騎龍來」，真仙而鬼耶！

張表臣云：「篇章以平夷恬淡爲上，怪險蹶趨爲下。如李長吉錦囊句，非不奇也，而牛鬼蛇神太甚，所謂施諸廊廟則駭矣。」已上表臣語。今選詩者於元和間每多録之，但以其調婉而詞艷耳。

李賀古詩或不拘韻，律詩多用古韻，此唐人所未有者；又仄韻上、去二聲雜用，正合詩餘。李商隱、温庭筠亦然。後人於上、去二聲雜用，一則惑於李賀諸君，一則惑於俗音，以爲上、去可通用也。

按韋楚老樂府七言有《祖龍行》，正傚長吉體也。楚老，長慶進士，開成間爲拾遺，奏李德裕傾牛僧孺，而賀則卒於太和五年，元瑞乃謂「長吉諸篇出於楚老」，則失考矣。

李商隱作賀《傳》言：「賀將死，見一緋衣人召賀曰：『帝成白玉樓，召君爲記。』賀竟死。」此好奇之士爲之，或賀自衒以欺世。不然，豈天帝亦鬼仙耶？又或謂：「怨家投賀詩於厠，故不盡傳。」此亦好奇之士謂賀之奇有不盡耳。

盧仝、號玉川子。劉叉雜言，極其變怪，雖倣於任華而意多歸於正。劉較盧才實不及，故佳處亦少。馬異篇什不多，亦與盧、劉相類，今亦略附一篇。

盧仝雜言《有所思》一篇，《雪浪齋日記》以爲語有不類，疑他人作。《樓上女兒曲》猶近於正，今亦録冠於前。《嘆昨日》第二篇。以下，始多變怪。《月蝕詩》近一千七百言，極其變怪。如「玉川子，涕泗下，中庭獨自行。念此日月者，太陰太陽精。皇天要識物，日月乃化生。走天汲汲勞四體，與天作眼行光明。此眼不自保，天公行道何由行」、「又孔子師老子云，五色令人目盲。吾恐天似人，好色即喪明」、「傳聞古老説，蝕月蝦蟆精。徑圓千里入汝腹，汝此癡骸阿誰生」、「嗚呼！人養虎，被虎齧。天媚蟇，被蟇瞎。乃知恩非類，一一自作孽」、「玉川子，又涕泗下，心禱再拜額榻砂土中。地下蟣虱臣仝告愬帝天皇，臣心有鐵一寸，可刳妖蟆癡腸。上天不爲臣立梯蹬，臣血肉身，無由飛上天，揚天光」、「玉川子詞訖，風色緊格格。近月黑暗邊，有似動劍戟。須臾癡蟇精，兩吻自決坼。初露半個璧，漸吐滿輪魄。衆星盡原赦，一蟆獨誅磔」、「願天完兩目，照下萬方土。萬古更不瞽，萬萬古，更不瞽，照萬古。」劉叉雜言《冰柱》云「始疑玉龍下界來人世，齊向茅檐布爪牙。又疑漢高帝，西方來斬蛇。人不識，誰爲當風仗莫邪」，《雪車》云「官家不知民餒寒，盡驅牛車盈道載屑玉。載載欲何之，秘藏深宫以御炎酷。徒能自衛九重間，豈信車轍血，點點盡是農夫哭」等句，皆極其變怪者也。又仝《與馬異結交詩》，尤怪僻不可解。

盧仝《月蝕詩》雖多村鄙，然不過欲騁其變怪，其譴浪滑稽處，正足以發一笑。若任華，初未嘗譴浪，其村鄙乃自骨髓中來，未可與盧並論。

王元美云：「盧仝、馬異皆乞兒唱長短急口歌博酒食者。」愚按：盧仝《月蝕詩》，佳處亦自奇警，村鄙處不免如元美所云爾。村鄙者不暇摘。退之效玉川《月蝕詩》，較玉川僅三之一，而皆竄削其語用之，豈退之厭其冗穢，特爲裁定，然不欲見盧之短，故但云「效玉川」也？嚴滄浪云：「玉川之怪，長吉之詭，天地間自欠此體不得。」

詩源辯體卷之二十七 中唐

江陰許學夷伯清著

張籍字文昌。五言古極少，王建字仲初。五言古聲調僅純，然不成語者多；樂府七言，二公又是一家。王元美云：「樂府之所貴者，事與情而已。張籍善言情，王建善徵事，而境皆不佳。」馮元成謂「較李、杜歌行，判若河漢」是也。愚按：二公樂府，意多懇切，語多痛快，正元和體也。然析而論之，張語造古淡，較王稍爲婉曲，王則語語痛快矣。且王詩多，而入録者少，故知其去張實遠也；其仄韻亦多上、去二聲雜用。

張、王樂府七言，張如「青天漫漫覆長路，遠遊無家安得住？願君到處自題名，他日知君從此去」、「浮雲上天雨隋地，暫時會合終離異。我今與子非一身，安得死生不相棄」、「力盡不得拋杵聲，杵聲未盡人皆死。家家養男當門户，今日作君城下土」、《築城詞》。「婦人依倚子與夫，同居貧賤心亦舒。夫死戰場子在腹，妾身雖存如晝燭」、「蘭膏已盡股半折，雕文刻樣無年月。雖離井底入匣中，不用還與墜時同」，《古釵行》。王如「有歌有舞聞早爲，昨日健於今日時。人家見生男女好，不知男女催人老」、「篋中有帛倉有粟，豈向天涯走碌碌。家人見月望我歸，正是道上思家時」、「麥收上場絹在軸，的知輸得官家足。不望入口復上身，且免向城賣黄犢」、「三日無火燒紙錢，紙錢那得到黄泉？但看壠上無新土，此中白骨應無主」、《寒食行》。「誰家石碑文字滅？後人重取書年月。朝朝車馬送葬迴，還起大宅與高臺」《北邙行》。等句，皆懇切痛快者也，宋元、國初多習爲之，蓋以其短篇，語意緊密，中才者易於收拾耳。

韓、白五言長篇雖成大變，而縱恣自如，各極其至；張、王樂府七言雖在正變之間，而實未盡佳。選者於韓、白五言長篇不録而多采張、王樂府，蓋元和主變，而選者貴正也。

大曆而後，五、七言律體製聲調多相類，元和間，賈島、張籍、王建始變常調。張、王五言清新峭拔，較賈小異，在唐體亦爲小偏。張如「椰葉瘴雲濕，桂叢蠻鳥聲」、「夜鹿伴茅屋，秋猿守栗林」、「渡口過新雨，夜來生白蘋」、「竹深村路暗，月出釣船稀」、「月明見潮上，江静覺鷗飛」、「夜静江水白，路迴山月斜」、「乘舟向山寺，著屐到漁家」、「新露濕茅屋，暗泉衝竹籬」，王如「瘴烟沙上起，陰火雨中生」、「水國山魈引，蠻鄉洞主留」、「石冷啼猿影，松昏戲鹿塵」、「閉門留野鹿，分食養山雞」、「雨水洗荒竹，溪沙填廢渠」、「野桑穿井長，荒竹過墻生」等句，皆清新峭拔，另爲一種，五代諸公乃多出此矣。

張籍七言律，如「瑞烟深處開三殿，香雨微時引百官」、「閶門柳色烟中遠，茂苑鶯聲雨後新」、「曉來江氣連城白，雨後山光帶郭青」、「山鄉祇有輸蕉户，水鎮應多養鴨欄」、「九靈洞口行應到，五粒松枝醉亦攀」等句，風味亦與五言相類。七言絶漸入晚唐，而入録者最爲有致，然中多雜以夢得之詩。

王建七言律，入録者僅得四五，其他句多奇拗，遂爲大變，宋人之法多出於此。如「一向破除愁不盡，百方迴避老須來」、「迴殘疋帛歸天庫，分好旌旗入禁營」、「時過無心求富貴，身閒不夢見公卿」、「曾向先王邊諫事，還應上帝處稱臣」、「檢案事多關市井，聽人言志在雲山」、「臘月近湯泉不凍，夏天臨渭屋清涼」、「秦隴州緣鸚鵡貴，王侯家爲牡丹貧」、「看宣賜處驚迴眼，著謝恩時便稱身」《和蔣學士新授章服》。等句，實爲宋人奇拗之祖，而劉後村爲多。但建全篇完妥者少，故未可入録。

王建七言律，如「功證詩篇離景象，藥成官位屬神仙」、「奇險驅迴還寂寞，雲山經用始鮮明」、「沙灣漾水圖新粉，緑野荒阡暈色繒」、「點緑斜蒿新葉嫩，添紅石竹晚花鮮」、「無多白玉階前濕，積漸青松葉上乾」《微雪》。等句，實爲怪惡；如「借倩學生排藥合，留連處士乞松栽」、「多愛貧窮人遠請，長修破落寺先成」、「鋪設暖房迎道士，支分閒院與醫人」、「健羨人家多力子，祈求道士有神符」、「顛狂繞樹猿離鎖，跳躑緣岡馬斷羈」《寒食看花》。等句，又極村陋，實爲杜牧、皮、陸、唐末諸子先倡。沿至宋人，遂爲常調矣。餘見杜牧、皮、陸、唐末諸子論中。

詩有景象，即風人之興比也。唐人意在景象之中，故景象可合不可離也。王建《贈盧汀詩》「功證詩篇離景象」，此實自謂，意以爲初盛唐不離景象，故其意不能盡發，今欲悉離景象，悉發真意，故其詩卑鄙至是，此唐人錯悟受魔之始也。趙凡夫云：「文論得失，詩尚妍媸。」此則全不論妍媸矣。與晚唐總論末三則參看。

王建七言絶有《宫詞》百首，入録者無幾，《苕溪藂話》云：「閲王建《宫詞》，佳者亦少，只世所膾炙者數詞耳，其間雜以他人之詞。」云云。胡元瑞亦云：「建『寥落古行宫』一首，語意妙絶，合建七言《宫詞》百首，不易此二十字也。」

詩源辯體卷之二十八 中唐

江陰許學夷伯清著

白樂天名居易。五言古，其源出於淵明，其《自吟詩稿》云：「蘇州及彭澤，與我不同時。此外復誰愛，惟有元微之。」但以其才大而限於時，故終成大變。其叙事詳明，議論痛快，此皆以文爲詩，實開宋人之門户耳。又全集冗漫者多，斷不可讀。

或問：「子言樂天五言古叙事詳明，以文爲詩。今觀杜子美《新婚别》、《垂老别》、《無家别》等，亦皆叙事，何獨謂樂天以文爲詩乎？」曰：子美叙事，紆迴轉折，有餘不盡，說見子美論中。正未易及；若樂天，寸步不遺，猶恐失之，乃文章傳記之體。試以二詩並觀，迥然自别矣。

樂天五言古，叙事詳明者難以句摘，議論痛快者略摘以見。如「小人與君子，用置各有宜。奈何西漢末，忠邪並信之？不然盡信忠，早絶邪臣窺；不然盡信邪，早使忠臣知」、《讀漢書》。「因小以明大，借家可喻邦。周秦宅崤函，其宅非不同。一興八百年，一死望夷宫。寄語家與國，人凶非宅凶」、《凶宅》。「儒教重禮法，道家養神氣。重禮足滋彰，養神多避忌。不如學禪定，中有甚深味。曠廓小如空，澄凝勝於睡」、「大隱住朝市，小隱入丘樊。丘樊大冷落，朝市大囂諠。不如作中隱，隱在留司官。似出復似處，非忙亦非閒」、「心了事未了，飢寒迫於外。事了心未了，念慮煎於内。我今實多幸，事與心相會。内外及中間，了然無一礙」、「寓心身體中，寓性方寸内。此身是外物，何足苦憂愛？況有假飾者，華簪及高蓋。此又疏於身，復在外物外」等句，皆議論痛快，以理爲勝者也。鄒彦吉云：「夫莫不有理，而惟詩忌理障；莫不有事，而惟詩忌事障。」已上彦吉語。若樂天此詩，則皆所謂理障也。

樂天五言古，用語流便，雖若容易，而聯絡照應，動切肯綮，實皆苦思得之。張文潛云：「世以樂天詩爲得於容易，嘗於洛中一士人家見白公詩草數紙，點竄塗抹，及其成篇，殆與初作不侔。」已上文潛語。其苦思可知。或謂樂天每作詩，令一老嫗解之，嫗解則録，是好事者妄言耳。今試以樂天詩誦之，即聰慧婦人，有能盡得其解者乎？

五言古，退之語奇險，樂天語流便，雖甚相反，而快心露骨處則同。就其所造，各極其至，非餘子所及也。司空圖謂「元、白力勍而氣孱」，蓋以其語太率易、不蒼勁故耳。

樂天五言古最多，而諸家選録者少，蓋以其語太率易而時近於俗，故修詞者病之耳。然元和諸公之詩，貴快心盡意而縱恣自如，故予謂樂天詩在退之之下、東野之上。或有取於東野而無取於樂天，非所以論元和也。

樂天五言古，語既率易，中復間用律句，是厥體中所短。如《賀雨》云「歡呼相告報，感泣涕沾胸」，《朱陳村》云「孤舟三適楚，羸馬四經秦」等句，皆律句也。學樂天者最宜慎之。

樂天五言古，如《賀雨》、《大觜烏》等，雖成大變，而叙事詳明，用韻穩帖，首尾勻稱，靡不如意，其所長正在於此；或以諸篇爲冗濫而不當録者，非所以論元和也。其「窈窕雙鬟女」、「翩翩兩玄烏」、「古琴無俗韻」等，體雖近正，而實非本相，今亦録冠於前，先正後變也。

樂天五言古有《大觜烏》，蓋指當時閹宦也，中云：「雖生八九子，誰辨其雌雄？」語尤顯明。《題海圖屏風》，當指淮蔡，語亦瞭然。今人讀古詩，於易知者不能知，於不易知者每多附會，何耶？

樂天七言古，《長恨》、《琵琶》，叙事詳明；新樂府議論痛快，亦變體也。胡元瑞謂「敷演有餘，步驟不足」，得之。《長恨歌》聲調雖不盡純，說見李杜論及錢劉論注中。然才氣有餘，故自不覺。

樂天七言古，叙事詳明者未可句摘，議論痛快者略摘以見。如「貞元之民若未安，驃樂雖聞君不歡。貞元之民苟無病，驃樂不來君亦聖」、《驃國樂》。「君看驪山頂上茂陵頭，畢竟悲風吹蔓草。何況玄元聖祖五千言，不言藥，不言仙，不言白日升青天」、《海漫漫》。「新人新人聽我語，洛陽無限紅樓女，但願將軍重立功，更有新人勝於汝」、《母别子》。「假色迷人猶若是，真色迷人應過此。彼真此假俱迷人，人心惡假貴重真。狐假女妖害猶淺，一朝一夕迷人眼。女爲狐媚害却深，日增月長溺人心」《古塚狐》。等句，亦皆議論痛快、以理爲勝者也。

樂天七言古，《長恨》、《琵琶》及《新樂府》雖成變體，然尚有唐人音調，至「一日日」「一年年」及《達哉樂天行》，則全是宋人聲口，始爲大變矣。

元和間五、七言古，退之奇險，東野琢削，長吉詭幻，盧仝、劉叉變怪，惟樂天用語流便，似若欲矯時弊，然快心露骨，終成變體。

樂天五、七言律絶，悉開宋人門户，但欠蒼老耳；五言排律，華贍整栗，而對尚工切，語皆琢磨，乃正變也。

樂天五言律，如「邊角兩三枝」、「離離原上草」、「烟翠三秋色」等篇，尚爲小變；如「巧未能勝拙，忙應不及閒」、「榮華急如水，憂患大於山」、「雖過酒肆上，不離道場中」、「白首誰留住，青山自不歸」等句，遂大入議論；如「寒衣補燈下，小女戲床頭」、「莫强疏慵性，須安老大身」、「病看妻檢藥，寒遺婢梳頭」、「佛容爲弟子，天許作閒人」、「百年慵裏過，萬事醉中休」、「天供閒日月，人借好園林」等句，則快心自得，宋人門户多出於此。

樂天五言律有「何處春深好」二十首、「何處難忘酒」七首、「不如來飲酒」七首，實開宋人冗濫之門。

樂天七言律，如「萬里清光」、「岳陽樓下」、「來書子細」等篇，亦爲小變，如「我轉官階常自愧，君加邑號有何功」、《妻初授邑號告身》。「翠黛不須留五馬，皇恩只許住三年」、《西湖留別》。「借問連宵直南省，何如盡日醉西湖」《代諸妓寄嚴郎中》。等句，始入遊戲；如「試玉要燒三日後，辨材須待七年期」、「松樹千年終是朽，槿花一日自爲榮」、「只見火光燒潤屋，不聞風浪覆虚舟」、「蟲全性命緣無毒，木盡天年爲不才」、「榮枯事過都成夢，憂喜心忘便是禪」、「學調氣後衰中健，不用心來鬧處閒」、「當君白首同歸日，是我青山獨往時」、「盡離文字非中道，長住虚空是小乘」等句，亦大入議論；如「夜眠身是投林鳥，朝飯心同乞食僧」、「寒松縱老風標在，野鶴雖飢飲啄閒」、「二三月裏饒春睡，七八年來不早朝」、「聞有酒時須笑樂，不關身事莫思量」、「五千言裏教知足，三百篇中勸式微」等句，亦快心自得；如「新詩傳詠」、「艷陽時節」、「憶除司馬」等篇，則兩股交串；如「昔年八月」、「非莊非宅」、「案頭曆日」等篇，又隔句扇對。至「早聞元九」一篇，體製更奇，此皆以文爲詩，實開宋人之門户耳。

樂天七言律本自流便，然其句又有奇拗如王建者，有艱澀類諸家者，豈習俗不能自免耶？

樂天七言絶，如「雪盡終南」、「憶抛印綬」、「今年到時」、「行人南北」、「野店東頭」、「烟葉葱蘢」、「青苔故里」、「靖安宅裏」、「朱門深鎖」等篇，意雖深切，亦尚爲小變；如「欲上瀛洲」、「花紙瑶緘」、「小樹山榴」、「紫房日照」、「我梳白髮」、「柳老春深」等篇，亦大入遊戲；如「老去將何」、「墻西明月」、「酒後高歌」、「莫嫌地窄」、「自知氣發」、「自學坐禪」、「歲暮皤然」、「卧在漳濱」、「勞將白叟」、「琴中有曲」、「莫驚寵辱」、「鹿疑鄭相」、「相府湖陽」等篇，亦大入議論；如「狂夫與我」、「少年怪問」、「重裘暖帽」、「目昏思寢」、「紗巾草屨」、「自出家來」等篇，亦快心自得，此亦以文爲詩，亦開宋人之門户耳。

退之五、七言古雖開宋人門户，然歐、蘇而外無人能學。惟樂天律絶，悉開宋人門户，而宋人實多學之，當時稱爲「廣大教化主」是也。然但得其淺易耳。

樂天詩，非不自知其變，但以其才大不能束縛，故不得不然。觀其《和答微之詩序》云：「頃者在科試間，常與足下同筆硯，每下筆時輒相顧，共患其意太切而理太周。故理太周則辭繁，意太切則言激。然與足下爲文，所長在於此，所病亦在於此。」故知其不得不然耳。

王元美云：「樂天晚更作知足語，千篇一律。」愚按：樂天才大，其詩自能變化，但其篇什太多，故用意不免有相類者，謂一律則非矣。

元微之名稹。少年與白樂天角靡騁博，故稱元白，然元實不如白。白五言古入録者，雖長篇而體自勻稱，意自聯絡；元體多冗漫，意多散緩，而語更輕率，可采者不能十一。嘗觀樂天《和答微之詩序》，其略曰：「五年春，微之左轉爲江陵士曹掾，命季弟送行，且奉新詩一軸，凡二十章，率有比興，淫文艷韻，無一字焉。及足下到江陵，寄在路所爲詩十七章，皆得作者風。然竊思之，豈僕所奉二十章遽能開足下聰明使之然也？抑又不知足下是行也，天將屈足下之道、激足下之心，使感時發憤而臻於此耶？何立意措辭與足下前時詩如此相遠也。」此雖以元詩淫靡者爲言，然予録微之五言古僅七首，而元所寄白十七章中得其四，故知微之本非樂天儔耳。

微之集五言古有《清都夜境作》，下注云：「自此至《秋夕》七首，並年十六至十八時作，中頗有類韋蘇州語，惜未盡工耳。」故知微之初年即與樂天同一源也。詳見樂天首則論注中。

東坡言「元輕白俗」，昔人謂爲定論。嘗讀微之《連昌宫詞》及七言律一二入選者，聲氣似勝，烏得爲輕？既而讀其集，惟五言排律長篇及窄韻者稍工，餘不免太輕率耳。觀其《酬樂天詩序》云：「屬李景信校書自忠州訪予，連床遞飲之間，悲吒使酒，不三兩日，盡和去年以來三十二章，皆異。」其輕率可知。

元不如白，乃是功有疏密，非才有大小也，觀張文潛論樂天見前。及微之《酬樂天詩序》，便可知矣。

微之七言古《連昌宫詞》，聲氣渾厚，勝於樂天《長恨歌》，但叙事議論處，終是元和人詩。然微之七言古此外竟無可取。

昔人言：「元和以後，詩學淫靡於元稹。」今考集中，淫靡者未見，何也？按《唐書·藝文志》載《元氏長慶集》一百卷，又《小集》十卷，今所傳止六十卷，乃宋宣和間建安劉氏收拾於殘缺之餘者，故淫靡者不可得也。王性之家藏元氏艷詩百餘首，采入《傳奇辯證》者十九首，餘亦不傳。今止録十二篇，以補成一家。然《夢遊春詞》汰去其半，尚嫌冗雜，其他一二絶句外，亦未爲工，惟《古决絶詞》爲勝。

《函史》載：「李戡，字定臣，舉進士，就禮部試，吏唱名乃入，恥之，徑反江東，隱陽羨，論著數百篇。惡元和有元白詩競傳，爲世重，集當世人詩類古者，斷以爲唐詩。」愚按：戡誠快士，其論著及所集詩不少概見，惜哉！

詩源辯體卷之二十九

中唐

江陰許學夷伯清著

白樂天初與元微之齊名，元卒，與劉夢得字禹錫。俱分司洛中，遂稱劉白。按劉雖與白齊名，而其集變體實少，五、七言古及五言律俱未爲工。七言律，如「南荆西蜀」、「南宫幸襲」、「渡頭輕雨」三篇，聲氣有類盛唐；如「建節東行」、「南國山川」、「家襲韋平」、「浮杯萬里」等篇，音調亦似大曆；如「漢壽城邊」、「相門才子」、「洛陽秋日」、「新賜魚書」、「鳳樓南面」等篇，則已逗入開成。至如「疏種碧松過月朗，多栽紅藥待春還」、「樓中飲興因明月，江上詩情爲晚霞」、「蘭蕊殘妝含露泣，柳條長袂向風揮」等句，及「前年曾見」一篇，則更入纖巧矣。七言絶氣格甚勝，嚴滄浪云：「大曆以後，劉夢得之絶句，吾所深取耳。」

夢得七言絶有《竹枝詞》，其源出於六朝《子夜》等歌，而格與調則子美也。黄山谷云：「劉夢得《竹枝》九章，詞意高妙，元和間誠可獨步，道風俗而不俚，追古昔而不愧，比之子美《夔州歌》，所謂同工而異曲也。」按：今之吴歌，又是《竹枝》之流。

樂天最愛夢得七言律「雪裏高山頭早白，海中仙果子生遲」、「沉舟側畔千帆過，病樹前頭萬木春」之句，夢得之詩惟此得爲變體，而集中皆不傳。及考《萬首唐人絶句》，劉實有似樂天者，故當時有劉白之稱。乃知今所傳夢得詩，决非全集也。

張祜字承吉。元和中作宮體七言絶三十餘首，多道天寶宮中事，入録者較王建工麗稍遜，而寬裕勝之。其外數篇，聲調亦高。

施肩吾字希聖。七言絶，見《萬首唐人絶句》，凡一百五十餘首。中有艷詞三十餘篇，語多新巧，能道人意中事，較微之艷詩遠爲勝之。今采録一十六首，以備一家。

詩源辯體卷之三十 晚唐

江陰許學夷伯清著

元和柳子厚五、七言律，再流而爲開成許渾字用晦。諸子。許才力既小，風氣日漓，而造詣漸卑，故其對多工巧，語多襯貼，更多見斧鑿痕，而唐人律詩乃漸敝矣，要亦正變也。下流至韋莊五言律，李山甫、羅隱七言律。

或問予：「子嘗言陸機、謝客非有才不足以濟變，今於許渾又云才力既小，何耶？」曰：許渾才力較錢、劉、子厚爲小，非較衆人爲小耳，以李郢、薛逢、鄭谷、韓偓諸子相比，則知之矣。杜牧、李商隱，其才實勝於渾，故其古詩又多大變也。

許渾集，古詩僅見一二，餘皆五、七言律絶也。五言律如「傾幕來華館」、「京洛多高蓋」二篇，聲氣猶勝；七言律如「墳穿大澤埋金劍，廟枕長溪挂鐵衣」、「對雪夜窮黄石略，望雲秋計黑山程」、「舊精鳥篆諸書體，新授龍韜識戰機」三聯〔二〕，乃晚唐俊調。至五言如「雁過秋風急，蟬

〔二〕「識」，崇禎本作「議」。

鳴宿霧開」、「雲識瀟湘雨，風知鄂杜秋」、「雨中耕白水，雲外斸青山」、「山色和雲暮，湖光共月秋」、「高窗雲外樹，疏磬雨中山」、「雲起客眠處，月殘僧定中」、「晴山疏雨後，秋樹斷雲中」、「雲帶雁門雪，水連漁浦風」，七言如「風隨玉輦笙歌迥，雲卷珠簾劍珮高」、「石燕拂雲晴亦雨，江豚吹浪夜還風」、「鴉噪暮雲歸古堞，雁迷寒雨下空壕」、「湘潭雲盡暮山出，巴蜀雪消春水來」、「溪雲初起日沉閣，山雨欲來風滿樓」、「風傳鼓角霜侵戟，雲卷笙歌月上樓」、「猿來近嶺獼猴散，魚下深潭翡翠間」、「猿啼巫峽曉雲薄，雁宿洞庭秋月多」、「龍歸曉洞雲猶濕，麝過春山草自香」、「山徑晚雲收獵網，水門涼月挂魚竿」等句，對皆工巧，語皆襯貼。與盛唐總論二十一、二十二、二十三則參看。然以全集觀，句意多相類，亦有失之太重者。

王元美云：「許渾、鄭谷，厭厭有就泉下意。渾差有思，句故勝之。」愚按：晚唐諸子體格雖卑，然亦是一種精神所注。渾五、七言律工巧襯貼，便是其精神所注也。若格雖初、盛而庸淺無奇，則又奚取焉！孟子曰：「五穀者，種之美者也。苟爲不熟，不如荑稗。」以此論詩，則有實得矣。

許渾五、七言律體格漸卑者，特以情淺而詞勝、工巧襯貼而多見斧鑿痕耳。宋人體尚元和，而元美格主初、盛，其貶渾固宜。楊用修《譚苑》所引詩句，實多鄙陋，而亦貶渾，豈真以其體格之卑耶？抑亦偏見，不足信也。

杜牧字牧之。才力或優於渾，然奇僻處多出於元和，五、七言古恣意奇僻，且多失體裁，不能如韓之工美，援引議論處益多以文爲詩矣。其仄韻亦多上、去二聲雜用。

杜牧五言古有《贈沈處士》一篇，大爲奇變，然僅可入録，後世好奇者亦多倣之。

杜牧五言律可采者少，七言《早雁》一篇，聲氣甚勝，餘尚有二三篇可采。其他怪惡僻澀，遂爲變中之變。如「韓嫣金丸莎覆緑，許公韉汗杏粘紅」、「期嚴無奈睡留癖，勢窘猶爲酒泥慵」、「行開教化期君是，卧病神祇禱我知」、「邪佞每思當面唾，清貧長欠一杯錢」、「黠戛可汗修職貢，文思天子復河湟」、「直道莫抛君子業，遭時還與故人書」、「先揖耿弇聲籍籍，今看黄霸事摐摐」、「鬢衰酒減欲誰泥，迹辱魂慚好自尤」、「已見玄戈收相土，應回翠帽過離宫」、《洛陽》。「羸形暗去春泉長，猛勢横來野火燒」《送國棋王逢》。等句，皆怪惡僻澀者也。

子美七言以歌行入律，豪曠磊落，乃才大而失之於放，其機趣無不靈活。杜牧七言律僻澀怪惡，其機趣實死，人稱「小杜」，愧甚。滄浪論詩以興趣爲先，誠爲有見。

七言律，王建尚奇而昧於正，尚意而略於辭。杜牧亦尚奇尚意，而又以老硬爲主，實僻澀怪惡也。宋人之法多出於此。

詩先定其正變，而後論其淺深，否則愈深愈僻，必有入於怪惡者。許渾五、七言律，情致雖淺，而造語實工，譬之庖製，則五味多而真味少。杜牧七言律，用意雖深，而造語實僻，譬之惡品異類，食之則蜇口中顙，不能下嚥，反謂之美味，可乎？楊用修深貶許渾，而謂「晚唐律詩，義山而下，惟牧之爲最」，其説本於宋人，此不識正變而徒論深淺也。餘見皮、陸論中。

杜牧七言絶，如「黄沙連海」、「青塚前頭」、「翠屏山對」、「銀燭秋光」、「監宫引出」五篇，聲氣尚勝；「清時有味」以下，盡入晚唐，而韻致可觀。開成以後，當爲獨勝。

杜牧少年風流放蕩，見於他書可考。其詩有「落魄江湖」、「華堂今日」、「自恨尋芳」等篇，今皆不見本集者何？按《唐書》：「牧剛直有奇節，敢論列大事。臨終，悉取所爲文章焚之。」斯豈臨終而焚之耶？中復有「婷婷嫋嫋」、「多情却似」二絶，疑後人增入也。且集中多僻澀怪惡之語〔一〕，與前三絶及他人録者如出二手，乃知此公情致自在，僻澀怪惡，直欲自開堂奥耳。

李商隱字義山。才力亦優於渾，而用事詭僻，多出於元和。五言古多用古韻，《井泥》一篇，援引議論又似杜牧，但更冗漫耳。七言古惟《韓碑》、《安平公》二詩稍類退之，而《韓碑》爲工。其他多是長吉聲調，詭僻尤甚，讀之，十不得三四也。

商隱七言古，聲調婉媚，太半入詩餘矣。與温庭筠上源於李賀七言古，下流至韓偓諸體。如「柔腸早被秋眸割」、「海闊天翻迷處所」、「衣帶無情有寬窄」、「香眠冷襯琤琤珮」、「蠟燭啼紅怨天曙」、

〔一〕「僻澀怪惡」，崇禎本作「怪惡僻澀」。下同。

「蟾蜍夜艶秋河月」、「醉起微陽若初曙，映簾夢斷聞殘語」、「前閣雨簾愁不卷，後堂芳樹陰陰見」、「低樓小徑城南道，猶自金鞍對芳草」、「雲屏不動掩孤嚬，西樓一夜風箏急。欲織相思花寄遠，終日相思却相怨」、「瑶瑟愔愔藏楚弄，越羅冷薄金泥重。簾鈎鸚鵡夜驚霜，喚起南雲繞雲夢」等句，皆詩餘之調也。

商隱律詩較古詩稍顯易，而七言爲勝。七言如「何年部落」一篇，乃晚唐俊調，其他對多精切，語多穠麗，宋人號爲「西崑體」，爲晚唐一種。如「賡歌太液翻黄鵠，從獵陳倉獲碧雞」、「雲隨夏后雙龍尾，風逐周王八駿蹄」、「閬苑有書多附鶴，女墻無樹不棲鸞」、「不收金彈拋林外，却惜銀床在井頭」、「舞鸞鏡匣收殘黛，睡鴨香鑪换夕薰」、「珠樹重行憐翡翠，玉樓雙舞羡鵾雞」、「明珠可貫須爲珮，白璧堪裁且作環」、「身無彩鳳雙飛翼，心有靈犀一點通」、「九枝燈下朝金殿，三素雲中侍玉樓」、「滄海月明珠有淚，藍田日暖玉生烟」等句，皆精切穠麗者也。較許渾而言，許工詞，李工意，而俱不甚暢；然許入選者多，而李入選者少。

商隱七言律，語雖穠麗，而中多詭僻。如「狂飆不惜蘿陰薄，清露偏知桂葉濃」、《深宫》。「落日渚宫供觀閣，開年雲夢送烟花」、《宋玉》。「曾是寂寥金燼暗〔一〕，斷無消息石榴紅」《無題》。等

〔一〕「暗」，原本作「後」，旁改爲「暗」字。

句，最爲詭僻，《冷齋夜話》云「詩至義山爲文章一厄」是也。論詩者有理障、事障，予竊謂此爲意障耳。又《贈司勳杜十三》一篇，體製甚奇，然亦出於樂天《覽盧子蒙詩》也。

商隱七言律既多詭僻，時亦有鄙俗者，如「空歸腐敗猶難復，更困腥臊豈易招」、《楚宫》。「未容言語還分散，少得團圓足怨嗟」、《昨日》。「嵇氏幼男尤可憫，左家嬌女豈能忘」、《悼亡》。「賈氏窺簾韓掾少，宓妃留枕魏王才」《無題》。等句，最爲鄙俗者也。

商隱七言絶，如《代贈》云「芭蕉不展丁香結，同向春風各自愁」，《鴛鴦》云「不須長結風波願，鎖向金籠始兩全」，《春日》云詠燕。「蝶銜花蕊蜂銜粉，共助青樓一日忙」，全篇較古、律尤曲盡艷情〔一〕。

五言絶，許渾聲急氣促，商隱意新語艷，此又大曆之降，亦止變也。五言絶正變止此。

温庭筠字飛卿。與李商隱齊名，時號「温李」。五、七言古，綺靡妖艷。五言《獵騎》一篇，有似齊梁，但與題不合，恐誤。《西洲詞》、《江南曲》轉韻體，用六朝樂府語。《湘宫人》、《故城曲》、《邊笳曲》略似長吉，其他則未爲工。七言轉韻，四句一换，平仄相間，語亦多詭僻，讀之十不得五六，聲調略與義山相類，其才或不及耳。予所録，乃其最易者。

〔一〕「尤曲盡艷情」，崇禎本作「艷情尤麗」。

庭筠七言古，聲調婉媚，盡入詩餘。與李商隱上源於李賀，下流至韓偓諸體。如「家臨長信往來道」一篇，本集作《春曉曲》，而詩餘作《玉樓春》，蓋其語本相近而調又相合，編者遂采入詩餘耳。其他略摘以見，如「四方傾動烟塵起，猶在濃團夢魂裏。後主荒宫有曉鶯，飛來只隔西江水」、「爲君裁破合歡被，星斗迢迢共千里。象尺薰鑪未覺秋，碧池已有新蓮子」、「迴嚬笑語西窗客，星斗寥寥波脉脉。不逐秦王捲象床，滿樓明月梨花白」、「玉墀暗接崑崙井，井上無人金索冷。畫壁陰森九子堂，階前細月鋪花影」、「百舌問花花不語，低迴似恨横塘雨。蜂争粉蕊蝶分香，不似垂楊惜金縷」等句，皆詩餘之調也。

庭筠五言律有六朝體，酷相類。唐人六朝體例不録。七言入録者，調多清逸，語多閒婉，在晚唐另爲一種。如「出寺馬嘶秋色裏，向陵鴉亂夕陽中。竹間泉落山厨静，塔下僧歸影殿空」、「窗間半偈聞鐘後，松下殘棋送客回。簾向玉峰藏夜雪，砌因藍水長秋苔」、「爲尋名畫來過院，因訪閒人得看棋。新雁參差雲碧處，寒鴉繚繞葉紅時」、「湖上殘棋人散後，岳陽微雨鳥歸遲」、「蒼苔路熟僧歸寺，紅葉聲乾鹿在林」等句，皆清逸閒婉，與義山相反者也。

《傳》言：「庭筠薄於行，執政鄙其爲人。」今觀其七言律，格雖晚唐，而清逸閒婉，殊無塵俗之態，何也？曰：摩詰、應物，所謂「有德者必有言」；庭筠之詩，則有言者未必有德也。

庭筠七言律，如「莽莽寒空」、「蘇武魂銷」、「曾於青史」三篇，乃晚唐俊調；「石路荒凉」、

「羨君東去」、「倚欄愁立」、「龍沙鐵馬」四篇，有似許渾；「穆滿曾爲」、「曲巷斜臨」、「曾向金扉」、「積潤初銷」四篇，有似商隱。

七言律，許渾工於詞，故情致不足；庭筠雖不能如許渾之工，然入録者却有情致。

按李賀、李商隱、温庭筠古律之詩，多側詞艷語。宋初楊大年諸人翕然宗之，詳見子美論中。號「西崑體」，人多訾其僻澀。今人但指商隱詩爲崑體，非也。

開成七言絶，許渾、杜牧、李商隱、温庭筠聲皆溜亮，語多快心，此又大曆之降，亦正變也。下流至鄭谷七言絶。中間入議論，便是宋人門户。

七言絶，盛唐諸公意常寬裕，晚唐諸公意常窘蹙，故盛唐諸公一題可爲十數篇，而晚唐諸公一題僅可爲一二也。

晚唐七言絶，意亦有寬裕者，然聲每急促；聲亦有和平者，而調又卑弱。較之大曆已自逕庭，況可望盛唐耶！

王敬美云：「晚唐詩，萎苶無足言。獨七言絶句，膾炙人口，其妙至欲勝盛唐。予謂絶句覺妙，正是晚唐未妙處。其勝盛唐，乃其不及盛唐也。晚唐快心露骨，便非本色。議論高處，逗宋詩之徑；聲調卑處，開大石之門。」已上俱敬美語。胡元瑞云：「晚唐絶，『東風不與周郎便，銅雀春深鎖二喬』、『可憐夜半虚前席，不問蒼生問鬼神』，皆宋人議論之祖。間有極工者，亦氣韻衰颯，天壤開、寶。然書情則惻愴而易動人，用事則巧切而工悦俗，世希大雅，或以爲過盛唐，具眼觀之，不待其辭畢矣。」愚按：晚唐絶句，二子乃深得之。但二詩雖爲議論之祖，然「東風」二句猶有晚唐音調，「可憐」二句則全入議論矣。〔一〕

唐人之詩雖主乎情，而盛衰則在氣韻，如中唐律詩、晚唐絶句，未嘗無情，而終不得與初、盛相較，正是其氣韻衰颯耳。

遊仙詩，其來已久，至曹唐字堯賓。則有七言絶九十八首。後人賦遊仙絶句，實起於此，而青於藍者亦多。今采録一十六首，以備一家。

〔一〕　此下崇禎本多小字注：「與晚唐總論首則參看。」

詩源辯體卷之三十一 晚唐

江陰許學夷伯清著

馬戴字虞臣。集，古詩略見數篇，律詩七言亦甚少。五言如「火發龍山北」、「北風吹別思」、「處處松陰滿」三篇，氣格有類初唐；如「斜日挂邊樹」、「別離楊柳陌」、「蕘女樓西望」三篇，聲氣亦類盛唐，惜結語多弱；如「斗酒故人同」、「緣危路忽窮」、「野風吹蕙帶」、「洞庭人夜別」、「離人非逆旅」等篇，亦似大曆；如「廣漠雲凝慘」、「金甲耀兜鍪」二篇，體雖闊大，而聲韻俊朗，語意精切，自是晚唐高調，學者於此能別，方是法眼。至「金陵山色裏」、「長亭晚送君」、「洞庭秋色起」、「故人今在剡」四篇，便是晚唐。如「語別在中夜」、「灞原風雨定」、「雲門秋却入」、「朝與城闕別」四篇，語出賈島；如「君生遊俠地」、「閒想白雲外」、「黯黯抱離念」、「帝鄉歸未得」、「天涯秋色盡」、「野人閒種樹」六篇，格類于武陵；又「猿啼洞庭樹，人在木蘭舟」一聯，元美謂「不減柳吴興」，然全篇則實中唐。嚴滄浪云「馬戴在晚唐諸人之上」是也。

于武陵集，五言律之外，惟絶句數篇而已。其詩氣格遒緊，故爲矯激，而聲韻急促，語意快露，實多出於元和，亦晚唐一家。

劉滄字蘊靈。集，七言律之外，惟五言律一篇。其詩氣格、聲韻與于武陵五言相類，而意亦多露，亦晚唐一家。嚴滄浪云「劉滄亦勝諸人」是也。然以二集觀，雖調多一律，却少斧鑿痕。于、劉五七言律，間摘中二聯，以見大略。于五言如「今宵一別後，何處再相逢？·過楚水千里，到秦山幾重」、「旋添青草塚，更有白頭人。歲暮客將老，雪晴山欲春」、「自生江上月，長有客思家。半夜下霜葉，北風吹荻花」、「遠聞涼雁至，如報杜陵秋。千樹有黃葉，幾人新白頭」、「因知人易老，唯有水長流。欲附故鄉信，不逢歸客舟」，劉七言如「千年事往人何在，半夜月明潮自來。白鳥影從江樹没，清猿聲入楚雲哀」、「青山空出禁城日，黃葉自飛宫樹霜。御路幾年香輦去，天津終日水聲長」、「花開忽憶故山樹，月上自登臨水樓。浩浩晴原人獨去，依依春草水分流」、「秋風漢水旅愁起，寒木楚山歸思遥。獨夜猿聲和落葉，晴江月色帶回潮」、「風生寒渚白蘋動，霜落秋山黃葉深。雲盡獨看晴塞雁，月明遥聽遠村砧」等句，雖氣格遒緊，而實出於矯，非若盛唐諸公以古爲律者，出於才力之自然也。

趙嘏字承祐。七言律有《題雙峰院松》一篇，聲氣有類盛唐。「廣武溪頭」、「正懷何謝」、「樓上華筵」三篇，氣格亦勝。他如「兩見梨花歸不得，每逢寒食一潸然。斜陽映閣山當寺，微綠含風樹滿川」、「芰荷香繞垂鞭袖，楊柳風橫弄笛船。城擬十洲三島路，寺臨千頃夕陽川」、「雲襟正嘆人間事，迴首更慚江上鷗。鷓鴣聲中寒食酒，芙蓉花外夕陽樓」、「楊柳風多潮未落，蒹葭霜在雁初飛。重嘶匹馬吟紅葉，却聽疏鍾憶翠微」、「故園何處風吹柳，新雁南來雪滿衣。目極思隨原草遍，浪高書到海門稀」等句，聲皆溜亮，語皆俊逸，亦晚唐一家。「殘星幾點雁横塞，長笛一聲人倚樓」一聯，杜紫微賞詠不已，稱爲「趙倚樓」，惜下聯不稱。七言絶《十無詩》開宋人冗濫之門，疑非嘏作。

李郢字楚望。七言律「虬鬚憔悴」一篇，亦晚唐俊調。其他入録者，聲多宣朗，語多藻麗，然去趙嘏實遠。

薛逢字陶臣。七言律「老聽笙歌」一篇，聲氣亦勝；「陰風獵獵」一篇，與李郢「虬鬚憔悴」相伯仲。其他入録者，聲多宣朗，語多穠麗，亦有漸入纖巧者。

七言律，盛唐諸子醖藉和平，大曆諸子氣格雖衰，而和平未改；開成而後，意態過於軒舉，聲韻傷於急促。意態軒舉者，如許渾「對雪夜窮黄石略，望雲秋計黑山程」、李商隱「夜捲牙旗千帳雪，朝飛羽騎一河冰」、李郢「雕没夜雲知御苑，馬隨仙仗識天香」、薛逢「霜中入塞雕弓響，月下翻營玉帳寒」等句是也；聲韻急促者，如許渾「湘潭雲盡暮山出，巴蜀雪消春水來」、「溪雲初起日沉閣，山雨欲來風滿樓」，劉滄「千年事往人何在，半夜月明潮自來」、「花開忽憶故山樹，月上自登臨水樓」等句是也，予少時最喜讀之。學者苟不能辨，終無以脱晚近之習耳。七言絶亦然。

陸龜蒙、皮日休唱和，多次韻之作。七言律，《鼓吹》所選，僅得一二可觀，其他多怪惡奇醜矣。陸如「何慚謝雪清才詠，不羡劉梅貴主妝」《白菊》〔二〕。「梁殿得非蕭帝瑞，齊官應是玉兒媒」、《野梅》。「自昔稻粱高鳥畏，至今珪組野人讎」、《鵁鶄》。「澄沙脆弱聞應伏，青鐵沉埋見亦羞」、《紫石硯》。「須知日富爲神授，祇有家貧免盜憎」、《次韻日休》。「君隱輪蹄名未了，我依琴鶴性相攻」、《寄吴融》。「魂應絶地爲才鬼，名與遺編在史臣」、《張處士故居》。「飲啄斷年同鶴儉，風波終日看人争」，《壓新醅》。皮如「因思桂蠹傷肌骨，爲憶松鵝捐性靈」、《病孔雀》。「騷人白芷傷心暗，狎客紅筵奪眼明」、《紫石硯》。「並出亦如鵝管合，各生還似犬牙分」、《筍園》。「映竹認人多錯誤，透花窺鳥最分明」、《春遊》。「秦吴只恐篘來近，劉項真應釀得平。酒德有神多客頌，醉鄉無貨没人争」《新醅》。等句，皆怪惡奇醜者也。吴無障論時義云：「向來詞醜極矣，佳者爲善用脂粉，而不佳者爲魍魎晝見。」予於晚唐亦云。

予嘗以唐律比閨媛：初唐可謂端莊，盛唐足稱温惠，大曆失之輕弱，開成過於美麗，而唐末則又妖艷矣。然美麗、妖艷雖非端莊、温惠可比，而好色者不免於溺，此人情之常，無足爲異。至若王、杜、皮、陸，乃怪惡奇醜，見之必唾其面，今好奇之士反以爲姣好而慕悦之，此人情之大

〔二〕「清才」、「主」，崇禎本作「中情」、「色」原本此三字紅筆點去旁改：「清才」、「主」。

變，不可以常理推也。

韓、白古詩，本失之巧，而或以爲拙；王、杜、皮、陸律詩，實流於惡，而或以爲巧，此千古大謬。蓋韓、白機趣實有可觀，王、杜、皮、陸機趣略無所見也。今人好奇而識淺，故捨韓、白而取皮、陸耳。

皮、陸集中有全篇字皆平聲者，有上五字皆平聲，下五字或上聲、或去聲、或入聲者，有疊韻，有離合，有藥名，有人名，有迴文，自離合至迴文，漢、魏、六朝亦間有之，蓋偶以爲戲耳。有問答，有風人，即今吴歌。誇新鬥奇，大壞詩體。二子復生，吾當投畀豺虎。或問：「東坡亦有疊韻、雙聲、吃語、禽言等，何如[一]？」曰：東坡才大，自無不宜，故偶以爲戲；皮、陸長處略無所見，而惟以此鬥奇，未可並論也。

王摩詰、韋應物，白首仕宦，日與風塵車馬爲伍，乃其詩潔凈蕭散，殊無一滓穢語；陸龜蒙托迹隱居，假與雲山烟水相親，而其詩怪惡奇醜，反不得中人趣。觀者當取其心，無論其迹。若曰限於時代，然則晚唐豈無正變耶？

晚唐五言古，温、李而後，作者絶響。大中、咸通間，諸子多習爲之，而實無足取。李群玉學

[一] 「如」，崇禎本無。原本「如」字圈去，旁加「耶」字，又圈去。「如」字下加紅點。

太白，盡力摹擬，亦稍有可觀，惜才力太弱；司馬扎間有遠韻，亦能成篇；邵謁學孟郊，而淺鄙者實多；曹鄴間學六朝，亦無足采；于濆、蘇拯，鄙陋益甚。此皆不足序列。但後之學者，於古詩多不能知，恐不免爲惑耳。

晚唐七言絶，周曇有《詠史》一百四十六首，胡曾一百首，孫元晏七十餘首，汪遵五十餘首，羅虬有《比紅兒詩》一百首，俱庸淺不足成家，兹並不録。

詩源辯體卷之三十二 晚唐

江陰許學夷伯清著

吴融字子華。七言律，「太行和雪」一篇，氣格在初、盛唐之間，「十二闌干」、「别墅蕭條」、「長亭一望」三篇，聲氣亦勝，其他皆晚唐語也。

才大者每欲任情，才小者輒能自厲。高不如岑，錢不如劉，誰不知之？而高、錢五言律數篇，氣格實勝岑、劉；趙嘏、吴融全集遠遜許渾，而趙、吴七言律一二聲氣有類初、盛，使不睹諸家全集，定不能别其高下也。

韋莊字端己。律詩，七言勝於五言。五言如「拜書辭玉帳」、「月照臨官渡」、「爲儒逢世亂」三篇，略與許渾相類。至如「雪向寅前凍，花從子後春」、「繐帳扃秋月，詩樓鎖夜蟲」、「浪迹花應笑，衰容鏡每知」、「掃地留疏影，穿池浸落霞」、「草動蛇尋穴，枝摇鼠上藤」等句，較之於渾，則聲盡輕浮，語盡纖巧，而五言不可復振矣。要亦正變也。七言律如「萬里只攜孤劍去，十年空逐塞鴻歸」、「夜指碧天占晉分，曉磨孤劍望秦雲」、「紅旗不卷風長急，畫角閒吹日又曛」、「心如嶽色留秦地，夢逐河聲出禹門」、「千年王氣浮清洛，萬古坤靈鎮碧嵩」、「江聲似激秦軍破，山勢如匡晉祚危」等句，聲氣實雄於渾；如「殘雪嶺頭明組練，晚霞檐外簇旌旗」、「僧尋野渡歸吴嶽，雁帶斜陽入渭城」、「山好只因人化石，地靈曾有劍爲龍」、「載酒客尋吴苑寺，倚樓僧看洞庭山」等句，則對皆工巧，語皆襯貼；至如「芳草緑遮仙尉宅，落霞紅襯賈人船」、「階前雨落鴛鴦瓦，竹裏苔封螮蝀橋」、「星分夜彩寒侵帳，蘭惹春香緑映袍」等句，則又入於纖巧矣，然以全集觀，亦有失之太重者。絶句在唐末諸人之上。

鄭谷字守愚。詩，以全集觀，去許渾、韋莊實遠。五言律如「春亦怯邊遊」、「萬里念江海」二篇，聲氣稍勝，但前篇起語甚稚，後篇結語太弱耳。如「漂泊病難任」、「凄涼懷古意」、「澤國逢知己」三篇，亦中唐佳製。「男兒懷壯節」一篇，實晚唐俊調。「幾思聞静話」，效樂天隔句扇對。七言律如「飲澗鹿喧雙派水，上樓僧踏一梯雲」、「林下聽經秋苑鹿，溪邊掃葉夕陽僧」、「萬頃白波迷宿鷺，一林黄葉送殘蟬」、「情多最恨花無語，愁破方知酒有權」等句，皆晚唐語。至如「殘月露垂朝闕蓋，落花風動宿齋燈」、「畫成烟景垂楊色，滴破春愁壓酒聲」、「紅迷天子帆邊日，紫奪星郎帳外蘭」、《詠錦》。「低飛緑岸和梅雨，亂入紅樓揀杏梁」、《詠燕》。「一枝低帶流鶯睡，數片狂和舞蝶飛」《海棠》。等句，則聲盡輕浮，語盡纖巧矣。然集中諸體僅得二三十篇，餘皆村陋，不足録也。

鄭谷七言絶，較之開成，句語亦不甚殊，而聲韻益卑，唐人絶句至此不可復振矣，要亦正變也。中如「紫雲重疊」、「塵壓鴛鴦」、「花落江堤」、「半烟半雨」、「移舟水濺」等篇，皆聲韻益卑者也。胡元瑞云：「『數聲風笛離亭晚，君向瀟湘我向秦』，豈不一唱三嘆，而氣韻衰颯殊甚。『渭城朝雨』自是口語，而千載如新。此論盛唐、晚唐三昧。」已上八句皆元瑞語。下至李山甫、羅隱，不更述矣。

唐人之詩雖主乎情，而盛衰則在氣韻，如中唐律詩、晚唐絶句，亦未嘗無情，而終不得與初、盛相較，正是其氣韻衰颯耳。

韓偓字致堯。别集一卷，實本集也，以其有《香奩集》，故反名别集。然其語多淺俗，入録者甚少。七言律如「無奈離腸」、「長日居閒」、「惜春連日」三篇，氣韻亦勝；「星斗疏明」一篇，聲亦宣朗。他如「缾添澗水盛將月，衲挂松枝惹得雲」、「樹頭蜂抱花鬚落，池面魚吹柳絮行。禪伏詩魔歸静域，酒衝愁陣出奇兵」等句，乃晚唐巧句也。至若「爐爲窗明僧偶坐」、「雨連鶯曉落殘梅」，則奇僻不可爲法矣。

韓偓《香奩集》，皆裙裾脂粉之詩。高秀實云：「元氏艷詩，麗而有骨；韓偓《香奩集》，麗而無骨。」愚按：詩名《香奩》，奚必求骨？但韓詩淺俗者多，而艷麗者少，較之温、李，相去甚遠，即予所録者十之二三，而亦不能佳也。五言古如「侍女動妝奩，故故驚人睡。那知本未眠，背面偷垂淚」，七言古如「嬌嬈意緒不勝羞，願倚郎肩永相著」、「直教筆底有文星，亦應難狀分明苦」，七言律如「小叠紅牋書恨字，與奴方便送卿卿」，七言絶如「想得那人垂手立，嬌羞不肯上鞦韆」等句，則詩餘變爲曲調矣。上源於李商隱、温庭筠七言古，詩餘之變止此。至七言律如「仙樹有花難問種，御香聞氣不知名」、「静中樓閣深春雨，遠處簾櫳半夜燈」亦頗有致。又「分明窗下聞裁剪，敲遍欄干故不應」，則曲盡艷情。

韓偓《香奩集》，《唐詩紀事》以爲「五代間和凝之詞，嫁其名於偓耳」。《韻語陽秋》云：「《香奩集》有《無題詩序》云：『余辛酉年戲作《無題》詩十四韻，故奉常王公、内翰吴融、舍人令狐涣相次屬和。是歲十月末，一旦兵起，隨駕西狩，文稿咸棄。丙寅歲在福建，有蘇暐以稿見授，得《無題》詩。』云云。偓《傳》：『天祐二年，挈其族依王審知而卒。』《序》所謂『丙寅在福建，蘇暐授其稿』，正依王審知時也。稽之於《傳》，與《序》無一不合，則此集韓偓所作無疑。」愚按：《韻語》考證甚明，《紀事》之説實不足信。又吴融集有《和韓致堯侍郎無題》三首，與《香奩集》中《無題》韻正同，亦一驗也。

開成許渾七言律，再流而爲唐末李山甫、羅隱字昭諫。諸子。羅、李才力益小，風氣日衰，而造詣愈卑。故於鄙俗村陋之中，間有一二可采，然聲盡輕浮，語盡纖巧，而氣韻衰颯殊甚。唐人律詩，至此乃盡敝矣，要亦正變也。李如「柳遮門户横金鎖，花擁絃歌咽畫樓。錦袖妖姬争巧笑，玉銜驕馬索閒遊」、「鴛鴦占水能嗔客，鸚鵡嫌籠解駡人。腰裊似龍隨日换，輕盈如燕逐年新」，羅如「曲檻柳穠鶯未老，小園花暖蝶初飛。噴香瑞獸金三尺，舞雪佳人玉一圍」、「芳草有情皆礙馬，好雲無處不遮樓。山牽别恨和愁斷，水帶離聲入夢流」等句，皆輕浮纖巧者也。與總論「論道當嚴」一則參看。

初唐七言律，質勝於文，盛唐文質兼備，大曆而後，文勝質衰，至李山甫、羅隱諸子，則文浮而質滅矣。羅、李詩只就入録者言之。大抵初、盛、中、晚音節雖有高下，詞藻雖有洪纖，而尚有可觀，失此二者，則不得爲正變也。以下九則總論晚唐之詩。

或問：「唐人律詩以劉長卿、錢起、柳宗元、許渾、韋莊、鄭谷、李山甫、羅隱爲正變，古詩以元和諸子爲大變，何也？」曰：律詩由盛唐變至錢、劉，由錢、劉變至柳宗元、許渾、韋莊、鄭谷、李山甫、羅隱，皆自一源流出，體雖漸降，而調實相承，故爲正變；古詩若元和諸子，則萬怪千奇，其派各出，而不與李、杜、高、岑諸子同源，故爲大變。其正變也，如堂陛之有階級，自上而下，級級相對，而實非有意爲之。晚唐律詩，即李商隱、温庭筠、于武陵、劉滄、趙嘏，雖或出正變之上，終不免稍偏矣。

或問：「許渾、韋莊、鄭谷、李山甫、羅隱律詩，較元和諸子古詩，品第若何？」曰：許渾、韋莊、鄭谷、李山甫、羅隱，譬今世之儒；元和諸子，如老、莊、楊、墨。今世之儒，安可便與老、莊、楊、墨争衡乎？

或問予：「子之論律詩，宗盛唐而黜晚唐，宜矣。然無乃畏難而樂易乎？」曰：盛唐渾圓活潑，其造詣之功，已非一日。若浩然造思極深，必待自得，則造詣之後，又非卒然可辦也，孰謂盛唐易而晚唐難乎？但盛唐沉思忽至，豁焉貫通，種種自見；晚唐襯貼纖巧，一字一句，靡不艱得，斯則盛唐易而晚唐難，信矣。或曰：「詩貴超脱，不貴沿襲，子之言，無乃以沿襲爲事乎？」曰：盛唐造詣既深，興趣復遠，故形迹俱融，風神超邁，此盛唐之脱也。學者有盛唐之具，斯亦脱矣。若更求脱於盛唐，則吾不知也。

予嘗言：盛唐諸公律詩，不難於才力，而難於悟入。姪國泰云：「盛唐律詩固不難於才力，若晚唐所爲襯貼纖巧者，意雖不有盛唐，然亦必不能爲盛唐也。即今人時義，恣爲新奇，大輕先輩，試使降心爲王、唐之文，果能之乎？」

七言律，輕浮纖巧雖唐末所尚，而成家者實少，李山甫、羅隱諸子，間得一二可采，其他則多鄙俗村陋矣。《鼓吹》所選，全集不能盡摘，姑摘《鼓吹》所選。如薛逢「六街塵起鼓鼕鼕，馬足車輪在處通。百役並驅衣食内，四民長走路岐中」、《六街塵》。「細推今古事堪愁，貴賤同歸土一丘」、「光陰自旦還將暮，草木從春又到秋」，四句《悼古》。李山甫「長疑好事皆虛事，却恐閑人是貴人。老逐少來終不放，辱隨榮後定須勻」、《寓懷》。「南朝天子愛風流，盡守江山不到頭。總爲戰争收拾得，却因歌舞破除休」，《上元懷古》。高駢「紅葉寺多詩景致，白衣人盡酒交游。依違諷刺因行得，澹泊供需不在求」、《途次寄僧舍》。「無金寄與白頭親，節概猶誇似古人。未出塵埃真落魄，不趨權勢正因循」，《留别》。杜荀鶴「巢穴幾多相似處，路岐兼得一般平。擁袍公子莫言冷，中有樵夫跣足行」，《雪》。顔萱「憶昔爲兒逐我兄，曾騎竹馬拜先生」、「豈是争權留怨敵，可憐登路盡公卿」四句《過張處士故居》。等句，十居四五，讀之誠欲嘔吐，既不足以爲正變，而又不能成大變也。楊用修云：「學者動輒言唐詩，便以爲好，不思唐人有極惡劣者，如今稱燕趙多佳人，其間有跛者、眇者、羝氳者、疥且痔者，乃專房寵之，曰『是亦燕趙佳人之一種』，可乎？」胡元瑞亦云：「杜荀鶴、李山甫，委巷談蘼，否道斯極，唐亦以亡矣。」

或問：「唐人七言律，自錢、劉變至唐末，而聲韻輕浮，辭語纖巧，宜也。今觀諸家又多鄙俗村陋，何耶？」曰：唐人既變而爲輕浮纖巧，已復厭其所爲，又欲盡去鉛華，專尚理致，於是意見日深，議論愈切，故必至於鄙俗村陋耳。此上承元和而下啓宋人，乃大變而大敝矣。以下三則與王建「功證詩篇離景象」之説參看。

或謂：「晚唐人多用山水、木石、烟雲、花鳥爲詩，故其格甚卑，捨此而後可以觀詩矣。」予曰：不然。詩有賦、比、興，山水、木石、烟雲、花鳥，即古詩之比、興也。孔子論《詩》，亦曰「多識於鳥獸草木之名」，故山水、木石、烟雲、花鳥，自《三百篇》而下，即初、盛唐不能捨此爲詩，顧可以責晚唐乎？晚唐之詩，惟是氣象萎苶，情致都絶，而徒藉山水、木石以爲藻飾，故其格卑下，要不可盡廢山水、木石而爲詩也。逮於唐末諸子，乃欲盡去鉛華，專尚理致，於是山水、木石之語廢，而議論意見之詞繁，故必至於鄙俗村陋耳。嘗觀《六一詩話》：「許洞會諸詩僧分題，約曰：『不得犯山水、風雲、竹石、花草、雪霜、星月、禽鳥等字。』於是諸僧閣筆。」嗚呼！此宋人欲以文爲詩也，於諸僧何尤？

或曰：「唐末詩不特理致可宗，而情景俱真，有不可廢。」趙凡夫云：「情真、景真，誤殺天下後世。不典不雅，鄙俚疊出，何嘗不真？于詩遠矣！古人胸中無俗物，可以真境中求雅；今人胸中無雅調，必須雅中求真境。如此求真，真如金玉；如彼求真，真如砂礫矣。大底漢唐之真如此，宋人之真如彼；初、盛之真如此，晚唐之真如彼。二法懸殊，不可不辯。」已上二十句皆凡夫語。

詩源辯體卷之三十三 五代

江陰許學夷伯清著

五代爲唐之閏餘，其間戎馬劻勷，文章否極，然其作者亦不乏人。張泌無全集，僅《才調集》及《鼓吹》、《品彙》所録二十餘篇而已。其七言古一篇，乃詩餘之調也。七言律如「千里暮烟愁不盡，一川秋草思無窮」、「一曲晚烟浮渭水，半橋斜日照咸陽」、「雞唱未沉函谷月，雁聲新度灞陵烟」、「千里晚霞雲夢北，一洲霜橘洞庭南。溪風送雨過秋寺，澗石驚瀧落夜潭」等句，亦晚唐俊調。至「暖風芳草」、「風透疏簾」二篇，則亦輕浮纖巧矣。

五代詩有集傳者，惟李建勳一人。建勳集二卷，五、七言律爲多，入録者亦小有致。以全集觀，在李山甫、羅隱之上。

伍喬七言律，入録者亦小有致。胡元瑞云：「伍喬詩一卷，僅七言律二十首，蓋類書抄合者。」

蜀王孟昶花蕊夫人有七言絶《宫詞》一百首，其詞本於王建。大約以全集觀，王語不雅馴，而花蕊時近淺稚。王平甫云：「花蕊《宫詞》三十二首，王恭簡《續成都集》纔二十八首，則百篇之中或有僞撰者。」已上平甫語。後見《彤管遺編》百首，與本集多不同，故知僞撰者實多。今總録一十三首，以備一家。

李建勳五言律，如「杉松新夏後，雨雹夜禪中」、「池映春篁老，檐垂夏果香」、「晚果經秋赤，寒蔬近社青」、「地爐僧坐煖，山枿火聲肥」，七言律如「人歸遠岫疏鐘後，雪打高杉古屋前」、「雲暗半空藏萬仞，雪迷雙瀑在中峰」。伍喬七言律，如「怪石夜光寒射燭，老杉秋韻冷和鐘」、「鶴和雲影宿高木，人帶月光登古壇」、「夢迴月夜蟲吟壁，病起茅齋藥滿瓢」、「古琴帶月音聲正，山果經霜氣味全」，及《詩藪》所載劉昭禹「神清峰頂立，衣冷瀑邊吟」、卞震「雨壁長秋菌，風枝落病蟬」、曹崧「鹿眠荒圃寒蕪白，鵶噪殘陽敗葉飛」、廖凝「風清竹閣留僧話，雨濕莎庭放吏衙」等句，皆清新峭拔，另爲一種。究其所自，乃賈島、張、王之餘，至宋劉後村，益加工美矣。今後生所尚，實不出此，顧乃高自夸大，意謂千古絶調，薄初、盛而不爲，不知乃古人久棄之唾餘也。

詩源辯體卷之三十四

總論

江陰許學夷伯清著

孟子曰：「天下之言性也，則故而已矣。所惡於智者，爲其鑿也。」予作《辯體》一書，其源流、正變、消長、盛衰，乃古今理勢之自然，初未敢以私智立異説也。子張問：「十世可知乎？」孔子曰：「其或繼周者，雖百世可知也。」蓋亦識理勢之自然耳。

予作《辯體》一書，乃大中至正之門户。然苟非深造之士，必未學者而後可與言；苟非上智之資，必質魯者而後可與入。曲學淺智之士，恐偏執自信，未肯捨己從人耳。林宜父工繪事，人問：「畫可學否？」曰：「未學者乃易學，嘗學者不易學也。」予深有味乎其言。

學者聞見廣博，則識見精深，苟能於《三百篇》而下一一參究，并取前人議論一一紬繹，則正變自分、高下自見矣。今之學者，聞予數貶古人，輒相詆訾，雖其質性之庸，亦是其聞見不廣故也。譬之學書者，識見不廣，偶見一帖可意，遂終身篤好，不復向上尋覓，便是井蛙夏蟲耳。試於古篆、秦隸而下一一究心，則知古人千品萬彙、高下不齊，一肢半體，未足以概其全也。

予作《辯體》，自謂有功於詩道者六：論《三百篇》以至晚唐，而先述其源流，序其正變，一也；論《周南》、《召南》以至邶、鄘諸國，而謂其皆出乎性情之正，二也；論漢魏五言，而先其體製，三也；論初、盛唐古詩，而辯其純雜，四也；論漢魏五言，而無造詣深淺之階，五也；論初、盛唐律詩，而有正宗、入聖之分，六也。知我者在此，而罪我者亦在此也。

不讀《三百篇》，不可以讀漢魏；不讀漢魏，不可以讀唐詩。嘗觀論漢魏五言者，多不先其體製，由不讀《三百篇》也；又觀選唐人五言古，多不辨其純雜，由不讀漢魏也。故諸家論詩、選詩，於五、七言律十得其五，於七言古十得其三，於五言古十不得一也。

學漢魏而不讀《三百篇》，猶木之無根；學唐人而不讀漢魏，猶枝之無幹。乃至後生初學，專讀近代之詩，并不識唐詩面目，此猶花葉之無枝，將朝榮而夕萎矣。

予嘗謂：學詩者必先讀《三百篇》、楚《騷》、漢魏五言及古樂府，次及李、杜五七言古、歌行以至初、盛唐之律，如今人誦習經書者，姑不必求其旨趣，誦讀之久，詳予論說，自能有得。否則，學律既久，習於聲韻，熟於俳偶，而於古終不能入矣，滄浪謂「工夫須從上做下」，得之。

讀古詩，如飲醇酒，能飲者其醇醨自別；不能飲者，但時時强飲，久之，其醨者亦自能別矣。學詩者苟先讀《三百篇》、楚《騷》、漢魏五言及古樂府，次及李、杜五七言古、歌行以至初、盛唐之律，久之，則於六朝、晚唐，亦自能別矣。

趙凡夫云：「學詩必從《風》、《雅》、《騷》、賦，此端本之法也。吕氏謂：『必如此，使初學方得見古人，彼時正難得見也。』此只積材之頃耳。」又云：「學識至開眼後，然後可以讀卑下之文，三人我師，無不可者。若未開眼而讀此等詩文，鮮不爲其中者矣。」故予此編六朝、晚唐以及元和之詩，非先讀《三百篇》、漢魏、初盛唐詩，未可遽讀也。

李獻吉自序其詩，大抵由唐人律詩進而爲李、杜歌行，又進而爲六朝，又進而爲漢魏，又進而爲賦、騷、琴操、古歌、四言。予謂：學李、杜由高、岑諸公而進，此升堂入室之次第；學漢魏由六朝而進，則謬甚矣。漢魏、六朝，由天成以變至作用，由雕刻以變至綺靡，學者必先有得於漢魏，時或降格而爲六朝，乃易爲力。苟先習於六朝，而欲上爲漢魏，豈易能乎？元瑞謂「骨格既定，然後沿迴阮、左以窮其趣，頡頏陸、謝以采其華」是也。且徒以世代之先後，而欲以六朝加於李、杜，是猶以殷之末世加於周之盛時也。獻吉之進於詩也如此，故其歌行雖勝，而爲漢魏諸詩，遠遜于鱗耳。以後宗六朝、初唐，皆自獻吉始。[一]

詩文雖與國運同其盛衰，然必盛於始興，衰於末造，故古詩必合漢魏六朝以爲盛衰，唐律則以初、盛、中、晚爲盛衰也。胡元瑞云：「五言盛於漢，暢於魏，衰於晉宋，亡於齊梁。」故以古而論，則晉宋而下，古體既亡，雕刻日繁，而綺靡漸出，本不得與李、杜爭衡；以律而論，亦不當以

[一]「以後宗六朝」以下至此，崇禎本在下則句末補。

唐與六朝並言也。李獻吉自序其詩，由李、杜進爲六朝，則於盛衰、正變果何辨也？

或問：「讀詩固宜先古，而學詩則古、律孰先？」曰：詩先有古而後入律，法宜先古；但後人自幼便習聲律，而律復有成法可循，則又宜先律。亦猶書先有篆，而學書者必先楷；舉業先有策論，而學舉業者必先時義耳。王敬美云：「初學輩不知苦辣，往往謂五言古易就，率爾成篇，因自詫好古，薄後世律不爲。不知律尚不工，豈能工古？徒爲兩失而已。」皇甫子循云：「近體難工而鮮叛，《選》體似易而實難。」尤爲絶論。

或言：「漢魏、六朝、初盛中晚唐，各有所至，未易優劣。」予曰：不然。《三百篇》而下，惟漢魏古詩、盛唐律詩，李、杜古詩、歌行，各造其極；次則淵明、元結、韋、柳、韓、白諸公，各有所至；他如漢魏以至齊梁，初盛以至中晚，乃流而日卑，變而日降。其氣運消長，文運盛衰，正當以此別之。苟爲無別，則齊梁可並漢魏，而中晚可並初盛也，詩道於是爲不明矣。

予作《辯體》，於漢魏、六朝、初盛中晚唐，既詳論之矣，而於元和諸公以至王、杜、皮、陸，亦皆反覆懇至，深切著明，正欲分別正變，使人知所趨向耳。宋朝諸公非無才力，而終不免於元和、西崑之流，蓋徒取快意一時而不識正變之體故也。嚴滄浪云：「作詩正須辯盡諸家體製，然後不爲旁門所惑。今人作詩差入門户者，正以體製莫辯也。」已上五句皆滄浪語。

學者以識爲主，以才力輔之。初、盛唐諸公識見皆同，輔之以才力，故無不臻於正；元和、晚唐諸子，識見各異，而專任才力，故無不流於變。嘗聞之先君云：「嘉靖間，考試時義，諸負文望者咸私決其等第，十不失一。今則上下各從所好矣。」蓋盛世尚同，而衰世尚異，亦理勢之自然耳。今之爲詩者，非無才力，而人各有心，以至於不可揣識，斯又元和、晚唐之下也。

學者以識爲主，則有階級可循，而無顛躓之患。今之學者，或先平正而後詭誕，或先藻麗而墮庸劣，蓋識見不足，以詭誕爲新奇，以庸劣爲本色耳。釋慧秀詩，初年稍見藻麗，晚歲遂墮庸劣，正是識見不足故也。

學者以識爲主，其功夫、才質不可偏廢。有功夫而無才質，則拙刻遲鈍，而不能窺神聖之域；有才質而無功夫，則少年才俊，往往發其英華，騁其麗藻，晚年才盡，則醜陋盡彰，支離百出矣。書畫亦然。

學者以識爲主，造詣日深，則識見益廣矣。今或有爲古人所恐者，有爲盛名所恐者，有爲豪縱所恐者，有爲詭誕所恐者，皆造詣不深，而識見不廣故也。如初、盛唐諸公，已自妍媸不同，大曆而後，益多庸劣，今例以古人之詩而不敢議，此爲古人所恐也。如李獻吉律詩，入選者誠足上配古人，其餘鹵莽多不足觀，今但以獻吉之詩而不敢議，此爲盛名所恐也。至若才力豪縱者，頃刻千言，漫無紀律；資性詭誕者，怪險蹶趨，而蹊徑轉紆。初學觀之，震心眩目，俛首受屈，此爲豪縱、詭誕所恐也。苟造詣日深，識見益廣，則精粗自分，好醜自別。即李、杜全集，瑕疵莫掩，况他人乎？

胡元瑞云：「自信陽有筏喻，何仲默，信陽人。筏喻見後。後生秀敏，喜慕名高，信心縱筆，動欲自開堂奥，自立門户。詰之，輒大言《三百篇》出自何典，此殊爲風雅累。《國風》、《雅》、《頌》，質合神明，體符造化，猶夫上棟下宇，理出自然。此道既開，後之作者即離朱、墨翟，奚容措手！故四言未興，則《三百》啓其源；五言首創，則《十九》詣其極；歌行甫遒，則李、杜爲之冠；近體大暢，則開、寶擅其宗。盛唐而後，樂、選、律、絶，種種具備，無復堂奥可開、門户可立。古惟獨造，我則兼工，集其大成，何忝名世？上下千餘年間，豈乏索隱弔詭之徒、趨異厭常之輩？大要源流既乏，蹊徑多紆，徒能鼓聲譽於時流，焉足爲有無於來世！」愚按：諸家論詩，絓一漏萬，元瑞此論，一舉而備，真後生龜鑒也。

今人作詩，不欲取法古人，直欲自開堂奥，自立門户，志誠遠矣。但於漢魏、六朝、初盛中晚唐，果能參得透徹，醖釀成家，爲一代作者，孰爲不可？否則，愈趨愈遠，茫無所得。如學書者，初不識鍾、王諸子面目，輒欲自成家法，終莫知所抵至矣。况自漢魏以至晚唐，其正者堂奥固已備開，變者門户亦已盡立，即欲自開一堂，自立一户，有能出古人範圍乎？故與其同歸於變，不若同歸於正耳。試觀獻吉、于鱗，雖才高一世，終不能自闢堂户。今之學者，才力僅爾，輒欲以作者自負，多見其不知量也。

學者於詩，或欲爲六朝、晚唐，其失爲卑；爲錦囊、西崑，其失爲偏；又有但爭一字之巧、一句之奇，以新耳目，初不知有六朝、晚唐，亦不知有錦囊、西崑也，則其失爲野矣。或曰：「漢魏、初盛自不必學，六朝、晚唐、錦囊、西崑，亦已有之，不若因時趨變，足快一時耳。」予曰：子不見器用與冠服乎？三歲而更新，十歲而易製，再更再易，而新者復故矣。大曆諸公而律始變焉，元和、開成、唐末而又變焉，至宋而又再變焉，再變之後，而神奇復化爲臭腐矣。然後之論律詩者，宗初、盛唐耶？宗大曆、元和、開成、唐末耶？宗宋人耶？故作者但能神情融洽，出自胸臆，觀者自能鼓舞，固不必創新立異以爲高耳。譬之於人，鬚眉口鼻皆同，而丰神意態不一。豈必鬚眉變相，口鼻異生，始爲絶類乎？試以予説求之，其惑自袪矣。

今之學者於詩，志尚奇僻，蓋欲悦一時之耳目，不顧後世定論若何耳。予嘗謂學者：古之爲律，初、盛唐諸公若此，李、何及七子得名若此，子獨爲奇僻，將必盡廢初、盛唐諸公及李、何、七子，乃可立名。吾恐初盛唐諸公、李、何、七子終不能廢也，非心勞而日拙耶？

古詩至於漢魏，律詩至於盛唐，其體製聲調，已爲極至，更有他途，便是下乘小道。故國朝人取法古人，法其體製、聲調而已，非掩取剽竊之謂也。李獻吉《駁何仲默書》云：「假令僕竊古意，盗古形，剪截古辭以爲文，謂之影子誠可。若以我之情，述今之事，尺寸古法，罔襲其辭，「尺寸古法」只是守法度而不遺之意，若必一一摹倣古格，則又盗古形矣。猶班圓倕之圓，倕方班之方，而倕之木非班之木也。此奚不可也？」袁中郎大識國朝人取法古人，故其爲詩恣意奇詭，使繼中郎者更爲中郎，則亦爲盜襲；若更爲奇詭，則必舉世鬼魅而後已耳。且試以理勢度之，千載而下果能廢獻吉而崇中郎？則予不敢措一喙矣。

李獻吉《答周子書》云：「一二輕俊謂法古者爲蹈襲，式往者爲影子，信口落筆者爲泯其比擬之迹。而後進之士，悦其易從，憚其難趨，乃即附唱答響，風成俗變，莫可遏止，而古之學廢矣。」姪國泰謂：「『悦其易從，憚其難趨』二語，説盡中郎一輩人心事。」

鄒彦吉《蕉雪林詩序》云：「近世有楚中郎氏出，中郎，楚人。思以其言倡導天下，使天下尸祝之，而自度其力不能爲古，又度人之力不盡能爲古。又思即自能爲古，可以主盟矣，而李、何之後復一李、何，何以超于世而稱非常之業？則悍然爲之説曰：『盛唐無詩，即漢魏亦無詩，詩獨蘇長公耳。』此説行，而後進之士無所知識，以爲至語，轉相傳效，不能爲古者既便而趨其中，即能爲古者亦誘而入其内，諸童謡方諺、市談巷説，皆歸不律。夫擬漢魏而失之，如塑像衣冠而不得其似，尚爲木會；擬長公而失之，猶刻形樵牧而無所彷彿，將爲芻狗。酷哉，中郎氏之禍天下也。」愚按：彦吉言「不能爲古者既便而趨其中」，即獻吉「悦其易從，憚其難趨」也。

有宗中郎而詆予者，曰：「詩在境會之偶諧，即作者亦不自知，先一刻迎之不來，後一刻追之已逝。」予謂：此論妙絶，在唐正是孟襄陽、崔司勳境界，然苟不先乎規矩，則野狐外道矣。

規矩者，體製、聲調之謂也。與浩然論中「王士源」一則參看。又曰：「生人者，天機所動，忽然而成，安能裁穠纖，按修短，一一中度，然後出哉？」予謂：天之生人，誠不能一一中度；苟取人而不中度，則嫫母可並乎西施矣。作詩猶生人也，論詩猶取人也。予嘗以詩示人，其人曰：「君詩得意者，大似唐人。」斯實寓刺。予謂：此即中郎意也。若予盜襲唐人爲詩，不可；若謂體製、聲調必離唐人始可稱詩，予弗敢從。

或問：「詩與書畫一也。學書者摹倣古人，謂之書家奴，學詩者烏得亦冒此名耶？」曰：詩無象，而書畫有形，有形者易於似，無象者難於似也。今觀獻吉、昌穀五言律，仲默五、七言律，體製、聲調靡不唐也，而命意措辭則已出也，若并變其體製、聲調而爲詩，則野狐外道矣。今學書者，點畫，鍾、王也；結構，鍾、王也。何者爲己出？烏得爲非襲乎？故國朝書家多變，而詩則未嘗變也，畫則在詩書之間矣。

詩與文章，正變一也。宋至和、嘉祐間，場屋舉子爲文尚奇澀，讀或不成句。歐陽公既知貢舉，凡文涉雕刻者皆黜之。及放榜，乃得蘇子瞻第二，子由及曾子固亦在選中，一時有聲者皆不録，士論洶洶。然迄今六百年來，世傳文章，惟歐、蘇、子由、子固而已，當時雕刻者安在耶？乃知詩文千古之業，斷不可要譽一時也。

先進後進，趨尚不同，大都皆由矯枉之過。成化以還，詩歌頗爲率易，獻吉、仲默、昌穀矯之，爲杜爲唐，彬彬盛矣。下逮于鱗，古倣漢魏，律法初唐，愈工愈精。然終不能無疑者，乃於古詩、樂府悉力擬之，靡有遺什，律詩多雜長語，二十篇而外，不奈雷同。於是中郎繼起，恣意相敵，凡稍爲近古者，靡不掊擊，海内翕然宗之，詩道至此爲大厄矣。黄錫余謂：「世有于鱗，必有中郎。」亦甚有見也。

論道當嚴，取人當恕。予之論漢魏、六朝、初盛中晚唐詩，其等第高下，皆千古定論。然今之作者，無論古爲太康，律爲大曆，苟非怪惡，即齊梁、晚唐，亦有可取。譬如論孔門諸弟以至漢唐諸儒，苟無甄別，是爲無識；若必孔孟而後足取，斯亦難矣。今之務華趨靡者，聞予數貶古人，輒相詆訾，既不識論道之體，若以漢魏、初盛而外，一無足取，則亦非取人之恕也。

盛世之士，才多老成；季世之士，才多華靡。今之喜老成者，或欲於後生華靡驟加裁抑，則機鋒一挫，終無起發矣。莊子云：「彼且爲嬰兒，亦與之爲嬰兒。彼且爲無町畦，亦與之爲無町畦。達之入於無疵。」此論可爲詩教。惟王、杜、皮、陸怪惡，必不可墮落耳。

凡學詩，當取古人所長，濟己之短，乃爲善學，所謂「取諸人以爲善」是也。如己不能馳騁，當盡力學古人馳騁；己不能渾涵，當盡力學古人渾涵；以至古雅、高華、和平、閒遠，莫不皆然。今之學詩者，己不能馳騁，遂謂詩不必馳騁；己不能渾涵，遂謂詩不必渾涵。則自護其短，終不能上達古人矣。嘗見一友學書，多蓄古帖，凡點畫稍類己者，即以朱筆圈出，此欲古人從己，非己學古人也。

歐陽公云：「非詩能窮人，窮者而後工。」愚謂：窮者，兼貧賤而無顯譽者言也。富貴之人，經營應接，無晷刻之暇，其於詩不能工，人皆知之；至若富貴者篇章始成，諂諛之人交口稱譽，有顯譽者一言偶出，信耳之人同聲應合，苟非虚己受益，鮮不爲其所惑，此人未易知也。惟貧賤無顯譽之人，人得指其瑕疵，造詣未成，則困心横慮，日就月將，無虚聲而有實得，是以窮者多工耳。此予身試而實驗者。

古今人論詩，論字不如論句，論句不如論篇，論篇不如論人，論人不如論代。晚唐、宋元諸人論詩，多論字、論句，至論篇、論人者寡矣，况論代乎？予之論詩，多論代、論人，至論篇、論句者寡矣，况論字乎？各卷中雖多引篇摘句，實論一代之體，或一人之體也。

詩有本末。體氣，本也；字句，末也。本可以兼末，末不可以兼本。予少學古詩，於漢魏主體，於李、杜主氣，故於元嘉以後之詩，多所不喜，而於唐人以律爲古者，尤所痛疾。大本既立，旁及支末，則凡六朝、唐人所稱佳句，多有可取，而於後人所謂詩眼者，亦間有可述，今之學者專心於字法、詩眼，於古人所稱佳句已不能識，又安知有體氣耶？

唐人律詩，鍊格、鍊句、鍊字，皆無迹可求；今人以新巧奇特爲工，則多見斧鑿痕矣。歐陽公《詩話》云：「陳舍人得杜集舊本，其《送蔡都尉》詩『身輕一鳥』，其下脱一字。陳公與數客各用一字補之，或云『疾』，或云『落』，或云『下』。後得善本，乃是『過』字。陳公嘆服，以爲雖一字，諸君亦莫能到。」舍人之言雖善，恐非所以論杜。杜另爲一源，見盛唐總論。孟浩然詩「待至重陽日，還來就菊花」，一本脱一「就」字，觀者亦同。今以二詩原句觀之，初不見其有異，至脱一字而人莫能擬，始見古人功力深微，非後人所及也。其鍊格、鍊句亦然。

唐人律詩，以興象爲主，以風神爲宗，至其結撰所成，豈能一一不類？但非有意相竊，即是己物。世傳詩話謂某人之句出於某人，頗多謬妄。譬之人面，一邑之中，每多相肖，若必指某人爲某人之子，則瀆亂斯甚矣。

予之論詩，實足爲今人藥石。試觀今人病源，必有宜予之藥石者。苟藥與病投，讀之必愬然汗下，便是邪氣始散耳。若能於此時時防患，使邪氣不入，則終身無疾。或邪氣始散，正氣未萌，仍復縱心所欲，以藥石爲患，則邪氣復入，不能更治矣。

詩道興衰，與國運相若。大抵國運初興，政必寬大，變而爲苛細則衰，再變而爲深刻則亡矣。今人讀史傳必明於治亂，讀古詩則昧於興衰者，實以未嘗講究故也。故予編《三百篇》、楚《騷》、漢魏、六朝、唐人詩，類温公《通鑑》；論《三百篇》、楚《騷》、漢魏、六朝、唐人詩，類温公《歷年圖論》。學者苟能熟讀而深究之，則詩道之興衰見矣。

詩體之變，與書體大略相類。《三百篇》，古篆也；蒼頡書，自黄帝至三代，其文不改。漢魏古詩，大篆也；周史籀作。元嘉顏、謝之詩，隸書也；沈、宋律詩，楷書也；初唐歌行，章草也；李、杜歌行，大草也；盛唐諸公近體不拘律法者，行書也；元和諸公之詩，則蘇、黄、米、蔡之流也。

詩與舉業大略亦相類。古詩如策論，律詩如經書文。盛唐古、律兼工，晚唐則工於律，而古詩亡矣。國朝成、弘、正、靖間，策論、經書文兼工，今則工於經書文，而策論亦亡矣。然盛唐古詩已不及漢魏，向言漢魏、李杜各極其至，各就其所造而言。此言盛唐不及漢魏，乃風氣實有降也。與論漢魏第十五則并此卷東坡論詩參看。而國朝成、弘、正、靖間策論，亦不及唐宋。晚唐律詩遠於盛唐，而今之經書文亦遠於成、弘、正、靖間矣。或曰：「今試爲成、弘、正、靖間文，子能必其中式否耶？」曰：舉業以取科第，蓋有不得不從時者。詩賦爲千秋之業，寧能捨高遠而趨卑近乎？

詩與經書文復有不同。經書文名爲帖括，有定旨，亦有定格；詩名爲散作，無定旨，亦無定製。故經書文惟沉思默運，始能中的；詩必幽閒放曠，乃能超越耳。試觀今人場屋之文多傳，謂流傳一時，非流傳後世也。而唐人試作，傳者惟祖詠《終南望餘雪》、錢起《湘靈鼓瑟》二篇。此外，如王昌齡《四時調玉燭》云「祥光長赫矣，佳號得温其」，孟浩然《騏驥長鳴》云「逐逐懷良馭，蕭蕭顧樂鳴」，錢起《巨魚縱大壑》云「方快吞舟意，尤殊在藻嬉」，李商隱《桃李無言》云「夭桃花正發，穠李蕊方繁」，較平生所作，遂爲霄壤。

或言：「唐以詩賦取士，故其詩獨工。」愚按：唐雖以詩賦取士，然但備制舉之一，亦猶今之表判耳，然又皆有程墨牽束，故中選者悉非佳製。試觀李、杜及韋應物諸名家，多不由於科目也。然唐詩之所以獨工者，蓋由齊梁漸入於律，至唐而諸體具備，其理勢宜工。唐既盛極，至元和、宋人，其理勢自應入變耳。

詩源辯體卷之三十五 總論

江陰許學夷伯清著

詩可作，不可選；可選，不可言。夫淺深精粗，隨所造而就焉，可作也；而選則未易能也。然苟有中正之識，則凡漢魏、初盛唐雅正之詩，或可選也。若夫言詩，得其中者必遺其偏，明於正者多昧於變，能於《三百篇》、漢魏、六朝、初盛中晚唐各得其正變而論之者，鮮矣。況能於淵明、元結、韋、柳、元和諸公各極其至而論之耶？善乎江文通之論曰：「世之諸賢，各滯所迷，莫不論甘而忌辛，好丹而非素，豈所謂通方廣恕、好遠兼愛者哉！」斯可與言詩矣。

世傳魏文帝《詩格》，其淺稚卑鄙無論，乃至竊沈約「八病」之說，又引齊梁詩句爲法，蓋村學盲師所爲，不足辯也。

沈約論詩，有「八病」之說，鍾嶸、皎然、滄浪、元美已嘗詆之，不必致辯。然此乃變律之漸，無足怪也。

劉勰《文心雕龍》序述大略，得其要領。

鍾嶸《詩品》以三品定士，其上品無愧，下品獨屈曹公，惟中品多可上下者。其言：「陳思爲建安之傑，公幹、仲宣爲輔；陸機爲太康之英，安仁、景陽爲輔；謝客爲元嘉之雄，顔延年爲輔。」乃當時衆論所同，非一人私見也。至論源流所自，率多謬誤，元美、元瑞亦嘗詆之。惟言古詩、曹植「其源出於《國風》」，陸機、靈運「其源出於陳思」，爲不謬耳。

鍾嶸與王融、謝朓、沈約同時，而論詩不爲所惑，良可宗尚。其論三子云：「曹、劉、陸、謝，不聞宫商之辨，四聲之論。「三祖之詞，文或不工，而韻入歌唱，此重音韻之義也，與世之言宫商者異矣。」文製本須諷讀，不可蹇礙，但令清濁通流，口吻調利，斯爲足矣。平上去入，余病未能，蜂腰鶴膝，閭里已甚。」云云。此論堪爲吐氣。

世傳上官儀、李嶠、王昌齡各有《詩格》，昌齡又有《詩中密旨》，白居易有《金針集》，又有《文苑詩格》，賈島有《二南密旨》，淺稚卑鄙，俱屬僞撰。予曩時各有辯論，以今觀之，不直一笑。蓋當時上官儀、李嶠、王昌齡、白居易俱有盛名，而賈島爲詩，晚唐人亦多慕之，故僞撰者托之耳，亦猶今世刻《詩學大成》托名李攀龍也。宋人言之而有未盡，今更詳之。

詩道不明久矣，李、杜二公知之而弗言，他人言之而弗知，此詩道之所以不明也。雖然，二公之意可見也。子美於五言古推薛稷《陝郊篇》，太白於七言律愛崔顥《黄鶴樓》，蓋五言古至初唐，古、律混淆，薛稷《陝郊篇》聲既盡純，而調復雄渾，初唐五言古無足與比；崔顥《黄鶴樓》，興趣所到，形迹俱融，爲唐人七言律第一。即二公之意推之，其所尚可知矣。

皎然《詩式》有「百葉芙蓉」、「菡萏照水」例，「龍行虎步」、「氣逸情高」例，「寒松病枝」、「風擺半折」例，率皆穿鑿附會；又有「不用事」、「作用事」、「直用事」等格，其所引詩句，亦多謬妄。大抵皆論句不論體，故多稱齊梁而抑大曆耳。

司空圖論詩，有「梅止於酸」二十四字，見盛唐總論。得唐人精髓。其論王摩詰、韓退之、元、白正變，各得其當，見諸家論中。遠勝皎然《詩式》，東坡、元瑞皆稱服之。

齊己有《風騷旨格》，虚中有《流類手鑑》，文彧亦有《詩格》。齊己「十勢」之説，倣於皎然，虚中倣於《二南密旨》，文彧「十勢」又倣於齊己，大抵皆穿鑿淺稚，互相剽竊。《桂林詩評》略言大體，較前三家稍爲有見，中有象外句格、當句對格、當字對格、十字句格、十字對格，雖非本要，未爲穿鑿；又有假色對格、假數對格、盤古格、騰驤格，則又穿鑿鄙陋矣。

徐寅、徐衍、李慮、徐生、王夢簡、王叡、王玄論詩，俱屬卑鄙。徐寅多出齊己，王玄引韓熙載、廖融詩，蓋五代時人。按齊己詩於晚唐最下，餘十人亦無聞。其論應爾，不必致辯。

宋梅堯臣有《續金針詩格》，又有《梅氏詩評》，亦屬僞撰。

宋人詩話種種，不能殫述，然率多紀事，間雜他議論，無益詩道。

東坡論詩，散見其集中，而獨得之見爲多。予最愛其《書王子思集後》云：「蘇、李之天成，曹、劉之自得，陶、謝之超然，陶、謝並論，詳辯淵明論中。蓋亦至矣。而李太白、杜子美以英偉絶世之姿，凌跨百代，古今詩人盡廢。然魏晉以來，高風絶塵，亦少衰矣。」此語簡而盡，曲而當，既云「李、杜凌跨百代，古今詩人盡廢」，又云「魏晉以來，高風絶塵，亦少衰矣」，有斟酌，有權變，而後世論李、杜者皆弗及也。與漢魏論第十五則參看。宋元、國朝人多類次舊説，然皆淺稚卑鄙，東坡諸公之論不少概見，惜哉！

敖器之評詩，自魏武而下，人各數語。其評陶彭澤、鮑明遠、李太白、王右丞、韋蘇州、柳子厚、韓退之、白樂天、孟東野、李義山，正變各得其當，則似有兼識者。元美、元瑞雖極淵源，然於淵明、韋、柳已不能知，至於韓、白諸子，則瞢然矣。

劉後村《詩話》，與諸家稍異，中雖亦紀事，間雜他議論，然亦有關於詩教。但其論卑者仍爲宋人，高者得於影響，至其尊蘇卑黄，其意見超宋諸家一等。

嚴滄浪論詩，有《詩辯》、《詩體》、《詩法》、《詩評》、《考證》等目，唐宋人論詩，至此方是卓識。其拈出「妙悟」、「興趣」二項，從古未有人道。胡元瑞云：「宋以來評詩不下數十家，皆啽囈語耳。剗除荆棘，獨探上乘者一人：嚴儀卿氏。」滄浪字儀卿。已上元瑞語。近編《名家詩法》，止録其《詩體》，而諸論略附數則，其精言美語，删削殆盡，良可深恨。

滄浪論詩之法有五：一曰體製，二曰格力，予得之以論漢魏；三曰氣象，予得之以論初唐；四曰興趣，予得之以論盛唐；五曰音節，則予得之以概論唐律也。

滄浪論詩，與予千古一轍。然今人於滄浪不復致疑，而於予不能無惑者，蓋滄浪之説渾淪，而予之説詳悉。滄浪云：「論詩如論禪。漢魏盛唐，第一義也；大曆以還，小乘禪也，已落第二義矣；晚唐，則聲聞、辟支果也。」聲聞、辟支果即小乘禪，滄浪誤言之。此論孰敢不從？若予詳論漢魏、盛唐之妙，既非今人之所能知，至論大曆、晚唐之病，尤世人之所惡聽，此猶諱疾忌醫而徒慕和、扁也。

古今論詩者，往往有絶到之語，及觀其取捨，考其制作，每多與議論不合，蓋其説本是據理揣摩，初未有真得也。滄浪云「詩道惟在妙悟」，又云「盛唐諸人惟在興趣」，故於孟浩然取其妙悟，於崔顥《黄鶴樓》稱爲唐人七言律第一，是其取捨相合也；又言「學者以盛唐爲師，不作開元、天寶以下人物」，故其詩悉出盛唐，而樂府、歌行又似太白，是其制作相合也。故古今論詩者，不得不以滄浪爲第一。

滄浪論詩獨爲詣極者，匪直識見超越，學力精深，亦由晚唐、宋人變亂斯極，鑒戒大備耳。正猶《孟子》一書，發憤於戰國也。

魏醇甫《玉屑》、阮宏休《總龜》，皆類次舊説，實無己見。然純駁不齊，雅俗相混，而《總龜》則直詩話耳。

《詩林廣記》，撮要所編唐宋諸人而外，冠以淵明，每人先輯諸家評論，係之以詩，中亦多紀事，間雜他議論，亦猶宋人詩話耳。且初唐王、楊、盧、駱、陳、杜、沈、宋及盛唐高、岑諸公皆不及之，而晚唐杜荀鶴、薛能、王駕、王播反多采録，其淺陋不足辯矣。俞仲蔚復稍損益，加以漢魏、六朝，題曰《名賢詩評》，以爲己書，正可謂鈍賊耳。疑亦假托。

《歷代詩體》題曰「江湖詩社聚編」，不知出於何時。其首卷《詩訣》，采沈休文「八病」、上官儀「六對」及李慮、徐生之法，卑鄙無足致辯。次述詩體，取滄浪《詩體》而增益之。其采諸家詩，漢、魏、晉人止一篇，淵明而後，篇什稍多，而實非本相。每人略摘前人評語，而略無己見，蓋道聽而塗説耳。觀其所采，稱宋朝而不及元，故知是書出於元初也。

陳繹曾《詩譜》二卷，予搜訪有年，近見於馮珣《詩紀别集》。然止論《三百篇》、楚《騷》、漢魏、六朝、唐人以下，評論未見。周詩自《周南》至《商頌》，其論近經生家言。自《離騷》至江淹，得其大體，寡心得之語，然亦有全不相類者。其言「東都以上主情，建安以下主意」，卷中惟此論最妙，前人未嘗道破。至言「凡讀《三百篇》，要會其情不足、性有餘處。情不足，故寓之景；性有餘，故見乎情。」此謂《國風》出於詩人美刺也。見乎情，謂美刺者之情。又言「齊梁以下七言，乃多古製，韻度猶出盛唐人上一等」，則謬甚矣。與齊梁、陳隋總論第一則參看〔二〕。

〔二〕此句，崇禎本無。

楊仲弘論詩，止言大體，便有可觀。其論五、七言古，似亦有得。至論律詩，於登臨、贈別、詠物、讚美，而云起句合如何、二聯三聯合如何、結語合如何，則又近於舉業程課矣。李西涯云：「律詩起承轉合，不爲無法，但不可泥。泥於法而爲之，則撑拄對待，四方八角，無圓活生動之意。」深得之矣。

范德機《木天禁語》，論七言律有十三格，謂一字血脉、二字貫穿、三字棟梁、數字連叙、中斷、鈎鎖連環、順流直下、雙拋、單拋、内剥、外剥、前散、後散，其所引詩，率皆穿鑿淺稚。又云：「用字琢對之法，先須作三字對，或四字對，然後妝排成句，不可逐句思量。」其淺陋爲甚，僞撰無疑。又有《詩學禁臠》，論七言律有十五格，其所引詩，多晚唐庸劣之作，亦僞撰也。觀下傅與礪述德機之意爲《正論》，則二書之僞可知。

傅與礪《詩法正論》，述范德機之意而作。首言詩權輿於《擊壤》、《康衢》，演迤於《卿雲》、《南風》，制作於《國風》、《雅》、《頌》；次言《國風》、《雅》、《頌》、歌、行、引、吟、謡、曲之體；又次言蘇、李五言及魏晉以來之詩，而并引德機之語，庶得其大體矣。其言「唐人以詩爲詩，主達情性，於《三百篇》爲近；宋人以文爲詩，主立議論，於《三百篇》爲遠」，甚當。又言「達情性者，《國風》之餘；立議論者，《雅》、《頌》之變，未易優劣」，則正變不分，烏在其爲正論乎！又言「作詩成法，有起承轉合，起處要平直，承處要舂容」，謂「李、杜歌行皆然」，則謬戾甚矣。

揭曼碩論詩有五事：一曰詩本，二曰詩資，三曰詩體，四曰詩味，五曰詩妙。謂：「養性以立詩本，讀書以厚詩資，識詩體於源委正變之餘，求詩味於鹽梅薑桂之表，運詩妙於神通游戲之境。」可謂得其要領。但中引文中子言「謝靈運小人哉，其文傲；沈休文小人哉，其文冶」等語，則近於宋儒理學之談矣。

《詩家一指》，出於元人。中有十科、四則、二十四品。十科：一曰意，二曰趣，三曰神，四曰情，言作詩先命意，如構宫室，必法度形制已備於胸中，始施斤斧。予謂：此作文之法也。《三百篇》之《風》，漢魏之五言，唐人之律絶，莫不以情爲主，情之所至，即意之所在。不主情而主意，則尚理求深，必入於元和、宋人之流矣。四則，一曰句，二曰字，三曰法，四曰格，又失本末輕重之分。二十四品，以典雅歸揭曼碩，綺麗歸趙松雪，洗鍊、清奇歸范德機，其卑淺不足言矣。外篇又竊滄浪諸家之説而足成之，初學不知，謂滄浪之説出於《一指》，不直一笑。

《沙中金》一書，亦出於元人。其法有實字作眼、響字作眼、拗字作眼、倒字押韻、虚字妝句、流水句、錯綜句、折腰句、句中對、扇對、巧對等，既非本要；又有交股對、借韻對、歇後句等，則又涉於淺稚矣。

或問予：「子極詆晚唐、宋、元人詩法，然則詩無法乎？」曰：有。《三百篇》、漢魏、初盛唐之詩，皆法也，自此而變者，遠乎法者也；晚唐、宋元諸人所爲詩法者，弊法也，由乎此法者，困於法者也。且漢魏、六朝，體製相懸，初盛中晚，氣格亦異，晚唐、宋元諸人，略不及之，顧獨於章句之間搜剔穿鑿，愈深愈遠，詩道至此，不啻掃地矣。

黄澄濟《詩學權輿》二十二卷，皆類次晚唐、宋元人舊説，而多不署其名，其署名者又多謬誤，蓋彼但見纂集之書，初未見全書也。其論以名物爲義者既多穿鑿，如論歌、行、篇、引之類是也。與論漢魏樂府五言參看。以字句相尚者又入細碎。其他卑鄙，不能一一悉舉。如以李太白「水春雲母碓，風掃石楠花」、孟浩然「厨人具雞黍，稚子摘楊梅」爲借對，又以日月比君后、雨露比德澤、雷霆比刑威、山河比邦國等。間有一二正論，又與前後相反，蓋彼但類次舊説，初未有己見也。中録嚴滄浪論，以嚴滄浪誤爲「蘇滄浪」，故或稱「蘇子美」，或稱「蘇滄浪」。蘇舜欽字子美，號滄浪。又引陳去非、葉少藴之論而誤爲杜牧之，尤爲可笑。十卷以後，皆録古人歌詩，然以李、杜與韓退之、白樂天、馬子才、宋諸公並録，略不識正變之體，而注釋又多穿鑿。至以陸龜蒙「丈夫非無淚」爲五言律，杜子美「紈袴不餓死」爲五言排律，蓋亦類次舊編，不足辯也。澄濟《自序》云：成化五年。「是編蓋自早歲已嘗著之，以課家塾，名曰《詩學權輿》。每患其疏略未詳，至是重加纂集，頗爲明白。仍其舊名而不改者，良以後先所述雖有詳略不同，而其爲初學行遠升高之助，初亦未嘗異也。」後《冰川詩式》等書，類次種種，不復致辯。

李賓之《懷麓堂詩話》，首正古、律之體，次貶宋人詩法，而獨宗嚴氏，可謂卓識。其所引詩句雖多鄙拙，勿論也。

李獻吉與何仲默論詩，互相掊擊，何云：「佛有筏喻，捨筏則達岸矣，達岸則捨筏矣。」李云：「筏、我二也，猶兔之蹄、魚之筌，捨之可也。規矩者，方圓之自也，即欲捨之，烏乎捨？」李爲得之。然予謂：學者必先造乎規矩，而能馳騁變化於規矩之中，斯足以盡神聖之妙，所謂「從心所欲，不逾矩」是也。苟初不及乎規矩，而欲馳騁變化以從心，鮮有不敗矣。今按仲默律詩悉合規矩，而獻吉歌行又能馳騁變化於規矩之中，則又不可不知。

徐昌穀《談藝録》，總論詩之大體與作詩大意，中間略涉《三百篇》、漢魏而已，六朝以下弗論也。然矯枉太過，鮮有得中之論。又其書作於少年，正其詩宗晚季之時，故其言浮而不切，泛而寡要，非實證實悟者，且詞勝而意常窒，所謂隔靴搔癢耳。

皇甫子循《解頤新語》，疏淺浮漫，且務以儷語爲工，殊無省發，較之《談藝録》，不逮遠甚。中載杜子美「夜闌更秉燭」，誦者瘧已，郭元振「久戍人偏老」，書之妖滅，及劉希夷「年年歲歲」句宋之問欲奪爲己作，以土囊壓殺之，直《齊東野語》耳。

楊用修《譚苑醍醐》，考證多而品騭少，大抵宗六朝，尚西崑，而昧於正變。觀其所引唐人詩句，則又似全不知詩者。

何元朗《四友齋蘩話》，首言「孔子删詩，正於六義有闕者」，又謂「世稱盛唐風骨，正是性情六義」，誕謬爲甚。其他多得於影響，無足省法。

《詩法源流》一書，乃嘉靖間王用章取元人論述古人詩增廣而成者。古詩采自《十九首》至陶淵明共九十九首，律詩采杜子美五言九首、七言四十二首。其所引元人語，純駁不齊，而略無已見。後附《詩法源流舊序》，乃楊仲弘作。仲弘言：「少從叔父楊文圭遊西蜀，抵成都，遇杜工部九世孫杜舉，工部至仲弘時，初非九世。求先生所藏詩律。舉言：『吾鼻祖審言以詩名世，審言生閑，閑生甫，又以詩鳴，至於今，源流益遠。然甫不傳諸子，而獨於門人吴成、鄒遂、王恭傳其法。予傳之三子，因以授仲弘。』」及觀用章所采杜七言律中有吴氏、鄒氏、王氏所解，而每詩之下定以篇格之名，蓋《詩法源流》之始也。此宋人僞撰相欺，而舉不知，仲弘又深信而傳之。宋元人淺陋，大率類此。或疑仲弘論詩，多有可觀，此序當爲僞撰，蓋因文圭曾遊西蜀故也。當時虞、楊、范、揭俱有盛名，故淺陋者托之耳。虞有《杜律虞注》，説見元遺山《唐詩鼓吹》。仲弘論見前。范德機《木天禁語》、《詩學禁臠》，亦見前。并與子美論中「古今説杜詩者」二則參看。

李于鱗《唐詩選序》，本非確論，冒伯麐極稱美之，可謂惑矣。《序》曰：「唐無五言古詩，而有其古詩。陳子昂以其古詩爲古詩，弗取也。」愚按：謂子昂以唐人古詩而爲漢魏古詩弗取，猶當；謂唐人古詩非漢魏古詩而皆弗取，則非。漢魏、李杜，各極其至。見李杜總論。觀其所選唐人五言古僅十四首，而亦非漢魏之詩，是以唐人古詩皆非漢魏古詩弗取耳。曰：「七言古，太白縱横，往往强（努）［弩］之末。」太白光焰萬丈，古今慴伏，不知于鱗視爲何物？曰：「五言律、排律，諸家概多佳句。」曰「多佳句」，則無佳篇可知，不太罔耶？曰：「七言律體，諸家所難。王維、李頎，頗臻其妙。」予意嘉州未可少也。

予嘗謂：學詩者當取古人所長，濟己之短，乃爲善學。見前卷。于鱗謂「唐無五言古詩」、「太白七言古，往往强（努）［弩］之末」，此雖意見有偏，亦是己不能騁而忌人之騁耳。觀其所選唐人五、七言古，是豈足以知唐人，又豈足以知李、杜哉？

王元美《藝苑卮言》，首泛引前人之論，次則自《三百篇》、《騷》賦、漢魏、六朝、唐、宋、昭代之詩以及子史文章、詞曲、書畫，靡不詳論，最爲宏博。然志在兼總，故亦互有得失。其論漢魏五言、沈宋律詩、李杜古詩，最爲有得。至或以李、杜五言古不及靈運，見李、杜總論五言古。又古、律獨推子美而不及太白、盛唐，自是偏見。至盛推同列而多貶古人，雖曰私衷，亦識有所偏耳。

王敬美《藝圃擷餘》，首論《十九首》及曹子建，次論孟浩然及國朝徐昌穀、高子業，俱有獨得之見。至論七言絶，言言中窾。其他多與乃昆相契。

謝茂秦《詩家直説》，凡四百十六條，較别刻大同小異，蓋時有竄易故耳。實悟者十得二三，浮泛者十居七八，間有賞識，得失相半。惟言：「今人作詩，忽立許大意思，束之以句則窘，此内出者有限，所謂辭前意也；或意隨筆生，興不可遏，入乎神化，殊非思慮所及，此外來者無窮，所謂辭後意也。」此論妙絶。至因讀李長吉詩，愛其奇古，因以奇古爲骨，平和爲體，欲取初、盛唐合而爲一，不知李杜正中之奇，乃可合一，長吉乃詩體大變，安可與初、盛唐合一乎？又引孔文谷言「初唐張説、張九齡擅其宗。長篇以李嶠《汾陰行》爲第一。近體以張説《侍宴隆慶池》爲第一。」憒謬益甚。

茂秦好竄易古人詩句，果於自信。如錢仲文《送李評事》、白樂天《昭君詞》，竄之誠當；如岑嘉州《犍爲作》，自不必竄；至子美《少年行》、戴叔倫《除夜宿石頭驛》、皎然《啼猿送客》、鄭谷《淮上與友人別》，不免點金成鐵矣。

胡元瑞《詩藪》，自《三百篇》、《騷》賦、漢魏、六朝以至唐、宋、昭代之詩，靡不詳論，最爲宏博，然冗雜寡緒。《内編》十得其七，《外編》、《雜編》，誇多衒博，可存其半。其論漢魏、六朝五言，得其盛衰；論唐人歌行、絶句，言言破的，惟於唐律化境，往往失之。至盛譽諸先達，則有私意存耳。大抵晚唐、宋元諸人論詩，多失之不及；而國朝昌穀、元美，時失之過；惟元瑞庶爲得中。

古今詩賦文章，代日益降；而識見議論，則代日益精。詩賦文章，代日益降，人自易曉；識見議論，代日益精，則人未易知也。試觀六朝人論詩，多浮泛迂遠，精切肯綮者十得其一，而晚唐、宋元，則又穿鑿淺稚矣。滄浪號爲卓識，而其説渾淪，至元美始爲詳悉。逮乎元瑞，則發竅中竅，十得其七。繼元瑞而起者，合古今而一貫之，當必有在也。蓋風氣日衰，故代日益降；研究日深，故代日益精，亦理勢之自然耳。

論古詩，則元瑞詳於元美，元美詳於滄浪；論律詩，則元瑞不如元美，元美不如滄浪。元瑞不如元美，見崔顥第二則論中。

李本寧論詩，散見其集諸序中，其持論多出於正。萬曆壬子，予《詩源》稍成，新安吴伯乾爲予索本寧序。時本寧僑居秣陵，賓客旁午，而予又未有重名，公意忽之。其序云：「三十年中，余兩度澄江，不聞有許伯清。隱而好學，未及從遊。」故其文多不相關，且以文中子、劉迅編詩況予，則道途迥别。與《凡例》第一條參看。後湖海諸公多道及予，公始竟覽予書，悔之，然其集已行，無從更定，要亦不足爲公累也。

馮元成《藝海洞酌》，兼論古今詩文雜著，最爲繁雜。其論詩浮泛瑣屑，而實悟者少，間涉訓釋，大多穿鑿，至引古人詩句，則又似全不知詩者。又意在師心，恥於宗古，故盛推韓、蘇而無所避，此中郎之先倡也。但其資高學博，故於漢魏晉人大體，間亦有得。

袁中郎論詩，於《雪濤閣》、《涉江詩》、《小修詩》、《同適稿》諸叙洎諸尺牘，其説爲多。其論騷、雅之變，至於歐、蘇，無甚乖謬。至論國朝諸公，惡其法古，於汪、王論詩，謂爲「雜毒入人」，故一入正格，即爲詆斥，稍就偏奇，無不稱賞。於吴中極貶昌穀、元美，而進吴文定、王文恪、沈石田、唐伯虎諸人，以是壓服千古，難矣。予嘗謂：漢魏、唐人，自創立則長，倣古人則短；國朝人，倣古人則長，自創立則短。論者謂「漢魏不能爲《三百》，唐人不能爲漢魏，李、杜諸公無古樂府」，既不識通變之道；謂「國朝人多法古人，不能自創自立」，此又論高而見淺、志遠而識疏耳。胡元瑞云：「詩至於唐而格備，至於絶而體窮。故宋人不得不變而之詞，元人不得不變而之曲。明不致工於作，而致工於述；不求多於專門，而求多於具體云。」此論千古不易。

袁中郎論詩，其最背戾者，如叙梅子馬詩云：「子馬謂：『往余爲詩，一時騷士争推轂，今則皆戟手詈余矣。』余曰：『是公詩進。』」叙小修詩云：「其間有佳處，亦有疵處。然余則極喜其疵處，而所謂佳者，尚不能不以粉飾蹈襲爲恨。」《與張幼于書》云：「公謂僕詩亦似唐人。」「然幼于之所取者，皆僕似唐之詩，非僕得意詩也。」「近日湖上諸作，尤覺穢雜，去唐愈遠，然愈自得意。」《與友人論時文》云：「公所謂古文者，至今日而敝極矣。優於漢謂之文，不文矣；奴於唐謂之詩，不詩矣。獨博士家言，猶有可取。其體無沿襲，其詞必極才之所至，其調年變而月不同，手眼各出，機軸亦異。以彼較此，孰傳而孰不可傳也。」此言一出，遂使狂妄不識痛癢之人，咸欲匠心自得，惡同喜異，於是鹵莽、淺稚、怪僻、奇邪，靡不競進，而雅道喪矣。又凡於今人體製聲調類古者，謂非真詩，而鹵莽、奇邪者，反以爲真。若是，則凡以古人自繩者皆非君子，而縱情所欲、放僻邪侈者，反爲君子也。又言「平生最不喜面熟人」，則父母兄弟妻子皆所當棄，而惟魑魅是與耳。至言「老子欲死聖人，莊生譏毁孔子，然至今其書不廢。荀卿言性惡，亦得與孟子同傳」，彼既甘以老、莊、荀卿自喻，則亦自知非正論矣，又何辯焉！黄錫余謂「中郎癡癖似李卓吾」，得之。與前鄒彦吉《蕉雪林詩序》一則參看。

詩至韓、白、歐、蘇，可稱大變。然其論則無不正者，蓋四子識見、學力實皆凌跨百代，但以其才大不能束縛，故不得不然。袁中郎詩，奇詭者勿論，即成家者，不足爲四子臣僕，乃敢立論爾爾，詩道罪人，當以中郎爲首。

予所交楚僧柴紫者，嘗從袁中郎遊，謂予曰：「中郎意見雖僻，然於議論有不合者，意亦不甚迕，曰：『彼自彼見，我自我見。』」乃知中郎立異，故爲駭世，但世人受其籠絡，終不自悟耳。

鄒彦吉惠山園初成，予因遊二泉，觀之，見其墻屋欄楯，事事皆異，正猶謝靈運衣物，多改舊形制也。予《詩源》稍成，顧南宇欲爲乞彦吉序。予心知不合，但言予《詩源》未成，成時當藉君乞序。南宇竟乞序歸，果不合予意。後見彦吉作《沈淵淵詩序》及《蕉雪林詩序》，持論又正。推其意，以爲「六朝、晚唐咸出古人，無一語可貶損，而靈運尤不宜貶也」，宜其與《詩源》不合耳。與論靈運末則及論晚唐王建以下參看。

趙凡夫《彈雅》雖多反中郎，然信心自得，中亦有絶到之見。其引予論四十餘則，彈射居半。彈射者不必致辯。采録者間署「詩原」二字，餘多不署其名。恐讀者不知，反以予爲盜襲。觀此，則他書混録予言者可知。與《凡例》第七條參看。「源」同。

詩源辯體卷之三十六 總論

江陰許學夷伯清著

六朝如《昭明文選》、徐陵《玉臺新詠》等，詩體雖有盛衰，而別無蹊徑，選者又皆名士，故其詩無大謬。唐、宋詩體既淆，而蹊徑錯出，選者又非名流，故其詩無可傳，學者斷不可以爲典要也。

梁《昭明文選》，自戰國以至齊梁，凡騷、賦、詩、文靡不采録，唐宋以來，世相宗尚。而詩則多於漢人樂府失之，又子建、淵明選録者少，而士衡、靈運選録最多，終是六朝人意見。且漢魏、六朝，體製懸絶，世傳《文選》以類分，而不以世次，非昭明之舊。說見《十九首》論中。今人知學《選》而不知辯，故其體不純耳。譬之學古帖者，於鍾、王、歐、虞、褚、薛諸子，亦須各辯其體，學鍾不宜雜王，學王不宜雜歐、虞、褚、薛也。故學詩者，苟欲自成其家，必先於古詩定其世代，憲章漢魏，取材六朝，而一歸於自得，庶可集其大成，初非雜用漢魏、六朝而可集大成也。陸放翁言「文章最忌百家衣」，最是有見。與論太白古詩、歌行并三十四卷二十則參看。謝茂秦謂：「若蜜蜂歷采百花，自成一種佳味，與花香殊不相同，使人莫知所醞。」此喻甚妙。予幼讀許少華世次《選》詩，因而有得。今世傳太白等集，以登臨、送別等爲類，而不以體分，其法本於《文選》，尤紊亂可憎耳。

徐陵《玉臺新詠》，自漢魏以至梁陳之詩，凡托男女懷思及語涉綺艷者悉録之，非《選》詩比也。故詩中一有「佳人」、「美人」等字，更不復遺，此直兒童之見耳。

唐人《古文苑》所編詩賦、雜文，始於周宣，終於齊永明，皆《文選》所不録者，而僞撰者實多。按：詩如蘇、李《録別》，雖非真手，然亦非魏晉以下所能；賦則自宋玉、相如而下，率多假托，而體非純雅，學者識見未定，斷不可讀。

唐人《搜玉集》所選三十七人，共詩六十四首，皆初唐詩也，而其人半不知名，蓋以官爵、科名選也；且五言沈、宋絶少，而歌行復遺四子。其所選五言，蓋六朝餘習耳。

《國秀集》，秘書陳公、國子蘇公囑芮挺章爲之。所編自開元以來，迄於天寶三載，皆盛唐詩也。中有李嶠、杜審言、沈、宋諸公，雖皆初唐，實與開元相接。方巡采旁求，而陳公物故，挺章因遂絶筆，編其見在者九十人，共詩二百二十首。其所選十數名家而外，皆不知名，故其詩多不工。且選既主盛唐，而李、杜、岑參不録，高適亦止一篇，其所尚可知。陳、蘇謂挺章曰：「作者務以聲折爲宏壯，勢奔爲清逸，此蒿視者之目，聒聽者之耳。」此蓋譏李、杜也，尚足與較短長乎！

殷璠《河嶽英靈集》所選二十四人，共詩二百三十四首，止於天寶十一載，皆盛唐詩也。按唐人五言古自有唐體，故盛唐自李、杜、岑參而外，五言古多不可選。王昌齡體雖近古而未盡善，儲光羲格雖出奇而不合古，其他體製未純，聲韻多雜，未若李、杜、岑參滔滔自運，體既盡純，聲皆合古耳。今璠所選，五言古十居八九，中惟太白一首，岑參二首，而子美不選。其序曰：「王維、王昌齡、儲光羲等，皆河嶽英靈也，此集便以河嶽英靈爲號。」是其所尊尚者，實在昌齡、光羲也，蓋亦羊棗之嗜耳。

元結《篋中集》，乃乾元二年選沈千運、王季友、于逖、孟雲卿、張彪、趙微明、元季川七人詩，共二十四首，皆五言古也，而其人皆不知名。其序曰：「近世作者，更相沿襲，拘限聲病，喜尚形似，且以流易爲詞，不知喪於雅正〔二〕。吴興沈千運，獨挺於流俗之中，强攘於已溺之後，凡所爲文，皆與時異。朋友後生，稍見師效，能似類者有五六人。盡篋中所有，總編次之，命曰《篋中集》。」按：詩至於唐，律盛而古衰矣，今元所選，聲雖合古，而制作不工，乃云：「近世作者，更相沿襲，拘限聲病，且以流易爲詞，不知喪於雅正。」是於唐律一無足采，而惟古聲是取耳，豈識通變之道者哉？若曰唐人古、律混淆而録千運等古聲以爲法，庶幾近之。

唐人選詩與今人論詩，相背而相失之，蓋詩靡於六朝，唐人振之。李、杜古詩、歌行爲百代

〔二〕「喪」，原本作「長」，據崇禎本改。

之傑，盛唐五、七言律絶爲萬世之宗。今《搜玉》、《英靈》所采，皆六朝之餘，而《篋中》又遺近體，此唐人選詩之失也。詩至於唐，衆體既具，流變已極，學者無容更變。今欲自開堂奥，自立門户，爲索隱弔詭之趨，此今人論詩之失也。於此而知所反之，斯有適從矣。

高仲武《中興間氣集》，高適，一字仲武，卒於永泰，此蓋大曆以後人。所選二十五人，詩一百三十二首，皆中唐詩也，而其人半不知名。錢、劉、皇甫，所選多非所長。且中唐雖稱錢劉，而錢實遜劉；郎士元、皇甫諸君，抑又次之。仲武進錢、郎、皇甫，而獨抑劉，背戾滋甚。其論錢起、皇甫冉，賞其新奇，至論劉，則曰：「詩體雖不新奇，甚能鍊飾。」是豈可以論大曆乎？若朱灣詠物，最爲惡俗，乃云「灣於詠物尤工」，豈以惡俗爲新奇耶？灣如《詠籠籌》云「獻酬君有禮，賞罰我無私。莫怪斜相向，還將正自持。一朝權入手，看取令行時」、《詠雙陸頭子》云「掌中猶可重，手下莫言輕。有對惟求敵，無私直任争」、《詠壁上酒瓢》云「安身未得所，開口欲從誰？應物心無倦，當壚柄會持」等句，惡俗尤甚。仲武以之入選，其賞鑒可知。

元和中，學士令狐楚所編《御覽詩》一卷，凡三十人，詩二百八十九首。按盧綸《墓碑》「詩三百十一篇」，而此纔二百八十九首，則中有散逸矣。予初見《御覽詩》，以爲皆初、盛唐臺閣冠冕之製，及讀其詩，乃大曆以後人，不知名者居半，且其詩多纖艷語，而實非正變，僻調亦往往見之。毛晉云：「章武帝命采新詩備覽，學士彙次名流，選進妍艷短章三百有奇。」則斯集可知。

姚合《極玄》所選二十一人，共詩一百首，中計五言古仄韻二首、五言排律三首、五言絶八首、七言絶三首，餘皆五言律也。其去取之意，漫不可曉。盛唐止王維三首、祖詠五首，其他皆大曆以後詩耳。且排律三首，而有李端「朱户敞高扉」，七言絶三首，而有朱放「知君住處足風烟」，則尤不可曉云。《自題》云：「此詩家射雕手也。合於衆集中更選其極玄者，庶免後來之非。」其自信乃爾。然以較《搜玉》、《國秀》、《英靈》、《間氣》、《御覽》、《才調》等集，風調猶有可觀者，蓋挺章、殷璠、仲武、令狐楚、韋縠本非詩人，合雖淺僻，實亦詩人之列也。

韋縠《才調集》唐末人。所選唐人古、律歌詩凡一千首。中如元稹、李商隱、温庭筠、韋莊各五六十篇，而佳者多遺；高、岑、王、孟諸公僅見一二，而又非所長；至不知名者，十居二三；晚唐怪惡，亦每每而見。自題曰：「暇日因閱李杜集、元白詩，其間大海混茫，風流挺特，遂采摭奥妙，并諸賢達章句。」云云。今所選，杜又不録，豈以元、白爲有調，杜反爲無調耶？若太白《長干行》，乃晚唐人詩，劉長卿「垂柳拂金堤」，乃薛道衡詩也。

《搜玉》、《國秀》、《英靈》、《篋中》與《間氣》、《御覽》、《極玄》、《才調》，復相背而失之。《搜玉》、《國秀》、《英靈》、《篋中》，當極盛之時，而選者不知尚；《間氣》、《御覽》、《極玄》、《才調》當既衰之後，而選者不知返。使當時一二大家名士爲之，當必有可傳者。

王介甫《百家詩選》，予搜訪多年，尚未有見，今姑采滄浪、得華之説以補之。嚴滄浪云：

「王荆公《百家詩選》，蓋本於唐人《英靈》、《間氣》集。其初，明皇、德宗、薛稷、劉希夷、韋述之詩，無少增損，次序亦同；孟浩然止增其數。儲光羲後，方是荆公自去取。前卷讀之盡佳，非其選擇之精，蓋盛唐人詩無不可觀者；至大曆以後，其去取深不滿人意。况唐人如沈、宋、王、楊、盧、駱、陳拾遺、王維、韋應物、劉長卿諸公，皆大名家，李、杜、韓、柳，以家有其集，故不載，而此集無之。荆公當時所選，當據宋次道之所有耳。其序乃言『觀唐詩者觀此足矣』，豈不誣哉！今人但以荆公所選，斂衽而莫敢議，可嘆也。」已上皆滄浪語。馬得華云：「王荆公號稱知言，而《百家選》偏得晚唐刻削爲奇，盛唐冲融渾灝之風，在選者戛戛焉無幾，他蓋可知矣。」已上皆得華語。

洪魏公邁所編《萬首唐人絶句》，取諸家集中五言、六言、七言并傳記所載、郭茂倩《樂府》與夫小説僞撰及凡仙鬼之作而輯成之，而真者尚有所遺。又其中有異名重出者，有彼此誤入者，有雜於六朝者，有從郭氏删古、律爲絶句者，有古歌七言用四平韻及兩平兩仄者。趙凡夫、黄伯傳詮次釐正，削其前失，復增入數百篇。然何仲言五言尚係之晚唐，劉長卿諸人五、七言猶自古詩中摘出，其異名重出、彼此誤入者尚多。至古歌四平韻及兩平兩仄與夫小説僞撰及凡仙鬼之作，尚復不删正，猶陳薫之竄正《廣文選》耳。見後。但其所載中唐以後之詩，今諸家集中多闕，故知今所傳者多非全集。

祝君澤《古賦辯體》，采屈宋、兩漢、三國、六朝、唐宋人諸賦，辯其體製之不同，又取古今雜著近乎賦者，以爲外録。其辯以爲：「騷人之賦與詩人之賦雖異，然猶有古詩之義，詞雖麗而義可則；宋玉、唐勒而下，則是詞人之賦，詞極麗而過淫蕩。」又云：「俳體始於兩漢，律體始於齊梁，至宋則以文爲賦。」其論甚確，當是賦家一善知識。但其中又以荀卿諸賦參入，不免甚誤後學耳。

劉須溪《詩統》，予亦未見，今采用修、元瑞之説以補之。楊用修云：「世以劉須溪爲能賞音，爲其於《選》詩、李杜諸家，皆有批點也。余以爲須溪元不知詩。其批點詩，首云：『詩至《文選》爲一厄，五言盛於建安，而勃窣爲甚。』此言大本已迷矣。須溪徒知尊李、杜，而不知《選》詩又李、杜之所自出。余嘗謂須溪乃開剪截羅段鋪客人，元不曾到蘇、杭、南京機坊也。」又云：「劉須溪所選《古今詩統》，亡其辛集一册，諸藏書家皆然。余於滇南偶得其全集，然其所選多不愜人意，可傳者止十之一耳。」已上二説皆用修語。胡元瑞云：「劉辰翁雖道越中庸，其玄見邃覽，往往絶人，自是教外别傳，騷場巨目。」又云：「劉辰翁評詩，有絶到之見，然亦時溺宋人。」

周伯弼《三體唐詩》，所編乃七言絶及五、七言律也。絶句之法，有實接、虚接、前對、後對、拗體、側體等，律詩之法，有四實、四虚、前虚後實、前實後虚等，最爲淺稚。且初、盛、中唐，間得一二，餘皆晚唐詩也，蓋亦不足觀矣。

方虛谷《瀛奎律髓》，其《序》乃元世祖至元癸未作，采唐宋五、七言律，以登覽、朝省等爲類，凡四十九卷。每卷首多録陳、杜、沈、宋之詩，故多有可觀。中録晚唐，實無足取。後采宋人過半，讀之頗爲悶絶。大意兼詩話爲之，然於正體多不相及，而於許渾尤加詆毁，是以新奇意見爲主，而不以音節氣格爲主也。其録黄、陳諸子，聲調多偏，深晦爲甚。詳見宋詩論中。其盛推黄、陳，皆屬夢語。中既詆許渾，而他類渾者又取之，蓋習於宋人議論，而實無己見。然則陳、杜、沈、宋之取，特借以壓服人心，至子美僻調亦多録之，乃挾天子以令諸侯耳。學者識見未定，斷不可觀。十三卷以後，議論愈謬。且以茶酒、梅花、雪月係於前，而以陵廟、邊塞、旅況、遷謫係於後，尤爲謬甚。嚴滄浪云：「唐人好詩，多是征戍、遷謫、行旅、離别之作，往往能感動激發人意。」蓋此公與此題初不相契也。其《序》曰：「瀛者何？十八學士登瀛洲也；奎者何？五星聚奎也。斯登也，斯聚也，而後八代、五季之文弊革也。」讀之可發一笑。其所選多非作者，姑不暇論。

元遺山《唐詩鼓吹》，所選盡七言律，起於柳宗元、劉禹錫，中復參以開元、大曆數子，餘皆晚唐詩也。然晚唐纖巧者僅十之一，而鄙俗者居十之五。至杜牧、皮、陸怪惡，靡不盡録，蓋選詩最陋者。冒伯麐云：「或謂：《鼓吹》、《三體》，可供小兒號嗄。余曰：不然。穢習一染，恐來生猶洗不去。」已上皆伯麐語。然二集至今猶行者，蓋以所選皆律，而中復有注釋可觀，故初學者好之耳。《三體》較《鼓吹》，《三體》卑，《鼓吹》陋。

元遺山元初負盛名，其詩雖多有晦僻，而怪惡鄙俗處則無，其古詩、歌行，實多可觀。至《論詩絶句》三十首，又皆中的。觀其所編《中州集》，雖多出晚唐，亦無怪惡之調，則《鼓吹》疑爲書肆假托。《鼓吹》載郝天挺注釋，按《中州集》云：「好問遺山。十四五，先人令陵川，時從先生學舉業。」則天挺乃遺山前輩，安得注釋《鼓吹》？前有趙子昂《序》，不見本集，疑亦僞撰。如范德機《木天禁語》、《詩學禁臠》，虞伯生《杜律虞注》楊用修、胡元瑞俱以虞注乃張伯成注。皆出是時也。

楊伯謙《唐音》，自言：「得諸家唐詩，手自抄録，日夕涵泳，審其音律正變，擇其精粹者爲始音、正音、遺響，總名《唐音》。」故其選詳初、盛而略中、晚，選唐詩者，至是始爲近之。首以初唐四子爲始音，而不名古、律，最當。然盛唐五言古，取儲光羲、王摩詰、孟浩然而捨岑嘉州，則似全不知古。晚唐七言律，以李商隱、許渾載諸正音，則於律詩正變，亦未有得也。至若五言律、排律，有沈佺期而無宋之問，當是未見其集耳。

吴敏德《文章辯體》，首古歌謡，次古賦，次樂府、古詩、歌行，次文章諸體四十六名，外集則連珠、判、律賦、律詩、排律、絶句、聯句、雜體、詞曲。句。賦，一遵祝氏，文則述其源流，辯其體製，參前人之説而總裁之，多有可宗。詩，道聽塗説，而實無一斑之見。首卷以荀卿諸詩附入，略不識詩之面目。四言，謂「淵明突過建安，退之《元和聖德》詩膾炙人口」，其論出於宋人。淵明雖本《風》、《雅》，而自爲一源，退之則有韻之文耳。且以樂府、古詩、歌行入正集，以律詩、排律、絶句入外集，又爲大謬。中論排律，以老杜《贈韋左丞》爲法，則於古、律之體且不能辨，尚足與言詩乎！《贈韋左承》即「紈袴不餓死」，乃古詩雜用律體，詳見盛唐總論第二則。

高廷禮《唐詩品彙》，謂唐宋以來選唐詩者「立意造論，各該一端」，僅取楊伯謙《唐音》而復有所詆，故其選較諸家爲獨勝。至其所分，有正始、正宗、大家、名家、羽翼、接武、正變、餘響之目，似若有見，而實多未當。如初唐五言古，以太宗、虞、魏、王、楊、盧、駱、沈、宋諸公爲正始，既已大謬；而五言律、排律，復以太宗、虞世南諸公及陳、杜、沈、宋爲正始，則又無别。至五、七言古，以太白爲正宗、子美爲大家，既淺之乎知李，而以韓退之、孟東野、李長吉、王建、張籍爲正變，是亦豈識正變耶？且於元和以後，多失所長，又未可名「品彙」也。

廷禮復於《品彙》中拔其尤者爲《唐詩正聲》，既無蒼莽之格，亦無纖靡之調，而獨得和平之體，於諸選爲尤勝。胡元瑞謂：「於初唐不取王、楊四子，於盛唐特取李、杜二公，於中唐不取韓、柳、元、白，謂柳律詩。於晚唐不取用晦、義山，非凌駕千古膽，超越千古識，不能也。」此論甚當。但所取五言古，雜用律體者衆，既未可名「正聲」，而五言律於初盛唐雖得其風神而不先其氣格，終未免小疵耳。

康文瑞《雅音會編》，取《英靈》、《三體》、《鼓吹》、《唐音》、《正聲》等選及李、杜、韓全集，摘其五、七言律絶，依韻編次，僅可爲初學之資，未可供諸大方也。然諸家全集既不及收，而唐宋諸選又不及録，且以《鼓吹》所選混入，不免甚誤初學耳。

劉梅國《廣文選》，上自唐虞，下迄齊梁，采昭明所遺詩賦、雜文，凡千有七百九十六篇。其選擇冗濫，彼此誤入，真僞相雜無論，而變題各出，姓名舛錯，每每不一，蓋徒較篇目增入，而於諸詩文實未嘗經目也。吕氏序文謂「梅國幾二十年始成是書」，不知二十年之功何所用耶？田子藝嘗論之，得其數節而已，未能盡也。子藝曰：「張協『結宇窮岡曲』，《文選》已收入《雜詩》，而此云《招隱》；魏文帝『置酒坐飛閣』，《文選》本江淹《雜體》，而此直云文帝《遊宴》。按：集中如李陵《從軍》、劉楨《感遇》、王粲《懷德》諸篇，皆江淹《雜體》也。如古辭『驅車上東門』、『冉冉孤生竹』、『昭昭素明月』之類，率皆重出，不可枚舉。又文帝『堯任舜禹』一篇，本集八卷作《歌魏德》，十二卷又作《秋胡行》；《阮嗣宗碑》本嵇叔良撰，而誤作『叔夜』，係之嵇康；中山王撰《文木賦》，乃以『文』爲中山王名，而題云『木賦』；南宋人王微撰《詠賦》，乃以宋王微作『宋玉』，而題作『微詠賦』。不直一笑。」已上子藝語。嗣後陳蕙復加竄輯，删去二百七十四篇，增入三十篇，而於誤處復不能正。其所删者，又以《焦仲卿》等當之，是以梅國正梅國也，則又奚足辯哉！

馮汝言《漢魏六朝詩紀》抄本，乃牧蒲之日，延庠生史喬科搜括爲之。上遡太古，下迄有隋，凡宗廟、朝廷、鄉黨、閭巷詩歌篇什，靡不收録，使人各相屬，而不以類分，其功甚偉。但世次稍紊，真僞相雜，或彼此誤入，不能辯證，蓋功多而識淺耳。其孫珣萬曆壬子年改刻，而未盡正。

張玄超《唐詩類苑》，自天文、地理、帝王、職官以至禮樂、文武、人物、居處、器用、技藝、草木、蟲魚，盡唐人之詩，以類相屬，凡二百卷。然亦可爲初學之資，未可供諸大方也。善乎馮元成序之曰：「以事類者，零星小便，非全犧純駟矣。學者何取乎？取其給青箱之薈蕞，而資錦囊之咄嗟，便於初機云爾。」已上元成語。及考諸家全集，尚多有遺。至或彼此誤入、變題各出及太白集中僞撰者，既不能辯，而小説中仙鬼之詩又多録之，自是大病。使玄超以此功力，加之以精密，爲《全唐詩紀》，以繼汝言之業，斯可爲不朽矣。

李于鱗《古今詩删》，首古逸詩，次漢魏、六朝樂府，次漢魏、六朝詩，次唐詩，次國朝詩。其去取之意，漫不可曉。大要黜才華，尚氣格，而復有不然。姑摘其最異者。如漢魏詩録《柏梁臺聯句》及應璩《百一》後二首，而曹、劉佳者多遺，長篇取蔡琰《悲憤》而遺《焦仲卿》。「日暮秋雲陰」乃六朝人詩，不能辨也；唐五言古「感遇」，不取陳子昂而取張九齡；七言歌行，高適取十二篇而岑參五篇，孟浩然一篇，不取《鹿門歌》而取《送王七尉松滋》；七言律，太白一篇，取《鳳凰臺》而遺《送賀監》。國朝詩，則伯温多而季迪少。五言古，季迪止短篇二首，而七言不録；獻吉七言古止三篇，其二爲初唐體；仲默有六篇，而初唐體不録。五言律，仲默三十首，多非所長；昌穀止一篇而已，其他不能悉論也。王元美云：「始見于鱗選明詩，余謂如此何以鼓吹唐音？及見唐詩，謂何以衿裾古選？及見古選，謂何以箕裘《風》、《雅》？乃至陳思《贈白馬》，杜陵、李白歌行，亦多棄擲。豈所謂英雄欺人，不可盡信耶？」

李于鱗《唐詩選》，較《詩删》所録益少，中復有《詩删》所無者。其去取之意，亦不可曉。元美、元成既嘗論之，而敬美之序，亦寓詆諷。如太白五言古，止録「長安一片月」、「子房未虎嘯」二篇；七言古，止録「黄雲城邊」、「木蘭之枻」二篇，若以此法選李，是欲擾龍而縛虎也。初唐五言律，沈、宋爲正宗，今宋止録二篇，而沈不録；張燕公五、七言律各三篇，可無録也。其他謬戾頗多，不能一一致辯。今初學但以于鱗所選，輒尊信之，實以于鱗名高一代，要亦未睹諸家全集耳。胡元瑞云：「于鱗選唐詩，與己作略無交涉。」英雄欺人，不當至是。

嘗與黄介子伯仲言于鱗選唐詩似未睹諸家全集，介子伯仲曰：「向觀于鱗《詩選》，所録不出《品彙》。如《品彙》五言古以崔署爲羽翼，故次韋、柳名家之後；七言古，張若虚、衛萬無世次可考，故次餘響之後；駱賓王以歌行長篇，故又次張、衛之後。今于鱗既無分别，而次序亦如之，是可證也。」予因而考之，信然。

予嘗謂：選詩者須以李選李，以杜選杜，至於高、岑、王、孟，莫不皆然。若以己意選詩，則失所長矣。故諸家選詩者多任己意，不足憑據。若于鱗《詩選》，又與己作略無交涉，良可怪也。

于鱗《詩選》，其害甚於中郎、伯敬。蓋中郎、伯敬尚偏奇、黜雅正，一時後進雖爲所惑，後世苟能反正，其惑易除。于鱗似宗雅正，而實多謬戾，學者苟不睹諸家全集，不免終爲所誤耳。孔子惡似而非，予於于鱗亦云。

臧顧渚《古詩所》兼漢魏、六朝，《唐詩所》先初盛，後中晚。其例首樂府，次雜詩，古意、送别、贈寄、酬和、宴集、登覽，以類相從。愚按：漢魏、六朝，體製相懸，初盛中晚，氣格亦異，今不以代分，而以類相從，一惑也；樂府與詩，漢人雖有不同，然自子建、士衡已甚失之，玄暉、元長、簡文而下，樂府與詩略無少異。今於唐人無論五七言古、律、絶句，但具樂府之名者則入樂府，以别於詩，二惑也；贈寄、酬和題雖不同，而體則無異，今不以體類而以題類，三惑也。如魏徵「中原還逐鹿」一篇，一作《出關》，一作《述懷》，顧渚失於考校，以《出關》入樂府，以《述懷》入古詩。予謂其體果爲樂府，則不當入之古詩；其體果爲古詩，則不當入之樂府。然則樂府與詩，顧渚亦不能辨也，非狥名而失實耶？惟訛字多所考證，差快人意。

《三百篇》至漢魏，其《風》、《雅》、《頌》流派，予既詳辯之矣。自唐而後，則有五七言古、律、絶句，故後世編唐詩者但以五七言古、律、絶句分次，而不分風、雅、頌。蓋作者但有意於爲古，爲律、絶，而無意於爲風、爲雅、頌耳。近觀程全之《唐詩緒箋》分風、雅、頌而不分古、律、絶，紊亂厥體，無益詩道，且欲以郊廟、四言、箴、賦、雜作與五七言古、律、絶句合而並傳，此勢之必不行者，學者姑置之可也。

古、律、絶句，詩之體也；諸體所詣，詩之趣也。別其體，斯得其趣矣。康文瑞、張玄超、臧顧渚、程全之既不別詩之體，烏能得詩之趣哉？

鍾伯敬、譚友夏合選《詩歸》，自少昊至隋十五卷，自初唐至晚唐三十六卷。大抵尚偏奇，黜雅正，與昭明選詩，一一相反。首古逸詩二卷，首篇乃少昊母《皇娥歌》及他黄帝《兵法》、許由《箕山歌》等，皆七言也，以爲真僞存而弗論。次漢魏，則樂府多而古詩少，乃至焦氏《易林》及凡仙鬼之作，亦多録入。鍾云：「今非無學古者，大要取古人之極膚、極狹、極熟便于口手者，以爲古人在是。故魏人五言，曹、王僅見一二，而公幹不録；晉人五言，潘、陸僅見一二，而景暘不録。正以諸子五言爲膚熟便於口手者耳。」然則《十九首》、蘇、李之選，乃古今名篇，不得不存，初非真好也。又凡於生澀、拙朴、隱晦、訛謬之語，訛謬者如曹子建「輕裾隨風還」，「裾」訛爲「車」。往往以新奇有意釋之，尤爲可笑。大都中郎之論，意在廢古師心；而鍾、譚之選，在借古人之奇以壓服今人耳。然聞國朝三家時義甚正，而論詩、選詩乃爾，豈識獨有所偏耶？抑故爲立異以駭世也〔一〕？

《詩歸》如漢武《落葉哀蟬曲》、劉越石「胡姬年十五」等俱僞而入録，其識爲淺；如朱穆《絶交詩》、程曉《嘲熱客》等最鄙而入録，其識爲陋。若王仲宣《從軍詩》首句云「朝發鄴都橋，暮濟白馬津」，最爲軼蕩，子美「朝進東門營，暮上河陽橋」實倣之，譚云：「恨不將此等語爲今人熟便者盡抹之。」《三秦民謡》甚幻，謡云：「武功太白，去天三百。孤雲兩角，去天一握。山水險阻，黄金子午。蛇盤鳥櫳，勢與天通。」鍾云：「似讖，似銘，似記，置心口間可救膚近之氣。」《白狼王歌》悉爲夷語，譚云：「妙在無中國淹熟之氣，無文人摹擬之象。」嗟乎！人心至此，世變可知，有志者堪爲慟哭！

《詩歸》於唐詩取捨，不能一一致辯，姑論其最謬者。五言近體，王、楊、盧、駱惟楊聲體稍純，今惟楊不録；初唐五言古，其體甚雜，今於沈、宋諸人每多録之，且云「五言古，唐人先用全力付之，而諸體從此分」；陳子昂、張九齡《感遇》雖出阮嗣宗，而遠不逮，鍾盛推子昂、九齡而獨黜嗣宗；盛唐五言古惟李、杜爲詣極，其餘諸人體實多雜，今所采王維、王昌齡、儲光羲、常建最多。譚云：「唐人神妙全在五言古，太白似多冗易，非痛加削除不可。」此類顛倒殊甚。且於

〔一〕「然聞國朝」以下至此，崇禎本無。

太白集中僞撰者既不能辯，而於《蜀道》、《天姥》又皆削之，是其生平好奇，特字句瑣屑之奇耳，非變化不測之神奇也。

古今好奇之士多不循古法，創爲新變以自取異，然未嘗敢以法古爲非也。至袁中郎則毅然立論，凡稍近古者掊擊殆盡，然其意但欲自立門户以爲高，而於古人雅正者未嘗敢黜也。至鍾伯敬、譚友夏，則凡於古人雅正者靡不盡黜，而偏奇者靡不盡收，不惟欲與一世沉溺，且將與漢魏、唐人相胥爲溺矣。鄒彦吉最稱好奇，及見《詩歸》，曰：「不意世間有此大膽人！」

袁中郎之説極爲詭幻，然不過載諸其集，初未嘗有成書也。伯敬、友夏則定爲《詩歸》以爲法，實以一時宗尚不敢置喙，故縱心至是，不知宇宙之大，萬世公論自在。使此一書不行，固爲無益；若行，適足資後人口吻耳。後世豈能以科名官爵服人耶？

中郎論詩，鍾、譚選詩，予始讀之而懼，既而喜，蓋物極則反，《易》「窮則變」，乃古今理勢之自然。三子論詩、選詩，悖亂斯極，不能復有所加，雅道將興，於此而在。孟子曰：「天下之生久矣，一治一亂。」

或問予：「子既能辯古今人詩，又能辯諸家論詩、選詩得失，今試舉古今人詩，果能辯爲古人、今人否？」曰：予弱冠時初讀《唐詩正聲》，後見友人扇録東山布衣《明古今》一篇，予以爲類高達夫詩，既而檢達夫集，得之。後十餘年，略涉宋詩，友人出茶具示予，上有銘云：「春風飽食太官羊，不慣腐儒湯餅腸。搜攬十年燈火讀，令我胸中書傳香。」予曰：「惜哉美器！無是銘可也。然必山谷詩句耳。」既而檢山谷集，良是。此皆予之足自信者。至若國朝高季迪五言古學李、杜，李獻吉五言律學初唐、子美，李于鱗樂府及五言古學漢魏，何仲默、徐昌穀五七言律學盛唐，有逼真者，使予未睹諸家全集，固不能知爲今人之詩。又如大曆以後，集中已多庸劣之句，開成而下，復有村學堂最猥下語，使或摘以爲問，予亦安能知爲唐人詩耶！

予作《辯體》成，或問：「是書必行乎？」曰：人莫不飲食也，鮮能知味也。古今説詩者惟滄浪、元美、元瑞爲善，而予於三子不能無辯，即三子而在，未肯降心以相從也。況他十駁其八九，中初學之病根，觸時人之忌諱，意既懇至，語復嚴切，其不訕而詈者幸矣，敢望其必行乎？然予所論，皆古今自然之理、中正之路，非一人之私智、曲士之偏識，則人同此心，心同此理，終不能以好惡亂其真耳，又安能必其不行乎？苟是書之行也，予既開鑿而導引之，後必有繼起而相應者，倘能檢予之疏節，發予之未備，乃是書之羽翼也。如或踵襲故弊，抵捂予言，爲曲學左袒，則又是書之大厄矣。此係詩道之興衰，非人之所能爲也。

詩源辯體後集纂要卷一

江陰許學夷伯清著

予作《詩源辯體》，先論次《三百篇》至五季爲前集，業既有成，乃復采宋元、國朝爲後集。然漢魏、六朝、唐人以世次定其盛衰，而宋元、國朝則否者，蓋漢魏、六朝、唐人之變，順乎風氣之自然，故可以世次定其盛衰；宋人多學元和，元人多學中晚，國朝人漢魏、六朝、初盛中晚各隨其意而學，故未可以世次定盛衰也。蓋詩至晚唐，其衆體既具，流變已極，學者無容更變，但各隨其質性而倣之耳。李本寧云：「漢魏、六朝，遞變其體爲唐，而唐體迄于今自如。譬之水，《三百篇》，崑崙也，漢魏、六朝，龍門積石也，唐則溟渤尾閭矣，將何所取益乎？」但漢魏、六朝既有《詩紀》，而唐人詩藏者亦多，故其業易成。宋元詩藏者既少，而國朝詩汗漫尤甚，亦姑求其姓氏顯著、有關一代者，凡三十餘載，僅得若干人，而簡帙已浮於前集。蓋作者篇什自繁，不容不多耳。後有同志者，倘能增益，當另爲一集，庶各見其功，决不當混入，以相雜亂也。此集原小論二百六十餘則，不能盡刻，恐身後散失，今先採其要爲二卷，附前集後。

胡元瑞云：「詩之筋骨，猶木之根幹也；肌肉，猶枝葉也；色澤、神韻，猶花蕊也。筋骨立於中，肌肉、色澤榮於外，神韻充溢其間，而後詩之美善備。猶木之根幹蒼然，枝葉蔚然，花蕊爛然，而後木之生意完。斯義也，盛唐諸子庶幾近之。宋人專用意而廢詞，若枯枿槁梧，雖根幹屈盤，而絶無暢茂之象。元人專務華而離實，若落花墜蕊，雖紅紫嫣熳，而大都衰謝之風。」又云：「宋人調甚駁，而才具縱横浩瀚，過於元；元人調頗純，而才具局促卑陬，劣於宋。然宋之遠於詩者，材累之；元之近於詩，亦材使之也。故蹈元之轍，不失爲小乘；入宋之門，多流於外道矣。」愚按：元瑞此論妙甚，但言宋人用意，當言宋人尚格爲妥。宋人雖用意，而意不可言筋骨也。又元人律詩亦多出於中、晚正派，今言「元人專務華而離實際」云云，或未見諸家全集，姑以理勢斷之耳。俟諸公全集出，更爲定論。以下四則宋元總論。

宋人五、七言古，出於退之、樂天者爲多，其構設奇巧，快心露骨，實爲大變。而高才之士每多好之者，蓋以其縱恣變幻，機趣靈活，得以肆意自騁耳。七言律若梅聖俞、王介甫、黄魯直、陳無己諸人，所録而外，多生澀怪癖，實出晚唐惡道。後世中才之士於宋人諸體，讀其律，知其爲惡；讀其古，又茫無所得，往往謂宋人皆不足觀，宜矣。嚴滄浪云：「近代諸公作奇特解會，遂以文字爲詩，以才學爲詩，以議論爲詩。夫豈不工，終非古人之詩也。」此論最爲公平，庶幾有兼識者。與前集元和詩首數則參看。

胡元瑞云：「宋人近體勝歌行，歌行勝古詩，至風、雅、樂、謡，幾於中絶。」又云：「律詩猶如有杜。」愚按：謂風、雅、樂、謠幾於中絶，甚當；謂近體勝歌行，歌行勝古詩，則謬甚矣。宋人古詩、歌行多出於退之、樂天，體雖大變，而功力恒有過之；律詩雖多出於子美，然得其粗而遺其精，明於變而昧於正，故非枯槁拙澀，則鄙朴淺稚，如杜之沉雄含蓄、渾厚悲壯者有一語乎？徒原其所自出，而不究其所從歸，則岑樓寸木矣。張文石云：「衰周無《頌》，漢無《雅》，晉無四言，唐無《選》，宋無律。」斯并得之。

宋主變，不主正，古詩、歌行，滑稽議論，是其所長。其變幻無窮，凌跨一代，正在於此。或欲以論唐詩者論宋，正猶求中庸之言於釋老，未可與語釋老也。

林君復名逋。集中古詩僅見一二，五言律雖出晚唐，而韻致音調可取，亦少斧鑿痕。七言律多晚唐刻削之語，七言絶可次五言律。以下各人，採其要語，尚缺數家，容補。

宋初譚用之、胡宿、林逋及九僧之徒，五、七言律、絶尚多唐調，而楊大年、錢希聖等又學李義山，號「西崑體」，人多訾其僻澀。然自林逋而外，俱無全集。至梅聖俞名堯臣。才力稍强，始欲自立門户，故多創爲奇變。宋人好奇者，大都出此。劉後村云「本朝詩惟宛陵聖俞，宛陵人。爲開山祖師」是也。

聖俞詩六十卷，五言古最多。歐陽公《詩話》云：「聖俞、子美，齊名一時，而二家詩體特異。子美筆力豪俊，以超邁横絶爲奇；聖俞覃思精微，以深遠閑淡爲意。各極其長，雖善論者不能優劣。余嘗有詩，略道其一二云：『子美氣方雄，萬竅號一噫。有時肆顛狂，醉墨洒霧霈。譬如千里馬，已發不可殺。盈前盡珠璣，一一難揀汰。梅翁事清切，石齒漱寒瀨。作詩三十年，視我猶後輩。文詞愈清新，心意難老大。譬如妖嬈女，老自有餘態。近詩尤苦硬，咀嚼且難嘬。初如食橄欖，真味久愈在。蘇豪以氣勝，舉世徒驚駭。梅窮獨我知，古貨今難賣。』」愚按：聖俞五言律，前十餘卷格頗近正，入録爲多。五言古，短篇及仄韻尚有可采，其他恣爲奇變。長篇平韻，體既支離，意復淺近，十卷以後雖有可觀，而晦僻怪惡鄙俗者甚多。歐公所稱賞，正以五言律、五言古短篇及仄韻諸作也。

歐陽公詩，以聖俞比東野，實非其倫。蓋聖俞長篇醜怪者，歐實不取，而但取其古律短篇，故以退之自喻、以東野比聖俞耳。見永叔《讀聖俞蟠桃詩》。其撰《聖俞墓誌》云：「初喜爲清麗閑肆平淡，久則涵演深遠，間亦琢剥以出怪巧。然氣完力餘，益老以勁，其應於人者多，故辭非一體。」數語亦有斟酌。

歐陽公作《聖俞墓誌》云「間亦剥琢以出怪巧」，此言似而未妥。按怪不可言巧，巧不可言怪，以怪爲巧，此魯直所以代興也。

聖俞五言律入録者較諸體爲多，如「玉燭陪祠日」、「城下漢江流」、「千里向巴東」、「郄生方得桂」、「跨馬獨歸日」等篇，體實爲正。他如「霜落熊升樹，林空鹿飲溪」、「川濤觀海若，霜磬入江濆」、「蛟龍驚鼓角，雲霧濕衣裘」、「地蒸蠻雨接，山潤海雲交」、「破案殘經卷，新墳出樹根」、「駝鳴沙水凍，雕擊雪雲低」、「漢驛凌雲去，湖人踏雪牽」、《橐駝》。「斗折來沙觜，相高接草蟲」、《燕》。「獨鳥去烟外，斜陽明樹頭」、「山長羸馬困，月黑怪禽啼」等句，古淡有味；如「大將中流矢，殘兵空負戈」、「提兵無百騎，偷路執生羌」、「廢城無馬入，破塚有狐藏」、「推枕感孤雁，抽琴彈壞陵」、「帶月入渦尾，落帆防石根」、「白水照茅屋，清風生稻花」、「雁落葑田闊，船過菱渚秋」、「寒屋猛添響，濕窗愁打穿」、《聞雨》。「半滅竹林火，數聞茅屋雞」、「古寺入深樹，野泉鳴暗渠」等句，更爲苦硬。歐公所推，正在古淡與苦硬耳。故聖俞五言律不特爲諸體第一，亦當爲宋人第一也。

聖俞詩云：「我於詩言豈徒爾，因事激諷成小篇。辭雖淺陋頗剋苦，未到二雅未忍捐。」故其詩雖多奇變，而諷勸多歸於正。劉後村云：「宛陵出而後桑濮之哇淫稍息，《風》、《雅》之氣脉復續。」此正宋人議論。然以晦僻爲二《雅》，既大失之，以怪惡鄙俗爲二《雅》，則背戾滋甚矣。

聖俞詩云：「欲探文字工，下筆語多礙。」又云：「苦辭未圓熟，刺口劇菱芡。」故其諸體艱澀晦僻，讀之使人悶絶。五、七言古，體製、音調十不得一，從古未有此門户。其《答正仲》詩云：「作文持與人，百不得一領。」果爾，又安可謂世無知音耶？

聖俞怪惡，實爲魯直先倡，乃是變中之變。其《答歐陽公寄書》詩云：「新詩不作寄，乃見子所慎。向來能如今，豈得有觀釁。」此正猶魯直譏子瞻詩句不逮古人也。咄咄怪事，實所未喻。

聖俞、魯直之詩俱屬怪變，而魯直詩元美、元瑞論嘗及之，惟聖俞獨無指摘者，蓋聖俞篇什倍於魯直，人多不能盡觀，故余特詳言之。

或疑聖俞、魯直怪僻句采入《辯體》過多，恐讀者易厭。愚謂：二家之詩，前賢多未發明，其全集人未肯竟讀。怪僻者全篇既不可編入，而摘句又不容多，則人終不能知宋人之極變也。

元美、元瑞論詩，於正者雖有所得，於變者則不能知。袁中郎於正者雖不能知，於變者實有所得。中郎云：「至李、杜而詩道始大。韓、柳、元、白、歐，詩之聖也；蘇，詩之神也。」以李、杜、柳與四家並言，固不識正變之體；以韓、白、歐爲聖，蘇爲神，則得變體之實矣。與前集元和論第三則參看。試以五言古論之，韓、白、歐、蘇各極其至，而才質不同。韓才質本勝歐，但以全集觀，則韓太蒼莽，歐入録較多而警絶稍遜，然不免步武退之。白雖能自立門户，然視其全集，則體多冗漫，而氣亦孱弱矣。至於蘇，則才質備美，造詣兼至，故奔放處有收斂，傾倒處有含蓄。蓋三子本無造詣，而蘇則實有造詣也。總四家而論，蘇爲上，韓次之，白次之，歐又次之，而元不足取。宋人首稱蘇、黄，黄諸體恣意怪僻，遂爲變中之變。元美謂其「愈巧愈拙，愈新愈陳，愈近愈遠」，又云「魯直不足小乘，直是外道，已墮傍生趣中」是也。然黄竟爲江西詩派之祖，流毒終於宋世，中郎直舉歐、蘇而置黄勿論，可爲宋代功臣。

歐陽永叔名脩。古詩，中郎謂「滔滔漭漭，有若江河」是也。東坡云「歐陽子詩賦似李白」，此以諸體近唐調者言之。

吕居仁云：「東坡蘇軾，字子瞻。長句波瀾浩大，變化不測，如作雜劇，打猛顛入，却作打猛顛出。」《西清詩話》云：「東坡天才宏放，凡古人所不到處發明殆盡，『萬斛源泉』，未爲過也。」愚按：韓、白、歐、蘇俱以才力相勝，而韓、蘇五言古尤能盡變。元美乃云：「讀子瞻詩，見學矣，然似絶無才者。」此不可曉，疑有誤字。

張芸叟云：「子瞻詩如武庫乍開，矛戟森然，不覺令人神悚，子細檢點，不無利鈍。」愚按：子瞻五、七言古，一牽於次韻，再傷於應酬，險韻有往復四五者，安得不扭捏牽率也。或謂讀太白長篇如無韻者，蓋一本乎自然耳。

子瞻和陶詩，篇篇次韻，既甚牽縶，又境界各别，旨趣亦異。如和《歸園田》，乃以游白水山至荔枝浦當之，其境趣判不相合，安在其爲和陶也。其他率多類此。又如《擬古》、《雜詩》等作，用事殆無虚句，去陶益遠。

子瞻在黄州、揚州有和陶詩，絶不相肖。晚年在惠州和陶，稍有類者。

子瞻七言絶，風調多有可觀，氣格亦勝永叔，自是宋人傑作。

劉後村云：「歐公詩如韓昌黎，不當以詩論。」西清云：「坡詩如方朔極諫，時雜滑稽，罕逢醞籍。」此論皆正，然可以論唐，而非所以論宋也。袁中郎云：「詩至歐、蘇，濤濤漭漭，有若江河。」此又不分正變。故凡歐、蘇之詩，美而知其病，病而知其美，方是法眼。

方虚谷云：「洪覺範妄誕，著其兄淵才之説，以爲子固曾鞏。不能詩，學者不察，隨聲附和。子固詩一掃崑體，所謂（鬥）［餖］飣刻畫，咸無之也。」已上八句皆虚谷語。

子固七言律唐調雖有高下，較諸家爲正，宜宋人謂不能詩也。

王介甫名安石。五、七言古，有正有變，才力可次歐、蘇，而工巧弗逮。又恃才信筆，故多蒼莽不純。

宋人七言律雖著意變唐，然亦有自得之趣。惟介甫大多晚唐僻調，而惡句復多，又用事無虚句，可謂事障。以全集觀乃見。陳後山謂「荆公暮年詩益工」，正是愈趨愈遠耳。唐子西謂「荆公得子美句法」，正未識子美也。

黄魯直名庭堅。諸體，生澀拗僻、深晦底滯者，悉出聖俞。宋人嘗謂歐公以文爲詩、坡公罕逢醞籍，此論誠當；然於魯直則反稱美之，豈以歐、蘇爲變、魯直爲正耶？甚矣，宋人之愈惑也！陳無己謂：「魯直過於用奇，不若杜之遇物而奇。」愚謂：太白之窈冥恍惚，子美之突兀峥嶸，乃古今至奇，魯直不能仿佛一二，徒欲以一字一句取異於人。即使果爲奇句，亦是小道，況若是乎！

唐王建、杜牧、陸龜蒙、皮日休雖多怪惡，然止七言律一體。聖俞、魯直則諸體皆然，乃是千古詩道之厄。魯直詩云「隨人作詩終後人」，又云「文直切忌隨人後」，蓋其意本乃爾，宜其衆醜畢集也。當時子瞻偶於孫、李二家見其所作，稱之，其《上子瞻》二首又其最正者，一時好奇之士遂以子瞻之言同聲相和，其所稱説，皆夢寐語。予嘗惡李長吉牛鬼蛇神，至讀魯直詩，反覺長吉韻調不乏也。南渡江西諸子翕然推重，別爲一派，良可深恨。

胡元瑞云：「宋黄、陳首倡杜學。然黄律詩徒得杜聲調之偏者，至古選、歌行，絶與杜不類，晦澀枯槁，刻意爲奇而不能奇，而一代尊之無上。」又云：「宋諸子以險瘦生澀爲杜，此一代認題差處。」予欲改「險瘦」二字爲「艱深」，更爲妥帖。

張文潛云：「聲律作詩，其末流也。自唐至今，詩人謹守之，獨黄魯直一掃去古今聲律。」此語顛倒殊甚，然實爲魯直一生罪案。

陳無己名師道。詩學魯直，魯直詩云：「閉門覓句陳無己，對客揮毫秦少遊。」無己平時出遊，覺有詩思，便急歸，擁被卧而思之，呻吟如病者，或累日而後起。其諸體怪僻少於魯直，而深晦過之。王懋學序云：「是集無別本，訛字頗多。」是深晦本其痼疾，而復兼以訛字爲累，讀者以意斷之可也。

魯直五、七言古，意在收斂而時涉放逸；無己才力不逮魯直，故收斂多而放逸少。

李獻吉云：「黃、陳師法杜甫，今其詩傳者不香色流動，如入神廟，坐土木骸，即冠服人等，謂之人，可乎？」愚按：魯直五言律惟《王文恭公輓詞》二首略得杜意，餘皆僻調，去杜絶遠。陳之勝黃，實在五言律也。

方虛谷云：「乾、淳間詩，巨擘稱尤、楊、范、陸。」尤袤字延之，號道初，淳熙中與誠齋同青宮僚寀。楊萬里字廷秀，號誠齋，劉後村詩云：「派裏人人有集開，競師山谷友誠齋。」則誠齋學山谷也。范成大字至能，號石湖。陸遊字務觀，號放翁，南渡後詩至萬篇。予先有古本《渭南集》四十五卷至五十二卷。陸文圭云：「渡江初，誠齋、放翁、後村號三大家。」虛谷又云：「乾、淳以來，尤、楊、范、陸爲四大家，自是始降而爲江湖之詩。葉水心以文爲一時宗，永嘉四靈從其説，改學晚唐，宗賈島、姚合，凡島、合同時漸染者，皆陰撏取摘用，驟名於時，而學之者不能有所加，日益下矣。名曰『厭傍江西籬落』，而盛唐一步不能進，天下皆知四靈之爲晚唐，而鉅公亦或學之。翁卷字續古，一字靈舒。徐機字文淵，一字致中，號靈淵。徐照字道暉，號靈淵。趙師秀字紫芝，號靈秀。四人或字或號皆有靈字，故曰四靈。」或問：「四靈較江西諸子何如？」曰：四靈、江西，俱未見全集。然四靈宗島、合，雖晚唐猶有可觀。江西宗山谷，山谷宗子美，所謂正變兩失。選宋者亦然，皆挾天子以令諸侯也。時又有戴石屏，亦江湖詩人。戴復古字式之，號石屏。嚴滄浪有《送戴式之詩》。聞武進庠生項永貞有宋詩一百本，意諸家皆全，求借不與，後集不成，始此。

朱元晦名熹。五言古最工。宋人五言古，歐、蘇門户雖大，然悉成大變。國朝諸公則《選》體稍近，而唐體實疏。元晦五言古，初年嘗擬《十九首》，既而悉學應物，又既而學子昂，又既而學子美，音節步驟，十不失一，實在我明諸家之上，元瑞稱其「製作頗遡根源」，是也。元晦嘗言：「其後生見人做得詩好，鋭意要學，遂將淵明詩平仄用字，一一依他，做到一月後，方得作詩之法。」蓋元晦本學淵明，然未易彷彿，故其冲淡者遂爲應物，宏大者即成子美也。人知陶、韋爲一源，不知子美音調實與陶爲一源也。

元晦楚辭有《虞帝廟迎神》、《送神》二歌，直逼屈原《九歌》。元晦嘗注《楚辭》，蓋有所得也。嘗言：「余素不能作唐律，和韻尤非所長。年來追逐，殊覺牽强。」其自知乃爾。

劉潛夫名克莊，號後村。古詩，非所專工，故亦不甚墮落；律詩工者多爲峭拔，拙者入於鄙俗爾。

潛夫七言律多晚唐俊亮之調，其他清新峭拔，乃晚唐、五代遺響，而益工耳。其《自勉》詩云「苦吟不脱晚唐詩」，其自知乃爾。又多奇拗鄙俗之語，其法皆本於王建。又其中有艱晦者，不讀下句，未曉上句之義。其詩云：「莫求鄰媪誦，姑付後儒箋。」其本意乃爾。文圭稱爲大家，正猶宋人稱樂天爲廣大教化主也。

宋人之詩大都出於元和，非但初、盛唐之音絶響，即中、晚之調亦不多得。惟嚴儀卿名羽，號滄浪。諸體出《騷》、《選》、盛唐，但未能自然耳。楚辭《雲山操》最佳，樂府、歌行多出太白。儀卿識見有餘，涵養未至，故其諸體雖刻意範古，寡自然之致，而神韻亦有未揚，故五言律讓昌穀，七言律讓仲默，七言絶讓于鱗。元瑞乃謂「滄浪亟稱盛唐而調仍中、晚」，元瑞初未識盛唐也。

謝皋羽名翺。諸體率多詭幻。五言古匠心自恣，要亦宋人奇變，亦自足成家。七言古學長吉而詭幻過之，他有終篇不可解者。胡元瑞云：「李長吉，宋末謝皋羽得其遺意，元人一代尸祝，至國初尚有效者。」

鄧牧作《皋羽傳》云：「翺與牧友。牧曰：古人著述，謂當出胸臆，自成一家，君必欲中古人繩墨乃已。所見不合，日夜論辯相詆，因聽牧，訪杭文士若干人。」云云。今皋羽詩極詭幻，豈皋羽本中繩墨，反以牧累之耶？抑牧以其有類繆襲、韋昭、李賀、賈島，反以爲中繩墨耶？

元裕之名好問。才力少遜宋人，而怪惡鄙俗處則無，然不完純者多，中亦有晦僻語。五言古入録者實爲明爽，而七言頗見才情，爲元人、國初諸子先倡。但古詩及律多用舊句，又兼用時事，則前人所無。至五、七言古入聲借用，則自子美已然。

國朝詩，李獻吉、何仲默最正，而二子之名又盛。然李變體止七言古長吉體一篇，何變體止七言律回文一篇，正猶釋迦文與外道角耳。其他或失之蒼莽孱弱，而未有入變者。裕之、廉夫雖文備衆體，而變多於正，亦其才累之也。然廉夫雖變，體必仿佛其人；裕之語雖平易，而體則從心所欲矣。

裕之律詩，五古盡洗宋習，稍復唐調。七言律晦僻處多學崑體。裕之七言絶《論詩》三十首，其論甚正。又七言絶極駁東坡，而五、七言古多學東坡；七言絶極駁崑體，而七言律多學崑體，則又不可知。

趙子昂名孟頫。《松雪齋集》諸體僅二百二十六首，雖疏淺而寡僻調，入録者五言古、七言律、五言絶爲勝，而五言律最劣。戴表元《序》云：「最後見於杭，始大出其平生之作，曰《松雪齋詩文》若干卷，屬予評。」胡元瑞《詩藪》言：歌行全篇可觀者，子昂《陶雲春曉圖》；五言律可摘者，子昂「雲端雙舄冷，花底一琴閒」；七言律全篇整麗、首尾勻和者，子昂《萬歲山》；七言絶妙境，「溪頭月色」一篇。今皆不見本集。則其集似不止此，或疑選本，又非。

子昂五言古雖學漢魏，七言律雖學杜，而全集遠遜諸家，實以精力盡於書畫，無專功琢磨故也。

薩天錫五、七言古正體雖多，才力斷不及裕之。五、七言律亦無僻調。

楊廉夫名維禎，號鐵崖。《古樂府》十卷，中五七言古、五七言絶計四百十二首，門人吴復所編。復卒於至正八年而《序》則六年作，蓋廉夫五十以前作也。概以「古樂府」名之，非。《復古詩》六卷，計一百三十五首，門人章琬所編，中六十一首與前同。吴復《序》云：「先生在會稽時，日課一詩。晚年讀之，忽自笑曰：『此豈有詩哉！』亟呼童焚之，不遺一篇。今所存者，皆先生在錢塘、太湖、洞庭間所得云。」一卷後《跋》云：不見姓氏。「先生晚年所著有補遺、遺稿、後集，家傳人誦，散逸未暇裒集。」予按：廉夫詩本欲備衆體，然變多於正，亦其才累之耳。元人詩惟廉夫才力足繼歐、蘇諸子。

吴復《序》云：「詩先性情而後體格。嘗承教曰：認詩如認人。人之認聲與貌，易也；認性，難也；認神，又難也。」予謂：《國風》體製既定，故專論性情，即所謂認性、認神也。學漢魏而下，不先體製而先性情，所以去古日遠耳。然第一卷及餘數十篇性情猶正，餘則因題詠事，又未可言性情也。其《續奩自序》云：「陶元亮賦《閒情》，出礬御之辭，不害其爲處士節。余賦韓偓《續奩》，亦作娟麗語，又何損吾鐵石心也？法雲道人勸魯直勿作艶歌小辭，魯直曰：『空中語耳，不致坐此墮落惡道。』余於《續奩》亦曰『空中語』耳。不料爲萬口播傳，兵火後，龍洲生章琬。尚能口記，又付之市肆梓而行之。因書此以識吾過。時道林法師在座，余合十曰：『若墮惡道，請師懺悔。』」觀此，則淫艶者雖焚而終自悔，蓋其性本然耳。

廉夫樂府五言「韓厥戮趙僕」等，遂入議論，人言李賓之樂府爲史斷，不知廉夫已先之矣。

元稱虞、楊、范、揭，虞集字伯生。予先有伯生《學古録》二本，卷之三至卷之四、卷之二十七至卷之三十。楊載字仲弘，范梈字德機，揭奚斯字曼碩。待諸集出定論。

七言律，宋人如歐陽永叔「山形酷似龍門秀，江色不如伊水清」、「路高黄鵠飛不到，花發杜鵑啼更多」、「清川萬古流不盡，白鳥雙飛意自閒」、「青春固非老者事，白日自爲閑人長」，蘇子瞻「露布朝馳玉關塞，捷書夜到甘泉宫」、「平淮忽迷天遠近，青山久與船低昂」。壽州已見白石塔，短棹未轉黄茅岡」、「日高山蟬抱葉響，人静翠羽穿林飛」，王介甫「病身最覺風露早，歸夢不如山水長」，黄魯直「心如汝水春波動，興與并門夜月高」、「山銜斗柄三星没，雪共月明千里寒」、「小雨藏山客坐久，長江接天帆到遲」，宋人以爲警語。元人亦有習之者，如元裕之「長虹下飲海欲竭，老雁叫群秋更哀」、「石林萬古不知暑，茅屋四山惟有雲」，薩天錫「雁聲墮地夢回枕，月色滿城人擣衣」、「寒砧萬户月如水，塞雁一聲霜滿天」等句。然每家不過二三聯耳，實非諸子本相也。

詩源辯體後集纂要卷二

江陰許學夷伯清著

國朝人詩，五言古、律，五、七言絶，斷不能及唐人，惟歌行與七言律爲勝。五言古，李、杜之所向如意，韋、柳之蕭散冲淡，各極其至，國朝人既不能學，即韓、白、東野變體，亦未有能學之者。五言律、五七言絶，入録者誠足配唐，而全集則甚相遠。若歌行，李、杜雖極變化奇偉，而繼之者絶響，高、岑、李頎僅稱正宗，至國朝諸名家則黽勉强致，其入録者往往逼李、杜而軼高、岑。與前集盛唐總論第三則參看。七言律，盛唐文質雖備而完善者無幾，大曆以下氣格頓衰，國朝仲默而後偏工獨至，往往有過盛唐者矣。以下四則國朝總論。

或問：「國朝諸名家之詩，入録者誠足與初、盛唐相匹，而篇什又過之，豈功力有過於唐耶？」予曰：「不然，國朝諸名家，篇什常十數倍於唐，其入録者不容不多。然初、盛唐名家，入録者固佳，而不入録者亦唐詩也。國朝諸名家，入録者誠足配唐，然以全集觀，不失之蒼莽，則失之率易，不失之支離，則失之淺稚，欲望中、晚名家有弗及也，況初、盛乎？故予論古人詩，即予所録有足證者，論國朝詩，非全集不足以爲證也。此雖極盛有不能繼，要亦功力太半盡於舉業耳。

或問：「先輩論詩，多稱其所長，諱其所短，如永叔之於聖俞、子瞻之於魯直是也。今子於國朝諸名家必欲長短盡見，無乃太傷刻乎？」曰：此編以開導後學爲主，不直則道不見。國朝諸名家全集方盛行於世，後生貴耳賤目，略無真見，其於諸名家長處既不能知，短處能知而不敢自信，瞢瞢憒憒，莫知適從，故每每置之高閣。此編論其所短，不免獲罪諸家；録其所長，實足爲諸家功臣也。至其中字句間有點竄，又不能無益諸家。但不可使淺陋者聞之，又不可使庸妄者傚之也。

國朝先輩取法初、盛，然視其全集，往往玷缺，多不足觀。後輩近於中、晚，而反多完善。蓋先輩才力寬洪，不事修飾，即不無玷缺，而有傑作可觀。後輩資性明敏，更假琢磨，雖較多完善，而無大篇可取，蓋亦理勢之自然耳。即古人得名，而所稱傳者不過數篇。嘗見華子潛《巖居稿》、王子裕詩稿、陸無從《大雅堂稿》，以上俱於友人家一見。俱完善可録，而華、陸則出於大曆，乃知國朝諸名公有其實而姓氏不甚顯著、無關於一代者實多也。

國初詩首稱高、楊、張、徐，都玄敬云：「四公皆吴産，故得並稱。」張、徐皆各省人僑居於吴。胡元瑞云：「季迪下便應及楊，張、徐二子遠矣。」愚按：季迪才情特勝，五言古唐體可二十篇，直逼李、杜，國朝李、何而下所無；歌行多出青蓮，而才力豪邁，當爲稱首無疑。楊五、七言古，每多任情。

張五言古，六朝、唐人，體無不具，而學杜者爲優；歌行步驟既超，才力亦稱，實在季迪之亞。乃知後人未覩諸家全集，斷不可輕立議論也。

高季迪名啓。詩，初有《吹臺集》、《缶鳴集》、《鳳臺集》，後自删改彙次爲一，總名《缶鳴集》，僅三百餘首。今有《高太史大全集》，凡二千餘篇，極其冗濫，乃正統間徐庸所廣也。

國朝詩人，敦古昉於季迪，匠心始於孟載。然季迪五言古長於唐體，疏於漢魏。季迪歌行，豪蕩俊逸，多出青蓮，《嫣蛘子》、《黄大癡》稍近於變。王敬美云：「季迪才情有餘，使生弘正李、何間，絶塵破的，未知鹿死誰手。」元美謂：「歌行之有獻吉，其猶龍乎！仲默、于鱗，其麟鳳乎！」愚謂：麟鳳之喻，當歸季迪。

胡元瑞云：「高太史，昭代初雅堪禘禰，而弘、正諸賢，揚搉殊不及之。至兩琅琊，元美、敬美。咸極表章，衆論遂定。」愚按：弘、正諸賢，揚搉不及，則以元習未去故，樂府、律詩是也；兩琅琊咸極表章，則以才具瀾翻故，五、七言古是也。

季迪五、七言古，才具瀾翻，風骨潁利，故含蓄深沉者少，而字句亦有未妥，蓋其氣豪不能精思故耳。王華川序言之最切。至其才情所到，則絢爛溢目。

季迪七言律，如「鳴蹕聲中」、「落日登高」、「秦金不厭」、「新烟著柳」、「重臣分陝」、「少年恥著」、「風卷雙旌」，足爲國初正始。然前四首盛唐遺響，後三首亦晚唐俊調，餘悉爲中、晚矣。

七言絶率皆晚唐。

楊孟載名基。五、七言律絶，悉入晚唐，而七言律較工，後人遂以爲出張上，誤也。國朝古、律之詩爲艷語者，自孟載始，然情勝而格卑，遠出温、李之下。元美謂：「其情至之語，風雅掃地。」予謂：果爾，則温、李諸子宜盡黜矣，豈詩家恒論哉！

張來儀名羽。五言古靡所不有，而學杜者爲優。歌行完美者在伯温之上。五、七言律悉入中晚，其爲中唐者淘洗頗工，然與古詩、歌行如出二手。七言絶太逼晚唐。

劉伯温名基。全集，蒼莽不純，然國朝爲四言、騷、賦、古選、樂府者，俱自伯温始。胡元瑞云：「劉青田伯温，青田人。《旅興》等作，有魏晉風，足爲國朝《選》體前驅。」歌行入録者，杳冥恍惚，最爲得體，宏大處更勝來儀，惜小有玷缺，又結語時涉餒弱。五、七言律入録者雖不甚工，而氣亦不薄。餘悉爲宋人，而鹵莽過之。王元美云：「明興，大約立赤幟者二家而已。才情之美，無過季迪；聲氣之雄，次及伯温。當時孟載、景文、子高輩，實爲之羽翼。」

袁景文名凱。七言律悉學子美，而不成語者幾半，然僅得杜之駘蕩。至《白燕》、《荷花》、《鏡中梅》，則晚唐格也。《白燕》最工，當時號爲「袁白燕」云。五、七言絶多非本相。

何仲默云：「取我朝諸名家集讀之，弗多得，得而讀之者又皆不稱意，獨海叟詩爲長景文號海叟。叟歌行、近體法杜甫，古作不盡是，爲國初詩人之冠。」已上仲默語。李獻吉云：「叟師法子美，時有出入。集中《白燕》詩最下最傳，諸高者顧不傳。雲間故吴地，叟亦不與四傑列，皆不可曉。仲默謂國初詩人叟爲冠。」已上獻吉語。詳二公之意，其所推重者在歌行、近體耳。愚按：景文五、七言律玷缺者甚多，七言入録者僅得杜之駘蕩，而警絶處絶少；歌行僅能學杜短篇，而長篇較高、張、伯温相去甚遠，概謂其爲國初詩人之冠，亦矯枉之過。胡元瑞云：「仲默於國初推袁海叟，其詩氣骨出高、楊上，才情大弗如也。」已上元瑞語。元美、見伯温論中。元瑞不爲李、何所惑，可爲卓識。至《白燕》一詩，格雖晚唐，在詠物亦有可取。如獻吉詠物實多，而不成語者過半，五穀不熟，斷不如荑稗也。

楊東里名士奇。前集諸體共五百七十七首，續集諸體共一千四百二十首。東里卒於正統八年，年八十。前集有楊江陵《序》，乃正統元年所撰，是時東里已七十三，則續集之多，乃其子導並收前集所遺而刻之，故應酬者十居六七。前集五言古，漢魏最長，而唐體短篇亦勝，續集則唐體長篇多有可觀。國朝五言古，漢魏、唐體兼善者僅東里一人。七言古，前集寡鴻鉅之製，續集入録者較勝。五、七言律，前集實多佳篇，續集可采者甚少，七言僅得百中二三。

宣廟尚文，五言古大多古體。東里五言古多法漢魏，正是風化所及，獻吉《送昌穀詩》云「偉哉東里廊廟珍」是也。但較于鱗稍爲淺易，又不免多用古句。律詩較楊、張諸子始漸入闊大，但以全集觀，氣格不甚高耳。

王行儉名直。諸體共二千六百三十首，然應酬倉卒者多，故字句時有未妥。五言古，漢魏體甚少，然較東里實能稍變唐體。全集實多膚淺，入録者頗亦稱工，然不及東里之大。七言古惜少變化，中數篇才力實勝東里。

行儉五、七言律，全集實多淺近。然五言入録者冠冕典雅，大變國初之習，餘亦唐調。七言律凡一千一百二十一首，入録者僅三十之一，可次五言。其他題詠亦頗稱工，聲響、色澤與五言俱勝東里，前人俱不稱述，未曉。

沈啓南名周。古、律、絶句，七言爲勝。成、弘間多尚宋體，入録者僅啓南一人。啓南律，深晦者未可爲法，專詣者或掩宋人，至李、何一變，遂爲初、盛正音。其傳誦者恐出於僞，未敢入録。

啓南五、七言古，全以意見爲主，語雖精快，然不及宋人之大。七言《夏圭山水》、《題畫卷》，則宛出東坡。

啓南七言律，如「馬上黄沙」、「少年儒將」、「天連湘漢」、「落日荒荒」等篇，體亦爲正。如「得喪有塵齊後滅，是非無種辯時生」、「老盡鬚顔略相似，記來年紀久應訛」、「青山一杖付歸客，玉洞千花留故人」、「特抱琴來僧已出，欲因山竚鶴先行」、「高歌激物鳥忽語，樂事會心人不争」、「藥如效世黄金賤，年莫瞞人白髪公」、「山窮借看堂中畫，花盡來尋竹主人」、「穿窈窕來憑拄杖，可盤桓處藉闌干。洗開山色雲生浪，鍊出秋容樹轉丹」、「頭衰要雪消難得，山缺教雲補不妨」、傳公得余詩畫，失去重補。「算春已及一百五，問老今慚七十三。桑户日長蠶足食，竹堂風暖燕交談」、「山雨乍來茆溜細，谿雲欲墮竹梢低。檐頭故壘雌雄燕，籬脚秋蟲子母雞」、「觀生如寄誰非客，視死爲歸此是家」、「鶴表虚名待誰録，狐丘宿約與妻偕」、四句《埋墳》。「款有杯盤及奴輩，話因門户惜丁男」、「欲博晏眠高著枕，便圖老眼大抄書」、「屋須矮小茆須厚，窗要清虚竹要疏」、「著味笑堪陪座客，劙分癡好作家翁」，《耳聾》。語意精快，宋人每家可得二三聯，啓南全篇可得二十餘首，當在宋人之上。

啓南傳，馮元成詳言之。門下學詩學畫者皆一時盛名之士，如都玄敬、文徵仲、唐伯虎等，故其名最著。然後人所慕如《落花》等，但得其膚淺耳，於精快處無一語也，觀其摘句當知之。

王元美云：「成、弘之際，頗有俊民，稍見一斑，號爲巨擘。然趨不及古，中道便止；搜不入深，遇境隨就。即事分題，一惟拙速；和章累押，無患才多。北地矯之，獻吉。信陽嗣起，仲默。昌穀上翼，庭實下毗。敦古昉自建安，掞華止於三謝，長歌取裁李、杜，近體定軌開元。天地再闢，日月爲朗，詎不美哉？」

世之論李、何者，莫不謂獻吉傚顰，仲默捨筏，此似曉不曉。獻吉五言古粗率不純，即漢魏、六朝、李、杜，靡所不有，而相肖者無幾，信爲傚顰；若歌行，雖學子美，而馳騁縱横實有過之，又未可以言效顰也。仲默五、七言古信多捨筏，於國朝諸子不足當其下駟；而七言律，則元瑞所謂「温雅和平、動合規矩」者也。蓋獻吉山斗一代，實在歌行；而仲默冠冕諸公，實在七言律耳。或選何歌行篇什與李相等，選李七言律篇什與何相等，是全不知詩者。

樂府五七言、雜言，有自出機軸者，有摹擬相肖者，獻吉李夢陽。則兩失之。元美謂「獻吉樂府，自魏而後有逼真者」，直夢語耳。

歌行本於《離騷》。獻吉熟於《騷》，其歌行妙處皆得於《騷》。于鱗於《騷》學實疏，故歌行無一可采。獻吉歌行入録者，紆回隱約，有餘不盡。短篇嚴緊精鍊，不雜一常語，此國朝諸公所無。長篇體雖縱横而意實渾涵，實兼李、杜所長。與論李杜不同第四則參看。其不及李、杜者，則累語累字爲多，而全集益見蒼莽也。《漢京篇》、《楊花篇》、《去婦詞》專學初唐，附見本體之後。

獻吉五言律，入録者僅十之一，然於初唐、子美得其神髓，惜不免有玷缺者。元美刻意慕杜，兼愛初唐，實未有一語也。

獻吉七言律，入録者益少，然氣格蒼古，本乎自然，非矯强可到。若全集，則有生句、稚句、庸句、鄙句，其鹵莽率意、近於學究者有之。國朝諸公論詩多貴耳賤目，惟元美庶爲有見，至論獻吉七言律，亦貴耳賤目矣。

獻吉五、七言律絶，於朝廷、郊廟、邊塞諸作則工，於山林、田野、閒適諸詩則拙，蓋才性各有所宜，若李、杜，則無不兼善矣。七言絶《帝京篇》、《郊祀歌》等，氣格本乎李、杜，惜未盡工。

何仲默名景明。五言古，初年學唐，短篇間有相近，既而學漢魏，實疏。樂府雜言、七言，出於兩漢者爲離，出於六朝、唐人者間有可采；中用韻多兩句一轉，非樂府本色。歌行，才力遠遜獻吉，而亦未升高、岑之堂，間有入録者，亦不盡合。元美謂「獻吉包徐孕何」是也。

仲默《袁海叟集序》云：「景明自爲舉子，歷宦十年，日覺所學非是。李、杜歌行、近體，誠有可法，而古作尚有離去。漢魏、李、杜各極其至，説見前集李、杜論中。景明學歌行，近體有取二家，旁及初、盛，古作必從漢魏求之，雖迄今一未有得，而執以自信，弗敢有奪。」愚按：此論雖於李、杜古詩有不相契，然與前「捨筏」之説見前集總論李何論詩中。及所云「子美歌行不及初唐」見前集李杜論第十一則。意甚相反，蓋此言「自爲舉子，歷宦十年」，乃三十以後言，而前所云則三十以前見也。然集中五言古學漢魏實疏，歌行較李、杜又自迥絶，蓋仲默轉想雖切，而資性實遠，終未有一得耳。至年三十九而卒，惜哉！

楊用修云：「仲默枕藉杜詩，其於六朝、初唐，未數數也。與予及薛君采言及六朝、初唐，始恍然自失，乃作《明月》、《流螢》二篇擬之。」予謂：詩先體製而後氣格，仲默、昌穀、君采、用修諸人多學六朝、初唐，似過而實不及也。

王元美論李何諸子云：「長歌取裁李、杜，近體定軌開元。天地再闢，日月爲朗。」此見元美及李、何諸子所見、所造皆歸於正。薛君采、楊用修工於六朝、初唐，又自以導仲默爲功，予謂薛、楊二子實爲禍首。然仲默入初唐，止七言古一體，而他則未嘗入也。獻吉、元美亦有六朝、初唐，實以備衆體耳，非有意學之也。

仲默五言律，全集太弱，元美謂「不能諱其孱」是也。然入録者多出盛唐、子美。

仲默七言律，風體不一，入録者多出盛唐、子美，亦有出大曆者。餘雖稍弱，無不可觀，當爲國朝七言律第一。蓋于鱗雖高壯雄麗，不免鋩穎太露耳。獻吉《駁仲默書》云：「仲默詩如摶沙弄泥，散而不瑩。」又云：「君詩結語太拙易，七言律與絶句更不成篇，亦寡音節。」此論一一相反，豈以仲默論其詩「色澹黯而中理披慢，讀之若摇鞞鐸」，獻吉心有不服，而故爲是以詆之耶？

子美七言律，尚有稚語、累語。仲默學杜，雖氣格稍遜，而純美勝之，故仲默五、七言律及獻吉五言律，皆子美嫡嗣也。

王敬夫嘗言：「獻吉改正予詩者，稿今尚在。惟仲默諸君子，亦獻吉有以發之。」至其《漫興》詩則云：「仲默親從獻吉遊，高才妙悟孰能儔？寧獨老夫堪下拜，即教獻吉也低頭。」蓋仲默才力本不及獻吉，而五、七言律精純秀美，實爲勝之。此蓋服其精純秀美耳。

徐昌穀名禎卿。《迪功集》，樂府雜言《槃舞歌》、《閶闔行》、《猛虎行》，宛爾西京，而語無盗襲，當在于鱗之上，獻吉以下勿論也。五言律興象玲瓏，風神超邁，乃盛唐化境，元美、元瑞俱不相契。七言律出於子美，變者在獻吉諸子之上。獻吉序《昌穀集》云：「守而未化，故蹊徑存焉。」元美謂：「昌穀所未至者，大也，非化也。」世以王爲篤論。然元美又謂：「昌穀咀六朝之精旨，采初唐之妙則，律體微乖整栗，亦是浩然、太白之遺則。」元美之所謂化者，意在古詩、排律，而不在五言律也，則獻吉未爲失言，而元美反爲大戾矣。敬美極推服昌穀及高子業五言律，謂：「更千百年，李、何尚有廢興，二君必無絶響。」可謂知言。

徐昌穀少年文匠齊梁，詩沿晚季，所著有《鸚鵡編》、《焦桐集》、《花間集》、《野興集》、《自慚集》，大要淺稚鄙俗，《焦桐》則盡入惡陋，《鸚鵡》略有可觀。逮舉進士，見獻吉，始大悔，改其所爲。今《迪功集》僅一百九十首，乃其自選後作，而前詩一無取焉。後皇甫氏爲刻《外集》，袁氏爲刻《五集》，元美謂：「如舞陽、絳、灌既貴後，爲人稱其屠狗、吹簫，以爲佳事，寧不泚顙。」愚按：獻吉、元美、茂秦諸公不能精自嚴選，使後人指摘瑕疵，乃自失之；季迪、昌穀能自嚴選，而淺鄙之夫必欲盡彰其短，良可痛恨。二公有知，當切齒九原矣。

邊庭實名貢。五言古，語多錯出，出漢魏者較于鱗則爲淺易。樂府雜言格新調婉，惜變化差少，然以意爲主，而不以格爲主也。五言律多出子美、盛唐。七言律和韻最多，下者有同學究。入録者冠冕整秩而兼有氣格，其工處較五言爲勝，元美稱「五言勝七言」，以全集論也。七言絶

《迎鑾曲》、《凱歌》等，出於太白《永王東巡歌》、《上皇西巡歌》，較獻吉《帝京》、《郊祀》，完美過之，當爲傑作。

胡元瑞云：「弘、正並推邊、何、徐、李，每怪邊品第懸遠，胡得此稱？及細閲當時諸家，仲鳧、戴冠。德涵、康海。敬夫、王九思。子衡，王廷相。詩皆非長；華玉、顧璘。繼之、鄭善夫。升之、朱應登。士選熊卓。輩，或調正格卑，或格高調僻。獨邊視諸人差爲諧合，不得不爾。」愚按：此論五、七言律也，不惟於庭實有當，而於諸子亦見其大略矣。

王敬夫名九思。全集，多不可觀，即入録者非竄易一兩字不可。七言律概多學杜，較景文得杜之正，然不免稍爲束縛。

王敬夫《自序》云：「予始爲翰林時，詩學靡麗，文體萎弱，其後德涵、獻吉導予，易其習焉。獻吉改正予詩者，稿今尚在也，而文由德涵改正者尤多。」愚每讀此《序》，未嘗不斂衽嘆服。今人一登科第，即恥言受學；既入翰苑，則文衡在我矣。敬夫謙而受益，卑不可逾，卒與康、李先後並軀，宜矣。獻吉名高一代，亦述王叔武相發之言，何能損其萬一？適足益其美譽耳。

高子業名叔嗣。五言古，或出太康，亦有出於應物者。七言古，間得數篇，殊不爲工。五言律多出摩詰，王敬美極稱之。然全集多生字、生句，即入録者亦略見之，蓋欲以此見風格耳。此是不及昌穀處。予嘗以全集觀，輒欲棄去，最後删録，不忍釋手。故知弘、正諸子之詩，非選録不可。

弘、正諸子，觀諸家序列不同，則知李、何、徐、邊而外，初無定名也。

薛君采名蕙。與何仲默唱酬爲多。樂府有三言、四言、雜言，較諸子雖勝，而適用者少。予嘗謂：諸家集有樂府三言、四言、雜言者爲店眼物。惟于鱗專習擬古，故爲獨工。

君采五言古，視弘、正諸子，足爲吐氣。然平生耽於六朝，故於宋齊以後多工，漢魏以下亦能彷彿，而唐古則未嘗爲也。

君采七言歌行《元夕篇》、《燕歌行》等出於初唐，而《元夕》最工。

君采五言律，集中前半截爲工，後半截爲劣，中有出初、盛者，而初唐爲工。七言律有出子美者，然於沉雄渾厚處無一語也。七言絶如《凉州詞》、《塞下曲》、《皇帝行幸南京歌》、《海上雜歌》、《遠游曲》，可繼獻吉、庭實。至學子美變體，則入録者少。

楊用修名慎。詩，多填故實，而訛字復多，入録者則取明顯也。薛君采序其詩，言才與學。元美謂：「用修如暴富兒郎，銅山金埒俱可見矣。」予嘗謂：用修騁博，元美詩多。然元美深貶用修而陰法之，又不可不知。

用修五言古學漢魏者亦能稍變，然學齊梁以後者爲最工，胡元瑞謂「清新綺縟，獨掇六朝之秀」是也。

用修七言古多出齊梁、初、盛，而初唐尤工。用修五音律多出初唐，七言律多用杜語，後半截似多流麗，其俊亮高華者已啓七子之調，但不若七子之精工耳。餘篇亦無弱調，變體最工。

李于鱗名攀龍。樂府五言及五言古多出漢魏，世或厭其摹倣。然漢魏樂府五言及五言古，自六朝、唐宋以來，體製、音調後世邈不可得，而惟于鱗得其神髓，自非專詣者不能。至於摹倣餖飣或不能無，而變化自得者亦頗有之。若其語不盡變，則自不容變耳；語變，則非漢魏矣。所可議者，於古樂府及《十九首》、蘇李《録别》以下，篇篇擬之，殆無遺什，觀者不能不厭耳。

于鱗學漢魏，蓋於六朝及唐體古詩初未嘗習，逮予告而歸，始差次古樂府及《十九首》、《録别》以下諸詩擬之，而盡力於漢魏。是于鱗學古初無所染，又能專習凝領，漸漬歲月，故遂得其神髓耳。王元美云：「西京、建安，似非琢磨可到，要在專習凝領之久，神與境會，忽然而來，渾然而就，無岐級可尋，無色聲可指。」元瑞亦言：「兩漢詩非苦思力索所辦，當盡取其詩，玩習凝會，風氣性情，纖屑具領。若楚大夫子身處莊嶽，庶幾齊語。」試觀于鱗學古，則二子之言信有徵也。

擬古惟于鱗最長。如《塘上行》本辭云：「念君常苦悲，夜夜不能寐。莫以賢豪故，棄捐素所愛。莫以魚肉賤，棄捐葱與薤。莫以麻枲賤，棄捐菅與蒯。」于鱗則云：「念妾平生時，豈謂有中路。新人斷流黄，故人斷紈素。新人種蘭苕，故人種桂樹。新人操陽春，故人操白露。」格倣本辭而語能變化，最爲可法。若《相逢行》中添一二段，格雖稍變，然宛爾西京，自非大手不能。譬如臨古人畫，中間稍添樹石，亦是作手。惟《陌上桑》但略换字句，則甚無謂耳。

于鱗擬古樂府雜言、七言，語或逼真，復有得於擬議之外者。七言古聲調全乖，無一語合作。予嘗謂：「七言古，仲默無篇，于鱗無句。」黄介子謂：「此語無人能道。」

于鱗七言律，冠冕雄壯，俊亮高華，直欲逼唐人而上之。其俊亮處或有近晚唐者，餘子亦然。然二十篇而外，句意多同，故後人往往相詆。然唐人七言律，李頎諸公僅得數篇，尚足不朽，于鱗嚴選可得二十餘篇，顧不足以傳後耶？但後進初學，志尚奇僻，於其高華雄壯處實不相投，故托之温雅以抑其雄壯，托之清淡以抑其高華，既未足以壓服人心，則直以句意多同，并乾坤、日月、紫氣、黄金等字責之矣。如「自許鐵冠衝瘴癘，兼携白筆掃風霜」、「彈章氣借山河壯，執法秋臨節鉞寒」、「白日自流荒徼外，青山不盡夜郎西」、「百粤大雲摇海色，九峰寒雨壯秋陰」、「千乘旌旗分羽衛，九河春色護樓船」、「騰裝殺氣三江合，吹角長風萬里生」、「鼓角疑從天上落，軺車真自日邊來」、「地(拆)[坼]黄河趨碣石，天迴紫塞抱長安」、「山連大陸蟠三晉，水劃中原散九河」、「蒼龍半挂秦川雨，石馬長嘶漢苑風」、「大壑秋陰生蜃氣，扶桑日色照樓臺」、「巴山漸出雲連楚，劍閣迴看雪照秦」、「千峰曙色開金掌，並馬寒光照錦袍」、「漳河雨雪襜帷黑，大漠風塵燧火青」、「青樽夜倒滹沱月，紫馬秋嘶大陸雲」、「黛色總疑天目雨，寒聲不辨浙江潮」《九里松》。等句，冠冕雄壯者也，但較之獻吉，則著意賈勇耳。五言律體雖宏大，而警絶者少，間有俊語，乃七言賸餘。七言絶入録者，較律聲調雖同，而意實寬裕，足配龍標。

于鱗七言律，冠冕雄壯，誠足凌跨百代，然不能不起後進之疑者，以其不能盡變也。唐人五、七言律，李、杜勿論，即王、孟諸子，莫不因題製體，遇境生情。于鱗先意定格，一以冠冕雄壯爲主，故不惟調多一律，而句意亦每每相同，元美謂「守其俊語，不輕變化」是也。然或厭其一律而録其别調，則又失其所長，非復本相矣。餘子亦然。

世多稱獻吉傚顰，于鱗倣古。予謂：國朝人詩，惟二子可稱自立門户，如獻吉七言古、于鱗七言律是也。蓋詩之門户前人既已盡開，後人但七分宗古、三分自創，便可成家。中郎一派僅拾唐末五代涕唾，詳見五代論末。今人不知，以爲自立門户耳。七子總論見梁公實論後。

元美論同列詩，每多過譽，而于鱗又所深服。然細詳諸説，多是貶詞，而無譽言。李諸體歌行最劣，反不免過譽矣。

王元美名世貞。《四部稿》前後集共四百五十四卷，古今文集未有若是之多者。竊謂：劉向、張華學稱博矣，而著述未嘗多；太白、子美詩稱工矣，而文章未嘗富。今元美詩數倍於李、杜，文數倍於韓、蘇，且於天地、人物、文章、政事、釋老、九流以及書畫、工技，靡所不通，而侈言之，此勢之必不能兼，而理之必不能精者。但其陵轢中原，氣蓋一世，又能獎借後生。後生出其門者皆一時之傑，咸以謂詩兼李、杜，文勝韓、蘇，古今集大成者，一人而已，後人何敢措一喙焉！

元美識超一代，力敵萬人，有兼功而無專力。總諸體而論，樂府變數篇，可稱詣極；五言古，《選》體最劣，唐體稍勝，變體及學東坡者多有可觀；歌行，六朝、唐、宋靡所不有，而入録者不能什一，中雖有奇偉之作，而純全者少，變體始多全作；五言律，僅得百中之一，而實非本相；七言律，意在宗杜，又欲兼總諸家，然臃腫支離，復多深晦，晚唐奇醜者亦往往見之，此英雄欺人耳。

元美五、七言古，變體常勝。蓋元美爲詩多得於倉卒，寡訓練之功，故正體每多累字、累句，變體則乘興而就，反多完美耳。

元美七言律凡一千五百五十八首，可采者僅百中一二，而字句尚或有累。元美謂「于鱗七言律，三首而外不耐雷同」，又謂「謝茂秦興寄小薄，變化差少」，豈自謂其獨能變化耶？甚矣！責己太恕，責人太嚴也。

太白「斗酒詩百篇」，故其語俊逸而高暢；子美「語不驚人死不休」，故其語奇拔而沉雄。元美七言律意在宗杜，而恒以倉卒得之，宜其支離愈甚也。

盛名最易誤人。獻吉、元美七言律，讀者不敢少貶，此信耳也；作者不復自疑，此信人也。信人者時一見之，信耳者天下皆是也。然獻吉之鹵莽率意，昧於杜之變；元美之支離深晦，昧於杜之奇，於奇變皆無所得也。

元美稿，凡片紙隻字不棄，蓋欲以多爲勝。或以爲言，公云：「秀美者固吾子，秃髮癬疥者亦吾子也。」終不復删。其詩「野夫興就不復删，大海迴風生紫瀾」，蓋其意本如是耳。

宗子相名臣。五言古多出漢魏，較于鱗精純不如，而才力則勝庭實。七言古，短篇多類太白，於諸體爲優；長篇如《二華》、《金山》、《廬山》，頗多奇縱，而怪誕處則似任華、盧仝，此不善用其才者。五、七言律，意在匠心，故不成語者多，入録者僅十之一，而多非本相。七言律，變體爲勝。

元美言：「子相從吴生論詩不勝，覆酒盂嚙之裂，歸而淫思竟日夕，至嘔血。」又言：「子相詩足無憾於法，乃往往屈法而伸其才。」云云。愚謂：子相覆盂嚙裂，有不自安意，淫思至嘔血，乃求通而入也。其合作者，未必不因悔愴而得。若今之趨異弔詭者，則傲然自信，豈復能嚙盂嘔血耶！

謝茂秦名榛。全集，諸體共二千三百五十九首，乃趙王府所刻。盡搜生平所作而裒集之，應酬者十居四五，最爲冗穢，要多初稿未竄定者。

茂秦五言律，淺稚者十之三，生澀者十之二，入録者高壯雄麗，爲諸子冠。如「風雲隨鳳輦，日月動龍袍」、「黄沙連塞近，黑水入荒流」、「日翻龍窟動，風掃雁沙平」、「亂山通驛道，殘日照邊樓」、「雲出三邊外，風生萬馬間」、「旌旗摇海月，笳鼓振邊風」、「雁逐邊聲起，鯨韶海色來」、「草枯馳馬地，霜冷射雕天」、「塞日斷天馬，邊風落皂雕」、「海月窺龍劍，沙雲接雁山」、「城連岱雲起，地接海天浮」等句，皆高壯雄麗者也。至如「舊館殘孤燭，秋原老百蟲」、「落葉全疑雨，明河半隔雲」、「倚杖海天近，聽泉雲壑重」、「潭龍乘月色，山鬼傍松陰」、《聽兒彈琴》。「缽盂知舊物，鐘磬會餘音」、《瞽僧》。「風飄五更笛，月照萬家霜」等句，則又沉深而有餘韻。排律，采録可得三十餘篇，氣格雄渾，足配初唐，實國朝諸家所無。

茂秦七言律，淺稚者十之二，生澀者十之四，入録者冠冕雄壯，足繼于鱗。如「胡虜幾窺青海戍，烽烟又上均登臺」、「畫角悲凉孤館夜，黄榆摇落九邊秋」、「天横落照明孤壘，地入窮荒接萬山」、「黄河蕩日寒聲轉，嵩嶽連空遠色開」、「胡笳遥動黄雲暮，塞馬長嘶白草秋」、「雨過羊城春浩浩，雲連鯨海夕冥冥」、「大野暝烟沉漢壘，亂山秋雨滯戎衣」、「笳吹夜月軍門静，劍倚秋天虜障空」、「蒲海風聲連鼓角，葱山雲色亂旌旗」、「北望雲開燕道路，中原天劃晉河山」、「漢闕晴雲低抱樹，海門凉月半浮天」、「居庸北去胡霜下，碣石東臨海日寒」、「馬經滹水魚龍避，霜下恒山道路清」、「路出三吴兵火後，帆歸百粤海雲邊」、「能驅瘴癘霜威遠，直壓波濤海勢平」、

「天開鳥道三秦外，地入蠶叢萬井西」、「塞門列陣山雲合，幕府聽笳海月懸」、「秦雲曉度三川水，蜀道春通萬里橋」、「地出三峰雄陝服，天分八水雜秦聲」、「平地波濤呑澗谷，極天雲霧失峰巒」等句，皆冠冕雄壯者也。至如「秋草空迷長樂苑，夕陽猶傍集靈臺」、「湘雁晚低彭蠡澤，楚雲春滄豫章天」、「曇雲不作空山雨，衹樹還生象外花」、「海上有雲連蜃氣，嶺南無雪到梅花」、「楚棹正逢歸塞雁，漢雲遥送渡江人」、「月明緑酒當年共，秋老黄花近賞違」、「宮中燭映西山雪，笛裏梅傳上國春」、「雲間不辨銀河色，樓外空傳玉笛聲」、「光臨鳳闕清鐘斷，寒入龍庭畫角悲」、《秋月》。「早朝尚憶嘶風去，夜醉猶憐踏月回」《悼馬》。等句，則聲調和平，較于鱗格稍能變。變體四首，在諸子之上。七言絶十餘首，可配龍標。大抵七子之詩以才氣勝，至鍛鍊之功，則讓茂秦，但多工句而不工篇，故高壯者或未融洽耳，此七子所以讓仲默也。

嚴滄浪云：「唐人好詩，多是征戍、遷謫、行旅、離别之作，往往能感動激發人意。」愚按：茂秦五、七言律絶，其妙處正在於此。今人不惟厭其詩，且厭其題矣。

茂秦《詩説》云：「能寫眼前之景，須半生半熟，方見作手。」「嘗與盧次楩論詩，盧云：『格貴雄渾，句宜自然。吾子何其太苦？恐刻削有傷元氣。』」今觀其集中多生澀語，正盧所謂「刻削有傷元氣」者也。又其詩云「詩緣老後格逾健」，今考其淺稚者多少年作，生澀者實晚年作，豈識見不足，以生澀爲格健耶？觀其論李長吉詩，便是其悟頭差處。見總論茂秦《詩説》中。

《傳》稱：「茂秦初學詩，冥搜苦索，至徹日夜不寐，抵面見客，語倀倀若騃人，終席不省客所謂何，或偶觸堅壁，跌足下坑塹，不覺也。以是詩益工。」陳玉叔云：「大都山人平生以身爲易盡而無以累之，以名爲不朽而無以奪之，窮極而思工，思工而語至。」已上玉叔語。今於其淺稚生澀者痛加删削，實欲成其後世之名耳。

徐子與名中行。七言律，才氣豪邁，較明卿和平處雖少，而光焰崢嶸勝之，元美稱其「宏麗悲壯，讀之令人神聳」是也。但雷同處過于鱗。如「樓船迴自三江下，玉帛還當萬國先」、《送羅大參自滇南先期入賀萬壽》。「九衢避馬風霜舊，三殿飛龍日月新」、「風雲六傳從天下，鼓角千群出塞行」、「强虜千群俘馘盡，將軍五道凱歌歸」、「記室半傾天下士，戈船曾繫日南王」、「一上岱宗歌郢調，遂令東海失齊風」、《元美備兵山東》。「憲府秋開千徼月，樓船南盡百蠻天」、「天南氣色高銅柱，日下聲名壯鐵冠」、「嘘氣何勞驚日月，排空忽自壯風雷」、《渡淮大風》。「盤江明月千山出，衡嶽浮雲一日開」、「夢雲火明秋校獵，蘭臺風起晝披襟」、「驄馬曉從三殿出，虬峰秋映九江寒」、「高秋落木千江下，天闊寒雲七澤來」、「獵獵悲風連九塞，蒼蒼秋色遍諸陵」、「百蠻天隔盤江雨，萬里秋生日觀峰」、「風雲自鬱千秋色，星斗常寒百粵天」、「秋陰曉散千帆雨，海色晴連萬里潮」、「王氣却連玄武署，鈞天猶振洞庭湖」、《元美自鄖臺拜留京廷尉》。「一日星辰分五嶽，十年風雨滯雙龍」、「萬里戈船歸百粵，九關芻粟轉三河」等句，皆冠冕雄壯，足繼于鱗者也。其他用事屬對，極爲精切。

或問予：「元瑞云：『今人於登臨則必名其泉石，燕集則必紀其園林，寄贈則必傳其姓字，最詩家下乘小道。』子與精切，無亦類是乎？」曰：論古今人詩各異，在唐人已有不免者，學者苟不得其氣格、神韻而拘拘於此，是爲下乘小道；苟得其氣格、神韻而復如此精切，奚不可也？

子與交歡于鱗、元美，遂取舊草焚之，自是詩非開元、文非東西京毋述。此正與昌穀見獻吉，改其所爲相似。二徐捨己從人，卒能方駕二李，今人溺於偏邪，而反於雅正者嗤之，欲垂名後世，難矣！

吴明卿名國倫。七言律，多冠冕雄麗，足繼于鱗。如「赤縣五雲開北極，黄河萬里劃中州」、「胡笳暮咽三城戍，漢節秋清九塞塵」、「七澤春深飛彩鷁，百蠻天盡躍青驄」、「横戈已壯吞胡氣，按轡新成出塞詞」、「吴雲晝擁黄金甲，漢日秋懸白馬盟」、「萬馬忽乘青海戍，六師翻困白登圍」、「霜下薊門天黯澹，虹垂碣石晝陰森」、「鄉心苦被蠻雲結，客淚遥含海色來」、「浪擁帆檣天際亂，星蟠吴楚鏡中分」、「江合百川争赴海，山蟠一柱上撑天」、「胡吞九水浮天闊，地擁三巴入鏡來」、「千帆雨色當窗過，萬里江聲動地來」、「明月萬家機杼恨，黄雲四塞鼓鼙哀」、「風吹華髮乾坤短，天坼黄河日夜流」、「橋石似從洹水駕，林烟欲撲太行飛」、「天寒霧白蠻王壘，日落江清帝子樓」、「雙流夾郡風雷走，萬嶺蟠空日月垂」、「十年瘴海波初定，八月星槎使正還」等句，皆冠冕雄壯。然以全集觀，聲調較諸子稍婉。至如「仙梵杳從空翠落，亂帆紛挂野雲飄」、「風生錦障吹陰雪，花簇瓊筵駐夕暉」、「一自風塵捐駿骨，翻從湖海問龍顔」、「寓直桐陰清左掖，退朝香霧鬱西山」、「山氣作雲蒸宿暑，溪聲帶雨咽新秋」、「谿聲暗咽秦時雨，村落仍遺晉代風」、「酒船歌舞縱横入，沙磧鳬鷗斷續逢」、「新營石室藏金粟，小引溪流灌白蓮」等句，則聲調和平者也。

明卿七言律，全集實多未穩，亦有生澀如茂秦者。元美稱其「首尾勻稱，宫商律諧，情景相配」，敬美亦言「他人多於高處失穩，明卿多於穩處藏高」，蓋指其入選者言之。

梁公實名有譽。諸體較諸子爲少，而入録者多，疑後人删選。七言古亦較諸子爲勝，但未盡工耳。

公實七言律，如「上谷風塵通大漠，居庸紫翠落層巒」、「北海波濤三島近，西山樓閣五雲凝」、「青海月明胡馬動，黄榆風急皂雕寒」、「坐令鳴鏑侵周甸，不見封泥守漢關」、「龍沙旌閃胡塵斷，鹿塞笳鳴漢月流」、「狐塞天低横殺氣，雁山秋早動邊聲」、「天闊高臺招駿去，風生大漠射雕來」、「人間漫憶衝星劍，海上虚留貫月槎」、「接塞戰塵天外黑，隔城山色雨中青」、「千峰涼雨窗前急，萬壑驚濤樹杪來」、「南國梯航催貢賦，中原戰鬥憶提戈」、「西山雲霧開黄甸，北闕星辰護紫微」、「西山雷起蛟龍鬥，北極雲垂海嶽昏」、「戰後關山生暝色，雨餘城闕淡秋陰」、

「共懸霄漢乘槎興，忽動江湖擊節情」、「孤城海氣霾寒日，萬壑鐘聲出暝烟」等句，皆冠冕雄壯，足繼于麟者也。然入録雖多，全篇則不如諸子爲工。至如「澗泉雜雨鳴山閣，空翠因風濕客冠」、「下榻微風吹石壁，當歌明月出江雲」、「林藏宿雨諸溪漲，峽束長江萬木低」、「誰家笛弄千山月，半夜烏啼萬樹霜」、「石樓積翠臨滄海，鐵柱飛泉落紫虚」、「海上斷雲秋漠漠，天邊落木歲陰陰」、「村前花逐諸溪水，雨後人耕滿壑雲」、「野烟細遶盧敖杖，夜雪難乘剡曲舟」、「石床雲滿無人掃，山笥書成只獨看」、「葉聲四起催山雨，澗溜斜分到石池」等句，皆聲調和平而有氣格，出明卿之上，較諸家爲多。

胡元瑞云：「七言律開元之後，便到嘉靖。雖圭角巉巖，鋩穎峭厲，視唐人性情風致，尚自不侔。而碩大高華，精深奇絶，人驅上駟，家握連城，名篇傑作，布滿區宇。古今七言律之盛，極於此矣。」愚按：元瑞此論，於于麟諸子最爲公平，且字字精切，無容擬議。今人第以其語意多同，并多用「乾坤」、「日月」等字，遂并其高處棄之，此雖識性淺鄙，抑亦袁氏之説中之也。以下三則總論七子之詩。

嘉靖七子七言律，碩大高華，精深奇絶，譬之吾儒，乃是正大高明之域。今之宗中郎者，視之不啻寇讎。學者苟有志於反正，正當以此砥礪。苟能於此編時時諷詠，開拓其心胸，使齷齪鄙吝之念盡消，則邪氣自不容入矣。予嘗謂：嘉靖七子之律，氣象籠蓋千古，惟温雅和平稍乖，不能不遜弘、正諸子耳。

詩之碩大高華，譬食味之有牢牲，享宴之品雖衆，然必以牢牲爲先，胡元瑞謂「詩富碩則格調易高，清空則體氣易弱」是也。七子七言律碩大高華者多，而温雅和平者少，衹是不能通變。今之宗中郎者，於七子之語而盡黜之，是猶享宴而盡廢牢牲也，不惟失體，且不知正味矣。李本寧「學唐太過」之説，見盛唐總論。實爲七子藥石。

屠長卿名隆。三集多出於倉卒，即入録者非竄易一二字不可。五言古，《白榆》悉學青蓮。《由拳》歌行，出初唐者最工。《明月篇》，初讀仲默，覺甚工麗，及讀長卿，覺仲默稍爲雜亂，而工麗亦有弗如，蓋長卿才力實勝仲默耳。《栖真》，恣意傾倒，略無含蓄。《贈宋伯靈》、《贈盧子明》、《孫公子席上放歌》亦皆傑作。《贈宋伯靈》「囊無」二句雖佳，但前後相接，調實不穩，宜删。又孫生有言：「『天許作閒人，佛容爲弟子』，頗類任華，删去四字無害。」《贈盧子明》，長句太多，删去數字。《孫公子席上歌》，前段有似樂天，易之爲妙。《白榆》，豪邁悉似青蓮，極才人之致。中如《薊門行》、《太白酒樓》、《聽武生歌》、《畫洞庭》、《畫錢塘》，頗稱奇偉，然《太白酒樓》宜删二句，《聽武生歌》宜删四句。不録者不論。

長卿古詩、歌行，才具瀾翻傾倒，過於季迪。又轉韻者多於意不盡處轉之，此見錯綜之妙，非有力者不能。但以全集觀，恣意淋漓，字句既多未妥，而音調亦有不諧。詳鮑照論及錢劉論注中。

長卿七言律，入録者皆中、晚之調，中亦有晚唐俊調，不當與七子並論，然亦從七子之變也。知此則可以觀百穀矣。

嘗讀長卿《逍遥子》等賦，長者二千餘言，短者亦及千言，體裁甚工，而字句穩妥。至其古律諸詩，則信手落筆，完善者少。蓋惟諸賦稍爲著意，詩則任情自恣耳。何三畏作君傳，言每見其伸紙揮毫，千萬言頃刻立就，其得於倉卒可知。惟初唐歌行，稍稱完善者。初唐歌行非倉卒可辦也。

王百穀名稚登。刻集二十一種，餘六種無詩。公年幾八十，今自《燕市》以後五十年間，僅十六年有詩，故知遺稿尚多也。

百穀才力不逮長卿，而五言律則百穀爲優，有自出巧思而實爲中唐者。諸集則《荆溪》入録爲多。

百穀七言律，《燕市》諸作尚有類七子者，乃是題偶相近耳。以下多晚唐俊調，極醒心目。嘗見公手書，此類甚多，蓋五十以後作。今稿中多不載，固知所遺甚多。因取陳壘山所抄并他所見，采録補之。

七言律，于麟高調本出初盛，然讀于麟詩，遂欲廢初盛；百穀俊調本出晚唐，然讀百穀詩，遂欲廢晚唐。然于麟實不及初盛，說見于麟詩中。而百穀則實勝晚唐也。

百穀律詩，五言如「是泉皆作瀑，何草不爲蘭」，七言如「山上杜鵑花是鳥，墓前翁仲石爲人」等句，乃其最下乘。今少年指爲百穀之體而效之，其謬甚矣。

何无咎名白。寄予《汲古堂集》，時年六十有九。云：「十五年前因拙草散逸過多，遂爾災木。」蓋五十五已前作也。李本寧《序》謂「兼吴人王承父、葉茂長、曹子念、方仲美、俞羨長五子所長」，信然。然析而論之，古、律則古爲勝，古則七言爲勝。五、七言古中多元和、宋人體，殊不爲工。

无咎五言古入録者，漢魏以下與靈運爲勝，惟唐古爲劣，但平韻者上句第五字多用仄，即沈休文上尾之説；仄韻者上句第五字多用平，出於薩天錫諸公。用修熟於齊梁，故有此病，无咎不宜踵此。

无咎七言歌行，才情小讓長卿，而完善多。予嘗評其歌行在獻吉之下、季迪之上，然皆極意馳騁，其所以不及獻吉者，正在馳騁也。但仄韻上句第七字多用平，自是大病。

无咎五言律入録者，氣格不薄，如「飛鳥動曉光」、「盈盈曲房下」、「春風動簾額」，雖出齊梁，而純美勝之。其他多初唐句，蓋其氣淳厚，出語自類，非有意爲之也。七言律入録者，氣格亦類初盛，但化機不足耳。

徐仲昭序余詩云：「近來談詩者各宗近派，至訓詁俳調，隱語方言，横見雜出。稍以古法相繩，輒曰：吾自有詩，何能取落花黏枝、臏羹佐鼎？雖然，終不能無所取，獨惜其不善取。古今自有全材，而顧取其偏者；自有正氣，而顧取其餒者；自有定格，而顧取其離者。凡遇目入耳之聲色，皆足供吾恣取，而聲顧取其陰者，色顧取其黯者，吾自有必至之情、必盡之致，而顧取其不情者、無致者，以此嘐嘐號於人曰『能詩』，吾不知也。」則宛似中郎諸子。與總論三十四卷「學者於詩，或欲爲六朝晚唐」一則參看。　袁中郎、鍾伯敬、譚友夏詩別論。

附録

詩源辯體序

嚴滄浪以禪論詩，謂：「作詩者須窮極諸家之體，然後不爲旁門所惑。」蓋詩之有體，尚矣。不辯體，不足與言詩。如《三百篇》有《三百篇》體，即《三百》而其辯不可勝窮。漢魏、六朝有漢魏、六朝體，即漢魏、六朝而其辯不可勝窮。至於唐而初、盛、中、晚，亦復如是。伯清許仲子自綺歲即能詩，其人高潔自好，五内如白雪，一切世故如塗足油不以相入，而獨翻空冥漠以爲奇，望之如野鹿標枝，天倪自暢，宜其於詩有獨契也。嘗謂詩有源流，體有正變，鍾嶸述源流而謬悠，高棅序正變而淆亂。風雅而下，撰述綦多，揚扢進退，不遺餘力。自《三百篇》相禪以至於唐詩，各遡其所自來，而人各極其所必至，貴在真賞，無求俗諧。稿凡十易而後成，書至廿年而始就。原原本本，纂要鈎玄。合之則以《三百篇》爲源，漢魏、六朝、唐人爲流。分之則古詩以漢魏爲正，太康、元嘉、永明爲變；律詩以初、盛唐爲正，大曆、元和、開成爲變。如探海者發竅於崑崙，胡然而積石，胡然而尾閭，綿綿宿海，其出如絲，而萬派千流，各極其委，斯亦學海之大觀，而論詩之極軌已。然詩有真體，辯有真識，以識爲主，則何者爲正、何者爲變，如風蟬雨蚓，入耳自真，參伍錯綜而皆入於吾之鼓吹。衡詩者無慮數百家，未有如伯清之工篤研至，斷斷乎有真識者，譬猶西郭先生之辯雨，而趙、魏、齊、魯諸國雨點之數可數而知也。夫雨大者、小者、紛而下者，不可勝數也，而西郭何以知之？以霖雨，知其爲千里；猛雨，知其不數里；分龍之雨、塊雲之雨，知其不隔轍而止也。此西郭先生之饒於辯者也。夫伯清之於詩而能辯也，亦若是已矣。

友弟夏樹芳撰，社弟吴元良書。

（此序據萬曆本卷首録）

詩源辯體自序

孔子曰：「中庸其至矣乎！民鮮能久矣。」夫説詩亦然。晚唐、宋元諸公，穿鑿支離，蕪陋卑鄙，求道爲不及；我明一二三先輩，宗古奥之辭，貴蒼莽之格，於道爲過；近世説者乃欲背古師心，詭誕相尚，於道爲離。予《辯體》之作也，始懲於宋元，中懲於我明，而終懲於近世。嘗謂詩有源流，體有正變，於篇首既論其要矣，就正變而折衷之，其過與不及蓋昭昭也。獨近世之説熾，而趨異厭常者不能無惑焉。漢、魏、唐人，體有未備而境有未臻，於法宜廣；漢唐而後，體無弗備而境無弗臻，於法宜守。論者謂「漢魏不能爲《三百》，唐人不能爲漢魏」，既不識通變之道；謂「我明諸公多倣古人，不能自創自立」，此又論高而見淺，志遠而識疏耳。今觀夫百卉之榮也，華蕚有常而觀者無厭，然今之華蕚非昔之華蕚也，使百卉幻形而爲榮，則其妖也甚矣。《易》曰「擬議以成其變化」、「神而明之存乎其人」，嗚呼！安得起元瑞於地下而證予言乎！昔武靈變胡服而强趙，商鞅開阡陌而强秦，無論秦、趙不足法，即胡服、開阡陌而後不聞復有變更也。今元和諸子派分户立，詭誕百出，既不勝其變矣，千載而下，乃復以其陳而棄之，則今日之新將不爲後日之陳乎？夫舉業求售於一時，而詩文定價於後世。宋人法元和，而我明學初、盛，後世之論既有歸矣。今欲再變於元和之後，豈謂世道日溺，終無反正之時耶！予與湖海諸公談詩，必首發是論，合者即出是書以證，否則不出。

歲丁未梁維寧過予，論詩甚合，乃出是書。於時方七易稿，維寧即携去爲予謀梓，會有楚中之役，弗果。既而吴伯乾與予相慕，爲予曹丘，壬子夏，挾予書往白門，乞李本寧先生序文。時先生家政爲煩，賓客旁午，未能竟覽予書，故文雖多譽，而予之要旨實有未發。先是，館甥徐振之亦爲予傳是書，而吴中人多有抄本，然中多未竄定，恐予身後或有竊《化書》爲己物者。會諸友醵金請梓，因先梓小論十六卷，餘詩三十卷尚冀好事者成之。昔虞仲翔言「使天下有一人知己者足以無恨」，今諸君知我，所得多於仲翔，予復何恨焉！倘風雅未墜，則諸君之力，千古是賴，豈直予一人之私德哉？

萬曆癸丑孟春，許學夷伯清題，時年五十一。

助刻諸友姓氏：

張畏逸助銀十兩。　周鵬摇助銀一兩五錢。
黄彙所助銀五兩。　顧味辛助銀十兩。
鄧濟川助銀一兩五錢。　王黴齋先生助銀三兩。
吴鶴庭助銀一兩。　壻吴明禎助銀一兩。
韓茂遠助米一石。　韓南溟助銀三錢。
周玉林助銀二錢。　邱心怡助銀五錢。
鄧世思助銀五錢。　鄧用思助白粟五斗。
王聖有助銀五錢。　陳玄亭助銀一兩。
夏習池助銀二兩。　史益之助銀五錢。
李近復助銀二兩。　繆澄予助紙二百。

張秀湖刻詩五十一板。

（此序見萬曆本卷首，與原本差異較大，故全録於此）

既得《詩源辯體》三十八卷本，以爲先生自爲詩必迥異時賢。馳書爾常張先生，求伯清先生詩集于澂江，嗣爾常抄示《古風》二首，氣味醇厚，不事摩襲而自然入古，於明詩中别樹一幟，心僉歆慕不置。秋間，偶游古書流通處，檢其存書目有是書，僅十六卷坿詩一卷，不禁狂喜，重價購歸。挑燈急讀，頗償夙願。兩本互校，頗有異同。蓋此本爲先生初稿，三十八卷爲先生定稿，詒之館甥陳所學者，當以三十八卷本爲準碻。夏序一篇，陳刊所無。助刻諸友姓氏一紙，助銀四十兩五銀、米五斗、紙二百，張秀湖刻詩五十一板，想見當時物力之儉，而諸友處境皆不豐豫，聲氣相應，作此義舉，皆甚可寶貴。宣統紀元之後十二年辛酉之秋，靈蘐識。

（此手書題識據萬曆本卷首扉頁録）

跋

嗟乎！今而後，學迺可釋其辜矣。憶外父伯清先生憫詩教之淪亡，著有《詩源辯體》，鑽研會悟，歷四十年而書成，識者謂當奏聞於朝，列之成均，爲詩學指南。以貧，如原先生無力謀梓。癸酉春，外父知己將賦白玉樓，立遺言以囑學及外孫冠生曰：「《詩源》，某許刻。詩稿，某許刻。祇恐我身後不能如約，今以相畀，知汝父子斷不負予爾。」學自是日夜惶悚，冀終所托，奈連遭凶閔，硯田無秋，兼以蝗旱頻年，徵輸無辦，予滋懼矣。懼是書之作，字字皆外父數十年心血所凝，精氣所結，及今不作和玉之剖，剖之知復何日？爰貿易遺田，刻是書之半，復節縮脩脯，稱貸拮据，以卒其業。辛巳夏四月，率兒子冠生寓毘陵蕭寺，偕景略、慕生兩先生互相校讎，諸梓人忽染疫，功半而侵，價倍，事幾墮。今年夏，復供梓人於本邑道房，逐字校訂，三閱月而工竣。學自是差可無負外父之托矣。若是書而外，所選詩，自唐迦周，手録四千四百七十五首，自宋迄明，手録六千三百六十二首，俟有侯芭能識《玄》草，俾悉梓以行，庶幾詩教亦大昭揭于中天，學日有企焉。

崇禎壬午中元節，館甥陳所學百拜跋。

予校梓外父伯清先生《詩源辯體》成，復思外父懿行及各著述，列諸邑乘郡志，固無俟縷述；但傷先生身後有同伯道生卒年月日暨封樹地，久恐弗傳，謹同志載録左：

《江陰人物志》云：「許學夷，字伯清，蚤謝帖括，惟文史是耽，即絶炊忍凍，纂訂不少懈。冠蓋到門則避，餽遺至室則辭。行若繇、夷，真無愧矣。手輯《左》、《國》史傳諸書。論詩，自《三百》以下，各有考正。著《詩源辯體》三十八卷，自爲詩十九卷，謀梓未竟。《澄江詩選》，友人丘念先同訂梓行。又修葺家譜，編刻錢忠愍事實。壽終，窆君山，惜無後。結滄洲社，令人有雒社耆英之想。」

外父生嘉靖四十二年癸亥七月十四日亥時，卒崇禎六年癸酉正月十四日酉時，享年七十有一。配外母鄧孺人，生嘉靖四十三年甲子七月十九日未時，卒崇禎十一年戊寅二月初一日卯時，享年七十有五。子一，諱國瑞，享年二十有二，先外父三十三年卒。女四，長適吴士麟，次適所學，次適孫維默，次適徐步。外父外母俱以所殁之年合葬君山東阜之北，俯瞰大江，鵝鼻岡爲案，外父生時自擇，地係孝廉郁元貞先生山莊，先生揣知所志，遂以地許。先生殁，公郎六俱善繼志，遂以地贈，人謂擇者、許者、贈者俱堪不朽。

先生自詩數千，體無不備，先嚴外翰玄亭先生諱永霑選輯，計詩七百六十二首，嗣録。所學又記。

（以上據崇禎本卷首録）

馮復京◇撰

説詩補遺

八卷

侯榮川◎點校

說詩補遺卷一

馮復京嗣宗著

原夫詩之作也，豈徒雕采於筆區，爭價於才藪而已哉！人鍾五秀，寔蘊七情，情發於中，斯形於言，詠歌嗟嘆，有所不得已也。由是章句櫛比，聽真宰以就班；音調鏗鏘，循天鈞而赴節。氣骨神韻，趣味才力，則主張旋運於章句音調之中，以贊成厥美者焉。靈趣雄才，得自天授；精思妙詣，必以學求。然天授之奇者，不可以不學；學力之至者，未必不可以勝天也。

或曰：「詩惡乎學？」予應之曰：「學古而已。」曰：「然則混沌開闢之初無詩乎〔一〕？」予曰：「混沌之詩〔二〕，此天地之元聲，假人以宣之也。自史皇觀鳥，文義顯附；伶倫聽鳳，宮徵暗

〔一〕「混沌開闢之初無」，原本圈抹去，旁改作「上皇以降其無」。
〔二〕「混沌之詩」，原本圈去。

和。琢句選聲，法昉於此〔二〕。《虞書》曰：『歌永言，聲依永，律和聲。』其論詩之法〔三〕，已密於(浚)[後]世矣。啇是而降，夏歌浩衍，商《頌》沈深，《國風》優柔，《雅》、《頌》典則，有不循軌度者？無有哉！古者，詩三千餘篇〔三〕，孔子删之爲三百。其所删去，十九必皆淫靡膚陋，怨誹絞訐〔四〕，言之無文，行之不遠者也。」

學詩之始，先辨體式，爲此體不能離此式。如人身，顱必在上，趾必在下；猶制器，至圓不加於規，至方不加於矩。

四言，《國風》、《雅》、《頌》，聖籍冠冕。予謂不必追擬，惟祭祀、燕饗樂章，宜以《雅》、《頌》爲則。《國風》短篇，或一事而屢陳詞，或片言而三致意，和平澹泊，尤不適時用；若述志、贈答諸巨什，但倣韋、孟亦已足矣。然後世五、七言，句法字法，興象風神，鮮不自四《詩》出者，猶龐鴻之立兩儀，渾沌之導衆派也。

〔二〕「琢句選聲法昉於此」，原本圈去。
〔三〕「詩之法」，原本圈去。
〔三〕「餘篇」，原本圈去。
〔四〕「淫靡」以下至此，原本抹去。

入漢魏，四言古詩有四格〔一〕。《黄鵠》十章、《善哉》六解〔二〕、《對酒》諸篇，宏放而慓急，一也；四皓《采芝》、王嫱《怨詩》、秦嘉《贈婦》，淺近而流麗，二也；其三則磨研《風》、《雅》，舂容以盡辭，韋孟、玄成之傑思也；其四則擬則三《頌》，典奥而嚴飾，馬卿、鄒樂之鴻裁也。學者須探其來委，肄其節奏，不可錯糅，使辭格秀亂。至晉，又有陸機之冗縟，陶潛之枯淡，不足法矣。

樂府自晉後作者，題雖沿古，調多已撰〔三〕。酷擬之風，始盛今日，甚至疑義闕文，崎嶇求協，大同小異，攟補成章。予謂《郊廟》、《房中》，若天子正樂，詞人授簡，自應越漢繼周。《郊祀》則裁峭以典雅，《房中》則濟短弱以雍容〔四〕，《鐃歌》古調，詰詘難解。就使尺寸不失，亦虞、（楮）[褚]輩模榻《蘭亭》耳〔五〕。必若美懿德，紀鴻勛，宜法魏晉諸作，使詞義明粲，機杼天成，而氣格步驟、精神面目，宛然漢制，如塵土之中，初發鼎彝古物〔六〕，斯爲工矣。《相和》諸篇〔七〕，有布格峻

〔一〕「古詩」，原本抹去。
〔二〕「黄」，原本圈去，改作「鴻」；「十章」、「六解」，原本抹去。
〔三〕「自晉後作者題雖沿古調多已撰」，原本抹去。
〔四〕「則裁峭以典雅房中則濟短弱以雍容」，原本抹去。
〔五〕「就使」以下，原本抹去。
〔六〕「而氣格」以下至此，原本抹去。
〔七〕「相和」上有眉批：「另起」。

古者，有叙事贍麗者，有温厚和平迫近古詩者；吴聲、西曲，綿弱而淫巧；鼓角、横吹，矯悍而激揚。此數者，神情迥别，節度乖舛。積習凝領，揮灑盤礴，如少陵以時事創新題，縱横自在，妙奪其神，上也；任倣一體，能轉法華〔一〕，不襲牙慧，不失宗風〔二〕，次也。《易》曰：「日新之謂大業。」又曰：「擬議以成其變化。」不擬之擬，神矣哉！惜乎！濟南李生能言之而不能至耳。

樂府最淺陋者〔三〕，無如《琴曲》。退之構撰，已屬駢枝，後人不煩復爾。梁、陳五言，或似律體，唐人七言，别作歌行，俱不在樂府之限。又有五、七言四句樂府，漢、晉、梁、陳各有氣格，與唐人絶句迥然不同。近見有擬清商、子夜者，純爲唐絶，失之遠矣。

擬樂府，不可失本調，不必用本事。魏武帝〔四〕、《陌上桑》、《秋胡行》之屬，並調亦自己出，然不失爲古。

作五言古，須求性情於《三百》，採風藻於《楚辭》，而卓然以蘇、李、《十九首》爲師〔五〕，子桓、

〔一〕「能轉法華」，原本抹去。
〔二〕「不失宗風」，原本抹去。
〔三〕「陋」，原本圈去。
〔四〕「魏武帝」，原本旁加「至」字。
〔五〕「十九首」，原本抹去；「蘇李」旁加「古詩及」。

子建爲友。鎔鑄琢磨，精神遊於彀内；優柔饜飫，理趣浹乎胸中。遇有操觚，靈原逢取，筌蹄盡脱，意象逼真，庶可箕裘《風》《雅》，驅邁魏晉。必謂門塗太隘，取精未宏，盍參之以步兵之虚曠，記室之俊爽，康樂之精鑿，彭澤之澹永，宣城之流麗，工部之沉鬱。裒斯衆美，妙騁心機，究竟自成一家，獨有千古。第恐記問猥雜，則陶染貿移；心思汗漫，則繩墨偭錯。嗚呼！此集成之爲絶德，而神化之不可知也。

兩漢五言，至子建而後絶響矣〔一〕。人知宋、齊之駢對爲法正之自，梁、陳之淫靡爲道否之極，而不知唐人寂寥短章，以爲返樸，率爾下筆，謂近自然者，其害古尤大也〔二〕。高棅汩没一生，竟成眯目，名家揚扢數輩，未勒殷鑒〔三〕。識曲聽真，難言之哉！

古詩渾厚典則，醖籍和平。李翰林之狂率，杜拾遺之刻露，皆非詩之正也。使謂爲李杜體，可以師法，豈不誤哉？

世之愚者，往往求歌、行之别。宋人曰：「體如行書曰行，放情曰歌。」又曰：「猗迂抑揚，永言謂之歌；步驟馳騁，斐然成章謂之行。」皆不足據。惟胡元瑞曰：「歌者曲調之總名，原於上

〔一〕原本「至子建」旁加「其體格」。
〔二〕「害」、「大」，原本朱筆改爲「去」、「遠」。
〔三〕「名家」以下至此，原本抹去。

古；行者歌中之一體，創自漢人。」「名雖小異，體實大同。」此説最得之。

作歌行之法，弇州《巵言》言之已詳，曰：「其法也，如千鈞之弩，一舉透革。縱之則文漪落霞，舒卷絢爛。一入促節，則凄風急雨，窈窅變幻，轉折頓挫，如天驥下坂，明珠走盤；收之則如橛聲一擊，萬騎忽斂，寂然無聲。」又曰：「歌行有三難，起調一也，轉節二也，收結三也。惟收爲尤難。如作平調，舒徐緜麗者，結須爲雅詞，勿使不足，令有一唱三嘆意。奔騰洶湧，驅突而來者，須一截便住，勿留有餘。中作奇語峻奪人魄者，須令上下脉相顧，一起一伏，一頓一挫，有力無迹，方成篇法。」弇州此二條，誠作者之金針也。

七言歌行，當以高達夫爲正宗，杜子美爲大家，王維、岑參實相羽翼。盧、駱長篇，靡縟相矜，太白騷體，跌宕過度，均傷雅道，學者姑舍焉可也。即弇州所稱奇語奪魄者，多出李、杜二集，英雄欺人，無輕墮彼雲霧中。

律體兆于梁、陳〔二〕，成于沈、宋。謂之爲律，譬諸鳳管之分刌節度，玉振之出入死生，天下無嚴於是者。沈休文云：「欲使宫羽相變，低昂舛節，若前有浮聲，則後須切響。一簡之内，音韻

〔二〕「梁陳」，原本抹去，旁改爲「永明」。

盡殊；兩句之中，輕重悉異。」以此衛古詩，則齊、梁之末失；以此詮近體，則初、盛之典刑也〔一〕。李獻吉云：「前疏者後必密，半闊者半必細，一實者一必虛，疊景者意必二〔二〕」。謝茂秦云：「近體誦之行雲流水，聽之金聲玉振，觀之明霞散綺，講之獨繭抽絲。」其意皆主格律而言也〔三〕。

五言律，須刊貞觀、垂拱之浮靡，主開元、天寶之正格，隊仗整嚴，音吐鴻亮，風骨高峻，滋味雋永。暘之以才氣，潤之以丹采。結構規模，必無爽尺寸〔四〕，雖錯綜變化，亦由斯假途焉。王、孟清芬閑澹，學之者易流於枯寂；杜陵博大雄深，學之者易失於粗險。善學下惠者，其可以不慎乎？

體裁之正大者，神韻未嘗不超；意象之幽遠者，精采似欲小減。此二張、三孟沖澹一派，雖自成絶調，律家三昧正受，固當有歸。

七言律作法，盡於胡元瑞。所云「意若貫珠，言如合璧」，「組繡相宣以爲色，宫徵互合以成聲。思欲深厚有餘，而不可失之晦；情欲纏綿不迫，而不可失之流。肉不可使勝骨，而骨又不

〔一〕「衛古詩」以下至「則初盛之」，原本抹去。
〔二〕「李獻吉」以下至此，原本抹去。
〔三〕「其意皆主格律而言也」，原本抹去。
〔四〕「必無爽尺寸」，原本抹去。

可太露」，「詞不可使勝氣，而氣又不可太揚」，「寓古雅於精工，發神奇於典則」。予又謂章法與其鑱削瘦勁，不如渾厚冠裳；字句與其浮響倒裝，不如沈實平正。與其學杜陵之蒼老危仄，不如學王、李之風華秀朗；與其爲大曆之清空文弱，不如爲景龍之縟藻豐腴。發端貴于氣象遠大，句格渾成；結尾貴于收頓得法，意興無盡。中二聯，對極整切而中含變化，機極圓暢而自在莊嚴，和平而不悲亢，雄偉而不粗豪，斯得格調之正，而備諸法之全者也。

五言律，有徹首尾對者，杜《所思》、《屏迹》、《登牛頭山亭子》之類是也；有徹首尾不對者，嚴云「但文從字順，音韻鏗鏘而已」〔二〕，如孟浩然《洛下送奚三》、李白《泊牛渚》之類。又小變之，則首二對起，下俱散文，如太白《長信宮》是也。第三、第四句直下不對者，五律王、孟、李集中多有之，七律崔顥、太白《鸚鵡洲》亦有之。第五、第六句不對者，浩然《晚春》及《舟中曉望》之章，王維七律「城外青山」、「東家流水」之句。句中第二字平仄失粘、聲勢不順者，謂之拗句。全首音節舛繆，句調險棘，如杜《白帝城最高樓》、《曉發公安》、《憩息》之類者，謂之拗字。已上總謂之變體，作家名手，游戲偶涉，若以模楷後進，則斷乎不可。惟諸家拗句不調，由一時縱筆，或可偶疏防檢。王、孟頷聯直下，倘天真溢露，亦得任意縱橫；杜陵仄體，則格乖平整，勢必僵

〔二〕「嚴云」、「文從字順」，原本抹去。

枯。百代悠悠，當絶此弊法。究而論之，所以名律者，正取其音諧對切，則中二聯必應駢儷，無爲規圖自便，以畔正規。

對偶之變體〔二〕，如駱賓王「背流桐柏遠，逗浦木蘭輕」、孟浩然「主人開舊館，留客醉新豐」，名曰借對；少陵「桃花細逐楊花落，黄鳥時兼白鳥飛」、「小院迴廊春寂寂，浴鳧飛鷺晚悠悠」，名曰就句對。晚唐詩，有以第一句對第三句，第二句對第四句，名曰扇對。此皆作者嬉弄伎倆，宋人妄立名色，詩家奇妙，全不在此。

李獻吉云：「七言若剪得上二字，何必言七？」近胡元瑞以爲不必拘，且援古作者爲證。予謂粘皮帶骨，以爲不可剪者，誠失之拙俗。虚喝冒頭上二字，幾爲附贅者，亦豈得爲工雅乎？

五言排律，本起陳隋拗句，古詩加之虚實切比、平仄停匀耳〔三〕。作法之妙，莫如初唐駱、宋；大觀之極，止於盛唐少陵。故短章小韻以下〔三〕，欲得氣象峥嶸，筆力飛動；長篇數十韻以上〔四〕，欲得條貫有序，位置得所。學問欲得該博，有海含地負之形；才情欲得宏富，有涌泉飛玉

〔二〕按，此條原本與上爲一條，眉批云：「另起」。據改。
〔三〕「本起陳隋」以下至此，原本抹去。
〔三〕「故短章」，原本抹去。
〔四〕「長篇」，原本抹去。

之勢。寧過鋪張，而不宜寒儉；寧極雄麗，而不宜枯淡。而又大雅卓爾，不逐輕綺之流；鼓舞盡神，不爲補衲之語，方爲完善。盛唐主韻致而洗鉛華，則鴻規頓失；中唐厭整縟而趨條暢，則流調日卑。蓋排律詞本藻贍，故欲澄之使清；格本端嚴，故欲融之使活。譬若高堂數仞，欲以方寸之沉檀構基；膏腴千頃，而以涓滴之醴泉借潤。用物未宏，取精太薄。此予所爲極陳初、盛升降之辨，以待後學者也。

沈約云：「緝事比類，非對不發；惟睹事例，頓失精采。」鍾嶸云：「古今勝語，多非補假，皆由直尋。」凡此數語，皆以破除事障，自西崑搜僻，眉山堆垛，而後之論者〔一〕，遂以用事爲大戒。豈知伊公調鼎，必聚甘鮮；陶朱治生，恒資物力。若夫千載記乘〔二〕，四部典册，誠詩苑之禁臠，而騷壇寶藏也〔三〕。且摭景色於目前，則物貌易窮；寫悲愉於幽腑，則情瀾易竭。非博物宏覽，陶古鑄今，何以集彼菁英，成斯經構？明使暗使，正用變用，通融出入，心矩相調，幻化靈奇，規環自協，何嘗不引伸觸長，富有日新哉〔四〕！若懸虚釜以待炊，張空拳而凌陣，吾未見其可也。

〔一〕「自西崑搜僻眉山堆垛而」，原本抹去。
〔二〕「千載記乘」，原本抹去。
〔三〕「禁臠而騷壇」，原本抹去。
〔四〕「明使暗使」以下至此，原本抹去。

絶句，章止四語，辭足意完，蓋取斷絶之義。昔宋劉昶入魏作斷句詩，此其例也，彼謂截近體首尾或中二聯者非。斯亦元瑞讜言〔二〕，聖起不易矣。

漢詩之古勁，清商之纖巧，自是樂府，非五言絶句本色。何仲言、庾子山諸作，音韻諧美，興趣悠長，允爲正始。作之者必包裹萬彙，委曲百折於二十字之中，俊逸清新，和婉藴藉，緊勢游刃，深衷厚味。體不覺其寂寥，節不傷於局促，斯盡善矣。若李翰林之飛揚而少含蓄，王右丞之高曠而薄滋味，其猶未至乎？又顧華玉論五絶，惟取情真調古，則是旁門竪義，未得廣大神通之妙。〔三〕

絶句，對起者須工，發端前不得著一意；對結者須嚴，收束後不得添一語。不然，則爲半律矣。五言絶，句短調促，用仄韻不失爲高古。七言絶，聲長字縱，用平韻乃得風神。七絶，平韻散起者，其首句末字變調用仄，則韻乖趣索，順勢用平，則韻協興悠。

七言絶，婉麗入情，故世之學者輕于染指。殊不知所貴者興象玲瓏，意味深厚。天真隘發，極精工又極自在；氣骨渾涵，極神駿又極閑雅。悲而不傷，怨而不怒，和而不流，麗而不淫，極

〔二〕原本「元瑞」旁加「胡」，「讜」改爲「之名」。
〔三〕「又顧華玉」以下至此，原本抹去。

真切而不凡近，極感慨而不蕭颯，斯可躡王、李之高蹤，蛻中晚之卑調。晚唐流靡，雜以議論，最易溺人，往往有竭力鋭思而興狂脉露，忽不知其墮落者。予少年有此病，今方悟其失耳。〔二〕

自古郊廟燕射舞歌辭，必出一代名手，漢則司馬相如、鄒子樂、朱買臣、唐山夫人、東平王蒼等，魏則陳王、王粲，晉中朝則傅玄、荀勗、張華、成公綏，江左則曹毗、王珣，宋則明帝、顔延之、謝莊、王韶之、顔竣、殷淡、虞龢，齊則謝超宗、王儉、褚淵、江淹、謝朓、王融，梁則沈約、蕭子雲、周捨，陳則周弘讓。北齊則陸卬等，周則庾信，隋則牛弘等。擬《鐃歌》，則魏繆襲、吴韋昭，晉傅玄、梁沈約。唐《郊廟歌辭》，貞觀褚亮、虞世南、魏徵等。則天稱制，辭從内降。開元中興，特命張説。大抵國家鉅典，特選時英，而世運推移，不能淳古。漢篇《十九》，已有靡麗不經之誚，矧在後世，或剽竊周詩，或混淆子史，太樸既散，并華色黯。然唐《先蠶》、《龍池》樂章，甚至爲五七言律，變斯極矣。予謂郊廟燕射，周範與日月俱懸；鼓吹鐃歌，漢模共鬼神争奥。卓然高蹈，所應允迪。以章句言之，除鐃歌外，四言其定準也，三言雜言，其變格也。南北朝祀五帝，倚數造歌，于《洪範》、《月令》，納音互有取舍，未睹畫一。唐以律亂古，益無譏焉。

二言，「斷竹」太質，宜無繼響。三言，「華畢」諸篇最古，惟用郊祀，所以此二體至今遂絶。

〔二〕「蛻中晚」以下至此，原本抹去。

太白擬《騷》爲詩，正猶子安以詩爲賦，駁亂無章，進退失據。王維、顧况諸篇，淺短卑孱，厭厭有泉下意。予謂：騷自騷，詩自詩，斷無勞旁擬也。〔二〕

唐有五言六句之詩，亦謂之律，始盛於中葉，如李嶷《少年行》之類。七言亦有排律，始於崔融《從軍行》。王元美謂老杜創造，非也。然所云「調高則難續而傷篇，調卑則易冗而傷句，合璧尚可，貫珠益艱」，實妙得其情，後學非負大學識，具大鑪錘，此體闕如，亦可矣。

六言詩，《文章緣起》以爲漢谷永作，今傳世者起於孔融，唐人遂有六言律絶。考周庾信《舞媚娘》，作六言律已在唐前矣。若陳陸瓊《還臺樂》，雖謂爲六言六句之律可也。予謂四言、五言、七言、雜言皆天地自然之節奏，惟六言操調恒促，而無依永之音，布格易板，而乏轉圜之趣，古今殊少佳製，非結撰之不工，乃作法之弊也。請後賢絶軌，無復迂轡。

任彦昇又云：「九言詩，魏高貴鄉公所作。」劉、宋、二齊，遂歌以饗白帝，但用字繁累，艱於渾成，不免四五角調〔三〕。八言蓋亦同病。嗚呼，其所謂心勞而拙者哉！

李太白有三五七言，傅休奕《鴻雁生塞北行》作半五六言，隋煬帝《紀遼東》作半七五言，梁

〔二〕「太白擬騷」以下至此，原本抹去。

〔三〕「角調」以下至「拙者哉」，原本抹去。又原本前葉末行旁批：「缺一行」。

釋慧令有一三五七九言。唐鮑防、嚴紺聯句，有一字至九字詩，又如「楊柳裊裊隨風急」三句成章，杜《曲江》詩五句爲格。此皆弄奇筆苑，非可長價詩場。

聯句昉自《柏梁》，有人作一句二句者，有人作一韻二韻者。和韻盛於皮、陸〔一〕，其體有三：有同出一韶，不必用其字者，名依韻；有先後次第皆循原作者，名次韻；又如柳柳州《酬裴使君作》，拾其遺韻、已用皆置不入者。聯句，必才力相敵；和韻，必押字天然。王弇州難之，而云「皆易爲詩害而無大益」，諒哉！〔二〕集句，起傅咸集經，亦詩家賸贅爾〔三〕。

迴文有三體：有如蘇若蘭《璇璣圖》，縱橫反覆成章者；有如梁元帝《後園》詩，全首順逆讀之者；有如梁簡文《詠雪》，先直下二句，後二句倒讀者。離合亦有三體：其一如魯國孔融文舉，思楊容姬難堪，離一字偏旁爲二句、四句，或六句合成一字也；其一如陸龜蒙《松間斟》云：「子山圓静憐幽木，公幹詞清詠華門。月上風微蕭灑甚，斗醪何惜置盈樽。」離合一字偏旁於每句之首尾，木公「松」字，門月「閒」字，甚斗「斟」字也；又小變之，不離拆字形，但以一物二字離於一句之首尾，首尾又自相續，如陸龜蒙《夏日藥名》云：「避暑最須從樸野，葛巾筠席更相當。

〔一〕「皮陸」，原本抹去，旁改作「元白」。
〔二〕「王弇州」以下至此，原本抹去。
〔三〕「亦詩家賸贅爾」，原本抹去。

歸來又好垂涼釣，藤蔓陰陰著雨香。」「野葛」、「當歸」、「釣藤」是也。

任舉一字，環轉成句，無不押韻，謂之反覆，宋李公《詩格》有此二十一字詩。同聲不同韻，如咿喔、霢霂，謂之雙聲；音韻皆同，如侏儒、童蒙，謂之疊韻。有上句雙聲，下句疊韻，如李群玉「已穿詰曲崎嶇路，更聽鈎輈格磔聲」是也。小變爲吃語，如姚合「洞庭葡萄架」是也。如「圍棋燒敗襖，著子故依然」，「莫言春繭薄，猶有萬重絲」，皆以下句釋上句，則謂之風人體。如：「藁砧今何在，山上復有山。何當大刀頭，破鏡飛上天。」「藁砧」爲砆石，謂夫也。「山上有山」，謂出也。「大刀頭」，刀上鐶也。「破鏡」，言半月當還也。皆依違隱約其文，則謂之庾辭體。有將每句首字藏於每句末字內，如宋人云：「玉露聲華星斗傍，方州投老憩甘棠。」「方」字在「旁」字內，則謂之藏頭。如「孔懷貽厥」之類，則謂之歇後。王右丞「宛似野人也，時從漁父魚」，五字中兩用同聲。杜陵《酒中八仙歌》全篇皆平韻；梅都官《酌酒與婦飲》之詩，一首皆仄韻。章碣有平仄兩韻體，一、三、五、七句叶平，二、四、六、八句叶仄。皮、陸有四聲體，首句平，次句平上，第三句平去，第四句平入。大言繃言，宋玉導其流；樂語醉語，遠意恨意，顔真卿啓其鑰。兩頭纖纖、五雜俎，咸洛遺風；字謎禽言，後世訛製。陶彭澤《止酒》，用二十「止」字；梁元帝《春日》，用二十三「春」字，鮑泉屬和，遂用三十「新」字。至如鮑照建除、數名，王融藥名、星名，梁元宮殿、縣姓、車船、草樹、針穴、龜兆諸名。沈炯六府、八音、六甲、十二屬之詩。炯又作「口」字聯邊，王績爲春桂問答。創裁者弄其翰墨，觸類者賈其餘勇，其於詩家，猶之秕稗雜於五穀，吹螺混於八音，結婚之有媵婢，賅體之有懸疣。夫詩本性情，天籟自發，若馳騁牽造，割裂配擬，必無可工之理，安能以易窮之日力，有盡之心思，作此無益哉？唐末《蚤》、《蝨》等賦，婢諸詩，下流惡道，雖付之咸陽一炬，猶恐辱我炎熺矣。

詠物詩，粘著題面則太板笨，離去本色則太迂浮。托物寄興，如班姬之製，則工妙自然；指事呈形，若梁世之作，則填砌可厭。況乎義理議論，種種野狐，名家猶患體格易卑，拙手宜其醜態畢具。詩家妙境甚多，無爲拈此，自取困屈。

詩有恒體，予既備著之矣，神用之妙，可得而詮。一曰達才，二曰構意，三曰澄神，四曰會趣，五曰標韻，六曰植骨，七曰練氣，八曰和聲，九曰芳味，十曰藻飾。

一曰「達才」者，予向云：凡爲其體，須以某爲正宗，以何爲極則，此標的之大凡也。然人之材質，豈可矯哉？利鈍通塞，原於陰陽胎化，循涯適分，鮮克通圓，易務違方，未由取濟。夫爲高因陵，導川印浦，必就所易，以避所難，善學者亦在乎達其才而已。能此體，正不必兼彼體；工我法，正不必用他法。試以古作者評之，枚、李以古詩鳴，沈、宋以近體著，陳思之清綺，不爲魏武之莽蒼，杜陵之渾融，不效東山之飄逸。然而名家各擅，何必具體大成哉！

二曰「構意」者，《書》曰「詩言志」，苟情志無主，則詠歌可以不作矣。然憲先進之典刑，偶目前之酬酢，或爲文而造情，固應匠心而命管也。意遠者格必高，意醇者體必正，意壯者氣必雄，意精者詞必簡。文術萬變，思路一揆。近取衿帶之前，冥搜象繫之外。興來神答，則濡翰聯翩；理伏景幽，則含毫渺默。晉人作《意》賦，被詰，乃曰：「在有意無意之間。」嗚呼，此間亦微矣哉！神化所至，未之或知，必思其次，則刻腎鏤腸，固天真之司契，窺情鑽貌，亦得意之妙筌也。彼畏難怯慮者，何足以語此！

意煩則亂，意盡則貧，故劉彦和曰：「貫一爲拯亂之藥，博聞爲饋貧之糧。」意深則隱，意浮則散，故范蔚宗曰：「以意爲主，則其旨必見；以情傳意，則其詞不流。」語云：男子樹蘭，美而不芳；繼子得食，肥而不澤。精不與之相往來也。若乃不疾而呻，無喪而慼，心懸魏闕，而興托皋壤，遇同萍梗，而感切肺腑，情與貌違，聲隨口散，何足與詣幾神之邃域，窺性情之真境哉！

三曰「澄神」者，夫心之精神是謂聖，於以驅使意匠，吟詠性靈，實總其環樞，妙其吐納矣。凡神欲清而冰玉映徹，非枯淡之謂也；凡神欲王而榮衛條鬯，非憤盈之謂也；神欲沉而生色堪挹，非淪晦之謂也；神欲遠而淵源相接，非迂漫之謂也。無象可求，無方可執，造化不能秘，鬼神不能思。必澡雪靈臺，涵濡學府，内不煩黷以損和，外不纆牽以縈惑。天機洞啓，真宰默酬，從容於矩矱之中，邂逅於旦暮之際，庶幾乎罄澄心妙萬物者也。夫識窺元始，則曰窮神；法合自然，則曰盡神，亦務全此神而已矣。

四曰「會趣」者，蓋詩以道性情，性情所向，涉則成趣。上溯漢魏，下迄盛唐，善鳴諸家，莫不以興趣爲主。故一字之微，穆如感物；片言之善，逌爾會心。思涉樂其必笑，方言哀而已嘆，登山則情滿於山，臨水則志溢於水，由其得趣之深也。苟靈趣不會，則筆性翩反。昔任昉能文博學，五言殆同書抄；韓愈多才愛奇，諸篇遂無合作，此其證矣。然胸襟自得，非可力强而致。必也涵泳《風》《騷》，徘徊光景，便逸興起而飄舉，高情結而雲蒸，則生惡可已，挹之不窮，即作者亦豈自知其然哉。

五曰「標韻」者，鴻鈞播氣，雕刻萬有，色象音聲之外，各有韻焉。雲峰烟嶂，静練淪漣，山水之韻也；秀幹芳甤，吟蟲囀鳥，百物之韻也。至如美媛以倩盼呈姿，列仙以冲虚御辨，詩之有韻，亦猶是耳。漢風韻藏於意表，魏製韻溢於格中，嗣宗之韻冲曠，太冲之韻孤高，淵明之韻自然，靈運之韻清遠，子美之韻沉深而有味，太白之韻飄舉而欲仙，王、孟之韻閑淡而絶塵，高、岑之韻秀令而近雅，靡不旨趣無窮，芬芳可佩。作者雖已會衆條，必待斯成品矣。梁、陳浮淫，其韻俗；中唐空疏，其韻淺。試取熟參，當自超悟。

六曰「植骨」者，骨所以樹體也。江淹云：「楚謡漢風，固非一骨。」劉勰云：「沈吟鋪辭，莫先於骨。」詩之有骨，尚矣。骨欲堅貞而忌靡弱，喜凝重而惡飄輕，所由負聲有力，振采得序者也。然束骨以筋，筋緩則骨懦；附骨以肌，肌削則骨出；填骨以髓，髓竭則骨枯；榮骨以色，色瘁則骨朽。節度緊嚴者，詩之筋也；詞句豐茂者，詩之肌也；情理精實者，詩之髓也；事義鮮美者，詩之色也。兼此四者，則精神悦澤，而骨鯁植立矣。書家云：「骨之妙如純綿裹針。」此言可通於詩。梁、陳之骨如妾婦，江西之骨如僵屍，吾無取焉爾。

七曰「練氣」者，人之得氣，有正有偏，詩家抒情構會，連類屬詞，必由斯充體焉。氣正者，清和而隱厚，滂沛而陡舉；氣偏者，濁躁而圭角，憔悴而委頓。所稱善養，必留有餘，無使困乏，主暢遂無至鬱，淤循檢格，無流淫放。休天鈞，無傷儁逸；澄神思，無陷流俗；礪鋒穎，無墮卑陋。斯可注滿於噴玉之中，環周於貫珠之内矣。又魏文論偉長「時有齊氣」，然則甄授所凝，練染可鑠，況乎世運污隆，超然拔俗者，其惟無待之豪傑乎？

八曰「和聲」者，古人之詩，必中金石，被管絃以感神人、教國子，非音聲之道末由而徹入矣。後世雖詩樂異流，然未有彈響不諧而遣調得所，寫送不巧而符采克炳者也。若夫古今《雅》、《鄭》之殊，低昂沈切之變，予於諸體之内，已陳崖略。元瑞云：「律詩全在音節，格調風神，盡具音節中。李、何相駁書，俊亮沈著、金石鞞鐸等喻，皆是物也。」古詩樂府，何獨異是？

九曰「芳味」者，氤氳鬱烈，齅之觸鼻者，芳也；醰粹豐腴，嘗之雋永者，味也。然辟芷幽蘭，豈曰不芳？太羹玄酒，豈曰無味？又芳而無味，則山澤之癯瘦；味而不芳，則河朔之羶肥矣。

十曰「藻飾」者，物相雜，故曰文。染翰灑思，黼黻其章，文人才子，每變愈極。善乎劉生之言，曰「自然會妙，譬草木之熠英華」，枚、李之伏采也；「潤色取美，辟繒帛之染生緣」，盛唐之振秀也。若老莊清虛，田莊樸野，則陶匏土簋類矣；江左淫靡，垂拱冗縟，則玉葉綵花類矣。

夫緣情有作，感遇之道萬殊；睿體無方，化裁之容千變。經首《桑林》，奏刀妙中，疾徐甘苦，巧斲自知。予所能言者，薄示筌蹄；所不可言者，能窮罔象乎哉！請問諸獨照之匠，玄解之宰矣。

作詩之難易，有相反者。特達少年，奔騁狂慧則易；摩研宿學，熟嘗肯綮則難。壯歲所易者精奇，而所難者變化；頹齡所易者自然，而所難者追琢。賦詠之初，一意憤悱，燥如潤澤，其發舒也，似難而寔易；苦思之後，萬象羅會，棼如亂絲，其剪裁也，似易而寔難。人知句字之難於推敲，而不知全篇之易於蕪累，則纖瑕不能有全瑜；人知胸腹之易於鋪衍，而不知結尾之難於警策，則末弩不能穿薄縞。千古同緒，暗令曩篇，則無難追嗜；他人先我，强捐己愛，則寔易傷廉。

總論詩道，格律、才情二者而已。非製之以格律，則如樵歌牧唱，可諧里耳，而慚大雅之奏；非運之以才情，則如禺馬俑人，僅肖枯髂，而絶生動之機。然精於格律者，熔裁本體，而離方遯員，則才情之秀逸也；富於才情者，孚甲新意，而謝華啓秀，則格律之神變也。二者不相爲用，而可與言詩者，吾未之見也。

詩有矜率立成，而思致索寞，聲采不飛者，必待鐫瀝以窮巧；有鍛鍊删改，而神氣内凋，斧鑿外露者，則不如優游以憚懷。白香山晚作知足語，千篇一律，太任意之過也；李崆峒江西後作，意苦者辭反常，詞艱者意反近，太刻意之過也。

書家之論云：「拘則乏勢，放又少則。純骨無媚，純肉無方。」又云：「有功無性，神彩不生。有性無功，神彩不實。」畫家云：「失於神而後妙，失於妙而後精。」皆可移以論詩。書畫與詩同是天地間神物，其理實有相通者。

何仲默云：詩有中正之則，過、不及均謂之不至。不及之病易見，若過於清則苦，過於麗則俗，過於新則尖，過於老則稚，過於勍則瘦，過於壯則粗，過於圓則流，過於暢則衍，過於深則涉論斷，過於巧則淪滑稽。雖大家名手，時或蹈此。

嚴滄浪《詩法》有「絶到」之語，如云「詩道法在妙悟。須是本色，須是當行」，「發端忌作舉止，收拾貴在出場。不必太著題，不必多使事」，此深於措撰者也。又云「須參活句，勿參死句」，此妙於研閲者也。

詩所以不欲太切者，蓋相馬必略玄黄，工畫惟主氣韻。詳睹古人之作，貴於興象諧合，風神秀遠，何嘗拘攣纖密以爲工哉？今人餖飣實事，拘泥來歷，城邑山川，幾同地志，鳥獸草木，大類

《本草》。甚至投贈餞送，繫以姓名，配以官秩，不如是者，以爲汗漫。嗚呼！世道交相喪，其來漸矣。

詩有賦、比、興三義。賦者，布也；興者，感也。布義感懷，情理一揆。比者，喻也，托物見志，淺深殊趣。故四言之比深微悠夐，五、七言之比指切顯明。漢詩「新裂齊紈素」，一篇之比也；「枯桑知天風」，二句之比也。入唐，則賦、興多而比少，如宋人之解杜詩，穿鑿附會，狂囈不休，詩道之蟊賊矣。

學華相國者，在形迹間，去之愈遠；臨《蘭亭》者，從入門不是家寶，標此義可以戒尋行數墨者。若膚淺不學而云何必讀書，昏狂任意而云自我作古，此乞丐誚金，波旬謗法也。子美曰「讀書破萬卷」，又曰「熟精文選理」，則古今詩聖，又何嘗矜獨得哉！

詩有不必拘禁忌者，沈約之「四聲八病」是也。若語意之合掌，字類之繁復，則不可借古自文，其説詳歷代評語中。

樂府多方言，律絶多俗字，惟漢魏古詩最爲馴雅。非獨後世「惹」字、「忙」字、「這」字、「耶」字、「遮莫」、「等閑」之類，爲古體者必不可誤犯。即如「華」字本呼瓜切，借爲胡瓜切；「閒」字本居閑切，又借音「閑」，世俗僞謬，别作「花間」二字，其文不典，恐但可用於六朝體中，用爲漢體，則近流俗。

助語，有不可入詩者，焉、乎、也、耳、歟等字，如公幹「不得與比焉」，竟爲「焉」字傷全篇之美。惟排律押韻，或有成熟可用者，「乎」字如高適「霄漢在兹乎」，「也」字如摩詰「廬山我心也」、浩然「誰能效丘也」，「耳」字如何偃「坐守零落耳」，「歟」字如元結「如此佳木歟」，俱不佳。助語，有可入詩者，哉、之、者、矣等字，然必如繆熙伯「誰能離此者」、陰子堅「新宫實壯哉」、古樂府「宿昔夢見之」、謝玄暉「心事俱已矣」，用有著落則可。若陶詩「天豈去此哉」，永爲世笑之；沈約「雲霄一永矣」，則湊字趁韻而已。又如吴筠「一年流軌同，萬里相思各」，「各」字少趣，此乃求巧而得拙也。

古體用古韻，惟取諧合，若拘沈約之四聲，反落唐格；近體用唐韻，貴在緊嚴，若越禮部之一字，即成宋體。但用古韻，不宜過奇，奇則陷於鴃舌；用唐韻，不宜過巧，巧則流入詼諧。排律百韻不已，則脣吻告勞；歌行兩韻輒遷，則轉折多躓。不如詳擇厥中，庶保無咎。

古詩大抵一韻成篇。《行行重行行》、《生年不滿百》則用二韻，甚至《青青河畔草》共有六韻，然皆神氣渾融，不見轉換痕迹。若唐人移韻，則遞送艱而音節舛矣，固不如首尾一韻爲正格也。古詩又有一韻而三押者，特不拘拘繩尺，非謂軌度當然。或謂字義不同者可重押，若義同則不可，亦非也。樂府《江南可採蓮》，後四句全不用韻，别爲一體。

作詩，勿用六朝强造語，又不得用儒生酸餡語；勿用大曆以後事，又不得用子、史晦僻事。

弇州戒用大曆後事，本爲律詩設，然不寧惟是。如學漢、魏詩用晉、宋事，學晉、宋詩用梁、陳事，便班駁不倫，有乖厥體。江文通《雜擬》，絶無此病，深於擬古者也。

所以謂四聲八病不必拘者，蓋自聲病法立，詩多拘忌。鍾嶸、皎然及近代弇州，皆力辨其失，而胡元瑞更著爲功令。予謂：其法與律體微有相關，宜加檢括。然天機所啓，音律自調，不必濡翰之時，先設此畏途，以窘神思也。細閲沈全集，如平頭，第一第二字不得與第六第七字同聲，沈詩「王喬飛鳧舄，東方金馬門」、「陳王聞雞道，安仁採樵路」是也。上尾，第五字不得與第十字同聲，沈詩「天嶠乘絳仙，螭衣方陸離」是也。蜂腰，第二字不得與第五字同聲，所以兩頭中心小，如蜂腰之形，沈詩「秋風生桂枝」、「虛館清溪滿」，「風枝」、「館滿」是蜂腰也。鶴膝，第五字不得與第十五字同聲，沈詩「洛陽大道中」，中隔「佳麗實無比」一句，「燕裾旁日開」，「中」、「開」是鶴膝也。大韻，如沈詩「長安輕薄兒」，以「兒」字爲韻，九字中又犯「子」字也。小韻，如沈詩「年春媚遠人」、「燈光半隱床」，「春人」、「光床」，當句自相犯也。旁紐，如沈詩「麗日屬元巳，參差亘相望」，「麗巳」、「相望」旁轉聲互犯也。正紐，如「壬」、「衽」、「任」、「入」，十字中有「壬」字，更著「衽」、「任」字爲犯。如沈詩「願爲昭陽景，持照長門宫」，「昭」、「照」正轉聲相犯也。蓋束縛既急，迴避不周，家有短垣，而自逾之，隱侯之謂矣。有瑕戮人，其亦爲法之敝乎？

山川雲物花鳥觴歌，自魏、晉至盛唐，詞人入興屬詠，莫之或違者也。然唐以前多帶穠麗之色，唐以後漸入清遠之韻。至於貞元、元和，而調琴弄鶴、煮茗焚香、寒衲布衣、松風鐵笛之類，凡近世所謂清者，輻輳篇章。凡才短而思清者，靡不寄徑乞靈，自謂窮高跨俗，而全盛氣象，如漢官威儀者，失之遠矣。

《文心》云：「《詩》言峻則『崧高極天』，論狹則『河不容舠』，説多則『子孫千億』，稱少則『民靡孑遺』。鴞音以泮林變好，荼味以周原成飴。」聖經垂憲，夸飾若斯，況詞人意興所至，亦何拘拘於徵實哉！宋之陋儒，方反脣聚訟，詰滁澗之潮雨，爭寒山之夜鐘，此鷦雕高翔，而藪澤下視者也。予嘗謂：談詩者若胸中留一宋人見解，則是膏肓之疾，和緩莫救，殆謂此耳。

周、漢之詩，寫性抒靈，故可以動天地，感鬼神。魏晉至盛唐之詩，使才仗氣，故可以震心魂駭耳目。中晚之際，趨名場之青紫，如赴火之蛾；乞藩鎮之稻粱，如舐砧之犬。以性情之真境，爲名利之鈎途，此《頌》寢《風》息之故也。下逮今日，章縫誦帖，未議澄心；紳冕登朝，甫茲嘗鬱。惟用充筐篚代饈牢，山人捲卷以餬口，禪衲獻偈以潤鉢。以絶句爲草略而必爲五律，又以五律爲苟簡而强綴七言。佞諂騰涌，諱避猥多；沈逆驚喪，不堪贈遠；短折凋衰，詛宜稱壽？左除免罷，忌貢於達官；遺落窮淪，惡問於始進。古人云：「烟墨不言，受其驅染；紙札無情，任其摇襞。」吁，可悼也！生斯世也，而欲爲古人之詩，非介情特立、高才冠倫者，能乎哉？

今之爲詩者，蓋亦有八病焉。好古法者，專務剽摹；取世資者，專攻頌禱。淺夫蕩子，信口謳吟；學究老生，腐心板對。識偏者束縛小乘，才弱者蹶頓中路。欲兼各擅之長，而牽課局外，則如競日之夸父；欲創無前之格，而陸、梁規中，則如花後之狂禪。非去斯八病，將終於畔道也已夫。

自黄、虞迄今，祀逾數千，詩體備，人巧窮。故便於剽掠者，立「偷勢」、「偷意」、「偷句」之論；拙於步武者，踐防禦夫人打鼓發船之迹。陳粟相因，抉珠久假，終非己物，立見敗名。非沉思曲换，去故就新，天趣横生，高唱鬱起，而可以成家者，未之有也。

説詩補遺卷二

馮復京嗣宗著

夫博綜者，文章之户牖；精鑿者，人物之權衡。故彌綸折衷，當窮千古之聞見，而不可矜一察之聞見也；當求此心之是非，而不可徇前人之是非也。予學詩既久，每見賞好各滯者，鮮克圓該；標榜已高者，不無點漏。得失異同，謾爲論列，具在左方。

伏羲《駕辨》，神農《豐年》，黄帝《龍衮》，伶倫《渡漳》，咸黑《招》、《英》，空名僅存，罕漫未察。《豐年》之詠，豈即《禮記》伊耆《蠟辭》乎？莊述有焱，所謂重言十七，皇娥贈答，蕭綺虚詠，寧封遊海，亦出著書之手。惟《竹彈》古歌，質木無餙，當是原文，二言成篇，千古僅見。

帝堯《神人》暘出《古今樂録》，凡琴操、樂録所載，多構虚説附，未敢信也。《文心》云「唐歌在昔，廣於黄世」，今不知何篇？

帝舜《卿雲》、《喜起》，古雅淳深，實洪荒之創裁，聖作之宏典也。肆夏孝成，逸事曠絶，歷山商托，擬托卑凡。《南風》一歌，古頗稱述，然《孔叢》僞籍，亦不足徵。至於野老「何力」之談，郊童「不識」之詠，一則辭氣太逸，一則《雅》、《頌》殘瀋，其爲擬論，又何疑哉！

《吕氏春秋》稱堯命后夔爲樂，質效山林谿谷之音以歌，言志永言，既文成章句。九磬九德，當詞比莞絃，曠代悠邈，寥寥絶響，悲夫！

《吕氏》又録《塗山歌》，本四句，曰：「綏綏白狐，九尾龐厖。成子家室，乃都攸昌。」或後人傳造，未可知。《吴越春秋》又加五語，趙曄好贋爲古，不足存也。

《逸周書》云：「籥人奏《萬》，獻《明明》、《三終》，奏《崇禹》、《生開》。」三終、禹、開，皆夏王名，或其代詩也。《孟子》述夏諺甚有典，則《三百》前茅。

北音始於有娀氏女，在夏后前。塗人歌於《候人》，夏甲嘆於負斧，南音東音興焉。然則聲音之道，至夏略備，惟殷鼚西音，周世後出，秦穆取風，卒之代周者亦秦也。

夏世文章傳者，《岣嶁碑》雖多難解，然其義可繹者，古色蒼然，較之僞作《襄陵操》者，何啻千里。《玉牒辭》，亦必僞作。

世有疑《古文尚書》爲僞者，又《五子之歌》「鬱陶乎予心，顔厚有忸怩」，乃勦《孟子》，故令議者疑信相參，存而弗論可也。

《毛詩序》云：「微子至於戴公，禮樂廢壞，有正考甫者，得《商頌》十二篇於周之太師，以《那》爲首」。鄭《箋》云：「至孔子之時，又亡七篇。」今存者五篇，詳其體製，嚴毅古樸，如見子代鼎彝。然商質周文，篇章大衍，反過於周，則又不可曉也。《史記》：「宋襄公之時，正考甫作

《商頌》。」《法言》：「正考甫嘗晞尹吉甫矣。」是以《商頌》爲正考甫作，故有謂《三百篇》孔子純取周詩者。然云正考甫美襄公則大繆。正考甫之子孔父嘉，殤公世爲大司馬，爲華督所殺，當是繼世在卿位。自殤自襄〔一〕，中隔四君，計其時，孔氏子孫或當奔吴矣，豈應猶生存作頌耶？

若論《商頌》時世，依《毛序》，「《那》祀成湯」，則太甲世作也；「《烈祖》祀中宗」，則中宗後作也；《玄鳥》、《長發》、《殷武》，皆高宗詩，最在後。

微、箕千古殊絶人物，《麥秀》、《採薇》，感慨一時，涕淚千古。《箕子操》豫稱紂謚，漆身負石，牽負豫讓、申屠，灼非本辭；龍逢炮烙，比干秣馬，亦文家喜事之談也。

王季《哀慕歌》有云：「宮館徘徊，臺閣既除。」全似六朝作法。《拘羑操》，古有評其怨誹淺激，非文王語者。《尚書中候》有成王《儀鳳》之歌，恐亦漢人假托，沈休文不能辨，載之《符瑞志》。惟《國語》云武王作飫歌，名之曰「支」，則真武王詩也。

《白雲》、《黄澤》，古雅峭峻。王弇州謂可入《三百篇》，固太過。然實先秦作手，穆滿才氣，良有似焉。《黄竹》三章，亦古而有法。

依《毛序》，《七月》、《鴟鴞》周公作。《國語》以《棠棣》爲周文王作，《思文》、《時邁》爲周文

〔一〕「自襄」之「自」，或爲「至」之誤。

公頌。《吕氏春秋》云：「周公作《文王在上》，以繩文王之德。」《春秋繁露》云：「周公作《汋》。」則《三百篇》中七篇明出公手，其小、大正《雅》及周《頌》，蓋多經緯聖衷，氣脉作法，隱隱可尋，惜無灼據憑信耳。王弇州云：「周公之爲詩也，其猶在《書》上乎？」《越裳操》未必非僞，謝茂秦酷以爲佳，盲人妄説。

《史記》：「孔子正樂以誘世，作五篇以刺時。」今傳者《史記·去魯》，《水經注·狄水》，《禮記·曳杖》，《含神霧·蟪蛄》，《衝波傳·鵠鴰》，陸賈《新語·丘陵》，《類要·鳴鶇》，《孔叢子·楚聘》、《獲麟》、《息鄹》，琴操《龜山》、《將歸》，槃操《猗蘭》，凡十四篇。惟《曳杖》、《去魯》二歌古雅可誦，餘皆假聖以重其辭耳。

《三百篇》撰人，考齊、魯、毛、韓《詩》説，姓名尚有可稽者。《載馳》，許穆夫人作也；《清人》，公子素作也；《渭陽》，秦康公作也；《節南山》，家父作也；《何人斯》，蘇公作也；《巷伯》，寺人孟子作也；《大東》，譚大夫作也；《賓之初筵》、《抑》，衛武公作也；《公劉》、《泂酌》、《卷阿》，召康公奭作也；《民勞》、《蕩》、《常武》，召穆公虎作也；《板》、《瞻卬》，凡伯作也；《桑柔》，芮良夫作也；《雲漢》，仍叔作也；《崧高》、《烝民》、《韓弈》、《江漢》，尹古甫作也；《駉》、《有駜》、《泮水》、《閟宫》，史克作也。皆毛《傳》説也。《燕燕》莊姜作，此鄭《箋》説也。《齊詩》以《黍離》爲公子壽作，《韓詩》以《黍離》爲尹伯封作。劉更生，楚元王之後，元王本受《魯詩》，則《列女傳》、《新序》所紀，蔡人妻作《芣苢》，周南大夫妻作《汝墳》，申人女作《行露》，宣夫人作《邶·柏舟》、定姜作《燕燕》，黎莊公夫人及夫人傅母作《式微》，伋傅母作《二子乘舟》，莊姜傅母作《碩人》，息夫人作《大車》，陳辯女作《墓門》，凡十篇，皆《魯詩》説也。張超、蔡邕以《關雎》爲畢公刺康王，韓嬰、揚雄、曹褒、班固皆以《閟宫》爲奚斯頌魯，趙岐以《小弁》爲伯奇詩。予謂諸家惟毛、鄭可據，其他紛紜舛馳，無足深辨。二代十五國，太史所陳，聖手所定，英辭潤金石，高義薄雲天，而作者姓名與草木同凋，烟雲等盡，就有存者，牢落晨星，可爲惋惜。然精神如在，亦何以姓名爲哉！

周文公以後，大手筆想無逾尹吉甫者，故以「清風」、「孔碩」自讚。子雲好事，亦極虛懷，良有以也。

周詩逸篇，《武》、《宿夜》、《采齊》、《茅鴟》、《白水》，全逸；《貍首》、《辟雍》、《驪駒》、《轡之柔矣》，猶存崖略。曰《肆夏》、《繁遏》、《渠》，《時邁》、《勢競》、《思文》也；《鳩飛》，《小宛》也；《河水》，《沔水》也；《新宫》，《斯干》也，未知然否？《左傳》「翹翹車乘」、「雖有絲麻」、「俟河之清」，《漢書》「九變復貫」諸語，精金璞玉，何至不如變《風》？宣聖刊除，或全篇多類耶？荀子「墨以爲朗，狐狸而蒼」句。奇甚，而過於峭厲，殆非四《詩》之遺也。

《詩》肇自《生民》，至《風》、《雅》、《頌》而六義賅備，能事畢矣。無論近世莫能追躡，即《左傳》所載春秋歌謡，詞多鋭逸，去敦厚雅馴之軌，便自截然。

《國風》出於閭里，故瑕瑜猶有雜廁；《雅》、《頌》構自宗匠，故追琢並極其工。凡王元美所摘疵句，皆《風》也，《雅》、《頌》則不然。

成周之世，當忠敬鬱隆之後，渾樸未澆，文明焕起，故列國閭閻，聯翩縟采，朝廷清廟，春容大章。後世相和、清商以至律、絶，《風》緒僅存；郊壇廟室以逮四廂，《雅》、《頌》俱息。則以性情之真境，易地皆然；典則之鴻摹，絶盛難嗣也。

朱子不信《小序》，其説《鄭風》，一概以爲男女相悦。然《有女同車》不謂之刺怨不可，以姜爲齊姓，春秋前文字，未有雜施於他姓之女者。毛説有據，他可例推。百代而下，豈容以夢語奪之？

《石鼓詩》半磨滅，字義假借，往往有不可通者。然除第五、第六章多不得句外，據諸家易今文讀之，如「君子爰獵，爰獵爰遊。麀鹿逐逐，君子之求」，又「汧也泛泛，烝彼淖淵。鰋鯉處之，君子漁之」，又「其魚維何？維鱮惟鯉。何以櫜之？惟揚及柳」，又「六師既簡，左驂旛旛。右驂騝騝，我以隮於原。我戎止陸，宫車其寫。秀弓時射，麋豕孔庶」，又「輶車載道，原隰陰陽。趨趨六馬，射之族族」，又「駕言西歸，方舟自廓」，又「日惟丙申，旭旭杲杲」，又「旛翰霧霧，猋斿施施」，句皆典古精工，如《三百篇》中語。十章首尾次第具有條貫，計孔子删《詩》時，必全篇完好，何以不入二《雅》？

《商銘》「嗛嗛之德」及武王諸銘，氣頗峻厲，不類四《詩》。其銘衣、鏡、觴、筆出《太公陰謀》者，非直「毫毛茂茂」爲蒙恬後事，而「桑蠶苦，女工難」之類，亦傷淺近。惟《左傳》諸繇辭，有合詩人句法。

春秋、戰國歌謡《成人》、《暇豫》、《史公》、《漁父》、《王子》、《思歸》、《越人》、《雞祝》、《祝牧》、《黻佩》，俱堪諷誦。而荆卿《易水》，悲壯激烈，天地間更欲覓此二語不得，昭明獨取此篇，信乎詞林之利眼也。他如《烏鵲》四語，寄興殊淺；《飯牛》三章，急直無文。至《琴操》，《吴越春秋》憑虚駢贅，詞意鄙瑣，徒費楮墨，何足算哉！

《漁父歌》：「日月昭昭乎寝已馳，與子期乎蘆之漪。」《越絶》異四字，「寝」作「侵」，「馳」作「施」，「期乎」作「期甫」，「漪」作「碕」。《越絶》雖非子貢作，文體質古，不涉浮艷，較之趙曄爲優，此歌疑有所自也。孺子《滄浪歌》，文子作，「混混之水濁，泠泠之水清」，辭頗異。杞梁妻《琴歌》，全同《楚辭》，將由後人傅會耶？

《蜀本紀》開明妃《東平歌》遠自邃古，蜀王《歸邪》、《淫魄》二曲亦出東周，未知實古製耶，抑子雲屬辭也？《華陽國志·巴志》篇載詩四章，雅馴近古，當在戰國以前。題曰《蠶叢詩》者，則妄人所命耳。

詩有六義，其二曰賦，則賦即所以爲詩耳。逮乎屈原，懷忠被放，情志鬱伊，始變温柔敦厚之體爲遒深瑰麗之辭，命之曰騷，六義附庸，蔚成大國。然其叙情怨則《詩》之骨髓，廣聲貌則《詩》之英華，所謂才高者菀其鴻裁，中巧者獵其艷辭，吟諷者銜其山川，童蒙者拾其芳草。後世篇章，雲譎波詭，不出環中，渾噩漸衰，麗淫日長，升降倚伏，理數相推。周與漢之畫界，自此肇矣；晉與唐之濫觴，其或然歟？

《昭明文選》又析騷、賦爲二，騷近詩，賦近文。就屈子諸作言之，《騷》經、《九章》、《九歌》，騷也；《遠游》，賦也；《卜居》、《漁父》，直文而已。

楚人爲騷者莫高于宋玉。《九辨》，興會標舉，上逼靈均，趣與詩近。《招魂》、《高唐》，詞章鉅麗，下開園令，去詩稍遠矣。《招魂》亂辭，流連情景，惻愴纏緜，又得騷之深致。蓋作法之初，高下在心，不可以尋常尺度論也。

史稱秦始皇使博士爲《仙真人詩》，被之管絃，則咸陽烈焰，惟詩未爲昆岡之玉耳。其世歌謡，雜見諸籍，如《燕丹子·漏月琴歌》、《三秦記·甘泉歌》之類，猶存什一足徵，餘韻流風，絶學不墜矣。

先秦刻石銘，當以瑯琊臺爲第一，諸篇皆整嚴勁健，頗雜以法家之言。秦世文章、政事，大略相似，四《詩》、楚詞之外，别爲一體。入漢，五言出於《風》、《雅》，樂府出於《離騷》，《風》、

《雅》遂絶。

漢祖沛產，《大風》、《鴻鵠》，皆楚音也，帝固云「爲若楚歌」矣。豪邁激切，靈均遺調，或云不學師心，豈其然乎？後惟魏武四言，可以嗣響《鴻鵠》。

武帝《蒲梢天馬歌》本辭四句，甚平典，《郊祀》因之，轉加壯麗。當時人主能文，乃許其下潤色，詞臣得此，可謂曠代相知。《瓠子》、《秋風》，俱沿騷體，然一則氣骨崚嶒，一則風神秀婉，判然二調也。

《柏梁》詩「日月星辰和四時」，渾雅雄碩，真有人主氣象。大司馬云「郡國士馬羽林材」，衛青云「和撫四夷不易哉」，路博德云「周衛交戟禁不時」，杜周云「平理清讞決嫌疑」，俱工鍊天成，非漢人不能道也。惟大司農、典屬國二語太拙，後世決不肯作，亦不能作。

「立而望之偏」，宋人以爲退之《走馬行》「看立不正」之祖。若讀「偏」與「翩」同，屬下句，更自然。《藝文》引《漢書》作「偏娜娜」，則與邪、遲二韻俱可叶。《車子侯歌》，後人擬《瓠子》、《秋風》作，故文質雜而無章，弇州謂爲《傳》語，非也。

昭帝夙慧，固一代英主。然始元元年僅生九齡耳，未必能操管爲詩，《黄鵠歌》疑後人擬撰。《淋池》如梁、陳艷詞，益無足道。

後漢明、章二主，奕奕文采，而詩句不傳，當以遺逸故。獨怪解犢侯蕩蕩之德，而留意雕蟲。

鴻都招集，其於藝文，不無小助。若《招商》一歌，則蕭綺僞造耳。弘農王《別唐姬歌》，痛結神人，不在語言間也。

漢宗室爲詩者，西京則廣陵厲王胥《瑟歌》，悲壯宏達，東京則東平憲王蒼《武德舞歌》，樸茂典裁。其人天壤，詩俱可傳，勝趙幽、燕剌諸作。

漢宫掖爲詩者，二、三、四言則唐山夫人，五言則班婕妤，七言則烏孫公主。《房中》十七，有《雅》、《頌》之意，而短弱寒儉，神氣未舒。楊用修極推之，沿劉元城陳説耳。惟「大海蕩蕩」一章，別出機杼，天姿特秀。班姬《團扇》，鍾嶸謂其「辭旨清捷，怨深文綺」，劉勰以匹李都尉，良無愧色。烏孫《悲愁》，哀而不傷，婉而多致。漢世七言多踔厲遒深，惟此和雅，以視文姬《悲憤》，何如耶？諸選遺之，私所未解。

《新裂齊紈素》一篇，霜、雪、月、風、飆五字叠出，而不見痕迹，後之讀者亦習而不知，非元氣混茫，何以有此？太白《峨嵋山月歌》，不足奇也。

王昭君「秋木萋萋」一章，音節瀏亮，口吻調利，與《紫玉歌》、秦嘉《贈婦詩》體氣相類，當出東漢人手，固《黄鵠》之別派也。至小説「明月清風，良宵會同」之後絶矣。

項王《垓下》，臨危慷慨，英雄壯氣，千秋如在。虞姬酬和，乃軟弱不似楚漢間語，何也？然實出於陸賈所傳，尤不可解。

四言古詩，長篇叙事不復如《風》、《雅》分章，始于韋孟。然温厚和平，實得《三百篇》之神，其品在高帝《黄鵠》上。《在鄒》少遜，《諷諫》大致固同。「天子我恤，矜我髮齒。懸車之義，以洎小臣」，何其婉而工也。玄成二篇，春容和雅，克紹堂構矣。

《古詩十九首》，《文選》無撰人。按《玉臺新詠》「西北有高樓」、「東城高且長」、「行行重行行」、「相去日已遠」、「涉江採芙蓉」、「青青河畔草」、「蘭若生朝陽」、「迢迢牽牛星」、「明月何皎皎」九首，題云枚乘《雜詩》，蓋截「行行」、「相去」爲二，而以「庭中有奇樹」附「蘭若生朝陽」合爲一。《文心》云：「古詩佳麗，或稱枚叔。《孤竹》一篇，傅毅之辭。」劉通事與昭明同時，徐侍中去蕭梁不遠，作者姓名既確，《選》題何以闕如？《十九首》當亦雜居古詩樂府中，由昭明鑒定爾。「行行」一章十六句，詞氣相貫，不應爲二。《陸機集》亦分擬「蘭若」、「庭中」，不當爲一。以《選》爲正可也。

曼倩《教子》，大類銘箴，非詩體也，疑後人取《漢書》傳贊傅益爲之。

按《漢·禮樂志》云「武帝定郊祀之禮」，舉司馬相如數十人作十九章之歌，則《郊祀》雖非全出長卿，以其爲詞臣之冠，會萃兼鎔，裁成潤色，當屬之矣。讀《子虚》諸賦及《封禪頌》，蓋祖楚《騷》而加以奥博，原《雅》、《頌》而出之嶄勁，亦與《郊祀》氣法如一，故知多長卿筆也。

十九章大都古奥精奇，錯以流麗，惟《青陽》四首平典。史題「鄒子樂」，豈子樂之詞，未經長卿斧藻耶？《文心》云「朱、馬以騷體製歌」，則中有買臣屬草者。《天地》、《天門》、《景星》皆騷體也，頗艱屈難讀。然如「月穆穆以金波，日華耀以宣明」、「百末旨酒布蘭生，泰尊柘漿析朝酲」，詞麗氣逸，震動心魂。子美詩「天門晴開詄蕩蕩」[二]、「委波金不定」之句，全出于此。四言《惟泰元》，三言《錬時日》、《天馬》、《赤蛟》，千椎萬錬，光芒注射，所謂刻酷神奇者。

長卿以魁倫冠古之才，天假奇緣，獲斯靈匹。何物妄庸，僞撰《琴歌》，若淺稚如此，文君聽之，當掩耳而走矣。《白頭》五解，婉篤工雅，可與《團扇》並入上品之第。鍾氏尊班，置卓不道，梁人固不辨樂府格也。

李延年所長協律，未解操觚。《傾城》一歌，淺直無味，李于鱗亦選之。

五言詩，《文章緣起》以爲始于蘇、李。摯虞云：「李陵衆作，總雜不類，殆是假托。至其善篇，有足悲者。」則自晉以前，已有李陵之詩矣。蘇子瞻乃云六朝僞作，何歟？且子瞻不師尊杜陵乎？「李陵蘇武是吾師」，固老杜之句也。

李都尉五言，與《十九首》一律，如周公製作，後世莫能擬議。吾獨愛其「長當從此別，且復立斯須」，注情款曲；「嘉會難再遇，三載爲千秋」，鑄辭精練。至「行人難久留，各言長相思。要

[二] 按，宋刻本《九家集注杜詩》卷二《樂遊園歌》作「閶闔晴開詄蕩蕩」。

知非日月，弦望自有時」，真足以感天地泣鬼神矣。蘇云：「努力愛春華，莫忘歡樂時。生當復來歸，死當長相思。」足以敵之。

蘇、李相去伯仲之間耳，李章法清簡，雖稍勝蘇，而蘇古意鬱浡，厠之《十九首》，亦無慚遜。《留别妻》篇言情入神，典屬國本以節義著，其才情乃爾。

「黄鶴一遠别」篇中弦歌、絲竹、長歌、清商，叠韻冗雜，較之「昔爲鴛與鴦，今爲參與辰」。昔者滯相近，邈若胡與秦」尤甚，雖不害爲古，然自是古人病處。「西北有高樓」亦叠用「音」、「曲」字，而不覺其繁，益知《十九首》不可及，而蘇之所以遜李也。

少卿《别子卿》雜言，亢厲憤激，似不如五言渾厚。擬蘇、李十首，規規步趨，雖精到奇警不如，非苟作者。「安知鳳凰德，貴其來見稀」、「紅塵蔽天地，白日何冥冥」諸句，必出魏晉能手。「明月照高樓，想見餘光輝」，杜甫「落月照屋梁，猶疑見顔色」祖之；「浮雲日千里，安知我心悲」，江淹「桂水日千里，因之平生懷」祖之。但「瀉水注瓶中」之類，神鋒太鋭；「雙鳧俱北飛」之類，淡泊無奇，則仲治所云「總雜不類」者耳。

息夫躬《絶命詞》，峭刻昂藏。西京《擬騷》，淮南《招隱》之外，惟此一篇，但本騷格，去詩自遠。入東京，傅毅《迪志》章法峻整，比之《諷諫》，較有鏗鏗之意。《孤竹》一篇，若果其辭，則五言可入神品。孟堅笑武仲下筆不能自休，不知孟堅《詠史》澀呐樸陋，將何以敵？

張平子詩名獨茂當代，然《怨篇》體清虛而味短，《同聲》詞質慤而意蕩。《四愁》風雅遺音，自《尚書》作之，不妨創闢。後世效顰學步，架屋叠床，轉覺作法者可厭耳。要其趣與詩近，固不失爲巨擘也。

徐孝穆以《飲馬長城窟行》爲蔡伯喈作。此詩不出百言，而兼該比、興，展轉入情，味之則深長，擬之則無迹。讀伯喈文，入《選》者俱平平耳。《翠鳥》五言，亦少警策，何有此精神、結構耶？其女文姬，失機落節，摧辱可哀。《悲憤》二詩，激切沉痛，令人悽絶，雖乏温玉之致，恐非後世所能僞也。蘇子瞻乃謂伯喈女必突過建安，不宜發露如是，然則世傳《中郎集》具在，又豈勝陳思耶？宋人盲語譫囈，往往如此。惟《胡笳十八拍》庸腐穢惡，實下俚所爲，應焚棄之，或投溷厠中，庶幾得所。

仲長統《述志》二首，超縱狼籍，如風檣陳馬，自是一翻雄快，出于常格之表。《初學記》載四語云：「春雲爲馬，秋風爲駟。按之不遲，勞之不疾。」當更有餘篇。

東漢梁伯鸞、朱公叔、王叔師、趙元叔之徒，人品學術，焜耀至今，其所爲詩，皆訐直鄙拙，甚至全不成語。酈文勝《見志》，頗有筆性，而拙句相參，亦其流也。

辛延年、宋子侯者，里閥無稽，其樂府特工麗，能詩何必名下士哉！

孔北海才氣凌壓建安，而襟情之詠，尺有所短。《雜詩》「老匹夫」、「小囚臣」諸語，村俗可嗤；「從洛到許，嵬嵬轡訥」，不成文理。又作《郡姓名字詩》，「玟璇隱耀，美玉韜光」，竟不能離文字，何以離合爲哉？

秦嘉《贈婦》三首，情境可憐，精神少減，淑詩淺直，未可謂亞于《團扇》。

《十九首》如日月麗空，苞符出水，精芒靈孕，瑞呈天呈。又如南金入冶，荆璧在璞，人欽其寶，莫名其器。文質錯以彪宣，宮商調而鏘美。情景迴環，不求纖密而自巧；骨膚植附，無待激厲而自清。愈平愈奇，有意無意，譬之於道，所謂階升無自，欲罷不能者也。

章法之妙，不見句法；句法之妙，不見字法。鏡花水月，興象玲瓏，其神化所至邪？以漢諸樂府較之，如《相逢行》、《陌上桑》，雖自然工妙，微有蹊徑可尋，終未若《十九首》靈和獨稟，神用無方也。

古詩甚質，然太羹玄酒之質，非槁木朽株之質也；古詩甚文，然雲漢爲章之文，非女工纂組之文也。魏文云「詩賦欲麗」，陸機云「詩緣情而綺靡」，此二家所知，固漢詩之渣穢耳。

《十九首》外，「悲與親友别」、「穆穆清風至」、「蘭若生春陽」、「橘柚垂華實」，精神凝厚，音調和平，可以參入。「朱火然其中，青烟颺其間。從風入君懷，四坐莫不歡」，驚采絶艷，稍掩其質矣。「馨香易銷歇，繁華會枯槁。悵望何所言，臨風送懷抱」，促節飛響，稍變其音矣。「上山採蘼蕪」、「十五從軍征」是樂府，體製自别。「枯魚過河泣」、「菟絲從長風」、「高田種小麥」，骨法峻古，亦樂府，非絶句也。「步出城東門，遥望江南路。前日風雪中，故人從此去」，氣爽而詞宕，恐非漢人作。

鼓吹《鐃歌》，完美可讀者，《上之回》、《戰城南》、《上陵》、《君馬黄》、《有所思》、《聖人出》、《上邪》、《臨高臺》、《遠如期》九首，氣極蔪絶而格自渾成，句極俊異而字不詭僻。諸篇中《上陵》尤精，餘篇聲調混填，固難盡通。神造之語，如「朱鷺，魚以雅」、「拉沓高飛暮安宿」、「山出黄雀亦有羅，雀以高飛奈雀何」、「何用葺之蕙用蘭」、「湯湯回回，臨水遠望，泣下沾衣」、「君有他心，樂不可禁」，斷珪殘璧，猶勝瓦礫如山也。魏、吴、晉擬作者，就厥體句法如一，想當時樂人尚得漢音節，而詞氣緩。若無戈戟銛鋭可畏，無物象生歡可奇，不中與漢人作奴。

「桂樹爲君船，青絲爲君笮。木蘭爲君棹，黄金錯其間。」本用《楚辭·九歌》「桂棹蘭橑」、「辛夷楣」、「白玉鎮」諸句法。漢樂府出《楚辭》，于此可見。「黄金爲君門，白玉爲君堂。青絲爲籠係，桂枝爲籠鈎。」大約皆從楚詞變化來。

《郊祀》猶有意氣可尋，雖離奇詰屈，中間絲理秩然，故後人擬作，尚有傅玄《整泰丘》一篇，得其仿佛。若《鐃歌》佳處，正在若斷若續、可解不可解之間。欲使刻畫者從何揣摩，請斂手輟翰，勿復爲煩。

淮南王《前緩聲歌》、《郊祀·日出入》，其步驟全類《鐃歌》。《蜨蝶行》尚有一二句可解者，亦《鐃歌》之類，非若巾舞、鐸舞歌辭，全爲樂譜也。

相和歌詞有二格：《烏生》、《王子喬》、《董逃》、《善哉行》、《東門》、《婦病》、《孤兒生》、《艷歌》、《滿歌》，踔厲莽蒼，以骨力勝者也；《羽林郎》、《董嬌饒》、《陌上桑》、《隴西行》、《長歌行》、《相逢行》、《艷歌何嘗行》，淳和韶潤，以元氣勝者也。魏武帝偏得雄高，故下者《精列》、《秋風》，骨力尚在；陳思加以藻絢，故上者《名都》、《美女》，元氣已衰。

樂府出漢，鮮不佳者，如《東光》、《薤露》、《猛虎》，寥寥數語耳，興象神情，高出詞人數等。《豫章行》：「身在豫章宮，根在豫章山。多謝枝與葉，何時復相連。何意萬人巧，使我離根株。」《雞鳴》：「桃生露井上，李樹生桃傍。蟲來齧桃根，李樹代桃殭。樹木身相代，兄弟還相忘。」托意微遠，深於比興，惜篇有殘缺錯誤。

昭明選漢樂府《青青河邊草》、《昭昭素明月》、《青青園中葵》三首，蓋惟取其旨趣、格調與《十九首》近者，凡樸勁峭古及紀事詳序者皆在所略，自是昭明選法。五臣本增入《君子行》，此篇惟首四句佳，已爲南朝人截作《來羅曲》，餘多陳腐措大語。「南山石嵬嵬」，意致稍淡；「天道悠且長」，急直近椎，皆五言樂府之下者，猶未失渾噩，所以爲漢也。

魏晉所奏漢樂府，多取鋒鬱之辭。如「生年不滿百」，增損作《西門行》；陳思《七哀》，亦改爲《怨詩行》。稍更步驟，其體裁遂別。疑漢魏之交，戰爭方鶩，風氣雕悍，一時樂部更定以比絲管，習尚使然也。《西門行》末云：「行行去去如雲除，敝車羸馬爲自儲。」矯健殊甚。

《孔雀東南飛》，叙事之神也；「日出東南隅」、「昔有霍家奴」，叙事之妙也；《孤兒》、《婦病》，叙事之能也。《折楊柳》、《雁門太守》，昔年魏武所祖，而興致索然；《烏生八九子》，近代昌穀所推，而風神何在？吾不敢以爲法而擬之也。

《悲歌當泣》、《秋風蕭蕭》二首，雖氣太駛俊，然質勁近漢。「浮雲多暮色，似從崦嵫來。枯桑鳴中林，絡緯響空階」、「朱火颺烟霧，博山吐微香。清尊發朱顔，四坐樂且康」，詞過艶逸，漢作温淳，似不爾。《董逃》、《滿歌》，甚類魏武。「迢迢山上亭」本《詩·凱風》，非無意之作，以爲魏文者得之。

魏之去漢，真如美玉碔砆，形性自辨。大較漢自然，魏雕琢；漢渾樸，魏粉藻；漢温厚，魏剽急；漢情多於景，魏景繁於情。如「邪逕過空廬」、「仙人騎白鹿」，在漢詩平平耳，然陳王《五遊》諸篇，便欲雕繪滿眼，此可以得漢魏之界。

「生得復來歸，死當長相思」、「相去日已遠，衣帶日已緩」，與「若生當相見，亡者會黄泉」、「離家日趨遠，衣帶日趨緩」意致大同，氣脉絶異，此又詩與樂府之辨也。

「苕苕山上亭」，人子思親作也；「水中之馬圖」，報知己作也；「蘭草自然香」，賢者自傷托身非所作也；《烏生》則「死生有命」注疏耳。三復之，微意可想。

漢歌謡高者，《鄭白渠歌》及「斜徑敗良田」、「小麥青青」三首，可繼《風》、《騷》，非後人所有。

夷語侏離，聲氣各別。《筰都夷歌》，何以四言叶韻？自是朱刺史番譯成文。「樂昌肉飛，屈申悉備」、「高山岐峻，緣崖磻石」，亦爲奇儁。昌穀以其不屈困《雅》、《頌》爲佳，異哉斯言。豈絃么徽急，美於疏越唱嘆乎？

蘇伯玉妻《盤中詩》：「空倉鵲，常苦饑。吏人婦，會夫稀。結巾帶，常相思。」此六語頗有古意。「黄者金」以下，便是村塾所教《三字經》。于鱗取之，好古之過也。

曹公古直悲凉，鍾評已確，但屈居下品，未厭人心耳。「老驥伏櫪，志在千里」、「月明星稀，烏鵲南飛」，上希《黄鵠》，下啓《采薇》。五言《蒿里》、《苦寒》、《却東西門行》三首，神氣遒上。餘篇力勍趣竭，「惟有杜康」，幾乎戲矣。

文帝《善哉行》、《丹霞蔽日》等，得靈氣於厥考，而加之綺藻；《燕歌行》啓緣情於齊梁，而無傷大雅。五言《芙蓉池》，文勝質，故梁世推美；《黎陽》、《于譙》、《廣陵》、《玄武》，質勝文，故近代始重。《雜詩》二首，雖謝漢人，可以對揚厥弟。篤而論之，必在劉、王文學之上。《何嘗快篇》〔一〕，直逼漢體，上漸滄浪之天，或樂人援《東門行》耳，與「朝日樂相樂」皆樂府

〔一〕「快」，原本作「怏」，當誤，據《四部叢刊》景汲古閣本《樂府詩集》卷三九改。

本色。「西山亦何高」，後二解作論斷，此最樂府所忌，然實本乃翁《精列》，而筋骨轉露。

甄后《蒲生》，實勝「浮萍寄清水」。然上可方《白頭》，與《團扇》稍别，要皆五言神品。

明帝《棹歌》、《燕歌》，風流未墜。克荷析薪，叡不如丕，非定論也。《步出夏門行》，詞太襲，亦黄門名倡出入增損，綴集成篇。

子建天授靈質，匠心獨妙，思鬱青霞，言成丹采，調鏗金玉，字噴珠璣。憲章古人，幾于具體；領袖後進，導夫先路。八斗之稱，周、孔之喻，非溢美矣。微有間然者，學漢則出之思議，稍謝天成；變魏則絢以詞華，遂掩素樸。更加騈麗，則士衡、景暘矣；轉逐輕靡，則明遠、玄暉矣。文章升降之漸，爲之嘆息。

四言《責躬》，直接嗣《風》、《雅》，整贍之中，精采炳焕，韋孟而後，惟此一篇。《應詔》便尚氣使才，且車、馬、鑣、銜、騑、驂，蓋、乘，層見騈羅；「輪不輟運，鑾無廢聲」，但作整對，有何致邪？《朔風》「别如俯仰，脱若三秋」等語，俊亮遒舉，是魏四言。

昔孟德以相王之尊，登高必賦；丕、植以公子之貴，下筆成章。南皮雅游，西園盛集，流連杯酒，和墨酣歌，一時作者熛起雲煜，莫不嘆景物之綺麗，美曲度之清悲，述恩榮，叙歡宴，高情逸氣，于此舒矣；英辭綵筆，于此構矣。觀夫「丹霞夾明月，華星入雲間。上天垂光采，五色一何鮮」，則公讌魏體，初變漢風，由子桓而成也。劉、王才弱，固應隨波；子建雄才，亦何能絶塵耶？所以贈答諸章，葩艷溢發，較之蘇、李，尚隔一綫，無論其樂府。

「生存華屋處，零落歸山丘」、「名編壯士籍，不得中顧私」，何其悲壯也；「寶棄怨何人，和氏有其愆」、「狐白足禦冬，焉念無衣客」，何其悽惋也；「九州不足步，願得凌雲翔」、「俯觀五岳間，人生如寄居」，何其蕭遠也；「重陰潤萬物，何懼澤不周」、「愛至望苦深，豈不愧中腸」，何其忠厚也。至于《贈白馬》七首，字字肺肝流出，傷心滴淚，真所謂悲惋宏壯，情事理境，無所不有，置之枚、李間，亦未可議其優劣。次則《雜詩》、《閨情》、《七哀》，結構風神，漢下魏上，枚、李遺調，亦庶幾焉。自斯人而降，無復漢音矣。白馬詩稱閑雅，惜其不傳。

「棄身鋒刃端，性命安所懷。父母且不顧，何言子與妻。」「烈士多悲心，小人媮自閑。國仇量不塞，甘心思喪元。」痛快悲烈。老杜五言古詩，其源蓋出于此，但杜加之粗野耳。

徐昌穀謂樂府氣忌鋭逸，陳王《野田黄雀行》大索已露，當矣；而謂植之才「不堪整栗」，則非也。胡元瑞謂「子建《雜詩》，全法《十九首》」，又謂「《南國有佳人》，嗣宗諸作之祖；《公子愛敬客》，士衡群製之宗」，當矣；而謂「《蝦䖦》〔一〕，太冲《詠史》所自出」，則非也。

弇州謂：「子建才太高，詞太華，實遜父兄。」以樂府論也。然子建天資藻贍，若枉其才爲

〔一〕 按，「蝦䖦」當爲「鰕䱇」之誤。

樸茂，厲其氣爲沈鬱，則未得國能，先失故步。覽其樂府，自《文選》四篇外，「世士此誠明」、「此酒亦真酒」、「咸來會講仙」、「下與魚鱉同」、「王者以歸天」、「無端獲罪尤」，六言「能者穴觸別端」、「朱顔發外形蘭，袖隨禮容極情」、「俛仰笑喧無呈」諸語，大是紕漏，亦可窺見其所短矣。

「神飆接丹轂，輕輦隨風移」、「誰言捐軀易，殺身誠獨難」，句之複也；「明月澄清影」，字之複也。惟出自陳王，論者不敢彈射耳。劉楨《公讌》「石渠」、「飛梁」，「芙蓉」、「菡萏」、「流波」雙用，「川」、「塘」並出，亦以昭明入《選》，衆遂吠聲。

《公宴》，品之能；《贈白馬》，品之神。歡愉難工，愁苦易好也。《名都》、《美女》，錯錦堆繡，僕夫飛觀，感涕傷脾，爲文造情，爲情造文也。

昭明録子建五言詩，觸目琳玉，尺寸皆寶，舉體旃檀，片節皆香，此外已無遺珠。樂府本非所長，《吁嗟》篇云「糜滅豈不痛，願與根荄連」，質而近古；《浮萍篇》云「行雲有反期，君恩儻中還」，麗而入情，亦自矯矯。

四言，子建而下，必推仲宣。《贈士孫文始》、《潘文則思親》，並有《風》《雅》之遺；《贈文叔良》，引綴故實，别開潘、陸門户。《俞兒舞歌》，其詞非周非魏，正所謂非驢非馬者。《贈蔡子篤詩》「肅肅凄風」，《初學記》作「肅肅祁寒」，叶韻耳。

「從軍有苦樂，但問所從誰。所以神且武，安得久勞師」，陟然而起〔二〕，有拔山舉鼎之勢，何其雄也；而「晝日處大朝」以下，拙鈍牽綴，又何僿也。「自古無殉死，達人所共知。秦穆殉三良，惜哉空爾爲」，酷似學究史斷，何其俗也；「人生各有志」以下，涕淚千古，又何壯也。「常聞詩人語，不醉且無歸。今日不極歡，含情欲待誰？」何其俊也；「願我賢主人，與天享巍巍」，又何鄙也。蓋仲宣氣稍靡，筆太冗，擬之曹氏兄弟，遠不逮矣。然有和平醇雅之意，大勝劉楨。其《七哀》二首，側愴高華，魏詩上品。「南登霸陵岸〔三〕，回首望長安」，神化所至，公幹集中有此否，而可踞王上也？

「從軍征遐路」，在五篇中稍完善。「方舟順廣川，薄暮未安坻。白日半西山，桑梓有餘輝。」可以肩隨子建。「涼風」篇兩用「公旦」、「東山」，「鄴都」篇三用「無」字，「荒路」篇「藿蒲」、「蒹葭」合掌，雖非必古詩所忌，一經指摘，便害全瑜。予嘗欲截《從軍》首章至「所獲願無違」而止，截《公讌》至「守分豈能違」而止，《詠史》發端，無以易之。則嘆陳思「功名不可爲，忠義我所安」爲不可耳，仲宣有靈，想當點頭地下。

〔二〕「陟」，原本硃筆改爲「陡」。
〔三〕「霸」，原本作「灞」，當誤，據胡刻本《文選》卷二十三改。

自《典論》稱：「公幹五言之善者，妙絶時人。」[一]《詩品》遂云：「真骨凌霜，高風跨俗。」思王而下，楨稱獨步。」曹、劉並尊，千古並無異議。予獨謂其意氣鏗鏗，有似孔璋，温柔敦厚之音，邈然已遠。「鳳皇集南岳」，莽蒼短勁，稍可耳。「秋日多悲懷」，頗成篇。「戎事將獨難」，已是累句。「凉風吹沙礫」、「泛泛東流水」，味槁氣索。《贈徐幹》末押「焉」字，氣大鋭挺，了無餘韻。至如「豁達來風凉」、「步趾慰我身」、「小臣信頑鹵」、「華葉紛擾溺」，皆未經鎔鍊。又詠松也，而曰「終歲常端正」；詠雞也，而曰「嗔目含火光」；詠射也，而曰「意氣凌神仙」。村氣逼人，似不解捉筆者。篇章甚少，而寄興不存，鄙陋盈札，妙絶獨步，竟復何在？但其器幹犀利，率爾而作，猶堪凌駕六朝。若謂雁行子建，超乘仲宣，豈非不虞之譽乎？

武、文樂府，多擬漢作，所當别論。《十九首》一派，子建源流相接。子桓、仲宣，性情未遠，惟公幹氣勝其詞，抗竦過度，譬之孔庭子路，晉宫將種，無復温睟嬋娟之態，以爲詩之正宗，千古憒憒。

「重陰潤萬物，何懼澤不周」、「兼燭八紘内」、「我獨抱深感」，誰得《風》、《雅》意度？即此推之，精粗工拙，不待智者而後辨矣。

[一] 按，此語出曹丕《與吴質書》（胡刻本《文選》卷二十六）。

偉長不以詩名，「思君如流水」，鍾已拈出，爲「自君之出矣」創體〔一〕。此篇第三、四句，《藝文》作「一逝不可歸，嘯歌久踟躕」，似「飄飄不可寄，徙倚徒相思」爲勝。「與君結新婚」篇，纏綿恨惜，度合風人，當在劉公幹上。而鍾謂與公幹往復，以莛撞鐘，冤哉！公幹之多幸，詩道之不幸也〔二〕。

阮元瑜《駕出北郭門行》，直是俚鄙，非古樸也，迪功奈何與《孤兒》并論。《琴歌》、《詠史》，並可覆瓿，蓋與孔璋專工書記，詩非素業。孔璋「生男慎莫舉，生女哺用脯」之句，頗近樂府。

魏世三應，才皆下劣。德璉《侍建章臺集》外，僅得「朝雲浮四海，日暮歸故山」二語。休璉《百一》，「所占于此土，是謂仁智居」，已涉村俗。《雜詩》、《三叟》，更不足言，闌入詩壇，濫竽斯甚。何水部嘗效《百一》，酷肖其體，豈以之爲戲耶？《通典》載璩《百一詩》：「爲作陌上桑，反言鳳將雛。」今無完篇。程曉、秦宓，三應之流，怪拙穢目，皆可燒却。

繆熙伯《鐃歌》，全無漢骨，用「那得」字，尤俗。《挽歌》近雅，未堪與《薤露》並觀。

繁休伯《定情》，有絶工到之語，柔情宛轉，綺思芊眠，《國風》之鄭、衛也〔三〕，「何以答歡悅，

〔一〕「爲自君」以下至此，原本抹去。
〔二〕「公幹之多幸」以下至此，原本抹去。
〔三〕「有絶工到之語」以下至此，原本抹去。

紈素三條裾」失韻，不類上下文。《太平御覽》作「何以合歡忻，紈素三條裙」，見裙部，必非誤字，當改從之。

正始以後，枚、李退舍，聃、周當途，其源昉自何晏《鴻鵠》一篇，風規未見，衣單警策之作，今同烟燼矣。

左延年、傅玄《秦女休行》，皆學漢而失於粗拙，層霄塗壤，未可喻其高下。元瑞稱許過情，何云精鑒？

叔夜詩：「目送飛鴻，手揮五絃。俯仰自得，遊心太玄。」「閑夜肅清，明月照軒。微風動袿，祖帳高褰。」與武帝「水何澹澹，山島竦峙。秋風蕭瑟，洪波涌起」、魏文「丹霞蔽日，采虹垂天。谷水潺潺，木落翩翩」，句法相似。四言，魏體以較《鴻鵠》，又加文采矣。五言一無所解，鍾氏取其《雙鸞》篇，然膚淺無婉趣。人雖殊品，何關詩道？

中散《酒會詩》「纖綸出鱣鮪」，「鱣鮪」，大魚，莫難釣否？張茂先《雜詩》「逍遥游春空」，又云「增波動芰荷」，江文通《步桐臺詩》「平臺秋色來」，又云「暮雪將盈階」，秋天早已雨雪，得無非時否？張九齡「桂花秋皎潔」，而桂色多黄，白者絶少〔二〕，皆辭之病也。

〔二〕「張九齡」以下至此，原本抹去。

顔延年云《詠懷》「志在刺譏，文多隱避，百代之下，難以情測」，此善于逆其志者也。胡應麟云：「文多質少，詞衍意狹。音響漢魏之間，其語與格則晉也，所以反不如魏歟？」此善于評其詩者也。阮詩驟讀似質，反病其文多質少。卓哉！元瑞千古隻眼。

步兵蕭條高寄，脱落世塵，想其作詩，何意雕篆，自爾神情宏放，棲托深微。予最愛其「嘉樹下成蹊」、「平生少年時」、「昔年十四五」，有《十九首》遺韻。「獨坐高堂上」峭峻，自成一家。蕭《選》餘章，雖主峻潔，不至枯淡，各有風味。鄙哉子昂，腐儒措大，乃輕唐突耶！

予于《文選》外，别録「周鄭天下交」、「若華燿四海」、「駕言發魏都」、「朝陽不再盛」、「炎光延萬里」、「少年學擊刺」六首，雖(抄)[披]沙簡金，往往得寶，終是意興淺近。如「繫累名利場，駑駿同一輈」、「簫鼓有遺音，梁王安在哉」、「捐身棄中野，烏鳶作患害」，便有俊句可掇，非復渾灝元氣。昭明裁鑒，良不誣我。至「呼噏永矣哉」、「邪利來相欺」、「彈琴誦言誓」、「言語究靈神」、「輕蕩易恍惚」、「日久難咨嗟」諸拙句，如鄧林枯枝，滄海流芥，未足貶其高致也。

説詩補遺卷三

馮復京嗣宗著

晉世諸主，文、武、元、明，皆非無文學者。簡文尤善清言，諒其詩亦支、許之敵，而隻語無聞。惟仲達開基，過温有作，雖意自雄，非魏武儔也。

張茂先《贈何劭》二首，翩翩清綺，未失高流。「屬耳聽鶯鳴，流目玩鯈魚」、「不曾遠别離，安知慕儔侣」、「朱火青無光，蘭膏坐自凝」、「慷慨成素霓，嘯吒起清風」，並佳句也。評者乃云「兒女情多，風雲氣少」，得無過於排擊乎？

司空《遊獵篇》，博贍似賦，興趣蔑如，頗似陳思《孟冬篇》。《雜詩》「晷度隨天運」，一篇中「當夕」、「中夜」、「遥昔」復出，一句中「思」、「慮」連綴，不堪細玩。

傅休奕《郊廟歌詞》，規摹《雅》、《頌》，猶勝華、勗、毗、珣諸子。《地郊饗神》云：「祇之出，薆若有。靈無遠，天下母。」四語奇峭，去漢不遠。其諸樂府，《惟漢》、《放歌》、《明月》，筋力甚健；《苦相》、《美女》、《墻上難爲趨》、《鴻雁生塞北》、《白楊行》，則皆笑資。「天地正厥位，願君改其圖」、「彼夫既不淑，此婦亦太剛」，腐儒史論，截去之乎。作詩《歷九秋篇》，「炳若日月星辰」、「渾如天地未分」、「妾受命兮孤虛」，俚言荒陋，有甚口揄揚者，痴兒强作解事耳。《車遥篇》，作車斅者近之。《雜詩》第一首佳，然「愁人知夜長」，止改古詩一「多」字，轉覺古詩意趣邃遠。《苦雨》、《苦熱》、《擬四愁》、《啄木》諸篇，惡道坌出，品望之雌，職此故耶？長虞詩皆四言，五言惟「日月光太清[一]」一首，篇中「龍」、「鳳」、「鸞」叢雜，亦非完製。史評其文云：「綺麗不足，言成規鑒。」允矣。父子杶幹實材，總之詩非長技。

應吉甫《華林集詩》，《晉史》載之本傳，當是唐初猶推重之。四言詩，冒頭兆矣。束晳《補亡》，俳弱靡靡，何足擬周《雅》？王元美云：「四詩擬之則佳。」予謂但銘贊效其典則可，若分章標體，曰此《風》、此《雅》、此《頌》，豈非所謂續貂類狗者乎？

賈充悖逆，宜最下不及情者，乃有《與妻聯句》，豈泮林之好音乎？棗從事依違幕下，謬化和場，然此篇肉骨停勻，不頽魏範。

司馬紹統精學博覽，文體自遒。《贈山公作》，窺豹一斑，足知其采，豈徒以史筆自擅者？晉世袁宏、習鑿齒，工於史而拙於詩，皆不逮書。

鍾《品》何朗陵在士龍、季倫、顔遠之上，當世應以賦詠擅名。《贈張司空》「暮春忽復來，和

[一] 按，此句原本作「日月争光太清」，「争」字衍，據《文選》卷二十五删。

風與節俱」、「奚用遺形骸，忘筌在得魚」，正始風流，翛然有致，勝其《遊仙》、《雜詩》。

王武子名家鸞壻，聲譽騰踔，必非才高也。《華林集》四言，椎魯可笑。又劇賞孫子荆《除婦服》詩，今讀之，平淡而不動人，所尚如此，豈知詩者？蓋只曉食人乳蒸豚耳。妄得名者，往往如是。

陸士衡詩，其源寔出陳思，但不得其神韻而得其麗詞。《文賦》云「詩緣情而綺靡」，正其一生膏肓之疾。

鍾《品》極褒士衡，昭明所選多至六十八首，梁世風尚固應耳。閱其全集，神奇獨得之句，僅「照之有餘輝，攬之不盈手」，其次「惡木豈無陰，志士多苦心」、「譬彼伺晨鳥，揚聲當及旦」、「京(落)[洛]多風塵，素衣化爲緇」。全篇佳者，「安寢北堂上」、「閑夜命歡友」、「總轡登長路」三首。次則《羅敷》、《從軍》、《苦寒》、《塘上》、《猛虎》、《門有車馬客》、《贈馮文熊》、《贈顧彦先》前篇，《贈顧公貞》、《爲顧彦先贈婦》後篇、《從梁陳作》、《招隱》、《擬蘭若生朝陽》、《東城一何高》、《庭中有奇樹》，又得十五首，餘篇多排偶繁複，並綺靡而失之。潘、張未肯北面，太冲當競先鳴，故曰獨在諸人之下也。

士衡情苦吝繁，下筆蕪雜，古人已病之。如云「沉歡滯不起」，曰沉、曰滯、曰不起，贅之甚矣，况下句又云「歡沉難克興」耶！「離鳥悲舊林」，又繼以「思鳥有悲音」；「歧路良可遵」，又繼以「將遂殊途軌」；「振策陟崇丘」，又繼以「倚巒登高巖」。「倏忽幾何間」、「朝徂銜思往」、「偏棲獨隻翼」，一句中「倏忽」、「幾何」、「徂」、「往」、「偏」、「獨」贅用。《羅敷歌》「清川」、「清塵」、「清湍」、「清響」交錯，文體益蕪。大致則才藻有餘，骨氣不足，故其造端中路，整比組織，猶有詞采，至於結束多懦薾不振。如「長歌乘我閑」、「商榷爲此歌」、「垂慶惠皇家」、「行行遂成篇」、「願言嘆以嗟」、「安處撫清琴」，皆興盡力竭，無可奈何，放庸音以足曲耳。

潘、陸四言，非特冒頭詞費，諸章皆六朝排偶，有韻之文，風雅道盡。今世詩家，已不作此體。昭明所選，並可刊除；顔延年更加板垛，所謂一解不如一解。

其《飲酒樂》一篇，當從《樂府》，爲陸瓊作。劉越石「胡姬年十五」，亦不類晉人，妄人遽謂梁有劉琨矣。

「清河之方平原，如陳思之匹白馬。」此評最公，亦由其多作四言，故五言不競。「朝華忌日晏」、「風土豈虛親」、「和神當春，清節爲秋」，平生勝語，僅此而已。《答平原》四言長篇，至情鬱發，與他作亦自不侔。

潘詩，鍾嶸以爲出於王粲，觀其《金谷集》、《河陽》、《懷縣》諸作，鋪寫景物，句格良似；「南路在伐柯，大厦邈無覿」，病句亦有之。惟《内顧》、《悼亡》、《哀詩》爲妻作者，無不濃麗真切。至其賦誄亦必爲妻，黨然復精工，何篤於伉儷乃至於此？大可笑也。

謝益壽云：「潘文若爛錦，陸文若簡金。」則潘精於陸。鍾記室云：「陸才如海，潘才如江。」則陸大於潘。又葛稚川目平原云：「如玄圃積玉，無非夜光。」則平原尤精粹矣。然予所掎摭平原詩語外，又如「救子非所能」、「昔居四民宅」、「掇蜂滅天道」、「哀房莫苦開」、「幽途延萬鬼」、「良會罄美服」、「思樂樂難誘」、「憶君是妾夫」、「於今知此有由」、「驩醉日月言新」、「子孫昌盛家道豐」，豈玄圃積玉，雜以瓦礫耶？潘瑕玼頗少，而才具未宏，「爛錦」、「如江」之評亦當。

正叔才自輸從父，蕭選諸篇，《迎大駕》爲最。「膏蘭孰爲消」，意無所取，殆是湊句。

魏之阮，晉之左、陶，宋之康樂，皆天才挺傑，自成一家。予每謂太冲《詠史》，直寫胸懷，自闢境界，磊砢傲兀之氣，悽切感慨之音，以擬古詩，雖發揚蹈厲，少傷和平，讀之能使志士伸眉，才人扼腕。抗逸志於雲表，榮人爵於鼠嚇，千秋絶調，固宜客兒嗟其難比。士衡汩汩一生，豈能作此八篇？

前人詠史，多只詠一事，惟杜摯《贈毋丘儉》，歷叙古人，與太冲體近。然左匠心獨造，百倍精神，斷非祖述也。

風雅托興，多係對景感懷，絶無義意者有之。漢魏以來詩，如「東城高且長，逶迤自相屬」、「天馬出西北，由來從東道」，皆與下文絶不相映帶。記室「皓天舒白日，靈景曜神州」亦然。非必古人有意爲之，天機所啓，筆勢自至耳。

「振衣千仞岡，濯足萬里流」、「非必絲與竹，山水有清音」，直有纖芥宇宙、泥塗軒冕之意。

「峭蒨青葱間，竹柏得其真」、「明月出雲崖，皎皎流素光」，神襟高趣，天然寫出。每讀此公詩，眉宇間如有生色飛動。《嬌女》詩稍質直，殊得嬌癡之態。晉代詩人，左爲第一。

《周小史詩》「素質參紅」，語宛似齊梁，想江東步兵，賦情不淺。「榮與壯俱去，賤與老相尋」，與曹顏遠「富貴他人合，貧賤親戚離」，皆是人世真境，非作者妙境也。翰此詩全篇不佳，而攄思友感舊，風流條達，其才趣不可例論。

張著作詩，遠在内史下，晉代蕚跗相鮮，並標英譽，亦爲倖矣。姑就蕭選《七哀》論之，前首「一抔」既毁，「珠柙」已離，乃甫云「頹壟」、「墾發」；後首「前林」已掃，「柯條」已森，乃更贅「桐枝」、「柏陰」、「哀傷」、「悲思」、「憂愁」，又何煩喋也。《四愁》之類，益無譏焉。

鍾評内史云：「文體華净，音韻鏗鏘。」以品《雜詩》，可也。其詠二疏更古勁。《雜詩》句「人生瀛海内，忽如鳥過目」、「密葉日夜疏，叢林森如束」、「借問此何時，蝴蝶飛四園」，秀拔出群，與陸生「照之有餘輝，攬之不盈手」，可爲勍敵。乃云「配陸作輔」，亦屬未允。

沈休文稱子荆「零雨」之章、正長「朔風」之句，由是評者雷同一口。予獨有異議。《陟陽候作》祖述老、莊，正始餘波耳。「鑒之以蒼昊」、「守之與偕老」，造語莽拙。古詩曰：「胡馬嘶北風，越鳥巢南枝。」正長詩曰：「邊馬有歸心，客鳥思故林。」如老措大點化帖括手段。師涓所寫者，濮上新聲，古豈無倫、曠之輩可入詠者乎，而舉及涓也？此二詩浪得名久，聊爲辨之。

周子隱殉節賦詩，僅二十字而慷慨激烈，英氣如生；歐陽堅石臨刑屬篇，甚宏贍而哀痛纏綿，柔腸欲絶。皆真境真情，與靈運、蔚宗强自排遣者不同。

石季倫《明君辭》：「昔爲匣中玉，今爲糞上英。朝華不足歡，甘與秋草並。」意辛辭楚，可以沾臆。恨「父子見凌辱，對之慚且驚」近於俗，所謂殺風景，去之亦可。

嵇含《伉儷詩》，乃楊方《合歡》之祖，與休伯《定情》異曲同工。世人知公回，鮮知君道者。

郭泰機《答傅咸》興寄甚遠，「天寒知運速，况復雁南飛」句尤鮮粲，惜全篇兩用「况復」字。亦見古人直吐心靈,不拘拘繩削也。

劉司空《扶風歌》，氣調孤聳。「握中有懸璧」一章，精貫霜日，氣截雲蜺，可令有心者流涕長潸，無志者裂眥衝髮，豈江生文人所能擬議耶！其次則李密《淮陽感秋》，人雖非越石比，而英雄本色自在。讀此等詩，轉覺曹蜍、李志笑〔二〕。

盧中郎《贈劉》四言，章簡詞凈，遠邁潘、陸。劉答便加駢麗，不逮贈篇矣。蕭選五言四首，《覽古》爲冠，《贈崔温》絶似安仁《河陽》後篇作法。

永嘉恬淡之體，至江左景純始一變爲宏麗，蔚然中興詞宗。然所選《遊仙》七首，或似《招

〔二〕按，「笑」字前疑脱一「可」字。

隱》，或似《詠懷》。其佳句云：「借問蜉蝣輩，寧知龜鶴年。」「燕昭無靈氣，漢武非仙才。」比陳王仙詩，大勁逸矣。于鱗取《暘谷》一章，「詠懷」、「遐想」、「仰思」，雜遝而出：「羨魚」、「結綱」，又無涉玄宗：「四瀆流如淚」、「在世無千月」，益怪拙矣。

高齊世，有俳優曰：「吾爲詩勝郭景純一倍。」神武問其故，曰：「郭詩『青溪千餘仞，中有一道士』，使吾曰『青溪二千仞，中有兩道士』，豈不倍勝耶？」言雖成戲，郭語本自坦率。

庾仲初《三月三日》詩：「清泉吐翠流，緑醽飄素瀨。」《採藥》詩：「鮮景染冰顔，妙契翼冥期。」蓋有意鍊句者。六言詩，自孔文舉、曹子建、傅休奕俱不能佳。仲初《遊仙》，展舒自如，絶無窘步，當爲獨絶，一時必推國能。故熒惑之異，簡文誦其詩語，致意郗公，《晉史》稱爲「中興時秀」，蓋有以也。但以匹曹毗，恐曹當避舍。李顒《涉湖》云「高天森若岸，長津雜如縷」，句有奇情，而詩名遠下孫、許。王康琚《反招隱》、湛方生《天晴》，二詩秀穎，并爵里無聞。孫興公雅以吟詠自負，《秋日》云：「疏林積涼氣，虚岫結凝霄。」《蘭亭》云：「流風拂枉渚，停雲蔭九皋。」差足稱是才名。簡文稱許玄度五言「妙絶時人」，《竹扇》二十字，足彰其短。袁彦伯以《詠史》授知謝鎮西，而詞甚木訥，他篇僅見「天嶺交氣」四字。《蘭亭集》，謝太傅、王右軍一代偉人，所作寂寥輕澹，餘子瑣瑣，因宜爾也。以至習彦威、顧長康，凡盛名士，悉不能詩，傳語嗤鄙。蓋當時清言盛行，永嘉流派，爲學窮乎柱下，博物止乎七篇，不識詩爲何物。稱者不工，工者無稱，自相褒讚，正俗眼所謂瞎著争先。嗚呼！不有靈運特起，宇宙其無詩乎？比之乃祖再造晉室，其功更偉矣。互褒長價之習，唐中、晚尤盛，宋人以爲詼柄。由今思之，皆堪唾飯捧腹。

詩有全篇傳者不佳，而一二句反佳者，如許詢拙於詠扇，而「青松凝素髓，秋菊落芳英」，屬對警新，似不專爲平淡者。顧長康《拜桓温墓》云：「山崩溟海竭，魚鳥將何依。」雖未工至，已愈《神情詩》矣。郭弘農「林無静樹，川無停流」，王右軍「争先非吾事，静照在忘求」，惜俱不見全篇。予嘗欲取馮氏《詩紀》所遺，散見本史、類書者，彙萃成集，恨未暇也。

蕭德施序陶集云：「文章不群，詞采精拔。跌宕昭彰，抑揚爽朗。横素波而傍流，干青雲而直上。」其推尊之，可謂至矣，而《選》儉於八首。蓋序致美一人，可極賞譽；選兼詮衆藝，須精、簡別也。自宋人劇尚，多以理趣求之，至抗之《十九首》之上。又云「見性成佛之宗」，又云「作詩須從陶、柳門中來」。詩道至宋，一世病熱醉夢，無煩具述。陽休之評云：「放逸之致，棲托仍高。」宋則大蘇云：「外枯中膏，似淡實美。」敖器之云：「絳雲在霄，舒卷自如。」亦似知淵明者。予謂：此老胸中真是一塵不染，千仞獨翔，絶不經意，而翛然自遠，慾平躁釋。後人無此真趣，强擬其格，則不類詩人，浸成田叟。

彭澤四言，正如其五言，漢、魏、晉之外，别構一體，樸直自遂，斤兩太輕。「濁酒半壺」之類，拙於句；「民生在勤」之類，俗於境。就厥體中，《答龐參軍》差勝。

五言自《文選》八首外，集中佳者，《歸田園居》、《野外種豆》二首，《贈羊長史》，《酬劉柴桑》，《王撫軍坐送客》，《詠荆軻》，《桃花源》，《移居》「昔欲居南村」，《飲酒》「長公曾一仕」，《雜詩》「人生無根蒂」、「白日淪西河」，總十一篇。餘樸茂信口，農家者流，似不必讀也。《讀山海經》諸篇，簡潔清勁，如冰稜石骨，漸啓唐人五言短章矣。

摘其佳句，如「悲風愛静夜，林鳥喜晨開」，「清氣澄餘滓，杳然天界高」，「鳥弄歡新節，冷風送餘善」，「去去百年外，身名同翳如」，皆埋没集中，從來未拈出者。

集中語，有太率易者，如「終日無一欣」、「草屋八九間」、「隻雞招近屬」、「空負頭上巾」、「春興豈自免」、「相知不忠厚」、「三皇大聖人」、「區區諸老翁」、「哀哉亦可傷」、「理也可奈何」之類是也。有太凡鄙者，「銜戢知何謝，冥報以相詒」、「人生歸有道，衣食固其端」、「衣食當須紀，力耕不吾欺」之類是也。有太戲劇者，《止酒》、《責子》之類是也。宋人不能辨，翻以爲法。

義熙中，殷、謝並爲華綺之冠，《文心》病其「解散辭體，縹緲浮音，雖滔滔風流，而太澆文意」。今二君詩存者甚罕，華綺有之，浮澆則我未之見也。蓋仲文始革孫、許之風，叔源大變太元之氣，一時駭觀，故令評者有此議論。殷「爽賴鶩幽律〔二〕，哀壑叩虚牝」，謝「景昃鳴琴集，水木

〔二〕「賴」，原本作「律」，涉下訛，據《文選》卷二二改。

湛清華」，足相敵矣。

作詩取材，當入史、集通用語，如謝混「有來豈不疾」，引用陸士衡「年有來而棄予」，若非李善注明，淺學者當作何解？六朝諸公例爾，至唐乃洗削殆盡。

葛稚川、王子年道術超勝。葛四言一首平平，王惟傳其歌讖。世有《拾遺録》，鑿空欺世，詭誕不經，所述上古至魏晉詩，纖靡浮弱，如出一手。晉格猶文質相傳，似不如此，必蕭綺僞作，托之子年也。

支道人，奔走一世者，玄理清言，不以詩詠，諸篇概多疵累。于鱗摘取二首，取新耳目，未可謂能。予謂支雖富篇什，不如帛道猷「茅茨隱不見，雞鳴知有人」十字。

詩之奇者，莫甚於蘇若蘭《璇璣》，以其巧心獨運，展轉成文也；詩之拙者，亦莫甚於《璇璣》，以其興趣不存，牽合無謂也。自若蘭作之，猶未足爲異，獨竇連波能讀之爲異耳。後人互相衍繹，章數極多，至有不可通者，轉覺其可厭。漢有作盤中詩者，爲蘇伯玉妻，此又蘇姓，而俱無關詩道，大可笑也。

晉拂舞《獨漉篇》最高古，氣質近漢。《白紵舞歌》「高舉兩手白鵠翔，宛若龍轉乍低昂」，又云「如矜若思凝且翔」、「將流將引雙雁行」，妙極形容，曲盡舞態。「人生世間如電過」、「幸及良辰耀春華」等語，雖美艷，自不類梁、陳，後鮑明遠、李太白擬作，俱不及也。《杯槃歌舞》：「箏笛悲，酒舞疲，心中慷慨可健兒。樽酒甘，絲竹清，願令諸君醉復醒。」亦有古意。

清商一部，本雜出各代。但《子夜》晉人詩，多晉作。「一唱泰始樂，枯草銜花生」，明是宋明帝世語。「儂心常慊慊」、「執手與歡別」，又爲《讀曲歌》，《讀曲》始於宋，則此二首亦宋作也。《子夜》多用「黄蘗」、「石闕」、「蓮藕」、「繭絲」之類，托物借意，此格今吴歌猶然。蓋聲音之道，生乎人心，無間古今雅俗者也。諸篇當以「仰頭看明月，寄情千里光」爲第一，太白《静夜吟》本此。

清商，閭閻兒女矢口而出，句格相似，難以節取。予愛玩諷讀，嘗採擷菁英，以愜賞會。《子夜歌》「始欲識郎時」、「郎爲旁人取」、「我念歡的的」、「儂作北辰星」、「恃愛如欲進」五首，《春歌》「光風流月初」、「春林花多媚」、「昔別雁集渚」、「明月照桂林」四首，《夏歌》「鬱蒸仲暑月」、「輕衣不重綵」二首，《秋歌》「仰頭看桐樹」、「秋風入窗裏」二首，《冬歌》「淵冰厚三尺」、「寒鳥依高樹」二首，《警歌》「鏤酒傳緑碗」，《前溪歌》「黄葛生爛熳」，《團扇郎》「白練薄不著」，《七日夜女郎歌》「婉孌不終夕」，《桃葉歌》「桃葉映紅花」，《懊儂歌》「髮亂誰料理」，《三洲歌》「相送板橋灣」，《孟珠》「陽春二三月」，《作蠶絲》「春蠶不應老」，共得二十四首，柔情綽態，傾魂淫魄。餘篇雖各有勝寄，然大較若斯，可以三隅反矣。《白石郎》「積石如玉」、《安東平》「凄凄烈烈」，四言亦剪掉。入宋，取《讀曲歌》「暫出門前柳」、「閨閣斷信使」、「逍遥待曉分」、「音信闊弦朔」，《華山畿》「風吹窗簾動」，《石城樂》「聞歌遠行去」，《烏夜啼》「籠窗窗不開」七首。《西洲曲》不知何代之作，馮汝言以其綺麗不傷骨，流便不至佻，故定附晉後。四句一轉韻，精采相逼而來，千古獨絶矣。《樂辭》、《休洗紅》亦未可定爲晉。「愛惜加窮袴，防閑托守宫」，語迫梁、陳，吴競編《十九首》後，非也。附晉詩，如《長干曲》「妾家揚子住，便弄廣陵潮」，《邯鄲歌》「短衣妾不傷，南山爲君老」，泓渟有妙趣。又如《夜夜曲》、《于闐採花》、《沐浴子》、《嘆疆場》，音調似絶句，或隋唐人作。《黄門倡歌》「點黛方初月，縫裙學石榴」，則定爲梁、陳矣。「在南爲鷂，在北爲鷹」，「麴與游，牛羊不數頭」，皆晉謡之警絶者。

宋文帝《滑臺》、《北伐》詩，體甚宏啚，《登景陽樓》整麗，疑非全篇。孝武佳句云「陰雲掩歡緒，江山起别心」、「屯烟擾風穴，積水溺雲根」。《七夕》：「白日傾晚照，弦月升初光。炫炫霜月滿，蕭蕭庭風凉。」謝惠連《七夕》詩：「落日隱櫩楹，斜月照簾櫳。團團滿葉露，淅淅振條風。」全祖其意，豈獨輕巧爲二藩所慕耶？明帝嘗作《廟樂舞曲》，亦有詞藻。諸王南平才最高，未弱冠擬古三十首，時人以爲亞迹陸機。《文選》録其二首，「羅帳延秋月」語最工巧。臨川雅愛文義，而詩不多傳，江夏有「思君如清風，曉夜常徘徊」之句，史稱涉獵文義，蓋非虚美。

何承天通曆數，本非詩人，所作《鐃歌》十五首，荒陋之極。如《將進酒》、《有所思》，正可與荀子《成相》、李尤諸銘俱傳笑藝林。違才易務，信乎不可也。

按《南史》稱顔光禄文思敏於靈運，然其詩多窘縛不蕩，生割棘吻，不若謝之天趣蟠鬱，非巧遲拙速之謂也。詩有别才，固應謝客獨擅元嘉爾。與其以顔、謝作匹，不若以參軍爲輔。明遠云：「謝如初發芙蓉，顔如鋪錦列繡。」顔終身病之，卒無以易焉。

光禄諸篇，當以《北使洛》爲第一〔二〕。其佳句如「陽陸團精氣，陰谷曳寒烟」、「春江壯風濤，蘭野茂荑英」、「松風遵路急，山烟冒隴生」、「山明望松雪」、「遥睇月開雲」、「流雲藹青闕，皓月鑒丹宫」、「陰風振涼野，飛雲瞀窮天」、「悽矣自遠風，傷哉千里目」，所謂體裁明密，動無虚散者也。「陟降騰輦路，尋雲抗瑶甍」、「山祇蹕嶠路，水若警滄流」，壯麗稱侍從語氣。

至如「空食疲疲廊肆」、「善遊皆聖仙」、「興玩究詞悽」、「獨静闕偶坐」，皆造語生澀。「哀敬隆祖廟，崇樹加園陵」，正如四言「國尚師位，家崇儒門」，特老生板對耳。「郊扉常晝閉，林閭時晏開」，極似切對。「側同幽人居，亟回長者轍」，亦可作對，而接連顛倒用之，詩之一病也。

王弇州極稱《五君詠》，以比其集中詩，稍勁潔耳。然惟「鸞翮有時鎩，龍性誰能馴」磊落慷慨，「鐘鼓不足歡，形解驗默仙」，仍是其故步也〔三〕。吾謂不如《秋胡》九章，流麗綿篤，較有才情，

〔二〕「北」，原本作「比」，當誤，據《文選》卷二七改。
〔三〕「鐘鼓不足歡」以下至此，原本抹去。

乃可謂之秀於他作。

謝客肆覽《莊》、《易》，寓目輒書，内無乏思，外無遺物，才氣縱横，跨軼士衡。然陸多平叙，佳處不可句摘；謝多刻意，佳處可以句摘，此又晉、宋之辨也。

謝詩入《選》者，惟《會吟行》、《擬鄴中》、《贈惠連》、《登臨海嶠初發》、《入彭蠡湖口》，共十九首，不佳。《述祖德》首篇、《齋中讀書》、《石門最高頂》、《石門新營所住》、《道路憶山中》又五首，精警略遜。諸篇新聲迴句，如「白雲抱幽石，緑篠媚清漣」、「野曠沙岸净，天高秋月明」、「遠巖映蘭薄，白日麗江皋」、「雲日相輝映，空水共澄鮮」、「清輝能娱人，遊子澹忘歸」、「且申獨往意，乘月弄潺湲」、「秋岸澄夕陰，火旻團朝露」、「首夏猶清和，芳草亦未歇」、「海鷗戲春岸，天雞弄和風」、「密林含餘清，遠峰隱半規」，可謂神於賦詠者矣。非有山水之癖、烟霞之興者，不能道隻字。又云「高揖七州外，拂衣五湖裏」、「薄霄愧雲浮，棲川怍淵沈」、「心契九秋幹，目玩三春荑」、「想見山阿人，薜蘿若在眼」，氣概倏遠。又云「慮澹物自輕，意愜理無違」、「懷抱既昭曠，外物徒龍蠖」、「戰勝癯者肥，止鑒流歸停」、「寡欲不期勞，即事罕人功」，幾於見道。讀其詩，真有天際真人想。

「池塘生春草」，在謝未爲絶到之語，而殊自矜負。有識者論之云：「謝諸作多出苦思，此獨天機偶會故也。」如權文公托諷之説，腐儒强作解事，令人厭憎。

《九日送孔令》，宣遠擅場；然「在宥天下理，吹萬群方悦」，宣遠無此氣象。《之郡初發都》、《初去郡》、《盧陵墓下作》、《初登石首城》四首，據寫胸腹，感慨悲凉，豈徒長於登臨賦詠而已。

詩入經語，便有儒生氣，獨康樂能之。如「解作竟何感，升長皆豐容」、「溱至宜便習，兼山貴止托」、「蠱上貴不事，履二美貞吉」、「餞宴光有孚，和樂隆所缺」，但見古色可愛。

二謝、羊、何酬和諸章，不似平生之作，别成一調，筋力不足。如「顧望脰未悁，山遠行不近」、「别時悲已甚，别後情更延」、「暮春雖未交，仲春善遊遨」，不謂内史有此敗筆。謝《擬鄴中詩》，無一字合，盡撿平日所長。而江文通擬魏文、康樂、法曹，彷佛奪真，豈江才高於謝耶？蓋擬詩更自有别腸也。

「千念集日夜，萬感盈朝昏」，「揚帆采石華，掛席拾海月」，「既枉隱淪客，亦棲肥遯賢」，「清論事究萬，美話信非一」，「采菱調易急，江南歌不緩」，謝詩句合掌者多矣。「萬古陳往還，百代勞起復」，顔延年亦有之；「多士成大業，群賢濟弘績」，「遊雁比翼翔，歸鴻知接翮」，「宣尼悲獲麟，西狩涕孔丘」，晉人亦有之。「齊心同所願，含意俱未申」，實開其端，然自是西子顰里，他人無得效也，律體尤忌。郎士元云：「暮蟬不可聽，落葉豈堪聞。」正蹈前失，而高仲武翻以爲工，是惡足與言詩耶？

諸謝結句，「孤遊非情嘆，賞廢理誰通」、「恒充俄頃用，豈爲古今然」、「因歌遂成賦，聊用布親串」、「牽率酬嘉獎，長揖愧吾生」，或過晦澀，或傷率易，雖若有間，俱屬湊補，末弩庸音。靈運拙句，又如「藥餌情所止，衰疾忽在斯」、「飲食展戲謔」[二]、「養疴亦園中」、「含情尚勞愛」、「離群難處心」、「苔滑誰能步，葛弱豈可捫」、「懷故叵新歡」、「交交止栩黃」。《登石門最高頂》一首，用「壁」、「山」、「峰」、「嶺」、「穴」、「石」、「巖」、「蹊」八字；「違志似如昨」句，疊用「似如」二字。「玉璽戒誠信，黃屋示崇高」，大言無當，亦不得護其短也。

希逸詩名不競，然《元日雪花》云「積曙境寓明，聯蕚千里杲」，《洪崖井》云「林遠炎天隔，山深白日虧」、「隱靄松霞被，容與澗烟移」，《山夜憂》云「橘露靡兮蕙烟輕」，亦未肯輸康樂。宣遠《送孔令》、《張子房》，《答靈運》次章、末章四首，正自斐然，宋人云有詩不佳，可謂玩而未核。惠連《秋懷》、《擣衣》[三]，是其攄志緣情之作，微傷媚焉。「平生無志意」，宋人譏之曰：「無志意，殆不成人。」雖老儒語，作者不可不省也。「雖好相如達，不同長卿慢」，弄筆傷雅。「白露滋園菊，秋風落庭槐」、「腰帶准疇昔，不知今是非」，已墮梁、陳雲霧。《詠牛女》，易入情語，乃不

[二] 「飲」，或爲「寢」之誤。詩見《文選》卷三〇。

[三] 「擣」，原本作「禱」，當誤，據《文選》卷五九改。

及情。《獻康樂》五首尤劣，僅「浮氛晦崖巘，積素惑原疇」儷對耳。康樂每對小謝，輒得佳語，將無以氣運勝耶？

鮑參軍風神特秀，超邁顔延。顔體莊雅，故當時評者以顔配謝，而有休、鮑之論。其詩如五陵少年，風流自賞；又如鄭、衛妖姬，顧盼生姿。梁、陳浮艷，於兹濫觴，滔滔莫返。稱之者曰「俊逸」，非之者曰「險俗」，各自有見。宋人「漢骨杜筋」之論，何其謬哉！

蕭《選》十八首内，《京洛篇》、《東武吟》、《出自薊北門》、《君子有所思》、《潯陽還都道中》、《詠史》、《擬古》「幽并重騎射」卓出。《玩月城西門廨》、《東門行》，譬之危柱急管，太傷雅調。《學劉公幹》，全無蒼勁之氣，意致飄逸，甚似太白。太白「明日出天山，蒼茫雲海間。胡風幾萬里，吹度玉門關」，正從「胡風吹朔雪，萬里度龍山」化出也。

予閲全集，更得《從登香爐峰》、《從庾中郎遊石室》、《贈馬子喬》「雙劍將離别」、《行京口至竹里》、《發後渚》〔二〕、《遇銅山掘黄精》五言六首，内《發後渚》篇最爲清拔。《白苧》「吴刀楚製」、「春風澹蕩」七言二首，艷冶似梁，非晉調也。《代淮南王》氣較古勁，有魏晉遺風。

梁元《燕歌》、戴暠《度關山》，爲唐世歌行開山祖，其源亦自明遠《行路難》發之。但「存亡

〔二〕 發，原本作「登」，下文作「發」，此處當誤，據《四部叢刊》景宋本《鮑明遠集》卷五改。

貴賤付皇天」、「何況我輩孤且直」、「來時聞君婦閨中」、「今暮臨水拔已盡」、「諸君莫嘆貧」之類，太傖父耳。

「珠簾無隔露，羅幌不勝風」、「坐視青苔滿，卧對錦筵空」、「繡甍結飛霞，璇題納行月」、「歸華先委露，别葉早辭風」、「居人掩閨卧，行子夜中飯」，句之輕艷者也；「簫鼓流漢思，旌甲被胡霜」、「馬毛縮如蝟，角弓不可張」、「孤光獨徘徊，空烟視昇滅」、「塗隨前峰遠，意逐後雲結」、「寒暑在一時[一]，繁華及春媚」、「幽隅秉晝燭，地牖窺朝日」、「争光萬里途，各事百年身」、「松色隨野深，月露依草白」，句之危仄者也。合之所以爲鮑參軍也。湯惠休佳致，惟「垂情向春草，知是故鄉人」，他篇澳涊不鮮。若以匹鮑，且不堪爲父子，况兄弟耶？

「擾擾遊宦子，營營市井人」，在《選》中已是累句，至「舟遷莊甚笑，水流孔急嘆」、「逼迫聚離散」、「匹命無單年」、「懷賢敦爲利」、「貨農樓寂寞」、「惆悵徒深帷」、「天寒多辛苦」、「笞擊官有罰」、「秋螢扶户吟」、「發興誰與歡」，使不讀全集，安知古人有此類哉！乃知昭明選詩，非直爲後學指南，寔多爲古人藏拙，其功大矣。蘇子瞻至比之五臣，甚矣，其謬妄狂寱也！

鮑詩「争此錐刀忙」，俗句、俗字可惡，「忙」字古詩中始見；何仲言「同惹御香芬」，「惹」字

[一]「時」，原本無，據《鮑明遠集》卷六補。

始見。唐人則以爲常言矣。

蔚宗史才，在孟堅下、承祚上。予嘗以《東觀記》章疏與范史參看，始知蔚宗筆削之工，而詩詠寥落，明遠下風。「蘭池清夏氣，修帳含秋陰」，可以獻酬群心耳。

作詩好自矜許，莫如吴邁遠者，每得稱意語，輒呼「曹子建何足道」。今讀其《胡笳曲》、《長相思》、《長别離》諸作，但睹蕪音，罕逢藻麗，何刻畫唐突乃爾！「傷歌入松路，斗酒望青山」，能於大怖之際，作如許言，其平生意氣差可想。

袁太尉淑、王徵君微〔一〕、王征虜僧達，並知名宋世。今徵君《養疾》、《風月》之篇已逸，《文選》收《雜詩》一首，了不異人意；征虜《答顔延年》、《和琅邪王》，無咎無譽，亦復平矣。皆未若太尉《白馬篇》，惜結弱不稱。《效古》「壯年徒爲空」，亦是劣句。此二詩頗蒼質，而文通擬《從駕》，乃極華縟，不可曉也。

孔欣、王叔之、許瑶，此三人莫知爵里。欣「相逢狹路間」，韻度冲然，絶無脂粉。叔之《遊羅浮》云：「風雲秀體，卉木媚容。」瑶《詠楠榴枕》云：「端木生河側，因病遂成妍。朝將雲髻别，夜與娥眉連。」皆輕艷動人，不減當時名下士。許或齊代人，未可知，鍾謂「長於短句詠物」者，當

〔一〕「王」，原本作「袁」，硃筆改爲「王」，是，據改。

是其人。

晉左貴嬪、謝道韞，風流文采，籍甚當時。然其詩前不逮班、卓輩，後不如鮑令暉。令暉詩「鳴絃慚夜月，紺黛羞春風」、「芳華豈矜貌，霜露不憐人」，及《寄行人》絶句，體雖浮漂，才實華綺，以配哲昆，可謂金玉。《百願》，意必絶艷，有兄餘烈，惜其不傳，使香奩韜采。

《詩品》稱齊高帝「詞藻意深，無所云少」，當甚有篇什。今所傳《塞客吟》，見本史《蘇侃傳》，只是賦體。武帝《估客樂》，詞不甚麗。竟陵、隨郡，粗解捉筆，俱遜宋代帝王。

王文憲《春日家園》詩，襟懷所寄，直致無文。「青荑結翠藻，黄鳥弄春飛」，又云「露華方照歲，雲采復經春」，小璣寸錦耳。

玄暉在齊，孤山獨步，無堪作輔者。若思其次，必也王元長乎？元長才具風神，俱不如謝，而輕華相埒，風氣所趨，謝亦不能超也。王《巫山高》流麗如中唐，古詩《臨高唐》字字近體。《別蕭諮議》云：「衿袖三春隔，江山千里長。寸心無遠近，邊地有風霜。」亦似中唐律。謝《和徐都曹》、《別范零陵》、《隨王入朝曲》，氣韻皆漸入唐矣。

王詩云「憮然坐相思，秋風下庭緑」、「日汨山照紅，松映水華碧」、「高樹升夕烟，層樓滿初月」、「烟灌共深陰，風篁兩蕭瑟」，何減玄暉。又云：「相望早春日，烟花雜如霧。」又《詠幔》云：「每聚金鑪氣，時駐玉琴聲。」則太靡矣。若謂五言尺短，蓋已厚誣。

謝吏部詩，體幹不如康樂，而風華妍秀，瀏亮高爽，故領袖當時，輝映後葉。張懷瓘評其書法，如「薄暮川上，餘霞照人。春晚林中，飛花滿目」，援以評詩亦可。梁武帝云：「不讀謝詩三日，覺口臭。」沈休文云：「二百年來無此詩。」劉孝綽常置几案，動静諷詠。李白《登華山落雁峰》云：「恨不携謝朓驚人詩來，搔首問青天爾。」其爲勝流傾慕如此。

鍾云：「謝善自發端，末篇多躓。」予謂：如「大江流日夜〔一〕，客心悲未央」、「兹山亘百里，合沓與雲齊」、「朔風吹飛雨，蕭條江上來」、「炎靈遺劍璽，當塗駭龍戰」、「宛洛佳遨遊，春色滿皇州」，誠工於發端矣。「有情知望鄉，誰能鬒不變」、「寄言罻羅者，寥廓已高翔」、「誰能久京洛，緇塵染素衣」、「雖無玄豹姿，終隱南山霧」、「不對芳春酒，還望青山郭」，亦何謂躓於末路哉？

「魚戲新荷動，鳥散餘花落」、「天際識歸舟，雲中辨江樹」、「雲去蒼梧遠，水還江漢流」、「金波麗鳷鵲，玉繩低建章」、「南中榮橘柚，誰知鴻雁飛」、「餘霞散成綺，澄江静如練」、「風動萬年枝，日華承露掌」、「切切陰風暮，桑柘起寒烟」、「日隱澗凝空，雲聚岫如復」、「日華川上動，風光草際浮」、「風草不留霜，冰池共如月」、「規荷承日泫，飄鱗與風詠」、「寒槐漸如束，秋菊行當

〔一〕「流」，原本作「悲」，涉下訛，據明末毛氏汲古閣景寫宋刻本《謝宣城詩集》卷三改。

把」，諸句非不精麗也，然研切聲韻，已肇唐風；點染鉛華，遂化宫體矣。又如「閨幽瑟易響，臺迥月難中」、「風溢飄鶯亂，雲行芳樹低」、「花叢亂數蝶，風簾入雙燕」，置之梁、陳月露間，不復可辨。

謝詩，《暫使下都貽同僚》、《遊東田》、《之宣城出新林浦》、《登三山望京邑》四首最佳。《落日悵望》篇，《文選》偶遺，然亦甚稱意筆。《遊山》篇，氣骨遒勁，與《冬日晚郡事隙》、《新治北窗和何從事》，俱集中遺珠也。《入朝曲》、《銅雀臺》、《和王主簿怨情》等作，婉弱傷媚。《銅雀悲》、《玉階愁》，居然唐絶矣。

諸謝詩品，康樂第一，玄暉次之，叔源、希逸、宣遠、惠連，魯、衛之政，莫能相尚。唐子西取惠連爲三謝，非也。

昭明選齊詩，惟謝玄暉、陸韓卿二家。韓卿《中山王孺子妾歌》尚有治態，《答希叔》「一見孟嘗尊」、「賦歌能妙絶」、「春華與秋日，世子及家臣」，成何語耶？虞炎《玉階怨》，所謂學謝朓，劣得「黄鳥度青枝」者，風尚如此，詩可知矣。

惠休在宋著名淫靡，然詩少才思。至齊有寶月者，識律能文，《估客樂》、《行路難》，俱婉孌入情。「凝霜夜下拂羅衣，浮雲中斷開明月」，視梁、陳諸公，實不相負。隋僧法宣《愛妾换馬》云：「桃花含淺汗，柳葉帶餘嬌。」《觀伎》云：「周郎不相顧，今日管絃調。」臭味亦近之。六代頌酒賡色，風俗所漸，釋家亦隨波浪，大可異也。然與其爲唐詩僧之清弱成套，不若寶月輩之靡麗悦目。

齊樂府《楊叛兒》云：「歡欲見蓮時，移湖安屋裏。芙蓉繞床生，眠卧抱蓮子。」本晉遺格，更出新意。《蘇小小歌》云：「妾乘油壁車，郎騎青驄馬。何處結同心，西陵松柏下。」乃饒古色。

八病四聲，起於沈約，然齊永明體惟取聲韻，已在約之先矣。齊居宋、梁之介，永明又别標一體，作者如林。而自王融、謝朓外，篇多湮没，無論二江、三卞輩，江祏、江祀、卞彬、卞録、卞鑠。聲沈響滅。若蕭穎胄賦《烽火樓》，崔元祖《和悼亡》，人主擊節。謝朏得父膏腴，王監月旦，蕭文琰、丘令楷、江洪，擊鉢立韻，朱邸門捷，而流風翳如，事乖諷賞。張長史融、孔詹事稚珪、丘餘杭巨源、鍾正員憲之屬，流傳一二，莫睹鴻篇。丘靈鞠《挽歌》僅存二句云：「雲横廣階暗，霜深高殿寒。」乃知古人製作遺逸多矣。

説詩補遺卷四

馮復京嗣宗著

梁武諸樂府，靡不淫麗，宫體靡靡，寔此翁作俑。《東飛伯勞歌》、《江南弄》尤艷。「金風徂清夜，明月懸洞房」，可謂鮮葩朝爽。「擣以一匪石」，措意雖巧，文理難通。「懷情入夜月，含笑出朝雲」，或云王金珠詩也。

昭明藻鑑居嬴，才情處縮。全集唯《講席將訖》三十韻、《開善寺法會》二首整贍，「引滿愛樽空」一語警拔，未堪與晉安、湘東爭長。

詩至玄暉，古意已盡，然風韻自高，淫風未播。至于王氏諸王，雕章剪綵，對景則風雲月露入其品題，叙情則脂粉綺羅供其染絢。甘意摇骨體，艷詞動魂識，一時驅扇，遂成風俗。不聞大雅之音，無復丈夫之氣。繼以陳主、徐、江，狎客裁篇，妖姬弄墨，集《玉臺》之盛藻，奏瓊樹之妍歌，所謂亡國之先徵，良亦詩道之大厄也。

予嘗謂簡文五言八句詩，若稍更一二拗字，則唐律矣；諸篇若作長短句，則《花間》、《蘭畹》

矣。閲全集，予取《往虎窟山寺》〔二〕、《望同泰浮圖》、《龍丘引》、《行雨》及《烏栖曲》四首〔三〕。其篇中佳句，則「白云隨陣色，蒼山答鼓聲」、「細松斜繞徑，峻嶺半藏天」、「分花出黄鳥，挂石下新泉」、「遊心不應動，爲此欲逢迎」，皆可入近體。「分妝開淺靨，繞臉傅斜紅」、「夢笑開嬌靨，眠鬟壓落花」、「簟紋生玉腕，香汗浸紅紗」之類，大妖淫耳。

元帝詩，予取其《烏栖曲·沙棠作船》、《燕歌行》、《望春》，共三首。《望江中月影》，曲寫形模，其調太輕；《賦得竹》，填砌故實，其格太板。句如「柳條恒拂岸，花氣盡熏舟」，可以比肩簡文；「落星依遠戍，斜月半平林」，在沈、宋集中當爲絶唱。邵陵「却扇承枝影，舒衫受落花」，武陵「願君看海意，憶妾上高樓」，僉有英藻，梁武諸子，多才若此。堂構重光，壎篪迭和，可謂一時之盛。然兒女情多，風雲氣少，王室不競，職此之由。

梁代沈、任並有文筆，而不工五言。當時雖有「任筆沈詩」之論，然無大相遠。鍾氏列沈《詩品》，已爲優矣，《南史》乃云宿憾故抑，非是。

沈集中佳者，《餞吕僧珍應詔》、《遊鍾山》「即事既多美」、《宿東園》、《傷謝朓》四首。句如

〔二〕「窟」，原本作「崛」，誤，據萬曆刻本《古詩紀》卷七八改。

〔三〕按，「四」當爲「五」之誤。

「春光發隴首，秋風生桂枝」、「賓至下塵榻，憂來命緑樽」、「勢隨九疑高，氣與三山壯」、「茅棟嘯愁鴟，平岡走寒兔」，不失宋、齊氣韻。「標峰彩虹外，置嶺白雲間」、「山光隨水至，春色犯寒來」、「時嚶起稚葉，蕙氣動初蘋」，可入切唐律。「解羅不待勸，就枕更須牽」，則宫體流俗所鑠也。

「洞徹隨清淺，皎鏡無冬春」、「歸海流漫漫，出浦水濺濺」、「方輝竟户入，圓影隙中來」，題詠之最板俗者，乃俱入《選》。《詠白雲》「蔽崑虧山樹，含吐瑶臺月」，雖不入《選》，造語自工。

「野棠開未落」，方開，自然不落矣，何用贅耶？「寧爲心好道，直由意無窮」，《通鑑》腐評。「洛陽繁華子，長安輕薄兒」、「從宦非官侣，避世作避喧」，委巷俚語。《别范安成》、《春思》，佻薄已極；「故是一相思」，並不成句。《八詠》雖有盛名，半爲詞賦。又如「延軀似纖約」、「態與秋霜羞」、「閉門聊且即」、「水生肌裏冷」、「人世賤而浮」，何異兒童號嗄？《需雅》樂章：「人欲所大味爲先，興和盡散咸在斿。翠鱗朱尾獻嘉鮮，紅毛緑翼墮輕翮。」言之赧汗，則梁世輕靡，矯爲典裁之故也。子雲受詔更作，無以相逾，通以覆瓿包蠹可耳。

隱侯言聲病，甚于商君之酷。《直學省愁卧》一篇，「軒」、「窗」、「扉」、「館」、「宇」、「户」、「櫩」，並宫室字；《春思篇》，「黄」、「緑」、「朱」、「碧」，並采色字；《詠湖中雁》，「輕浪」、「孤光」、「摇漾」、「故鄉」，並陽、漾韻。盍推聲病之法，少避之乎？

文通《雜擬》酷似者，魏文帝，王侍中，阮步兵，張司空，潘、張二黄門，盧中郎，郭弘農，四謝，陶徵君，顔特進，或肖其句格，或並得其神情，真寫生手也。其孫廷尉，殷東陽，許、王二徵君，袁太尉詩不多見，未知合作以否？想當然爾。唯擬漢三首及陳王，不似擬公幹多述漢詩；擬陸平原，遜其縟綺；擬鮑參軍，輸其俊逸。雖不失大致，未可奪真。嵇中散之神氣亢爽，左記室之氣骨雄高，劉太尉之肝膽忠壯，本非經生翰士所可輕議，其邈然千里，抑固其所。淹别有《效阮》十五首，想此公難學，故極意揣摩耳。

江詩：「日落長沙渚，層陰萬里生」、「雷萌雪中草，雲煦江上花」、「思君出漢北，鞍馬登楚臺」、「歲采合雲光，平原秋色來」，爽朗之致，翩翩足樂。又「江南二月春，春風轉緑蘋」，可爲律詩發端。彩筆自運，得句如是而已。使後人復欲擬江，當擬何篇？多岐亡羊，從門非寶，信哉。

《從登香爐峰》，首六句第三字，「愛」、「好」、「共」、「正」、「信」五字俱去聲，唯「盡」字間一上聲。此沈隱侯戒所未備者，然屬辭如此，口吻便蹇礙失調。

鍾云范雲詩「清便流轉，如流風迴雪」，丘遲詩「點綴映媚，似落花依草」，言其輕且麗也。然「得與故人揮」、「村童忽相聚」諸句乃鄙拙，非輕麗也。《選》録五首，予取彦龍《效古》、希範《送張徐州應詔》各一篇，「風斷陰山樹，霧失交河城」，允謂秀于彦昇矣。

范尚書評詩云：「頃觀文人，質則近儒，麗則傷俗。」雲知麗之爲俗耶？可與談梁詩矣。

《南史》云任昉「晚好著書，欲以傾沈，然用事過多，屬詞不得流便」，于是有盡才之談。《選》録四首，乃皆屬詞流便者，信昭明之洞鑒也。

《哭范僕射》首篇，用三「情」字、二「生」字押韻，甚非所宜。梁世製作，豈比《孔雀東南飛》耶？《贈郭桐廬》「窮此」、「自兹」、「自斯」、「從此」相犯，亦大病也。其佳句云：「寧知安歌日，非君輟瑟晨。」又云：「叠嶂易成響，重以夜猿悲。」

王蘭陵僧孺詩，宫體餘派耳。《秋日答孔主簿》一篇最善。如云「物我一無際，人鳥不相驚」，亦爲清綺矣。「戲魚兩相顧，遊鳥半藏雲」，寫景能入品。至云：「不堪長織素，誰能獨浣紗。光陰復何極，望促反成賒。」又云：「二八人如花，三五月如鏡。開簾一種色，當户兩相映。」又云：「淚逐東流水，心挂西斜月。」又云：「是妾愁成瘦，非君愛細腰。」淫詞淈度，本未脱俗。

梁世浪得名者，張率、吴均、士簡諸作，凡猥絶少會心，工而且敏，人主優奬之談耳。叔庠厭薄靡巧，欲礪廉鍔，世代所壓，反失精彩。但得一駢語曰：「白雲光采麗，青松意氣多。」得一起語曰：「春從何處來，拂水復驚梅。」得一結語曰：「無由得共賞，山川間白云。」他如「不忍見此使心危」、「薄命爲女何必粗」、「已入中山馮后帳〔二〕，復上皇帝班姬床」、「不爲君道之」、「寄聲謝

〔二〕「后」，原本作「後」，硃筆圈去，改爲「后」，是，據改。

明月」、「長啼壞美目」、「千摧非所戀」，此等句，謂爲清拔古氣、名家著體，可乎？王弇州謂之緜麗，應似未熟其詩。「秋風瀧白水，雁足印黄沙」，首倡險諢，可爲戒。

柳吴興「亭皋木葉下，隴首秋雲飛」，王融見而嗟賞；「太液滄波起，長楊高樹秋」，當時咸共稱傳。集中尚多可採，如「雲輕暮色轉，草緑晨芳歸」，句可入律；「汀洲採白蘋，日暮江南春」，使作五律發句，豈不佳乎？「颯颯秋桂響，非君起夜來」，復是「開簾風勁竹，疑是故人來」之祖。

何仲言詩最多鮮。舉其近六朝者，「風光蕊上輕，日色花中亂」、「薄雲岩際出，初月波中上」、「飛蜨弄晚花，清池映疏竹」、「日斜迢遞宇，風起嵯峨雲」；近初唐者，「日夕棲鳥還，浮雲起新色」、「落花猶未捲，時鳥故餘聲」、「游魚亂水葉，輕燕逐風花」；近盛唐者，「岸花臨水發，江燕繞檣飛」、「蕭散烟霧晚，凄清江漢秋」、「野岸平沙合，連山遠霧浮」；近中、晚者，「疏樹翻高葉，寒流聚細紋」、「長墟上寒靄，曉樹没歸霞」、「夜雨滴空階，曉燈暗離室」、「露濕寒塘草，月映清淮流」。又《詠早梅》云「枝横却月觀，花繞凌風臺」，風調遒古。《詠照鏡》云「聊爲出璽眉，試染夭桃色」，綺藻芊眠，故曰「能詩何水曹」也。但以全篇神氣不完，故顔之推有「貧寒辛苦」之評。然謂不及劉孝綽雍容，孝綽自《餞庾於陵應詔》外，可及何者有幾？顔評稍抑揚失寔矣。

何全篇可觀者《暮秋答朱記室》，峰距頗近劉公幹。「柳黄未吐葉」、「燕戲還檐際」、「閨閣行人斷」、「客心已百念」、「高軒雖駐軫」，梁世五言絶，妙境逾唐。周庾信《重别周尚書》、《寄王琳》，音節氣韻俱同，可爲此體作(粗)［祖］。

庾肩吾《侍宴樂遊苑》，全似唐排律。「玉醴吹岩菊，銀床落井桐」、「塵飛金埒滿，葉破柳條空」，語咸工美。又如「雁與雲俱陣，沙將蓬共驚」、「梨紅大谷晚，桂白小山秋」、「水光懸蕩壁，山翠下添流，」逼近初唐。「黑米生菰葉」，語無深趣。杜襲之，稍加變化，曰「風飄菰米沉雲黑」，遂爲七律上乘。

其《侍宴餞湘東》，正五言八句，字句駢整，平仄調諧，是真唐律也。何遜《慈母磯》、何思澄《班婕妤》、陳後主《隴頭水》、陰鏗《侯司空宅詠伎》，皆無一字生拗，以後不可勝紀。真徘律，則徐陵《春情》、《山齋》二首。

詠物詩自古有之，梁世厥體甚繁，佳什絶少。若庾肩吾《詠胡床》：「傳名乃外域，入用信中京。足歆形已正，文斜體自平。」吴均《詠鳥》：「質微智慮少，體賤衣毛粗。」劉孝儀《詠石蓮》：「蓮名堪百萬，石姓重千金。」劉孝勝《詠益智》：「寧推不迷草，詎減聰明丸。」皆盧胡之具，必不得已，寧擇題而爲之。如何遜《水竹》云：「葉倒漣漪文，水漾檀欒影。」又《早梅》云：「銜霜當路發，映雪擬寒開。」劉孝威《曲澗》云：「菱舟失道去，歸皃迷徑來。」較有趣味。蓋此三題，皆易賦詠也。

孔燾、王臺卿二參軍，俱有和《往虎窟山寺》之作，思尋局陳，如唐徘律。燾詩「禪食寧須稼，雲衣不待蠶」語，曄曄更新。

與昭明唱和者，殷鈞、王錫、王規、張纘，並非詩流，或以秋實見取。入簡文官府者，庾義陽諸人，思致輕巧，光采陸離，兩君晤賞，於此可徵。

蘭陵諸蕭，光禄子範、吏部子顯、祭酒子雲、散騎子暉、率更鈞、特進琛、琛子巡、庶子瑱，詩並傳世。「明月金波徒照妾，浮雲玉葉君不知」，「本知人心不似樹，何意人別似花離」，子顯之麗句也。《春思》，子雲之艷篇也。「雲峰初辨夏，麥氣早迎秋」，唐律之高者。餘子但可紀姓名而已。

琅邪諸王之作，文海《入若邪溪》最著。元禮篇章雖富，拔其尤，僅以《北寺寅上人房》、《寓直贈蕭司馬》二首。籍既二帝嗟稱，筠復昭明激賞，豈以門第重耶？謝氏世擅吟詠，在宋、齊朝縱横文選。入梁，微、舉之徒反不競于王。王元正「風定花猶落」，八歲所作，本見其止。籍云「鳥鳴山更幽」，筠云「開窗延疊嶂」，又云「雨點散圓文」，殊足情致，俱爲對句不稱所累。何水部「川平看鳥遠」，李德林「風高松易秋」，亦爾。

彭城諸劉，群徒七十餘人，咸工掞藻。孝綽見重人主、嗣君，尤爲後進宗仰。孝綽《侍安成王曲水宴》、《餞庾於陵應詔》，孝威《行幸甘泉歌》，全篇彬蔚。採言，得孝儀「芳流小山桂，塵起大王風」，孝綽「未躍曳青規」。若中庶《遇人織寄婦》之作，阿士《詠眠》「欲知密中意，浮光逐笑迴」之句〔一〕，雖見才情，終爲大雅罪人矣。梁婦人能詩者，劉令嫺、沈滿願、王金珠三家。令嫺嘗續兄詩云「落花掃更合，叢蘭摘復生」，又孝綽妹也。

陶貞白詩傳世甚寡，「山中何所有」四句，非餐瀣漿、御六氣人不辦有此，然氣格自是古詩。元美謂與「打起黃鶯兒」一法，豈其然乎？

周捨所作《上雲樂》，本徘優致語，故極其鄙怪。予嘗戲謂吴俗祭五通者，其祝羊之詞，甚似沈侍中《需雅》；其祝香之詞，甚似詹事此篇。《還田舍》五言，清夐真樸，頗合淵明之趣。

徐敬業《登琅邪城》、虞子陽《詠霍將軍》二詩入《選》，梁代高作，無哇鄭意。「飛狐白日晚，瀚海愁雲生」，所稱奇句清拔者。惜「位登萬庾積」，榛楛勿翦耳。劉峻《自江州入石頭》、《居山營室》二首，蒼鬱有氣，不類梁人。《出塞》近唐律，首云「薊門秋色清，飛將出長城」，與「伏挺水霧雜」、「山烟冥冥不見天」，皆善發律詩之端者也。

梁世詞人，徐勉、裴子野、陸倕、劉之遴、江洪、何思澄、子朗、費昶、二到、鮑泉輩，並擁盛名，其詩存者概平平耳。徐摛始創宫體樂府，詠物不逾中人。戴暠不知何許人，其《從軍行》宏碩豐饒，《度關山》暢美調叶。「馬銜苜蓿葉，劍瑩鷿鵜膏」、「山頭看月近，草上知風急」，句尤卓卓。

〔一〕「眠」，當爲「眼」之誤，宋紹興本《藝文類聚》卷一七、《古詩紀》卷九七均作「眼」。

又朱記室「山開雲吐氣，風憤浪生花」，楊皦「嚬容生翠羽，曼睇出横波」，吴孜「柳枝皆嬲燕，桑葉復催蠶」，賀文標《詠春風》云「本特飄落蕊，翻送舞衣香」，皆梁、陳本色，而名微當代。

沈滿願《昭君嘆》云：「千金買蟬鬢，百萬寫蛾眉。」其詞便娟善媚。第毛延壽長安人，今云洛陽師，非也。《詠燈》：「惟餘一兩焰，猶得解羅衣。」是紀少瑜詩，妄人謬以屬沈。妄人又改其《詠竹火籠作》，以爲諷士之富貴失節者，宋頭巾惡識可憎。增損古人，以愚後學，尤可惡也。

諸横吹曲，《企喻歌》自符融，《瑯琊王歌》詠姚弼，《慕容歌》出于燕，《高陽樂》作于魏，其時與事可考，皆北音也。《樂府》概繫梁世，未詳其説。其詞可采者，《企喻歌》「男兒欲作健」，《瑯琊王歌》「長安十二門」、「客行依主人」，《折楊柳歌》「健兒須快馬」，《幽州馬客吟》「快馬常苦瘦」，《高陽樂》「何處礫鶻來」，五言六首；《隴頭歌》「流離」、「幽咽」四言二首，七言《捉搦歌》「黄桑拓屐」一首，雜言《木蘭》前一首。大江以北，風氣椎悍，音聲抗越。他如「男兒可憐蟲，出門懷死憂」、「我是虜家兒，不解漢兒歌」、「月明光光星欲墮，欲來不來早語我」、「男兒千凶飽人手，老女不嫁只生口」、「腹中愁不樂，願作郎馬鞭」、「出入擐郎臂，蹀坐郎膝邊」，無論出自健兒口，即兒女情詞，不作《子夜》、《清商》柔曼，設吴札觀之，南北國勢可覘矣。《木蘭歌》自是鮮卑代魏之作。按《唐書·樂志》已著「可汗」爲虜主，所可疑者，「朔風傳金柝，寒光照鐵衣」、「當窗理雲鬢，對鏡貼花黄」，似出江左，或南人故擬北調。「問女何所思，問女何所憶」，有意襲用，未可知也。橫吹又有《出塞》古辭云[一]：「候騎出甘泉，奔命入居延。旗作浮雲影，弓如明月弦。」題雖沿漢，或梁人擬撰。

陳後主七言《玉樹後庭花》、《烏棲曲》、《東飛伯勞歌》，雜言《長相思》，五言「月色含城暗，秋聲雜塞長」、「水映臨橋樹，風吹夾路花」、「轉態結紅裙，含嬌拾翠羽」、「石苔侵緑蘚，岸草發青袍」、「丈夫應自解，更深難道留」、「思君如晝燭，懷心不見明」，又《昭君怨》「只餘馬上曲，猶作別時聲」，凡出其手，無不靡麗輕蕩。又云「故鄉一水隔，風烟兩岸通」、「天迥浮雲細，山空明月深」，妙叶唐律。其人不作人主，一才子也。《入隋應詔》：「日月光天德，山河壯帝居。」反有帝王氣象，殊可笑。

陰常侍詩多近唐律，不作陳人蠱媚態。胡元瑞極推其《安樂宫》之作。予謂《渡青草湖》一首，對仗似唐，尤灼灼有風神。《賦夾池竹》，雖多摭故事，却流轉無堆砌之病。「水隨雲度黑，山帶日歸紅」，六朝之晚唐句也。

徐孝穆清簡寡欲，氣局深遠，而《烏棲》、《雜曲》，艷絶一時，豈時尚使然耶？觀《玉臺集》，徐於此興復不淺矣。《春情》、《山齋》二首，平仄俱調，真作排律。《春情》猶是陳格，《山齋》質

[一]「塞」，原本作「寒」，當爲鈔寫之誤，據《樂府詩集》卷二一改。

雅似唐，恨兩用「有」、「無」字。「朔氣淩疏木，江風送上潮」、「携琴就竹篠，酌酒勸梧桐」，俱唐律句。「竹密山齋冷，荷開水殿香」，太白襲用之。

江尚書總詩，如《東飛伯勞》、《雜曲》首篇、《梅花落》，七言《閨怨》、《内殿新詩》、《姬人怨》、《姬人怨服散》，極輕華之致，固是狎客本色。《遊栖霞》一首獨質雅，「荷衣步林泉，麥氣凉昏曉」、「烟崖憩古石，雲路排征鳥」，句皆矯健。《遇長安使寄裴尚書》，亦別爲一調。《九日行薇山亭》，是唐好絶句。「霞浸山扉月，霜開石路烟」、「風窗開石竇，月牖拂霜松」、「卧藤新接户，欹石久成階」、「聊以著書情，暫遣他鄉日」，佳勝霏霏，一時名公，顧光禄野王、傅著作縡之屬，皆當避席。「傷逝空帳臨窗掩，孤燈向壁然情思」，惻愴而氣象頹颯，似晚唐。

張侍郎正見詩，《樂遊侍宴》、《陪耆闍寺作》，文采繁富。摘句如「雁塞秋聲遠，龍妙雲路迷」、「飛棟臨黄鶴，高窗度白雲」。又如《採桑》、《怨詩》、《賦得佳期竟不歸》三首，雖淫靡，亦見才思，非徒多無所發明者。嚴羽卿評語，殆非實録。竹林、春旛、綵勝之喻，六朝諸公盡然，可獨以此罪見瞔耶〔一〕？

周僕射弘正《還草堂尋處士弟》，陳詩之近質者。《隴頭送征客》，初唐五言絶之佳者。二弟

〔一〕「瞔」，或爲「責」之誤。

弘讓、弘直才劣。陸尚書瓊《長相思》、洗馬瑜《東飛伯勞歌》，雖力追時好，遠却江、徐聲焰，難與争鋒。

沈炯《獨酌謡》惡甚，妄人取之，真榮枯莩沈者。岑之敬《烏棲曲》本六句，妄人取其末二句，自撰「回眸百萬横自陳」一語，題曰《當罏曲》，以欺後學。嗚呼！來者無窮，豈盡目無古今，爲其愚弄哉？妄人可恨又可憐也。

徐参軍伯陽《遊開善寺》云：「鳥聲不測處，松吟未覺風。」阮學士卓《詠風》云：「吹雲旅雁斷，臨谷曉松吟。」皆可備律詩取材。伏知道《從軍五更轉》語近雅，似唐絶句。賈馮吉、蕭琳、許倪四絶句，詞太麗，是陳古詩。

張君祖、庾僧淵贈答之詩，自演法乘，不爲文字設，與支道林一例。馮汝言以爲恬淡雅逸，吾無取焉。

自金行板蕩，戎、羯交侵，風雅之道，嗚呼爐矣。拓拔奄半區宇，太和革俗，明而未融。孝明以後，龍光並奮〔二〕，則子昇作冠；鄴都伊始，鳳采鬱興，則邢、魏爲魁。無愁天子，雍容文林；蕭慤、顔之推、祖珽、陸乂之徒，總轡争騁。河朔之貞剛，盡變爲江左之發越矣。周代務樸反時，隋

〔二〕「並」，原本作「益」，硃筆點去，下改爲「並」，據改。

煬初非輕側，然王、庾、盧、李獨擅緣情，習氣通流，宫體、《玉臺》餘波耳。至於唐初律對森嚴，去雅浸遠，所謂路（鼗）［鞀］出於土鼓，篆籀生乎鳥迹，而文體日新，人巧斯極。

魏孝文鋭情文學，一變革風，自草詔敕，具載本史。聯句之外，歌詠無聞。節閔、孝莊二帝，濟陰、中山二王，屯蹇百罹，臨危摛藻，使其生逢夷泰，未必減價前朝也。孝静人日登雲龍門有詔賦詠，寵侍崔瞻父子，當亦能詩。

《北史》云：孝文帝幸代，次銅鞮，賦松詩，示彭城王勰，曰：「吾作詩雖不七步，亦不言遠。汝可作之，比至吾間，令就也〔二〕。」勰時去帝十步，且行且作，未至帝所而就〔三〕。勰詩今傳，則帝兄弟必斐然述作，惜皆鞠爲草壤。

魏文士備見《北史·文苑傳序》，然其間有工文筆而不能詩句者。考本史、《吟譜》諸書，臨淮王彧所奉《郊廟歌辭》，時稱其美，中山王熙餞别河梁賦詩。常景以釋奠流譽，崔悛、崔瞻以應詔見賞。崔光當世文宗，八韻琳琅；裴敬憲後進宗慕，五言翹楚。宋遒璵、刁雍、陸暐、陸恭之、李概、游肇、趙逸、鄭道昭、李彪、袁翻、李琰之、李神儁、王誦、梁祐、張始均，皆以詩賦稱，今與塵

〔二〕「比至吾間令就也」，原本「比」作「此」，「令」作「全」，當誤，據百衲本《北史》卷一九改。
〔三〕「未」，原本作「本」，當爲鈔寫之誤，據《北史》改。

劫同盡，化爲烏有。存北海《詩紀》者，韓延之、高允、宗欽、段成根、胡叟、祖瑩、鹿悆、董紹、馮元興、陽固、盧元明、李騫、温子昇輩，朝不數人，人不數首。允、欽贈答四言，一時盛作，亦非徘偶，未可追配盧、劉。鵬舉寒陵、片石，江左健羨，「陵顔鑠謝、含任吐沈」之許，震世赫奕，而其（遺）［遺］篇，短者寂寥，長者樸儒，殆不足奇。《擣衣》出《詩話補選》〔二〕，當加詳考。劉昶、蕭綜，本南人入北，綜《聽鍾鳴》、《悲落葉》詞，本史、《樂府》大異，未詳其故。王德《春詞》，頗近梁、陳。《楊白花》，胡武靈自製，情詞悽惋。《伽藍記》稱荊南秀才張裴裳五言清拔，記其二句云：「異秋花共色，别樹鳥同聲。」《咸陽王歌》亦酸楚，固宜流客霑灑。魏世文獻，殫於此矣。

齊神武戎馬劻勷，亦嘗商榷詞藻。文襄幼有才辨，天保間，鄴下人才超軼，關中雖由壤接江左，當亦文宣興起之力也。後主昏荒吃呐，好讀詩賦，嘗謂人曰：「當有解此理否？」而文林館客，未造彬彬，修文鉅編，後世沾丐矣。

邢子才、魏伯起與温鵬舉，世號「三才」。祖孝徵詞藻遒逸，邢、魏以下稱其獨步。邵詩云「折花步淇水，撫瑟望叢臺」、「天高日色淺，林勁鳥聲哀」，善言景物。又云：「衰顔依候改，壯志與時闌。體羸不盡帶，髮弱强扶冠。」酷似老態，但磊砢有節目爾。收《挾琴歌》纖麗類南朝

〔二〕「詩話補選」，疑爲「詩話補遺」之誤。

語。「使星疑向蜀，劍氣不關吴。良交契金水，上客慰萱蘇」，律句造心。「尺書徵建業，折簡召長安」，詞氣甚壯。「臨風悲玄度，對酒思公榮」，其風韻尤可喜也。珽《公主遠嫁詩》，時人傳詠，今以人廢，餘三章句格未成。

齊世語曰：「能賦詩，裴讓之。」又云：「能賦詩，陽休之。」可謂的對。休之，陽固之子，(令)[令]有詩，不工。讓之《酬南使徐陵》云「列樂歌鍾響，張旃玉帛陳」、「歲稔鳴銅雀，兵戢坐金人」，精麗可敵孝穆，一時賓筵盛事也。弟舍人訥之作相亞，想亦以酬徐。

范陽二盧，詢祖、思通，並爲北州人俊。詢祖《中婦織流黄》云：「下簾還憶月，挑燈更惜花。」《挽歌》云：「遂使叢臺下，明月滿床空。」鄴下風流，遂不讓建業。惜他篇漫漶，不可多見耳。

鄭公超、楊訓、袁奭、荀仲舉四人，後主朝入文林館。鄭《送庾抱》云「舊宅青山遠，歸路白雲深」，楊《群公高宴》云「塵起金吾騎，香逐令君衣」，袁《從駕遊山》云「澗水含初溜，山花發早叢」，荀《銅雀臺》云「况復歸風便，松聲入斷絃」，調皆修嫭，頗似唐音，荀本南産也。

蕭待詔慤、顔平原之推，皆南根移植北土者。仁祖「芙蓉露下落，楊柳月中疏」之句，高情爽氣，正堪比「微雲澹河漢，疏雨滴梧桐」，惜下聯「燕幃緗綺被，趙帶流黄裾」，不離梁、陳面目，流麗近唐排律。「畫栱浮朝氣，飛梁照晚虹」、「野禽喧曙色，山樹動秋聲」，是其篇中茗穎。「山頭望水雲，水底看山樹」句，亦新巧。

《顔氏家訓》論文良解深趣，詩傳者《神仙》、《古意》首篇，頗得質文之中。《入齊夜渡砥柱》篇，工美如唐律。「馬色迷關吏，雞鳴起候人」，的是名對。其奔齊事，國史本傳甚明，或以此篇爲惠慕道士作，此又妄人之謬也。讀其「風霍落時後，歲月度人前」二語，便令人慘沮，不免擊唾壺以壯衰氣。

北齊世，楊遵彦詩賦萬言，爲相業所掩。陸雲駒總郊廟製作，餘篇銷燼。儀同《劉逖集》二十六卷，亦爲浩汗，所存無幾。馬元熙、裴澤、房彦詢，明滅於斷蠹之間，僅留姓字，立言不朽，幾欺我哉！

宋沈太尉慶之、梁曹將軍景宗，俱武弁能詩，倉卒得句，傾動時主。斛律金健虜耳，《敕（勤）〔勒〕歌》當是鮮卑雜歌，非金手製，其詞樸野，大勝艷篇。隋賀若弼上柱國《遺源雄》、《石城山》之作〔一〕，乃似有意爲詩，氣魄魁岸，非文士雕蟲所及。

齊後主好文，馮淑妃亦有文藻。《感琵琶絃》短章悲感，足知擅愛鄴宫，非徒色授。王右丞《息夫人》絶句，用意倣此，而其詞玄淡，遂爲唐格。崔氏《靧面辭》，游戲翰墨，自有斌媚之意。

宇文君臣好尚，斲雕爲樸，聲明文物，不如東齊，而明帝（推）〔雄〕才，實可彈壓一代。《過

〔一〕《古詩紀》卷一三二，《石城山》爲史萬歲所作，恐馮氏誤記。

舊宮》云「玉燭調秋氣，金輿歷舊宮」、「秋潭漬晚菊，寒井落疏桐」，唐律精句，何以加之。《贈韋居士》云「六爻貞遯世，三辰光少微」，詞典氣壯。末云「倘能同四隱，來參予萬機」，梁、陳諸主無此氣象也。

諸王惟趙、滕有文。趙王好子山文章，與相唱和，《從軍行》似未完之篇，綺繪勝《渭源》作。

周世文士牢落，篇章之富，才氣之雄，誠無(適)[過]庾開府者。然隋唐間，皆以輕佻綺麗之詩爲「徐庾體」。予謂：徐詩麗淫，庾詩板質，大不同調，當是庾爲抄撰學士，時有風流標勝，故以相匹耳。王司空褒，但可與宗儀同懍作對。三公盡南産也。北産者，(永)[宇]文昶、徐謙、康孟[一]、李那，寥寥僅存一二章。康《永日》稍工屬對。于宣敏年十一賦詩，爲趙王賞異，今無復遺篇。劉粲《贈故人》云「聞道漳濱信，依然憶舊居」，《贈司馬幼之》云「白帝望青衣，路長音信稀」，趣韻甚佳，而全篇殘缺。

王子深，名公子孫，才名最高，其詩好組織故寔，而短於興趣。《飲馬長城窟》、《關山月》、《燕歌行》，集中稍錚錚爾。《關山月》起云「關山夜月明，秋色照孤城」，可引律詩入勝。《燕歌》是歌行先鞭，未可謂妙，盡苦寒之狀也。《玄圃濬池臨泛》之作，但對屬耳，不足爲麗。

[一] 「康孟」，原本作「孟康」，明刻本《文苑英華》卷一百五一、《古詩紀》卷一二三收《詠日應趙王教》，均作「康孟」，據改。

子山詩，予取其《步虚》「東明九芝蓋」篇、《燕歌行》、《和同泰浮圖》、《和張侍中述懷》、《獻太祖歌》五首，又《寄王琳重别周尚書》首篇，《歷鏡》三絶句。

庾詩才力沉膇，用事平典，如《和趙王隱士》、《登州中新閣》、《和趙王西京路春旦》、《喜晴應詔》，差爲宏贍，恨乏菁華。句如「長虹雙瀑布，圓闕兩芙蓉」、「風送花迎面，山深雲濕衣」、「寒沙兩岸白，獵火一山紅」、「天香下桂殿，仙梵入伊笙」、「酒醺人半醉，汗濕馬全驕」，又《望月》「山明疑有雪，岸白不關沙」，七言艷句如「洛陽遊絲百丈連，黄河春冰千片穿。桃花顔色好如馬，榆莢新開巧似錢」，不可多得。次如「白石仙人芋，青林隱士松」、「地中鳴鼓角，天上有將軍」之類，皆僅僅以平整勝耳。杜子美劇喜其詩，蓋其筆蒼體肅，流派相合故爾。如詩才詩韻，恐未能跨越六朝諸公也。子美目之曰「清新」，又曰「老成」，似「老成」爲當。

五言古詩，漢、魏、晉無長篇，僅蔡文姬《悲憤》一章，梁劉孝綽、陸倕，始曼衍累百言，然數句輒移韻，無一韻至尾者。惟庾開府《和張侍中述懷三十韻》，詞筆老練，便是杜陵長篇之祖。《獻文帝》樂章：「百二當天險，三分拒樂推。終封三尺劍，長捲一戎衣。」是老杜排律句法。五、七言四句詩，音節意度，往往有逼近唐絶者。

庾多拙句，如「寒山無物香」、「秋瓜不值錢」、「社雞新欲伏」、「由來薄面皮」、「有菊翻無酒，無絃則有琴」、「衹言滿屋裏，並作一園花」、「自紅無假染，真白不須妝」、「侍醫逾默默」、「人情玄又玄」、「雨住便生熱」、「純陽久復亢」、「即今須戲去」、「詎是世中生」，真有村夫子氣。又云「今朝一壺酒，寔是勝千金」、「阮籍披衣進，王戎含笑來」，可書酒爐屋壁，鄙俗乃爾。與杜陵老叟臭味，良有以也。《擬詠懷》「吉士常爲吉，善人終日善」、「平生何謂平」、「連衡遂不連」、「寓衛非所寓，安齊獨未安」、「惟忠且惟孝，爲子復爲臣」，令步兵見之，不作嘔邪？《燕射歌詞》，種種惡道，俱堪借祖龍手段作用一番。

自大明、泰始以來，補衲繁密，競須新事。周世諸公，踵此敝風。如宗懔《春望》云「都尉新移棗，司空始種楊」，庾信《步虛》云「漢帝看桃核，齊侯問棗花」。懔《詠麟趾殿新井》，又用《瑞應圖》浪井事，王褒《出塞》云「繫馬識餘蒲」，用《三齊略記》秦始皇至東海蟠蒲繫馬事，皆探奇索隱，淺學難窺，便是眉山鼻祖。

夷狄爲詩者，漢則白狼王唐叢，唐則新羅王真德。朝鮮文風倡自箕子，周、隋之季，高琳《平氏》末章、乙支文德《遺于仲文》，俱不寂寞。至昭代儁變浚〔二〕，猶有女郎如李玉峰、許蘭雪者，彼中真有人哉。

隋文祖詐獰刻以取天下，《宴秦孝王作》意氣頹謝，殊不類其爲人，去「天地開闢」諸語霄壤

〔二〕按，「浚」疑爲「後」之誤。

矣。煬帝本詞人，初非輕側，晚極淫綺。篇若《冬至受朝》、《白馬篇》，句若「山虚弓響徹，地迥角聲長」、「進軍隨日暈，排戰逐星芒」、「日落滄江静，雲散遠山空」、「遠水翻如岸，遥山倒似雲」、「渌潭桂檝浮青雀，果下金鞍躍紫騮」、「黄梅雨細麥秋輕，花簟羅幃當夜清」、「步緩知無力，臉曼動餘嬌」、「錦袖淮南舞，寶襪楚宫腰」。所謂猩猩能言，君子不以人廢。《楊叛兒》本陳後主詩，妄人以歸皇泰主，欺世太甚，此人當萬劫墮妄言兩舌之報。

隋自初移周鼎，暨於席捲江淮，收月露于江南，集珠玉於鄴下，採杞梓於荆楚，一代名家，大抵皆三國産也。今有詩行世而可考者，姚尚書察、虞内史世基、許虞部善心、王秘書眘、眘弟著作胄、虞著作綽、庾著作綽、庾著作自直、袁儀曹朗、徐著作儀，陳人也；李内史德林，又内史李元操、盧侍郎思道、薛儀同道衡、魏著作澹、辛郎中德源〔二〕、諸葛著作穎、王著作劭、孫大理萬壽、元待詔行恭，齊人也；何祭酒妥，柳祭酒顧言、柳黄門莊、王黄門衡，梁人也。其始仕隋，後入唐者，孔御史紹安、庾學士抱、崔秦川信明、虞祕書世南、陳學士子良、蔡舍人允恭及袁朗。

王仲淹自可入《儒林傳》，不當作詩闌入《文苑》。《東征》之作，正如梁鴻《五噫》，是亦不可以已乎？

〔二〕「辛」，原本作「卒」，當爲鈔寫之誤，據百衲本《隋書》卷五八本傳改。

陽楚公《贈薛播州》七百字，《北史》稱道甚至，氣骨風力，允矣籠蓋當時。予最喜其「還望白雲天，日暮秋風起」、「雁飛窮海寒，鶴唳霜皋净」、「寂寂幽山裏，誰知無悶心」，矯矯獨出。又「兵寢星芒落，戰鮮月輪空」，庶幾兼資文武者矣。

盧子行才思贍逸，少播八斗之譽。集中《從軍行》最合作，唐歌行中亦爲翹秀。《贈別司馬幼之》，全首匀飭。其集句云「夏雲樓閣起，秋濤帷蓋生」，又《遊梁城》云「鳥散空城夕，烟銷古樹疏」，《日出東南隅行》、《美女篇》、《采蓮曲》、《後園宴》，嬌冶不減南朝。《聽鳴蟬》，結頗遒俊。薛雲卿差堪作輔，但篇少完璧，往往得警邁之句，如「少昊騰金氣，文昌動將星」、「絶漠三秋暮，窮陰萬里生」、「心隨故鄉轉，愁逐彩雲生」、「檐陰翻細柳，澗影落長松」、「人歸落雁後，思發在花前」，至「暗牖縈蛛網，空梁落燕泥」，乃晚唐衰索手段，竟以此句見殺，何也？《豫章行》七言，音節可歌，近唐歌行。史記其與傅縡贈答詩，南北稱美，惜今失傳。

盧、薛而下，虞茂世英才特達，詞章清勁，當時謂過世南。其《出塞》「上將三略遠」篇蒼老，《秋日贈王中舍》宏博。信哉！名下無虚。虞茂《賦織女池昆明石》[二]，唐人《昆明池詩》競用其

[二] 按，宋刻本配鈔補《初學記》卷七、《文苑英華》卷一六四、《古詩紀》卷一三四，均作「賦昆明池一物得織女石」。當爲鈔寫之誤。

語。考隋無虞茂，或即茂世也。煬帝賜酺，群官屬和，帝賞世基及王胄詩。今胄詩獨傳，語皆平叙，餘篇體（排）［俳］詞質，不如其兄奮之才華也。《雨晴》詩云「風度蟬聲遠，雲開雁路長」，差强人意。

隋初姚尚書察《明慶寺懷古》，李内史德林《夏日》，皆格嚴調贍。何祭酒妥《長安道》本唐律體，但用霍光鳳轄事太僻，及尾云「少年皆重氣，誰識故將軍」，便是六朝結法。

隋居六代末造，啓唐先鞭，故其聲吻氣格，往往互相出入。許善心云「餘花照王李，細葉剪珪梧」，尹式云「雲薄鱗逾細，山高翠轉微」，是梁、陳語。孔德紹云「野花開石鏡，雲葉掩山樓」，陳子良云「迎風采旄轉，照日綬花開」、「紅塵掩鶴蓋，翠柳拂龍媒」，是初唐語。袁朗《秋夜獨坐》，近盛唐律。尹式《别宋常侍》，全爲中唐律。孫萬壽「日斜山氣冷，風近樹聲秋」、「人愁慘雲色，客意慣風聲」，頗有中晚意。其《和周記室遊舊京》，詞甚悽切，但多用古人名，恐涉點鬼之譏爾。

崔信明有「楓落吴江冷」之句，見重一時，今他作罕見，並此篇亦沉浮矣。李巨仁「疊峰如積浪，分崖若斷烟」、「疊浪輕梟影，漣漪寫雁行」，猶是六朝。「雲開金闕迴，霧起石梁遥」，卓然盛唐矣。而詩名殊不甚赫赫。

隋僧能詩者，法宣穠麗，可亞寶月。智炫《遊山》云「野紅知草凍，春來鳥自傳」，智才《送别》云「鏡中辭舊識，灞岸别新知」，才情俱勝。沸大《淫佚曲》委靡，詞鄙淺。世或謂沙門不當鍾情過甚，予正病其不及情耳。

丁六娘《十索》四首，淫麗極矣。李月素、羅愛愛、秦玉鸞、蘇蟬翼、張碧蘭各絶句一首，俱桑濮誨淫之辭，一時風氣，流扇閨房者若此，隋祚安得長哉！太義公主《題屏風》，頗質而不工。若侯夫人、吴絳仙詩，出《迷樓記》、《隋遺録》者，皆僞作。

霞唱、雲謡，(舟)[丹]圖、緑字，雖有遺文，或爲贋鼎。今《洞仙》、《真誥》諸書所録者，詞多浮藻，旨鮮玄超，故令編撰之家存而不論。然採其森馥，挹彼膏潤，有可備遊仙詩料者，予具録之。如云：「蘭宮敞朱闕，碧空起瓊沙。」「玄轡飛霄外，八景乘高清。」「被褐均衮龍，帶索齊玉鳴。」「無令騰虚翰，中隨驚風起。」「濯足玉女池，鼓枻牽牛河。」「啓暉挹丹元，扉影餐月精。」「震風迴三晨，金鈴散玉華。」「鸞唱華蓋間，鳳鈞導龍軺。」「絳景浮玄晨，紫軒乘烟征。」「手攜織女舞，並衿匏瓜庭。」「九音朗紫宫，玉璈洞太無。」「玄波振滄濤，洪津鼓萬流。」「鬱靄非真墟，大無爲我館。」「白光生圓象，紫氣冲雲霓。」「頤神三田中，納精六闕下。」全首佳者，則郭四《朝歌》云：「遊空落飛飆，靈步無形方。圓景焕明霞，九鳳唱朝陽。揮翮扇天津，晻靄慶雲翔。遂造太微宇，挹此金梨漿。逍遥玄垓表，不存亦不亡。」雖不可望子建《五遊》諸作，猶堪與景純争衡。又謂日爲「濯耀羅」，謂醉爲「嵬峨醉」，眉(浚)[後]小穴爲「常居」，酒爲「太平」，並可入詩。鬼詩，《吴王女玉歌》、劉妙容《婉轉歌》、《清溪小姑歌》，纏綿哀慘，頗似下泉語，然恐著書者有意爲之。

説詩補遺卷五

馮復京嗣宗著

詩至於唐，古今盛衰之大界也。蓋張、陸學子建者也，顔、謝學張、陸者也，徐、庾學顔、謝者也。其變愈下，而其詞加麗也。以唐人之詩爲古詩，曰斷雕而樸也。然而山澤之癯瘦，田更之樸野，露筋張骨之態，澄潭小島之觀，紛然並出，此古詩之所以衰也。晉，排偶之始也；宋、齊，排偶之盛也；陳、隋，排偶之極也。其詞轉麗，而其體彌俗也。以陳、隋之古詩爲律詩，曰變古而今也。然而魄力之沉雄，風韻之高遠，露盤清水之神，編玉聯珠之句，挺然獨秀，此唐詩之所以盛也。

本六朝之藻贍，而加之以雅飭者，初唐之法也；刊初唐之浮華，而暢之以才氣，主之以風神，究竟之以變化者，盛唐之製也。初唐味濃，盛唐格正。初唐鍛字麗密，意盡言中；盛唐寄興閑遠，趣在言外。大曆諸子，一味清空流轉，非惟失盛唐之化境，並美大失之矣。晚唐塗轍愈分，人材日下，而詩亡矣。

詩至盛唐，泰極否兆，又唐一世盛衰之大界也。何者？盧仝之狂縱，太白之樂府爲之也；

昌黎之怪拙，子美之古詩爲之也；陳、黄之枯瘦，子美之近體爲之也。有儲、王率直之五言古，張謂坦明之七言古，自然有元、白長慶之詩；有常建之鬼語，自然有李賀錦囊之句；有浩然清短之格，自然有郊、島寒苦之弊。況於李華、蕭穎士、獨孤及、孟雲卿，若燕趙之瞽女，冀北之跛駒，幸生盛時，遂竊浮譽，百家分製，當此肇端。至於律詩之流麗，絶句之輕揚，隱隱逗漏中唐者，尤不可勝數。氣運倚伏，大力者負之而趨，莫之爲而爲者。

唐太宗手闢乾坤，同符漢祖，鋭意經籍，篤好文章，而所爲詩不能窺漢、魏，猶其字不能匹鍾、王也。集中詩，當以《飲馬長城窟》爲第一，《幸武功慶善宫》氣象亦偉。句如「瀚海百重波，陰山千里雪」、「寒沙連騎迹，朔吹斷邊聲」、「營碎落星沉，陣卷横雲裂」、「浪霞穿水净，峰霧抱蓮昏」，英氣咄咄逼人。《帝京篇》，對偶沿隋，雕篆減梁，雖存典質，未能高古。《賦臨池柳》云：「還將眉裏翠，來就鏡中舒。」則猶是梁、陳面目。

太宗初唐也，玄宗盛唐也，德宗中唐也，文宗、宣宗晚唐也。五帝製作，與氣運推移，而歷朝篇詠，又承上好升降，異哉！

高宗詩，但能駢整，飆焰闕焉。中宗童昏老耄，豈解屬詞？其詩或是上官昭容代草。然崇修文之選除，考衆藝之殿最，凡宴賞臨幸，綺席屬車，流連倡和，才華蔚茂，意度雍容。七言律、五言排律始盛，沈、宋並興，變而加以氣韻，劑以清空，即成盛唐。然則興起斯文，帝亦不爲無助也。

孝和《效柏梁體》「潤色洪業寄賢才」，又云「大明御寓臨萬方」，較之「日月星辰和四時」雖有間，然冠絶群官。薛稷「宗伯秩禮天地開」，武平一「萬邦考績臣所詳」稍稱。宗晉卿素不屬文，而「鑄鼎開岳造明堂」句，樸拙似漢。

予嘗笑陳後主詩但詠紅妝，唐文皇詩惟矜黄屋。明皇布格雅正，有才子之風流而不淫；寄興高遠，有人主之氣概而不俗，可謂唐代之漢武也。五律《幸蜀至劍閣》、《送賀知章》，排律《早度蒲關》、《登太行山言志》四首，典言鴻藻，神駿冠裳。如「翠屏千仞合，丹嶂五丁開」、「春來津樹合，月落戍樓空」、「白露埋陰壑，丹霞助曉光」、「桂月先秋冷，蘋風向晚清」，雖復李、杜諸公，千椎萬鍊，何以尚此？諸排律亦多完整，彬彬盛世之風。《題梅妃真》必是僞托。豈惟古詩有贋，唐詩亦有贋矣。

《送張説巡邊》云：「遠冑匡韓主，華宗輔漢王。茂先慚博物，平子謝文章。」用張姓故事，稠疊如此，無怪乎今人贈詩黏皮帶骨也。

德宗嘗與學士言詩浴堂殿，重陽日考第詩等，與宋若昭諸女郎唱酬。《唐語林》謂：「憲宗詩合前古。」文宗甲夜視事，乙夜觀書，出目覽卷，又欲置詩學士。宣宗好進士及第，至自題曰「鄉貢進士李道隆」，則此四君，皆篤好吟詠者。然德宗諸五言古、律，雖列星榆之衆象，無月桂之孤光，僅得句云「枳院浄苔色，竹房深磬聲」，亦是劉、錢以下口吻。文宗「輦路生春草」一絶，意氣凄盡，亡國之音。宣宗《弔白居易》，以至昭宗《鳳翔》之作，淺陋怒張，風雅澌滅，而唐祚亦訖矣。

唐宫掖，文德皇后《春遊曲》甚工艷，「井上新桃偷面色，檐邊嫩柳覺身輕」，雖江、徐斂衽。則天《如意娘》，婉轉曲折，似情至人語。「看朱成碧」四字，窮力追新，餘作未能稱是。或云后之詩文，元萬頃、崔融輩代爲之也〔一〕。徐賢妃《長門怨》，詞體英浄。上官昭容代帝、后、公主執筆，光華映代，今僅存應制獻詩一二，俱不能佳。楊、江固出僞撰，昭、憲亦墮卑凡，以方班、甄，不堪下乘。

唐世風雅盛行，雜流並騖，然仙李蟠根，布濩宇内，而能詩者絶少。章懷《黄臺瓜辭》頗古，是有意之作；韓王元嘉、越王貞二詩，所謂瘁音弗華。盛唐宰相適之，中唐協律賀，稍能自振。餘若尚書之芳、僕射程、員外約、進士洞，齷齪數輩而已，不能敵魏、梁之什一也。

陳、隋雕靡既極，入唐，虞、魏諸公始變雅正。鄭公《述懷》，可爲初唐絶唱，其句云：「古木

〔一〕「或云」以下至此，原本硃筆抹去。

鳴寒鳥，空山啼夜猿。既傷千里目，還驚九折魂。」六朝少此幹力也〔一〕。永興《結客少年場》云：「風起龍沙暗，木落雁門秋。」《稜稜露爽》、《出塞》是其兄世茂和楊素作〔二〕，唐詩中誤編入。瀛洲諸學士，褚常侍亮、于僕射志寧、許右相敬宗、劉著作孝孫、蔡洗馬允恭，詩有傳者。亮《傷李少府》，排律婉縟，恨涉點鬼；志寧《冬日宴群公》，律詩秀麗，惜有拗字。劉、許篇什雖繁，但整對耳。

楊安德思道，才思清警，《賦終南山》云：「登臨日將晚，蘭桂起秋風。」《和望海》云：「洪波迴地軸，孤嶼映雲光。」雅致如斯，宜爲文皇諷賞。闕題七言，艷句新聲，《玉臺》遺構。園林文會之盛，當時莫比岑中令、褚河南、許右相、上官侍郎、劉常侍、李安平，諸公宴集之詩，才華乃遜主人。登善云「花落春英晚，風光夏葉初」，重規云「虹橋分水態，鏡石引菱花」，鍊句頗工。馬尚書周《浮空旅思》詩云〔三〕：「山遠疑無樹，潮平似不流。」句雖佳，尚是六朝蹊徑，亦類中唐。此等界限最不易辨也。一作韋承慶詩，首句「太清上初日」作「天晴上初日」。「太清」是

〔一〕「六朝」，原本旁硃筆批：「江左」。
〔二〕「其兄」，原本硃筆圈去。
〔三〕「浮空旅思」，《四部叢刊》景明嘉靖本《唐詩紀事》卷四作「浮江旅思」，題「馬周」作；《文苑英華》卷一百六十二、明嘉靖十六年序刊本《唐詩品彙》卷五十六等亦作「浮江旅思」，題「韋承慶」作。

隋、唐間字法，「天晴」則純唐矣。

《游清都觀》諸詩，皆作排律體。劉孝孫云「尋真謁紫府，披霧覿青天」，凌敬云「宫槐散緑穗，日槿落青跗」，趙中虛云「鶴來疑羽客，雲泛似霓裳」，譬枯林之間秀一枝，積石之孤生片琰。《宴于庶子宅》諸詩，杜襄陽正倫氣骨遒健，同賦斂手，佼佼庸中，翰墨無功，終淪平鈍。

史稱李安平百藥，藻思沈鬱，尤長五言，樵童牧豎，並皆吟諷。今讀其詩，碌碌無奇，若「千金笑裏面，一捻掌中腰」、「知音自不惑，得念是分明」、「三星宿已會，四德婉而賓」，有村學究所不屑道者，不知何以貴重？昭、乾二陵朝諸名士，如令狐德棻、岑文本、劉禕之、郭正一、元萬頃、員半千皆負崇望，而累札無取。

王無功生隋唐間，五言古乃不爲排偶。然惟《薛收見尋題贈》一首，優游案衍，稍勝他製。「酌醴焚枯魚」，是應璩詩，以屬淵明，亦有病也。《野望》最淳雅，遂爲五言律正始。又得句云「雪避南軒梅，風催北亭柳」、「眼看人盡醉，何忍獨爲醒」，尚是陳、隋作手。

西臺侍郎上官儀，工五言詩，以綺錯婉媚爲本，時人謂「上官體」。有句云「雲飛送斷雁，月上净疏林」、「鵲飛山月曙，蟬噪晚風秋」，風氣騰上，似不專綺媚。長安中又有吴長史少微、富侍御嘉謨者，厭徐、庾淫聲繁越，以經典爲本，時人謂「吴富體」。今嘉謨惟存《明冰》一篇，喘棘黯淡；少微《遊開化寺》、《哭富嘉謨》等作，亦粗拙。史云「擬則經典」，何哉？又少微《怨歌行》

云：「是時別君不再見，三十三春長信殿。」設破瓜承恩，二十失寵，又加三十三年，則年逾知命，亦當不與五日之御矣。每思及此，不覺失笑。古人詩多有述閨情而云「絲鬢」，詠艷色而云「數錢」，皆不韻之甚。梁武樂府云「十六生兒字阿侯」，緑葉成陰，亦何堪入詠邪？

吴富同時有徐彦伯爲詩〔一〕。徐澀體，然其句如「荷花嬌緑水，楊葉煖青樓」，纖媚反似梁、陳〔二〕，餘篇亦未可謂之澀也。

初唐詩，凡有數變。武德、貞觀，强半隋格；至四傑而才氣始雄〔三〕，至沈、宋而律體始就，至陳、杜而格調始正，至燕公始興，而神骨始清。

王子安長於五言律，多全首可誦者，《杜少府之任》篇尤工。句如「歌屏朝掩翠，妝鏡晚窺紅」，猶未脱梁、陳。「鷹風凋晚葉，蟬露泣秋枝」、「鳥飛村覺曙，魚戲水知春」、「雨去花光濕〔四〕，風歸柳葉疏」，又云「峰磴入云危」，是初唐句法。「海内存知已，天涯若比鄰」、「野花常捧露，山葉自吟風」、「旅泊成千里，棲遑共百年」，則駸駸盛唐矣。起句「窮途非所恨，虛室自有依」，結

〔一〕「吴富同時有」，原本硃筆抹去；「詩」，硃筆改爲「文」。此條僅十字，末硃筆注：「缺」。
〔二〕「纖媚」以下至此，原本硃筆抹去。
〔三〕「才氣」，原本硃筆圈去「才」字，「氣」下小字加「格」字。
〔四〕「光」，原本作「花」，硃筆改爲「光」，是，今從。

句「羈心何處盡，風急暮猿清」、「日落山水静，爲君起松聲」，皆超超玄著。「去去多窮路」一首，「同」、「共」、「俱」三字叠出，律體所忌，胡元瑞取之，非也。七言古沿六代，轉折多艱，《滕王閣》八句，獨冠初唐。短古「南浦雲」、「閑雲」，亦有複字之病。《春思賦》，若改作歌行，可與盧、駱長篇並傳。五言絶，《正聲》選五首，俱英英清徹。予更取《東郊行望》篇，但起必駢對，未變隋格。《九日旅眺》，與盧作一法，而王以韻勝。

楊盈川《從軍行》，意氣激揚，文采彪炳，《正聲》遺之，或以尚餘六朝聲響。《從劉校書從軍》，温潤而雅，可參盛唐，乃亦不收，私所未喻。《隆唐觀》，排律之整栗者；《折楊柳》，五律之靡曼者；《送趙縱》，絶句之清曠者。「年光摇樹色，春色繞蘭心」，語亦新倩。

盧范陽之才華，略遜王、駱，獨可與楊華陰争衡耳。五言古《詠鄭公業》，岩岩清峙，不屑六朝。句如「玉劍浮云騎，金鞭明月弓」、「隴雲朝結陳，江月夜臨空」、「浮雲映丹壑，明月滿青山」，時有拔萃，間發新硎。獨「地道巴陵北」一篇，字字合律，氣格超然，高廷禮取此篇，當矣。

七言長篇一體，盧、駱獨擅，《正聲》不取，而何仲默劇取之，李于鱗以列《唐詩選》中，故今俗競賞。吾謂：《長安古意》中，工語如「百丈遊絲争繞樹，一群嬌鳥共啼花」、「片片行雲著蟬鬢，纖纖初月上鴉黄」、「俱邀俠客芙蓉劍，共宿娼家桃李蹊」、「北堂夜夜人如月，南陌朝朝騎似雲」，不過流連光景之文耳。所可喜者，音節調叶鏗鏘，可入吟諷。駱《帝京篇》氣稍蒼勁。二詩

「車馬」、「金玉」等層累繁積，不免蕪冗之累，終不若高、岑、李、杜歌行，縱横自在，無古無今，頓挫抑揚，一唱三嘆。孰可師法，不待智者而决矣。

駱賓王才思宏富，詞鋒艷逸。其七言古《帝京篇》、《疇昔篇》，綴錦貫珠，滔滔洪遠。然諸篇句云「翠幌珠簾不獨映，清歌寶瑟自相依」，又云「池中舊水如懸鏡，屋裏新妝不讓花」，又云「不見猿聲助客啼，惟聞旅思將花發」、「故園梅柳尚有餘，春來勿使芳菲歇」，又云「妾向雙流窺石鏡，君住三川守玉人」，又云「離前吉夢成蘭兆，别後啼痕上竹生」，又云「峨嵋山上月如眉，濯錦江中霞似錦」，俱沿襲梁、陳，有傷大雅。又云「只將羞澀當風流，持此相憐保終始」，浸入詩餘矣。

五言律《送侯四》「岐路分襟易，風雲促膝難」，又「秋山落日寒」，迥非常調，諸家編撰，何獨遺此？其諸排律，起句多冠冕，束句多雄健，全首多豐茂整密。《晚泊蒲類津》、《在軍贈先還知己》、《宿温城望軍營》幽縶，書情尤偉。第句法、字法，較之盛唐渾融變化者不同，所以《正聲》只選《晚泊蒲類》一首。檢集中，又得二聯云「林虛宿斷霧，磴險挂懸流」、「斷風疏晚竹，流水切寒烟」，句太峥嶸，非唐韻也。

駱詩「疆場歲月窮」，按《左傳》「疆場之事，一彼一此」，「場」音「易」，言地至此而易主也，未知作「場」字别有考正否？然陳後主詩已有「馬革報疆場」，則其誤久矣。

貞觀中人材，半是隋室遺老，至高、武二朝，隋風未殄，往往作風塵軟媚語。如世南《中婦織流黄》云「衣香逐舉袖，釧動應鳴梭」，褚亮《詠花燭》云「靨星臨夜燭，眉月隱輕紗」，又謝偃云「裙輕纔動佩，鬟薄不勝花」，許敬宗云「雲楣將葉並，風牖送花來」，楊炯云「五龍金作友，一子玉爲人」、「雲光身後落，雪態掌中迴」，劉元濟云「虚牖風驚夢，空床月厭人」。七言則如王適《古别離》、張柬之《東飛伯勞歌》。適句云「夜還羅帳空有情，春著裙腰自無力」、「已能憔悴今如此，更復含情一待君」，令人魂艷色飛。漢陽大經濟人，亦作閨襜語，大可異也。陳子良《七夕看新婦停車》云：「隔岸遥停幰，非是爲來遲。只言更尚淺，未是渡河時。」張文恭《佳人照鏡》云：「倦採蘼蕪葉，貪憐照膽明。兩邊俱拭淚，一處有啼聲。」李崇嗣《覽鏡》云：「今朝開鏡匣，疑是别逢人。」李福業《守歲》云：「寒暄一夜隔，客鬢兩年催。」東方虯《昭君怨》云：「掩淚辭丹鳳，銜悲向白龍。」俱陳、隋詩，非唐絶句也。

劉舍人元濟、薛少保稷，五言古詩各一首，爲唐初傑作。《廬岳》閎肆而氣壯，《陜郊》簡静而調雅，脆骨柔筋，浮文曼藻，於是稍變。子美稱少保古風，鑒賞不虚也。

蘇相味道、李相嶠，文辭並稱。蘇《上元詩》冠絶朝士，末云「金吾不禁夜，玉漏莫相催」，似盛唐閑雅。郭利正「散漫不可齊，驅振鷺纔飛」排律，句格彬郁，初唐之近盛唐者。巨山佳什稍夥，《早發苦竹館》古詩，二謝餘韻；《赴九成宫》、《和李祭酒田居》，雅飭不靡。五言律《宴侍長寧東莊》、《甘露殿》，七言律《幸太平南莊》，排律《天樞成應制》、《韋嗣立山莊》，精思警語，絡繹奔會。七言古《汾陰行》雖巨篇，然調失流便。《太平山亭》七律，嫌五色字稠叠。《凱旋自邕州順流江中》排律，亦端嚴博贍。蘇、李又盛爲五言詠物詩，此體本自南朝，襞積填砌，不足法。李《詠海》云「樓寫春雲色，珠含明月輝」，《望月》云「淡雲籠影度，虚暈抱輪迴」，差有韻耳。

武、韋之朝，淫牝扇穢。慕富貴者，蛾飛蠅集，獻媚容身，廉恥維絶，言之泚顙，而文章特盛，不容以人廢言。諸人中，沈、宋才最高，崔融、鄭愔次之。七言排律，老杜所難，而安成《從軍行》獨格整氣雄。《哭蔣詹事》佳句云「不輕文舉少，深嘆子雲疲」，謏昌宗，排律全篇工緻。文静「塞外蕭條望」一首，集中壓卷。「海外雲無葉，山春雪作花」，精神灼然玉舉。又崔湜云「春還上林苑，花滿洛陽城」、「雨歇青林潤，烟空緑野閑」，句亦璀燦。若張易之《侍宴得風字》、武三思《游龍門應制》諸作，史明云假手宋之問、閻朝隱等。朝隱之文，張燕公評其「如麗服靚妝，燕趙歌舞」，今存詩十餘首，澳涊不鮮，《鸚鵡猫兒》篇，尤是惡境。豈人品下流，並佳什淪没耶？

喬左司知之，注情姬侍，羅織自詒，宜其詩篇必妖蠱奪目，乃《定情》調乖流暢，《緑珠》章簡率味淺。吾得其《苦寒行》四語云：「由來從軍行，賞存不賞亡。亡者誠已矣，徒令存者傷。」《羸駿篇》二語云：「扣冰晨飲黄河源，拂雪夜食天山草。」俱以慷慨勝，才情遠不如劉希夷。希夷詩體全作麗詞，「池月憐歌扇，山雲愛舞衣」、「曉光隨馬度，春色伴人歸」，宛然《玉臺》芳潤；

《采桑》末四句流調，酷似《西洲曲》；《代悲白頭翁》、《公子行》皆極纖靡，與盧昇之《長安古意》同致。盧「得成比目何辭死，願作鴛鴦不羨仙」，二語板鈍，爲一篇之瑕。劉有「傾國傾城漢武帝，爲雲爲雨楚襄王」，亦非全瑜也。「年年歲歲花相似，歲歲年年人不同」，拙亦如之。獨怪其以《白頭》篇見殺，彼梁、陳諸公勝此百倍者，顧得老死牖下，不亦厚幸哉！

昔者阮步兵以高邁不羈之性，丁贅旒運謝之時，自放栝觴，混沿仕牒，出處語默，杳然難究。《詠懷》諸作，言在衿帶之下，情亢雲霄之表，比興神歸，風雅節會。渾樸遜於漢，而獨啓玄風；藻績減於魏，而自領冲趣。百代而下，其惟陶彭澤乎？蓋二君襟期宏遠，故異曲同工也。彼陳子昂者，俯首牝朝，志干利禄，褊躁喪儀，懷璧賈罪，其品視阮，薰蕕殊類。又承梁、陳之混濁，接徐、庾之淫濫，雖欲砥柱其間，何能超乘而上？自盧藏用以親故，李華以趣合，褒讚籍甚，俗之蚩蚩，雷同祖述，遂以《感遇》上匹《詠懷》。予謂：《詠懷》寄托深微，《感遇》興趣衰索；《詠懷》出於達士之胸襟，《感遇》雜以兔園之腐氣，其致不同也。《詠懷》氣調音響在漢魏之間，而冷然自善；《感遇》氣調音響居六朝之後，而有意於鑱削，其格不同也。玉石溜澠，居然自別，擬非其倫，莫甚於此。國朝弘、正以前，幾以此爲古詩極則，元美亦未嘗正言指摘，予請得覼縷辨之。

凡詩，最忌者儒生道學語。《感遇》所亹亹言之者，太極三元、陰陽物化、先天無始，如乞食道人記經唄數語，沿門唱誦。以《正聲》所選論之，惟《鬼谷子》一篇，容與成章。《林居》篇，方言物候「徂落」，遽接云「感嘆何時平」，蓋欲爲簡遠，使意在言外，而不知迫促寂寥，古詩無此格也。《責公子》篇，方言拔劍報國，忽云「懷古心悠哉」，乃是坎壈詠懷，非出塞英雄之氣，遽結之以「磨滅成塵埃」，戰死乎？病死乎？古人詩慷慨悲壯，抒寫盡情，無如此結束者。《朝發》篇「豈兹越鄉感，憶昔楚襄王」，通上下文讀之，步驟轉折，全不合古。至「骨肉且相薄，他人安得忠」，涉於議論，大爲詩害。「白日每不歸，青陽時暮矣」，既欲去文從質，何不並「白日」、「青陽」駢麗而刊落之乎？此又子建「素雪」、「朱華」之類也。

「幽居觀天運」一首，一部《十七史》，從何處説起，此極大可笑。「吾觀崑崙化」、「聖人秘元命」、「深居觀元化」(二)[三]首，俱學究史斷。「况以奉君終」、「驕愛比黄金」、「芳意竟何成」、「多言死如麻」、「哀哀明月樓」、「鴻荒古已頽」、「分國願同歡」，句皆拙訥。「於道重童蒙」、「悱然争朵頤」、「勢利禍之門」、「激怒秦王肝」、「吾觀龍變化，乃是至陽精」，尤腐俗可憎。

《感遇》「臨岐泣世道」一首，潔净而健；「可憐瑶臺月」，頗合古詩句格，然俱止於八句。蓋《感遇》若非長篇，則雜己調，或參議論，可厭矣。《修竹篇》稍詳贍，《薊丘懷古》短促枯憔。善乎李于鱗之言曰：「陳子昂以其古詩爲古詩，弗善也。」《詩删》又何爲取之哉？

陳拾遺、杜員外二家近體，以氣韻爲主，不作雕鏤。予取陳《晚次樂鄉縣》、《度荆門望遠》、

《送魏大從軍》，杜《詠終南山》、《宴鄭明府宅》、《早春遊望》、《過鄭七山齋》、《送崔融》五言律八首，陳《白帝》、《峴山懷古》，杜《贈蘇味道》排律三首。陳對語佳者：「城分蒼野外，樹斷白雲隈。」「野戍荒烟斷，深山古木平。」「明月隱高樹，長河没曉天。」「丘陵徒自出，賢聖幾凋枯。」「徒嗟白日暮，坐對黄雲生。」杜對語佳者：「淑氣催黄鳥，晴光轉緑蘋。」「飛霜遥渡海，殘月迥臨邊。」「風光新柳報，宴賞落花催。」「江聲連驟雨，日氣抱殘虹。」「水作琴中聽，山疑畫裏看。」《望月》云：「露濯清輝苦，風飄素影寒。」陳起句之佳者：「故鄉杳無際，日暮且孤征。」「故人洞庭去，楊柳秋風生。」杜起句之佳者：「北斗掛城邊，南山倚殿前。」「獨有宦遊人，偏驚物候新。」陳結句之佳者：「八月高秋晚，凉風正蕭瑟。」杜結句之佳者：「坐携餘興往，還是未離群。」的是匹敵。杜「六位乾坤動」排律，贍而不穢，詳而有體。杜陵家法所自，則陳所無也。

伯玉《晚次樂鄉縣》地里字太多，《送客》花木字太多。且「故鄉杳無際」與「川原迷舊國」，「故鄉」、「舊國」字互侵，非律體所宜。「鶴舞千年樹，虹飛百尺橋」最板俗，而廷禮取《正聲》；「銀燭吐青烟，金尊對綺筵」最凡近，而元瑞標爲起法，此皆不可曉者。陳集無七言律，杜集三篇，板實醜鈍，元瑞亦取之，豈愛亡其疢耶？《京中有懷》云「寄語洛城風日道，年年春色倍還人」，此結語差勝。絶句，陳《贈喬侍御》、杜《贈蘇綰渡湘江》，《正聲》不選，當以陳氣太鋭逸，杜餘六朝聲響，不合盛唐格故也。

陳君生四傑後，挺拔自樹，一洗鉛華，工力亦不可誣。但世人褒崇太至，上比阮公，則予不能無譏爾。必簡「久壓公等，不見替人」之言，雖矜傲，固是人中爽爽者。

宴高氏林亭者二十一人，重宴八人，伯玉亦與焉，詩俱下劣，但多用石崇家，如宋人徘徊耳。特劉友賢有「興闌情未極，步步惜風華」二語，爲沙礫中碎金殘璧，常嘆息虚此盛集。

《新唐書》云：「建安後迄江左，詩律屢變。至沈約、庾信，以音韻相婉附，屬對精密。及宋之問、沈佺期，尤加靡麗，回忌聲病，約句準篇。」獨孤及云：「沈、宋始裁成六律，彰施五采，使言之中倫，歌之成聲，緣情綺靡之功，於是大備。」嗚呼！詩至沈、宋，誠古今變格之極也。然梁、陳艷句，何異宋詞元曲？高、岑、王、孟、李、杜律詩，可與枚、李、曹、左、陶、謝諸公分庭抗禮，雖體製稍分，神契自合。二公先驅，誠可謂藝苑功人，無慚風雅者矣。

原五言律體，陳、隋已成。七律之作，昉於陳子良《塞北思歸》，沈、宋始就。若蘇、李諸公，皆其同時同調者也。

胡元瑞云：「沈七言律，高華勝宋；宋五言排律，精碩過沈。」此是定論。然沈七律雄麗，首冠初唐，未能服李頎、王維、高、岑輩。宋排律格正詞華，莊嚴典贍，化則未之或知，可謂篤實光輝，盡大之能事。盛唐除少陵大家，所當别論，古今推王維、李白爲正宗，然如王「晴江一女浣，主人孤島中」，李「八月枚乘筆，詩傳謝朓清」，寒淡殊甚。王《感化寺》、《玉真山莊》雖鴻律而乏蟠采。少陵而外，固當推宋第一。

宋五言排律多首尾具美，沈五言排律惟句可采擷。五言律，宋亦勝沈。就沈言之，五律清寒，排律濃厚，又如出二手。二君佳句相埒者，沈云「小池殘暑退，高樹早涼歸」、「玉珂龍影度，珠履雁行來」、「水從金穴吐，雲是玉衣來」、「蓮花秋劍發，桂葉曉旗開」、「雙星移舊石，孤月隱殘灰」、「戰鷁逢時去，恩魚望幸來」、「天磴扶階迥，雲泉透户飛」，宋云「谷暗千旗出，山鳴萬乘來」、「樓觀滄海日，門聽浙江潮」、「石帆來海上，天鏡落湖中」、「地平分洛水，林缺見嵩丘」、「宿雲鵬際落，殘月蚌中開」、「曉河低武庫，流火度文昌」、「節晦蓂全落，春遲柳暗催」，諸句並驅爭先，未肯相下。宋結句「不愁明月盡，自有夜珠來」，固超沈「小臣凋朽質，羞睹豫章材」數等。沈諸七律外，尚得「願以醍醐參聖酒，還將祇苑當秋汾」二語，亦有餘勁也。

沈全篇可取者，排律《同韋舍人早朝》、《和幸竇希玠宅》〔一〕、《酬蘇員外省中見贈》、《晦日和幸昆明池》、《塞北》「胡騎」篇，七律《和春初幸太平南莊》、《興慶池侍宴》、《侍宴安樂新宅》、《古意》、《遥同杜員外過嶺》凡十首。宋則七言古《至端州驛》、《明河篇》，五律《扈從東封》、《送沙門還荊州》、《途中寒食》，排律《和幸未央宮》、《幸薦福寺》、《晦日昆明池》、《和姚給事寓

〔一〕「幸」，原本作「韋」，下文作「幸」，當爲鈔寫之誤，據改。

直》、《發始興至虛氏村》、《陪宴餞鄭卿》、《登越王臺》、《遊法華寺》、《靈隱寺》，七律《和春初幸太平南莊》，七絶《送道士游天臺》，凡十六首。

詹事五律，如「千秋遺令開」，語欠工鍊；「積氣衝長島，浮光溢大川」，句近板實。《宿七盤嶺》束聯「聽」、「聞」字犯，《游少林》「雁塔風霜古」與「歸路烟霞晚」句法相同。排律「寇劍無時釋，軒車待漏飛」、「儼若神仙去，紛從霄漢回」，俱未是莊嚴階級語。七律《龍池篇》前二聯陳腐，後二聯高華，瑕瑜正不相掩。《古意》「九月寒砧催木葉，十年征戍憶遼陽」，氣韻雖超，未免屬對偏枯，結又轉入他調，以冠唐律，義所未安。《嵩山石淙侍宴》前「行漏」、「香爐」，後「神鼎」、「帝壺」，俱押末字。《同杜過嶺》，非直「洛浦」、「崇山」、「漲海」、「紅山」，地里猥積，而「何所似」、「人何處」，「何」字又相犯。細細擘分，病痛亦自不少。

考功《明河篇》猶囿初唐風氣。五律，「巫山」、「夕陽」、「雲雨」、「雷電」，用字繁蕪。排律尚矣，然「夙齡尚奇異，披對滌煩囂」、「寓直光輝重，乘春翰藻揚」、「江郡將何匹，天都亦未加」之類，尚多庸劣。《昆明池應制》可爲唐排律第一，「春豫」、「春遊」，亦有複字。盡善之難如此。「聞道黄花戍，頻年不解兵。可憐閨裏月，長照漢家營。」本佺期律詩，《樂府》截去後四句，作《伊州歌》。《正聲》選延清「卧病人事絶」、「緑樹秦京道」二絶句，亦就律詩中截出作絶，甚佳。但全篇具掄，選者不當，尚仍其誤也。

初唐有兩蘇、李，前味道、嶠，所謂「蘇李居前，沈宋比肩」者也；後則頲、乂，明皇朝對掌綸誥者也。或以小許公詩綺麗太勝，音節太緩，謂之官調。當孝和朝，宴安逸豫，詞臣縟綷成風，詩體例爾，寧獨小許耶？其《和登驪山最高頂》五言律，《和幸韋嗣立山莊》、《同餞陽將軍》排律，《望春宮應制》七言律，《汾上驚秋》五言絶，俱工。《望春（官）〔宮〕》結云「鳥弄歌聲入管絃」，似略弱者，自是景龍作法。《正聲》取《侍宴安樂山莊》，中二聯「雲」、「雨」、「天」、「月」，俱用於第五字，不能無疵。《昆明池》云「二石分河瀉，雙珠代月移」，自沈、宋外，諸學士少此雋句也。《扈從鄠杜》云「雲山一一看皆美，竹樹蕭蕭畫不成」，灑然清遠。李尚書應制諸排律、七言律，雖高華不逮沈、宋，而矜嚴不俗。《和送張仁亶》、《興慶池應制》二作，尤合格。

高、武、中、睿四朝，侍從諸公皆極文人之選，然遊宴、餞送、應制之作，全篇超出，最著者《晦日幸昆明池》，首宋之問，其次沈佺期。《幸韋侍立山莊》，首蘇頲，其次李嶠、宋之問。《興慶池》首沈佺期，其次韋元旦、李乂。《和春初幸太平南莊》，亦沈最，其次李嶠、宋之問。《和登驪山最高頂》、《和幸望春宮》，首蘇頲，次李乂。《蓬萊侍宴》、《詠終南山》，則杜審言。《送沙門還荆州》、《和幸長安故城未央宮》、《和幸三會寺》，皆宋之問。《和幸竇希玠宅》、《安樂新宅》、《紅樓院》，皆沈佺期。又李嶠《長樂東莊侍宴》、李乂《送張仁亶》、趙彦昭《和人日宴遇雪》，並彬雅擅場。餘諸盛集，雖篇並作，往往五言則劣弱，七言則板垛，祝頌感恩，千篇一律。《九日臨渭亭》、《慈恩寺侍從》，少名家詩，皆趁韻而已。摘句，如任奉古《和太子納妃太平出降》云「星光摇雜珮，月彩薦重輪」，李嶠《和拜洛》云「七萃鑾輿動，千年瑞檢開」，李乂《和臨渭亭遇雪》云「爲得因風起，還來就日飛」，薛曜《正夜侍宴》云「雙闕祥烟裏，千門明月中」，李適《競渡》云「急槳争標排荇度，輕帆截浦觸荷來」，盧藏用《和立春遊苑》云「梅香欲待歌前落，蘭氣先過酒上春」。此外得寶亦少。至李嶠《立春剪綵花》云：「花從篋裏發，葉向手中春。不與時光競，何名天上人。」宋之問云：「人間都未識，天上忽先開。今年春色早，應爲剪刀催。」又之問《安樂新宅》云「短歌能駐日，艶舞欲嬌風」，鄭愔《和幸望春宫》云「百草香心初罥蝶，千林嫩葉始藏鶯」，崔日用《人日綵勝》云「曲池苔色冰前液，上苑梅花雪裏嬌」，梁、陳殘膏賸馥，沾丐自研。馬懷素《人日綵勝》云：「就暖風光偏著柳，辭寒雪影半藏梅。」便是長慶後伎倆矣。武平一《立春采花》七言律句云「黄鶯未解林間語，紅蕊先從殿間開」，本小兒語，乃得宸賞，亦濫吹之甚哉。

開元初，稍厭縟靡，尚氣韻，文體一變。諸應制詩佳者，《和答張説出雀鼠谷》，首張九齡，次王光庭、王丘、袁暉。《和送張説赴朔方》，亦首九齡，次張嘉貞、盧從願，暉詩惟此篇佳。《閨怨》諸篇，悉無可術。嘉貞詩「山川看似陣」六句甚雄偉，已下補湊不稱。《送張説上集賢學士賜宴》，諸公無完篇，得韋述句云「掖垣留宿鳥，温樹宿餘花」，褚琇句云「莛降堯厨翠，榴看舜酒紅」。《和早度蒲關》、《和幸太行山言志》，皆九齡爲最。《和途經華嶽》，張説爲最。《和暮春送朝集使》、《龍池春禊》、《閣道雨中春望》，王維爲最。李憕《和雨中春望》次摩詰，李白《送賀監應制》亦集中七言律之最也。

《正聲》選初唐五言律，其意刊落浮藻，而寧取清澹者，如宋延清《緱山廟》之類是也；寧取板質者，如張子壽《和次陜州》、韋濟《和次瓊岳》之類是也。蓋以盛唐尺度繩之，學者欲識初、盛階級，此等處所宜熟參。然初唐氣韻不足，正應取詞，以此取舍，未合時措之宜。

孫詹事逖《宿雲門寺閣》思度淵宏，勝《送李給事歸省》之作。七律《和張員外》及諸排律，雖刻劂未工，頗亦具體。

《玉臺後集》録初唐諸公詩，鮮可登孝穆選者。蔡環云「雨霑柳葉如啼眼，露滴蓮花似汗妝」、「但恐愁容不相識，爲教恒著别時衣」，辛弘智云「思君如瀧水，常聞嗚咽聲」，差堪鼓吹梁、陳。李康成自撰，殊鮮才情。余延壽在開元中，《南州行》、《人日剪綵》乃全爲《玉臺》調。

説詩補遺卷六

馮復京嗣宗著

郭代公元振《古劍篇》云：「雖復塵埋無所用，猶能夜夜氣冲天。」《塞上》云：「久戍人將老，長征馬不肥。」味其詞意，真豪俠也。《子夜》强作兒女情，非真本色。《青樓》一首，略近之。「陌頭楊柳枝」，仍爲唐絶耳。

張燕公説五言古詩《五君詠》，是其最經意者。《趙耿公》一首，可並美延年，惜世無賞音耳。「朱户傳新戟，青松拱舊塋」，只是近體。七言《鄴都引》，文體雖浄，作手未展。律詩閎麗不如沈、宋，而清曠勝之。五律《别王熊綰雲篇》、《還至端州驛》，遷謫中凄苦之音，令人酸鼻。續二結句「誰念三千里，江潭一老翁」、「往來皆此路，生死不同歸」，又《聞雨》云「心對寒爐死，顏隨庭樹殘」，亦未嘗不哂其胸次之狹也。《麗正殿賜宴》，前四句失於板腐。排律《清遠江峽山寺》云「雲峰吐日月，石壁淡烟虹」、「天香涵竹氣，虚唄引松風」、「猿鳴知谷静，魚戲辨江空」，最多警拔。其《經華嶽篇》雖壯麗，「軒游會神處，漢幸望仙情」，「處」、「情」二字寒酸。「高掌」、「削成」，對仗未整。《赴朔方》云「禮樂逢明主，韜鈐用老臣」，篇中第得此起語。七言律，于鱗取二首,「香臺豈是世中情」、「且喜年華去復來」,俱俚拙。廷禮取《望春宮應制》,尤俗。于時盛唐結構未新,欲於蘇、李、沈、宋間獨創遠格,不免墮落別趣耳。五絶《蜀道後期》、七絶《送梁六》,雅人深致,肇啓盛唐。

大理均《岳陽晚景》詩,一時價重。惡少年至以「晚景寒鴉集」劄青於臂。中二聯寫景閑曠,束句婉而多風,洵是佳什。

《張曲江集序》評公詩云「雅正沖淡」,極得其情狀。《感遇》「孤鴻」篇太洗削;「漢上」篇擬托甚微,步驟不古;「幽林」篇,内「慮」、「情」、「意」、「精」、「誠」五字並出,乃得入《正聲》之選。五律《望廬山瀑布》、《初秋憶弟》、《自湘水南行》、《豫章還江上作》,清雅別爲一家。排律如《送張説赴朔方》、《和早渡蒲關》,神韻邁遠而句調亦壯,是曲江獨至之技。蓋排律宏麗,極於宋考功,由是更加澄練,則漸以韻勝,日趨簡淡,易窘邊幅,此文章自然之變也。惟此二篇寓繪絢於穆如之中,故爲可貴。《自始興谿夜上赴嶺》、《和太行山言志》、《和答出雀鼠谷》、《酬趙侍御贈舊僚》,次之《和許給事》,疊用宮室字,于鱗、元瑞皆取此篇,未當。七律《和龍池篇》太拙,此君清空孤拔,不宜厥體故也。其五言壯語云「日照虹蜺似,天晴風雨聞」、「河津會日月,天仗役風雷」、「水紋天上碧,日氣海邊紅」,其澹句云「去舟乘月後,歸鳥息人前」,「聲華大國寶,夙夜近臣心」。其五言絶句,得《照鏡見白髮》、《自君之出矣》二首。宋廣平璟、韓少保休,人品相業，曲江一流人，而不長賦詠。璟《蒲津迎駕》，休《和送張説》，差秀於他篇，亦以人重耳。

杜子美「浮雲連海岱，平野入青徐」，孟浩然「氣蒸雲夢澤，波撼洛陽城」，雖紀地里，氣勢飛動。若子壽《和陝州》之篇，「三晉別」、「兩京同」、「函關盡」、「闕塞通」、「當河陜」、「看洛陽」，所謂田莊牙人，有何趣味？

初、盛之間爲歌行者，萬齊融《緑潭篇》，李昂、賀朝《從軍行》。齊融云「緑水殘霞催席散，畫樓初月待人歸」，昂云「楊葉樓中不寄書，蓮花劍上空流血」，朝云「雞鳴已報關山曉，來雁猶傳沙塞寒」、「邊樹蕭蕭不覺春，天山漠漠常飛雪」，又許景先《折柳篇》云「縈華始遍合歡枝，遊絲半罥相思樹」、「芳樹朝催玉管新，春風夜染羅衣薄」，王灣《擣衣篇》云「月華照杵空隨妾，風響傳砧不到君」，六朝麗情繁綺，餘風未絶。張若虛《春江花月夜》，流傳風媚，擬之《西州曲》，各爲一時絶唱。灣又有《次北固山下》律詩，格正意工，一作《江南意》，首尾不同。然《次北固》佳矣，惟「潮平兩岸闊」與作「兩岸失」者，俱有意，恐「失」字悠忽，不如「闊」字之正大。

張若虛與賀監知章、張尉旭、劉夏縣昚虛、包大理融，號「吴中四士」。賀狂酒黄冠，本不解詩，《送人之軍》五言律，猶近《雅》；《詠柳》、《回鄉偶書》諸絶，皆村學究也。旭頗工絶句，《品彙》遺之，故諸選皆闕。殷璠評昚虛詩云：「情幽興遠，思若語奇。永明以還，特立江表。」高廷禮惑於此言，録其詩於《正聲》，今讀之，絶無古人體格。惟「滄浪千萬里，日夜一孤舟」二語軒朗。諸惡句云「紛紛對寂寞，往往落衣巾」、「應以修往業，亦惟立此身」、「離別惜吾道，風波敬皇休」。包融詩「青爲洞庭山，白是太湖水」，大抵俚拙相類。潤州同時有丁仙芝、張朝、蔡希周、希寂諸子，《詩删》取《英公新構禪堂》、《餘杭醉歌》，濫入可削。《江南曲》五首，似晉樂府。朝《江南行》、希寂《逢祖詠留宴》絶句，亦可。

王駕部翰二《凉州詞》，初、盛間絶句，當推雄伯。張敬忠《邊詞》、張諤《九日宴》、劉庭琦《銅雀臺》亞之。崔惠童《宴城東莊》前二句，與敏童一法，然敏童語樸直，不堪入選。諤、庭琦與岐王範交遊，《紀事》載之甚詳，《品彙》失其世次。

王翰《子夜春歌》、李元紘《相思怨》二五言律，純齊梁調。張子容《長安早春》，一作孟浩然詩，「草迎金埒馬，花伴玉樓人」，必是初唐，非孟體也。翰又有《飲馬長城窟行》，雖無秀句，意啚節調，亦初、盛間歌行之楚楚者。

李北海聲望，一世所歸，當以篆隸，他技若其《銅雀伎》、《詠雲》、《歷下新亭》諸作，尚不堪作神祠占訣，豈可爲詩邪？《太平南莊應制》，僅僅成章，質直無味。

盛唐並推李、杜，然杜才力氣焰籠罩諸公，各體自成一家，不傍他人門户，不必爲盛唐第一，自可爲唐代第一。李意致翩翩，亦多出六朝，但李才大耳。王摩詰才拙於李，而各體兼工，王之不能爲五言古，亦猶李之不能爲七言律也。以李配杜差弱，以王擬李稍過，李當居杜、王之間矣。

太白擬古似有意爲漢者。《古風》全出己調，宋人乃云出於子昂《感遇》。子昂局促枯槁，太白蕭散英多，烏可同日語？且《遊仙》、《詠史》，隱諷時事諸篇，李皆妙得詩致，何嘗有元化、元命諸腐談，而云推慕子昂哉！

六朝句調，至盛唐刊落殆盡，惟太白有之。然天仙欬唾，正不必其爲六朝、盛唐也。其古風《蟾蜍》、《魯連》、《天津》、《擬古》「涉江」、《沐浴子》、《子夜吴歌》、《大隄曲》、《邯鄲卒婦》、《塞上曲》、《關山月》、《妾薄命》、《贈盧司户》、《贈何七判官》、《月夜江行寄崔宗之》、《送族弟襄歸桂陽》、《過斛斯山人宿置酒》、《送韋八之京》、《懷彌衡》、《春日醉起言志》共十九首，可與明遠、玄暉相上下，而氣魄較卓犖。其豪逸之句，如「樊山霸氣盡，寥落天地秋」、「雪照天地明，風開湖山貌」、「狂風吹我心，西挂咸陽樹」、「山將落日去，水與晴空宜」、「長風幾萬里，吹度玉門關」、「長波寫萬里，心與雲俱開」、「春風復無情，吹我夢魂散」、「借問此何時，春風語流鶯」，《望瀑布》云「海風吹不斷，江月照還空」，《邯鄲卒婦》云「每憶邯鄲城，深宫夢秋月」，《懷禰衡》云「五岳起方寸，隱然詎可平」、「至今芳洲上，蘭蕙不忍生」，望而知其爲太白也。長篇《送魏萬》、《贈韋太守》，雖毖以才氣，寔本六朝。若子美《北征》、《述懷》，語多怪拙，遂倡昌黎波句説法，去李懸絶矣。

「但恐生是非」、「樓東一株桃」、「折花不見我」、「昨夜夢裏還」、「堂上醉人喧」、「永言題禪房」、「白髮四老人」、「年年橋上游」，太白之凡語也；「瀏灘鳴嘈嘈」、「撐折萬張篙」、「人悶還心悶，苦辛長苦辛」，太白之俗語也；「天地皆愛酒，愛酒不愧天」、「小時不識月，呼作白玉盤」、「天公見玉女，大笑一千場」、「秦穆五羊皮，買死百里奚」，太白之戲語也；「顰眉寡西笑」、「道可東賣之」，太白之吃語也。此所謂寘陶、謝間，傖父面目者也。

予以高達夫歌行爲正宗，然太白《梁園吟》、《扶風豪士歌》、《單父東樓送族弟》三首，意氣豪邁，固自本調，而轉折頓挫、抑揚起伏之妙，合軌高、岑。今人不能識賞，反重《蜀道難》、《遠别離》諸篇。不知此公才高，故爾狂縱，所謂「如轉巨蛇、駕風螭〔二〕，步驟雖奇，不可訓」者。《獨鹿篇》特高古，四言，魏晉以下，僅見此篇。《公無渡河》篇亦殆庶焉。若《春鶯百轉歌》之流麗，《北風行》、《江上吟》之豪爽，《金陵酒肆留别》、《單父南樓酬竇公衡》之斬截，《憶舊游寄元參軍》之雄𡿿，皆李英作，今人在欲離欲近之間，坐不識李耳。《烏夜啼》、《楊叛兒》、《採蓮曲》、《擣衣篇》，可令總持、孝穆失色，然自有真太白處，不當作梁、陳觀。《夢游天姥吟》恍惚變怪，導

〔二〕「轉」，或爲「摶」之誤。明嘉靖刻本李夢陽《空同集》卷六一《再與何氏書》：「君詩如摶巨蛇、駕風螭，步驟即奇，不足訓也。」

玉川先路。《鳴皋歌》、《送岑徵君》、《幽磵泉代寄情》，非徒學騷體，且糅以文筆，皆其駁雜不倫者。《廬山謡》不免作算博士，若《上云樂》、《白鳩舞》、《稚子斑》之鄙拙，《五雲裘歌》之淺稚，實太白平生陷缺矣。（太）［大］抵後人讀李歌行，不尋其豪放傑出、神奇天縱之本色，而驚其跅弛譎詭、長短不齊之變調。王元美稱曰：「主氣曰自然。」胡元瑞云：「太白變化極於歌行。」猶朦朧未分曉。宋人則直以《夢游天姥》、《遠別離》爲子美不能作矣。

「堂中各有三千士，明日報恩知是誰」、「昔人豪貴信陵君，今日耕種信陵墳」、「舞影歌聲散緑池，空餘汴水東流海」，悲壯頓挫，可與高、岑合喙。「日照新妝水底明，風飄香袂空中舉」、「有便憑將金剪刀，爲君留下相思枕」、「莫捲龍鬚席，從他生網絲」、「且留琥珀枕，或有夢來時」、「妾有秦樓鏡，照心勝照井」、「願持照新人，雙對可憐影」，嬋娟綽約，可與梁、陳同聲。「屏風九叠雲錦張，影落明湖青黛光」、「佳人當窗弄白日，閑將手語調鳴箏」、「春風捲入碧雲去，千門萬户皆春聲」、「坐來黄葉落四五，北斗已挂城西樓」、「捲簾見月清興來，疑是山陰夜中雪」、「黄河落天走東海，萬里瀉入胸懷間」、「燕山雪花大如席，片片飛落軒轅臺」、「興酣落筆摇五岳，詩成嘯傲凌滄洲」，此其平生豪氣，一往奔放者。「連峰去天不盈尺，枯松倒挂倚絶壁」、「千岩萬轉路不定，迷花倚石忽已暝」、「青冥浩蕩不見底，日月照耀金銀臺」，此其縱筆變幻，峻奪人魄者。曰神曰化，行乎諸篇之中，即天仙口語，不可思議者，是非以《遠別離》諸作爲神化也。又如「偶逢佳境心已醉，忽有一鳥從天來」，則傷咄易；「此江若變作春酒，壘麴便築糟丘臺」、「黄鶴上天訴上帝，却放黄鶴江南歸」，亦太戲劇，皆太白病處。

予能辨詩格，不喜解詩義，蓋古人興寄幽遠，非自注本末，後人測擬，暗中摸索，徒自紛呶。如《蜀道難》，或以爲因明皇幸蜀而作，味「所守或匪親，化爲狼與豺」，豈因西狩作哉？《杜集》諸句，如「獨鶴歸何晚，昏鴉已滿林」、「微升古塞外，已隱暮雲端」，誠有似托喻隱刺時事者，遂爲腐儒口實，然直作晚景初月觀可也。

宋人沾沾李、杜，實不識李、杜。魯直所謂真太白者，「請君試問東流水，别意與之誰短長」也；永叔所謂豪放驚動千古者，「清風明月不用一錢買，玉山自倒非人推」。嗚呼，末哉！

李翰林天才縱逸，極不喜排偶，然五言律未嘗不工。予取「塞虜乘秋」篇、「侍從甘泉宫」、《送友人》、《送友人入蜀》、《秋登謝脁北樓》、《太原早秋》，次《寄淮南友人》、《觀吴人吹笛》、《過崔八水亭》，又《塞下曲》二首、《送張舍人之江東》，凡十二首。排律取《贈宋中丞》、《登揚州西靈塔》，次《歸山寄孟浩然》、《送友尋越山水》、《送儲邕之武昌》，凡五首。對語精鍊者，「蘿月掛朝鏡，松風鳴夜絃」、「塔形標海日，樓勢出江烟」、「湖清霜鏡曉，濤白雪山來」、「露濯梧楸白，霜催橘柚黄」、「陣解星芒落，營空海霧消」、「邊月隨弓影，胡霜拂劍花」、「霜仗懸秋月，霓旌卷夜雲」、「海雲迷驛道，江月隱鄉樓」、「山隨平野盡，江入大荒流」、「月下飛天鏡，雲生結海樓」、

「離筵怨芳草，春思結垂楊」、「山從人面起，雲傍馬頭生」、「人烟寒橘柚，秋色老梧桐」、「霜威出塞早，雲色渡河秋」、「白雪關山遠，黄雲海樹迷」、「猿嘯千谿合，松風五月寒」；對語曠遠者，「水寒夕波急，木落秋山空」、「月隨碧山轉，水合青天流」、「人分千里外，興盡一杯中」、「浮雲遊子意，落日故人情」、「檐飛宛溪水，窗落敬亭雲」。起佳者，「去國登兹樓，懷歸傷暮秋」、「獨坐青天下，專征出海隅」；結佳者，「吴洲如見月，千里幸相思」、「辭君向天姥，拂石卧秋霜」、「復作淮南客，因逢桂樹留」。其病句，如「門前五楊柳，井上二梧桐」、「留却醉嫦娥，升堂接綉衣」、「於此泣無窮，三杯爲爾歌」，不過一二，未若子美之多利鈍也。七言律非所長，《送賀監》稍見一斑。《鳳凰臺》、《鸚鵡洲》，刻鶩可厭。「宅近青山同謝朓，同臨緑水似陶潛」，但作門聯；「先師有訣神將助，大聖無心火自飛」，可與黄冠念誦也。「借問欲棲珠樹鶴，何年却向帝城飛」、「取醉不辭留夜月，雁行中斷惜離群」，二結語亦佳。

《宫中行樂詞》，非太白本調，頗近初唐。「寒雪梅中盡，春風柳上歸」、「宫花争笑日，池草暗生春」、「只愁歌舞散，化作綵雲飛」、「今朝風日好，宜向未央游」，皆初唐句也，中語且有肥濁涉俗趣者。《新鶯百囀歌》流麗異於諸篇，亦以應詔故耳。

李、王之論，以太白五、七言絶，爲唐三百年一人，並入神品。以予論之，七言絶可謂之神矣，五絶則未也。蓋五言絶，原系近體，非古詩樂府，而字少聲促，以紆徐婉轉、含蓄雋永爲貴。

若高古俊逸，猶是第二義。《李集》佳者，《玉階怨》、《渌水曲》、《送陸判官往琵琶峽》、《韋參軍量移東陽》、《勞勞亭》數首，亦未必登峰造極，可超出王維、崔國輔之上。如「相看兩不厭，只有敬亭山」，筋骨已露；「白雲他自散，明月落誰家」，意調太揚；「菊花何太苦，還應釀老春」之類，或是贋作，益不足言矣。惟七言絶二《長門怨》、《客中行》、《峨眉山月歌》、《王昌齡左遷遥寄》、《黄鶴樓送孟浩然》、《早發白帝城》，不立意，不造句，神化所至，一氣呵成。讀者但有詠嘆舞蹈，而不可思議。又如三《清平調》、《上皇西巡》「誰道君王」篇、《巴陵贈賈舍人》、《遊洞庭湖》「洞庭西望」篇、《望天門山》、《秋下荊門》、《蘇臺覽古》、《黄鶴吹笛》、《春夜洛城聞笛》，少遜前諸作。然玄圃積玉，不失連城，使無王龍標作配，真堪獨有千古矣。如《贈汪倫》、《山中問答》，急直凡近者，大家恒態，亦不必護其短也。

宋人談詩，一代譫囈，固爲可笑。有楊天惠者，謂太白少時嘗爲縣小吏，撰造諸俚俗句，惡口誣衊，當永劫墮拔舌報。若《懷素草書歌》及《文苑英華》逸篇，宋人亦已識其僞矣。

杜詩佳處，有雄壯語、痛快語、秀麗語、蒼老語、忠厚語、平典語，累處有粗豪語、村俗語、險瘦語、庸腐語、鬼怪戲劇語、强造生澀語。蓋此老胸中壁立，無一體不自運天矩。「語不驚人死不休」、「恐與齊梁作後塵」，是其一生本領。然竊攀屈、宋，熟精《文選》，亦自明言其所得，如河潤千里，必本星宿之源，所以利鈍雜陳，涇渭並泛，終不失爲大家。古今不可無一，不可有二。

其詩不可不讀，亦最不易讀，非具天眼者，未有不墮霧隨塲者也。然予得一讀杜詩捷法，但看宋人詩話所甚口贊嘆者，非老杜極佳之詩，即係其極惡之詩，以此參之，十不失一。劉須溪旁門小乘，間或窺斑，然終溺宋人見解，閲者大須甄擇，勿誤祈嚮。

杜五言古，當以「朝進東門營」壓卷，其次《渼陂西南臺》，字字作康樂體，今人不能讀也。「男兒生世間」近六朝語，「獻凱日繼踵」得樂府意。「磨刀嗚咽水」、「迢迢萬餘里」、「驅馬天雨雪」、「單于寇我壘」，短小精悍。《潼關吏》、《新安吏》、《石壕吏》、《垂老别》、《新婚别》、《羌村》，沈著痛快中時出鄙態露語，所以爲杜也。《紀行》諸詩，本乏佳致，宋人妄云「變化方駕史公」，又云「少作分明如畫」。高棅熒惑失守，《正聲》選甚猥雜。如《鳳凰臺》乃子美發於餘竅者；《石龕》、《水會渡》、《五盤》，「熊羆」、「虎豹」，「好鳥」、「多魚」之率易，「積水」、「星乾」之怪迂，與「發興自我輩，吾將罪真宰」一例可笑耳。《寒峽》：「野人尋烟語，行子傍水餐。此生免荷殳，未敢辭路難。」四語悽苦，在諸作中最有意。《成都府》、《法鏡寺》稍平穩，《寫懷》「勞生共乾坤」，雨峽雲行，清曉佳人。《贈衛八處士》，亦近粹少疵。若其《望嶽》、《慈恩塔》，（闕）［開］昌黎之惡徑；《玉華宫》、《夢李白》，淪常尉之鬼趣；《寫懷》後篇，决宋人之下流，千古人可恨事。以世人競選，不得不辨。

古詩宗蘇、李、《十九首》，譬之《六經》爲聖人法言。曹氏兄弟既左[一]。子美雄剛之才，倔強之氣，快心柴骨，不忘粗鄙。時有此喻，狂譎可笑，在杜固不妨其大，後學陷此，永永墮落。宋人如子瞻，尚謂蘇、李詩爲僞作，餘子瑣瑣如醯雞埳蛙，本不解古詩爲何物，但見杜陵有此作，則以爲詩之至者如是也。繆種流傳，習非勝是，惜哉！

宋人不解詩，尤不解古詩，以其數典忘祖。子昂、李、杜之上，更不知漢魏、六朝也。以兩漢體引繩杜詩，則杜乃村僕傖童，壞家法者耳。如劉須溪評「始知衆星乾」云「窮而不澀」，評「齊魯青未了」云「雄蓋一世」，「心清聞妙香」云「便爾超悟」；梅聖俞評「少人」、「多虎」句，云「含蓄不可模倣」。杜之所以尚遜陶、謝者，弊正坐此。宋人所鑽仰以爲不可及者，亦正在此。嗚呼！宋人誤認子美乎？子美誤導宋人乎？如「盪胸生層雲，決眥入歸鳥」之奇險，「羲和鞭白日」、「巨顙折老拳」之怪俗，昌黎一生，險句、諢句不出此境。嗚呼！子美又誤昌黎矣。

漢詩元氣鬱勃，含華隱耀，不露圭角。至曹公始有忼慨悲涼之氣。工部五言古，一以沉著痛快爲主。「磨刀嗚咽水，水赤刃傷手」、「徑危抱寒石，指落層冰間」[二]、「中天懸明月，令嚴夜

[一] 原本以下闕十三字。

[二] 「冰」，原本兩「冰」字，當衍，據《九家集注杜詩》卷五删。

寂寥」、「悲笳數聲動，壯士慘不驕」、「送行勿泣血，僕射如父兄」、「急應河陽役，猶得備晨炊」、「天明登前途，獨與老翁别」、「婦人在軍中，兵氣恐不揚」、「家鄉既蕩盡，遠近理亦齊」、「千秋萬歲名，寂寞身後事」、「夜闌更秉燭，相對如夢寐」、「天寒翠袖薄，日暮倚修竹」，諸句皆古人所未道者，不妨自子美作古。有失之太盡者，若「生死向前去，不勞吏怒瞋」、「眼枯却見骨，天地終無情」、「幸有牙齒存，所悲骨髓乾」、「朱門酒肉臭，路有餓死骨」，氣憤脉張，悲傷怨怒，乃害古也。七言歌行亦然。「清渭東流劍閣深，去住彼此無消息」、「人生有情淚霑臆，江水江花豈終極」、「梨園子弟散如烟，女樂餘姿映寒日」、「金粟堆南木已拱，瞿塘石城草蕭瑟」、「四方多風谿水急，寒雨颯颯枯樹濕」、「黄蒿古城雲不開，白狐跳梁黄狐立」，真境真事，庶幾可觀可怨之音。「况復秦兵奈苦戰，被驅不異犬與雞」、「縣官急催租，征稅何從出」、「豈聞一絹直萬錢，有田種穀今流血」，則怨誹而亂，乖敦厚之本教矣。宋詩有如戟手駡詈者，亦其流弊也。

予嘗讀杜陵古詩深奥者，輒慮云：得無流爲韓昌黎乎？讀王維古詩淺直者，輒慮云：得無流爲白香山乎？蓋未嘗不惕然爲戒，視爲止，行爲遲也，毫釐千里，作者慎之。

杜陵歌行氣骨崚嶒，語意奇奥，卓然創體。《哀王孫》、《哀江頭》，悲壯可泣鬼神；《短歌行贈王司直》、《莫相疑行》、《薛華醉歌》、《醉歌行》、《樂遊園歌》，豪氣横溢不可當。一(人)[入]促節，感人潸涕。題詠則《曹將軍畫馬圖引》、《丹青引》、《鄭公驄馬行》、《高都護驄馬行》、《劍器行》，銛鋒老筆，慷慨精神，千秋獨絶。《洗兵馬》駢偶壯麗，又諸篇之別調。《夜聞觱粟》、《越王樓歌》，用初唐八句二韻格，而氣韻自(是)[足]。老杜《渼陂行》，峻語駭心而不淪異趣。此十六首並佳什也。《兵車行》之痛快亦佳，亦不佳。《七歌》如危弦急管，短促哀慘，但長鴟、駕鵝、蛇遊、龍蟄之類，則欺人技倆，不模不範。《麗人行》填塞少風味，《八仙歌》戲劇無檢裁，俱不足尚。

七言古諸佳篇，多陡然而發，腕有萬斤力，中間起伏轉接，怪怪奇奇，結如「眼中之人吾老矣」、「足繭荒山轉愁疾」、「青鞋布襪從此始」、「青絲絡頭爲君老」、「仰視皇天白日速」、「獨立蒼茫自詠詩」，正所謂橛聲一擊，萬騎寂然者。「君知天地干戈滿，不見江湖行路難」、「君王舊迹(令)[今]人賞，轉見千秋萬古情」，又何其悽惋而多風也。

世人言杜律詩必稱其神化，予謂律之神化，乃是人巧之極，妙奪天工，從心不逾，周旋自中。若瘦硬生澀，巧稚顛縱，以爲神化，非予所知也。其五言律作法雖多端，不過雄渾精麗、奇拔清峭二品。如《春宿左省》、《送張司馬南海勒碑》、《兖州城樓》[一]、《岳陽樓》、《秦州》「隗宮」「鳳林」二篇、《旅夜書懷》、《夜》「絶岸」篇、《曉望》、《房兵曹胡馬》十首，上也；《曉出左掖》、《月夜

[一]「兖」，原本作「刻」，據杜甫《九家集注杜詩》卷十七《登兖州城樓》改。

憶舍弟》、《寄第五弟豐江左》、《送元二適江左》、《夜宴左氏莊》、《題玄武屋壁》、《喜達行在》「死去」「愁思」二篇、《滕王亭子》、《禹廟》、《洞房》、《秦州》「滿目」「莽莽」二篇、《江漢》、《野望》、《倦夜》、《閬州别房太尉墓》、《武衛將軍挽詞》十八首，次也。《江漢》若非「乾坤」、「日」、「月」、「風」字混雜，可入上選。《禹廟》「早知乘四載，疏鑿控三巴」，畢竟收頓不住，或曲與生説，非也。《正聲》選《宿江邊閣》，後四句最惡。胡元瑞所云淡而洗削者，《吾宗》、《可惜》、《避地》之屬，膚庸憔悴，甚者若枯枿死灰。夫西子不潔，過者掩鼻；大木朽蠹，匠石不顧。概應焚棄，永絶禍端。

諸排律强力宏蓄，排蕩汪洋，氣壓沈、宋、王、李諸公，集中當以《謁先主廟》爲第一。「錦江元過楚，劍閣復通秦」，無限傷感；「虚檻交鳥道，枯木半龍鱗」，描寫生色；「如何對摇落，况乃久風塵」，十字開闔，古今無如此磊落渾成者，劉須溪所評得之。《寄李白》「五嶺炎蒸地」以下，一唱三嘆，傷心酸鼻，而從容於法律之中，尤不可及。《洛城謁玄元廟》、《行次昭陵》、《重經昭陵》，俱雄大精整，真光焰萬丈。《出江陵寄鄭審》悲壯合度，而諸家不録，《品彙》亦遺，何也？《江陵望幸》、《太歲日》、《千秋節有感》首篇，《春歸》、《哭李尚書》，檢匝語雋，然局面不闊，非其至者。《贈哥舒》首云「今代麒麟閣，何人第一功。君王自神武，駕馭必英雄」，末云「防身一長劍，將欲倚崆峒」，甚宏偉而中不克副。「日月低秦樹，乾坤繞漢宫」，不免大言虚喝；「軒墀曾寵鶴」，誤用觸諱。《上韋左相》「八荒開壽域，一氣轉鴻鈞。霖雨思賢佐，丹青憶老臣」、「北斗司喉舌，南方領縉紳」，甚冠裳；而「范叔已歸秦」、「聰明過管輅」等句，牽合無趣。《贈汝陽王》少鋒鋩，末句「終不愧孫登」，復爲韻所强。長篇三十韻至百韻，雖如淮陰將多，終有屑湊繁碎及位置失所之病。《寄賈嚴五十韻》，布格已成，駁語爲累。《岷山沱江畫圖》〔二〕，如郗方回奴，僅小有意。《九日》淺淡，《酬十一舅》、《惜别》乾瘦，俱非佳作。七言排律四首，板對蕪辭，此公蛇足耳。

王元美謂杜七言律微減五言，而品五律爲神，七律爲聖，殊未然。李新鄉之風華圓秀，固是正宗；杜拾遺之老鍊雄深，允爲大家。「老去悲秋」、「西山白雪」、「花近高樓」、「玉露凋傷」、「昆明池水」、「歲暮陰陽」、「楚王宫北」、「風急天高」諸章，跌宕瑰奇，悲凉濃厚，精神凌厲千古，法律細入毫（茫）[芒]。其次《宣政》、《紫宸退朝》、《送韓十四省親》、《野老》、《秋興》「夔府」「長安」「瞿塘」「蓬萊」又四篇、《和裴迪早梅見寄》、《將赴荆南别李薊州》、《宿府》、《小寒食舟中作》，唐人一代諸集，有此大觀極則否邪？餘篇有全不用事，不著色，清空質勁，如冰稜石骨者；有異體劣調，生拗崎險，懈怠草率，如枯骸占訣者。蘇、黄、陳宗派，全爲此老所誤。又有虚

〔二〕「岷」，原本作「沅」，據《九家集注杜詩》卷二十六《奉觀嚴鄭公廳事岷山沲江畫圖十韻得忘字》改。

喝套句，若「二儀清濁還高下，三伏炎蒸定有無」；措大腐談，若「朝廷衮職誰能補，天下軍儲自不供」，爲今人酷尚極摩者，在杜則可，學杜則不可，作法於凉，當以爲戒。《秋興》之「兩開」、「一繫」、「實下」、「虚隨」、「御氣」、「小苑」，《曲江》之「桃花」、「楊花」、「黄鳥」、「白鳥」，皆字法之嫩俗者。「碧梧棲老鳳凰枝」，蓋鳳非梧桐不棲故云，然當時豈真有鳳凰乎？句本直下，未嘗倒插，後人勿得誤認。

子美之詩，大都作於天寶亂離之代，隴蜀漂泊之秋，故睠念闕庭，悲懷骨肉，關塞干戈，艱難老病，苦心怨調，凄斷營魂，非直才性所近，亦適會其時耳。《紫宸》、《左掖》諸作，則一味濃麗，已絶不作此體。今代際明盛，朝野歡娱，自有太平之音，何必再陳芻狗，無疾呻吟哉！學杜者先須識此。

杜句如「宫殿青門隔，雲山紫邏深」、「春色浮山外，天河宿殿陰」、「江山有巴蜀〔二〕，棟宇自齊梁」、「風起春燈亂，江鳴夜雨懸」、「岸花飛送客，檣燕語留人」、「渭北春天樹，江南日暮雲」、「月明垂葉露，雲逐度溪風」、「飛星過水白，落月動沙虚」、「碧知湖外草，紅見海東雲」、「四更山吐月，殘夜水明樓」、「花動朱樓雪，城疑碧樹烟」、「草肥蕃馬健，雪重拂廬乾」、「遠鷗浮水静，輕

〔二〕「有」，原本作「自」，據《九家集注杜詩》卷二十四改。

燕受風斜」、「飄零神女雨，斷續楚王風」、「清暉迴群鷗，暝色帶遠客」、「江城孤照日，山谷遠含風」、「無風雲出塞，不夜月臨關」、「月明垂葉露，雲逐度溪風」、「露從今夜白，月是故鄉明」、「野館濃花發，春帆細雨來」、「雲石熒熒高葉曉，風江颯颯亂帆秋」、「含風翠壁孤云細，背日丹楓萬木稠」、「桂秋硬日吟風葉，籠竹和烟滴露(稍)〔梢〕」[二]、「絶壁浮雲開錦繡，疏松隔水奏笙簧」，皆美秀文雅，極風人才子之致，但中間有造語響字，所以爲杜格耳。黄學陳、杜[三]，於此等處，亦曾理會否？

《杜集》最多雄句。五言，「北風隨爽氣，南斗避文星」、「風連西極動，月過北庭寒」、「星臨萬户動，月傍九霄多」、「落日心猶壯，秋風病欲疏」、「星隨平野闊，月湧大江流」、「地坼江帆隱，江清木葉聞」、「地平江動蜀，天闊樹浮秦」、「蛟龍纏倚劍，鸞鳳夾吹簫」、「立神扶棟宇，鑿翠開户牖」、「山河扶繡户，日月近雕梁」、「指麾安率土，盪滌撫洪鑪」、「所向無空闊，真堪托死生」；七言，「船舷暝戛雲際寺，水面月出藍田關」、「三年笛裏關山月，萬國兵前草木風」、「晝洗須騰涇渭深，朝趨可刷幽并夜」、「雄姿未受伏櫪恩，猛氣猶思戰場利」、「魏侯骨聳精爽緊，華岳峰尖

[二] 按，此兩句《九家集注杜詩》卷二十一《堂成》作「榿林礙日吟風葉，籠竹和烟滴露梢」。

[三] 「黄學陳、杜」，當爲「黄、陳學杜」之誤。

見秋隼」、「觀者如山色沮喪，天地爲之久低昂」、「藍水遠從千澗落，玉山高並兩峰寒」、「錦江春色來天地，玉壘浮雲變古今」、「江間波浪兼天湧，塞上風雲接地陰」、「返照入江翻石壁，歸雲擁樹失山村」、「五更鼓角聲悲壯，三峽星河影動摇」、「落花遊絲白日静，鳴鳩乳燕青春深」、「側身天地更懷古，回首風塵甘息機」、「三峽樓臺淹日月，五谿衣服共雲山」、「百年地僻柴門迥，五月江深草閣寒」。已上諸語，真有金鳷擘天，神龍戲海之勢。「織女機絲虚夜月，石鯨鱗甲動秋風」，以渾融語寫寂寞境，尤此老奇絶。至若「白日留孤樹，青天失萬艘」，則尖矣；「朝罷香烟携滿袖，詩成珠玉在揮毫」，則俗矣；「日月籠中鳥，乾坤水上萍」，則大言無當矣。集長棄短，法戒具存。

「近淚無乾土，低空有斷雲」、「生還今日事，間道暫時人」、「獨坐親雄劍，哀歌嘆短衣」、「親朋無一字，老病有孤舟」、「死去憑誰報？歸來始自憐」、「勳業頻看鏡，行藏獨倚樓」、「天風隨斷柳，客淚墮清笳」、「無家問消息，作客信乾坤」、「永夜角聲悲自語，中天月色好誰看」、「萬里悲秋長作客，百年多病獨登臺」、「路經灩澦雙蓬鬢，天入滄浪一釣舟」，惟子美於聲律之間，多作傷心苦句，而沈雄遒古，絶無哀氣，所以爲杜也歟！

律詩工於發調者，「冠冕通南極，文章落上臺」、「草昧英雄起，謳歌曆數歸」、「慘淡風雲會，乘時各有人」、「玉露凋傷楓樹林，巫山巫峽氣蕭森」、「瞿塘峽口曲江頭，萬里風烟接素秋」之氣概；「滿目悲生事，因人作遠遊」、「鳳林戈未息，魚海路常難」、「細草微風岸，危檣獨夜舟」、「歲暮陰陽催短景，天涯霜雪霽寒宵」之悽惋；「今夜鄜州月，閨中只獨看」、「不識南塘路，今知第五橋」、「野老籬前江岸迴，柴門不正逐江開」之自在。工於結尾者，「萬里黄山北，園陵白露中」、「清渭無情極，愁來獨向東」、「古來存老馬，不必取長途」、「飄飄何所似，天際一沙鷗」、「輕烟繞闤闠，白首壯心違」、「無由睹雄略，大樹日蕭蕭」、「從來謝太傅，丘壑道難忘」、「平生飛動意，見爾不能無」、「平生爲幽興，未識馬蹄遥」，《耳聾》云「黄落驚山樹，呼兒問朔風」、「明年此會知誰健，醉把茱萸仔細看」、「寒衣處處催刀尺，白帝城高急暮砧」、「關塞極天惟鳥道，江湖滿地一漁翁」、「戎馬相逢更何日，春風回首仲宣樓」、「雲白風清萬餘里，愁看直北是長安」，大略感慨沈雄者，十居八九，遂爲老杜家數矣。起句，如「天門日射黄金榜」、「東閣觀梅動詩興」之俗板，「誰家巧作斷腸聲」、「百年世事不勝悲」之庸陋；末句，如「柔櫓輕鷗外，含悽覺爾賢」、「用盡閨中力，君聽塞外音」之喘急，「分明怨恨曲中論，志決身殲軍務勞」之議論，皆子美惡札。

五、七言絶，世謂子美一無所解。予取其「江碧鳥逾白」、「釣艇收緡盡」、「馬上誰家白面郎」、「東逾遼水北滹沱」四首，皆非世所嘗選也。「紫氣關臨天地闊，黄金臺貯俊賢多」，自是壯語，半律無妨。「窗含西嶺千秋雪，門泊東吴萬里船」，亦雄麗，恨前二句太拙。《虢國夫人》，是張祜，與子美無與。

《彭衙行》、《義鶻行》、《畫鶻行》、《戲贈友》、《牽牛織女》、《早行》、《鹽井》、《劍門》、《將種秋菜》、《督耕》、《修水筒》、《樹鷄栅》、《園官送菜》、《槐葉冷陶》諸五言古，《觀打魚》、《縛雞行》、《茅屋爲秋風所拔嘆》、《徐卿二子歌》諸七言古，《呈盧侍郎吾宗酒醬見遺》、《覓小猢孫》，詠物諸五言律，《柏學士茅屋》、《撥悶》、《晝夢》、《早秋苦熱堆案相仍》、《題桃樹》、《黑白二鷹》、《又呈吴郎》諸七言律，俱全篇邨鄙。七言絶尤甚，餘篇往往有一二句，或三四句，邨氣不可耐者。又有如「魚龍開闢有，菱芡古今同」、「十五男兒志，三千弟子行」、「賈生對鵩傷王傅，蘇武看羊陷賊庭」、「籬邊老却陶潛菊，江上徒逢袁紹杯」之庸陋者。又有如「韓蔡同鼂鼊，童丱連居諸」、「投撑聲窸窣，存没再嗚呼」、「天笑不爲新，池水觀爲政」之類不成語者。又有如「正想滑流匙」、「拖玉腰金報主身」之類太卑瑣者。村夫子之目子美，何以自解？然人知其爲紕漏，不足誤後生，惟「魂來楓林青，魂返天地黑」、「陰房鬼火青，壞道哀湍瀉」之幽昧，「乃是滿城鬼神入，真宰上訴天應泣」、「蓬萊織女回雲車，指點虚無引歸路」、「峽坼雲霾龍虎睡，江清日抱黿鼉遊」之怪譎，「韋曲花無賴，家家惱殺人」、「諸峰羅立似兒孫」之戲諢，「殺人亦有限，立國自有疆」、「禍自燧人氏，屬階董狐筆」、「伯仲之間見伊吕，指揮若定失蕭曹」之史斷，「江山如有待，花柳更無私」、「水流心不競，雲在意俱遲」、「扶遲自是神明力，正直元因造化功」、「細推物理須行樂，何用浮名絆此身」之學究，「思家歲月清宵立，憶弟看雲白日眠」、「南菊耳逢人卧病，北書不至雁無情」之板拙，「遣興莫過詩」、「新詩句句好」、「漸於詩律細」之類，開口説詩之可厭。宋人種種魔境，皆此公作導師，故詩至子美，實唐之終而宋之始也。《蓬萊》、《織女》一種句格，又是「西崑」之祖。

原杜「織女回車」及「馮夷擊鼓」、「湘妃出歌」等語，源出楚詞《九歌》。然《九歌》以事神，漢《郊祀歌》亦是此意，若吟詠情性，不得用此杳冥恍惚語。

五言古《杜鵑》、七言古《桃竹杖引》之類，皆體之怪者。「燕子來舟中」之論説，尤是魔道。杜《詠竹》云「風吹細細香」，或謂竹無香，不知竹有一種清芬氣韻，鼼之撲鼻者，即香也。《詠柏》云：「霜皮溜雨四十圍，黛色參天二千尺。」或謂太細長，不知參天者其色耳。人眼光可望天際，何謂無二千尺邪？如此論詩，皆高子、咸丘之見。惟「日月籠中鳥」諸句，簸弄之極，失於巧稚耳。

「天門晴開詄蕩蕩」，本用漢樂府句，諸刻本「詄」誤作「映」。「曾閃朱旗北斗殷」，亦誤作「閑」。張九齡詩「萬丈紅泉落」，本用謝靈運《山居賦》「托丹砂於紅泉」，下句云「迢迢半紫氛」，正相呼應。刻本「紅」作「洪」，亦非也。「天閲」、「天闕」諸穿鑿之説，則大爲詩累。學若不燒却宋頭巾詩話，鮮有不墮惡趣者。

宋人又有專主愛君愛國、惻怛忠厚爲杜勝李者。如「獨使至尊憂社稷，諸君何以答昇平」、

「惟將遲暮供多病，未有涓埃答聖朝」，惟《杜集》有之。杜氣劾筆蒼，適羅世變，故應創千古未備一格。盛唐諸公不必如此，後人學老杜，又未若學盛唐也。

杜詩最惡陋，無如詠物諸篇。《櫻拂》云「不堪代白羽，有足除蒼蠅」，《雨》云「隨風潛入夜，潤物細無聲」，《月》云「兔應憐鶴髮，蟾亦戀貂裘」，《梔子》云「於身色有用，與道氣傷和」，《庭草》云「步履宜輕過，開筵得屢供」，《柳》云「紫燕時翻翼，黄鸝不露身」，《花鴨》云「羽毛知獨立，黑白太分明」，《鵝》云「引頸嗔船逼，無行亂眼多」，《百舌》云「知音兼衆語，整翮豈多身」，《猿》云「前林騰每及，父子莫相離」，《黄魚》云「胭膏兼飼犬，長大不容身」，《白小》云「白小群分命，天然二寸魚」，《雞》云「紀德名標五，初鳴度必三」、「問俗人情似，充庖爾輩堪」，俱田叟樵童羞赧齗舌者。諸篇若作比喻解之，以理趣求之，尤可厭惡。劉須溪評《詠促織》「悲歌與急管，感激異天真」，云「灑落可悲」，吾不知其意云何。《味梅》云「幸不折來傷歲暮，若爲看去亂鄉愁」，畢竟是老筆，較李群玉「玉鱗寂寂飛斜月，素手亭亭待夕陽」，氣概百倍。郭江夏不伏弇州推許，未然。

杜必簡《詠月》云：「暫將弓並曲，翻與扇俱團。露濯清輝苦，風飄素影寒。」前二句嫩拙，後二句清高。少陵《詠月》云：「入河蟾不没，擣藥兔長生。只益丹心苦，能添白髮明。」前二句板笨，後二句老勁。其得失正相似，豈家法固然邪？爲之失笑。

杜之有餘者，氣骨也，才力也；不足者，和平也，醞籍也。杜有秀句麗句，所以與高、岑唱和也；杜有粗句村句，所以與李邕、元結酬答也。

韓退之自評其文不專一，能怪怪奇奇，而稱杜「光焰萬丈」，則韓之知杜，知其奇怪而已。元、白本好窮極聲韻，千言五百言以相驅駕，而元之稱杜惟曰「鋪陳排比」，白惟曰「覶縷貫穿」而已。王敬美謂：「子美無露句。」而杜詩骨多肌少，氣鋭神暢，痛快之極，實多刻露。胡元瑞又以杜兼儲光羲、孟雲卿、常建、任華爲集大成，則是檀下必有籜而後爲觀美，佛頭必著糞而後爲嚴飾。清廟圭璋，借潤於瓦礫；幽谷芝蘭，襲氣於鮑肆也。子美之詩豈易言哉！正索解人不可得，此之謂乎？

嚴儀卿《答吴景仙書》謂：「『雄深雅健』此四字，但可評文，於詩則用『健』字不得。」此因坡、谷諸公一派，過爲丁寧耳。詩如子美撥刺執動，虯蟉氣雄，如激矢之末，力可以穿七札，垂雲之餘，怒可以搏九霄，亦何嘗不健也！

說詩補遺卷七

馮復京嗣宗著

王右丞詩，惟五言古礲錯功少，其各體無所不能。而於一體之中，神情傳合，濃淡幽顯，各極其致。有纖麗如齊、梁者，有風藻如沈、宋者，有古淡如孟、韋者。晚節棲寂園林，皈心貝典，盡忘色相，獨暢禪宗，自詩人以來，此秘未睹，爲大家不足，爲名家有餘。

四言古詩，當出入《風》、《雅》，以韋孟爲式，有一字不典古，便陷流俗。摩詰《酬諸公見過》諸篇，不如無作。

唐人不知五言古之法，李多昉六朝，杜自操己調。右丞亦但知劇濯浮華，以自然閑遠勝耳。《齊州送祖三》、《别弟望藍田山》，近孟浩然格。「天寒遠山浄，日暮長河急」、「遠樹蔽行人，長天隱秋塞」，句甚清迥。《贈祖詠》，雖數轉韻，情境斐亹。《崔季重前山興》有意效陶，「悠悠西林下，自識門前山」，氣味逼近。舍短推長，寧取此四篇。餘間墮儲光羲惡道，中如《偶然作》之類，予嘗戲謂其末章有云「老來懶賦詩」，如此六首詩，雖不賦亦可也。《羽林騎閨人》云「離人堂上愁，稚子堵前戲」，《藍田精舍》云「老僧四五人，道心及牧童」，如此語入《正聲》，豈不誤學耶！《西施詠》云「君寵益驕態，君憐無是非」，唐調稚鈍，亦可嗤也。《扶南曲》云「同心勿遽遊，幸待春妝竟」，《早春行》云「愛水看妝坐，羞人映花立」，與七言《洛陽兒女行》，俱其作齊梁調者。《哭殷遥》雖直率，真情動人。

詩莫盛於初、盛唐，所以遂無五言古者，其病有二。一曰章句之簡，如陳子昂、孟浩然輩，一篇多止八句、六句，不知《選》詩篇多閎富。惟「涉江採芙蓉」、「庭中有奇樹」，乃是八句漢詩，然氣味之深長，音節之和緩，有似累千百言者。若唐人作簡短，非過於刻削，則一味枯淡而已。一曰下筆之率，如王摩詰、儲光羲輩，趁韻而成，不加追琢，一氣直下，無復姿態。農桑樵牧之常談，皆充詩料；寒暄應對之凡語，認爲自然。欲以超越六朝，而不知漢魏無是也，故學唐不如學《選》也。

七言古詩《老將行》、《燕支行》，詞旨悲壯，音調抑揚，妙處不可盡述。《隴頭吟》、《桃源行》、《夷門歌》俱佳。諸篇結法，多以平調行之，令人自遠，與高、岑不同，如「蘇武纔爲典屬國，節旄空落海西頭」、「七十老翁何所求」、「不辨仙源何處尋」是也。至如「終知上將先伐謀」則弱矣。《答張五弟》神情蕭散可喜，《歸山》、《祠神》，意淺格卑，不可爲《騷》。《崇梵僧》、《黄雀癡》連呼二句，此體最可笑也。

唐人五言律，子美而下，當推摩詰。徐伯臣云：「詞華新朗，意度幽閑。上登清廟，則情近圭璋；幽徹丘林，則理同泉石。」即《詩藪》所云「綺麗」、「精工」二派也。當以《從歧王過楊氏別業》、《同崔員外秋宵夜直》、《終南山》、《觀獵》、《送丘爲歸江東》爲上，《終南別業》、《山居即事》、《過香積寺》、《登辨覺寺》、《歸嵩山作》、《酬張少府》、《送賀遂》、《送孟六歸襄陽》、《送劉司直赴安州》次之，凡十六首。排律遜駱、宋，猶未失莊嚴，《送朝集使應制》、《曉行巴峽》、《送晁監還日本》、《過沈居士山居哭之》，次《龍池春禊》、《望春亭禊飲》、《直門下省早朝》、《送李太守赴上洛》，通得八首。其七言律，專主氣色高華，風神秀令，不忌失粘，自應制外，多有不諧律調者，不如五律之精密完整，所謂柳下惠則可也。予取《雨中春望應制》、《玉芝慶雲賜宴即事》、《早朝大明宮》、《和韋主簿甘泉寓目》、《過蕭丘蘭若》，次《敕賜櫻桃》、《出塞作》、《積雨輞川莊》，亦得八首，其品在李頎下，高、岑上。

擬其佳句，雄大者，「九門寒漏徹，萬井曙鐘多」、「日落江湖白，潮來天地青」、「玉乘迎大客，金節送諸侯」、「苜蓿隨天馬，葡萄逐漢臣」、「草枯鷹眼疾，雪盡馬蹄輕」、「沙平連白雪，蓬捲入黄雲」、「暮雲空磧時驅馬，秋日平原好射雕」、「日色纔臨仙掌動，香烟欲傍衮龍浮」。閑遠者，「興闌啼鳥換，坐久落花多」、「松風吹解帶，山月照彈琴」、「人作殊方語，鶯爲故國聲」、「食髓鳴磬巢鳥下，行蹓空林落葉聲」，又「寒塘映衰草，高館落疏桐」、「泉聲咽危石，日色冷青松」、「荒城臨古渡，落日滿秋山」、「檣帶城烏去，江連暮雨愁」、「野花愁對客，泉水咽迎人」，《詠竹》

「細枝風響亂，疏影月光寒」、「山中習静觀朝槿，松下清齋祈露葵」，皆泓渟蕭瑟，妙趣不窮。如「萬壑樹參天，千山響杜鵑」、「柳暗百花明，春深五鳳城」、「積水不可極，安知滄海東」，如「回看射雕處，千里暮雲平」、「猿聲不可聽，莫待楚山秋」、「欲投人處宿，隔水問樵夫」、「襄陽好風日，留醉與山翁」，其集中起結之工者也。「行到水窮處，坐看雲起時」、「流水如有意，暮禽相與還」，閑澹自是詩家語，與杜「雲在意俱遲，欣欣物自私」老生講學不同。諸應制作，沈、宋、蘇、李以詞勝，摩詰以韻勝，可以得初、盛之别。

律詩體最緊嚴。王律詩第二聯有十字直下者。「蒼茫葭菼外，雲水與昭丘」、「倚仗柴門外，臨風聽暮蟬」，孟浩然尤多此類。五律止於八句，若作此體，則全首但有兩句作對，非所以爲律也。王又有一體，當句自對，如「赭圻將赤岸」、「擊汰復揚舲」，又有似對不對者，「門外青山如屋裏」、「門前流水入西鄰」，皆變格之不可學者。

王詩主風韻，其句字之間，多疏檢括。如《岐王避暑》，「窗幔」、「房櫳」，「山泉」、「水聲」，又「衣上」、「鏡中」，「林下」、「岩前」二聯中互犯。《早朝大明宫》，「絳幘」、「翠雲裘」、「尚衣」、「衣冠」、「冕旒」、「衮龍」、「珮」，多服色字。《酬郭給事》，「洞門」、「高閣」、「禁裏」、「官舍」、「省中」、「金殿」、「瑣闈」，七用宫室字。《送楊少府》，「衡山」、「洞庭」、「北渚」、「三湘」、「夏口」、「湓城」、「長沙」，七用地里字。《雨中春望》，「漢宫」、「仙門」、「閣道」、「上苑」、「帝城」、

「鳳闕」，亦六用宮室字。《送邢桂州》，「京口」、「洞庭」、「赭圻」、「赤岸」、「合浦」，亦五用地里字。《輞川閒居》，「白社」、「青門」，又「青菰」、「白鳥」；《漢江臨泛》，「江流天地外」，又「波瀾動遠空」。《秋夜獨坐》，「獨坐悲雙鬢」，又云「白髮終難變」。《送朝集使》兩使「州」字押韻，《出塞作》兩用「馬」字作句。蓋雪裏芭蕉，不拘寒暑，王繪事且然，詩可知矣。亦猶小識偏旁，所以爲右軍。若以尺矱論之，譬之書家，但逞姿媚，任其筆畫訛誤，略不塗改。此可以爲戒，勿得因循自便也。王元美云：「《出塞》兩『馬』字俱貴，不可易。」予謂漢本無賜霍嫖姚弓馬事，用之正是零湊，此句何不可易之有？

五言律，《淇上田園即事》、《凉州郊外遊望》、《戲題示蕭氏甥》，縱筆亂道，不足爲法，句如「清歌邀落日，妙舞向春風」、「明君移鳳輦，太子出龍樓」、「香飯青菰米，茄蔬緑芋羹」、「庭養冲天鶴，溪流上漢槎」，拘攣排比，絶無意興。「長河落日圓」，太陽亘古至今，不方不缺，何勞贊其圓？正如儲詩「城門向水開」，有城則有池，何足入詠也？《岐王避暑》、《酬郭給事》所以不佳者，以其有「林下水聲喧語笑」、「仙家未必能勝此」、「晨摇玉佩趨金殿，夕奉天書拜瑣闈」諸笨俗句。《送楊少府》所以不佳者，以其流轉逗漏中唐，非專以句字之重犯也。《酌酒裴迪》，戾調可削；《訪吕逸人不遇》，律法太乖。

王、岑《早朝大明宫》之作，胡元瑞極意揚搉，似謂王勝。予竊以爲不然。王此詩佳處，全在

「日色」、「香烟」二句，氣象巍峨，韻趣悠永，一時和者莫及耳。全首五十六字中，十四字係服色，不謂之冗雜不可；「九天閶闔開宮殿，萬國衣冠拜冕旒」，不謂之帖子語不可；「尚衣方進翠雲裘」，不謂之湊句不可；「尚衣」、「衣冠」、「日色」、「五色」，不謂之重犯字不可。岑全首高華縝密，「花迎」、「劍佩」一聯，雖意盡言中，精神甚王。王結句思容調乖，又不若岑之渾成鍛鍊，當以岑爲第一。

王右丞晚年好佛，集中《夏日謁操禪師》、《山中示弟》、《期遊方寸寺不至》，詩非必佳，而心虚旨邈，深悟佛乘。其用内典語韻之爲詩，如「雁王銜果獻，鹿女蹋花行」、「抖擻辭貧里，歸依宿化城」、「乞飯從香積，裁衣學水田」、「寒空法雲地，秋色凈居天」，整肅博贍，前古未有。其詠玄宗者，如「洞中開日月，窗裏發雲霞」、「種田生白玉，泥鰲化丹砂」、「縮地朝珠闕，行天使玉童」、「飲人聊割酒，送客乍分風」，可謂貫穿汗瀾，豈樸遬瑣才可測涯涘！

《同崔傅答賢弟》篇中，「周郎陸弟」不知何解？必是當時實有此人，相與歌舞，非必援古也。「曲几書留小史家」或合用王羲之小周史事，書棋正與歌舞一類，可以意測。《送平淡然》結云「須令外國使，知飲月支頭」，若用老上單于事，則反爲匈奴張鋭氣矣。未知别有典據否？岑參詩「寄聲報爾山翁道」，山翁亦難解。

胡元瑞極稱王右丞輞川諸絶句，以爲幽玄神品，至今罕繼。然骨清稜而氣急促，味枯澹而色冲素，可謂書畫之逸品，神則未也。予取《鹿柴》、《竹里館》、《辛夷塢》及《鳥鳴澗》、《送別》、《臨高臺》、《班婕妤·宫殿》（六）［七］首。又「山路原無雨，空翠濕人衣」二語，七言絶「渭城朝雨」，不在李供奉、王龍驃下。《九日憶兄弟》、《私成口號示裴迪》，俱三、四句工，而第二句拙。《過崔處士林亭送韋給事》、《寒食汜上作》，神韻亦超。

六言調促句板，古鮮佳篇。歷漢魏至六朝，予惟取庾仲初《遊仙》四首，及《塞姑》二句云「都護三年不歸，折盡江邊楊柳」，庶幾可以言詩。王摩詰「花落家僮未掃，鳥啼山客猶眠」，降爲村夫子手段。「杏樹壇邊漁父，桃花源裏人家」、「一瓢顔回陋巷，五柳先生對門」，可作門聯，除夕付惡手塗抹也。韓翃六言律一首，頗紆折有韻。

王縉、裴迪皆右丞同調，縉《別輞川別業》、迪《鹿柴》，勝情冲趣，亦五絶逸品。迪《孟城》、《歌湖》、《樂家瀨》三絶次之。《遊悟真寺》排律，《紀事》定爲夏卿作。「山河窮百二，世界接三千」、「霸陵纔出樹，渭水欲律天」，故自濯濯。

孟浩然才具不如右丞，故能五言不能七言，宜短章不宜巨什。然句字較之右丞，頗加修飾。王才本秀麗，間有樸野。信乎者，乃儲叟餘波及人爾。

胡元瑞云：「孟詩澹而不幽，時雜流麗；閒而匪遠，頗覺輕揚。」知孟之澹閑者，盡人而然。其流麗輕揚，未易知也。又云：「可取者一味自然。」則亦非也。「鹿門自推敲」之熟，陶鍊之深，有若自然耳。予取其五言古《登蘭山寄張立》、《南亭懷辛子》、《待丁公不至》、《月下有懷》，五律《臨洞庭》、《登峴山》、《歸南山》、《早寒有懷》、《逢張子容》、《晚春》、《送友東歸》、《夜渡湘水》、《題義公禪房》、《宿立公房》，五絶《送友之京》，七絶《送杜十四之江南》，通得十六首。

五言古律，並多澄敻高曠之句，如云「愁因薄暮起，興是清境發」、「荷風送香氣，竹露滴清響」、「松月生夜涼，風泉滿清聽」、「風鳴兩岸葉，月照一孤舟」、「夕陽連兩足，空翠落庭陰」、「露氣間芳杜，歌聲識采蓮」、「衆山遥對酒，孤嶼共題詩」、「野曠天低樹，江清月近人」、「水迴青嶂合，雲渡緑溪陰」，又云「路險垂藤接」，又云「荷枯雨滴聞」，皆孟本色，而「氣蒸雲夢澤，波撼岳陽城」，獨爲雄麗。起語亦多超絶：「疾風吹征帆，倏爾向空没」、「士有不得志，棲棲吴楚間」、「人事有代謝，往來成古今」、「北闕休上書，南山歸敝廬」、「三月湖水清，家家春鳥鳴」，可謂之工於發端矣。古詩如「一杯彈一曲，金子耀霜橘」、「野老朝入田，山僧暮歸寺」，皆《正聲》所選唐調之不佳者。律詩第二聯多不作駢對，非正格，甚至「酒伴來相命，開尊共解醒」並第三聯亦十字直下，尤不可訓。《洛中送奚三》、《舟中晚望》，氣調似律，而全首不對。《曉望》結云「坐看霞色起，疑是赤城標」，甚烜爛，惜其全篇非古非律，難以入選。《美人分香》似初唐，暗中摸索，必不以爲浩然作。五言排律，緣此君才清，干非其任。《正聲》選三首，「肌羸骨出如」、「竹嶼見垂釣」、「茅齋聞讀書」，宜五言律，不宜排律。「登舟命檝師」、「回也一瓢飲」、「一窺功德見，彌益道心加」諸語，《贈蕭少府》、《秦中》、《苦雨思歸》、《夜登孔伯昭南樓》皆庸俗。《九日峴山宴》起云「字宙誰開闢？江山此鬱盤」，壯偉得體。下云「共美重陽節，俱懷落帽歡」，則鄉三老强學文譚。七言律，集中四首俱劣，《安陽城樓》云「才子乘春來騁望，群公暇日坐銷憂」，板俗可笑。王元美顧稱之，真不可曉，非如《正聲》取《夜歸鹿門歌》，猶可備數也。五絶《宿建德江》只是半律。「夜來風雨聲，花落知多少」，無佳致，而衆競推美，相沿之誤耳。

又五言律句云「欲尋芳草去，惜與故人違」、「林花掃更落，澗草蹋還生」，王、李二公，取舍不同，若論格調，則于鱗自是卓識。

高常侍五言古，篇什甚盛，然有句而無篇，必不得已，姑取《曲江俯見南山》，其佳句云「我心寄青霞，世事慚白鷗」。他篇得句云「水渚人去遲，霜天雁飛急」、「日輪駐霜戈，月魄懸琱弓」、「行人無血色，戰骨多蒼苔」、「飄飄鶩遠道，客思滿窮秋」、「翩翩白馬來，二月春草深」、「柳色感行客，雲陰愁遠天」、「樹陰蕩瑶瑟，月氣延清尊」、「落日鴻雁度，寒城砧杵愁」，又《登塔》云：「直上造雲族，憑虚納天籟。迥然碧海西，獨立飛鳥外。」「連山黯吴門，喬木吞楚塞。」已上諸語，亦有哀悴慘悽如常建者，學者慎擇之可也。諸篇拙鈍者，如《出獵海上》、《尉遲新廟》、《子賤祠碑》之類，不具論。《正聲》所選，《宋中》、《薊門》、《東平路作》、《登子賤琴堂》，愚人以爲清古，不知其酸寒枯淡，如雞肋無味，血不華色。《登百丈峰》云「寒山徒草草」，《薊中作》云「每愁胡虜翻」，《别王徹》云「留連愁作歡」，譬之下里巴人，並無節奏。《别王徹》末句以金多爲祝，志趣卑陋，宜爲嚴儀卿所譏。《哭梁洽》「開緘淚霑臆」四句，已爲妓女摘爲樂府。此女自是具眼，高棅不逮也。

唐人七言古，除子美大家别調外，達夫諸作，其起句或驚挺峭峻，或閑遠坦夷；其結句或如析聲一繫，萬騎寂然，或如嬌喉婉轉，餘弄未盡。中间轉調之遒緩，構詞之穠纖，應弦赴節，得衷合度，修短任意，伸縮自由，自有歌行以來，未有盛於達夫者也。其妙處在起伏音節，當玩其全篇，章法如漢詩，不可句採。集中以《燕歌行》爲冠，《邯鄲少年行》、《人日寄杜拾遺》、《九日酬顔少府》、《送渾將軍出塞》、二《行路難》、《古大梁行》、《送田少府》、《封丘縣》、《别韋參軍》、《還山吟》，通得十二首。《别晉處士》「慕君爲人爲君好」此等句，太出之易。《秋胡行》近腐，《寄宿田家》近鄙。《大梁行》，「但見」、「惟見」沓用，句意俱復。《送渾將軍》，意氣甚雄豪，但末用「繞朝」事，若非達夫曾當時建議不用，則漫語强綴矣。

《巵言》云：「五言近體高、岑俱不能佳。七言，岑稍濃厚。」今觀常侍五律，如《贈張旭》、《寄徐録事》、《送李十七》、《劉萬盈》等作，率直淺淡。可取者，《入居庸匹馬篇》、《送劉評事》、《送李侍御赴安西》、《送鄭侍御謫闕中》、《送魏八》五首。佳語如「溪冷泉聲苦，山空水葉乾」、「河冰流處盡，海路雪中寒」，不可多得。「大都秋雁少，只是夜猿多」，信筆欠莊。排律短篇，淡妝無色。《泛靈雲池》較豐蔚，《靈雲南亭宴》惟「風景知愁在，關山憶夢迴」一聯。《送柴司户》結弱。《信安王幕府》，起云「雲紀軒皇代，星高太白年」，體勢雄闊，胸腹結尾多拙筆，元瑞取之，予謂不如《酬李太守》長篇。《辟陽城》，則真史斷耳。七律《送李寀》、《送李王二少府》、《别韋司士》，運用吐納，風流轉佳，而句格流活，漸逗中唐。獨「清風江上秋天遠，白帝城邊古木疏」，對差嚴重。「百年强半仕三已，半畝就荒天一涯」，中唐體格就矣。絶句，諸家取五言《詠史》，七言《九曲詞》「鐵騎」篇、《塞上聽吹笛》、《除夜作》、《别董大》「十里」篇，皆軒軒爽邁。予更喜「自把玉釵敲砌竹，清歌一曲月如霜」二語。《玉真公主歌》、《送桂陽孝廉》，則嗤鄙可笑者也。

高適《詠李魏公》云：「若使學蕭曹，功名當不朽。」嗚呼，燕雀安知鴻鵠之志哉！又云「邊城惟有醉，此外更何能」、「出塞應無策，還家賴有期」，喜言王霸大略，以安危自任者，固如此乎？

岑嘉州五言古皆唐調，無一合作，但饒爽氣耳。《登恩浮圖》，勝子美鬼語。《思青蘿舊齋》，冲淡近陶。《武威送劉判官》、《北庭貽宗學士》，已調自闿。入《正聲》選者，《琴臺》枯短，所少膏澤；他作淺率，所缺斧藻，并不堪寓目。《慈恩》「聳天宫」、「摩蒼穹」，意復有病。得句如「少華與首陽，隔河勢争雄」、「九月山葉赤，谿雲淡秋容」、「崖口上新月，石門破蒼靄」、「三峽流泉去，演漾怨楚雲」、「虚徐韻秋烟」，亦不如達夫之多。弇州乃云《選》體時時入古，何也？

七言歌行，天假神造，英靈不窮，起伏頓挫，備諸格律。微不足者，每二句轉韻，音節太迫。又或率爾出之，少疏琢鍊耳。予取《白雪歌》、《送費子歸武昌》、《與獨孤漸别》、《蘆管歌》，又取《胡笳歌》、《秦筝歌》、《輪臺歌》、《青門歌》、《梁園歌》、《函谷關歌》、《赤驃馬歌》、《送魏升卿》、《登古鄴城》，凡十三首。内《胡笳歌》「山」字太多，《輪臺歌》「雲屯」、「雲片」字相犯。《赤驃馬歌》「請君出耩看君騎」、「衆中牽出偏雄豪」、「嗚珂擁蓋滿路香，始知邊將真高貴」，俱近俚辭。惟「草頭一點疾如翻，却使蒼鷹翻向後」，雄駿之甚，遂令全首生色。《天山雪歌》亦佳，但結撰多與《白雪》、《輪臺》雷同。《胡僧歌》「山中有僧人不知，城裏看上空黛色」，收束出場，而前「解兩虎」、「藏一龍」句拗，「年幾那得知」與「有僧人不知」句重。《送魏升卿》云「問君今年三十幾」，《喜韓樽相過》云「世上浮名好似閑」，皆其潦草之句。《蜀葵花》，村殺笑殺，《品彙》亦收。

五言律發句多俚，結尾多弱，胸腹多空淡，絶少佳篇。《送李少保》「弓抱關西月，旗翻渭北風」句，最雄麗。《寄左省杜拾遺》、《登總持閣》、《送張子尉南海》、《送何丞市馬》、《發臨洮》、《留别祁四》、《再赴江西别》詩，各有可觀。《登總持》「早知清净理，長願奉金仙」，殊嫌萎薾。《送張尉》結句，若解云「此鄉多寶玉，慎勿厭清貧」，而妄取則可。但張尉本爲貧而仕者，或以此慰之，則俗甚矣。《酬崔侍御登玉壘》云「諸峰盡覺低」，又云「曠野看人小」，句意大同。《宇文判官使還》三、五、七句，末字俱去聲，音律遂舛。《送楊録事》、《上官秀才》、《薛彦偉》、《蒲秀才》、《滕亢》、《嚴詵》、《許員外》、《尋楊七郎中宅》、《題韋少府廳壁》諸作，一見將㲉之。且郤詵、陸績、老萊事，有何深致，而拾爲家寶邪？《輪臺即事》云「三月無青草，千家盡白榆」，對亦新飭。排律《虢州西亭觀眺》，佳句云「樹點千家小，天圍萬嶺低」，《送王少府》，佳句云「關門勞夕夢，仙掌引歸驂」。然《送王少府》末路淡弱，不如《虢州西亭》完善，《送郭僕射》平叙無奇。大抵盛唐排律，厭華綺而趨清融，鮮不窘邊幅者。

杜拾遺律詩多用響字，已爲詩之一病，况用尖字乎。蓋「新」之與「尖」，似是而非。「新」則芳鮮，「尖」則儇薄。嘉州句云「近鐘清野寺，遠火點江村」、「海樹青官舍，江雲黑郡樓」、「孤燈然客夢，寒杵搗鄉愁」，「近」、「遠」、「清」、「點」、「青」、「黑」、「孤」、「寒」、「然」、「搗」十字，尖巧太甚，種種魔道開矣。又有樸直不文者，如「侍女捧香燒」，與李頎「侍女新添五夜香」，本一意也，然飾與不飾相去什百。

岑七言律，格閎辭壯。《早朝大明宫》、《雪後早朝即事》、《首春渭西郊行》、《餞衛中丞》俱精麗。「色借玉珂迷曉騎，光添銀燭晃朝衣」、「臺上霜威凌草木，軍中殺氣傍旌旗」，諸句雖盛唐絶少。《夜送嚴河南》，律雖不調，自有風度。「積素疑華連曙輝」句法太嫩，「雲隨馬」、「雨洗兵」、「華迎蓋」、「柳拂旌」，章法太疊。「簾前」、「世上」之俗，「平明」、「薄暮」之板，「漢將」、

「胡塵」、「函谷」、「躡溪」之濫觴中唐，俱是疢病，有玷圭璋。《秋夕讀書》、《超禪師房》，全首可厭。

七言律第一篇，諸家各有所主。予謂《盧家少婦》第二聯，屬對偏枯，結句轉入別調。《黄鶴》半古半律，氣勝於詞。「風急天高」八句，上二字俱可截作五言。「艱難苦恨」四字累黍癡重。篤而論之，恐不如「雞鳴紫陌」之篇也。

五言絶《見渭水思秦川》、《九日思長安故園》二首，七言絶《送李判官赴晉絳》、《山房春事》「梁園」篇、《玉關寄長安李主簿》、《磧中作》、《苜蓿峰寄家人》五首，雖非最上，不失名家。《送劉判官》、《酒泉太守席上作》，用仄韻，氣概放逸，而風神頓減。蓋七絶欲沿音調悠揚，不宜仄韻也。「馬上相逢無紙筆，憑君傳語報平安」、「枕上片時春夢中，行盡江南數千里」，淺直庸陋。《正聲》誤收，今人遂不加排汰耳。

合高、岑、王、孟四家論之。王五言古詩不如孟之矜飾峻潔，而規摹闊大勝之。高、岑純用唐調。七言歌行高第一，岑、王可相伯仲。五言律王第一，孟次之，高、岑爲下。七言律王第一，岑次之，高又次之，岑本濃麗，但王氣度悠閑，神情蕭遠，較輸一籌，高則俊逸欠莊耳。排律、五絶，右丞獨擅。七絶，王、高、岑三家，地醜德齊。總之，才莫大於王，高、岑實堪鼎足。古人或評云：「王維詩天子，杜甫詩宰相。」杜豈可屈居王下？若曰：「杜甫詩天子，王、高、岑詩宰相。」而以太白爲客卿，如東方生傲睨漢廷，翺翔十洲者。孟浩然氣韻孤清，才力短弱，所長惟有五言古律，而不備衆體，使居翰林清秩，庶幾穩當。

《正聲》取李新鄉《塞下曲》、《寄萬楚》，皆唐代常音。《謁夷齊廟》，幽陰類常建詩。五言古，雖多奚爲？僅「行客暮帆遠，主人庭樹秋」、「晚葉低衆色，濕雲帶殘暑」、「楓林帶水驛，野火明山縣」句，堪採擷耳。七言《别梁鍠》、《送陳章甫》，不軼軌度，全乏光芒。《聽胡笳》云「董夫子，通神明，深林竊聽來妖精」，此魑魅語；又云「鳳皇池對青瑣門」，此乞兒語；《從軍行》云「胡兒眼淚雙雙落」，此彈詞語。《行路難》叙事與楊氏清白相戾，高新寧録入《正聲》，甚無謂也。獨王弇州駁《鄭櫻桃歌》，以爲本襄國優童，非後宫美人，謂頎詩爲誤。不知季龍寵立鄭后事，崔鴻紀載甚詳，由元美據《晉書》，不考《十六國春秋》耳。

頎七言律秀麗和平，深婉渾雅，神韻超然，隊伍肅然，允矣獨步盛唐。而五律、排律，又有所短。《望秦川》云「秋聲萬户竹，寒色五陵松」，《宿石樓》云「漁舟帶遠火，山磬發孤烟」，爲集中殊特。七言，宜效全首，當行本色，不可以句字求之。惟「物在人亡」章不佳，非特爲發端所累，「悵望」、「巑岏」一聯，亦劣調也。「鴻雁」、「雲山」頗參以流活，似中唐。

七言律，首句之起，難于單刀直入；次句之接，難於送迎際會。如李頎「開山幽居祇樹林」，「開山」字俗律乖，或改作「開士」，出於臆定。蘇頲「東望望春春可憐，更逢晴日柳含烟」，張説

「空山寂歷道心生，虛谷迢遥野鳥聲」，祖詠「燕臺一去客心驚，鐘鼓喧喧漢將營」，高適「黄鳥翩翩楊柳垂，春風送客使人悲」，岑參「長安雪後似春歸，積素凝華聯曙暉」，杜甫「聞道長安似弈棋，百年世事不勝悲」，俱爲第二接句所累。

予嘗謂：李、杜二家不能備美，太白不長七言律，而子美外，李頎爲唐第一。子美不長七言絶，而王昌齡可與太白比肩。造化生才，各擅合之以成，開、寶之盛，真千古奇觀也。

王江寧五言古，《正聲》取九首，惟《從軍行》成篇，後一首更饒古色，而《品彙》不取。餘俱唐調，時出拙語。《贈馮六元二》，得句云「開此河渚霧，清光比故人」，恨「淪迹難有趣」、「屈伸備冥數」雜之。《代扶風主人答》，得句云「不信沙場苦，君看刀箭瘢」，然全篇平鋪不古。李濟南取《江上聞笛》，亦唐調。七言古《城傍曲》，矯健如蒼鶻摩空。五言律《胡笳曲》，悲激正足舒其逸耳。排律《酺宴應制》，一望坦夷，無岡巒體勢，雖將略非長，何至乃爾，作千古笑端。五絶《題灞池》「腰鐮」篇、《送胡大》、《送郭司倉》、《送張四》，曠遠有味。七絶風華婉妙，如絶代佳人，清心玉映。詠宫閨，其情如訴談。邊塞壯氣凌人，麗而有則，哀而不傷，色聲盈於耳目，氣韻矗於霞霄，字字靈蛇，篇篇明月。試將中、晚諸人極用意之作參之，興象風神，種種差别，則此公之妙自見矣。微不（知）［如］李者，太白絶句，讀之令人蕭灑自得；少伯絶句，讀之令人震動欲飛，要其争勝，特在毫釐。予取《西宫秋怨》、《長信秋詞》「金井」、「奉帚」篇，《閨怨》、《出塞》

「秦時明月」篇,《寄穆侍御出幽州》、《送别魏二》,次取《春宫曲》、《西宫春怨》、《長信》「薄命」篇、《青樓曲》「白馬」篇,《出塞》「白草」篇,《從軍》「烽火」、「青海」篇,《梁苑》,《盧谿别人》,《龍標野宴》,《送辛漸》「寒雨」篇,《重别李評事》,共得十九首。惟《浣紗女》、《河上歌》帶村氣,「荷葉羅裙」一首太纖靡耳。「洛陽親友如相問,一片冰心在玉壺」,本出自駱賓王「離心何以贈,自有玉壺冰」,豈亦偷語耶?

崔司勳五言古《古遊俠》格整,勝其《贈王威古》作。七言古《孟門行》、《代閨人》,可居中品。「那可」、「那得」、「妾家」、「兒家」混出,體欲不清。又《代閨人》,「看」字重押。《七夕》平淡,亦不如《雁門胡人》遒健。「山頭野火寒多燒,雨裏孤峰濕作烟」,與「地迥鷹犬疾,草深狐兔肥」並秀句也。《行路難》、《渭城少年行》法本初唐,轉調急促,神氣未舒。《江畔老人愁》、《邯鄲官人怨》,叙事叠叠而調平句熟,風韻都盡。「少年欲知老人歲,豈知今年一百五」、「人生萬事由上天,非我今日獨如此」,宛然白香山口氣矣。五言律《贈張都督》一首清勁,掇句得二聯,云「晴景摇津樹,春風起棹歌」、「霜重寶刀濕,沙虚金鼓鳴」。《長門怨》、《王家少婦》、《岐王席觀妓》,皆靡曼之辭。七言《行經華陰》,冠冕和平得作法。《黄鶴樓》風調雖高,前四句俱古詩,且不可爲七言律,况可爲七言律第一乎?太白以趣同推服,非定評也。《長干曲》「下渚多風浪」,宛轉似絶句,「君家何處住」太瘦削耳。

祖駕部《江南旅情》、《望薊門》，碩天高華，灼然盛唐名篇。《蘇氏別業》頗淡雅，「户牖」、「園林」、「屋」、「庭」，字太重沓。《薊門》「光」、「色」、「雪」、「月」、「雲山」，亦苦物色混淆。排律「竹外鳥窺人」頗有景況，如「以文會友，惟德成鄰」，儒生腐語何！

崔國輔《雜詩》非古非律，《對酒吟》既淺且俚，諸家選之，不知何取？獨五言絶最高，可與李白、王維鼎立。二十字中遊刃餘地，音節嘽諧，往往可歌。《怨詞》二首、《長信草》，又《長樂少年行》、《中流曲》、《采蓮》，殷璠所稱古人不及者。「江邊楓落」七絶亦不俗。

崔曙《送別》、《登樓》，情雖傷而詞不古。《穎陽東谿》、《發交崖還太室》，頗似能爲古者。《山下晚晴》，予但取「斜光照疏雨，秋氣生白虹」十字。《九日望仙臺》甚工，「三晉」、「二陵」一聯，如千石之鐘，不作錚錚細響。盛唐有三崔，顥、曙、國輔，桑梓各殊，非一族也。

與國輔唱和者，王之渙偏工絶句，《凉州詞》「黄河」一首，品入神妙。《登鸛雀樓》亦佳甚，《國秀集》以爲朱彬作。《送別》「楊柳東風樹」，次之。

論詩非薦剡彈章，復非謚識，但取其詞，不論其世。惟陶、阮二公放誕隱逸，奮乎百代。其詩在有意無意之間，若有擬作者，亦必加陶、阮之品而後可。不然，則精神不存，並面目亦失之矣。擬阮者，陳伯玉已甚不知量，又有儲叟擬陶。儲本逆胡羶黨，屈節辱身，視恥事二朝、夙辭五斗者，人品霄壤，志趣胡越，故所爲詩鄙穢腐陋，多村農牧豎作勞之歌。宋人醉夢狂昏，妄以配彭澤，真負來之至幸者哉！

儲五言古詩，高新寧所選《牧童詞》、《猛虎詞》、《田家即事》、《田家雜興》之屬，皆村陋；《華清宮》、《釣魚灣》、《太玄觀》皆枯槁。予定選二篇，《蘇十三瞻見贈作》，贍麗嚴肅，在此君爲極筆；《過新豐道中》，頗清雅。摘其佳句云「落日照秋山，千巖同一色」，又云「清露洗雲林，輕波戲魚鳥」。七言古《登戲馬臺》，雖非綵筆，音調亦諧。五律清瘦粗率，惟《隴頭水送別》，卓卓野鶴在雞群。七律《田家即事》，穢氣逆鼻。排律「寒變中園柳，春歸上苑禽。池涵青草色，山帶白雲陰」較有秀色。五絶「日暮長江裏」、「一雁過連營」，七絶「日暮驚沙」、「朝來仙閣」四首，皆合盛唐格。乃知此公亦自有所長，嗜好之偏，偶合宋陋人腐趣，得罪於大雅也。

常建詩好爲不祥語，如「城下有寡妻，哀哀哭枯骨」、「萬里馱黄金，墳上哭明月」、「戰餘落日黄，軍敗鼓聲死」、「今與山鬼鄰，殘兵哭遼水」，苦調凄絶。又如「淡淡花影没，山暝學棲鳥」，興人僻語，必造幽瞥。如有人不向青天白日，而對苦霧濃陰；不喜吹竹彈絲，而聽狐鳴鬼嘯，則世必以爲不祥之人。若有好讀此等詩者，恐死期旦夕至矣。其《寄天台學道者》、《江上琴興》、《張山人彈琴》、《聽琴贈寇尊師》、「過在將軍不在兵」之類，皆千言惡道。七言《古意》、《古興》，酷似李長吉。惟《題破山後院》、《宿王昌齡隱居》二律詩，題情相稱，幽趣可喜。又得「能使江月」句、「常隨去帆影，遠接長天勢」三語，「玉帛朝回」、「花映垂楊」絶句二首，《西山》全篇，物色太繁，于鱗取之，當未究其病處。「故人家在桃花岸，直到門前溪水流」，中、晚俗境，于鱗亦取之。蓋于鱗選七言絶，但取意興，不甚理會骨格耳。其《卧病行藥》云「閑梅照前户」，予戲謂梅如何得忙？此等字法，宋人多有之，須以爲戒。如處嘿云「虎溪閑月引相過」，直作「虎溪明月」，不更蒼然耶？又云「同袍四五人，何不來問疾」，予又謂恐君强之。「聽琴故高坐，在家將羯鼓」，解穢也。

又有韋建者，與蕭穎士最善。《泊舟盱眙》「夜久潮浸岸，天寒月近城」一聯，膾炙人口。《品彙》誤作常建詩，亦猶初唐王光庭誤認作裴光庭也。

諸評詩家，頗有齒及孟雲卿者，蓋取其《古别離》之作。此篇首四句「朝日上高臺，離人怨秋草。但見萬里天，不見萬里道」，截作絶句乃佳。後「死者何曾老」句粗莽。《游獵》云「何以縱心賞，馬蹄春草頭」，仄調尖新，而全篇腐陋。《傷時》、《阻風》、《挽歌》諸作，俱供一粲然耳，不足爲詩家。按《篋中集序》校書本祖述沈千運。千運詩存者，「豈知園林主，却是林園客」，頗有達生之意，餘俱尋常，何謂挺流俗、攘已溺耶？雲卿與王季友俱與杜拾遺酬往，世取季友《題畫壁》詩，所謂道在矢溺。

《正聲》取陶翰古詩三首，俱唐調。「岑翠映湖月，泉聲亂溪風」、「削成元氣中，傑出天河上」，其句之有氣韻者。又取李嶷《少年行》，此是六句律詩，不足爲古。嶷《讀外戚傳》末句，惡口咒咀，大堪鼓掌。

盧員外象與王摩詰游，詩之臭味相入。「謝病始告歸」篇，叙情宛篤，結構亦工。《鄉試還家》、《嘆白髮》古詩，「家居五原」律詩，一味曠淡，欲近自然。「欲識堯時天，東谿白雲是」、「雷聲轉幽壑，雲氣香流水」，用慰寂寥，亦無懵焉。《張使君加朝散》云「停杯歌麥秀」，雖自詠物候，語涉不祥。《贈張均》清怯，此君本非排律手。

綦毋季通《題靈隱寺》云「塔影掛清漢，鍾聲和白雲」，下云「行道衆香焚」，一篇之中，自有玉石，不如《宿龍興寺》八句匀稱。薛據《西陵口觀海》，頗學六朝，但少精鋭耳。與據同讀書終南者閻防，《宿精舍》古詩，亦倣謝康樂體。「夏鳥忽綿蠻」，黄鶯非夏鳥，似不成句。

賈常侍至，五言古頗工修句。《往朔方途中》布置詳序，《寓言》「凜凜秋閨夕」詞格婉縟，唐作之佳者。《正聲》不取，顧録其首篇。《早朝大明宫》，起聯、頷聯，色濃味厚。「劍佩」、「衣冠」一聯，句拗，格板，趣凡，結復不諧律調，不堪令王、岑賡和。厥考侍郎魯和「春日矚目」詩，攀提蘇(季)[晉]幼鄰，似慚肯構。侍郎又有《孝和挽歌》「夢游長不返，何國似華胥」之句，惜詩不多傳。幼鄰七絶，可隨行高、岑，予取《送李侍郎赴常州》、《泛洞庭湖》「楓岸」篇，《送南給事》、《岳陽樓重宴》、《别西亭春望》五首。

張謂正言《詠子陵》，𨓏達不古。《湖上對酒》、《贈喬琳》、《北州老翁答》，詞氣流便坦率，更加一轉，便是《長慶集》語。「安邊自合有長策，何必流離中國人」，尤涉議論。此等流易之格，可爲藝苑前車。五言律句「竹風能醒酒，花月解留人」，有遠情媚趣，「星軺計日」之篇，句頗推渾，而地名煩雜，不如《戲贈杜侍御作》、七絶《送盧舉》蒼雅。《題長安壁》，則太急直矣。

萬楚《題莊壁》云「野閑犬時吠，日暮牛自歸」，《詠簾》云「自當分内外，非是爲驕奢」，可資嘔噱。《五日觀妓》爲于鱗所選，無論起漫結俗，「眉黛」、「紅裙」一聯，亦梁、陳唾餘剩技耳。

嚴鄭公武，《巴嶺答杜二》七律、《軍城早秋》七絶，神氣魁傑，稱其爲人。《題光福寺楠木》「高枝鬧葉鳥不度，半掩白雲朝與暮」、「聞道偏多越水頭，烟生霽斂使人愁」，俱英發語。以季鷹才氣，子美不應傲睨至此。「莫倚善題鸚鵡賦」，蓋亦微托諷云。

張睢陽忠義忼慨，語落人間，綱常九鼎。予每讀「營開避月近，戰苦陣雲深」、「囊瘡猶出陣，飲血更登陴」，未嘗不掀眉酸鼻，想見其人。顔魯公詩大都出守吴興，與皎然、陸處士輩結志巖林，相忘道術之作，非其拒逆胡，抗僞楚，氣慨平淡趁韻，或雜遊戲，不堪諷讀。

元結次山、蕭穎士茂挺、李華遐叔，一時虛譽譟起，幾壓名家。數公大曆中，新羅國上書請以穎士爲師，然元集怪拙鄙陋，發于餘窾。《正聲》取《欸乃曲》，未免腐氣。蕭諸作庸瑣。元魯山《贈别》本長篇古詩，《品彙》删取作一絶，未知何據？李《雜詩》、《詠史》，俚言亂道。《仙游寺》古詩，《春行寄興》七絶，聊可解嘲。以此立名，未有久而不毁者。獨孤常州無一語驚人，虛費楮墨。

語云「不知其人視其友」，聲氣應求，理不可誣。凡與元次山遊，録其詩於篋中者，概多庸猥。與蕭夫子善剪拂成名者，僅皇甫冉，差不爽名寔爾。賈島、張籍，韓氏之徒，退之不解詩，宜二子之苦寒別調也。《國秀》芮挺章所集，與選者得薛奇童一人，「禁苑秋風起」律詩，婉孌似初唐。次樓穎《西施石》一首。奇童官太子司直，非太子司議據也。

盛唐有任華，乃是禹代之罔兩，殷朝之桑穀，不祥莫大焉。無端瘈犬狂嗥，厠腧流污，借與李、杜唱酬，應是李《蜀道難》、杜七絶諸作口業報耳。

杜頠《從軍行》遒古凄切，唐世五言古中獨出者。薛處士業《寄柳芳》七言古，工在結尾。衛萬《吴宫怨》，極似子安《滕王閣》詩。薛維翰「美人閉紅燭」五絶，格似六朝。許宣平《醉歌》，幽興逸情，非人間語。荆叔《題慈恩塔》，盛唐高調，此諸公皆以一篇顯者。盧弼、朱晦，俱失其時代。弼《邊怨》四首，詳其體製，當爲盛唐能手。晦《送別詩》，氣象衰落，或是中、晚。西鄙人、太上隱者、山中客三絶句，或出假托，已有列之盛唐者，爲其氣體近也。「打起黄鶯兒」，按《紀事》，本金昌緒作，與《水調》第一叠、《凉州歌》第一叠、《伊州入破》第一叠，詩格甚高，皆盛唐。蓋嘉運所選，非嘉運筆也。《太和曲》「庭前鵲繞」，《才調詩》「無定無邊」，《蘆中集》「初過漢江」，姓名世次無考，語自可傳。

説詩補遺卷八

馮復京嗣宗著

開元、天寶詩道，日中之候。杜拾遺大家孤興，鑿混沌而開谿徑，重以元結、常建輩爲妖爲孽，詩體決裂。於是劉隨州、錢考功輩挺起大曆，欲以風韻自標，而清虛淺易，無復雄深博大之觀，屬對欲得變换流動，而偏枯不整，中、盛遂分界矣。予嘗譬之，李、杜大海也，汪洋浩淼，吞吐百怪；高、岑、王詩如江河也，發源名山，浸潤千里；錢、劉，池沼也，清光碧色，洞徹見底，游魚萍藻，點綴可憐，然一覽而盡，挹注易窮。

中唐諸公，才高者劉隨州長卿、韋蘇州應物、皇甫補闕冉、錢考功起、郎拾遺士元、韓駕部翃、李庶子益，雖與盛唐地位不同，然格調近正，猶未背馳。元、白之庸冗，韓、盧之鄙怪，子厚之平凡，郊、島之寒苦，建、籍之俗陋，李賀之晦刻，才有大小，其破壞詩體則一也。降而晚唐，義山藻繢錦囊，温、韋啓塗蘭畹，羅虬、胡曾之輩，乞兒亂叫。文章衰極，國運隨之，桃李子之亡徵，不待汴水滔天矣。

王建、張籍之七言古，李商隱之七言律，晚唐諸子之七言絶，愈刻意愈厭觀。學者須頂門上具副眼，勿爲宋人盲説誤引，拍肩相隨。有劉辰翁者，其評李、杜、王、孟雖未透汗，尚堪小乘；其評韓、柳、郊、賀、島、籍，吠聲倒見，害人入髓。嚴儀卿、胡元瑞尚未逆此關，未免迂道而説詩，其獨知之契哉？

高仲武云：「長卿詩體雖不新奇，甚能鍊飾。」予謂：亦鍊飾，亦清新，但不雄鉅耳。五言古《懷霸陵别業》、《别陳留諸官》，自足雅致。五言律「逢君穆陵路」，可參盛唐。排律有文之韡，非粹白之裘。七言律《獻李相公》，獨建中唐旗鼓。五絶「絶漠大軍還」，七絶「猿啼客散」、「秋江渺渺」、「萬里辭家」，思斐致翩，其於諸體，殆有兼長矣。掇其菁藻，「已是洞庭人，猶看灞陵月」、「昨夜夢中歸，烟波覺來闊」、「行人望落日，歸馬嘶空陂」、「誰憐一曲傳樂府，能使千秋傷綺羅」、「漢月何曾照客心，胡笳只解催人老」、「楚國蒼山古，幽州白日寒」、「春風吴渚緑，古木剡溪深」、「香隨青靄散，鐘過白雲來」、「野雪空齋掩，山風古殿開」、「青山數行淚，滄海一窮鱗」、「青山獨往路，芳草未歸時」、「淚盡看長劍，心閑倚釣絲」、「家散萬金酬士死，身留一劍答君恩」、「白馬翩翩春草緑，邵陵西去獵平原」，霏雪粲花，並堪擊節。其易誤人者，七律「漢文有道恩猶薄，湘水無情弔豈知」、「飛鳥不知陵谷變，朝來暮去弋陽溪」、「長安萬里傳雙淚，建德千峰寄一身」、「細雨濕衣看不見，閑花落地聽無聲」，並是惡境。「江春不宜留行客」之類，今亦成套矣。

錢考功之不如隨州者，非徒意之沈揚、調之重輕有間，錢有句無篇，實相去倍蓰。古詩得「鳥道掛疏雨，人家殘夕陽」、「錦屏雲起易成霞，玉洞花明不知夕」、「戰處黑雲霾瀚海，愁中明月度陽關」、《畫鶴》「罏氣朝成緱嶺雲，銀燈夜作華亭月」，五律得「一葉兼螢度，孤雲帶雁來」、「竹憐新雨後，山愛夕陽時」諸句。《省試》詩自神授二語外，「蒼梧」、「白芷」與「清音」、「杳冥」，盡帖括臭腐。七律《贈裴舍人》「二月黃鸝飛上林」，入興閑遠。「鐘聲」、「柳色」一聯，寫景清麗。「陽和不散窮途恨」，木態見矣。《和晴雪早朝》，試將岑嘉州《長安雪後》篇參看，盛中封畛斬然。「月留寧避曉」、「輕寒讓太陽」，意又重犯。《和幸甘泉》，庶幾全美，猶有「候飛龍」三嫩字。五絶《逢俠者》、七絶《歸雁》二篇佳。「峴山回首望，如別故鄉人」、「始憐幽竹山窗下，不改清陰待我歸」，此中唐劣調，後學迷途。「盡知行處險，誰肯載時輕」，彌惡俗矣。

宋人極推重韋蘇州古詩，然實不知韋。韋本有六朝穠麗之意，但澄之爲唐調，所以突過唐人。獨擬漢不似，如「嚴冬霜斷肌，日入不遑息」、「曲絶碧天高，餘聲散秋草」，只是後世語。「無事久別離，不知今生死」、「年華逐絲淚，一落俱不收」，豈可追躡枚、李，但可欺宋瞽矇。《西郊燕集》，擬魏文《芙蓉池》，而雕藻不及。《幽居》，陶體也；《寄全椒道士》、《發揚子寄元校書》、《淮上寄親故》，孟體也；《送鄭長源》、《龍門游眺》，則六朝遺音也。「盡醉茅檐下，一生豈在多」、「微雨夜來過，不知春草生」，陶句也；「晴山多碧峰，顥氣凝秋曉」、「空館忽相思，微鐘坐來歇」、「歸棹洛陽人，殘鐘廣陵樹」、「落葉滿空山，何處尋行迹」、「獨鳥下江南，廣陵何處在」，孟句也；「長嘯招遠風，臨潭漱金碧」、「雞鳴儔侶發，朔雪滿河關」、「喬木生夜凉，流雲吐華月」，六朝鮑、謝句也。由此觀之，左司豈專爲恬淡，如宋人云云邪？宋人又或以光羲爲耦，或謂子厚勝之，智昏菽麥，一至於此。七言古《聽鶯曲》，俗趣可厭。五律惟《送林明府》清曠不弱，而頷聯偏枯。「遠鐘高枕後，清露卷簾時」，中唐幽致；《鞏洛入黄河》七律，中唐變聲。五絶「山空松子落，幽人應未眠」，似王摩詰。「林中觀易罷，遠聽江上笛」，亦淡雅。七絶《廣陵三月》，清疏可人。「踏閣攀林」、「獨憐幽草」、「外道講師無佛處」，稱尊耳。「凄凉千古事，日暮倚閶門」，泊然無味，「詠聲入理路」尤惡。

前人分唐盛、中次第，亦是辨其詩格，不專論時代。如劉長卿開元二十一年進士，李嘉祐天寶七年進士，錢起天寶十年及第，韓翃天寶十三年進士，皇甫兄弟、郎士元皆天寶中成名，與高、岑、李、杜同時。特高、岑、李、杜之詩，調鳴格正，才大思雄。錢、劉諸公之詩，如嚼白蠣，杖青蘆，不堪淡弱，較其大量，以此分區。

皇甫兄弟，時以方晉代二張。然孟陽、景陽優劣懸遠，補闕之與侍郎，魯、衛之政，何至寥絶頓爾？五律《正聲》録茂政三作，俱清弱。孝常「上將宜分閫」較渾雄，則兄當俯首。七律茂政《送李録事》「建業」、「尋陽」一聯，可以坦步開、寶。「雁叫汀州不可聞」，發句甚工。孝常《早朝》「曙色」、「漏聲」一聯，第可争長時流。「紫禁朝天拜無同」，接上人俗，則弟應北面。茂政歌行句云「新月能分裛露時，夕陽照見連天處」，排律句云「故絳青山在，新田緑樹齊」、「天秋聞别鴳，關曉候鳴雞」，《秋怨》絶句云「那堪閉永巷，聞道送良家」，皆孝常集中所無也。若曾「寒生五湖道，春及萬年枝」，冉「江客不堪頻北望，塞鴻何事又南飛」，則大曆以後格爾。

茂政《巫山高》，高仲式評云「終篇奇麗」，元瑞至品爲「中唐第一」。以予論之，終篇平淡。「朝暮泉聲落，寒暄樹色同」，奇致何在？薛能「盡去飛泉亭」，詩板。獨留李端《巫山高》一篇，亦中唐庸語。當代所推三擅場作，惟韓君平《送王緡赴幽州》典碩稱題。錢仲文《送劉相公催運》，僅「落葉淮邊雨，孤山海上秋」二語，至李端《贈郭駙馬》，已開韋莊門户，尚可言詩乎？一時聲價輕重，繫好事雌黄，未可盡憑。

韓君平在中唐最長七言絶，風情筆力，相御而行，不近盛唐王、李，又不近六朝，可謂獨造。如《贈張千牛》、《宿石邑山中》、《看調馬》，其卓然者。《寒食》、《送客知鄂州》，皆是韓調。惟《送客貶五谿》、《送齊山人作》中唐調，《正聲》顧取之，真倒見也。《送客鄂州》，加以「雲」、「雪」、「風」、「日」，淘汰不清，或可略其玄黄。五絶「駿馬繡障泥」，亦異常格。律詩「僧臈階前樹，禪心江上山」、「仙臺初見五城樓，風物凄凄宿雨收」，諸語佳。

記予髫年好談詩，而無詩學。前輩郭春卿戲予曰：「子知開、寶之爲盛唐，亦知老杜實終於大曆間乎?『大曆十才子』爲誰?」予無以應。已,閲《唐書·盧綸傳》,乃知「十才子」者,綸與吉中孚、韓翃、錢起、司空曙、苗發、崔峒、耿湋、夏侯審、李端諸子。仲文、君平才最英邁,可當前茅,餘未堪後勁。端《遠離》,或謂近六朝樂府。「人老自多愁,水深難急流」,江左無此惡句也。「欲得周郎顧,時時誤拂弦」,僅能翻案。曙《殘鶯歌》云「送暖初隨柳色來,辭芳暗逐花枝盡」,《贈别》云「乍見翻疑夢,相逢各問年」,綸《春望》云「家在夢中何日到,春來江上幾人還」,誠謂時秀,終帶風塵。曙「知有前期在」,綸「月黑雁飛高」,耿湋「返照入閭巷」三絶句,頗遒古脱俗。綸「雲物呈祥」之句,「雙頤過膝」之篇,與端《拜新月》,俗物敗人意,誤爲高新寧所賞。湋「一世生離恨有餘,葉下綺窗銀燭冷」,尤善誤人。中孚、發、峒、審,瑣尾小才,亦稱才子?

劉方平《烏棲》二首,源出江左;《春怨》二首,徑入中唐。其才情甚美,乃與元吉、蕭穎士交游,豈虚相引重邪?王涯《閨人贈遠》絶句四首,于鵠《公子行》,亦嫣然有態。

李嘉祐「多雨南宫夜」五言律,郎士元「石林精舍」七言律,潔浄虚淡,囿時趨而無疵累。李句云「朝霞晴作雨,濕氣晚生寒」,僅爾構思纖巧;郎句云「春色臨關盡,黄雲出塞多」、「河源飛鳥外,落日大荒西」,乃見屬興閑長。君胄當時與仲文齊名,朝士出使作牧,不得二君餞詩,以爲深恥。文采風流,千秋如在。

李君虞《再赴渭北留别》排律、《鹽州遇飲馬泉》七律,豪爽無清寒意,蓋以氣骨壓錢、劉諸公，而其風韻獨萃於七言絶。《汴河曲》、《臨滹沱》、《受降城聞笛》、《從軍北征》、《夜聽涼州曲》諸作，王少伯、李太白以來，僅見此奇特，真堪狎主齊盟。不以時代爲限，非韓君平别調比。時以其絶句譜之教坊，刊之圖畫，文章坐頭之名，良不虚也。張繪之「三戍漁陽」、「秋天一夜」、「碧窗斜月」三絶句，君虞之流亞。五絶《春江曲》有天趣，《春閨》「提籠忘採葉」，似「樓上城邊柳」，不得。

顧逋翁《送從兄使新羅》排律博大，其詞如「扶桑銜日近，析木帶津遥」，不減盛唐。惟「見彈求鴞」，屑湊。《憶鄱陽》五絶，「楚客斷腸時，月明楓子落」，甚似韋蘇州。《聽角思歸》、《宿昭應》七絶有意，第作至德後人物。

張祜《題松汀驛》五律，消自摩厲，惜「江」、「海」、「湖」三字重出。張南史《陸勝宅雨中探韻》，後四句甚爽塏，惜前「寒雨動飛觴」五字太嫩。凡予所取中唐人詩，每取其不類中唐者，寧爲有瑕璧，勿作無瑕石也。

韓文公驅駕風霆之氣，抉剔萬象之才，但可爲文，不可爲詩。詩道性情，無取奇怪，若嶇嶔艱澀，險譎叫噪，徒自棄於高聽，無涉於詩流矣。讀《城南》、《鬥雞》諸聯句、《南山》詩，如暗夜選鬼魅，髯角血䏰，蓬頭突鬢，令人怖畏欲死。《秋懷》之拙塞，《與孟郊》、《感興》之俗淺，俱詩家污流，以欺劉辰翁可也，乃亦可欺胡元瑞？予謂：元瑞論詩只到得七分，三分尚未勘破，正爲宋人惡識所纏，未能擺落。《暮行河堤上》篇中語云「謀計竟何就，嗟嗟世與身」，宋人所謂學建安者如此。「孤臣昔放逐」是學杜，非學建安，宋人原未夢見建安也。《河之水》、《醉留東野》、《聽穎師彈琴》、《嗟哉董生行》，但可付之弄蛇乞丐，唱叫惱耳。《石鼓》造句酷似盧仝，亦可怖畏。《琴操》本不勞擬，擬亦不肖，徒爲腐儒談資。「青青水中蒲」，非唐絶句，非六朝樂府，讀者勿誤認佳也。閲全集，得古詩二句云：「人隨鴻雁少，江共蒹葭遠。」《晉公拜臺司》起句云：「南伐旋師太華東，天書夜到册元功。」猶近詩話。

孟東野立意凄苦，讀其詩慘沮不歡，然趣與詩近，非若韓文公以文爲詩者。《征婦怨》云：「君淚濡羅巾，妾淚滴路塵，羅巾常在手，今得阻妾身。路塵如得風，得上君車輪。」一生勝語，如此而已〔二〕，汩汩勞擾，哀哉！《歸信吟》、《閨怨》、《古怨》，皆絶句之殷鑒。張文昌諸樂府，本王建同流，然其病在淺淡促薄。劉辰翁云：「不及王建者，才不盡也。」嗚呼！若盡其才而爲建，則詩場中又多一叫飯乞丐矣。《涇州塞》五絶，《凉州詞》七絶，頗古淡。如「君思已去復再返，菖蒲花開月常滿」、「長因送人別，憶得別家時」、「開門移遠竹，剪草出幽蘭」，凡宋人咨嗟稱善者，乃詩之最下品也。李長吉之詭，賈浪仙之寒，皆别調，宜爲昌黎所喜。《珊瑚鈎詩話》評長吉

〔二〕「一生」以下至此，原本抹去。此處眉批：「宋人謬耳，非孟公詩。」

云：「篇章以破碎雕搜、險怪詭趨爲下。」此言極是知詩者。今讀其樂府，多於題外別構異觀，一句忽轉一意，不必續篇；一字忽闢一境，不必續句〔二〕。時入鬼趣，幽晦叵測，解之正得平平，雖或啓秀追新〔三〕，而組織生拗，如龍奇無常，不入衣冠劍佩之伍。胡元瑞稱其「浩歌」、「秦宮」，祇是長吉體，何云倣太白邪？賈島「秋風吹渭水，明月滿長安」，句雖工，不可爲律。「聚會」、「雲雨」，下聯又偏枯，「島嶼夏雲起，汀洲芳草深」，差可耳。「夕陽飄白露，樹影掃青苔」、「落日空館中，歸心遠山碧」、「淚落故山遠，夢來春草長」，調仍中、晚。《渡桑乾》七絕，本無深致，爲宋人説壞，反熱鬧至今。沈亞之無論他什，《春色滿空州》排律，體莊贍，稍嫌痴重，絶不似寒門弟子。盧玉川《月蝕》、《贈爲異》之屬，正昌黎密契。《樓上女兒曲》云：「我有嬌靨待君笑，我有嬌娥待君掃。」微有點染，然只是中、晚，不近初唐。

韋蘇州高潔寡欲，與陶彭澤趣合。柳柳州躁勁干進，與彭澤趣離。其所擬詩，不可同日而語。宋人乃云：「子厚在淵明下，蘇州上。」又云：「學陶是其本性。」真眯目道白黑者。《田家》三首、《掩張進骸》，畢備諸醜。「緩我愁腸繞」、「山鳥時一喧」、「稍已來相尋」、「古稱壽聖人」、

〔二〕「忽轉」以下至「忽闢一境不必」，原本抹去。
〔三〕「解之」以下至此，原本抹去。

「徘徊只自知」、「步出東齋讀」，稚嫩潦草。「始至若有得，梢深遂忘疲」，唐人轉節耳。劉辰翁極得意在此，惡足與議乎？「壁空殘月曙，門掩候蟲秋」，張文潛以爲集中第一。《正聲》取「孤臣淚已盡，虚作斷腸聲」，俱中唐語。《梅雨》五言律，《柳州城樓》七言律，《漁翁》七言古，俱中唐篇。「抗心久已忘，何事驚麇鹿」、「日出霧露餘，青松如膏沐」，修詞淡蕩。《楊白花》，擬古彷佛。《酬浩初》七言絶，少嫌第二句費力。總之，評柳惟元美謂近體卑亢者得之。

柳《平淮西（雅）［碑］》，稍窺周詩藩籬。《鐃歌》十二曲，雖未得漢影，不必在繆襲下。韓《元和聖德詩》，乃其碑銘句法，非雅頌調也。

胡元瑞左袒劉夢得，稱其詩雄奇，有大家才具。又云：「杜牧之俊爽，才勝温、李。」予謂未然。《中山秦娘歌》，叙事惻愴，亦中、晚氣格。七律皆中唐下俚者，集中句「惟從離别地，能使管絃愁」，篇惟「何處秋風至」五絶。諸七言絶，嚴儀卿取之，故《正聲》入選甚夥。然視之李益、韓翃，則爲傖父矣。「二十年前舊板橋」，惡俗之句，妄人謬稱，元瑞遂爾附和。「東邊日出西邊雨，道是無情還有情」，每讀嘔噦。樊川諸體無篇，但見《宫怨》、《登樂游原》、《青冢》、《赤壁》、《送隱者》諸惡絶，胡又稱揚。巨源《聖壽無疆詞》，「鑪煙添柳熏，宫漏出花遲」，構出積思；「造化膺神器，陽和沃聖慈」，旋露村氣。《上劉侍中》長篇，尤多秕稗。

觀元微之《寄樂天序》，言白樂天序洛詩，序何嘗不極聲律，千古自命。當時名傾宫禁，價重雞林，可謂詩人之豪矣。今二集俱在，元之叙事鄙俗，白之屬詞草野，皆可吐棄。白猶有《出關路》五絶一首，元《聞樂天左遷》「垂死病中驚坐起」，成何語言？而高、李皆取之邪。《品彙》又取元《田家詞》，祇益其醜。《連昌宫辭》，元美以爲勝《長恨》，予謂：《長恨》固俗，《連昌》末段諄諄，但作腐儒史論，昏睡耳目。蘇子瞻平生不解詩，獨評白文公云：「樂天善長篇，但體製不高，局於淺切，又不能變風操，故讀而易厭。」此實深知白者，當不減其家老嫗。高新寧本意不取元、白，真卓識也。

樂天有諷諫詩，微之、李紳有新樂府，本元和家數，較子美新題紀述時事，才力局勢，相去懸隔，猶閶風垤敦之高下，溟渤蹄涔之淺深也。

王建陋劣鄙夫，比儲光羲操調益卑，用意益俗，樂府佔喋，真如放氣。宋人誤以爲佳，今遂流通，安得投之厠中，與蛆蠅作緣邪？「青山斜不斷，迢遞故鄉來」，此五絶自不可没。宫詞百首，氣格卑薾，不妨以覆醬瓿。《新嫁娘》絶句最惡，與施肩吾《幼女詞》同類共笑者也。

王濯，大曆九年進士，王烈有《酬崔峒》詩，俱中唐人。《品彙》失考時代。濯《清明賜新火》排律，予初疑是初唐。烈《塞上曲》二首，調合盛唐，俱能邁俗者。

晚唐名公：李員外商隱、許刺使渾、馬尉戴、温方城庭筠、鄭都官谷、韋相莊，非烟花之靡調，則蕭颯之哀音。義山「池光不受月，野氣欲沉山」，爲王荆公所推，句頗俊。七律「春蠶」、

「蠟燭」、「彩鳳」、「靈犀」等語，是曰崑體，所應痛懲。用晦才較閎，虞臣氣較爽。用晦句云「雲移河漢淺，月泛露華清」、「晴烟和草色，夜雨長溪痕」、「晴山疏雨後，孤樹斷雲中」、「雲移吴岫雨，潮轉楚江風。」《悼亡》：「逝川東去疾，霈澤北來遲。風凄聞笛處，月冷罷琴時。」使移入他人集内，亦未必能辨其爲晚唐。《早秋》五律，氣稍振竦，而物色蕪雜。《塞下》五絶，辭婉情傷。惟「雞聲茅店月，人迹板橋霜」、「湘潭雲盡暮山出，巴蜀雪消春水來」、「溪雲初起日沉閣，山雨欲來風滿樓」，雖小有致，純是晚唐聲氣。更爲七言諸惡律所累，遂令議者峻其抨擊。虞臣「猿啼洞庭樹，人在木蘭舟」似六朝，然一篇止此二語。《送人遊蜀》，全篇可玩。「雞鳴關月落，雁度朔風吹」，亦晚唐超然者。温飛卿《西洲詞》，太襲六朝，樂府只似絶句，比顧逋翁直書焦仲卿妻，猶爲彼善。「掩抑似含情，素手復凄清」，則揉以唐調耳。「一點黄塵起雁飛，白龍堆下千蹄馬」、「高風漢陽渡，初月郢門山」，句殊警健。義山《錦瑟》、守愚《鷓鴣》、端己《憶昔》三七言律，俱溺晚唐，沉濁下流，宜爲宋人慕説。七言絶句，惟義山「青雀西飛」近雅。其宫詞《龍池》、《過楚宫》、《賈生》、《姮娥》，用晦《楚宫》、《四皓廟》、《鴻溝》、《始皇墓》、《段公廟》、《送宋處士歸山》，正如杜牧諸絶，作步徵鑑斷，市井街談。又如杜「銀燭秋光冷畫屏」、温「冰簟銀床夢不成」，只此起句，晚唐綫索盡露。若鄭「數聲風笛離亭晚，君向瀟湘我向秦」，非不用意，而衰氣溢目矣。

中、晚唐諸篇，除前論列諸公外，可取者，五律姚合《早朝寄劉起居》，但「佩聲清漏間」一句嫩；喻鳬《晚泊盱眙》、杜荀鶴《春宮怨》、七律羅鄴《征人》，稍脱俗。五絶，令狐楚「胡風千里驚」、吕温「馬嘶白日暮」、戴叔倫「沅湘流不盡」、司空圖「寶馬跋塵光」、崔道融「寵極辭同輩」，七絶，戴叔倫「半夜回舟」、羊士諤「楊柳蕭疏」、雍陶「津橋春水」、羅鄴「夢斷南窗」，總十三首。句之取者，戴叔倫「一年將盡夜，萬里未歸人」，吕温「猿聲何處曉，楓葉滿山秋」，戎昱「遮虜連雲斷，燒羌白草空」，李頻「未央樹色春中見，長樂鐘聲月下聞」、「旌旗落日黄雲動，鼓角陰風白草翻」，夭矯有出群意。劉滄「天空絶塞聞邊雁，葉落孤村見夜燈」，本晚唐語。胡宿「西北浮雲連魏闕，東南初日上秦樓」，善鎔鑄古詩，然實宋人《鼓吹》誤收。

唐無五言古詩。中、晚蓋以韓、柳、元、白、李賀諸派，道喪聲息。又有如陸龜蒙「妾思冷如簧，時時望君暖」，一種凄急之調入于哀思者，義同自鄶，可以無譏。各體旁門鬼道，易見者不論，惟有似佳而實不佳者，奪朱亂雅，失道亡羊，不可不辯。大都七言古之易誤人者，在于轉折似遒警而實迫急之態，如張籍《征婦怨》是也；又在于叙事之似贍切而實猥冗之格，如戎昱《聽彈胡琴》、白居易《琵琶行》是也。五、七言律之易誤人者，在于屬對之似變化而實偏枯之體，如韋應物「立馬愁將夕，看山送獨行」、「芳草歸時遍，情人故郡多」，劉長卿「落日獨歸鳥，孤舟何處人」，李端「秦地故人成遠夢，楚天涼雨在孤舟」，皇甫曾「真仙出世身無事，静夜名香手自焚」

是也。又在于琢句之似勁古而實卑靡之調，如崔塗「漸與骨肉遠，轉於童僕親」，趙嘏「殘星幾點雁橫塞，長笛一聲人倚樓」是也。五七言絶之誤人者，在於用意之似工到而實衰世之音，如王建「白頭宫女在，閑坐説玄宗」，孟郊「身去魂亦去，兀然空一身」，李商隱「夕陽無限好，只是近黄昏」，李群玉「碧波如會意，却與向西流」，朱放「人生一世常如客，何必今朝是别離」，郎士元「貧交此别無他贈，惟有青山遠送君」，戎昱「歸夢不知潮水闊，夜來還到洛陽城」，張籍「復恐匆匆説不盡，行人臨發又開封」，顧非熊「雙淚别家猶未斷，不堪重送故鄉人」，朱餘慶「含情欲説宫中事，鸚鵡前頭不敢言」，陳陶「可憐無定河邊骨，猶是深閨夢裏人」是也。已上諸句入《正聲》選者居十之九，後學玩而不察，流浪墮落者多矣。

中、晚絶句，又有感慨動人而實爲腐爛史斷者，如「不問蒼生問鬼神」、「今日誰知與仲多」、「行人惟説峴山碑」、「一將功成萬骨枯」之類。凡懷古，七律更成習氣，卑陋之極。劉禹錫《金陵》、《荆門道》，許渾《金陵》、《姑蘇》，杜牧《西江》，李商隱《籌筆驛》、《馬嵬》、《茂陵》，連篇累牘，皆是物也。劉滄《咸陽》、《鄴都懷古》，張喬《鸛雀樓》，陋正同，且以爲詩之正聲，可乎？《品彙》之盛贊此體，謂造意幽深，律切精密，感慨凄凉，一唱三嘆，甚誤後學。

羅昭諫江東之集，被偷於生前；李義山西崑之詩，撏撦於身後，並極貴重。然羅發口鄙穢，李薄有才藻，繡組可觀，境地殊隔，非徒彼善。

皇甫子循所稱唐人鍊字之妙，「澗花輕粉色，山月少燈光」、「澗花然暮雨，潭樹暖春雲」、「近鐘清野寺，漁火點江村」、「澗水呑樵路，山花醉蘗欄」、「鳥道掛疏雨，人家殘夕陽」、「鶴唳靜寒渚，猿啼深夜洲」、「花酣蓮報謝，葉在柳呈疏」，以爲得之千錘百鍊，不知其率用尖字，縱一二名家偶有之，正堪爲戒，而可以爲式乎？以此論詩，當年司勛昆季沾沾得意者，略可窺矣。

杜甫云：「一字買堪貧。」劉勰云：「改章難於造篇，易字艱於代句。」誠詩家刻苦鑽厲者。然論詩惟取全首正大工密，若一字一句求精斲巧，則李賀之錦囊，嘔心肝而不已；賈島之推敲，犯京尹而不知，何以終爲劣調邪？近世評杜者，多以句字課工拙，蓋爲宋人邪説所誤。

中、晚律詩一種句法，「溪雲初起日沉閣」之類，當時同流甚衆。如耿湋「還塞欲何處，驚弦亂此心」，韋應物「寒樹依微遠山外，夕陽明滅亂流中」，句字有一字仄聲，並歸仄體，不可效尤。七律又有第二三字黏帶者，如曹松「讀太玄經秋照罷，注參同契夜燈微」，雖云上二字不可剪，而醜惡甚矣。

中、晚七言絶句，有《楊柳技》、《竹枝》、《漁父》，本詞曲，非詩也。以爲詞則佳，以爲詩則醜，高、李不知，誤選入集。温飛卿《春曉曲》「油壁車輕金積肥，流蘇帳曉春雞早」，改一二字即人詩餘，亦爲其體近也。

唐人有一詩傳述，竊名到今者，張繼《颯僑夜泊》、張祜《金山寺》是也。「姑蘇城外寒山寺」、「因悲在城市，終日醉醺醺」，若非世所常選，今人讀之，必當掩口。

唐人評盛唐者殷璠，評中唐者高仲武，俱影響間耳，記纂篇句，冗濫不精。張爲《主客圖》，以白樂天爲廣大教化主，孟雲卿高古奥逸主，李益清奇雅正主。又立上入室、入室、及門之目，義例乖僻，所取蟬噪鼃鳴，徒聒惱人聽，何物么麽，作此怪事？杼山談論，頗有一二處堪採，而標句多謬。

一俗子自詡多蓄書能詩者，謂予曰：「今人選唐詩，不如唐人選唐詩之精，爲其聲氣近也。」不知《英靈》、《國秀》、《篋中》、《間氣》、《極玄》，第輯並時之章。《漢上題襟》、《松陵》，衹編唱和之什。《玉臺後集》偏存孝穆之意，未賅諸家群體。《才調》偏方僻學，去取無當。殷璠不録拾遺，芮挺章不取李頎，《國秀》以李嶠「月宇臨丹地」爲第一。《英靈》以常建「清晨入古寺」爲第一。一時月旦紛無定準，豈若後世鋪觀衆論，掎摭利病，稱量錙銖之可據乎？

唐世詩僧作如牛毛，成似麟角。皎然「秋風落葉」七絶，處默「路自中峰」五律，貫休「晚風吹不盡，江上落殘梅」，俱中、晚調耳。吴筠在道流中，鑽皮出羽，《登廬山觀九江》一首，大有《選》詩風力；《步虚》「瓊臺」篇，何謝景純《遊仙》？曹唐諸七律，便是蒲東詩，何以録之《品彙》？

唐詩最盛，而閨秀亦稀，無論不可望班、卓，求可繼六朝者，僅楊容華《新妝》一首，「妝似臨池出，人疑向月來」，艷采耀目。七歲女子《送兄》詩已成章，早成尤異。盛唐世寇坦母趙氏《古興》「鬱蒸」、「金菊」二首，中唐世杜羔妻趙氏《寄夫雜言》、郎大家宋氏《擬宛轉歌》、鮑文姬《和麟殿燕百寮》、李季蘭《寄校書七兄》，亦其次也。又劉瑶《古意》得二語云「緑窗寂寞背燈時，暗數寒更不成寐」，凡諸稗官雜傳所載鶯鶯、非烟諸章，或作者綺語，未必本辭。《羅嗊曲》乃歌，當時名士作，非鑑湖春色所能自撰。

嗚呼！詩之生于人心者，未嘗息也；溢於才情者，未嘗減也。然唐之後無詩矣。予嘗曰：詩至晚唐，而氣骨盡矣，故變而之蘇、黄。至蘇、黄，膏潤竭矣，故變而之元。至國朝而法戒備，能事無以加矣，故變而之李、何、王、李。其變之不善者害古，變之善者無以逾古，故束之不觀可也。今王、李降爲袁中郎，而詩亡矣。嗚呼！予豈好辨哉？吾願一代諸公或屈首簿書，或營精舉業，或勸修戒行，或絶意干謁，勿事此道。以不朽大業，付與積學大才，自足生活可也。

説詩補遺跋

先君子以庚申之夏入南部，不肖以是歲秋覲於長干里，僦室甚隘，後有廢圃，狐鳴鬼嘷，白晝如夜。先君子有句云：「座上有心聽賈鵩，齋前無地種蕭楊。」蓋實紀也。是時方著是書〔一〕。逾月，不肖歸〔二〕，至冬而書成。先君子敕不肖曰〔三〕：「吾之此書，可謂目空千古〔四〕，起九原而質之，必也其瞑目乎〔五〕！」持論如是，謏語之獄空矣〔六〕。逾年而先君子歸北山舊閭，更敕不肖曰：「前所著書，頗亦未盡。漢魏、六朝，無遺憾矣；初、盛兩唐，自謂精確。所恨者中、晚之間，立言

〔一〕「是」，原本圈去。
〔二〕「逾月不肖歸」，原本圈去。
〔三〕「先君子」，原本圈去。
〔四〕「可謂目空千古」，原本圈去。
〔五〕「必也」，原本圈去。
〔六〕「持論如是」以下至此，原本圈去。

未真耳。」〔一〕不肖曰：「何謂？」先君子曰：「汝亦知唐詩之體所自分乎〔二〕？歷觀唐人諸集，人所恒見者，如元、白、韓、柳之類，有樂府、律詩之名〔三〕，未聞别古律、五七言而銖銖較之也。體之判若涇渭，則高棅偭焉耳。今遽謂詩有定格，至以一字一韻，指爲失黏，爲拗體，與唐人何與哉？夫中、晚之不得爲初、盛，猶魏晉之不得爲兩京，而謂初、盛詩存，中、晚詩絶，將文心但存蘇、李，而世宙遂止當塗乎？此何待知者而辨也。故初、盛有初、盛之唐詩，以漢魏律之，愚也；中、晚有中、晚之唐詩，以初、盛律之，亦愚也。凡今之人，守瑯琊之《卮言》，尊新寧之《品彙》，習北海之《詩紀》，信濟南之《删》選，謂子美没而天下無詩，雖夜郎蛇漢，夏蟲語冰，未足爲喻也。吾書第八十卷〔四〕，尚守故説。天假吾年，庶有以新天下之聞見乎？」提命未幾，山頹木壞，嗚呼痛哉！記易簀前一日，尚取《薛能集》讀之，意有更定，不能捉筆。嗚呼痛哉！不肖含血抆淚，聆所遺言。先君子曰：「《説詩》一書〔五〕，雖有遺憾，然一生目力盡在是矣。世無解人，盍亦流通以俟

〔一〕「漢魏六朝」以下至此，原本圈去。
〔二〕「唐」，原本圈去。
〔三〕「人所恒見」以下至此，原本圈去。
〔四〕「第八十卷」，原本圈去。「十」字當衍。
〔五〕「説」，原本下多「書」字，點去。

之乎〔二〕？意不盡言，慎勿改也。」遺訓在耳，終古銘心，因録副墨，感而述此，以志先君子之遺恨。時天啓三年八月中秋後四日，不肖子舒敬書。

先君是書，家兄跋語皆實録也。然病榻嘗詔班曰〔三〕：「王、李、李、何，非知讀書者，吾向嘗爲所欺，汝輩不得爾。」則凡言王、李者，皆往時語也，讀者其詳之。中男班敬識。

〔二〕「世無解人」以下至此，原本抹去。
〔三〕「病榻」，原本圈去。

陸時雍◇撰

詩鏡總論

一卷

王英達◎點校

詩鏡叙

道發聲著情，通神達靈，油油接於人而不厭。鳥之關關，鹿之呦呦，未聞其何韻之選，何律之調也，而聞輒欣然遇之。人發聲而言，言成文而詩。古稱《詩》千有餘篇，而夫子删之，存止三百，亦取其感通之至捷者耳。而後之人必以義斷，則鄭、衛何以並存也？風之來，其樞搖。搖樹頭草腰，人乘之逍遥。故《詩》之所感，令人之戾也釋，而其捍也消。夫然而是非之畛、理義之辨，必附性情而後見，而果以知夫子之存鄭、衛，非導淫也。夫子曰：「『威儀棣棣，不可選也』，無體之禮也。『凡民有喪，匍匐救之』，無服之喪也。」聖人之用《詩》道，若是其廣也。漢興，柏梁倡歌，蘇、李迭奏。然詩五言而體直，七言而意放，雕鏤至於六代，而古道蕩然。故六義遠而事類繁，四韻諧而聲氣隔。古亡於漢，漢亡於六朝，六朝亡於唐，唐亡不可復振。惟夫後之爲詩者，哀必欲涕，喜必欲狂，豪必極放，而戚若有亡。然意之所設，而情不與俱，不能强之使入，故聞之者悶焉。古之人一唱而三嘆，有餘音者矣；載歌而載起，有餘味者矣。嬰兒語，童子歌，鳥之關關，鹿之呦呦，不知其可而不厭，是謂之道。窅窅冥冥，隱隱轟轟，如雷如霆，則聲之所起者微，而詩之所托者眇也。或謂鳥之關關，鹿之呦呦，聞輒欣然遇之，《詩》曷爲而爲是删者？蓋物各類知，使鳳聽而麟蒞，則鳥頡獸盻，必多噤吟而不進者。是故鵂鶹怪而狐狸妖也。十五《國風》之不同情也，而言皆可以適道。性受則淫言亦正，情受則正言亦淫。《關雎》可以蕩思，而《溱洧》亦能止則。且夫言微而能廣用之者，此道是也。夫王通氏之續《詩》，通之謬也，狐裘而羔袖，有毳焉者矣，取其葛而屬之，其然乎哉？余之爲是選也，將以通人之志而遇之微也，不惟其詞而惟其情，不惟其貌而惟其質〔一〕，使天下聞聲而志起，意喻而道行。《詩》雖亡，有存焉者矣。爲是多方以誘之，而極慮以解之。甚矣！余之不得已也。

檇李陸時雍撰。

〔一〕「質」，《四庫》本作「意」。

詩鏡總論

《詩》有六義。《頌》簡而奥，夐哉尚矣。《大雅》宏遠，非周人莫爲。《小雅》婉孌，能或庶幾。《風》體優柔，近人可倣。然體裁各别，欲以漢魏之詞，復興古道，難以冀矣。西京崛起，别立詞壇，方之於古，覺意象蒙（葺）〔茸〕，規模逼窄，望湘纍之不可得，况《三百》乎？

十五《國風》，亦里巷語，然雍雍和雅。騷人則蕭蕭清遠之音。西京語迫意鋟，自不及古人深際。

詩人一嘆三詠，感寤具存，龐言繁稱，道所不貴。韋孟《諷諫》，愷直有餘，深婉不足。韋玄成《自劾》詩，情色未宣，末段數語，庶爲可誦。

詩四言優而婉，五言直而倨，七言縱而暢，三言矯而掉，六言甘而媚，雜言芬葩，頓跌起伏。四言，《大雅》之音也，其詩中之元氣乎？《風》、《雅》之道，衰自西京，絶於晉、宋，所由來矣。

五言在漢，遂爲鼻祖。西京首首俱佳，蘇、李固宜，文君一女羅，胸無繡虎，腕乏靈均，而《白頭吟》寄興高奇，選言簡雋，乃知風會之翊人遠矣。

《十九首》近於賦而遠於風，故其情可陳而其事可舉也。虚者實之，紆者直之，則感寤之意微，而陳肆之用廣矣。夫微而能通，婉而可諷者，風之爲道美也。

蘇、李贈言，何温而戚也！多唏涕語而無蹶蹙聲，知古人之氣厚矣。古人善於言情，轉意象於虚圓之中，故覺其味之長而言之美也。後人得此，則死做矣。

班婕好説禮陳詩，姱脩嫮佩，《怨歌行》不在《緑衣》諸什之下。

王昭君《黄鳥》詩，感痛未深。以絶世姿作蠻夷嬪，人苟有懷，其言當不止此。此有情而不能言情之過也。

詩之佳，拂拂如風，洋洋如水，一往神韻，行乎其間。班固《明堂》諸篇，則質而鬼矣。鬼者，無生氣之謂也。

東京氣格頹下，蔡文姬才氣英英。讀《胡笳吟》可令驚蓬坐振，沙礫自飛，直是激烈人懷抱。孔融，魯國一男子。讀《臨終》詩，其意氣慨慨欲盡。

《焦仲卿詩》有數病：大略繁絮不能舉要，病一；粗醜不能出詞，病二；頹頓不能整格，病三。尤可舉者，情詞之訛謬也。如云「妾不堪驅使，徒留無所施。便可白公姥，及時相遣歸」，此是何人所道？觀上言「非爲織作遲，君家婦難爲」，斯言似出婦口，則非矣。當縣令遣媒來也，「阿女含淚答，蘭芝初還時，府吏見丁寧，結誓不别離。今日違情義，恐此事非奇。自可斷來信，徐徐更謂之」，而其母之謝媒，亦曰「女子先有誓，老姥豈敢言」，則知女之有志，而母固未之强也。及其兄悵然，蘭芝既能死誓，何不更申前説，大義拒之，而云「蘭芝仰頭答，理實如兄言。處分適兄意，那得自任專」。意當時情事，斷不如是。詩之不能宛述備陳，亦明矣。至於府君訂婚，阿母戒曰，婦之爲計，當有深裁。或密語以寄情，或留物以示意，不則慷慨激烈，指膚髮以自將，不則紆鬱悲思，遺飲食於不事，乃云「左手持刀尺，右手執綾羅。朝成繡裌裙，晚成單羅衫」，其亦何情作此也？「晻晻日欲暝，愁思出門啼。府吏聞此變，因求假暫歸。未至二三里，摧藏馬悲哀。新婦識馬聲，躡履相逢迎。」當是時，婦何意而出門？夫何緣而偶值？詩之未能當情，又明矣。其後府吏與母永訣，囘身入房，此時不知幾爲徘徊，幾爲惋憤，而詩之情色甚是草草，此其不能從容摅寫又甚矣。或曰詩虛境也，安得與紀事同論？夫虛實異致，其要於當情則一也。漢樂府《孤兒行》，事至瑣矣，而言之甚詳；傅玄《秦女休行》，其事甚奇，而寫之不失尺寸。夫情生於文，文生於情，未有事離而情合者也。

古之爲尚，非徒朴也，實以其精。今人觀宋器，便知不逮古人甚遠。商彝周鼎，洵可珍也。不求其精而惟其朴，以疏頑爲古拙，以淺俚爲玄澹，精彩不存，面目亦失之遠矣。

古樂府多俚言，然韻甚趣甚。後人視之爲粗，古人出之自精，故大巧者若拙。

魏人精力標格，去漢自遠，而始彯之華，中不足者外有餘，道之所以日漓也。李太白云：「自從建安來，綺麗不足珍。」此豪傑閲世語。

曹孟德饒雄力，而鈍氣不無，其言如摧鋒之斧。子桓、王粲，時激《風》、《雅》餘波，子桓逸而近《風》，王粲莊而近《雅》。子建任氣憑材，一往不制，是以有過中之病。劉楨稜層，挺挺自持，將以興人則未也。二應卑卑，其無足道。徐幹清而未遠，陳琳險而不安。鄴下之材，大略如此矣。

晉多能言之士，而詩不佳，詩非可言之物也。晉人惟華言是務，巧言是標，其衷之所存能幾也？其一二能詩者，正不在清言之列。知詩之爲道微矣。嵇、阮多材，然嵇詩一舉殆盡。阮籍，詩中之清言也，爲汗漫語，知其曠懷無盡。故曰：「詩可以觀。」直舉形情色相，傾以示人。

傅玄得古之神。漢人樸而古，傅玄精而古。樸之至，妙若天成；精之至，粲如鬼畫。二者俱妙於思慮之先矣。

精神聚而色澤生，此非雕琢之所能爲也。精神道寶，閃閃著地，文之至也。晉詩如叢綵爲花，絶少生韻。士衡病靡，太冲病憍，安仁病浮，二張病塞。語曰：「情生於文，文生於情。」此言可以藥晉人之病。

素而絢，卑而未始不高者，淵明也。艱哉！士衡之苦於縟繡而不華也。夫温柔悱惻，詩教也。愷悌以悦之，婉娩以入之，故詩之道行。左思抗色厲聲則令人畏，潘岳浮詞浪語則令人厭，欲其入人也難哉！

讀陶詩，如所云「清風徐來，水波不興」，想此老悠然之致。

詩被於樂，聲之也。聲微而韻，悠然長逝者，聲之所不得留也。一擊而立盡者，瓦缶也。詩之饒韻者，其鉦磬乎？「相去日以遠，衣帶日以緩」，其韻古；「攜手上河梁，遊子暮何之」，其韻悠；「高臺多悲風，朝日照北林」，其韻亮；「晨風飄岐路，零雨被秋草」，其韻矯；「采菊東籬下，悠然見南山」，其韻幽；「皇心美陽澤，萬象咸光昭」，其韻韶；「扣枻新秋月，臨流別友生」，其韻清；「野曠沙岸净，天高秋月明」，其韻冽；「天際識歸舟，雲中辨江樹」，其韻遠。凡情無奇而自佳，景不麗而自妙者〔二〕，韻使之也。

晉人五言絶，愈俚愈趣，愈淺愈深，齊梁人得之，愈藻愈真，愈華愈潔。此皆神情妙會，行乎其間。唐人苦意索之，去之愈遠。

詩至於宋，古之終而律之始也，體制一變，便覺聲色俱開。謝康樂鬼斧默運，其梓慶之鐻乎？顔延年代大匠斫，而傷其手也。寸草莖能争三春色秀，乃知天然之趣遠矣。

「池塘生春草」，雖屬佳韻，然亦因夢得傳；「林壑斂暝色，雲霞收夕霏」，語饒霽色，稍以椎

〔二〕「景」，《四庫》本作「境」。

鍊得之。「白雲抱幽石，緑篠媚清漣」，不琢而工；「皇心美陽澤，萬象咸光昭」，不淘而静；「杪秋尋遠山，山遠行不近」，不脩而嫵；「猿鳴誠知曙，谷幽光未顯。巖下雲方合，花上露猶泫」，不繪而工。此皆有神行乎其間矣。

謝康樂詩，佳處有字句可見，不免硜硜以出之，所以古道漸亡。康樂神工巧鑄，不知有對偶之煩。惠連枵然膚立，如《擣衣》、《牛女》，吾不知其意之所存，情之所在。

鮑照材力標舉，凌厲當年，如五丁鑿山，開人世之所未有。當其得意時，直前揮霍，目無堅壁矣。駿馬輕貂，雕弓短劍，秋風落日，馳騁平岡，可以想此君意氣所在。

詩麗於宋，艷於齊。物有天艷，精神色澤，溢自氣表。王融好爲艷句，然多語不成章，則塗澤勞而神色隱矣。如《衛》之《碩人》，《騷》之《招魂》，艷極矣，而亦真極矣。柳碧桃紅，梅清竹素，各有固然。浮薄之艷，枯槁之素，君子所弗取也。

詩至於齊，情性既隱，聲色大開。謝玄暉艷而韻，如洞庭美人，芙蓉衣而翠羽旗，絶非世間物色。

讀謝家詩，知其靈可砭頑，芳可滌穢，清可遠垢，瑩可沁神。

熟讀靈運詩，能令五衷一洗，白雲緑篠，湛澄趣於清漣。熟讀玄暉詩，能令宿貌一新，紅藥青苔，濯芳姿於春雨。

詩須觀其自得。陶淵明《飲酒》詩：「一觴雖獨進，杯盡壺自傾。」「提壺撫寒枝，遠望時復爲。」又：「昔人既屢空，春興豈自免。」「寒竹被荒蹊，地爲罕人遠。」此爲悠然樂而自得。謝康樂：「樵隱俱在山，由來事不同。不同非一事，養痾亦園中。中園屏氛雜，清曠招遠風。」此爲曠然遇而無罣。見古人本色撝披，不煩而至。夫詠物之難，非肖難也，惟不局局於物之難。玄暉「餘霞散成綺，澄江浄如練」，「天際識歸舟，雲中辨江樹」，山水烟霞，衷成圖繪，指點盻顧，遇合得之。古人佳處當不在言語間也。鮑明遠「霜崖滅土膏，金澗測泉脉。旋淵抱星漢，乳竇通海碧」精矣，而乏自然之致。良工苦心，余以是賞之。

梁武《西洲曲》，絶似《子夜歌》，累叠而成，語語渾稱，風格最老。《擬青青河畔草》亦然。梁人多妖艷之音，武帝啓齒揚芬，其臭如幽蘭之噴，詩中得此，亦所稱絶代之佳人矣。《東飛伯勞西飛燕》、《河中之水歌》，亦古亦新，亦華亦素，此最艷詞也。所難能者，在風格渾成，意象獨出。

簡文詩多滯色膩情，讀之如半醉憨情，懨懨欲倦。

齊梁人欲嫩而得老，唐人欲老而得嫩，其所别在風格之間。齊梁老而實秀，唐人嫩而不華，其所别在意象之際。齊梁帶秀而香，唐人撰華而穠，其所别在點染之間。

梁元學曲初成，遂自嬌音滿耳，含情一粲，蕊氣(樸)[撲]人。邵陵王賣致有餘，老而能媚。沈約有聲無韻，有色無華。江淹材具不深，凋零自易，其所擬古，亦壽陵餘子之學步於邯鄲者耳。擬陶彭澤詩，祇是田家景色，無此老隱淪風趣，其似近而實遠。

庾肩吾、張正見，其詩覺聲色臭味俱備。詩之佳者，在聲色臭味之俱備，庾、張是也。詩之妙者，在聲色臭味之俱無，陶淵明是也。

張正見《賦得秋河曙耿耿》「天路横秋水，星橋轉夜流」，唐人無此境界；《賦得白雲臨浦》「疏葉臨嵇竹，輕鱗入鄭船」，唐人無此想像；《泛舟後湖》「殘虹收度雨，缺岸上新流」，唐人無此景色；《關山月》「暈逐連城璧，輪隨出塞車」，唐人無此映帶；《奉和太子納凉》「避日交長扇，迎風列短簫」，唐人無此致趣；庾肩吾《經陳思王墓》「雁與雲俱陣，沙將蓬共驚」，唐人無此追琢；《春夜應令》「燒香知夜漏，刻燭驗更籌」，唐人無此景趣；梁簡文《往虎窟山寺》「分花出黄鳥，掛石下新泉」，唐人無此寫作；《望同泰寺浮圖》「飛旛雜晚虹，畫鳥狎晨鳧」，唐人無此點染；《納凉》「遊魚吹水沫，神蔡上荷心」，唐人無此物態。梁元《折楊柳》「楊柳非花樹，依樓自覺春」，唐人無此神情；邵陵王《見姬人》「却扇承枝影，舒衫受落花。狂夫不妒妾，隨意晚還家」，唐人無此風騷；江總《贈袁洗馬》「露浸山扉月，霜開石路烟」，唐人無此洗發。此皆得意象先，神行語外，非區區模放推敲之可得者。

何遜詩語語實際，了無滯色。其探景每入幽微，語氣悠柔，讀之殊不盡纏綿之致。何遜以本色見佳，後之採真者，欲摹之而不及。陶之難摹，難其神也；何之難摹，難其韻也。何遜之後繼有陰鏗，陰、何氣韻相鄰，而風華自布，見其婉而巧矣，微芳幽馥，時欲襲人。江總自梁入陳，其詩猶有梁人餘氣。至陳之末，纖靡極矣。孔範《賦得白雲抱幽石》「陣結香爐隱，羅成玉女微」，巧則巧矣，而纖極矣。王袁、庾信佳句不乏，蒙氣亦多，以是知此道之將終也。

宋孝武菁華璀璨，遂開靈運之先。陳後主妝裹豐餘，精神悴盡，一時作者，俱披靡頹敗，不能自立。以知世運相感，人事以之。

陳人意氣懨懨，將歸於盡。隋煬起敝，風骨凝然，其於追《風》勒《雅》，返漢還《騷》，相距甚遠。故去時之病則佳，而復古之情未盡。詩至陳餘，非華之盛，乃實之衰耳。不能予其所美，而徒欲奪其所醜，則枵質將安恃乎？隋煬從華得素，譬諸紅艷叢中，清標自出，雖卸華謝彩，而絢質猶存。并隋素而去之，唐之所以暗而無色也。珠輝玉潤，寶焰金光，自然之色，夫豈不佳？若朽木死灰，則何貴矣。唐之興，六代之所以盡亡也。

讀隋煬帝詩，見其風格初成，精華未備。

隋煬復古未深，唐人仍之益淺。夫以隋存隋，隋不存也，祇存其爲唐耳。唐之存，隋之所以去也。蓋以隋存隋則隋孤，隋孤而以唐之力輔之，則唐之力益弱。唐弱而人不知反，不求勝於古，而求勝於唐，則他道百出矣。正不足而徑，徑不足而鬼，鬼不足而澌滅無餘矣。自漢而下，代不能爲相存，至於唐，而古人之聲音笑貌無復餘者。隋素而麗，唐素而質。「鳥擊初移樹，魚寒欲隱苔」，唐欲爲之，豈可得耶？

古雄而渾，律精而微。四傑律詩多以古脉行之，故材氣雖高，風華未爛。六朝一語百媚，漢魏一語百情，唐人未能辨此。

王勃高華，楊炯雄厚，照鄰清藻，賓王坦易。子安其最傑乎？調入初唐，時帶六朝錦色。杜審言渾厚有餘，宋之問精工不乏。沈佺期呑吐含芳，安詳合度，亭亭整整，喁喁叮叮，覺其句自能言，字自能語，品之所以爲美。蘇、李法有餘閑，材之不逮遠矣。

初唐七律，簡貴多風，不用事，不用意，一言兩言，領趣自勝。故事多而寡用之，意多而約出之，斯所貴於作者。

詩有靈襟，斯無俗趣矣；有慧口，斯無俗韻矣。乃知天下無俗事，無俗情，但有俗腸與俗口耳。古歌《子夜》等詩，俚情褻語，村童之所赧言，而詩人道之，極韻極趣。漢《鐃歌》樂府，多寠人乞子、兒女里巷之事，而其詩有都雅之風。如「亂流趨正絶」，景極無色，而康樂言之乃佳；「帶月荷鋤歸」，事亦尋常，而淵明道之極美。以是知雅俗所由來矣。夫虚而無物者，易俗也；

蕪而不理者，易俗也；卑而不揚者，易俗也；高而不實者，易俗也；放而不制者，易俗也；局而不舒者，易俗也；奇而不法者，易俗也；質而無色者，易俗也；文而過飾者，易俗也；刻而過情者，易俗也；雄而尚氣者，易俗也；新而自師者，易俗也；故而不變者，易俗也；典而好用者，易俗也；巧而過斫者，易俗也；多而見長者，易俗也；率而好盡者，易俗也；修而畏人者，易俗也；媚而逢世者，易俗也。大抵率真以布之，稱情以出之，審意以道之，和氣以行之，合則以軌之，去迹以神之，則無數者之病矣。

絶去故常，剗除塗轍，得意一往，乃佳。依傍前人，改成新法，非其善也。豪傑命世，肝膽自行，斷不依人眉目。

氣太重，意太深，聲太宏，色太厲，佳而不佳，反以此病。故曰：「穆如清風。」

世以李、杜爲大家，王維、高、岑爲傍户，殆非也。摩詰寫色清微，已望陶、謝之藩矣，第律詩有餘，古詩不足耳。離象得神，披情著性，後之作者誰能之？世之言詩者，好大好高，好奇好異，此世俗之魔見，非詩道之正傳也。體物著情，寄懷感興，詩之爲用，如此已矣。

王龍標七言絶句，自是唐人騷語。深情苦恨，襞積重重，使人測之無端，玩之無盡。惜後人不善讀耳。

七言古，盛於開元以後，高適當屬名手。調響氣佚，頗得縱横；勾角廉折，立見涯涘。以是知李、杜之氣局深矣。

高達夫調響而急。

岑參好爲巧句，真不足而巧濟之，以此知其深淺矣。故曰：「大巧若拙。」

孟浩然材雖淺窘，然語氣清亮，誦之有泉流石上、風來松下之音。常建音韻已卑，恐非律之所貴。凡骨峭者音清，骨勁者音越，骨弱者音庳，骨微者音細，骨粗者音豪，骨秀者音冽，聲音出於風格間矣。

觀五言古於唐，此猶求二代之瑚璉於漢世也。古人情深，而唐以意索之，一不得也；古人象遠，而唐以景逼之，二不得也；古人法變，而唐以格律之，三不得也；古人色真，而唐以巧繪之，四不得也；古人貌厚，而唐以姣飾之，五不得也；古人氣凝，而唐以佻乘之，六不得也；古人言簡，而唐以好盡之，七不得也；古人作用盤礴，而唐以徑出之，八不得也。雖以子美雄材，亦踣躓於此，而不得進矣。庶幾者其太白乎？意遠寄而不迫，體安雅而不煩，言簡要而有歸，局卷舒而自得。離合變化，有阮籍之遺蹤；寄托深長，有漢魏之委致。然而不能盡爲古者，以其有佻處，有淺處，有遊浪不根處，有率爾立盡處。然言語之際，亦太利矣。

上古之言渾渾爾，中古之言折折爾，晚世之言便便爾，末世之言纖纖爾。此太白之所以病利也。

杜少陵《懷李白》五古，其曲中之悽調乎？苦意摹情，過於悲而失雅。《石壕吏》、《垂老别》諸篇，窮工造景，逼於險而不括。二者皆非中和之則，論詩者當論其品。

詩不患無材，而患材之揚；詩不患無情，而患情之肆；詩不患無言，而患言之盡；詩不患無景，而患景之煩。知此始可與論雅。

太白《古風》八十二首，發源於漢魏，而托體於阮公。然寄托猶苦不深，而作用間尚未盡委蛇盤礴之妙。要之，雅道時存。

少陵苦於摹情，工於體物，得之古賦居多。太白長於感興，遠於寄衷，本於十五《國風》爲近。

七言古，自魏文、梁武以外，未見有佳。鮑明遠雖有《行路難》諸篇，不免宫商乖互之病。太白其千古之雄乎？氣駿而逸，法老而奇，音越而長，調高而卓。少陵何事得與執金鼓而抗顔行也？

太白七古，想落意外，局自變生，真所謂驅走風雲、鞭撻海岳，其殆天授，非人力也。少陵《哀江頭》、《哀王孫》，作法最古，然琢削磨礲，力盡此矣。《飲中八仙》，格力超拔，庶足當之。

少陵五古，材力作用，本之漢魏居多。第出手稍鈍，苦雕細琢，降爲唐音。夫一往而至者，情也；苦摹而出者，意也。若有若無者，情也；必然必不然者，意也。意死而情活，意迹而情神,意近而情遠,意僞而情真。情意之分,古今所由判矣。少陵精矣刻矣,高矣卓矣,然而未齊於古人者,以意勝也。假令以《古詩十九首》與少陵作,便是首首皆意;假令以《石壕》諸什與古人作,便是首首皆情。此皆有神往神來、不知而自至之妙,太白則幾及之矣。十五《國風》皆設爲其然而實不必然之詞,皆情也。晦翁説《詩》,皆以必然之意當之,失其旨矣。數千百年以來,憒憒於中而不覺者衆也。

《三百篇》每章無多言。每有一章而三四疊用者,詩人之妙在一嘆三詠。其意已傳,不必言之繁而緒之紛也。故曰:「《詩》可以興。」詩之可以興人者,以其情也,以其言之韻也。夫獻笑而悦,獻涕而悲者,情也;聞金鼓而壯,聞絲竹而幽者,聲之韻也。是故情欲其真,而韻欲其長也,二言足以盡詩道矣。乃韻生於聲,聲出於格,故標格欲其高也;韻出爲風,風感爲事,故風味欲其美也。有韻必有色,故色欲其韶也;韻動而氣行,故氣欲其清也。此四者,詩之至要也。夫優柔悱惻,詩教也,取其足以感人已矣。而後之言詩者,欲高欲大,欲奇欲異,於是遠想以撰之,雜事以羅之,長韻以屬之,俶詭以炫之,則駢指矣。此少陵誤世,而昌黎復湮其波也,心托少陵之藩,而欲追《風》、《雅》之奥,豈可得哉?

子美之病,在於好奇。作意好奇,則於天然之致遠矣。五、七言古,窮工極巧,謂無遺恨,細觀之,覺幾回不得自在。

初唐七律，謂其不用意而自佳，故當絶勝。「雲山一一看皆好，竹樹蕭蕭畫不成」，體氣之貴，風味之佳，此殆非人力所與也。

少陵五言律，其法最多，顛倒縱横，出人意表。余謂萬法總歸一法，一法不如無法。水流自行，雲生自起，更有何法可設？

少陵「緑樽須盡日，白髮好禁春」，一語意經幾折，本是惜春，却緣白髮拘束懷抱，不能舒散，乃知少年之意氣猶存，而老去之愁懷莫展，所以對酒而自傷也。少陵作用，大略如此。

宋人抑太白而尊少陵，謂是道學作用，如此將置風人於何地？放浪詩酒乃太白本行；忠君憂國之心，子美乃感輒發。其性既殊，所遭復異，奈何以此定詩優劣也？太白遊梁、宋間，所得數萬金，一揮輒盡，故其詩曰：「天生我才必有用，黄金散盡還復來。」意氣淩雲，何容易得？

人情好尚，世有轉移，千載悠悠，將焉取正？自梁以後，習尚綺靡，昭明《文選》，家視爲千金之寶，初唐以後，輒吐棄之。宋人尊杜子美爲詩中之聖，字型句矱，莫敢輕擬。如「自鋤稀（萊）[菜]甲，小摘爲情親」，特小小結作語；「不知西閣意，更肯定留人」，意更淺淺，而一時何贊之甚？竊謂後之視今，亦猶今之視昔，即余之所論，亦未敢以爲然也。

少陵七言律，藴藉最深。有餘地，有餘情。情中有景，景外含情，一詠三諷，味之不盡。

善言情者，吞吐深淺，欲露還藏，便覺此衷無限。善道景者，絶去形容，略加點綴，即真相顯然，生韻亦流動矣。此事經不得著做，做則外相勝而天真隱矣，直是不落思議法門。

每事過求，則當前妙境，忽而不領。古人謂眼前景致，口頭言語，便是詩家體料。所貴於能詩者，祇善言之耳。總一事也，而巧者繪情，拙者索相；總一言也，而能者動聽，不能者忤聞，初非别求一道以當之也。

凡法妙在轉，轉入轉深，轉出轉顯，轉摶轉峻，轉敷轉平。知之者謂之至正，不知者謂之至奇，誤用者則爲怪而已矣。

詩之所以病者，在過求之也，過求則真隱而僞行矣。然亦各有故在：太白之不真也，爲材使；少陵之不真也，爲意使；高、岑諸人之不真也，爲習使；元、白之不真也，爲詞使；昌黎之不真也，爲氣使。人有外藉以爲之使者，則真相隱矣。

中唐人用意，好刻好苦，好異好詳，求其所自，似得諸晉人《子夜》、漢人樂府居多。盛唐人寄趣在有無之間，可言處常留不盡，又似合於風人之旨，乃知盛唐人之地位故優也。

前不啓轍，後將何涉？前不示圖，後將何摹？詩家慣開門面，前有門面，則後有塗轍矣。不見《雅》、《頌》、《風》、《騷》，何人擬得？此真人所以無迹，至言所以無聲也。

唐人《早朝》，惟岑參一首最爲正當，亦語語悉稱，但格力稍平耳。老杜詩失「早」字意，祇得起語見之。「龍蛇」、「燕雀」，亦嫌矜擬太過。「眼前景致道不到，崔顥題詩在上頭」，此語可參詩家妙訣。朱晦翁云：「向來枉費推移力，此日中流自在行。」乃知天下事枉費推移者之多也。

中唐詩近收斂。境斂而實，語斂而精，勢大將收，物華反素。盛唐鋪張已極，無復可加，中唐所以一反而之斂也。初唐人承隋之餘，前華已謝，後秀未開，聲欲啓而尚留，意方涵而不露，故其詩多希微玄澹之音。中唐反盛之風，攢意而取精，選言而取勝，所謂綺繡非珍，冰紈是貴，其致迥然異矣。然其病在雕刻太甚，元氣不完，體格卑而聲氣亦降，故其詩往往不長於古而長於律，自有所由來矣。

劉長卿體物情深，工於鑄意，其勝處有迥出盛唐者。「黄葉減餘年」，的是庾信、王褒語氣。「老至居人下，春歸在客先」，「春歸」句何減薛道衡《人日思歸》語？「寒鳥數移柯」，與隋煬「鳥擊初移樹」同，而風格欲遜。「鳥似五湖人」，語冷而尖，巧還傷雅，中唐身手於此見矣。

絶去形容，獨標真素，此詩家最上一乘。本欲素而巧出之，此中唐人之所以病也。李端「園林帶雪潛生草，桃李雖春未有花」，此語清標絶勝。李嘉祐「野棠自發空流水，江燕初歸不見人」，風味最佳。「野棠」句帶琢，「江燕」句則真相自然矣。羅隱「秋深霧露侵燈下，夜静魚龍逼岸行」，此言當與沈佺期、王摩詰折證。

深情淺趣，深則情，淺則趣矣。杜子美云：「桃花一簇開無主，不愛深紅愛淺紅。」余以爲深淺俱佳，惟是天然者可愛。

書有利澀，詩有難易。難之奇，有曲澗層巒之致；易之妙，有舒雲流水之情。王昌齡絶句，難中之難；李青蓮歌行，易中之易。難而苦爲長吉，易而脱爲樂天，則無取焉。總之，人力不與，天致自成，難易兩言，都可相忘耳。

司空曙「蒹葭新有雁，雲雨不離猿」，「雲雨」句似不落思慮所得，意何襞積，語何渾成！語云：「已雕已琢，復歸於樸。」「窮水雲同穴，過僧虎共林」，昔庾子山曾有「人禽或對巢」之句，其奇趣同而庾較險也。凡異想異境，其托胎處固已遠矣。老杜云「勳業頻看鏡，行藏獨倚樓」，語意徘徊；司空曙「相悲各問年」，更自應手犀快。風塵閲歷，有此苦語。

余嘗讀駱義烏文，絶愛其「風生曳鷺之濤」、「雨濕印龜之岸」，謂其風味絶色。耿湋「小暑開鵬翼，新蓂長鷺濤」，其語翠色可摘。

叙事議論，絶非詩家所需。以叙事則傷體，議論則費詞也，然總貴不煩而至。如《棠棣》不廢議論，《公劉》不無叙事，如後人以文體行之，則非也。戎昱「社稷依明主，安危托婦人」，「過因（纔）［讒］後重，恩合死前酬」，此亦議論之佳者矣。

李益五古得太白之深，所不能者澹蕩耳。太白力有餘閒，故游衍自得，益將矻矻以爲之。《蓮塘驛》、《遊子吟》，自出身手，能以意勝，謂之善學太白可。

盛唐人工於綴景，惟杜子美長於言情。人情向外，見物易而自見難也。司空曙「乍見翻疑夢，相悲各問年」，李益「問姓驚初見，稱名識舊容」，撫衷述愫，罄快極矣。因之思《三百篇》，情緒如絲，繹之不盡，漢人曾道隻語不得。

石之有稜，水之有折，此處最爲可觀。人道謂之廉隅，詩道謂之風格，世衰道微，恃此乃能有立。東漢之末，節氣輩生。唐之中葉，詩之骨幹不頓，此砥世維風之一事也。

專尋好意，不理聲格，此中晚唐絶句所以病也。詩不待意，即景自成；意不待尋，興情即是。王昌齡多意而多用之，李太白寡意而寡用之。昌齡得之椎鍊，太白出於自然，然而昌齡之意象深矣。劉禹錫一往深情，寄言無限，隨物感興，往往調笑而成。「南宫舊吏來相問，何處淹留白髮生」，「舊人惟有何戡在，更與殷勤唱渭城」，更有何意索得？此所以有水到渠成之説也。

食肉者，不貴味而貴臭；聞樂者，不聞響而聞音。凡一掇而有物者，非其至者也。詩之所貴者，色與韻而已矣。韋蘇州詩，有色有韵，吐秀含芳，不必淵明之深情、康樂之靈悟，而已自佳矣。「白日淇上没，空閨生遠愁。寸心不可限，淇水長悠悠。」「還應有恨誰能識，月白風清欲墮時。」此語可評其况。

盈盈秋水，淡淡春山，將韋詩陳對其間，自覺形神無間。

詩貴真。詩之真趣，又在意似之間，認真則又死矣。柳子厚過於真，所以多直而寡委也。《三百篇》賦物陳情，皆其然而不必然之詞，所以意廣象圓，機靈而感捷也。

讀柳子厚詩，知其人無與偶。讀韓昌黎詩，知其世莫能容。

劉夢得七言絶，柳子厚五言古，俱深於哀怨，謂《騷》之餘派可。劉婉多風，柳直損致，世稱「韋柳」，則以本色見長耳。

實際内欲其意象玲瓏，虚涵中欲其神色畢著。

材大者，聲色不動，指顧自如，不則意氣立見。李太白所以妙於神行，韓昌黎不免有蹶張之病也。氣安而静，材斂而閑。張子房破楚椎秦，貌如處子；諸葛孔明陳師對壘，氣若書生，以此觀其際矣。陶、謝詩以性運，不以才使。凡好大好高，好雄好辯，皆才爲之累也。善用才者，常留其不盡。

青蓮居士文中常有詩意，韓昌黎伯詩中常有文情，知其所長在此。

「隴上壯士有陳安，軀幹雖小腹中寬。驫驄父馬鐵鍛鞍，七尺大刀奮如湍。丈八蛇矛左右盤，十盪五決無當前。」此言可評昌黎七古。

人情物態，不可言者最多，必盡言之則俚矣。知能言之爲佳，而不知不言之爲妙。此張籍、王建所以病也。張籍，小人之詩也，俚而佻。王建款情熟語，其兒女子之所爲乎？詩不入雅，雖美何觀矣？

張藉、王建詩有三病：言之盡也，意之醜也，韻之庳也。言窮則盡，意褻則醜，韻軟則庳。

杜少陵《麗人行》、李太白《楊叛兒》，一以雅道行之，故君子言有則也。

孟郊詩之窮也，思不成倫，語不成響，有一二語，總稿衷之瀝血矣。自古詩人，未有拙於郊者。獨創成家，非高才大力，誰能辨此？郊之所以益重其窮也。賈島衲氣終身不除，語雖佳，其氣韵自枯寂耳。余嘗謂讀孟郊詩如嚼木瓜，齒缺舌嫩，不知味之所在；賈島詩如寒虀，味雖不和，時有餘酸薦齒。

妖怪惑人，藏其本相，異聲異色，極伎倆以爲之。照入法眼，自立破耳。然則李賀其妖乎？非妖何以惑人？故鬼之有才者能妖，物之有靈者能妖。賀有異才，而不入於大道，惜乎其所之之迷也。

元、白以潦倒成家，意必盡言，言必盡興，然其力足以達之。微之多深著色，樂天多淺著趣。趣近自然，而色亦非貌取也，總皆降格爲之。凡意欲其近，體欲其輕，色欲其妍，聲欲其脆，此數者，格之所由降也。元、白偷快意，則縱肆爲之矣。

元、白之韵平以和，張、王之韵庳以急，其好盡則同，而元、白猶未傷雅也。雖然，元、白好盡言耳，張、王好盡意也。盡言特煩，盡意則褻矣。

李商隱麗色閑情，雅道雖漓，亦一時之勝。温飛卿有詞無情，如飛絮飄揚，莫知指適。《湖陰詞》後云：「吴波不動楚山曉，花墮欄干春晝長。」余直不知所謂。余於温、李詩收之最寬，從時尚耳。

李商隱七言律氣韻香甘，唐季得此，所謂枇杷晚翠。

五言古非神韻綿綿，定當捉衿露肘。劉駕、曹鄴，以意撑持，雖不逮古，亦所謂鐵中錚錚、庸中姣姣矣。善用意者，使有意如無，隱然不見。造無爲有，化有爲無，自非神力不能。以少陵之才，能使其有而不能使其無耳。

有韻則生，無韻則死；有韻則雅，無韻則俗；有韻則響，無韻則沉；有韻則遠，無韻則局。物色在於點染，意態在於轉折，情事在於猶夷，風致在於綽約，語氣在於吞吐，體勢在於遊行，此則韻之所由生矣。陸龜蒙、皮日休知用實而不知運實之妙，所以短也。

郝敬◇撰

藝圃傖談 四卷

侯榮川◎點校

藝圃傖談題辭

方内目楚爲「傖楚」，楚人爲「楚傖」。楚風氣剽悍，人卞急而少淹雅。辭林嗍不文人，亦曰「傖父」。陸機以此目左思，不知左雅能賦也。《三都》出，駟不及舌已。余生江介，其麤駔本天性。弱冠蹭蹬，鄉里人目爲狂且，比筮仕，木强，唐突權貴。有吴兒峨冠，稱翰林主人，挾京洛書，排闥無狀。爲火其書，溺其冠，杖而逐之。一時談客相顧，勿逢茲俗吏也。斯不亦張楚傖之劇者歟？年過四十，懸車下帷，不窺户外二十餘年。後生聞其名，希識其面孔也。惟日取古聖賢書，漱其芳液自潤。非古聖賢書，一切擿弗視也。夫豈以一日之文儒，而能陶冶半世之傖父乎？晚節浸淫百家，旁蒐藝圃，心有所會，手口自語，然未離其類也，命曰《藝圃傖談》。蓋地之相去，朝市爲都，山林爲鄙；時之相後，後進爲君子，先進爲野人。今處山林，避朝市，談先進，猶日西夕而講於雞鳴昧旦之事也。衆人衣繡黼，含玉噴珠，一老圃披襫襏，爲神農之言，修渾沌之術，以希蹤於七竅未鑿之先，欲人不傖父，胡可得已？

天啓三年歲次癸亥十月，楚傖郝仲輿父識。

藝圃傖談卷目

藝圃傖談卷之一

京山郝敬著　姪千里録
門人陳珙　男洪範校

古詩

《樂記》曰：「人不能無樂，先王恥其亂，制《雅》、《頌》之聲以道之。使其聲足樂而不流，使其曲直節奏，足以動人之善，不使放心邪氣得接焉。《鄭》音好濫淫志，《宋》音燕女溺志，《衛》音趨數煩志，《齊》音敖辟驕志，此四者皆淫於色而害於德，是以祭祀不用也。」又曰：「鞉、鼓、椌、楬、壎、篪，六者德音之音也，和正以廣。弦、匏、笙、簧，會守附鼓，此古樂之發也。奸聲以濫，溺而不止，及優侏儒，獶雜女子，不知父子，此今樂之發也。」《春秋傳》曰：「先王之樂，所以節百事也，故有五節。遲速本末以相及，中聲以降，五降之後，不容彈矣。於是乎有煩手淫聲，慆淫心耳，乃忘和平，君子弗聽也。」以上數條，古今音樂之明法，聖人删《詩》正樂，《關雎》洋洋，《雅》、《頌》得所，詩樂共貫也。詩有《雅》、《鄭》，樂有古今，知樂即知詩矣。

《三百篇》經聖人考訂，其志中正，其氣和平，其詞温柔敦厚，此之謂雅。秦漢以來，爲辭賦，敷演富麗，尚有委蛇忠厚之情，無淩厲排傲之氣。漢魏未遠《風》、《雅》，六朝靡麗，亦不失温柔。至唐人，四韻近體興，古意遂亡矣。大都古今雖異，聲音之道終不越《鄭》、《雅》兩途。雅聲平淡，鄭聲壯浪而繁促。繁促則不和，壯浪則不平，故曰淫也。淫者，放也，過度則放。天地有六氣，過而不節，是生六淫。淫生六疾，非必男女燕溺謂之淫也。男女之情，聖人不能無，《關雎》不淫，樂不過其節耳。有情欲之感而無慆溺之私，雖鄭而非鄭也。若其舒慘過度，雖微男女之私，亦淫也。言詩者，宜首辨此。

詩有六藝。《風》、《雅》、《頌》析爲三經，而賦、比、興非判爲三緯也。經始於《風》，變而爲《雅》，再變而爲《頌》。《頌》去《風》浸遠，然無《風》不可以爲《詩》，雖《雅》、《頌》亦《風》也。緯始於賦，中於比，終於興。興者，詩之情，詩盡乎興矣。故六義以《風》始，以興終。明乎《風》與興，而《詩》幾矣。《易》曰：「巽爲風。」詩者，巽言也。風入爲聲，風行而聲達，造化所以鼓舞群動也，故曰興於詩。聞風興起，則異世同神，故《風》首三經。二《南》，文王所以興起百世也。賦比無興，不可以爲賦比，《雅》、《頌》無《風》，不可以爲《雅》、《頌》。今謂某詩爲賦、爲比，某詩爲興，謬也。雖《風》，豈無《雅》？二《南》與《豳》亦《雅》也，《頌》豈無《風》？《魯頌》亦《風》也。而三緯可推矣。

樂與禮非二物。禮以和行，「思無邪」所以蔽《詩》也。立禮必先興詩，而後成樂。忠臣孝子以柔順温厚爲本，莊敬儼恪，非所以親親，故曰：「閨門之内，戲而不嘆。」聖人教小子學《詩》、學《禮》，教其子學二《南》，曰：「不學《詩》，無以言。」温柔敦厚，所以言也。後之爲詩者，凌厲張皇，烏可謂詩？

雅與鄭，志與辭之分也。有志與辭俱雅者，有志與辭俱鄭者，有志雅辭鄭者，有志鄭辭雅者。志辭俱雅者，《關雎》、《鹿鳴》、《清廟》之類是也；志鄭辭雅者，《三百篇》鮮矣，後世吴王女《紫玉歌》、漢武帝《李夫人歌》之類是也；志雅辭鄭者，鄭、衛之《風》，《桑間》、《溱洧》之類是也；志辭俱鄭者，《三百篇》無之，後世漢、唐以來《閨情》、《怨歌行》、《子夜》、《讀曲》、《采蓮》歌曲之類是也。《三百篇》皆雅，夫子獨舉《關雎》一篇爲不淫，是他篇容有不盡然者。如《草蟲》頗似鄭聲而志正，何傷於雅？志正莫若《頌》，而《魯頌》夸誕，亦鄭志也。《有駜》君臣酣舞，大似漢魏以來音節，即鄭聲也。漢魏樂府，郊廟諸夏等篇，稱爲雅樂；其鐃歌鼓吹等曲，咬哇繁促，即鄭聲也。故古詩不無鄭，今詩不無雅，易辨耳。

六義不越情、事、辭三者而已。感動爲情，即境爲事，敷陳爲辭。興因情發，比觸境生，賦以辭成。風主情，雅主事，頌主辭。情有悲歡，故《風》多感動；境爲實事，故《雅》多獻替；辭本聲音，故《頌》用登歌。經緯變合，六義互而生詩。漢魏以來，六義不明，以興爲托物，以比爲借喻，以賦爲直陳，各不相屬，六義分裂，何可言詩？

《國風》有《鄭》、《衛》，故通謂之風。《雅》奏於朝廷，醇乎其正，故獨稱雅。至於郊廟之事，明神之交，幽深玄遠，故曰頌。頌者，從容之謂，明神之及交，從容不迫也。

從來説詩，以托物爲興。惟鍾嶸《詩品》云：「文已盡而義有餘者，興也。」此語得之。蓋人心無形，感動發越，肸蠁而成詩。其據情寫志，逶迤旁薄，不主一端，即事引伸，變動周游，可諷吟而不可切循，心能會而口不能言者，皆興也。故目之所察者淺，耳之所入者深，玄黄黼黻，一覽無餘，惟聲音咏嘆，使人心曠神怡，能動天地泣鬼神，移風易俗者，興之謂也。

聖人以詩立經垂訓，教人繕性，以平其躁而宣其滯也。《經解》曰：「詩以道性情。温柔敦厚，詩之教也。」子云：「《詩》可以群，可以怨，可以興，可以觀。」故學詩即是學道，惟知道者能知詩。此義不明，辭卿墨客以便儇爲才，以訕謗爲史，以嬉狎爲興，以狂悖爲達，詩祇爲侮世之具。故古之詩人忠信敦厚，今之詩人輕薄陜輸，所關係豈微乎？

子云：「不學《詩》，無以言。使于四方，不能專對。」《春秋傳》：「諸侯大夫燕享則賦詩，聽者感嘆，因占其人生平。」此能言專對之效也。若齊慶封聽《相鼠》、《茅鴟》不能解嘲，伯有從鄭伯享趙孟，賦「鶉之賁賁」，然則當世卿大夫深于詩者已少矣。況如賜、商，焉可多得？故言詩未容易也。

予謂鄭聲淫，謂其聲耳。古鄭在西周畿内，西土風氣壯厲，今陝西西安府華州是其地。周宣王以封弟友爲桓公，至子武公，從平王東遷，併虢、鄶之地爲新鄭。今河南開封府鄭州，古豫州境，亦東周畿内。而中土氣柔，故音靡曼；八方湊集，故語嚻雜，大抵都會皆然。惟西鄭，豐、鄗舊邦，文武首善，是爲《周南》。東鄭當季世，王教衰，習尚靡，然其詩經聖人删正，皆雅言也。世謂《鄭風》所載，盡男女私奔之辭，豈其然乎？

近代論詩，謂風人之辭，微婉無迹，以切理爲詩家之忌。然《風》不過三經之一體，二《雅》獻替，莫非理也，《頌》歌功德，亦理也。若是，但《風》可爲詩，《雅》、《頌》不可以爲詩乎？

辭以達志，歌以寫聲。聲有清濁高下，辭惟一律，故《三百篇》可弦歌，皆以聲按辭也。後世鼓吹樂府，以辭合聲，故辭變爲煩促妖哇之聲，此鄭聲之所由來也。

《雅》、《頌》登歌，述孝子誠敬之心，清廟禮樂之文，爲昭假之本，語尚雍肅，所以通玄合漠爲希聲，故足貴耳。漢郊廟歌，如《練日時》、《天馬》、《華燁燁》之類，創爲三言，長短參差，煩響急節，險怪幽僻，一似梵唄神咒，一似巫覡歌哭，豈肅雝大雅之音？後世以爲高古，轉相倣傚。迄於晉六朝，登歌食舉之樂，皆擬漢作，間有平正爾雅者，反自遜謂漢人不可及，其習醉如此。

詩亡，禮樂崩壞。漢興，郊廟之歌盡變三代《猗那》、《清廟》之舊。漢武好奇，以宦者李延年爲協律都尉，官匪其人，胡以正樂？乃創爲新聲詭調，艱深隱語，雜教坊方言，演爲樂府。如《鐃歌》十八章，唯《戰城南》、《君馬黄》、《臨高臺》數首中，一二語可解，然皆古人殘言剩句，雜鼓吹成弄。如「妃呼狶」、「收中吾」、「哈訾邪」、「羊無夷」、「伊阿那」之類，妖佤險僻，是豈中和之音？而俗士耳食，詫爲高奇，甚者不識其辭，祗借其目，倣其音，謂爲古樂府體。鄭之亂雅，從來久矣。

《河圖》中五爲天地之合，故五數中和，天地之完聲也。樂盈而反，以反爲節。《風》、《雅》四言爲正始，一唱三嘆，有餘音者也。三言促而聲短，七言繁而聲長〔一〕。後世歌行，長短參差，馳騁放宕，流散敗度，去古愈遠。《三百》而後，惟五言古爲近雅。

詩莫古於虞歌。商、周二《頌》，《風》、《雅》諸什，皆四言也。不疾不徐，所以爲雅。漢始爲三言，好事者益反而爲二言，僞造《彈歌》「斷竹，續竹，飛土，逐肉」之句，彫弄纖巧，本緯稗小説，資談謔，而愚人信以爲聲歌之祖。果若斯，何不益反爲一言，尤稱泰古乎？沈約之四韻，字字可爲古詩矣，豈不欿儓而可笑哉？

詩本温柔敦厚，聖人教子學《詩》，「不學《詩》，無以言」，蓋心平氣和，金聲而玉振，是爲德音。故詩者，性情中和之道。《三百篇》尚矣，漢魏以下，作者概不失此意。舍温柔敦厚，無別途

〔一〕「繁而聲長」，原本衍一「而」字，據文意删。

可走。六朝浸淫俳偶，然猶無方板直突之病。惟唐人近體興，峭厲刻削，狂心傲氣，皆托于詩，與聖人可言之意相戾矣。故詩人温厚之氣，浮曼于六朝，而斲喪于唐。《詩》、《書》異體，傳記叙事，與《風》、《雅》殊。然叙事用韻，傳記多有之，而繁冗沓雜，六義未備，不可以爲詩。自近體興，温厚氣散，併有韻之文一切收以爲詩矣。衆體雜糅，則雅、鄭混淆。故凡詩，斷然以四、五言莊重温厚爲雅。五言而後，不可復加矣。加則淫，淫則鄭。天地之氣，過則淫，自然之理也。

三言，如《國風》「江有汜，之子歸」、「叔于田，乘乘黄」、「山有榛，隰有苓」，《周頌》「於緝熙，單厥心」，一篇中間一二語而已。《魯頌》：「振振鷺，鷺于飛。鼓咽咽，醉言歸。」一章用四語。至司馬相如《子虛》《上林賦》，或連用十數語。賦本大篇，古詩之變也。至漢魏郊廟、送神等歌，全用三言，音節迫促，蓋樂將萬而急數，所謂亂也。古以雍徹，雍亦四言。《關雎》之亂，《關雎》亦四言。則三言本非古，況二言乎？《三百篇》，二言唯有「鱨鯊」一語，接上句「魚麗于罶」，亦非自爲句也。《書》舜欲聞六律五聲八音，在治忽，以出納五言。五言生于五聲，《易》以四象成五位，故四、五言者，天地之中聲，進而六、七太長，反而二、三太短。短則驟，長則放，驟與放，皆鄭聲也。

朱元晦嘗欲取史傳所載古歌謡韻語，彙爲一編以續《詩》而未果。元人劉坦之用其意，爲

《風雅翼》，采漢魏以下樂府辭，上媵《三百》。余按：古歌，無如「虞庭喜起」尚矣。夫子正樂，斷自周以下。《虞歌》一篇，附《典》、《謨》後，爲其不足以備一代之完音也。六代之樂，其目見于《周禮》及諸緯書，而篇章無存。世所傳《皇姑》、《彈歌》近贋，民謡方語近俚，卦繇讖文近誕。在《春秋》以前者，經夫子删削，無容再收；在《春秋》以後者，蛙鳴滿路，不可勝聽。惟《三百篇》大雅一律，聖人手訂。《詩》亡，聖人以《春秋》補之，非後世淫聲雜弄，可以補《詩》也。朱元晦續《春秋》已鑄錯不成，後人更欲續《詩》，其謬愈甚矣。

《三百篇》被管弦者，爲其辭外有聲，可容轉折附合也。漢樂府《鐃歌》等曲，辭與聲混，旁溢而淫，所以亂雅。古樂以聲依詩，故辭切而聲淡；今樂以詩雜聲，故辭濫而聲靡。漢樂府創自寺人樂工，豈可以爲師？後世學士大夫效顰，惟恐不肖，亦辱矣。

今世鄉飲酒禮歌《鹿鳴》、《四牡》，即古雅樂，《三百篇》之協諸弦歌者也。今世演戲俳唱，即古之鄭聲，漢之樂府《鐃歌》、《横吹》等曲之類。雅志敦厚而聲温柔，鄭志放浪而聲流散。即使志正聲淫，亦聖人所欲放，況志淫而聲鄭，如《子夜》、《採蓮》之類者乎？

古詩四言，太音冲漠。漢魏增一言，便多逸響。如兵法改車戰爲步騎，龍虎風雲，奇變百出矣。更增七言，如長驅野戰，雖有紀律，終非湯、武之仁義與桓、文之節制，倚衆强耳。

詩與文異。文主義，詩主聲；文體直，詩體婉。文之辭即志，詩之志或非辭；文有正志無反辭，詩無邪思有旁聲。三百五篇，事本各據，而引伸推類，援古證今，四隅旁魄，無往不合。「巧笑」、「素絢」，本詠美色，而關乎文質之序；「切磋」、「琢磨」，本美賢侯，而合于貧富之理。故詩之爲言也，非按事切理可以尋討者也，是以聖人難言詩。

詩須有實情實境，浮浪無根，則違性情之理。故詩者，志也，在心爲志，發言爲詩。無其志而强爲辭，是爲詩妖。自近體興，此風遂熾。即有欲言之志，束于聲偶，迫迮不得舒，如澤雉困樊中，驪駒伏轅下，神氣索然耳。

詩本性情，關風化，先王以詩觀風。古風醇朴，故爲詩温厚和平；後世辭人輕浮陝輸，故爲詩謔浪馳騁。聞樂知德，居然可見。風俗日壞，士習不端，今已久矣，何以爲詩？

言詩多方，總之不離温柔敦厚。唐人拘聲偶，自不得不落近體。説者詭稱氣格掩其失，絀六朝伸唐，非公論也。凡詩爲氣格易，爲温柔難。既近體矣，何患不氣格？正爲氣格損温柔，雖欲如六朝靡曼不可得耳。六朝靡曼，衹是爲文氣弱，詩靡曼，猶近之。

説者謂詩不貴纖麗。既墮近體，限聲偶，又避纖麗，是諱十而言二五也。詆六朝爲娬媚，惡梁陳爲緩弱，又崇尚聲偶，於聲偶中又分初、盛、中、晚，誰優誰劣，譸張難憑。其實三代以下，《三百篇》一律，漢魏、六朝、唐各自爲一律。六朝不如漢魏者，其質直不如也，其體則同。唐併其體非矣。纖媚既不如質直，近體可以尚古體乎？六朝雖不及漢魏，猶近之；全唐不及六朝，愈遠矣。要之，皆非古也，而漢魏、六朝未甚遠於古。

近時評詩嫌熟，熟自是佳境。若以腐濫目熟，是不知熟也；以生澀爲佳，是不知詩也。温柔正在熟，敦厚不在生澀，除却此四字，千古無詩。

詩者，文之有聲韻者也。文主理，故貴明切；詩主聲，故貴温厚。詩不厭浮靡，文浮靡，斯不足貴矣。詩微婉，文可直發。詩不厭譎，文嫌弔詭，所以異耳。故詩有不可理求者，而理自在，非謂詩皆不主理也。

凡事反本則近情，逐末則忘本，是以大饗尚玄酒，而繪事賤丹青。况于聲歌性情之理，難持而易流。聖人所以惡鄭聲、貴雅樂，反本而不忘其初也。後世言詩喜近體，厭《三百》，奈何不淫溺忘反，而世教何由復古乎？

近體所以卑者，爲其聲響迅厲也。古樂希聲，糠鬲土鼓，謂之德音。古詩四言，洋洋盈耳矣。故《頌》高於《雅》，《雅》高於《風》。《風》猶有嫖姚駘蕩之意焉。漢魏五言，已稱軼響；唐體興，恣蕩極已。六朝以靡麗傷敦厚，唐人以近體損温柔。《記》云：「粗厲猛起，奮末廣賁之音作，而民剛毅；流辟邪散，狄成滌濫之音作，而民淫亂。」剛毅違温柔之情，淫亂失敦厚之義，以是皆謂之鄭聲也。

六朝之文，惡其濃郁，而前推漢人爲爾雅。六朝之詩，訾爲靡麗，而後推唐人爲氣格。夫爾雅、氣格，衹可論人物，按躬行，於詩文一道非當家。如以文而已，靡麗濃郁，實爲合作。不然，昭明一編，何以膾炙世人口也？

漢魏變爲六朝，其間晉、隋、宋、齊、梁、陳，代有作者，不可謂不日新，總之爲六朝耳，寧詎謂晉、隋勝宋、齊，宋、齊勝梁、陳乎？唐變爲近體，其間初、盛、中、晚，亦不可謂不日新，總謂之唐耳，寧詎謂初勝中、晚乎？

古詩有歌行，行與興同，所謂詩可以興者也。魏武《短歌行》四言，一代新聲，截取《鹿鳴》首章四句，湊成急響，所以爲短歌。大都曹瞞風氣豪上，所謂「由之瑟」也。辭人學此不韻，另置一格論。如王敦、桓温，不是清談客。

漢魏以來，詩人之才無如曹子建；六朝以來，詩人之品無如陶淵明。子建天資俊逸，淵明標格孤清，各本其器宇，泄越爲辭，與妝飾杜撰不可同日語。故才人之詩，惟子建爲秀發；風人之詩，惟元亮爲清真。

陸士衡才富麗而少清逸，論者以爲出陳思王上，殊不然。

晉詩多清響，至宋謝康樂而後加綺麗，至梁、陳而後加嫵媚。故唐人變爲雄整，世運所移，不可留也。論者崇奬唐人，遂盡絀六朝，至於任氣狂騁，其習愈卑。

宋詩推顔、謝。然靈運綺麗有幽響，延年峻整而彫琢，謝故當勝。

鮑明遠有風情逸韻，是樂府當家。陸士衡渾厚朴直，於古體穩稱，未可取彼而非此也。予少讀《選》詩，心賞而難爲目。及讀張華《答何劭》詩云：「發篇雖温麗，無乃違其情。」「温麗」兩字，足該矣。葛洪《西京雜記》云：「司馬長卿，首尾温麗。」南齊陸韓卿詩亦云：「相如恧温麗。」益知古人詩温麗盡乎技矣，雖《三百篇》不能違也。若唐人尚聲偶，麗不乏而温特少。韓退之謂「李杜文章在，光焰萬丈長」，光焰萬丈，豈可論詩？幾于不知詩矣。

學古詩，氣韻自和平；學近體，聲音自亢厲；學漢魏五言，風度自温厚；倣樂府古辭，高者急促不和，卑者佤邪不雅。

漢魏人以情境爲詩，多真逸；六朝人以辭彩爲詩，多艶麗。雖艶麗，而文生於情。若唐人以名利筌蹄爲詩，限聲偶，襲格套，如今對股時文。時文不離經傳，而何裨於名理？近體不離歌詠，而何關於性情？其妝綴附合，割强牽率，較時文轉覺卑陋。聲疾而氣揚，讀之令人高視而長傲，德音愔愔，不當如是。

近體之敗興，無如俳律，使有情者不得展措，滯鈍者托以藏拙。唐人編類書，守括帖，專辦此耳。塞功令，逢主司，射科目，故不辭勞拙。今既不以之課士，士苦欲效之。一種悶腔滯氣染著人，如叠板砌甓、含瓦吞針，性情之道、温柔之意盡矣。須以古風揉其附合枝撑之迹，抑其浮淫亢厲之氣，乃庶幾焉。

《古詩十九首》所以妙絶者，不深刻而雋永，不藻繪而婉麗。各章自陳一意，旁薄悠遠，而豐韻閒暢，無心遇之而妙合，有意效之而反遠。後世詩人，惟曹子建略近之。

或疑《十九首》非一人作，觀其首尾次第，大抵遊宦失意，久在風塵，流落無歸者之辭，昔人謂詩以窮工，此類是也。惟蘇、李詩可與頡頏。説者謂人擬作，其真切處慷慨緼藉，非人能擬也。説詩者觀其志意情興，不必深求其人，儘有佳詩出於庸衆之口者。夫子録《詩》三百，皆不著人姓名；孟子論《小弁》直許爲仁人，不問爲誰作也。

《皇娥》、《白帝子歌》，正是唐人七言歌行，評者信以爲太古之作，冠冕百代，誣少昊女有桑中之行，使鄭聲高張，大爲風雅之玷。大抵删正後，即《卿雲》、《八伯》、《帝載》、《箕山》、《麥秀》、《採薇》之類，不見於《詩》、《書》。《夏·五子》傳自孔書，几杖諸銘載在《戴記》。孔子《丘陵》、《龜山》、《猗蘭》等操，述之《家語》、《史記》，概未敢信以爲真也。况虞諧小説，可盡信乎？學者但據《三百》爲證盟，真贋可略辨矣。

陶淵明，真逸士也，其詩亦少真境。身雖不得志，業已爲參軍邑宰，何至負耒耜舉趾學許行？家雖貧，何遂乞食？桃源事在六合外，如後世《黄粱》、《南柯》小説家寓言，何足傳信？《山海經》怪誕之書，何足讀？所貴爲《三百篇》者，惟其可觀可興。不然，亦奚以爲？

昔人以畫爲有形之詩，詩爲無聲之畫。蓋畫不難似，難於不似；丹青不貴色，貴不著色。

論詩今不如古，論畫古不如今。古人尚丹青，近世學士純用淡墨，如寫字。古人興致爲詩，近世貪緣名利，純用聲偶。故知畫之品者，可與言詩。元人寫意，畫家之縉紳也；唐人聲偶，詩家之傭保也。

《尚書》當以今文爲古，而世俗因科斗尊古文；詩當以近體爲卑，而世俗尚氣格貴近體。詩乎《書》乎，今古滔滔，具耳目者，誰乎？

詩之有六朝也，猶《春秋》之有《左》、《國》也。六朝靡曼，無傷於温柔；《左》、《國》艷麗，漸流爲怪誕。今人不惡《左》、《國》叛經，而專詆六朝害詩，所謂知其一，不知其他也。今之制義，即《春秋》三傳之遺法。三傳變而爲制義，制義不如三傳遠矣，業制義者皆知之。《大雅》變而爲唐體，唐體不如六朝愈遠矣，好古者不知也。

佳句不如佳篇，篇佳者句不必盡佳。大方論篇，小家論句。古體多佳篇，近體多佳句。《詩》主文而譎諫，故其言微婉温柔。及其敝也，至於浮淫虛誕，逐風捕影，全無根柢，詩之流濫也。今人反以此爲詩家至境。

嚴儀卿謂：「詩有别趣，非關理也。」天下無理外之文字，謂詩家自有詩家之理則可，謂詩全不關理，則謬矣。詩不關理，則離經叛道，流爲淫蕩。文字無義理，則無意味，無精采。《三百篇》純是義理凝成，所以晶光千古不磨。今之詩，粉飾妝點，趁韻而已。豈惟無理，亦且無稽。

浮響虚聲，何關性情？何補風教？蛙鳴蟬噪，烏得爲詩。

詩至近體，駢麗無以復加。《三百篇》非不麗也，而質有其文；漢魏非不文也，而文有其質；六朝質漸微矣，麗而不駢，猶有温柔之意。至近體，峻刻使人意苦，腐毫閣筆，得一語駢麗滿志矣，其實綺靡過於六朝。毁六朝，譽唐人，豈公平之論？

古詩有是情者，或不必即爲是辭；有是辭者，或不必定有是事。如《孟子》所論「雲漢北山」之類云爾。後世詩有是辭，全無是事，詠是詩，初無是心。如韋應物「春潮帶雨晚來急」，潁川何嘗通潮？戴叔倫「萬里未歸人」，去家半日程耳。但取成句，不關情境，豈非誕耶？

以近體爲氣格，則不得不以六朝爲衰颯。詩至陳、隋，温柔極已，謂爲娬媚有之，謂爲衰颯，則《國風》鄭、衛諸篇，儘有相似者。以近體爲氣格，則近代之詩，傲僻艱澀，皆氣格矣。

詩須論時境。如帝王英雄詩，不主娬媚可也，謂一切詩娬媚皆非，何爲其然？既謂之詩，雖帝王英雄，亦須有温柔意思。如《大風歌》壯浪中自委婉，曹瞞詩太朴直，只可作曹瞞看。

詩有意有辭有音，而音爲本色。無音，但意與辭，則凡文章皆然。舍聲音，別于辭意間索隱僻爲深奥，貴艱澀爲高古，余狂而不信也。

四言如漢韋孟《諷諫詩》，何必減《三百》？論者以曹瞞《短歌行》方之。《短歌》正是「由之瑟」，去《風》、《雅》隔一程。

詩不熟《三百》，不知古人温柔敦厚之義。然不讀古序，何由知《三百》？近世博士家守朱《傳》，淺率固陋，温厚之意斬然。自古詩絶響，末學遂恣其狂譫，安得户曉之？

近代人謂詩不主理，一落議論，便成惡道。按二《雅》獻納，三《頌》揚功德，其誰不根道理、涉議論者乎？今俗士學詩，疾理如讎，惟嘲弄風月，流連光景，即使鏗金戛玉，無關性情，無補風教，詩道之贅疣耳。左太冲云：「詩者，詠其所志也。升高能賦者，頌其所志也。美物者貴依其本，贊事者宜本其實，玉巵無當，雖寶弗用。」此論卓不可易。漢魏而下，僅聞此語。

後世詩不離情、境、辭三者，即所謂興、比、賦也。太上寄情，漢魏、《十九首》是也；其次寫境，六朝詩人之作是也；其次尚辭，唐以後近體是也。

詩以道性情。古人托男女之情，啓發天真，疏其淹鬱，止其浮淫，導以禮義廉恥，化民正俗，故足貴耳。後世樂府《子夜》歌曲，《少年》、《放歌》等行，輕佻陜輸，全無敦厚和平之意，衹足爲沈湎冒色之資。不然，則陵厲詬誶，長傲使氣而已矣。

凡詩辭、情、境三者合，乃爲真詩。辭、情合，境不合，爲假詩；辭與境合，情不合，爲浮詩；情、境合，辭不合，爲鈍詩。

漢武帝能文而好奇，創爲樂府《郊廟》、《鼓吹》、《短簫》、《鐃歌》等曲，《塞瓠子》等詩，盡變古法。而司馬相如《子虚》之作，適投所好，遭遇同學天子甄賞，所以名冠當世，非獨其材具勝也。揚雄慕相如，一步一趨，而後快不如，自謂似之。然一經模倣，便落後程。況其人品原不足法，所以終爲子雲而已矣。

古詩變新聲，則有漢魏、六朝樂府清商等曲，由質而變俚也。近體變古，則有宋元小詞，由文而變纖巧也。

六朝如宋鮑照、齊王融，偉然博大，何可概以靡曼目之。但一涉樂府，便有妖冶之氣，大抵皆出清商、西曲等歌，莫盛於六朝。

齊詩謝朓最著，其工緻流利，在靈運、延年之間，諸謝無出其右者。豐贍如鮑照，而靈秀過之。

古詩莊嚴典則，辭根經傳子史，所以爲雅樂。樂府多詼諧狎邪之意，兼用方言俚語，所以爲鄭聲，其原起於漢郊廟歌。三言迫促，尚奇險，鐃歌以鼓吹音節，與詩辭夾雜，逗留曲折，參差不齊，開後世歌行之端。晉、宋以後，流爲輕佻。有清商、西音、激楚等調，放蕩不禁，而樂府與古詩遂分爲二體矣。若晉陸士衡、鮑明遠諸家所爲樂府，何嘗非古詩？其爲古詩，何嘗不可爲樂府？《三百篇》風雅頌，皆可絃歌，詩樂原非二也。

「温柔敦厚」四字，詩家宗印，不可易也。學温厚常失于輕狎而少敦厚，學敦厚常失于硬直而乏温柔，必不得已，寧直無狎也。今之爲詩者，專以輕狎爲興趣，辭人才子，多輕薄之習，風流嘲謔以爲佳句，其實非也。

律詩五言八句，已覺迫促，又爲俳律；俳律五言已板，又用六言。彫琢勝，則性情之理荒，故詩貴古意，賤近體也。

湯惠休謂謝康樂詩如芙蓉出水，顔延年如錯彩鏤金，六朝宋人雅重二子。而謝多丰韻，清邕可人；宋太彫刻，少天趣，故當遜之。二子才具，皆不如鮑照。

淵明《乞食》詩，亦是偶然情興語。杜甫詩染其習，每遇飲食，著意貪饞，差可厭矣。

晉杜夔傳古雅樂，尚有《鹿（鳥）〔鳴〕》、《騶虞》、《伐檀》、《文王》四曲。至簡文朝，左延年改爲新聲，惟《鹿鳴》猶存，元旦朝會上壽食舉用之。先是武帝時，傅玄、荀勗、張華以漢魏歌詩或二言，或三言，或四五言，與古不類，造爲廟朝正旦行禮、上壽食舉之歌，多用四言，故晉廟朝樂歌尚有近雅者。若乃鼓吹、鐃歌之類，仍漢魏之舊，稍變其名而依其聲。至雜曲吴歌，多江南之音，東晉以後，稍稍增廣，如《子夜》、《鳳將雛》、《團扇》、《拂舞》、《柸柈舞》、《白紵辭》之類，靡曼爲淫聲，六朝艷麗，自晉始也。

晉《拂舞歌》五篇皆用四言，然迫促輕剽，悲壯凄苦，無復《三百》「穆如清風」之意。此漢樂府宗派也，後世辭林，奉爲蓍蔡，美善之盡，其實去《風》、《雅》遠矣。

藝圃傖談卷之二

京山郝敬著　姪千里録
門人陳珙　男洪範校

辭賦

詩變爲辭，辭變爲賦，世運遞降，漸染成習氣矣。人世間渾是習氣用事，而文章一途爲甚。文章習氣，辭賦一途爲尤甚。辭自屈、宋首唱稱新聲，自東方朔以下，成習氣矣。賦唯司馬相如首唱，揚雄以下成習氣矣。自是愈趨愈下，迄于今濫惡而不可勝道也。或曰：「文章本乎性靈，未有不習而能工者。子謂之習氣，何也？」曰：「性靈根於理，習氣生於辭。辭本於理，雖習亦性也；理没於辭，雖性亦習也。經傳諸子之文，多根於理，諸史紀事爲次。惟辭賦一家，既無根本，並無事實，徒然浮泛於辭，所以爲習氣。」或曰：「辭賦者，古詩之流。詩本性情，辭賦何獨非性靈乎？」曰：詩道性情，爲其温柔敦厚。如《三百篇》，理精而事核，辭近而指遠，深淺適宜，詳略有體，故可觀可興，是謂性情。變而爲辭，如屈平之《離騷》，事辭雖繁，本忠臣義士之心，爲比物托興之辭，當艱難坎坷之時，抒憤惋不平之氣，雖馳騁汗漫，而真情實境。論其世，知其人，故足風也。宋玉以弟子哀師，與屈原同。賈誼世遠，而遭際相似，同病相憐，於情亦近。若夫東方朔以下，無悲强泣，托名楚騷，而效顰益醜，追風逐影，有何意趣？後世愈趨愈下，以至於今。一切應酬之作，漫天勦説，全無依泊，斯不謂之習氣而何也？及乎再變爲賦，《上林》、《子虛》，猶曰始作；揚雄、班固、張衡、左思，猶四餕也，無關理道，無裨典刑。自是以後，效者紛紛，千篇一律，紅陳臭腐，不可勝收。夫已氏且相詩曰：「欲爲辭人，不可不作賦。」不知世道何賴於辭人？名教何藉於辭賦？補緝杜撰，士習日浮薄而不返。故辭賦與古詩，損益得失，相去甚遠。《詩》三百雖不復作，而六義具在。古今新舊長短歌行，五、七言異體而煩簡豐約，天則適中，即使高材馳驟，如李白、杜甫輩，感遇托興，諷規譎諫，言者無罪而聽者足興，不如辭賦之浮泛支離可厭也。詩如長律，文如四六，其湊砌已傷天趣。近來並議論叙事之文，亦效辭賦之體；經書制義，亦以妝綴爲工。經傳名理，廢爲芻狗，此習氣之害道也，知道者焉得不厭？

古今文章，敝於摹擬。不摹而肖者，人物之於天地是也。夫善肖者不齊而同，新豐之作，門巷雞犬相似，而實非也。《騷》何曾摹《三百篇》？以擬《三百篇》亦似。《子虛》、《上林》何曾摹《楚辭》？以擬《楚辭》亦似。若夫揚雄之摹屈原爲《反騷》，摹相如爲《大人》等賦，嚬笑步趣皆儌之，如優孟學叔孫敖，死者不復生，祇覺生者爲徒勞。《反騷》不見所反，而意緩散不屬，無其神情，襲其聲響，辭雖極麗，無意何取？

朱元晦取荀卿、揚雄以下諸人之作，附益《楚辭》。辭雖楚，而其人如息夫躬、柳宗元、王安石輩，行誼學術，概無足觀；下至蔡琰，以三醮之婦，失身於犬羊，亦取其辭，列於三閭後，何其濫也？蓋由未達《詩》三百之旨，不信古序，不識聖人删定之義，謂鄭、衛之詩，皆淫辭云爾。不知鄭、衛之詩，刺淫也，非淫人自作也。今取淫人口澤，著於篇什，不辱簡策乎？推此，則《太玄》亦可附《易》，《法言》亦可附《論語》，諸史亦可附《春秋》，而五經皆可雜越矣。君子讀其書，論其人，故夫六籍之尊也，以尼父；楚辭之重也，以屈平。苟非其人，辭雖工，弗貴也。○《離騷》悲矣，《九歌》婉矣，《天問》怨矣，《九章》直矣，《遠遊》放矣，此真屈子之作。其《卜居》、《漁父》二篇，意味淺率，將是後人摹擬，故《漁父》篇終歌《滄浪》，諷其爲自取之耳？豈其自叙而云然乎？

《離騷》、《天問》、《九章》，别是一段肝膈，一副話言，與《三百篇》蒼素不同，而温柔敦厚、委蛇旁魄之情同，適得事父事君、可興可怨之體。《三百篇》後，妙于學詩者，無如屈平。

宋玉《九辯》，即《天問》之意。問與辯皆疑惑審度之辭，或是屈原自作，未可知。問乃辯，辯乃卜，卜乃自沈，而遇漁父，此其次第也。

《九歌》或是屈原既死，楚人追思，祭祀求神之作，即宋玉《招魂》之類。不然，則原將死而作之生前者也，猶《春秋》魯、晉之大夫祈死與後世生祭之類。忠憤之誠、芳潔之志、悽惋之情具見，不專在禱祀爾。

《九辯》是屈原之筆，與《九章》相似。《九歌》流麗，辭人之辭也，是宋玉筆，與《招魂》相似。《招魂》擬《天問》而作，招遠遊之魂也。《九歌》擬《九章》，用陽九之數也。如以《九辯》爲宋玉述屈原之志，則章内不當云「性愚陋以褊淺，信未達乎從容」，此二語可謂著針阿師顋門。

王逸謂《九歌》爲屈原祀鬼神之詞，不知何據。楚俗未有東皇太乙等神，不宜今古頓異也。屈原愁苦中，亦不宜作此流麗靡曼之語。謂爲原死後，楚人祭祀作，近是。原以忠死，楚人以爲明神，哀敬而歌之。後世遂謂楚俗尚鬼，可笑也。

《招魂》者，屈子沈江後，宋玉哀之之辭。舊注謂屈原放江南時，恐其魂魄離散而作，迂也。招魂，古之復禮也，執死者衣，升屋嘷招，在始死既絶之後，非生復也。

騷之言擾也，勞雜不寧之義，故其辭以屯結宛轉爲致。錯而不亂，重複而不煩，絶而若續，往而若還，急而愈緩，坦慢而愈迫，十盤九轉，使人心柔氣下，靡靡難持，斯通于騷者矣。賈誼、東方朔以下，騁其材具鋒穎，一瀉直盡，豐腆莊整有餘，而困輪盤鬱不足，與騷戾矣。

《楚辭》以屈、宋爲真騷，匪獨其辭至，情本至也。屈原傷君而飲痛，宋玉哀師而含悽，故情迫而文深，意結而語塞。後人無其情緒，空擬其辭，憫其窮而弔之，高其潔而贊之，語雖佳，天趣乏矣。文采聲華之彷彿，祇覺重贅，如剪綵爲花，終非含烟帶露之姿。故辭賦惟始作爲擅場，再三蹈襲，同芻狗矣。詩有工於《三百》者，終愧風雅；辭有工於屈、宋者，終非楚騷。

劉勰謂《離騷》朗麗綺靡，金相玉式，艷溢錙毫。其實楚辭之靡麗者，宋玉以下諸家，非屈原也。屈原祇是情至。後人無其情，學其靡麗，遂以朗麗目騷，膚於騷者耳。

《九歌》清婉温亮，不可目爲冶麗，妙在憂思鬱陶，而圓轉無迹，若祝頌，若祈懇，又若思慕然者。臣子不得於君父，怨慕而不敢言，蘊結而不忍絶，故其聲容辭氣如此，所謂事君父如神明者矣。

騷者，古詩之流，而與詩略異。詩，志也；騷，躁也。心中躁擾不寧，發爲長歌，曼衍同折，鼓舞跌宕，以宣其攬擾不寧之思，謂之騷。詩體静正，騷體動蕩，詩言志，騷言辭也。故志誠爲詩，如《禮》云「詩負詩懷」是也。震驚爲騷，如《大雅》「徐方繹騷」，《禮記》「騷騷爾則野」是也。後世歌行、長短辭賦，皆騷之遺也。與《詩》三百有辨，《詩》三百醇乎雅，而騷浸淫入鄭矣。

自《三百》古序不明，凡辭似其人者，即謂其人自作。《九辯》宋玉作，而似屈原，《三百篇》之遺法也。但《九歌》殊不似屈原，而《九章》語法情致，大與《離騷》諸篇類。且中有譏刺語，切中原病，故予疑是原自序，與《九歌》錯訛耳。

《孟子》云：「說詩者不以文害辭，不以辭害志。以意逆志，是謂得之。」讀楚辭益信其然。

惟以辭而已，故昔人有譎怪荒淫之譏。朱子頗知楚辭之非譎怪荒淫，而不悟《國風》之非淫奔，可謂識蛤而不識蚌也。

初學讀楚辭，不知味，衹緣意思躁率。凡詩賦須優游諷詠，始能動人。泛濫涉獵，不領其情興，猶之文字而已。讀楚辭，須春容三復，乃得其沈痛悲婉之致。

辭賦小伎，無甚關名理，而揚葩掞藻，别自當家。輪奐維新，則有目快睹，轉相蹈藉，神奇化朽腐，不欲觀之矣。辭始屈平，賦始相如。《離騷》、《子虚》，天真逸趣，浮於毫楮之間。至宋玉《招魂》極豐腆，而情至不失爲騷。東方朔、揚雄以下，遂成烟火矣。如班固、張衡、左思，擬《子虚》亦極豐腆，而不失爲《子虚》。至揚雄以後，則肥贅爲糟魄矣。

《子虚》遒宕，無揚雄艱苦之態，無左思重贅之累，洋洋灑灑。然情與文稱，尚覺情溢於辭表。叙山川草木、鳥獸漁獵，種種行樂，語不多而興致勃然，所以爲賦家之正始也。蓋辭賦有天則，辭境虚，而太虚則浮；賦境實，而太實則笨。如畫是色，而色太艷，反類匠作。唐宋金碧，不如元人水墨。曲藝雅俗，各有天則，况文章寫性靈者乎？

賦本敷衍湊砌之文，而相如《子虚》尚存風骨。其次班固《兩都》，肉骨匀稱，有典有則。張衡綿麗多奇藻，左思豐博典要，而人不厭。至揚雄《甘泉》諸作，自謂學長卿，不勝杜撰結澀之苦，謂之腸出，誠然誠然。會不如潘岳《籍田》、《西征》之朗歷條鬯，典雅有致。《甘泉》絶乏典故，惟浮響湊甃，時見鄙拙。如「珍臺閒館，璇題玉英，蟬蜎蠖濩」，文字重沓；「秬鬯泔淡」、「熛訛碩麟」等語，幽僻無味。大氐賦雖尚富麗，而太肥亦可厭。子雲平生步趨相如，相如富麗中有疏爽，子雲如千斤老犕，肉多骨少。其作《太玄》自謂擬《易》。《易》活而《玄》死，《易》尚象，而《玄》徒以文辭深刻譸張爲幻。子云：「辭達而已。」聖人之情見乎辭，無情將何達？所以爲彫蟲小技，晚節重自訟矣。如六經文字，平正馴雅，人人可知，故與日月争光，天地同久。奇字奇語，多從緯稗杜撰出，不可爲訓也。

《子虛》、《上林》，同賦也。《子虛》煩簡適節，斲削無痕；《上林》未免湊砌，時見重複。蓋《子虛》作于游梁，無意揮霍；而《上林》承旨，有心裝衍。其所以掩蓋百世者，爲其創始耳。如司馬遷《史記》，憒謬處多，惟其創裁，無所因襲，故冠冕後代。文章惟作者堪傳，此之謂也。

揚雄《羽獵》不及《甘泉》，《長楊》又不及《羽獵》，大抵摸擬相如，而傷於膠刻。杜撰而不顧其安，堆積豐腆而不勝肥笨，凡雄諸作類此。如《長楊》云「客徒愛胡人之獲我禽獸，曾不知我已獲其王侯」，此等語庸俗。又如「内之則不以爲乾豆之事」，又云「昔强秦封豕其士，窫窳其民，鑿齒之徒，相與磨牙而争之」，此等用事贅拙。又云「當此之勤，頭蓬不暇梳」，此等語朴野。凡雄文多鹵拙少森秀，尚彫琢而乏天真，難與耳食士道也。

騷體自《三百篇》已有之。《伐檀》「河干」，即《離騷》之音節也；「南箕」、「北斗」，即《天問》之托興也。屈平敷演爲大篇，非全創也。然其忠憤苦節，本事足貴，所以堪傳。凡辭因人重，因道顯，因事傳，聖人删詩，義亦如此。人匪屈平，即能爲楚辭，烏足貴乎？

班固之《幽通》，餕屈平之殘膏也；王褒之《洞簫》，食揚雄之舊火也。馬融之《長笛》，譎詭而不甚切當，亦《洞簫》之類，不若王粲《登樓》、江通《恨》《别》、陸機《文賦》、曹植《洛神》爲清爽快利耳。

木玄虚之《海賦》，疑是未竟之筆。海本不任賦，人所未涉歷，耳目所未睹記，芒昧摸擬，宜其没首没尾，鶻突成殘廢耳。張融之作，固當勝之。

造化往來，日新之謂盛德，文章其著者也。六經降而爲諸子，四代降而爲漢、唐。作者遞興，創始則新，已陳即故。自天爲膏雨，落地成潦潦。即使《陽春》、《白雪》，一唱再唱三唱，市人皆效之，不足聽矣。《三百篇》之變而爲騷也，騷之變而爲賦也，又變而爲古詩，古詩變而爲近體，近體變而爲小辭。當其變也，不可謂非日新；沿襲久，蟲濫不可收，亦不足貴矣。其間如宋玉之擬屈平，班固、張衡、左思、陸機、潘岳之擬相如，重㷮而加鹽梅之和，故足鯖也。揚雄、馬融，以其醲膩漬爲臭腐，不如杜牧《阿房》、蘇軾《赤壁》二首清臙可餐。魚餒而肉敗，不若寒泉一杯，足以解酲也。

《騷》與《三百篇》，聲調絶殊，而長言嗟嘆、温厚之意，與《風》、《雅》同。東方朔以下諸人擬騷，辭非不肖，而本無傷讒流落之感，强泣不哀。善學者不摹而似，必知足而爲屨，勞且拙矣。或曰擬古如作新豐，豈其然乎？豈其然乎？

辭賦之家，以富麗爲工，乃至夸誕之過，全無根柢。任情興所至，窮極杳渺，於物之所本，事之所發端，芒乎忽乎，了無干涉，所以擺蕩其芥蔕，而遊于物情事理之外也。在《三百篇》，《小東》爲濫觴。屈原《離騷》、《九歌》，洋洋大風；《上林》、《子虛》，靡曼而不復收。吁，亦甚矣！

古人文章，字句有重疊者。如《子虛》既云「錯翡翠之葳蕤」，又云「揜翡翠」，既云「瑇瑁鱉黿」，又云「罔瑇瑁」，既云「崔巍嵯峨」，又云「嵯峨礁磼」；《上林賦》既云「牢落陸離」，又云「先後陸離」，既云「騰遠射干」，又云「槀本射干」；《大人賦》既云「滂濞泱軋」，又云「涉豐隆之滂濞」。及他辭賦，往往有之。韓退之作詩用重韻，古人字句重複，不以爲病。至於義意重疊，則絶無矣。

詩賦不能涵泳性情，文字不能發揮義理，將安用之？况復背理傷道，宣驕導淫，雖極工，祇爲妖耳。五經、《論》、《孟》，所以與天地同不朽也。

樂府

商周《雅》、《頌》，廟朝之歌，象功昭德，光揚盛美，故能合洽神人，格于上下，垂典則，爲經制。漢以後郊廟之歌，但言鬼神祥瑞，奇怪悠渺之談，無關典要。至於朝享，多采街巷謳謡，如「江南可采蓮」、「烏生十五子」、《白頭吟》之類，奏之金石，被之絃管，甚無謂也。古樂干戚、羽籥之舞，後世易以角觝魚龍之戲，恣淫巧，娱耳目，供驩笑，先王美善之意，於斯蕩然。愛角觝而廢干羽，安得不廢《雅》、《頌》而歌樂府乎？古者公卿大夫獻詩，耆艾脩之，而後王斟酌焉。豈若斯之淫且濫也？

樂府起於漢，本下里之音。後人喜其聲音佻達，尊稱爲古樂。其實鄭、衛、齊、宋之音，燕女傲僻，流濫煩數，不可以登於廟朝，不可奏於射鄉食饗。漢始倣其聲，爲郊廟辭、鼓吹曲，後人沿漢爲古，馴至六朝。《子夜》、《讀曲》等興，而樂府全墮淫聲矣。

漢哀帝即位之二年，詔罷樂府，云鄭聲淫而亂樂，聖王所放也。若哀帝者，可與言詩矣。廟朝之詩，以端恪肅雍爲本，三《頌》、二《雅》，百世不易。漢《安世房中歌》、李延年《郊祀》、《練日時》等作，所謂世俗之樂，皆鄭聲也。《安世歌》因古樂廢絶，創爲雅曲，而其音節緩弱。武帝《郊廟》更縮爲三字，傷煩促，舍天地祖宗功德不稱，專信方士禱祀，望氣迎靈，語似符咒，淪爲妖妄矣。其《鐃歌》主音節，取彷彿疑似，如今之擊鈸吹笛，隨腔填辭，語多含糊，可任意變換。後世樂府詞，愈變愈遠，與古詩迴別，正坐此也。無俚俗俳蕩之調，不成樂府；無端恪温厚之度，不成古詩，《雅》、《鄭》之分也。

性情之道，惟男女最切近而感人易入，故美刺多托男女，聖人蔽以一言曰「思無邪」。思苟無邪，雖鄭、衛之音，亦可以觀也。《桑中》、《溱洧》，本寓諷刺，無邪思，後儒誤謂淫辭。學者倣傚，恣其謔浪，樂府《子夜》歌曲，其尤矣。

漢《郊祀》等歌，大抵（訪）［仿］楚辭《九歌》而變其體。然《九歌》清遠流麗，漢歌煩促結澁。《九歌》志在君而寓意于神，故悠揚委蛇；漢歌專媚鬼神，興致索然矣。

漢樂府歌行，本鄭聲也，至其爲五言古詩，乃有《三百》温厚之遺。曹氏父子爲漢樂府逼近，其爲漢五言古詩，太雄莽。自漢至魏，聲調又一變矣。

漢武帝好奇尚鬼，時則有若司馬相如者，文辭諔詭而艱深，至今讀之有幽色，有鬼氣。揚雄（摸）［模］倣，而艱深過之，《劇秦美新》與《封禪書》如一手。欲摹《尚書·虞典》爲文，而人品心術卑陋，筆又蠢笨。雄文在兩漢中最惡劣，專欲上擬《典》、《謨》、《周易》、《論語》，猶蘇合丸之於蜣蜋轉也。

《安世房中》十七歌近雅，音節緩，有六朝風氣。《郊祀》十九歌，《帝臨》、《惟泰》四五章，硜硜然剛鹵而乏滋潤。《練日時》章，三言繁促，亡國之音。匡衡二歌，《天地》一章，義淺而艱於辭。《日出入》章，幻語詩妖也。《天門》章不可了。《景星》章「空桑琴瑟」以下七言始可了，然亦《天地》之類也。《齋房》枯索如嚼蠟。《華燁燁》以下三章，皆《練日時》之類，誇頌神鬼靈應肸蠁，如符咒，未可以爲詩。大雅之音斬然矣。

詩，樂章也。凡詩皆可唱嘆，以比絲竹；皆可裁截，以入鼓吹。蓋樂本音，詩亦音也。八音生於器，詩歌生於肉。樂無詩不成章，器無人聲不成響。故《風》、《雅》、《頌》之詩，皆可被之管絃。惟《頌》專爲郊廟祭祀作，《風》、《雅》雖不爲樂作，亦可合樂，即今北詞南腔，改頭換尾皆合。故漢鐃歌雜鼓吹，後世樂府用其目，變其詞，無所不合，各有腔調活套轉移，不必其詞之同也。

文辭唯詩句可零星節取，故經傳子史引詩，或一章，或數語，不定全篇。《周頌》郊天之詩，惟取「昊天有成命」一章，但歌祖德，不及天帝。宗廟時祭之詩，取「天作高山」一章，但歌大王，不及列祖。武樂六成，取《酌》一章、《桓》一章、《賚》一章、《般》一章，不具載。魏武爲《短歌行》，亦截取《鹿鳴》首章四語爲一闋，即古人用詩之遺法，非蹈襲也。凡鼓吹，用詩無全文，惟節取湊聲，不論何詩，皆可爲樂章。説者疑《詩》三百弦歌之法不傳，如《南陔》、《白華》，朱子以爲有聲無辭。惟八音有聲無辭，惟歌曲無辭有腔，未有既爲詩，又無辭者。知此可與言樂府。

聖人務民義，遠鬼神，故子産云：「天道遠，人道邇。」夫子删《詩》正樂，郊廟止誦祖德。南郊明堂，巡狩祭告，如「昊天成命」、「我將時邁」，惟對揚祖考配天安民之功，以爲昭假之本。故先王作禮樂，事鬼神，用人道也。漢以後全用鬼道，方士符咒邪説興，新聲怪僻不可解。辭賦家好奇弔詭，阿諛附會，謂漢樂府郊祀等歌爲絶唱，轉相祖述，千古同蔽，牢不可破。

漢高帝唐山夫人作《安世房中歌》，論者稱爲漢初正始之音。余謂漢初草昧，馬上餘習，即欲爲大雅之音，自不可得。凡登歌以清平爲雅，漢武以閹人典樂，其爲樂府，艱澀難曉，實自《安世歌》作俑也。凡詩庸淺不足觀，艱深又豈可乎？板笨不足觀，浮散無脉理又豈可乎？

世俗喜稱漢樂府，如俗人好古器，不分真贋、適用不適用，但痕質斑駁，輒誇商彝周鼎，俗士耳食通病也。漢樂府《郊祀》等詩，艱深怪僻，决不可爲百世禮樂法程。俗士尊奉，謂爲與鬼神語，自合幽奥，可笑也。

《雅》、《頌》登歌主辭，辭典則平正。工瞽弦誦，一唱三嘆，以八音按之，是爲雅樂。漢郊廟鼓吹曲但主聲，而鼓吹聲促，牢騷其辭以合之。不合，雜用教坊妖聲喭語接湊，至有聲無辭，或有辭無義，故漢樂府辭多不可解，好異者推爲高奇，甚無謂也。

晉郊廟朝廷諸樂歌，作自傅玄、曹毗、王珣、荀勗諸人者，儘有典則，足追《風》、《雅》，一洗漢人煩促詰曲之病。至如舞歌，《白鳩》、《獨漉》、《濟濟篇》、《白紵》、《杯槃舞》，依然漢人習氣。論者顧取此棄彼，雅鄭倒置，安得家喻而户曉也？

凡文字，貴令人可解。近時俗士論詩，謂不必盡解。夫詩亦有不必盡解者，情至語深，意在言外也。若必以不解爲至，以隱奥爲希奇，何爲其然？世推漢郊祀、鼓吹等歌辭不可及，正坐此耳。

樂府鼓吹歌辭，如《善哉行》等篇，語意多不聯絡，以鼓吹音節爲主，而辭意惟影響附合之，但取聲音窅窊，不主義理，故時而神仙，時而飲酒，時而結交，全無頭緒條貫。聲音亦自不覺錯雜，所以謂之樂府。

自漢有鼓吹鐃歌，晉以後，襲其音節爲清商、吴聲、西曲等辭。宋以後，縉紳贈答至廟朝雅樂悉效之，靡曼成風。論者動稱樂府古歌曲爲詩家第一派，豈不謬乎。唐近體名爲矯正，其實又甚焉。偏尚聲偶，宋元遂流爲小辭。習尚所趨，要之濫觴自漢樂府始矣。

詩、樂本非二，自漢有鼓吹鐃歌，而樂府遂爲新聲，與古詩别矣。後世擬樂府者，或爲古詩；擬古詩者，又不同樂府。今選古詩，則不當混入樂府；專論樂府，不當混入古詩。

唐人借樂府題目，寫自己胸臆，實非樂府也，但可謂之唐人歌行之近體耳。濫觴於漢，瀰漫於六朝。鮑明遠《行路難》諸作，潰爲洪流；唐李白《蜀道難》、《天姥吟》等作，遂滔天矣。

晉、宋以來，清商、西曲等歌辭，源流出漢鼓吹曲。其爲古詩，多妖冶之意，即樂府之餘音也。今人既薄六朝爲靡曼，而又尊樂府爲高雅，既推尊樂府，而又薄六朝爲艷麗，皆吠聲逐影，不考其實也。

以樂府鼓吹題目作古詩，則鼓吹皆古詩也。古詩爲妖冶煩促之音，即古詩皆樂府也。今人別樂府爲一體，以漢鼓吹爲宗，專寫男女昵情，承訛習迷，莫知所起，雅、鄭所以不分也。若但用樂府之目，不習樂府之聲，用樂府之聲，實非樂府之志。即《鄭風》，何嘗不與《三百篇》同絃歌乎？晉以後，郊廟鼓吹如此者多，而論者不取，反以清商、子夜、讀曲爲佳篇，風雅所以淪胥耳。

古詩辭氣平雅，所以爲登歌。後世樂府急促，所以爲鼓吹。故清商等曲，不得不爲妖哇悲切之音，不得不爲歡儂俚俗之語，舍男女之情無可寄托，所以爲鄭聲也。

六朝樂府辭，如齊王融《巫山高》、《芳樹》、《臨高臺》等作，巋然古詩也。俗士必欲學《子夜》等曲，謂爲樂府雅調，末如之何？

樂府諸歌曲，雖無男女相狎之事，亦爲男女相狎之辭。如《襄陽白銅鞮歌》，其實非淫也，亦謂之樂府。在《三百篇》，則《鄭風》《褰裳》、《蘀兮》諸什亦然。唐李白、杜甫詩，或借用樂府目，或并舊目改換，皆稱樂府。大抵詩、樂無二，俗士日用不知耳。

樂府清商等曲，用俗語，而反多艷情，質近本初也。性情之道，男女最真，故樂府辭多男女，樂其所自生也。男女諧，陰陽合，樂之實也。樂盈而返，不以禮節之，亦不可行，故樂府爲淫聲。

六朝人爲古詩，不見靡曼；其爲鼓吹、清商等曲，則靡曼矣。齊梁以後帝王制作，皆以樂府爲正目，《清商》、《子夜》、《讀曲》等歌，不一而足，其爲古詩無幾，亦浸淫入樂府，唐人謂「綺麗不足珍」，以此。大抵六朝詩多樂府，樂府多男女私情，所以綺麗。今人詆六朝綺麗，又尊崇樂府，所謂惡醉而强酒也。

古登歌不雜鼓吹，示肅清也。使在廟者敬聽祖功宗德，故謂之工歌。後世歌吹雜奏，故謂之樂府，繁響急節，豈「奏假無言，肅雍靡争」之義？

鼓吹曲，音與辭彷彿疑似，在可解不可解之間，故不甚聯屬，未嘗不聯屬，樂府雜曲多類此。説者謂胸中一段情説不出，迂鑿之談。

藝圃傖談卷之三

京山郝敬著　姪千里録
門人陳珙　男洪範校

唐體詩

《三百篇》多事實、實理、實境、實情，所以爲性情之道，可興可觀也。降而爲騷，枝葉雖繁，本乎忠義，故精采溢發，光烈不磨，興起百世，良非偶耳。下迨漢魏，爾雅真率，猶爲近古。六朝靡曼，然無割强躁厲之病。至唐人限聲偶，爲近體，以之程士，士射聲利，巧言綺語，妝演效顰，無喜强笑，無悲强啼，但取唱酬，不關性地。其擅場者，以一種伊鬱隱僻之情爲元氣，一種强直亢厲之語爲元聲，讀之不可卒曉，按之全無實趣，性情之道，風教之體，有何干涉？論者詭云：「此辭人之辭也。」夫脩辭立誠，所以居業。聖人之情見乎辭，經傳子史與天壤俱垂，惟其理不磨，故其精不滅，而其文不刊。子云「辭達而已矣」，如今之辭，何以達焉？序、贊、誌、銘、碑、板之所虚標，投贈、遊覽、讌集之所杜撰，尋盟結交，逢世訹利，耗精力而爲此，無半語裨名教，關身心，如蜉蝣日及，朝榮夕瘁，爛同腐草。辭賦一途，於今狼戾極已，甚者假道亡命，捐四民之業，爲游手之行。以邪淫爲風流，夸誕爲才情，訕謗爲諷規，醉飽爲同盟，狂宕爲我輩，寡廉鮮恥，靡所不爲。昔聖人以無邪蔽《詩》，豈謂其末流至此？由今之道，無變今之俗，志士所以投筆也。

隋煬帝見王胄《大酺》詩，曰：「氣高致遠，歸之於胄；詞清體潤，其在世基。意密理新，惟庾自真。過此者，未可以言詩。」煬帝可謂知言，古今論詩，卒未易此三者。

嚴儀卿以禪喻詩，以理爲詩障，謂「詩有别趣，非關理也」。近世遂以聲華相尚，謂盛唐、漢魏爲詩家最上乘，本意尊盛唐，援漢魏爲先導耳。苟真尊漢魏，奈何又上遺《三百篇》乎？既以盛唐、漢魏爲最上乘，將置《三百》於何地？問之，則曰：「《三百篇》不可與詩等也。」夫謂不可與詩等者，亦陽尊之而陰絀之。其絀之云者，乃所謂理障也。論理，未有過於《三百篇》者矣。又云：「詩者，吟詠性情者也。」吟詠性情，亦未有過於《三百篇》者矣。又云：「詩者，不落言詮者也。」夫既爲詩，孰匪言詮？唐亦言，漢魏亦言，《三百篇》亦言也。落與不落，不在言與不言者有不言者，如是亦未有過於《三百篇》者矣。而漢魏差近，若唐人聲偶俳倡，全涉伎倆，性情之道甚遠，尚得謂之不落言詮乎？由此論之，詩教之壞，由學術不明也。

説者取唐詩分初、盛、中、晚，晚不如中，中不如初，隨世運爲汙隆。其實不然。蓋性情之理，不緼鬱則不厚，不磨練則不柔，是以富貴者少幽貞，困頓者多委蛇。昔人謂詩窮始工，《三百篇》大抵遭亂憤時而作。以世運初、盛、中、晚分詩高下，倒見矣。唐時晚工於中，中妙於盛，盛鬯於初。初唐莊整而板，盛唐博大而放，中唐平雅清粹，有順成和動之意焉。晚唐纖麗，彫極還朴，無以復加。今謂唐不如古則可，謂中、晚不如初、盛，論氣格，較骨力，豈温柔敦厚之本義乎？

詩法嚴於唐，而詩情損於唐。詩以寫情，非以明法。詩以温柔爲體，律以嚴厲爲工，律嚴害情。氣格骨力，雄猛整齊，論文則可，非賞音之理也。

中唐詩清平，本欲脱去初、盛壯麗之習，而韋應物、劉長卿實主盟。錢起有俊采，與盛唐王維、儲光羲伯仲，韓愈、張籍雄奇處似杜甫，僧皎然淹雅爲中唐正派。大抵中唐人目初爲板，目盛爲放，有意矯之。晚唐彫幾精攻，反近沖澹。盛唐冠冕博大，籠罩一代；中、晚各自擅場，不可相揜，技至晚精已。優初、盛而黜中、晚，亦未爲允。

王昌齡雄奇，頗類杜甫，好爲獨創語，過當處往往入幽僻。

杜甫詩「一片花飛減却春，風飄萬點正愁人」，又「風急天高猿嘯哀，渚清沙白鳥飛迴」，此等語勢壯浪，人所膾炙，其實非雅音也。又如「王郎酒酣拔劍砍地歌莫哀，我今拔爾抑塞磊落之奇才」，與李白《蜀道難》、《天姥吟》、《北風行》等篇，皆險峭翕忽，如驚飆走石，霆火焚槐，温柔敦厚之意、性情之理所損實多。故氣格壯厲者，雅意寖微。

唐詩佳者，多是古體，然亦唐之古體耳。稜角峥嶸，而少圓融；彫刻細瑣，而乏渾厚。佳句可摘，而天趣不及漢魏、六朝，自然妙麗，皆本近體之習，而特去其聲偶耳。説者謂唐無古詩，良似。

五言古，惟杜甫《新婚》、《垂老》、《無家别》、《新安吏》等篇，渾厚逼漢魏，名理接《風》、《雅》，故爲唐一代詩人領袖。元結《舂陵行》、《賊退示吏民》詩，亦其伯仲也。故甫亟稱之，然則詩之所重，可知已。

杜甫詩多感時憂國，卓有仁人義士之風，非獨才致兼人也。李白一味風流豪放。杜壯而悲，李雄而宕，宕不如悲。他如白樂天、元稹之疏快，孟郊之孤峭，李賀之彫刻，盧仝之奇怪，李商隱、温庭筠之纖麗，皆一時才士，而皆千古詩障。

後世論詩，妙處在不著迹。如李白《廬山瀑布》詩云：「飛流直下三千丈，疑是銀河落九天。」比物脱化圓妙，使人解頤。至徐凝云：「今古長如白練飛，一條界破青山色。」未免著迹，自謂過之，其實不然。蘇子瞻詆爲惡詩，云「古今惟有謫仙詞」，抑揚又太過。二詩著與不著之辨耳。論者謂有意無意之間，文章妙境。唐人送别詩多矣，當世獨唱王維《陽關》一首；從軍詩多矣，獨推王昌齡「龍城」一絶。二詩正是有意無意之間。

唐人五言絶句佳者多，但落淫情艷語，效樂府體，便覺俚俗。今人反謂爲古雅，是宋元小詞之濫觴也。

詩至唐人近體，綺麗無以復加。今人反詆六朝爲綺麗，而尊唐爲正聲。大抵既爲文章，安得避綺麗？《風》、《騷》取材，原自葩藻，就中雅俗分邪正，文質分古今，毫釐遂成千里。性情之道發乎情，止乎義理，烏可盈而不反也？惟知道者不移。

李白七言古體出自漢樂府，屈原《離騷》出自《三百篇》，變幻相似。而楚辭未失温厚之意，漢樂府妖哇，去《三百篇》遠。唐變爲七言歌行，如《遠别離》、《將進酒》、《天姥吟》、《蜀道難》、《廬山謡》、《扶風豪士歌》等篇，當時誇仙才，其實放蕩不檢，温柔敦厚之義斬然矣。

律體板，而七言較五言多兩字，反覺委蛇寬舒。如崔顥《黄鶴樓》，沈佺期「盧家少婦」、《龍池篇》，有漢魏遺音。五言律如李白「塞虜乘秋下，天兵出漢家」，杜甫「胡馬大宛名，鋒棱瘦骨成」、「莽莽萬重山，孤城山谷間」，王維「太乙近天都，連山到海隅」、「風勁角弓鳴，將軍獵渭城」，孟浩然「八月湖水平，涵虚混太清」，此等句，氣急響促，今人謂爲警策。警策非所以論詩也。詩主和平，大都古體七言不如五言近雅，唐體五言不如七言近騷。唐體五言傷於急，古體七言過於放。

唐人尚聲偶，温柔之意雖微，而猶存敦厚。宋人聲偶益趨奇險，時復雜以諧謔譏刺，輕薄佻巧之習，流濫不止，淫爲詩餘小辭，下與教坊雜弄爲伍，祇供優人賣笑之資，鄭聲之淫，於斯爲甚。

平易語，後人以險刻求之，如杜甫《宿龍門寺》詩「天闕象緯逼，雲卧衣裳冷」，祇是高處夜景。宫殿兀突，故云「天闕」，與「雲卧」正對，猶雲際、日邊云爾。「闕」字用得變幻，猶言天門甚言高耳。後人遂猜作天閲、天闚，迂鑿多類此。

孟浩然清而亮，有遒逸之氣；王維清而幽，多激楚之音。

孟浩然是李白一派，王昌齡是杜甫一派。然李不如杜大，王不如孟清。

儲光羲有逸趣，《田家》諸詩宛似陶，更磊落有古意。

唐人非不靡曼，論者徒以聲偶壯厲稱氣格。六朝靡曼，何嘗無氣格？若以唐人聲偶較，反覺六朝融冶無痕。近體割强如揉木，如束薪，反傷氣格。文章氣格不在壯厲，詩本温柔，何嘗無氣格？如近體俳律，只似叠板砌甓，何貴爲氣格乎？

近體有聲偶，猶今制義有對股也，其格本卑。但近體詩聲華壯厲，人喜之；而制義雅言平淡，故人易厭耳。其束功令，爲名利筌蹄則一也。然近體詩傳，制義獨不堪傳。文章遭際，有幸不幸哉！

初唐杜、沈最俳。杜如「雲霞梅柳」、「黄鳥緑蘋」之句，沈如「寶地珠林」、「雁塔龍池」、「紺園碧殿」、「解纜鳴榔」、「陽烏雲雁」、「長島大川」等語，爲辭林所推，然覺肥濃可厭。

唐詩只宜就唐詩較。高廷禮、李于鱗選唐詩，主聲響壯厲，辭彩高華，是近體本色也。除却聲偶，别求幽隱險濇，如摶砂叩木，失其本來矣。故古詩與近體，不得夾生强合。一落近體，便作近體論。更責近體以古意，反爲滯拙者藏陋。

七言律，王維、岑參、高適、李頎、劉長卿最爲長技。李白無七言律，杜甫有而駁雜，完璧少，《秋興》、《早朝》最著。《早朝》如「九重春色醉仙桃」、「旌旗日暖龍蛇動」、「雲近蓬萊常五色」、「天顏有喜近臣知」，《秋興》如「畫省香爐違伏枕」、「花萼夾城通御氣」、「珠簾繡柱圍黄鵠」。此等句，詞林概以爲佳，其實杜撰無稽。

近體原是詩道伎倆，才大者氣魄籠蓋，掩其瑕疵。如李白、杜甫天姿横逸，風氣猛厲，故以博大勝，所以佳句不如佳篇。

文章肇自六經，盛於子、史，精鑿於唐宋以下。詩肇於《三百》，盛於漢魏，艷麗於六朝與唐。唐體肇自武德，盛於開元、天寶，晶瑩於大曆以下。自聲偶興而艷麗熾。元、宋小詞濫觴于唐，唐焉能復古乎？既學爲唐，又道古，如衣絺綌而講裘褐也。近體自是一代絶技，彫金琢玉，不得復問商彝周鼎矣。

李商隱、温庭筠是一種才，堪笑世人迷心，以靡麗絀之。靡麗原不害詩，詩至近體，誰非靡麗者？温、李不失爲當家。

宋人謂杜甫爲詩史，近世楊慎駁之云：「《三百篇》刺淫亂，則曰『雝雝鳴雁，旭日始旦』，不必曰『慎莫近前丞相嗔』也；憫流民，則曰『鴻雁于飛，哀鳴嗸嗸』，不必曰『千家今有百家存』也；傷暴斂，則曰『維南有箕，載翕其舌』，不必曰『哀哀寡婦誅求盡』也；叙饑寒，則曰『牂羊羵首，三星在罶』，不必曰『但有牙齒存，所悲骨髓乾』也。」宗城非之曰：「此所稱者，比興耳。《詩》固有賦，以述情切事爲快，不盡含蓄。如語荒曰『周餘黎民，靡有孑遺』，勸樂曰『宛其死矣，他人入室』，譏失儀曰『人而無禮，胡不遄死』，怨讒曰『豺虎不食，投畀有昊』。若出自少陵口，不知又作何譏貶？」又云：「『慎莫近前丞相嗔』，此樂府雅語。」按二家之説，各有攸當，含蓄切直，唯其所宜。宗謂賦主切事，不盡含蓄，非也。夫《詩》雖有六義，經可離，緯不可離也。賦何嘗離比、興？比、興何嘗非賦？朱元晦解《詩》離賦、比、興，所以謬也。比、興可含蓄，賦獨可徑直乎？樂府本鄭聲，何得稱雅？樂府稱雅，二《南》反爲傖父耶？

先輩謂詩有興有趣，有意有理。李白《贈汪倫》「桃花潭水深千尺，不及汪倫送我情」，興也；陸龜蒙《詠白蓮》「無情有恨何人見，月曉風清欲墮時」，趣也；王建《宫辭》「自是桃花貪結子，教人錯恨五更風」，意也；李涉《上于襄陽》「下馬獨來尋故事，逢人惟説峴山碑」，理也。此分別近似，要之意與理與趣，總成其爲興。詩者，興而已。無興不可爲詩，無理、無意、無趣不成興，無興不能動人。

《渭城》一曲，在唐時已稱絶唱，然殊無奇語，動人處在情境逼真。故詩貴興，不在壯麗。

俳律尤近體之極卑者。以纖濃爲本色，以流麗爲清妙，則王維擅場矣。

近代高廷禮選唐詩爲《正聲》。詩者，聲音之道，自當主聲。晚近好異，詆此爲途逕，別求所謂「幽情單緒、孤行静寄於喧雜之中」者，自謂「虚懷定力，獨往冥遊于寥廓之外」，則幾乎語怪矣。夫性情之道，共知共由，聞聲接響，可觀可興。今以衆之所趨爲極膚極狹極熟，別求所謂性靈語，浮出紙面，不與衆言伍者，爲獨往静觀者之心，傲人以不知不能，豈聖人興詩之意乎？夫既以衆之所趨爲極膚極狹極熟，則以極幽極曠極濇者爲古人精神。夫性情之道，順流而蕩者有之，未有逆流而上者也。《記》云：鞉、鼓、椌、楬、壎、篪六者，德音也，和正以廣。弦、匏、笙、簧，會守拊鼓，此古樂之發。性情之洩于聲音者，正也。至於奸聲流濫，爲鄭爲衛，雖慆心溢志，要不離性情，不越聲音。今一切以聲音爲熟爽，爲途徑，爲膚爲狹，是必離弦、匏、笙、簧、鞉、鼓、椌、楬、壎、篪而索諸渺冥之先，以會古人精神，豈惟漢魏、六朝、唐人？舍聲音不知詩，雖尼父删定，教小子學詩，亦不及此矣。則所謂真詩者，杳冥昏默，無聲不可聞。如摶砂，如嚼木，如吹劍首，然後免于途徑膚熟之誚乎？何必乃爾？

詩主聲，聲主和平，此不易之理也。凌厲奮猛，馳騁飛揚，非風雅本色，一落近體，自然爾耳。但就近體中亦有和平者，如王、孟、高、岑、李頎、劉長卿輩，自是一代正聲。李白、杜甫氣魄材具有餘，而壯浪不羈，時有猛悍之習。近代論唐詩，推初、盛而卑中、晚，不知中、晚人正薄初、盛，欲淘洗磨礲以求冲雅，非不能企而及之，實欲斂而退之也。

唐人于詩，童而習之，耳目漸漬久，如近世士子制義，疇人之業，所以爲工，故巧者不過服習者之門。

前輩品人謂難兄難弟，品詩兄易而弟難。情致、事理、時境，都被前人道盡，材具雖多，有時而竭，後者追前，事倍功半。盛唐人氣舒展，故調高，縱横揮霍，洒然獨創。中、晚路漸狹矣，各出己意，淘洗磨礲，故功難于初、盛也。

古人以興趣爲詩，唐人以功課爲詩，較聲偶，争巧拙，用一生全力取勝，故近體精絶。今世學士大夫釋褐以後，嘗試而爲此，功力遠不逮，徒勦襲其聲偶，衹自呈其陋。不如倣古，爲澤中之雉，其天全耳。

唐人局聲偶，故古體多俳句，不俳不能運。如蛩蛩失却駏驉，則躑躅不前。猶今世業制藝者，不能爲古文也，離却八股，便無依傍。

七言古，李白而下，高適疏快，岑參勝王維。維彫琢，參有逸趣，張籍、王建，蒼然古色。七言絶句，自當以李白、王昌齡爲上首。

李白、杜甫，縱筆揮霍，口無擇言，如洪鐘賁鼓，鏗訇鞺鞳，聲滿天地，所以爲大。王、孟諸人非不佳，數米櫛髮，擇而後言。至晚唐囁嚅不出，如單絲獨管，啾啁細響耳。李白一味嘹喨豪爽，杜甫亦豪，時而朴野，時而温婉，時而凄凉，時而纖麗，時而深沈，時而冲淡，所以軼群絶倫。杜牧之謂「自有詩人以來，未有如子美者」，非諛語也。

李白稱仙才，惟是七言歌行豪宕俊爽，絶塵而奔，前無古人後無來者。然緼籍深厚處絶少，直以便利之舌，吐任放之氣，祗是一聲一腔，不如杜甫《七歌》有風騷之遺。杜甫七言古亦豪放，而氣味沈渾。白謂甫作詩苦，甫謂白飛揚跋扈，各中其僻。其實甫能兼白，白不能兼甫也。讀白詩，令人氣放，讀甫詩，令人心悲，甫故勝。

詩至子美、太白，各以雄放之才，壯浪之氣，吐洩其胸中不平，故温柔之意盡矣。詩至李、杜愈盛，自李、杜愈衰。

杜甫歌行，如《大食刀》、《二角鷹》之類，窮奇弔詭，大虧風雅。後世效顰者，借以文其陋，如拙工好畫牛鬼蛇神，令繪美人雞犬則扼腕耳。風雅淪亡，皆由於此。

詩極變于杜甫，而韓愈效之。先輩謂甫以詩爲文，愈以文爲詩。詩文同而體別也，詩近性情，文直寫胸臆。文所難言者，詩以詠之，五經同文而别有風雅，其來遠矣。夫既謂之詩，又焉可以爲文？鹵莽混同，自是後人馳騁之習，非詩之正體也。唐人破壞古詩，但不敢侮《三百篇》，而詆梁、陳以前爲靡曼。靡曼近温柔，馳騁凌厲，則去風雅遠矣。韓愈薦孟郊云：「有窮者孟郊，受材實雄鷙。横空盤硬語，妥帖力排奡。」夫横空排奡，是詩家獰態，未爲佳，愈之薦郊，實自薦也。蓋退之爲文朴直，爲詩奇險，如《和皇甫湜陸渾山》、《答鄭餘慶樊宗師》等作，與孟郊等聯句，皆艱澀不可讀，豈得概以爲佳？其材氣迅猛，與子美風期相親，故云：「李杜文章在，光焰萬丈長。」夫光焰非風雅本色也。又云「百怪入我腸，刺手拔鯨牙」，又云「垠崖劃崩豁，乾坤擺雷硠」，此等豈風雅正義？李杜所以稱雄伯，《三百篇》所以絶響矣。

唐古詩如李白、杜甫、韓愈數子之作，馳騁突兀，皆作俑于漢樂府郊廟、鐃歌，後遂猖獗耳。世競趨此途，謂逼真騷、雅，詆晉、六朝以後無詩。向使無漢樂府，唐人不敢决藩，即有漢樂府，不遇武帝好奇，相如、李延年輩無所售其伎倆。古今文章變態，時使之然耳。

佛書有「乾慧」，道書有「乾汞」，唐人詩有「乾死」語，從此化出。李白「乾死明月魂，無復玻璃魄」，杜甫「窮巷杳然車馬絶，案頭乾死讀書螢」，韓退之「神仙雖然有傳説，知者盡知其妄矣。聖君賢相安可欺，乾死窮山竟何俟」，三用「乾死」，杜爲佳。

杜甫、李白詩，佳者與性情合，多得之朴直，使兒童婦女可觀可興。昔人謂「眼前景致口頭語，便是詩家絶妙辭」，必求言外之言，象外之象，彫巧過甚，流爲艷冶諧謔，是宋元小詞之濫觴耳。

説者謂風人之情，微婉無迹，以説理爲忌。余謂《風》不過三經之一體，所謂興也。《雅》言正，《頌》言莊，賦言直，比言切，豈必《雅》、《頌》皆不如《風》，賦、比皆不如興乎？即如《三百篇》聲協語調，理明情暢，自然可觀可興。必如所謂鏡花水月，不説盡，不道破，言外寄托，有意無意，以爲三昧。此口頭伎倆，非敦厚之體、正大之情。或流爲浮靡邪淫，或崎嶇傲僻，何以爲詩？

杜甫律詩多壯麗，人便以爲佳。亦有甚無味者，如《題張氏隱居》有云「澗道餘寒歷冰雪，石門斜日到林丘」，《贈起居田舍人》「曉漏近隨青瑣闥，晴窗檢點白雲篇」，《贈田九判官》「宛馬總肥春苜蓿，將軍只數霍嫖姚」，此等句雖壯麗，其實無謂。詩以意趣爲佳，不全在句。

杜詩長篇，多者千言，其氣愈壯，人所難及。然詩佳處不在多，以不盡爲温，以有餘爲厚。杜詩叙事期於竭盡無餘。如《北征》豈不佳，而叙致駢累。首叙君臣國事一段，繼叙時境一段，又到家對妻子哭窮一段，末又轉入軍國一段，就使行文如此，亦嫌冗諮，豈詩人詠嘆不足之意？唐子西謂「文章欲如作家書」，未免傖矣。

凡詩興到，語不求工，自有生氣。如子美「不見旻公三十年」、「去年兹辰捧御床」、「清江一曲抱村流」之類，一氣呵成，活動可風。

兼容併包之謂大，帝王大，聖賢大，文章有大家，亦謂無所不包也。詩杜甫大，衆體兼備，塵垢糟粕，時亦有之。無朽腐不化神奇，不得以瑕訾瑜也。

或謂長歌不必句句相麗爲連屬，當如巉巖斷谷，高下崎嶇，氣脉自然相應，此唯杜甫多。蘇子瞻謂白樂天拙于紀事，寸步不遺，猶恐失之，然《琵琶行》未爲不佳也。

詩以道性情，其言委婉，有和平之致，非謂凡人之詩，即凡人之性情也。性情未必和平，爲詩未有不和平者。賢人君子之詩，可諒其性情；若辭人之詩，辭而已矣。古人以志行爲詩，今人以筆舌爲詩。孟子謂「説詩者不以辭(以)[害]志」，夫子謂「不學詩，無以言」，言詎可識性情乎？後世謂杜甫爲詩史，即其言推尊比孟子。如《茅屋爲秋風所捲》詩「安得廣厦千萬間，大庇天下寒士俱歡顔」，斷然許以仁心廣大。不知古人佳話何限，桀、紂向人亦好語。後世詩愈高，人品心術愈卑，烏可以詩論人也？

嚴滄浪借禪喻詩，近時袁坤儀即禪爲詩。詩本性情，禪宗見性，可以相通，其實不同。禪主空寂，無言爲宗。詩者，聲音之道，全仗言語動人，故曰詩可以言。必于言外求詩，言與意全不相涉，如禪門話頭機鋒，以爲風人妙旨，則《雅》、《頌》直陳對揚之辭，皆不可爲詩矣。坤儀之説，可矯浮靡之偏，全失詩人葩藻之意，非折衷之論。大段坤儀禪客也，論詩便是參禪。必若所云，禪耳，與詩何預？以辭害志，如咸丘蒙之説詩，固也；以志廢辭，如袁坤儀之説詩，幻也。志與辭，烏可偏廢乎？

或謂宋人詩使事，唐人詩不使事。唐人非不使事，使事而人不覺，故杜甫自云「讀書破萬卷，下筆如有神」。讀書多，見聞富，筆底自寬綽。唐詩莫如杜甫，使事莫如杜甫，而使事人不覺，莫如杜甫。韓愈詩好使事，人卒然難解，人不解，何由觀興？何貴爲詩？

唐人詩佳者，多不使事，自然清越。一味情興風致，溢於音律辭彩之外，誦之心爽神怡，斯爲性情之理，聲音之道，風人之致也。後人作詩，專喜用故實，由其才思短，興盡辭窮，不得不牽率填補，雖妝綴富麗，終匪天趣。後世詩家，幸有前人故實可用，若《三百篇》前無古人，字句皆成典刑，所以爲作者。

唐詩藻麗，實過六朝。六朝藻麗無氣骨，所以妖冶少莊雅；唐詩尚氣骨，故不厭藻麗。有藻麗無氣骨，便是元宋小辭。四聲合律，對偶相扶，然後格局整齊，聲亮氣雄，故近體作而新聲變，大雅亡矣。世運固然，詩愈工，品愈卑矣。

詩有理與意，然後曉暢，可觀可風。近體所貴，在有意無意、可曉不可曉之間，謂之林風水月。甚者虛景浮辭，全無旨趣，但取音響嘹亮，辭采高華，即稱佳作。要之未有無義理可爲文，無意趣而可爲詩者也。

先輩重端雅，時流貴尖新。詩至近代，雕巧艷媚，染狎邪之氣，使事妝綴以爲藻麗，姿態輕佻以爲圓妙，調笑詼謔以爲雋永，歇後半吐以爲深厚，流爲小詞雜曲，雅意銷亡。鄭聲淫濫，於斯爲盛。然而蒼素較然，趣舍在人耳，豈可與大方之家同年而語哉？

近世辭人作詩，專用學問填塞，以博洽爲富，而語意結澀，風韻枯索，甚至艱深難解。可觀可興之謂何也？

宋人詩大氐多險僻，尚雕巧，蓋濫觴於唐中、晚諸家。中唐家有險僻者，晚加雕琢，盛唐絶無此矣。律詩求氣格骨力不難，初、盛、中、晚之分不在此。惟開元以來，渾厚正大，體質自然。大曆以後，漸覺輕儇妝綴，所以異耳。

藝圃傖談卷之四

京山郝敬著　姪千里録
門人陳珙　男洪範校

雜文

洪荒之初，文字未立，聖人畫卦設象，繫辭見意，故曰「書不盡言，言不盡意」。《易》辭隱微鈎深，無怪其然耳。自夫子《十翼》作，明白易簡，童蒙可曉。《詩》、《書》、《春秋》、《禮》、《樂》，道德之淵藪，既無深晦隱僻之談，而況諸子百家，有何不洩之隱，難言之秘，專尚隱怪，如司馬相如、揚雄之文，理無加于諸子，辭反晦于六經，何爲其然？非正大之情，易簡之旨也。

《易傳》、《論語》、《春秋》，夫子之文章，較古書易，尤爲平雅，然而含蓄緼藉，深思雋永。孟子之文，光風霽月，疏快明爽，而義理日新。至於漢、唐以來，泛濫敷衍，温麗華婉之尚，而名理廢爲芻狗，則衰世浮薄之習矣。

近代制義不堪傳，然其難不減于古文與近體詩。近體詩無義理，古文無蹊徑，自出機軸，極其才情所至各有合。制義主傳注，限尺幅，衆之所由，不得自如，窘天下人材技而共攻爲此，小差池即不能衡于天下矣。三百年來鴻生鉅儒，悉由此出，簡帙汗牛，竟成故紙。欲變今之俗，須司衡者少通融，破除重複對偶拘攣之習，期與經傳不悖，道理洪暢，別有發揮，各任其材。苟温故知新，不詭于正，但於經義有補，即訓詁陳説無拘，庶爲有得。

今日之文，極盛而大壞矣。一壞於舉業，再壞於應酬。舉業對股，壞文章之體；應酬冒濫，壞文章之用。體卑用賤，豈成文章？

文章有是理，有是意，有是事，任縱説橫説，俗説雅説，皆可觀。若無理無意，亦本無是事，憑口杜湊，如乞兒操瓢過市，平話而已。今之應酬文字何異此？是非好醜都無足據，喜怒愛憎全不根心，專辦一副材料支應，依腔唱念，畢一生精力爲此以市利，志士恥而不爲也。

文章主理則不壞，主意則日新，主辭則浮套而已。從來有一代文章，便有一代習氣。《左》、《國》已然，彼自用成串，猶可言也。若拾取他人殘唾，其汙穢已甚。文章亘古不易者，心與理也；旦夕不相沿者，辭也。

古今文藝三宗，曰辭，曰事，曰理。《詩》爲辭宗，《春秋》爲事宗，《易》爲理宗。後世辭賦宗《詩》，史宗《春秋》，諸子宗《易》，秦漢以來，未之有改也。下迨六朝，理與事皆主辭，其文尚温婉靡麗，其爲子若史也，猶之詩也。唐以後，詘六朝而薄温麗，詩尚氣格，以雄壯峻整爲宗，故其爲詩也，亦可爲史也。至宋理學興，一切主理而詩與史荒。近代，宗馬遷、班固叙事而理荒，辭尚鋒稜而温厚之意少，詩宗唐人、貴近體而刻勵之意多。故今之爲詩也，亦文也，而今之爲文也，皆史也，理疏闊而辭放散。今之變宋，亦猶唐之變六朝也，自謂過之，其實不及。欲變今之習，其唯理乎？理者，通百世而無敝者也。理與辭、事兼總而化焉者，其唯《易》、《詩》、《春秋》與《論》、《孟》二十七篇而已矣。

今世士大夫作古文，高者爲名，卑者爲利。凡誌、銘、傳、記之類，視貨賄爲品題高下。昔人有此，侈聲價，爲名高耳，後遂滔滔成市井。夫文辭者，道德之精華、經術之穎秀也。聖賢以垂世居業，明徵定保，豈苟且一切，染指自潤而已乎？文章與書畫異。書畫遊戲，無關理道，如弓人之弓，矢人之矢。士君子立言不朽，志在阿堵，而飾贋以求沽，如沈猶氏飲羊，其卑鄙濫惡，可勝道乎？

古今文章元氣，嘘吸長養，渾成一派。五經，其根荄盤固也；秦漢以來諸子史，枝幹森秀也；唐宋至今，華葉鋪棻也。此後變態曷已，漸至萎謝彫落，汙隆消長，一氣相終始。論先後，花葉不及枝幹，枝幹不及根荄；論繁華，根荄不如枝幹，枝幹不如花葉，焉可全是古而非今？文章不限古今，古今亦不礙文章。文章自爲古今，不得拘絜論也。

文稱兩漢。而西漢文人，賈誼故當爲第一，才大而識通，氣壯而辭達，叙事典則閎暢，司馬遷遠不逮也。

韓退之文朴直，極推司馬長卿、揚子雲。二子與退之不類而好奇同，觀退之古詩可知。矯而爲文，盡去險濇彫琢，一歸渾朴，必子雲、相如之是者，則退之以所貴讓人，以所賤自用，豈情語乎？不然，因世所貴而貴之，亦無卓識矣。

後生行文弔詭，動以司馬相如、揚雄爲口實。相如爲人何足述？揚雄口聖賢而師事相如，君事王莽，其識可知已。士大夫文章，自當以《論》、《孟》爲宗，五經爲祖。揚雄好古而僻，其文絶似王莽，王莽之文酷似揚雄，而相如其祖也。相如與李延年爲漢廷優人，揚雄《劇秦美新》，併其精神嗜好亦吻合矣。

沈約謂：「漢至魏，文體三變。相如巧爲形似之言，班固長于情理之説，子建、仲宣以氣質爲體。」按文章以氣質爲體，佳矣。然相如、班固未嘗無氣質也。子建於相如可謂善變，而班固於相如未盡變也。又云：「清詞麗句，不獨漢人有之；蕪音累句，相如、子雲居多。」此論得之。又云：「前有浮聲，後須切響。一簡之内，音韻盡殊；兩句之中，輕重悉異。妙達此旨，始可言文。」此四韻之濫觴，而自謂「靈均以來未睹此秘」，不知文字順成，聲音疾徐自中律，言語無輕重緩急尚不中聽，況文章乎？此天則，愚夫可知，未足爲秘。陸厥駁之，是也。約又言，文章當從三易，易見事，易識字，易誦讀，即此理也。平正暢達爲主，則一切妙合。

陳後山謂：「揚子雲好奇而卒不能奇，故思苦而詞艱。善爲文者，如江河之行，順下而已。至觸山赴谷，風搏物激，然後盡天下之變。」此言得之。

從來文章佳思妙語，經古人已道者多，而日新富有，通變不窮，存乎當家。如張融《海賦》云：「遍萬里而無時，浹天地于揮忽。雕隼飛而未半，鯤龍趠而不逮。舟人未及復其喘，已周流宇宙之外。」李白用其意，爲《早發白帝城》詩云：「朝辭白帝綵雲間，千里江陵一日還。兩岸猿聲啼不盡，輕舟已過萬重山。」用其意而鎔冶無痕，更覺清新。此咀其菁華，而棄其糟魄者也。

蕭子顯謂：「文章者，情性之風標，神明之律呂。習玩爲理，事久則瀆。若無新變，不能代雄。委自天機，參之史傳。應思悱來，吻先構聚。言尚易了，文憎過意。吐石含金，滋潤婉切。輕唇利吻，不雅不俗，獨申胸懷。」此論甚中窾。其餘諸家之論，畫餅不可餤也。

近日士子舉業，浮慕《文選》。六朝人好尚，唐課詩，士子宗之，云：「《文選》爛，秀才半。」李善父子專門授徒，六經渾噩之氣，兩漢爾雅之風，盡變爲靡麗。朝廷詔誥、郊廟禮樂之文，皆彫巧妝綴。至于唐宋改步，韓、蘇諸子出，而六經、兩漢之文中興，於今爲烈。我國朝絀辭賦，用經書程士，士歸大雅。比其敝也，陳言熟爛，士求新無已，逃歸二氏，久之二氏屬厭，復歸靡麗。夫制義道理之文，逃之二氏，猶談理也。至於靡麗，則專尚杜撰，甚者記録雜稗瑣冗之語，點化浮屠，傅合六經，即今青錢萬選，皆是物也。此經術之蠹，司衡者何可不亟反之？梁武帝敕蕭子雲撰定郊廟歌，周文帝疾文體浮華，使蘇綽依《尚書》作《大誥》，隋文帝詔天下公私文翰並依實録，泗州刺史司馬幼文表華艷，付所司推罪。靡麗當世已覺其非，士業六經，學爲聖賢之文，六朝何足法歟？

文章使事鑄辭，須完美明白正大，如《論語》「盍各言爾志」。梁太子與湘東王論文云：「俱爲盍各，未之敢許。」截去「言爾志」三字，豈成文義？又「微管仲，吾其被髮左衽」，宋文帝詔謝玄云：「功參微管，宥及後嗣。」《詩》「周爰諮諏」，梁武帝詔云：「庶借周爰，少匡薄寡。」《詩》「倬彼甫田，歲取十千」，梁元帝詔云：「歌歲取于南畝。」《五行傳》「天意若曰」，陳宣帝詔云：「若曰之誡，責歸元首。」《大雅》「言提其耳」，陳宗元饒奏疏云：「親承規誨，事等言提。」皆歇後半語，磔裂求新，非訓典之體，六朝習氣也。至唐杜子美、韓退之猶仍此習。《書》云：「唯孝友于兄弟。」子美詩「山鳥山花吾友于」，以「友于」當兄弟也。《詩》「詒厥孫謀」，退之詩云「豈謂詒厥無基趾」，以「詒厥」當子孫也。《詩》「日居月諸」，退之詩「爲汝惜居諸」，以「居諸」當日月也。他多類此。近時後生杜湊愈醜，愈無足觀。

《左傳》之文雕繪，其卑處如婢子妝夫人，瞻視顰笑，行步顧影，無不著意，所過香風冶態，艷媚動人，自然正大處絶少。時引典故，多牽率附會，如周、鄭交質「苟有明信」以下，臧哀伯諫納部鼎「清廟茅屋」以下，隨季梁止追楚師「祝史正辭」以下，此類皆紆曲，隨處可以綴入。其無典要處，又太虛浮，如「鄭伯使許大夫百里居許東偏」以下累百言，委曲轉折，没甚緊要。又無實迹可紀，而終之曰：「君子謂鄭莊公於是乎有禮。」散漫無味。此類往往多有，衆好不察耳。

六朝藻麗，唐人矯以氣骨；五代卑弱，宋人矯以義理。六朝、五代以辭爲文，唐宋作家以意爲文。文章以意爲宗，血脉周浹，理、氣、辭輻輳；以辭爲宗，杜撰補湊，猥瑣不足觀矣。或問：理與意何别？曰：有無理之意，無無意之理。

范曄云：「文章當以意爲主。」此不易之論。蘇子瞻自謂：「作文如行雲流水，初無定質，行乎其所當行，止乎其所不得不止。雖嬉笑怒駡之辭，皆可書而誦之。」文章以意爲主，此之謂也。近世王元美謂：「有意無意之間，乃文之至境。」説雖異，所見同。行止有無之間，乃所以運乎其意也。無意，牽率割强，欲於有無之間，如行雲流水，其可得乎？

文章惟天趣流溢乃佳。陳壽論諸葛孔明之文，文彩不艶，過於丁寧周至，爲與衆人凡士言，故其文指不得及遠。蓋六朝人尚浮華，故偏見如此。今觀《出師表》，忠言正氣，温文剴切，流潤千載。其丁寧周至，正其晶光不磨者也。謂之文彩不艶，不得及遠，幾于不知文者。

文章惟賦費功，而最浮誕。魏收謂文士須作賦，始成大才。士才不才，豈在作賦？收與邢子才、温子昇以文相訾，邢、温不作賦，短之云爾。近時縉紳勉强效顰，其陋愈甚。

文章惟識爲難。昔人云：「史有三長：才、學、識。」劉知幾云：「有學無才，如愚賈操金，不能殖貨。有才無學，如巧匠無梗柟，不能成室。」獨不及識，愚謂識最要。有才、學無識，意雖工不入解，辭雖富不中情。凡才小而卑，學駁而醜，皆識不足也。

文章使事，自是支梧一法。鄒陽《獄中書》，司馬遷云：「比物連類，有足多〔二〕。」比物連類非佳致。垂世之文，義理精融、意思真切爲主，《論語》、《孟子》何嘗比物連類？天下之至文也。

盧思道讀劉松作碑銘不解，感激讀書，師事河間邢子才。後爲文示松，松不解。乃喟然嘆曰：「學之有益，夫豈徒然？」愚按讀書誠爲有益，至於作文使人不解，自是陋習，何足效乎？

六朝潘、陸、諸謝，一門父子兄弟，雕龍繡虎，竟無一語關道理，切實用，祗據其浮躁之習，寫其驕淫之氣，亡身喪家而已。故文章以游、夏爲宗，浮華之徒，不足效也。

六經、《論》、《孟》，無奇詭之字，婦人兒童可識，所以能垂世。後生用詭字，轉覺膚淺。六朝庾持善書記以才藝稱，而好爲奇字，文士以此譏之。作文使人不識字，自揚雄始。

天下古今文章，盡于五經。五經精華，盡于《論》、《孟》兩部。蓋其立言之人已到至處，所言義理又到至處，文辭緼藉醇雅又到至處。其他有其文辭者無其義理，有其義理者無其道德。故士大夫爲文章，定以《論》、《孟》爲宗。或曰：「《論》、《孟》之文，人皆可爲。」曰：正唯人皆可

〔二〕「多」，百衲本《史記》卷八十三作「悲者」。

爲，而不能爲。人不能爲，而終自不得不爲，所以爲至德要道，天下之至文也。

文章有古今，世運固然。損益適中，存乎明哲。《周易》象爻奥而隱，《尚書》典誥精而深，此太古之文也。《國策》縱而誕，《莊周》蕩而侮，六朝艷而浮，此衰世之文也。唯夫子《周易》十翼、《論語》二十篇，《孟子》七篇，平正馴雅，本中正易簡之理，敷明白正大之辭，吐從容和平之氣，不野不史，所謂文質彬彬者也。六朝周文帝惡文體浮華，使蘇綽效《尚書》作大誥，示群臣依倣，則又矯枉太過。但如蘇綽所奏六條之辭，亦質有其文，何必效大誥？效大誥，莫如王莽。援古以文奸，駭耳目以爲新奇，生乎今之世，反古之道，奸雄欺人，文章家妖蠥也。

文章雕綴富麗，辭彩爲工，乍見則新，轉相承襲，漸成習套，朝榮夕悴，不堪重省。惟理明意足，自然辭氣條暢，天趣流溢。如布帛菽粟，家給人足，日新可久。《論》、《孟》二十七篇，即正鵠也。

文章無指趣，但用學問妝綴，故事填補，使天真不透，神鬱僾不宣，氣局促不揚，雖博洽艷麗，而義理淺薄，術藝之工耳。《論》、《孟》之文，何嘗用學問？而義味深長。吾師乎！吾師乎！

近時詞人，畢一生精力以文市利，爲人撰家傳墓誌、贈言壽章、序記題跋之類，積案盈箱，家有文集，人稱作者，按之無一篇中典要，無一事近情實，既不足爲道德之羽翼，又不足爲後學之法程。黄金潤筆，桀可爲堯，是非顛倒，巧佞百端，心口自欺，良心俱死，此等訛言流傳人間，適足以藏奸藪慝，掩義隱賊，爲人心之害，風教之蠹也。士林羶説，以爲名利兼得，尤而效之，大者自稱斯文盟主，小者相呼我輩同盟，謂爲千秋之大業，不朽之盛事，其實囊橐之資，餔餟之媒而已。雖腐毫秃筆，汗牛充棟，焉能爲有？焉能爲無？文品之卑，至斯極已。《詩》云：「巧言如簧，顔之厚矣。」志士豈爲之哉？

閒燕語

《管子》云：「士就閒燕，群萃而州處，則父兄之教，不肅而成，子弟之學，不勞而能，故士之子恒爲士。」今人家子弟，朝夕閒燕，飽食安坐，疇業墮壞，父兄之教不肅，而子弟之學不敏也。兒千石與佺千里同席研書，招致同好，結社東里，其才諝皆能有造。苦習氣牽纏，好奇弔詭，稍加裁抑，便落陳冗，躑躅岐路，莫適所從。夫文章自有康莊大道，略爲開説，以解其縛。

文章者，功名之媒也。功名本乎道德，文章本乎性命，一也。後世功名與道德分，故文章與性命亦分，離性命談文章，其來已久。國朝以經義程士，使文章不離性命，甚善。顧三百年來，文章性命爲一者有幾，今雖孔、孟持衡，難以人廢言，不得不姑舍性命論文章。既姑舍性命論文章，則於六經四書、章句訓詁，小有出入而義理同歸，大方之家，亦宜破格收之，以盡士子之長，明六經之大。傳注外不妨開展，細流不擇，以成其爲江海也。蓋義理無窮，文章日新。先輩論制義，語小出入，輒以爲背傳注，壞文體。士子憒盈，以至今日，江河下流，頹波難挽。濬其源，導其滯，使不至泛濫，斯可矣。如必隄防太過，凉凉踽踽，亦只是南宋理學訓詁一家，與六經尚隔幾程。

隆、萬以前制義，宗宋儒，主理學，依傍傳注。隆、萬以後，大抵論文而已。主司非不引舊章繩士，顧舉世滔滔，世運所趨，人力不能奪。今三尺孺子，皆談性命，説道理，以文其陋。而高材疾足之士，恣口舌筆鋒之利，蹈常襲故者安能與之争？蓋理有一定，途轍易守；文章千變，藻繪惟人。已故者前人用盡，方新者後人日巧，故數十年以前之舉業易爲，數十年以後之舉業難攻也。必欲引先進，執舊軌，所謂焦明已翔乎寥廓，羅者猶視乎澤藪，時亦弋獲難矣。

今日時文，欲極新，不新不能過人。但新而傷於詭，質諸經而怪，讀其辭而險，求其意而晦，或顛倒錯亂而傷格，或渙散結濇而傷氣，汝曹作文往往墮此。是以先輩論舉業，貴典顯淺。蓋經書義理，平正通達，其奇詭變幻者，子、史之習也。時文已浸淫子、史，不妨小變，但平正通達不可改。子、史變幻，亦只在六經範圍内。文章千態萬狀，繩墨不易，如人四肢五官，筋骨血脉，不條暢，不可爲人。如草木根幹花葉，顛倒挫折，不可發生，文章通達，亦猶是也。

平正通達者，時文之正體。平正而不陳腐，通達而不淺俗，時文之中道。故而新，正而奇，時文之絶技。隱怪艱深，支離破碎，時文之惡道也。先輩稱舉子業謂之時文者，言乎其趨時也。

古文不能違時，况時文乎？後生無識，好怪反古，請以古言。《尚書》典謨，是古人敦厖淳固之心，渾沌鬱勃之氣，如金在沙中，玉在石中，初質固爾。迨春秋以降，夫子之文章明馴爾雅，以平常易簡之理，敷尋常淡簡之辭。馴至戰國、秦漢迄今，文體千變，莫不以平正暢達爲主。子云：「辭達而已矣。」文章與時日新，如金鍛鍊而日晶，玉磨礱而日潤，必欲返金還礦，返玉還磼，何爲其然也？既已爲文，何必定還樸？既已爲金玉，何必嫌追琢？故而能新，妙於新矣；奇而能正，精於奇矣。學古而通今，自我作古矣。

古今文章，不越平、險兩途。古文惟《書》、《易》辭稍險，《春秋》、《論語》、《易傳》、《孝經》最平。今人好險厭平，豈夫子之文章不如前聖乎？孟子之文朗朗歷歷，如光天皎日。老、莊好奇，老似《論語》，莊周詭辨而疏快。《戰國策》縱横而嘹亮，《吕覽》奇而直，《韓非》奇而整。此秦以前文章作家，如數子亦巨擘矣，皆未有以艱深爲奇者。惟《左傳》、《國語》彫刻藻繪，與《周禮》、《考工》、《儀禮》是《易》、《書》一派，雖奇而本乎正。下迨西漢，稱《爾雅》。賈誼少年好奇，而《治安》、《過秦》之作，何其條達也。司馬遷良史，記事紀年系家列傳，與發揮義理之文，體微不同，而刻意《左》、《國》，故其文錚錚瑟瑟，若斷若續，小覺詰曲，而終歸遒宕。近時文章家，一步一趨稱子長，是以我朝一代之文，遒勁雄詭，微少温醇，雖道理議論，亦復以傳記敘事體攙和。人人自謂《左》、《國》、子長，詆唐宋以下皆無足觀，必《左》、《國》、《史》、《漢》乃佳。故近日制義，亦復哽咽蹇澀不可讀。蓋漢有兩司馬，而子長專攻史，長卿專攻辭賦。辭賦者，詩之流，與《易》、《書》、《論》、《孟》體微不同。以詩爲文，自司馬長卿始，堆集駢麗，如《封禪》諸作，遭際漢武好奇，使豎子成名。而揚子雲心服絶倒，唯然私淑，《劇秦美新》生於水而寒於水，其肥笨艱澀甚於長卿，古今耳食謂不可及。其不然者，惟隋王通氏與余兩人而已。里兒夜夢不祥，書門大吉，變其辭曰：「宵昧匪禎，札闥洪休。」見者笑而唾之。文章用艱辭飾淺意，正類此。故秦漢以後，大雅斮喪，長卿、子雲實始作俑。文不清淳爾雅，雖卿、雲吾何以觀之？爾曹慎勿效也。蓋論道德，今人不如古；論文章，後人儘有勝前人者。如唐韓退之、宋蘇子瞻二子，筆陣追風，嘘氣成雨，其于秦漢，可謂青出于藍而青于藍，何遜子雲效相如乎？子雲效相如艱深，時文斷不可學。韓、蘇二公效孟、莊，奇奇正正，千古文章日新之證盟也。後生是古非今，舍韓、蘇而遠慕揚、馬，所以日趨險怪，而去時文一途，背馳愈遠矣。

國朝先輩倡古文辭，尊秦漢而薄唐宋，以司馬子長主盟。余謂：秦漢已上，六經以降，文章自當以《論》、《孟》爲正宗，老子、莊生爲羽翼。司馬子長新進，瞠乎其後矣。而韓退之、蘇子瞻尤新進，力追孟、莊，駸駸與方駕，何獨子長稱雄哉？子長之《史記》，紕漏不可枚舉，惟以創始得首功。設使當時無子長，亦必有爲《史記》者，杜甫所謂「時來不得誇身强」也。蘇、韓二子生千載後，起而鼎新，事難功倍，談何容易。今士子薄唐宋爲庸淺，遠托遷、雄，競趨奇險，此古文之習氣，而時文效之，大病也。蓋韓、蘇二子於時文近，遷、雄、相如於時文遠。韓、蘇二子之文清暢，遷、雄、相如之文沈著也。

文章忌蹈襲。一般繩墨規矩，各自目巧心機，如器同而尚象異，耳目同而人面異。文章變化，夫豈一端？始作改觀，再陳便是芻狗。如騷賦屈、宋創始，《上林》、《子虛》先駕翩翩。比及摹倣，一唱再唱，厭聽矣。況舉業文字，家家沿習，三百年來，敝箒敝屣，不復可收。志士澡雪恐不及，而更咶其殘唾，汙穢甚矣。後生眼淺，見他人字句新輒蹈襲，不知雖新亦是他人已陳。況他人本杜撰，尤而效之，其陋愈甚。又一等平日寡聞，偶見奇字奥語，不問來歷，牽率濫用，郢書燕說，貽笑識者。縱使的當，主司未必通曉，傲以不知，遂遭擯落，亦何樂而爲此？從前博學深文莫如揚雄，《長楊》、《羽獵》，心膽俱嘔，亦不過《上林》、《子虛》之舊腔。後來效卿、雲作賦者何止千家，豈若蘇子瞻《赤壁》一篇，清爽妙利，纖塵不染，千百年來肥濃重濁之氣，一洗頓净，此之謂日新。學舉子業者，所當服膺也。舍清淺而趨艱深，邋遢後生，令人嘔吐。

後生爲文，各用己之所長，愚夫非天聰明不能爲人，況士子讀書窮理，心鏡自開，覃思研慮，各有一得，證之于己，質之于師，默識所長，栽培善養，大小各自成器利用，不必與人齊同。若耳食浮沈，學人唱念，今日弋陽，明日海鹽，又明日蓮花落，老死無成。

初學爲文，勿急求好，且須問病，不病則自好。遇高手，勿生退怯，努力向前角抵，久久夾持，并己亦高。有長處，必有短處。短處難續，且就長處填補，即短處漸平。有好處，定有病處。病處難除，且就好處調養，即病處漸瘉。苟不自知其短，並長處還短；不自知其病，並好處亦病。

後生學爲文，須經大方斤正，師友切磨。顔延年謂：「文不練之庶士，校之群言，呻吟於墻室之内，喧囂於黨輩之間。竊議以迷寡聞，誕語以敵要説，適值尊明臨座，稠覽博論，而言不入于高聽，人見棄于衆視。恍若迷途失偶，黶如深夜撤燭，銜聲茹氣，腆嘿而歸。向之夸慢，祇足以成今之沮喪。」後生多此等輩，不可不猛省也。

古今文章家各自成套，時文成套尤可厭。古文套有來歷典要，因襲猶可。時文套皆新進後生臨場杜撰，信口轉換，語近俚俗，牽强造捏，崎嶇未安，一人偶售，千夫畫樣。如近日用字，曰局、曰途、曰脉、曰緘、曰券、曰結、曰轉之類；用句，曰吾想吾又想，曰可知又可知，曰安在又安在，曰還可，曰孰是，曰默轉，曰得力，曰提醒，曰片念，曰無權，曰無涯，曰一種，曰一段，曰勘破，曰明明，曰隱隱，曰默默，曰雖然，曰噫嘻，曰有幾許，曰别有一種，曰是何途境之類，不問當否，牽强填入，難以枚數。各自檢舉，與同盟共戒，亦滌陳之一端也。

文章有表有裏有微。曰辭、曰格，表之可見者也；曰理、曰氣，行乎其裏者也；曰響、曰色、曰味、曰神，此則微而不可見，心領而不可言傳者也。辭平格正者，能品也；加理明氣暢者，妙品也；又加響亮色新，味爽神王者，神品也。古今論文千家，不越此。爾曹熟聞，故不重説。

今時文對股，倣于四六。四六之體，起于奏對。朝廷禮法嚴正，表誥尚對偶，主司奉尺一程士，故舉業文字亦同奏對，配合整齊，八股所由設也。唐人課士，變古詩爲近體，時文視古文，猶律詩視古詩也。詩近體卑，而文近體尤卑。詩章法短而聲韻協，雖對偶，有活動之趣。時文十數句一股，近時多至數行一股，語長遥對，如醉人説重話，甚可厭。今難卒改，要當少破拘攣，勿犯雷同木强之病。如才將用兵，紀律雖嚴，指揮呼吸，百萬衆如左右手。天馬神龍，憑虚御風，卷舒自如，乃稱文筆。

虞伯生嘗謂：「科目之法，諸經傳各有所主者。將以一道德，同風俗，非使學者專門擅業，如近代五經學究之固陋也。經義深遠，試藝之文但推其當者取之，不必先定主意。如此，則求賢之心狹矣。」又曰：「凡爲文辭，得所欲言而止。必如元明善所云『若雷霆之震驚，鬼神之靈變』，非性情之正也。」余按前説，近時士子不啻過矣；如後説，是今日對症之藥。國家以經義程士，教士以正學，三百年來，五經四書義理，宣揚殆盡，無復可説，不得不攙入子史。子史駁矣，然猶六經之支緒也。甚者攙入浮屠，浮屠則異端矣。祖宗經術，主《大全》、朱注，雖大道無方，憲章已定，爲下不倍，即此是規矩。程文爲士子繩尺，制義爲始進羔雁，趨向不端，人品心術可知。禮别嫌疑，二氏之説，諸子百家之言，緯稗亂正，即使采華漱潤，瓜田李下，亦宜自愛。蓋凡盛世之文，平正爾雅，衰世之文，險怪隱僻。萬曆以前，由淳雅趨壯麗，雖奇不詭于正。至于今，艱深晦澀，不復可讀，浸淫左道，篡亂經旨。主司方且以爲佳，懵莫知懲，可憂也哉！

以上數條，未必一一中的，然於今日時文趨舍，不中不遠。汝曹試就閒燕處參求，不肅而成，不勞而能，亦無難事。遂題曰「閒燕語」授之。

明日兒曹來請益，曰：「前言高遠，泛濫無蹊徑，何不使爲可企及而日孜孜也？」余哂曰：汝曹習氣，牢不可破。若不引繩批根，從六經説起，不足以震其無咎。邪師外道，從而扇惑之，其言雖遠實近，雖泛實切。既不驅爾于艱險，引爾就平易，何不可企及之有？必若瑣瑣更端，如何鍊格？如何鑄辭？如何認理？如何構思？長短大小，如何結局？理學政事、制度名法，如何像題？此類所謂小節出入，損益可知。百世相因者，前言已盡；損益可知者，存乎其人。每見前輩論文，太泛則不中解，太深則玄虛無用。善解者，期于適用而止，既謂之時文，今日定本，明日未必可依。數十年前評文，有順叙貼題者，有凌駕説意者，兩格也；大題尚冠冕，小題尚才情，兩體也；長題看剪裁，短題看鋪叙，兩例也。二句題不得一句作，問答題不得一聯作。有兩扇，有三四扇、多至八九扇者。有一頭兩脚，有兩頭一脚，有一頭三四脚、多至八九脚者。合此則謂之明通，不合此則謂之荒謬。今一切隨人材力，無所不可，奇正開合，有無變化，題目無權，但借作影子。一粒種，化作參天合抱之材；一莖草，幻出丈六金身。雖新紫大袖，未定可久，而就時文論之，亦謂日新矣。一篇八股，自起講題頭反振，小講大講，推開繳轉，由淺入深，由虛入實，此舊局也。而今皆隨意揮霍，併對股亦不甚拘，風行水上，漣漪自成，不擊刁斗，浪戰取勝有之矣，吾安得以定格律之？今日時文，千變萬態，將來莫知底止，余安能前定而預設之？善戰者制勝在奇，善賈者趨時貴敏。韓、白用兵，潛於九地，發於九天，使人莫測。白圭貿遷，樂觀時變，人棄我取，人取我與，趨時若猛獸鷙鳥之發。故其言曰：「吾治生如伊、吕謀國，智不足與權，勇不足以斷，仁不能取予，强不能有所守者，欲學吾術，吾終不告之矣。」今日時文亦復如是。

附記

論制義 示田甥

經術制義，原爲聖賢傳心。國家以此程士，垂三百年來，屢變而日遠，士習厭常，以聖賢道理爲土苴，視五經、四書如弁髦。數年前，祇是窗草坊刻，小有出入。近來并試録程文，無復撿押。所謂經義，全非經義；所言道理，全背道理。大氐舉業一途，原是富貴功名之媒，即其言醇正，精神原非的真。孟子所謂「假之」，然尚依真稱假。近年純假滅真，既滅真，即不但爲假，直謂之邪説而已。言理則取裁于二氏空虚悠謬之旨，鑄辭則餖飣于雜稗邨俗隱怪之談，捫題茫然不知所謂，按經全然離其所宗，不避左道異端，但取捕風捉影，牽鑿補苴，師心勦説，所謂小人而無忌憚者矣。公然與五經四書冰炭，無復瓜田李下之嫌，求其依經傍注爲「假之」，復何可得？此人心世道之憂也，戒之戒之！

家藏野人語題辭

明經取士，自宋儒始。王介甫作經義，令士子隨題演説，對比成文，馴雅合式，乃取貢上，命曰制義。國朝三百年同文，以此爲程墨。好古之士，嫌其局促，謂不如古文揮霍。其實爲古文易，爲今文難。韓非云：設度而持之，智者畏失；無度而應之，辯士漫説也。五寸之的，十步之遠，非羿、逢蒙不能全中。冥而妄發，雖拙者未嘗不中秋毫，故無度易也。經傳與辭賦不同宗，義理與游戲不同調。遵訓詁，不得憑胸臆；貴莊嚴，不得離對偶；尚平正，不喜爲恢奇。説題欲明，無取隱奥；體裁一定，不得增減。雖有通才，不得馳騁；雖有多學，不及展措。如此，則千篇一律，又鄙爲庸腐；傍題敷衍，又厭爲淺淡，故曰爲今文難也。年來士子經書爛熟矣，老生常談，求價誰沽，不得不小變。變則日浸月移，不覺遠徙，以至佛書雜稗，俗語難字，往往竄入，以蹇澀爲新，以險僻爲奇，以冗雜爲富，以遮拾爲博，以隱晦爲精。甚至侏儷鳥語，沾滯不可句。名雖制義，其實違制遠。予幼折肱此業，塵閣已六十年。偶於敗櫝中拾得二百八十餘首，皆蚤年父師所日撻而求者，雖陳腐，猶存先輩遺制。題曰「野人語」，匪敢自謂先進，亦曰去國久，見似人而喜耳。

崇禎己卯，八十二翁郝敬識。